國家古籍整理出版專項經費資助項目

二〇一一年『十二五』國家重點出版規劃四百種精品項目

回文集

丁勝源 周漢芳 輯

國家圖書館出版社

回文集第六册　目錄

回文集卷五十六　目錄

回文集卷五十六

李知深〔朝鮮〕

感秋回文

散暑知秋早，悠悠稍感傷。亂松青盖倒，流水碧蘿長。岸遠凝煙皓，樓高散吹涼。半天明月好，幽室照輝光。　東文選卷九（高麗時代漢詩文學集成，民昌文化社）

三浦晉詩轍卷三：順讀、傷長涼光ヲ、韻トメ平韻一首、結聯ヨリ讀始メ、光涼長傷ト次第メ平韻一首、上句ヲ下句トシ、下句ヲ上句ト順讀、早倒皓好ヲ韻トメ側韻一首、又下ヨリ好皓倒早ト次第メ側韻一首、倒讀此法ヲ用ヒテ四首、都合八首ト成ル、又對法ニモ回文アリ、是ト是也、句法中ニ出セリ、和歌ニ回文ト云ハ、倒讀順讀一同首ヲナス者、詩ニテハコレヲ顛倒韻ト云。

李仁老

仁老（一一五二—一二二〇）初名得玉，字眉叟，號雙明齋，仁川人。庚癸之難，祝髮遊山。明宗十年文科及第，翌年以使臣赴宋，歷任吏部員外郎，至左諫議大夫秘書監寶文閣學士知制誥。與吳世才等交友，世稱『江左七賢』，著有破閒雙明齋集。

獻時辛回文

早學求遊宦，詩成謾苦辛。老懷春絮亂，衰鬢曉霜新。倒甑朝炊斷，飢腸夜吼頻。報思心欵欵，誰是救枯鱗。東文選卷九

破閑集：『回文詩起齊梁，盍文字中戲耳』，『僕亦效其體，獻時宰云，早學求遊宦，詩成謾苦辛。老懷春絮亂，衰鬢曉霜新。倒甑朝炊斷，飢腸夜吼頻。報思心欵欵，誰是救枯鱗。夫回文者，順讀則和易，而逆讀之亦無聲牙艱澀之態，語意俱妙，然後謂工之』。

李奎報

奎報（一一六八—一二四一）初名仁氐，字春卿，號白雲居士、止軒，黄驪縣人。明宗十二年登第，歷任禮部郎中起居注制誥、國子祭酒、翰林侍講學士。高宗十七年，因直言獲罪，流配猬島。蒙古入侵，上陳情表，以文退敵。十九年起，拜正議大夫、判秘書省事，終參知政事修文殿大學士判户部事太子大保。性豁達，不營産業，喜詩、酒、琴，自稱『三酷好先生』，晚年皈依佛教。著有東國李相國全集四十一卷後集十二卷（一二五一年南海縣重刻本）。

天壽寺偶書廻文二首

深庵夜寂靜談玄，冷篆香殘斷穗烟。心似月清肌似鶴，愔愔入妙養天全。（東國李相國集全集卷三）

秋雲斷影寒凝榻，夜雨殘聲暗滴簷。幽枕一燈青灺落，夢酣空檻半垂簾。（東國李相國集全集卷三）

又吟廻文

笛慢牽風遠，舟行舞浪輕。碧天秋夜静，寒月浸湖清。（東國李相國集全集卷六）

美人怨廻文

腸斷啼鶯春，落花紅蔟地。香衾曉枕孤，玉臉雙流淚。郎信薄如雲，妾情摇似水。長日度與誰，皺却愁眉翠。

同前　雙韻廻文

晴園春好花齊綻，輕吹飄空飛絮散。明鏡臨慵微步緩，英華減損紅顔换。瓊佩整腰揎玉腕，盈盈尚注嬌波眼。箏聲一弄哀曲慢，頳頰雙流珠淚涣。征子宕歸來緩緩，鶯語聞來腸盡斷。清夢孤飛長夜半，甍盈炤月閑來伴。縈繞深愁千緒亂，情緘織錦紅文爛。行人絶迹無鴻鴈，程遠恨長天碧漫。

次韻李侍郎需餞庚濟州弘盖廻文二首

漫長路垠送遐征，淚墮方知自感情(代君送州之意)。瀾涉穩堪尋過海，酒傾醺好更斟觥。酸儒拙合栖幽巷，曠度弘宜鎮劇城。歡舞遍州名必最(最理)，管絃專國古稱榮(古耽羅國)。團天仰狹廻巖峽，沮地行窮入橘橙。官省共叅叨父友(子與嚴君再同省官因相親)，喜君於世繼門成(右一擬贈太守可因風寄之)。

漫漫遺景迅徂征，幸得偷閑退縱情。瀾息已知心止水，羽騰猶快手飛觥。酸辛話可連更僕，放逸遊期遍匝城。歡笑與君唯合意，訪來欣我覺生榮。團跳弄欲同嘗杏，迸滑枯將共剖橙。官職美多兼藻贍，萬千金敵一篇成(右二叙懷贈君)。

次韻李侍郎赴省試座主慶筵明日以廻文謝之

潭鱗縮作久閑門，耄暗吾慚已廢文。探遍玉應懸鑑識，植齊桃想放香熏。南東卷膳羅賓會，左右排筵簇妓群。簪墮復遺冠及帶，酒酣仍遞血兼葷。三杯倒了醑添海，一闋聞來歌遏雲。慙却老多侵病憊，叅榮得可到霑醺。

復次韻李侍郎需聞予送男赴洪州詩以廻文見和一首

栢作高節抗，河爲曠懷涵。陌畛蔑心中，恢廓豁西南。白繭寫詩清，意重荷可堪。澤面施鉛粉，環廻讀四三。擲成金韻雅，浩浩騁逸談。赤蜃浮架海，班虬卧嘘潭。百萬錢直篇，喜同予與男。積愁開妙語，厚我於公諳。益友是其君，癡兒喻以謙。

次韻李侍郎需以迴文和長句雪詩三十韻并序

昨蒙復以織錦體和前雪詩，夫迴文也雖於短章，難莫甚焉，故古之人雖喜爲廻文，未有至於二十、三十韻者，况又和人所作鉅篇復以廻文者乎。今子之所示，琬轉可愛，不可不答依韻效嚬耳。

忙撥火来寒帶曉，急挑燈後暝侵宵。凰冠赤没渾山滿，雉髻紅埋亘谷飄。墻粉白添知巧餙，宙鬟青露覺微漉。荒林晚宿窮猿縮，逈野晨飛快鶻驕。狂態卷遭行客踐，皓形移自善工描。藏深路面平沉地，鑠久花根密噤苗。張傘御街行緩緩，拂蓑漁浦去遥遥。煌螢映字書窓夜文選煌煌熒熒肅爽醒魂睡榻朝。粧樹大封枝及幹，冒巖危陷頂兼腰。忘移圃菜新抽甲，緩種畦葱好挺條。蝗滅已諳田秀麥，鷺驚偏訝海增潮。陽迴漸寢華奔放，日耀當收色姹嬌。鴦瓦壓嗟端射冷，兔毫凝歎曠裁謡。腸飢認已空鐺鼎，足蹇兢將踏棧橋。凉被薄知方憚卧，淡灰枯恨却難燒。倉囷洒滿爭糧糒，府庫堆多較縠綃。香案觸嫌方暗息，爨厨侵悔自輕消。襄懷恐或多融釋，歛減知應罷蕩摇。章騁必宜須爾訪，酒醺還欲得他招。霜氷肖豈重輕積，雨露同何先後澆。强僕倚堪常泛筆，病奴寬許已慵樵。羊駈牧處毛輕散，鶴放看時毦細凋。郎騎躍歸霑玉弁，客軒騰去混銀貂。囊儲投拾瓊分擲，橐實謀收米峙饒。芳草茁妨威烈猛，穢塵閑泛汁流漂。長堤遠怯歙篷笠，靜閣寒知澁管蕭。黄道犯難應避去，碧天凌易忽飛超。觴深倒快心開豁，景勝吟酣興引邀。祥祲等觀恬入湛，喜悲同視廓成寥。康身得幸時平泰，適意歡欣我復聊。

末有餘紙又以一絶寄之

多少詞人和我詩，數篇成了竪降旗。嘉君痛礪鋒鋩鋭，百戰場中輒出奇（奇謂長篇廻文）

復次韻李侍郎重和雪詩廻文

忙忩勢忽隨驚吹，杳遠聲宜洒靜宵。凰穴避全丹羽熌，鶴臯飛混白毫飄。墻垣補倍高層聳，陌畛鋪匀皓彩瀌。荒路凍妨行足捷，晚堂寒減醉情驕。狂童戲裏拳貪掬，妙匠心中手宛描。藏更出尖孤峙甾，縮尋成茁早生苗。張絲細細来多小，裊絮輕輕去邇遥。煌影要應看夜夜，婉姿憐欲見朝朝。粧塗土出鮮容態，壓倒林成曲背腰。忘出巷門迷塞徑，好尋園樹滿裝條。蝗埋旋覺曾淪壤，鵠没渾疑始漲潮。陽長正宜收掩苒，暝侵將漸寢妍嬌。鴦廬梵室僧開閉，兔苑梁筵客詠謡。膓納暖漿煎茗椀，脚沉融汁履沙橋。凉衫拂曠仍閑掛，熾炭添新認猛燒。倉欠自驚空積粒，地盈方喜正堆綃。香梢鑠久何遲秀，暖岸侵多想急消。襄遺穢歸融涣涣，簸迎風付弄摇摇。章成快却君才騁，賞好規將我友招。霜雹儷渠知沍凜，火煙銷汝反深澆。强丁選可因連獵，老僕煩令屢續樵。羊即是兮均色粲，蝶爲誰也恨英凋。郎兒壯合擊鷹鶻，老叟衰便厚狢貂。囊罄已愁方酒断，子呵頻愧尚棊饒。芳心歛到花開晚，洌氣收教水作漂。長嘯偶裁新譜曲，穩調宜奏好笳簫。黄蘆折伏還深溺，翠檜低蒙更躐超。觴酹與同期爾覿，筆騰相敵又誰邀。祥年喜可紛歡謔，笑日圖將破寂寥。康且壽時方事樂，老中閑適足生聊。

又次絶句廻文韻此詩子以廻文和之

多才負氣欻成詩，戰筆雄豪壯斾旗。嘉歎信君鍾宿曜，古今超出一人奇。〔李相國後集卷九〕

次韻李侍郎需廻文長篇二首并序

愚雖往往効廻文體，亦未喜酷嗜成癖者，盖以傷其詩體耳。今君不循前誡吾前以詩破酷好廻文意復以廻文長篇二首見示，初不欲和之，然所寄之意，亦豈無謂哉，想必要予賡和，故諒君之本意，敢成二首奉寄云。

登後園望永寧公北使詩遣宗室永寧公入達旦朝覲

銀漢接泒本連天，獷俗驚傳貴胄仙。賔館授成加豆禮，客程還作促轅旋。神披篤副人傾伏，義重元開國活全。親孌只頻揮滴淚，老衰慚蔑効微涓自謂臣忠必豈勞官列，屬近當先取戚賢。麟信感廻頑獸悍，鳳威歸革醜雛羶。春秋計外尋廻斾，暮旦心同競擘蓮。辰宿應精鍾鐵膽，杳冥懸壽畀椿年。振振眼脱歸伊洛，漠漠途悠夢代燕。塵土視如增户萬，隣交較豈奪爭田。

神童國手詩（有姓郭小兒善棊嘗於晉陽公前着之）

棊枰鬪可樂筵賓，慧悟兒奇絶藝真。羆夢瑞乎男得誕，豹韜兵借肩来陳。嬴形去認泉流漲，密譜排成兔勢神。施却簟宜窗竹雨，設兼樽好塢花春。垂垂日駐方酣戰，兀兀槌摇退怯人。雌視已知稀手敵，乳餘猶自帶痕新。漪漣溜必盈池碧（吾家泉此月内須湧出盈池），灩溢壘須貯酒辛。眉面對將觀捷妙（予未見兒故云云），袖袪牽孰到連頻。披瞳我漸開遮膜，理脚君當起憊身（君詩序有脚病之辭）。誰是少歟誰是老，知才一断議年椿。（李相國後集卷十）

姜希孟

希孟（一四二四—一四八三）字景醇，號私淑齋、雲松居士、菊塢，晉州人。世宗二十九年文科及第，歷永安道觀察使、中樞院副使。世祖九年，以進賀使赴明燕京。後擢吏、禮參判、世子賓客、兵曹判書，官至判中樞府事、吏曹判書。著有私淑齋集十二卷（一八〇五年活字本）。

回文詩贈金太守二首

中堂滿月照虛明，竹塢烟深暮色青。紅焰燭摇風細細，緑枝梅壓雪盈盈。

公知最後應從我，僕念當時舊友兄。窮路恨無曾托契，禮成方可見親情。私淑齋集卷五

成侃

侃（一四二七—一四五六）字和仲，號真逸齋，昌寧人。年十五，中進士試。端宗癸酉春，登文科第三，拜典農直長，移集賢殿博士，陞成均館修撰。世祖二年，遷司諫院左正言，未就官病卒。著有真逸遺稿四卷（一四六七年刻本）。

回文寄郎二首

小窻寒月明，殘漏玉丁丁。皓腕雙紅袖，琴橫奏苦聲。

又

短燭燒殘夜，江長限隔程。斷腸還極目，眉似遠山青。真逸遺稿卷二

崔淑精

淑精（一四三三—一四八〇）字國華，號逍遥齋，陽川人。世祖八年，以進士登丁科第一人，選補槐院，賜暇讀書湖堂。成宗元年，拜修撰，處弘文館。六年，以校理陪謝恩使赴明燕京。七年，出牧驪州，官至副提學。著有逍遥齋集二卷（一八一三年活字本）。

回文詩

簾垂半檻空酣夢，遠客孤燈一枕幽。簷滴暗聲殘雨夜，榻凝寒影斷雲秋。逍遥齋集卷一

金時習

時習（一四三五—一四九三）字悦卿，號梅月堂、東峯、清寒子、碧山、贅世翁，江陵人。自幼聰穎，因對世祖統治不滿，乃削髮爲僧，改名雪琴，四處雲遊，拒絶徵召。四十七歲還俗，晚年在江原道雪岳山隱居。著有梅月堂集二十三卷。

四節回文

紅杏山桃溪寂寂，小塘春草夢依依。東城鎖霧香風暖，北舍啼鶯亂燕飛右春
涼簟藤床寒徹骨，綠瓜冰函冷侵唇。堂圍竹影清風產，檻透山光碧黛顰右夏
踈桐砌雨催更逼，泣露秋蛩語草叢。虛白漾波江吐月，冷光摇葉竹生風右秋
明窓紙帳横梅小，淡月踈簾映竹寒。晴雪壓枝棲鶴老，冷風敲夜點星團右冬　梅月堂集詩集卷三

洪貴達

貴達（一四三八—一五〇四），字兼善、磐叔，號虛白亭，義興人。世祖四年登第，入選承文

院。成宗二年，遷藝文館修撰兼承文院校理，以漢訓質正官隨文安公赴明燕京。十六年，復以千秋使赴明。後歷任工曹判書兼弘文館大提學、大司憲、中樞府事。六十六歲，出爲京畿道觀察使。謫慶源，次年遇害。著有虚白亭文集三卷續集六卷（一八四三年校訂本）。

回頭體

清陰緑樹擁西東，面面圍山千疊重。晴日晚霞殘繞水，暮天春雨細隨風。青連白色梅交竹，翠接紅光花帶松。鷺是歌兒燕是舞，瀛蓬勝景絶奇雄。（虚白亭集續集卷四）

蔡　壽

壽（一四四九—一五一五）字耆之，號懶齋，仁川人。會試殿試俱第一，拜修撰知製教兼經筵檢討官，歷漢城府左尹□曹參判等職，爲中宗反正功臣之一。著有懶齋集二卷（一六七四年校訂本）。

次子珎韻回文

春園古木亂杢杢，卧病多時廢笑談。身老一杯心落落，醉眠君與夢江南。（懶齋集卷二）

丁壽崗

壽崗（一四五四—一五三七），字不崩，□海人。成宗八年登第，官至大司憲。著有月軒集五卷（一七七三年刻本）。

次大同江韻回文

留君勸酒別情多，苦奈爭聲亂唱歌。愁入晚江空渺渺，秋天霽色碧連波。

其二

腸斷一聲哀怨多，曲江臨唱莫愁歌。忙忙奈此人離別，羨爾閑鷗白點波。

端午回文

黄梅洗色雨晴初，霧捲風涼水閣虚。觴滿碧蒲香擁鼻，良辰此樂更何如。

春日回文

花裁錦色香含露，柳染藍光翠帶烟。霞滿碧樽開宴會，賞春饒景入詩聯。

夏日回文

涼送晚樓依竹翠，暑消深檻近泉寒。香醪酌處添氷片，冷簟鋪時却扇團。

秋日回文

梧落瘦枝寒露浥，鴈飛斜影暮天長。孤燈伴女愁深夜，斷夢驚人客遠鄉。

冬日回文

年催急景老添愁，氣冷多嫌短髮頭。天閉凍兼風又雪，便安借得酒盈甌一作安身。月軒集卷二

李堣

堣（一四六九—一五一七），燕山君四年登第，授承文院權知副正字，終安東大都護府使。著有松齋詩集二卷續集三卷。

睡覺聞雨回文

東窓響逼雨泠泠，睡午驚來吏散庭。紅褪杏園春向晚，風牽遠色草連坰。松齋集詩集卷一

朴祥

祥（一四七四—一五三〇）字昌世，號訥齋，忠州人。燕山君朝登第，歷官儀賓府都事，遷掌樂院僉正。中宗十二年丁丑春，出守順天府，陞繕工監正。拜弘文館修撰、校理、應教。

十四年己卯被斥，流配南平，遇大旱放歸，不再出仕。著有納齋集七卷續集四卷别集一卷（一八四三年光州刻本）。

再酬高韻詞竭義盡磨馬踏跡未出新奇借托物象强編荒茅仰慱粲然回文體

紅玉琢成雕彩鳳，曲環連瑣約人依。東樓月下方挹玦，密誓前頭落葉飛右連環

涼月踏堦寒襲足，鳳文蹂處舞反唇。堂塵染後凌波斷，物舊懷悲黛入顰右步機

踈菱紫樓盤成彩，白月秋波玉霧叢。虚影照愁還半破，撫頻空匣曉生風右銅鏡

明珠點綴星頭凸，片段黄金出水寒。晴日映光斜寶髻，股分能合更心團右金釵

次梅月堂四時絶句回文體

紅綻幾枝花熠熠，緑垂千線柳依依。東墻麗日晴光轉，後院歌吟好鳥飛。

涼借扇風微纚纚，井寒分玉漬枯脣。堂堂影密槐繁葉，日燒紅榴絳面皴。

踈影晚林青脱葉，碧天江鴈叫蘆叢。虚軒客裏漫漫夜，鬓雪添邊颯颯風。

明轉暗窓松打雪，凍溪西榭竹號寒。晴雲海曲龍蟠伏，臘逼梅房小結團。納齋集卷五

述懷排律回文用李春卿韻

殘知老客倦覊棲，臭厭銅章解錦西。歡斷苦邊勞結課，醜踈嘲底拙封題。觀酣着屐詩

人宋，説妄緘唇辯士齊。冠玉媿殷評菲德，俸錢憂腆嘖荒畦。丹枯貌瘁精飄蕩，步澀行危路側低。官做失方乖俗樣，看看好手重摸提。

退居和李文順韻回文

殘孤跡卷解幽棲，味得閑居搆壑西。歡意滿時邀客話，興心饒處拂箋題。觀寘詣道探玄妙，守一思誠到整齊。冠葛濯頻臨玉澗，策藜呼數遶塞畦。丹迷夕砌春苔老，白泫朝枝露篠低。官累悔多憂集謗，看書好底理擡提。（訥齋集續集卷一）

金安老

安老（一四八一—一五三七），字頤叔，號希樂堂、龍泉、退齋。延安人。中宗元年文科及第，官至大司諫。十四年，己卯士禍時同遭流配。十七年獲釋後任副提學、大司憲、吏曹判書、都總管、右議政、左議政等要職，因圖謀文定王后之廢位，賜死。著有希樂堂稿八卷。

次韻湖叟擬古回文詩

回文詩，古人集中不多見，雖僅有之，亦不足以言工，唯以文字娛戲爾。况次韻，古人所絶無者。余以蹇淺，欲自作古可乎。踰僭，正可發一粲。

柔肢瘦顫微風柳，苦淚珠垂泣露花。秋恨莫深藏扇篋，遠非人也遠其家（可無室邇人遐之怨）

次韻湖叟回文詩四首

永懷清坐小燈明，孤鴈鳴悲曉吹輕。柄掛寒簷危見斗，人誰伴我獨含情。

其　二

好將秋節趂期佳，尊滿清香花滿堦。掃盡機紛紛得淨，情忘倦鳥共熙諧。

其　三

霽色寒林秋蘂小，衰顏慰我進清觴。世間人髮催應白，閑得幾時幾更忙。

其　四

透細薰籠曉篆殘，孤衾冷蝶夢成難。茂叢風處蕭蕭竹，天半雨𢑽来枕寒。希樂堂稿卷一

湖　叟

姓名不詳。作品見附金安老希樂堂稿卷一和詩後。

擬古回文詩

柔情妾似春風柳，亂恨郎如暮雨花。秋鴈一書傳密約，曉雲孤淚灑遥家。

回文詩四首

永宵秋冷月生明，頭白驚心傷别輕。柄柄摇荷風露瀉，留君爲盡説深情。

又

好月清宵此會佳，荷衰繞榭水侵堦。掃天雲影孤輪滿，羅綺同誇共賞諧。

又

霽天秋月逢圓最，殘夜清吟屬酒觴。世事無窮懽日少，白頭成恨一官忙。

又

透幔紗燈照夢殘，霜天一字鴈回難。茂林敀鳥孤飛倦，又見秋衣换薄寒。

丁玉亭

玉亭，壽崗子，官贊成，謚恭安公。

謹次回文

回遲此別怨懷多，送遠飛聲數曲歌。盃酒勸君留欲醉，晚江秋色碧涵波此兒時作〔月軒集卷二〕

此係和其父次大同江韻回文

金正國

正國（一四八五—一五四一）字國弼，號思齋、八餘居士，義城人。中宗四年擢甲科第一名，授承文院校檢，選入弘文館充修撰知製教，官至慶尚道觀察使兼兵馬水軍節度使。三十六年辛丑四月，建州女真越鴨綠江進犯朝境，移同知敦寧府事，憂勞成疾，尋卒。著有思齋集四卷（一六〇三年校訂本）。

次虛山回文韻

清新皓月吐山東，砌滿閑陰樹影重。晴靄捲空含冷露，細聲摇檻度輕風。青華變盡衰蒲柳，翠色留存秀竹松。鷰燕寂來驚節序，瀛蓬遠望嘆豪雄。〔思齋集卷二〕

蘇世讓

世讓（一四八六—一五六二）字彦謙，號陽谷、退齋、退休堂，謚文靖，晉州人。文科及第，初官成均館司成，遷户曹判書，歷議政府左贊成，弘文館大提學，五衛都總府都總管等職。善辭令，四爲迎明使節。擅詩，並精書法。著有陽谷先生集十四卷（一五七一年刻本）。

次韻〔華察翠屏山即事作迴文一律〕

屏擁高崖環後前，小筵開處野連天。汀飄絮急風摇柳，壑轉雷喧石噴泉。青送晚山遥帶雨，緑添新樹遠浮煙。亭亭聳翠松擎盖，清嘯舒時驚鶴眠。

次　韻

屏開遠畫展峯前，落日江波碧蘸天。汀滿雪時風逐絮，壑鳴箏處石流泉。青青草色春含雨，靄靄山光暮惹煙。亭外花殘香細細，清風小榻一閑眠。〔己亥〕皇華集卷二

偶吟回文

纖纖草碧滿庭中，處處啼禽晚樹風。尖退筆床書帙亂，簾疎映日曉窗東。陽谷集卷七

遊斗堤川上回文

沙鋪岸上水悠悠，暖日風清盡興遊。家遠生煙炊處處，多陰緑樹竹邊樓。陽谷集卷十

沈彦光

彦光（一四八七—一五四〇）字士炯，號漁村，江陵府大昌人。中宗八年明經及第，授藝文館檢閱，歷副提學，仕至吏曹判書。著有漁村集十三卷。

次韻〔龔用卿出漢城戲作回文體〕

飛樓遶霧曉蒼蒼，野襯林花雜紫黄。歸客遠程迷落日，暮郊晴岸蔭垂楊。衣侵水月江舡小，句入春雲海路長。扉掩晚村煙寂寂，霏霏細雨濕莎芳。

青草細分逕，碧溪横斷橋。城依樹翳翳，野暝雨蕭蕭。晴日晚沉霧，暮山春響樵。清懷客路遠，旌旆逐雲遥。〔丁酉〕皇華集卷二

鄭士龍

士龍（一四九一—一五七〇）字雲卿，號湖陰，東萊人。中宗四年，文科及第。由副提學、内資寺正遷刑曹判書。歷漢城府判尹，改户曹判書，轉吏曹判書。明宗九年，任大提學。十

三年，判中樞府事。博學能文，尤善辭令，正德十六年，明使金義、陳浩赴朝，士龍爲接應使。十三年、二十三年奉中宗命兩次使明。著有湖陰雜稿八卷（一五七七年活字初刊本）。

晚景回文

山爲髻露極遐觀，水作羅明徹底看。寒笛小舟歸渡遠，丹楓晚岸夕陽殘。湖陰雜稿卷一

回　文

淹日幾多君訪我，冷雲朝覶雪峯晴。簾紅透日初殘夢，歷歷聞鷄報遠城。
寒燈一夜頻尋夢，遠路迷魂警屢醒。單被卧盤雙脚冷，疊山河隔幾長亭。
風雪交闌夜，遠思縈寸腸。東窓聽鷄呌，歲暮增悲傷。
寒日升嶺短，宿雲崖樹棲。殘年惜蛇壑，久客猶征西。湖陰雜稿卷二

次出漢城戲作回文體

飛飛雨雜暝烟蒼，轉旆行看喜色黃。歸趂塞鴻遵遠路，思縈春物感垂楊。衣塵拂盡臨谿好，筆彩挑多掞藻長。扉闔客窓寒破夢，霏微篆縷擢鑪芳。
青凝草夾徑，畫活人行橋。城隱春山疊，水分野寺蕭。晴暉媚樹幄，暮景催歌樵。清雨經塵淨，旌旗捲路遥。

丁酉皇華集卷二題作次韻，係著者和明廷正使龔用卿出漢城戲作回文體

次東坡道中用雲岡韻回文體副使韻

湲湲弄破襲霏霏，永晝清風横鎖扉。喧寂任遭閑是趣，緑緋抛着野爲衣。村村足雨經春晚，院院收燈放客歸。温詔布恩優眷重，薊遼過處遠旌飛。湖陰雜稿卷六

丁酉皇華集卷三題作次韻，係著者和明廷副使吴希孟東坡道中次雲岡韻回文體

李　滉

滉（一五〇一—一五七〇），字景浩，號退溪、陶翁，真寶人。中宗朝登第，選補承文院權知副正字，歷任博士、修撰、副提學、中樞府事兼知經筵春秋館事，官至貳相。後退隱，致志於學術研究，爲朱子理學之主要代表。著有退溪先生文集四十九卷别集一卷。

次松岡回文韻夏日

高樹生風來爽榻，薄雲漏日映踈簾。桃枝亞重仁含露，竹笋添新影出簷。醪釀麥濃思社伴，室生塵久憶書籤。鼇連大釣曾違計，落落人妨注瑣纖。退溪集别集卷一

崔　演

演（一五〇三—一五四九），字演之，號艮齋。二十三歲中司馬，即拜翰林，俄遷漢書。由直

提學轉承旨，歷吏兵兩曹參判，升資授漢城判尹，官至刑曹判書兼知經筵春秋館、成均館事、弘文館提學。著有艮齋集十二卷。

次龔天使東坡途中韻回文

渾渾水響暮烟霏，寂寂愁來獨掩扉。喧鳥一聲新破睡，亂雲孤影謾披衣。村沙白處驚鴻散，夜月明時憶客歸。温語想應惟在耳，夢魂勞逐蝶飛飛。

次華使翠屏山韻回頭文

屏擁高崖環後前，小筵開處野連天。汀飄絮急風摇柳，壑轉雷喧石噴泉。青送晚山遥帶雨，緑添新樹遠浮烟。亭亭聳翠松擎盖，清嘯舒時驚鶴眠。艮齋先生文集續

林亨秀

亨秀（一五〇四—一五四七），字士遂，號錦湖，平澤人。中宗二十六年登第，歷任注書、修撰、會寧判官、副提學。仁宗元年乙巳士禍，被貶爲濟州牧使。兩年後，丁未壁書之變，復遭牽連，寃死。能文善射，美風儀，華察、薛廷寵入朝，以遠接使出迎。著有錦湖遺稿（一六七七年初刊本）。

途中偶吟回文體次使相韻

澗空藏老樹，林茂噪喧禽。宦官愁長路，悠悠思古今。（錦湖遺稿）

嚴　昕

昕（一五〇八—一五五三），曾任弘文館典翰知製教兼經筵侍講官、春秋館編修官。著有十省堂集二卷（一五八五年初刊本）。

途中偶吟回文體次蘇贊成韻

磵青鳴白石，林翠生黄金。宦薄愁多事，茫茫古與今。（十省堂集上）

尹　鉉

鉉（一五一四—一五七八），字子用，號菊磵，坡平人。中宗三十二年文科及第，授校理。明宗間充掌樂院正、右參贊、户曹判書。宣祖時，官知敦寧府事。著有菊磵集三卷（一五九一年活字本）。

即事回文

村遠帰樵落日，澗深引水連甬。繁花戲折門閉，淨榻愁吟院空。

又

明月清風閣夜，白沙翠竹江春。聲聲滴溜微瀑，片片飛花遠鄰。菊磵集卷下

林　芸

芸（一五一七—一五七二）字彦成，號瞻慕堂，自號蘆洞散人，先本恩津縣人。明宗二十二年，以銓曹薦，特除社稷署參舉。性豪邁，好大略，學孫吴兵法，及至讀孟氏書，通大義。著有瞻慕堂先生文集三卷（一六六九年初刊本）。

次梅月堂四時回文體

紅萼綻來香馥馥，亂禽啼裡夢依依。東西滿眼迷光景，醉復醒時逸興飛右春

又

凉微動處消炎酷，玉井寒宜瀬燥脣。堂下懶眠沉醉日，細風吹捲簟紋皴右夏

又

踈籬擁菊吹霜晚，細雨鳴蛩繞竹叢。虛榻客懷秋夜永，眼迷紅葉落隨風右秋

又

明還夜榻松涵雪，凍合瓶酥塞釀寒。晴景晚來歌浩浩，興餘談罷煮香團右冬

次日本使回文體韻

清溪碧樹繞亭東，杳杳雲迷翠嶺重。晴影晚涵林外水，爽絣秋送柳邊風。青郊遠接南田稻，翠靄微連北嶺松。鸎囀鬧時佳景麗，瀛蓬勝處坐豪雄。瞻慕堂集卷一

朴承任

承任（一五一七—一五八六）字重甫，羅州潘南縣人。中宗三十五年登第，選授權知承文院正字。明宗元年明使入朝，任迎接使從事官。宣祖二年，以冬至使赴明。十六年，除司諫院大司諫兼知製教。因坐言忤旨，左遷爲昌厚府使，秩未滿，許令解歸。著有嘯皐集四卷續集四卷（一七八二年刻本）。

次寒字韻回文二絶

隔面愁程遠，多情慰夜寒。憶時時自夢，思日日頻看。

隔盡雲山晚，遥空望眼寒。憶添隨處夢，情展暫時看。嘯皐集續集卷二

高敬命

敬命（一五三三—一五九二），字而順，苔軒，號霽峯，長興人。明宗十三年登魁科，歷任户曹佐郎、正言、蔚山、靈岩郡守、東萊府使，并以書狀官隨使赴明。壬辰倭寇入侵，率領義兵七千餘名進攻平安道，在錦山戰歿。著有霽峯集五卷遺集一卷續集一卷（一六一七年刻本）。

戲作回文體示楓岩約以廣灘之遊

飄影遠鴟沙際空，緑莎烟雨晚推篷。潮平錦水秋連碧，岸襯寒花蓼抹紅。招隱小山遥入夢，喚愁芳草細摇風。橋横渡口江村暮，椒醞仙爐一酌同。霽峯集遺集

李海壽

海壽（一五三六—一五九八），字大仲，少號敬齋，後稱藥圃。年十五，居魁。歷任經筵參贊官，春秋館修撰官、藝文館直提學，尚瑞院正。宣祖十五年，以聖節使赴明，付奏柳希霖科罪事。稟性剛直，與栗谷、牛溪結爲知己。著有藥圃遺稿七卷（一七二七年安東刻本）。

用回體奉東皐慱粲

皚皚白雪遍林崖，凍竈烟殘桂作柴。来月雪消仍酒好，開尊一得共君懷。藥圃遺稿卷四

李誠中

誠中（一五三九—一五九三），字公著，號坡谷，金州人。宣祖三年登第，歷任史官、觀察使。二十五年壬辰倭亂，遷守禦使，扈從王至義州。次年，隨李如松到嶺南發放軍糧，追封完昌府君，領議政。著有坡谷遺稿一卷（一八七九年補刻本）。

回文詩每句押韻體次尹生

晴天遠影雲歸壑，眼眩遥陂麥颭秋。輕拂柳絲千樹碧，晚拖烟色亂峯愁。清時謝爲曾投幘，晏景悲因已白頭。情感百年終寂寂，喚君同睡客中樓。坡谷遺稿

柳根

根（一五四九—一六二七）字晦夫，號西坰、孤山、隱屏居士，晉州人。登魁科，歷任正郎、左承旨。宣祖二十五年倭亂，扈從王至義州，封三等護聖功臣、晉源府君。光海君時，反對廢母論，遭罷職，後又復官。仁祖五年丁卯胡亂，護送王至江州，途中歿。著有西坰集。

次韻〔朱之蕃回文體〕六首

春日

妍華滿路客看先，玩賞行吟縱馬鞭。連岫疊雲埋斷樹，小橋横澗注流川。眠酣蝶粉滋

花露，語鬧鶯梭織柳煙。年抵日長愁罷夢，芊芊緑草遠郊前。

鄉思

中天碧岫列叢叢，半夜愁人對月宫。驄繫柳堤江漲緑，鶴盤袍袖錦擒紅。櫳開曉霧花藏燕，塞捲遥雲渚落鴻。同客遠州鄉念苦，風流最是憶吴東。

遊興

遊人幾處頻沽酒，客餉多時細膾鱸。鳩喚夕林煙裊竹，鳳巢春檻月低梧。洲長接海飛雲斷，樹暗連江落日孤。搜盡好詩清興逸，愁生眺景晚開圖。

閨情

占蛛獨坐夕燈昏，重覺情深妬寵恩。蟾彩照帷羅窣地，柳線鋪逕雪連村。簾珠捲雨紅飄檻，爵玉斟醪緑滿樽。奩暗閉鸞孤舞鏡，添新恨處鎖楹軒。

醼飲

枯藤瘦拄任人扶，老至先生一事無。孤月夜筵開綺綉，靄雲春色漾觴壺。紆縈細唱排珠串，嫋婉清簧奏鳳雛。鬢髪雪明高燭短，呼盧戲輟暫吹竽。

登樓

悠悠極目騁仙遊，峻陟還愁客路脩。瞿月璧欄迴接棟，鎖煙青野逈連洲。抽簪亂岫連

雲矗，繞帶長州劃地浮。謀醉熟知真趣逸，樓危倚遍暢懷幽。〔丙午〕皇華集卷四十一

申 欽

欽（一五六六—一六二八）字敬叔，少號敬堂，又號百拙、玄軒、象村居士，晚號玄翁，平山人。宣祖十九年登第，充成均館權知學諭，因公黨栗谷，黜爲咸鏡北道慶源訓導，又移廣州。嗣後歷任司軍參奉、藝文館檢閱、兵曹佐郎等職。二十五年壬辰倭亂，授國憲府持平。二十七年，升吏曹正郎，以書狀官赴明燕京。仁祖反正，遷吏曹判書兼知經筵弘文館大提學。五年丁卯，後金阿敏進犯朝鮮，拜左議政，陪世子入江都，晉領議政，旋歿。才高學博，文章華敏，著有象村稿六十卷（一六二九年活字本）。

回文詩賦漫興三首

一

磋磋水急瀨，撲撲烟生樹。斜陽夕景佳，路細圍沙浦。

二

禽語隱深林，鹿眠依遠谷。尋幽極望迥，密樹煙江緑。

三

濕草露滴滴，涼月晴娟娟。白髮空愁别，長懷共遠天。

春事回文

依依碧樹遠，漠漠野村孤。微雨銜飛燕，捲潮看浴鳧。磯深坐釣倦，境僻候人無。非是何關我，寂寥空壯圖。（象村稿卷二十）

趙緯韓

緯韓（一五六七—一六四九），字持世，號玄谷、西巒、素翁，漢陽人。光海君元年文科及第，任持平、修撰。五年，因癸丑獄事罷職。仁祖反正後，充司成。丁卯胡亂，率兵進行抗戰。歷官同副承旨、直提學、工曹參判。以文章著稱，有玄谷集十四卷（一六五八年刻本）。

次子漸回文韻

形容瘦盡染塵緇，歲暮傷懷別舊知。情性寫詩成語妙，酒盃耽興撥年衰。青霞夕暎高欄曲，白雨秋連遠嶼欹。名實較來齊得喪，世間人似一圍碁。

戲作回文寄子漸三首

林花暎帶一川流，落日西峯晚興幽。心壯辱知空老至，夢殘驚覺此生浮。吟悲謾倚孤欄夜，望遠頻臨逈閣秋。琴曲數聲清褭褭，深山入定永歸休。

其　二

林踈暎點數螢流，永夜寒牕客夢幽。心苦戀君如月皎，跡孤憐我似雲浮。吟長獨起驚殘歲，淚下偏傷感暮秋。琴皷一聲傳古調，深情托爾任休休。

其　三

林長繞壑一溪流，懶拙宜居卜地幽。心片碎時聞笛遠，路歧多處轉萍浮。吟蟬亂樹江烟暮，度鴈孤城海月秋。琴匣鎖來稀伴侶，深山卧病老將休。（玄谷集卷十）

權　韠

韠（一五六九—一六一二），字汝章，號石洲，安東人。詩才出衆，在江華教授儒生。壬辰倭亂時，建議將主和大臣斬首，并作官柳詩諷刺，致激怒光海君，被流配海南，途中歿。仁祖反正，命贈官以伸直言。著有石洲集八卷别集二卷（一六七四年全州刻本）。

晴望回文

樓高倚日斜，咄咄長吟苦。流水遠連天，曲汀寒擁樹。浮烟碧楚平，薄霧晴山暮。頭白自飄蓬，夢歸愁永路。

秋晚絶句回文

潮回欲雨寒沙暝，遠塞秋雲叫鴈雙。寥寂掩扉山日落，蕭蕭暮葉墮空江。（石洲集卷八）

李民宬

民宬（一五七〇—一六二九），字寬甫，號敬亭。宣祖三十年，廷試第四名，選補承文院權知副正字。三十五年十月，以成均館典籍兼司憲府監察，差作王世子册封奏請使書狀官赴明。仁祖反正，又充奏聞使書狀官再至燕京。五年，後金阿敏入侵，王避難江都，被薦爲左道義兵大將。著有敬亭集原集十三卷續編四卷。

登州春望回文

依依獨立故傷魂，莽蕩中州九野分。圜郭晚樓騰蜃彩，接天春浪帖羅紋。歸帆送客迷沙渚，去櫓迎潮截海雲。飛却近人驚是怪，機忘共我與鷗羣。（敬亭集卷八）

趙纘韓

纘韓（一五七二—一六三一），字善述，號玄洲，漢陽人。宣祖三年登第，初爲成均館學諭，陞典籍，歷刑户二曹佐郎，遷司諫院正言。光海在位，濁亂朝政，求出爲尚州牧使。仁祖反正，拜禮曹參議，終承政院承旨。著有玄洲集十五卷（一七一〇年活字重刊本）。

次盤桓回文

霏霏細雨過林疎，破睡閑窻客興餘。歸未歸時芳草緑，微風晚處近床書。玄洲集卷九

崔鳴吉

鳴吉（一五八六—一六四七）字子謙，號遲川，完山人。宣祖朝登第，官至領議政。崇禎十一年，因與明朝聯係事，被清人拘於瀋陽，直到順治三年方歸。著有遲川先生集十九卷（一六六四年羅州刻本）。

廻文體

清水礀雲輕，落花林雨細。情忘對鷺鴟，夕日山門閉。遲川集卷二

張維

維（一五八七—一六三八）字持國，摩詰，號谿谷、默所，德水人。仁宣王后（孝宗妃）之父。光海君時文科及第，授檢閲。參與仁祖反正，升正郎，封二等靖社功臣。李适之亂，扈從王之公州，封申丰君。丁卯胡亂時，任工曹判書，主張講和。文章出衆，與李廷龜、申欽、

李植爲朝鮮文學四大家。著有谿谷先生集三十四卷（一六四三年刻本）。

回文二首

床堆亂帙千函秘，壁映殘燈一影凉。長鋏彈來歌調苦，好詩題罷醉吟狂。

梅殘帶雨寒侵户，柳嫩和烟曉拂樓。盃滿緑醪香灎灎，筆縈花錦夢悠悠。

早春書懷回文

缺屋當山近，幽窓對野平。雪融春日暖，雲散晚風輕。絶迹塵機息，虚心道韻清。舌存還齒獘，張馳適平生。

春日遣興回文

年華悵望入芳春，斷盡腸来惱盡人。烟濕遠峯晴拂黛，雨添新浪緑生鱗。妍妍暖日薰黄柳，細細輕風漾白蘋。眠罷獨吟清晝永，前簷語燕故来頻。谿谷集卷三十四

尹善道

善道（一五八七—一六七一）字約而，其先湖南海南縣人，生於漢京。光海亂政，因歷數李爾瞻等專權誤國，被流配慶源。復又起用，歷任户部佐郎、工部正郎、司僕僉正、吏曹判書

兼知經筵禁府事，弘文館大提學等職。清人入侵，仁祖走南漢城，上書陳時務八條。著有孤山遺稿六卷。

閑居春日即事（回文 辛丑）

濛濛細雨烟山暮，漠漠天涯海日斜。風檻一枕高欄倚，捲箔疎簷松落花。

閑居春日即事（回文 戊申）

隆隆樂境閑中是，擾擾塵區一似籠。紅蕋艷花濃浥露，碧絲烟柳細摇風。東家酒伴詩催興，北浦漁舡雨壓篷。宫羽弄時悠意得，斷雲孤嶼杳歸鴻。（孤山遺稿卷一）

李明漢

明漢（一五九五—一六四五），字天章，號白洲、月沙。光海君八年文科及第，歷任大司憲、都承旨、大提學、吏曹判書等。仁祖二十一年被誣，革職發配，終年五十。著有白洲集二十卷。

回　文

紅桃暎日落霞殘，碧柳含烟晚影寒。風轉語鶯新破夢，空堦玉漏晝珊珊。（白洲集卷三）

李景奭

景奭（一五九五—一六七一）字尚輔，號雙磎，晚號白軒，全州人。仁祖二年任注書、待教。十四年丙子胡亂後，官副提學、大提學、吏曹判書。二十年，遷世子貳師。與金尚憲等斥和派，一同被後金關押於瀋陽。孝宗元年領議政、領敦寧府事，進入耆老所。著有白軒先生集五十三卷（一七〇〇年芸閣鐵活字本）。

黄州途中回文

紅殘著處緑陰新，客路長吟惱暮春。中夜靜時牽蝶夢，風潭月渚繞香蘋。白軒集卷八

金弘郁

弘郁（一六〇二—一六五四），慶州人。曾官洪州牧使、黄海道觀察使。著有鶴洲全集十卷附録五卷。

次仲悦回文

霏霏細霧捲，日上曉巖虚。扉擁雲陰薄，檻臨松影疎。梳殘半白黑，樹老謝紅非。魚膾兼蓴菜，是今知昨非。鶴洲全集卷六

俞　棨

棨（一六〇七—一六六四），字武仲，號市南，杞溪人。仁祖十一年登第。十四年丙子胡亂，反對議和，遭流配。孝宗時任參議、承旨。顯宗繼位，遷吏部參判，歿後追贈左贊成。通曉理學，著有市南集二十四卷（一八〇六年刻本）。

回文詩

懸望長時迸淚雙，半生浮念繫家邦。娟娟月色寒踈幌，唧唧蛩聲咽小窓。天外嶺雲迷北海，鴈邊愁夢繞南江。年徂送盡春兼夏，編掩塵來酒倒缸。

棲鳥歸林亂噪蟬，露添霜處病蘭莖。溪流激石喧長夜，鴈陣排風溯遠天。西塞古城孤日落，北山寒雨暮江懸。悽悽客意秋寥寂，題却醉詩愁夢牽。市南集卷五

李　健

健（一六一四—一六六二），字葵窓，朝鮮王族。著有葵窓遺稿十二卷。

回文詩

情人遠入遙魂夢，寂寂春簾落月寒。屏倚獨愁深脉脉，袖沾雙淚玉團團。

又

殘花落盡春天碧，晚絮飛摇柳芫青。顔悴客樓高入燕，夢傷閨院曉啼鶯。

又

萋萋碧草芳春暮，艷艷紅花落日斜。啼鳥一驚還夢客，遠雲歸盡望鄉家。（葵窓遺稿卷二）

南龍翼

龍翼（一六二八—一六九二）字雲卿，號壺谷，宜寧人。文科及第，歷任兩館大提學、禮曹、吏曹判書。肅宗十五年己巳換局時，流配明川，卒於戍所。著有壺谷集十八卷（奎章閣藏本）。

陶谷幽居四時詞效回文體兒時作

是處何人訪，迷烟野草青。綺霞摇月燭，紳瀑擁山屏。水滿紅花洞，風鳴翠柏亭。始終期樂此，春暮詠前庭。

路細訪来客，林園限洛京。暮雲孤峀遠，微雨暑風輕。鷺立遥憐白，鶯啼獨愛清。樹深欹石枕，長日任閑情。

曉月秋峯遠，門開獨夜中。鳥啼聞墮葉，霜晚帶殘楓。小屋茅簷短，閑扉竹塢空。繞溪清霧薄，隨處動光風。絶妙詩中畫，山河隔世塵。雪邊岩樹老，橋畔洞菴新。日落仍歸鳥，梅香已近春。閱年長户閉，深巠一閑人。

次赤谷用藥名體排律韵變作回文體

役物悲身老，蕭蕭已髮黄。陌塵吟苦久，簪紱結愁長。禄厚仍崇秩，衢平或險岡。鶴鳴思徹響，螢耀愧迷方。竹槁生新葉，芝殘保晚香。旭新驚睡穩，流急付年芳。酌廢仍纒疾，輪閑幾卧床。葶腮繁悦目，鶯舌巧撓腸。屋窄嫌扶杖，炎除欲泛洋。藥嘗怜伏枕，錢乏笑傾囊。積念同莊惠，深情即范張。握盈常累牘，懷滿輒連章。璧瑞呈隋卞，星芒動角房。玉樓栖馥桂，金椀貯瓊粮。色澤開眸眩，緘封拆手忙。獨行多宦滯，深蟄爲時傷。渥赭看顔赫，謙虚托病妨。脚輕隨鶺健，心壯逐雲揚。樂土安枌社，幽庄戀梓鄉。約分山惱夢，明月照空觴。〔壺谷集卷十〕

效回文體

天涯一鴈歸，落月山中静。舡滯幾風驚，角殘仍夜永。烟生海路槎，葉墜秋梧井。眠罷客愁多，暗燈孤耿耿。〔壺谷集卷十一〕

朴世堂

世堂（一六二九—一七〇三）字季肯，號西溪樵叟，少號潛叟，潘南人。顯宗元年秋，魁解額，始舉生員，又魁殿試，例授成均館典籍，移禮部兵曹佐郎。三年壬寅，拜司諫院正言。五年甲辰，充副修撰，出爲黄海道暗行御史。曾以書狀官隨使到過北京。肅宗二十年甲戌獄事後，晉升承旨。終除知中樞府事、吏曹判書，皆不受。著有西溪集二十二卷。

閱唐人詩有作回文體因效其體寄泰輔

千里道稀傳信鴈，暮年仍劇病中愁。天寒望久指昏眼，日落傷多泣白頭。偏郡寄縱孤踽踽，遠鄉歸夢一悠悠。全身在孝兒知也，前戒深思當竄流。

枕上回文

牀照斜光冷透窓，半輪月隱雪峯雙。長夜又多愁減睡，觴乾對此久空缸。西溪集卷二

回　文

身閑得復暫遲回，陋器知能早斂裁。隣寺小鍾殘睡破，過雲片雨好詩催。巾欹故近聽禽語，眼纈從多吸酒杯。春鏡曉紅匀臉粉，新粧着樹萬花開。西溪集卷三

李玄錫

玄錫（一六四七—一七〇三）字夏瑞，號游齋，全州人。文科及第，肅宗二年任檢閲，嗣後歷官觀察使、同知中樞府事、右參贊、刑曹判書。著有游齋集二十四卷。

回文詩

幽軒小雨挾風凉，目送長天遠鴈翔。秋浥露珠荷滴滴，月沉宵霧海茫茫。愁邊醉興挑絃管，物外疎情寄詠觴。樓上一遊清夜短，鷗波起處放歌狂。游齋集卷四

趙泰億

泰億（一六七五—一七二八），著有謙齋集四十五卷（手稿本）。

回文體

樹外村烟淡，蒼蒼夕照殘。炷香僧榻靜，孤枕客窓寒。露白飛梧井，風凉依竹欄。暮岑遥極目，秋色海天漫。謙齋集卷七

次月巖回文

君須一日一詩裁，喜甚傳筒遞往来。雲色暝分遥嶂雪，月光清暎近簷梅。紛繽落屑談

揮麈，慷慨興懷醉促盃。焚硯我甘先膝屈，文回錦字寶函開。謙齋集卷十一

申靖夏

靖夏（一六八一——一七一六）字正甫，平山人。著有恕菴集十六卷。

十四夜復飲迴文詩

衣冷覺時侵露草，杖藜行沼小松青。依依落影疎枝菊，歷歷浮光明漢星。

其　二

來俱月夕待朋良，飲快先教莫淺觴。開酒小園秋菊晚，回飛獨鴈夜天霜。恕菴集卷三

趙觀彬

觀彬（一六九一——一七五七），著有悔軒集二十卷（一七六二年芸閣活字本）。

效回文體

村深卧處鎖雲煙，廢蟄身閒欲老年。園竹綠宜朋酒把，岸桃紅可客詩聯。昏昏病甚常停讀，耿耿憂多輒失眠。翻土舊荒耕得計，煩人借播近家田。悔軒集卷二

李令翊

令翊（一七三八—一七八〇），完山人，著有信齋集二册。

聯騎往看洞泉宗兄病途中聯句回文體

前溪小醉共錢䓿性源晚日沙堤半上潮幼公年老入秋新感重幼公夜長依枕病愁遥性源懸巢見處村藏樹性源宿鷺驚時馬度橋虞臣聯騎數來同約有虞臣烟雲隔闊思迢迢幼公

謹和凡翁次廻文上下韻

前村步醉倚廊腰，酒重初紅面暈潮。年稔樂應歌世治，歲窮愁獨去天遥。懸帘舊肆秋歸客，印月新溪暮影橋。聯袂共遊閑夢隔，烟迷遠樹海迢迢。信齋集册一

李德懋

德懋（一七四一—一七九三）字懋官，初字明叔，號炯庵、雅亭、東方一士，完山人。博學多才，因出身庶子，未被重用。正祖二年，隨使節赴清。回國後，始授奎章閣校書官，積城縣監。著有青莊館全書六十七卷。

迴文詩咏秋

傍檻坐閒靜，咏歌聊上樓。茫茫山月夜，浩浩水風秋。黄菊發皐岸，赤楓映沙洲。霜凝寒氣肅，興逸復懷幽。青莊館全書卷一

尹　愭

愭（一七四一—一八二六），自作誄文云『無名子年至九衮，不爲夭，官至緋玉，不爲小』。著有無名子集詩稿六册、文稿十三册。

回文體二首

閑人幽屋架層巖，細路穿來簇檜杉。山繞鳥聲泉繞石，斑斑紅蘂落輕雺。

多開花處少人行，倚杖惟聽好鳥鳴。歌舞謾誇爭富貴，何如果忘樂平生。無名子集詩稿册三

金載瓚

載瓚（一七四六—一八二七），號海石，延安人。領議政金熤子。正祖二十三年冬，以正使赴清。曾任領議政，出爲平安道觀察使、成川府使等職。著有海石遺稿十二卷。

韶陽詞 回文武陵春

永晝清風花帶露，露帶花風清晝永。細細香生水，水生香細細。點點紅痕繡碧苔，苔碧繡痕紅點點。沉水逐輕舟，舟輕逐水沉。海石遺稿卷一

張　混

混（一七五九—一八二八），著有而已广集十四卷。

迴文體

尋友遠溪涉，岸高憑眺賒。吟和睡惹蝶，酒泛香飄花。深谷含雲疊，迴峰帶日斜。陰成半緑葉，暝色對中家。而已广集卷六

沈象奎

象奎（一七六六—一八三八）字穉教，號斗室，青杞人。正祖十三年，登謁聖文科，選講制文臣，授奎章閣待教。二十年，移弘文館檢校待教。二十二年，遷奎章閣直閣，升刑曹參議轉承政院承旨。曾以冬至副使到過中國。著有斗室存稾四卷（沈熙淳校正本）。

小雨迴文次韻

身外物輕看小舟，學玄談道漫神遊。新醒宿飲閒常病，淺夢孤眠倦欲愁。塵斷酒香清滿座，霧生簾纈暗垂樓。頻年送客如歸燕，人世幾何奈白頭。

景善以新樓螢火二詩見寄並次其韻爲廻文一首

城邊滯客久，物物觸愁新。擎喜囊書夜，瀉欣珠薦春。情多化腐草，味遠悵歸人。成韻妙心照，報瓜慚陋塵。斗室存稿卷三

李學逵

學逵（一七七〇—一八三五），著有洛下生集二十册。

萬石渠春望回文

陰寒晝日每酣眠，好伴遊人見上阡。沉樹暮雲踈對屵，映江春月澹浮天。深花隱席移垂釣，細草熏衣近泊舡。吟望偏城新雨過，林園踏盡管芳季。

月回文

東亭坐夕月，遠客轉愁深。風箔吹涼影，露枝垂螟陰。朧朧久滿恨，杳杳悵微吟。空

碧澄寒景，望遥此北林。洛下生集册三因樹屋集

趙秉鉉

秉鉉（一七九一—一八四九）號成齋，生于漢陽城於義洞。純祖十二年登第，授承政院假注書。歷任司諫院正言、司憲府持平、忠道觀察使、兵曹判書、弘文館提學、武科殿試考官等職。憲宗三年八月抵達北京，燕人望見儀表，稱曰真宰相也。著有成齋集十五卷。

回文體

離别惱懷孤客愁，寂寥卧想夢悠悠。移陰薄和青烟暮，遠照斜連碧峀秋。嘶鴈斷時殘葉落，短歌聯處續觴酬。時時語到意深感，悲切兩人老白頭。

又

離鄉自倍百端愁，水復山兮悠更悠。移枕一聲鐘半夜，捲簾踈葉木深秋。嘶霜櫪馬君留挽，對月床樽我勸酬。時看卧松寒菊晚，悲吟客髮白垂頭。成齋集卷二

宋來熙

來熙（一七九一—一八六七）字子七，號錦谷，恩津人。憲宗三年，授黄澗縣監，爲官廉潔，

矯革宿弊。四年以才學卓越薦，自後歷任平安都事、司憲府掌令、二曹參判兼祭酒、大司憲等職。著有錦谷集十八卷（一九〇七年活字本）。

初秋月下戲作五七絶回文體

煙生緑樹深，月照清溪靜。牽興幽懷開，寫詩短燭秉。
秋迴漸覺微風颯，雨霽新凉動夜清。幽興謾吟閒徑步，浮雲暎月半山横。（錦谷集卷一）

金永壽

永壽（一八二九—一八九九）字福如，號荷亭，光山人。曾任奎章閣直閣、大司成、直提學、刑曹判書、藝文提學、平安監司、户曹判書、吏曹判書、輔國、大提學等職。著有荷亭集八卷（一九一六年石印本）。

重疊金回文

午天簷滴聲聲雨，雨聲聲滴簷天午。香炷一簞凉，凉簞一炷香。　睡醒閑茶試，試茶閑醒睡。踈情寫看書，書看寫情踈。（荷亭集卷一）

無名氏〔越南〕

閨怨 迴文

殘月映簾踈弄風，後庭離别怕怱怱。單衾半怯秋閨冷，遠笛長悲曉閣空。鸞掩鏡間眉蹙柳，鳳橫釵畔鬟生蓬。寒燈漏影紗窗小，難與相思深夜中。李文鳳越嶠書卷二十安南君臣詩

阮綿審

綿審（一八一九—一八七〇）字仲淵，號椒園、白毫子，越南王宗室，明命十九年襲封從國公。著有倉山詩鈔四卷、鼓枻詞一卷。

虞美人 迴文

微微夢雨紅窗掩，悄悄蛾眉歛。煖香沈水碧烟孤，落日隔花啼鳥有人無。空杯剩酒殘妝淺，别恨重山遠。去鴻歸雁幾能逢，可似睡鸞交繡帳西東。龍沐勛詞學季刊第三卷第二號

都良香〔日本〕

都良香（八三四—八七九）初名言道，桑原貞繼之子，京都人。弱冠入學，博聞强記，善屬

文。清和天皇貞觀十年，對策及第，官少内記，授正六位上。十四年，掌勃海客使，從五位下，以『相配姓名，其義乃美』，奏請改爲良香。十七年，任大内記，文章博士及越前權介，負責起草詔敕，著有都氏文集六卷。

銚子銘 廻文

多煮茶茗，飲來如何。和調體肉（本作内肉）散悶除痾。 本朝文粹卷十二

橘在列

橘在列字卿。少游學，聰明過人。三十歲入文人行列，補安藝（廣島）介。時值藤原氏專權，遭排擠，于天慶七年（九四四）冬十月出家爲僧，改名尊敬，住延歷寺。

廻文詩

寒露曉霑葉，晚風凉動枝。殘聲蟬嘒嘒，列影鴈離離。蘭色紅添砌，菊花黄滿籬。團團月聳嶺，皎皎水澄池。 本朝文粹卷一　本朝詩英卷一　日本漢詩卷一　日本詩紀卷二十六

菅原文時

文時（八九九—九八一），右大臣菅原道真之孫。天慶五年對策及第，歷經朱雀天皇、村上天

皇、冷泉天皇、圓融天皇四朝，官尾張權守、參議，從三位，世稱菅三品，著有文芥集。

劍銘 廻文

陽文陰精，刃新發鉶。光倒桂月，氣通華星。霜雪奪冷，鬼神畏靈。裝金餝玉，藏匱勒銘。本朝文粹卷十二

紀納言

盃銘 廻文

盈盃有味傾來久視

硯銘 廻文

雲氣凝照文思興妙 本朝文粹卷十二

江匡房

匡房（一〇四一—一一一一）幼極穎悟，長馳才名，後三條天皇召爲東宮侍讀兼左衛門權佐，升右少辨。歷任白河、堀河、鳥羽三代天皇侍讀。寬治八年，官從二位權中納言、太宰權帥，

世稱江帥。天永二年，兼大藏卿，叙正二位，又曰江大府卿。

山田月洲

薰籠銘廻文

滿籠開香散風來芳　本朝續文粹卷十一

戲效回文體

冥冥雨色海連天，惡浪江橋長繫船。亭上晚來愁裏望，青山幾處起雲烟。　王福祥日本漢詩與中國歷史人物典故

林清

林清（一六二〇——一六五七）字彦復，初名奇勝，字子文，别號景陶、函三、考槃薖、剛訥子，稱右兵衛。性高尚，不樂仕宦，正保三年，命賜禄，祝髮號春德。明曆二年任法眼，三年歿。著有讀耕齋集六十卷。

回文二首録一

陽春既發興，解釋看池冰。康樂元兄弟，笑談更友朋。良辰望柳岸，永日探花棚。堂

靜對書史，光疎有淡燈。友野瑍熙朝詩薈卷七　日本漢詩卷四

一乘院法親王真敬

月夜偶成回文

谿僨緑樹古蹊幽，步步忘予誘客遊。藜杖乘凉秋興逸，西風帶月夜悠悠。義端九成摶桑名賢詩集卷首

安東守直

守直號元簡，省庵子，稱正之進，筑後州柳川人。明末朱舜水至長崎，省庵率先師之。

秋月丙子回文體

浮雲歸嶽海波清，滿光磨光夜月明。樓小斜窻移案几，露零荒艸綴瑤瓊。悠悠望斷半山暮，皎皎思連長岍晴。秋色一傷遠境客，杵砧急處多蛩鳴。義端九成摶桑名賢詩集卷四

烏山輔寬

輔寬（一六五五—一七一五）字碩夫，號芝軒，又號逃禪居士，稱左太夫，攝津人。弱冠致

仕，性嗜酒，工詩著有芝軒吟稿。

寒夜偶興回文

寒月弄光溪雪霽，竹籬踈處放初梅。殘更坐盡消香篆，發興清唫獨上臺。熙朝詩薈卷五十

三 日本漢詩卷五

鳥山輔門

輔門，芝軒子，號香軒，稱孫平次，亦善詩，著有香軒略集。

秋夜偶興回文

清陰密鎖松窓暗，紫艷繁開菊徑荒。明月弄沙庭吐白，急風逐葉木飄黄。熙朝詩薈卷五十三

奥田仕亨

仕亨（一七〇三—一七八三）字嘉甫，號蘭汀，又號南山，稱宗四郎，伊勢櫛田人。仕津侯，謹慎勤奮，歷事四君五十年。性剛直，孝友，著有三角集。

春興回文

仙酒宴開花外樓，碧江春穩浪紋浮。天晴暖氣霞山遠，日麗和風竹徑幽。烟淡坐來吟

得得，艸芳夢裏興悠悠。年華減處迎正月，眼柳橋東向水流。熙朝詩薈卷二十八

合離

合離（一七二七—一八〇三）字麗生，本姓細合，更名方明，號半齋，又號華隱老人，稱八郎右衛門，伊勢人，著有半齋集。

擬何大復無題回文

看月拂眸雙涕收，怨娥孀苦爲誰酬。漫漫夜宴思琴瑟，渺渺天河隔女牛。鸞鏡塵深空没影，鳳機錦斷自生愁。殘燈一室薰沉水，寒井梧風度半秋。熙朝詩薈卷七十五

西島長孫歗幕詩話下卷：『蕉中禪師懷麗王詩，憶昨周旋權貴客，稱君北斗以南人。自注，麗王號斗南，朝鮮成士執嘗向余稱，合生北斗以南一人，麗王聲價高於一時，然其所作殊無可誦者，余藏京遊别志一卷，無一詩佳者，唯小草初篋所載回文律詩三首，稍足償聲價』。

木口簡

木口簡字若懋，號皡齋。

晚望回文

蒼蒼草色秋原曠，澹澹雲光霽野平。黄葉落邊飛鳥暮，紫山遥處斷虹明。

春日山園廻文原二首

斜籬一帶一園荒，木架横橋草舍傍。花點水邊紅片小，柳籠烟處緑條長。蛙群噪雨春池滿，蝶夢驚風午逕香。茶後睡醒人静坐，紗窓半轉竹陰凉。熙朝詩薈卷一百

青山延之

延之一名重之，字叔卿，一字子孜，號柳庵，又號孜孜齋，出冒佐佐木氏。著有錚佼集二卷、絶句通韻例證三卷。

戲賦回文二首

秋江碧水野風秋，返照斜風吟鬢愁。愁鬢吟風斜照返，秋風野水碧江秋。

書牀一掃晚風微，落日殘空鳴雁飛。踈葉寒陰雲漠漠，如何秋色雨霏霏。壎箎小集卷四

森魯直

魯直（一八一九—一八八九）字希黄，號春濤，尾張人。茉莉吟社盟主，爲當時詩壇重鎮，著有春濤詩鈔二十卷（明治四十五年文會堂書店石印本）。

山行回文

濛濛午雨細煙籠，映水沿家有竹叢。東澗西橋幽徑斷，空山滿地落花風。春濤詩鈔卷六落花啼鳥集戊申

題畫回文

山外門沿舊石磯，去雲閒趁暮舟歸。環谿隔樹晴煙斷，寒葉帶秋如雨飛。春濤詩集卷七牛背英雄集乙卯

閨怨回文

秋鐙一點數聲雨，葉落空階霜夜深。愁暗結時啼蛬冷，淚珠彈破曲中琴。

近重真澄

真澄（一八五九—一九三九後），京都人。著有安井隱居集三卷（別名心眼集，昭和十四年排印本）。

過小督舊址廻文體

鳴琴托得帶悲愁，遠闋宮娥紅淚流。行客無多風渡晚，驚波白水峽高秋。安井隱居集卷二

回文集卷五十七　目錄

回文集卷五十七

日本人民運用和文之特點與規律創製回文和歌、回文連歌、回文狂歌、回文俳諧。和歌、俳句都很簡短，易於製作，且易見長，即興吟詠，最爲適當。最早之回文和歌，有悦目抄、奥義抄中之『ムラ草ニ草ノ名ハモシソナハラバナゾシモ花ノ咲クニ咲クラム』。一一四〇年成書之藤原清輔奥義抄，將其稱作『古歌』，因此可能作於十一世紀以前。萬曆間，『欽差鎮守浙江等處地方』總兵官侯繼高所編著之日本風土記，載有被稱爲代表作之日本琴譜回文詞（長夜の十の眠りの皆眼醒波乗船の音の良きかな），此是我國最早見到、江户時代家喻户曉之回文和歌。現存之專集，據我們所知，有中島勝直俳諧迴文千句水車集（一六六一），無名園古道迴文俳諧歌僊（一七三九），宇口回文之俳諧（一七七四），杉夫追善廻文歌僊（一七七四），三友亭回文狂歌百余くろま（一八〇八），錦字樓笑籌回文歌百首（一八一四），曾洛廻文はした柴（一八二四），琴峰回文發句，今井黍丸迴文題柳樽（一八四四），山里靏林左迴文俳諧華見集（一八八五），石田未得回文俳諧百韻（一九一七），素更俳諧廻文帖（一九二七），菅原知貴迴文歌詞え種，浮草回文二百韻，以及回文和歌（四吟四百首詠附）。此外，散見於詩文別集、總集之作品也不少，唯迄今無人搜羅整理，集腋成裘，廣傳遐邇。至於形式則多爲『順逆同訓』，亦有順逆意義迴異之『首尾回環』，如歲暮歲旦：『氣(ケ)ハスス

ミ、タタハル下馬ヤ、沓持モ、ヤハリ白丁ラ、布衣供ノ今朝』，還有仙臺庵細成之每句回文，『腹減ラバ、燒塩ヤ欲シ、此木ノ子、煮染ト飯ニ、柴ノ技ノ箸』。在回文中，對同一假名之清音、濁音和半濁音，オ和ヲ、ハ和ワ、ヒ和イ等，可不區別。

石田未得

石田未得（一五八八—一六六九），通稱文右衛門、乾堂巽庵，別號ガァル，江戸人。貞門之俳人，著有廻文俳諧百韻、吾吟我集十卷。

廻文俳諧百韻

眺シハ野菊ノ茎ノ初メカナ
　咲ク花ハ咲ク草花ハ草
テリフリキ庭ヨク夜半ニキリフリテ
　ツヅキカリツツツヅリカキツツ
知ヌゲニ案山子ニ鹿カ逃ヌラシ
　弓張取ラム羣鳥ハ見ユ
ミナノケイタシナクナシタイケノナミ

　ササメクウタヒイタウクメササ
ヤガテトルイトマノマドイ門出カヤ
　クゼチノ中ハハカナノチセク
悋ン氣云腹立タラバ贔屓無理
　聞ニゾ憎聞ニゾ憎
ケサミナハクラヒテヒラク花見ザケ
　サクラノタイヲオイタノラクサ

ソイノルハヒン船(セン)セン日(セ)ハルノイツ
　月(ツキ)ハ出(テ)シホノノホシ出(テ)ハキツ
シラナミノキリタチタリキノミナラシ
　ヲバナミダレタタレタミナハヲ
キリキリスツヅリヤリツツスリキリキ
　トヲノススムシシムスズノオト
ヒキナキヲヤスミテ見(ミ)スヤオキナキヒ
　ツメシハラクカグラハジメツ
ミヤノ火(ヒ)ヨシラゲニケラシヨヒノヤミ
　ムネンヲキツネネツキヲンネム
ニゲガタク民(タミ)ノタノミタクダカケニ
　ヲルハタヤトヒ人(ヒト)ヤタハルヲ
カツキシニ木(キ)カズハスカキニシキヅカ
　カタリトオチタ太刀(タチ)ヲトリタカ
テキハヒクツトヒニヒトツクヒハキテ

　シロクカルヒケケヒルカクロシ
モイケタハキコエモヱゴキハタケイモ
　名月(メイケツ)キタ日火(ヒヒ)タキツケイメ
中(ナカ)モヌキ夜(ヨ)サムサムサヨキヌモカナ
　マヅシキノチハハヂノキシヅマ
二世(ニセ)トソヨキクタカタクキヨソトセニ
　ヨハヒノヒハヨヨハヒノヒハヨ
ムラ竹(タケ)ノヒトフトヒノケタラム
　ケヅリキヒサククサヒキリツケ
マルクツミツクリハリクツ水(ミツ)グルマ
　ヱヒマナバシニニシハナマイヱ
ナガサル身(ミ)ヲキツノ月(ツキ)ヲ見(ミ)ルサカナ
　シハカノキハヨヨハキ野(ノ)カハシ
ヌラシテハ山家(ヤマカ)ノカマヤハテシラヌ
　スハコノヤリノノリヤノゴハズ

メシニムセヲトガヒカドヲ膳(セム)ニシメ
クイニシトケハハケトシニイク

カヒナキヲクスシテ仕(シ)スクオキナヒカ
日(ヒ)ココロヨキ人(ヒト)トヒキヨロコビ

モトノ名(ナ)ハシレナンナレシハナノトモ
ノドケキヲトカカドヲキケトノ

ヤメザルハノビタルタビノハルサメヤ
ムマヤナヤマムムマヤナヤママム

キリアヒヲヒタスラスタヒオヒアリキ
手(テ)ハノコルマジシマル碁(コ)ノハテ

テレハキツツツミハ見(ミ)ツツ月(ツキ)ハレテ
エテエテキヌタタヌキテエテエ

ヤセサタハシルワンワルシハタサセヤ
下(ケ)コノメダノミ身(ミ)ノタメノゴケ

シウモテハムナシクシナムハテモウシ

ムジツツシムムジツツシム

ヤクドシトシアハセハアシ年(トシ)トクヤ
タヒクツヤマヒヒマヤツクイタ

讀(ヨミ)ハ置(オク)歌(カ)道(ダウ)ノウタ歌句(カク)ヲバ見(ミ)ヨ
歴歴(レキレキ)ノ詩(シ)モ文字(モジ)ノ切切(キレギレ)

ニシキトク手品(テシナ)ヲナシテクトキシニ
ツレナキヲンナナンヲキナレツ

カドタチモマツ夜(ヨ)ノヨヅマモチタトカ
フトデテイキツ月(ツキ)イデテトフ

ネブリシハ霧(キリ)ノマノリキハシリ舟(フネ)
ケサノヒエコソソコヱヒノサケ

ウヘノキヌハダカニカタハヌギノヘウ
イシヒキハナツツナハキビシイ

シツクリト御家(オイヘ)ノ屏(ヘイ)ヲ取(ト)リ崩(クヅ)シ
大工(ダイク)繕(ツクロ)ヒ廣(ヒロ)ク造(ツク)イタ

ケカヲシハクヤムモムヤクハシヲカケ
ハカマヤヌラシシラヌヤマカハ
ヨ所（ソ）ミナハハクラクラクハ花見（ハナミ）ゾヨ
ムメカトノミカ神（カミ）ノトガメム
キユルトモハレジトシレバモドルユキ
スミヤクオトココトヲクヤミズ
クフアヂモカタクテクタカモチアフグ
ニツ坂（サカ）オイテ體（テイ）ヲガサツニ
カケ川（カワ）ニノリムマムリノ庭（ニワ）ガケカ
ミカタハノキシシキノハタカミ
イロヨクバタダトレトタタハクヨロイ
ムラムラニサククサニラムラム
シベフトイ荻（ハギ）ヲモオギハイトフベシ

シラツユオキツ月（ツキ）ヲユツラシ
メアルルハカキネノネギカハルルアメ
ヒカデアミホシシホミアテガヒ
タカマリハヌハヌヤヌハヌハリマガタ
クツタビモナシシナモヒタツク
ツメタキハユキコソミユキハキタメツ
フユハシバシマシバシハユフ
ムラグセカヤマ人（ヒト）ヒマヤカセグラム
モトメタノリノノリノタメトモ
ケサハリシカタビラヒタカシリハサゲ
ソメヤハデキテデキテハヤメゾ
シナモロイハツ花（ハナ）ハツハイロモナシ
セガルハキツキキツキハルカセ

此一巻ハ、去年ノ秋雨中ツレヅレニ、枕ノフシ物ニ廻文ヲオモヒヨリ、アラヌサマノコトヲ百韻ニツヅリテ。

ヨマオクルトモトシカキシハイカイカイハシキカジトモドル句ヲマヨ

我等ヒサシキ日フタリニ見セテトロガタメシテステオキシガバ、何ヲテナラフシルシマアラズ、カバカリノモノノスヘ、イナカヨル事ニテ候、イササカマ分心ナキママニ、シノズトイヘドモ、ホドトヲカラヌタレバ、當ニハ噂申暮スノミ、不計都へ罷上リ、爲奉得尊意候、廻文トモニ外見ヲモワキマヘズ、

ムセウツリタガハナヒカンテイトクトイテムカヒナバカタリツウセン

去年一巻廻文ノハイカイ、イヅクトモナクモテ來リシ、上古ノ歌仙サヘカナキ事ニテ、廻文ノハイカイマレマレニ候ヲ、當時カクノゴトク自由自在作リツヅケラレ候、丸ガゴトキオトロヘタル氣リヨクニテハ、聞トトケ申コトサヘ不成候、サテモ〳〵キ妙也、此作意ニテ常テイノハイカイウケ給リタク候、當時ノ御返事モ眠病ユヘ不罷成ママ、モンテイ衆へ頼候テカト、心ニハ力ラヒ候ヘトモ、爰元ニコレナク、メンボクナク候、御上洛候ハバ見參候テ、御禮申ベク候、アナカシコ〳〵正保二年閏五月朔日長頭丸

此廻文ノ俳諧百韻ハ、イヅレノ人ノ作トモシラデ年ヒサシクモチツタヘ侍リシニ、日外吾吟我集トイヘル狂歌集ヲ一覽侍ルニ、ソレガ中ニ貞德ノ翁ノモトへ送リヌトアリテ、此オクナル廻文ノ狂歌アルニ、ハジメテ此作者ノヌシナルコトヲシリ侍リキ、コタビ東ノ杏花園ノ大人ヨリウツシテヨトアルニ、ヒトル間ニ〳〵禿タルフンデヲ馳ラセツツ、語路ノマギラハシキヲモ本書ノママニウツシハベル、ハタソノ筆ノアマリヲモテ字餘リナガラモ

ミトクト見句ヨコトノ葉ノトコ自トメコトノ葉ノトコヨク見トクト見

カクナムコヂツケテ、爰ニ書ソヘ侍ルモノハ、浪花寺ノホトリニヘタノナヲウリタガルカ

ブラ房ニテ候

カクウチモ句ノ面白サオカシサニ　臍マデヒックリカヘル廻文　于時享保二壬戌年孟春望

今朝ノナガメヲ爰ニ　松竹ヤ注連ノケプリハ煙リテモ　メデタキモノトアフギテゾ見ル

廻文歌

春

身(ミ)ノ留守(ルス)ニキテハオリトルコノハナハノコル鳥(トリ)ヲハ敵(テキ)ニスルノミ

夏

シラ雪(ユキ)ハ今朝(ケサ)ノ野ラ草(クサ)ノ葉(ハ)ニモツモ庭(ニハ)ノサクラノサケハキユラシ

田(タ)ウヘ歌(ウタ)テウシハヤミツツテンテン手皷(テツツミ)ヤハシウテ田(タ)ウヘウタ

秋

草(クサ)クキノ葉(ハ)ニフル霜(シモ)ニ見(ミ)ヤルナル闇(ヤミ)ニモシルフ庭(ニハ)ノ菊(キク)サク

冬

月(ツキ)ノモトキヨシトイヘハ冬(フユ)ノ夜(ヨ)ノ夕(ユフ)ハヘイトシヨキ友(トモ)ノキツ

戀

ツレナキヲ門(カド)ニマツマヒカツテコテ使(ツカヒ)マツ間(マ)ニトカヲキナレツ

君(キミ)ノタメトヒヨリタアク門(カド)ノ戸(ト)ノトカクアタリヨ人(ヒト)メタノミキ

ヘカタシト年月事(トシツキコト)ヲ望(ノソ)ムラムンノ男(オトコ)キツシトトシタカヘ

雑

ネフリツル篝(カカリ)タキステ浪(ナミ)クラク皆出過(ミナテスキ)タリカカル釣舟(ツリフネ)

湊川(ミナトカハ)トマノソキツツマハリケリ濱(ハマ)ツツキソノ窓(マト)ハ門(カト)ナミ

廻文百句ノ俳諧ヲツカフマツリテ貞徳トイフオキナニ見セニヤルトテイツモ

噂申セハソナタニ鼻ヒサセタマハン時ニハコナタヲモオモヒ給ヘナトコトハ

ヲカキテ

ムセウツリ高鼻(タカハナ)ヒカン貞徳(テイトク)ト出(イテ)ムカヒナハカタリツウセム

述懐

シロ髪(カミ)ハ毎日(マイニチ)見(ミ)ルソウカルナルカウソル道(ミチ)ニ今(イマ)ハ身(ミ)カロシ

哀傷

又飛(マタトヒ)ヌ女(メ)トオトアハレヌシシラシ死(シ)ヌレハ跡(アト)ヲトメヌ人玉(ヒトタマ)

神祇

冬(フユ)ラシキケシキオモシロ岩(イハ)ノ木(キ)ノ葉(ハ)イロ霜(イモ)ヲキシケキシラユフ

賀

ナカキ代(ヨ)ハ君民(キミタミ)ノ躰(テイ)タウトシトウタイテノミタミキハヨキカナ　吾吟我集巻十

野野口立圃

立圃（一五九六—一六六九）原名親重，俗稱市兵衛，又號松齋、松翁，丹波人。俳句、和歌、書畫皆通，著有花月千句、俳諧發句帖等，推貞門第一。

回　文

ナル時(トキ)モ聚(ナツ)メニメヅナモギ取(ト)ルナ

眺シハ野ナ花花ノ初カナ

闇ノミガ見キ月讀神ノ宮　和田信二郎巧智文學

末吉道節（一六五四）

回　文

菜カ薺ナヒクヲ猶食薺ナカナ

長座敷今朝過ス酒雉子肴ナ　和田信二郎巧智文學

榎本其角

其角（一六六〇—一七〇七）本姓竹下，幼名助源，後改母姓榎本，又稱竇井，別名晉其角，江户人。醫、書、詩、畫皆通，生性豪放。繼芭蕉之後，成爲俳諧宗匠江户座元祖，著有五元集、其角全集。

廻　文

今朝澤山飲ヤ菖ヤメノ富田酒　五元集拾遺夏部

上島鬼貫

鬼貫（一六六〇—一七三八）本姓平泉，通稱三郎兵衛，別號佛兄、槿花翁、攝州伊丹人。初業釀酒，後赴大阪行醫。元禄時代之俳人，東芭蕉、西鬼貫並稱。著有七車五卷、鬼貫句撰五卷。

元禄十五年霜月十五日貞德翁五十年忌廻文

ナキ霜(シモ)死(シ)ナバ名(ナ)ハナシ若翁(モシキナ)　七車卷四冬部

大場寥和

寥和（一六七七—一七五九）名森茂，通稱仁左衛門、咫尺齋，江户人。有俳諧職人盡句合。

放下鉢叩回文六句

河骨(カワホネ)ヤキサマノマサキヤネホウカ　（古）白雲

竹(タケ)ノ子(コ)ナクバハクナコノ下駄(ゲタ)　寥和

照(コ)レハキタ南(ミナミ)ハミナミ瀧(タキ)ハレコ

才覺咄シ品ハ公界サ
來ツル供ヤトヒノ人ヤ戾ル月
柘榴ノ事ヲオトコノルクサ　俳諧職人盡前集

半井卜養（一六七八）

回　文

雉料ル今ヤ君ノミソノ友ト望ミノ御酒ヤマヰルウレシキ　巧智文學

横井也有

也有（一七〇一—一七八三）名時敏，字伯懷，通稱孫右衛門，初號野有，後改也有，尾張藩士。通儒學，善和歌、繪畫、武術等，著有ウツラ衣。

廻　文

サクミツツツマベ待ヘマツツヅミ草　ウヅラ衣拾遺下

大福窓笑籌

又名錦字樓笑籌，江戸時代人。著有回文歌百首，文化十一年（一八一四）出版。

花

櫻木ノモトニミナハヤ今朝モ來モ酒ヤ花見ニ友ノ氣樂サ

霧

宿ル露玉ハ軒端ノ葉ニ繁グシ庭ノ荻ノ葉マタ讓ルトヤ

戀

知ラヌ身ガツイ思ヒ出シ口說泣キ解ク下紐ヲイツカ見ヌラシ

無常

悔ユベキニイツモ見ヌラシ人ノ世ノ問ヒ知ラヌ身モツイニ消ヘ行ク

伊勢參宮

日頃ヨイ長クヨキ春今伊勢イ參ルハ清ク家内ヨロコビ

戀返シ無常

シタヒモヲトヒテハラスハトクハトソツタヒシナカニイツヤ見ルベキ

表婚禮ウラ聟入

老ナカススムノハトコトイヨハレナコンレイシコクヨキハ夜ノスケ　巧智文學

三友亭

江戸人，生平不傳。著有回文狂歌百余くるま（文化五年九月跋）。

待　花

ノトケキニツマヲリカサノ名ハカリカ花ノサカリヲマツニキケトノ

回文ニ心ヨセテ

木(モト)スヘヲナシニハト樵(コ)ル和歌(ワカ)ノ意(イ)ヲカワルコト葉(ハ)ニシナヲ得(へ)ストモ

長壽ヲ賀シテ

長(ナガ)シキヲキヨクカリシヨオナシトシナヲヨシワカク能(ヨ)キ起居(オキシ)カナ　巧智文學

素　更

著有俳諧廻文帖，文化六年（一八〇九）刊。

廻文俳諧序

俳諧者，自連歌而生，連歌者，自和歌，而一變。和歌者，與詩同意也。故曰詩言志，歌永言，至言其志，則詩歌連俳無異也。詩有國風，歌有萬葉，而雖上古之志，而亦以得見之也。百有餘年前，有芭蕉桃青者，深志於俳諧，一變古體，風靡一時，以大鳴於當世也，世人謂之正風矣。今復西湖，有素更者，專本于正風，萎（委）志於其道，竟至其極矣。近頃戲黐案一體也，北體倣和歌之廻文，而爲長短之俳句，終至五百有餘言也，以爲小册而自賷，以爲孤客獨笑之資也。予今兹北遊，至丹後宮津。一日有客懷彼一小册，而來以示予，且乞序，予以閲焉。其滑稽實可解頤也，如佛印之於東坡之詩也，黃備子之於野馬臺之詩也。則韻語其顛倒錯互其句讀以使讀者難讀焉。如廻文則不然，自首至尾，亦自尾至首，字字無違，意志能通，使讀者易讀焉。其狀如環之周旋，其巧如棘刺刻猴也。公輸子之巧，江帥之辨，又以可比而已夫詩之國風，歌之萬葉，聖人賢士之所撰，而所以使天下後世，察上尚之風，觀古代之俗也。桃青之正風，志溢於言外，情透於骨也。素更之滑稽，亦達物之情，的人之志，以侍坐高貴者。誦之，而以足備於俳優而已。文化已巳歲秋七月書于丹后宮津客舍，陸奥華峯　島芳國子則識。

廻文俳諧之歌仙

折ナ枝　鶯　ヒクウ妙ナルヲ
　梅咲ナカワ和哥　慰メム
出シカ雛小隅ノ翠簾ヲ　靡シテ
　長キ續キノ軒ツツキカナ
月ノ下野モヨキ四方ノ友ノ來ツ
　寛　夕間ヤ山田色ツク
鹿ソ聞シリテソ照シ木木ソカシ
　サハ　占　ハハタカラ　噂
告タシト待間ニ間妻年闌ツ
　ソレスハナトカ門ナワスレソ
我庵ヲ慕ハハワタシ大井川
　白罌粟真隅見清シケラシ
舞退ツ地築引土月ノ隙
　蚯蚓啼ヲト遠クナス耳

筆好タ餘伎アル秋ヨ旅ステフ
　供ノ入シハ走井ノモト
花急キ盃司キソ爲奈ハ
　坂ノ春邊ソ添ル羽ノ笠
出替ヲスレハ身曠ス折ワカテ
　ハスカシメツツ包メシカスハ
我立タ岸ニモ錦龍田川
　狸感ヨヨシ遠碪
手疵チウ相撲場踏ス打過テ
　訪來寄タカ語リ能人
氣ナ揉ナ乘ハ矢橋ノ波モナキ
　隔ツ地モ佗琵琶持ツタヘ
年經トモ町下落間元臥戸
　君ノ敬ラシ白髭ノ神酒

來ツ野路モウソ寒サソウ望ノ月
　通ラ鳴子ノ殘ルナラ音
サワ惑茸狩カケタ暇業
　ワカラテ夫カ彼ソ寺カワ
淀城ノ隔ヲツタヘ狼烟トヨ
　ソコノ地ハ貸似我蜂ノ子ソ
香ヤヒラキ備ル花ソ奇羅美カ
　友ノ曳カナ長キ日ノモト

其二

トチラヘカ引鶴月日歸ラチト
　東風吹マシヲ押マカフ兒
出島過見透霞氣スマシテ
　列白荻ノ軒ハラシツレ
亥中モト皆寄世ナミトモカナイ

持ハ鳴子ノ殘ル繩手モ
廻リタハソレマテ稀ソ渡リ濱
宿ルテモコソソコモ照トヤ
休アラト隔日ノ此際トラ飽亭
別レス和士ト年ワスレカワ
語ラ津津折節風俗ヲ綴ラタカ
坂路ハ踏ス相撲場チカサ
シツマリツ長キ月カナ釣貧シ
帆影秋寒汚穢キ明顔
夫トテモ得シヲハ教エ以テ何レソ
居場モヤスク葛屋モ春ヲ
天モミナ花見ソ皆ハ並モンテ
今日延木曽ヲ遲キ日ノ更
寄ハ誰走入シハ傍ヨ

烏漸飛人ヤヤスラカ
鳥羽路カワ妙ミヨ三枝ワカチ鳩
昨日原ニソソニラハ卯ノ木
知ナマシ夫カラ彼ソ島ナレシ
折ノ至レハハレタ祈ヲ
此相圖見レハ憐ミツイアノ子
主ニ替ヘキ消床ニ憂シ
遠騎モ野シラ嵐ノ森ノ音
宿リ時シニ錦鳥トヤ
仡トメク臨時ノ真利汲ト月
菊ニ久シキ岸古ニクキ
出シ床ニ疎シエ滋童莞爾トシテ
留主守モスルルスモリモスル
品ハ添通リ折ヲト虚言咄

積逃トキユ雪解ノ水

ワカチナハ來テ見ン滿キ花地カワ

坂ト野モカナ中モ長閑サ

其三

主ナレハ樂サス櫻曠ナシヌ

門野ソ答ウ唄コソ長閑

出來ツルハ何モカモニナ春盡テ

白砂取ヲ折トナスラシ

能音ノ離ツツ月ノ能登沖ヨ

長旅陸路チカク引板カナ

畑守トスヘキ秋經ストリモタハ

舞ノソミヨキ清ミソノ隙

陪卒ト知ラス召ラシ殿モ偶

駒驚破アラク鞍アハス馬子

元彼ソ音ノソノ戸ヲ夫カトモ

來着涼シキ岸濯月

四方和波ヲ釣名モナリツ翁モヨ

体面白シ城下順風

縫アケテクタシノ支度出來アイヌ

若菜摘シヲオシ待半

シロシナハ山マタ儘ヤ花シロシ

ソウ日餘ノ子カ葩ノ呼鶯

泥龜ヲ得テソト袖エ御目カロト

我ナス業ノ野澤沙川

戸越トソ霙馴ソミ外仕事

願ノシナハハナシ演カネ

闇ノ香ソ敵解タカ曽我ノ宮

ツタフソアマタ適遊フ田鶴

信貴ノ地ヲヒトタヒ縱令落退シ
今ヤスラカハワカラスヤマイ
ソレモカナ叶相中ナカ洩ソ
皆唱ノ軒ヤ漣
シラケリナ時ツモ月トナリケラシ
踏スレサコソソコ左禮相撲
身ノ友ヲ託シ兒カ藜蘆ノ實
二階詑シウ憂琵琶イカニ
邂逅ヤ訪ヒト日風与ヤワラクワ
鳥歸ルトモ戻ルヘカリト
筆スラモ學ン花間洩ステフ
眺ソミシニ虹見ソメカナ

其四

中ハ川野モトモトモノ若葉カナ
杉戸泛シキ岸國公
出入トヒ安キニ寄スヤ獨居テ
杖ヲヒカシメ召カ日ヲ得ツ
ユツタリト置津津月ヲトリタ露
カイワリ菜ツミ滿作業カ
平波ソ時ヲモ荻トソミナラヒ
見シカ綱手ト戸出懷シミ
戻ルヘキ好積シヨ消ルトモ
我留主待ウ疎マスルカワ
サワ難ヲモチタ育モ女業
着風俗ハソレヤ破ソワリナキ
若退ツ氣サスモ洲綺月ノ霜
能舛買テ町家住居ヨ
出意トイ添ル因方ソ竈馬マテ

然網元ソ外面見飽シ
思ナハ解テ待人華紐ヲ
春邊ソ庵ニ匂イソヘルハ
雉子飛山ノ端ノ間ヤフト過キ
曽禰カ野邊ノヲ尾上ノ鐘ソ
年ハ氣ニ順カタシ賑シト
珍ラシコトヲ男シラス女
笑シ數冷タサタメツ透シ見エ
外待ウタワ綿打窻ソ
世ニ違仕合ハアシ深谷ヨ
イツカト宇治ヲ落人カツイ
晴立モ名高刀モツタレハ
長キ夜ノ來ツ月ノ能カナ
有無沙汰ハシラケニケラシ肌寒ウ

間引菜ヒトツツトヒナキ隙
ウカム笑野路高舘ノ見エ向ウ
戻スハアシウ牛アハス友
ソコモ適訪寄宵トマタモコソ
繪踏スマシテ出シ真隅笛
敷砂ハキヨミソ見能花透シ
日ソアテ長閑門ノ手遊

其五

慕エウタ　湖ウツミ田植出シ
共眠カモ藻刈舟モト
手次見ス輔佐身ノ操澄キツテ
來ソイハ陸路近クハイソキ
望月ノ影サス酒カ離ツ地モ
鹿スラ鳴ヲ奥ナラスカシ

共ニ列紅葉待見モ連ニモト
面師ウトクサ咲冬至梅
正正ヨ落着辻ヲ夜サマサマ
更ツノツトヒ一ノツラサ
住トモカ借ツ縺ソ香モトメス
幽ナレマモ揉レ流カ
三日月ノ玉川カマタ軒ツ上
普請仕スマシ仕増新澀
攝待ヲトモ功德モト追達勢
下ノタタシキ木下憑シ
山ノ名ハワカレ夫カワ花ノ間ヤ
カヘル春邊カカヘルハルヘカ
留主モセヨ野路越東風ノ寄モスル
今スラアルシ知荒住居

敵ノ地ヲ來ツ術盡落退テ
似夕影綾ノ野ヤ明方ニ
過ト訪ソレモヤモレソ郭公
老曽ノ杜ノ乗物ソヒヲ
不意ノ問途中ニカナト人ノイフ
余所ニ見ナシモモシナ身ニソヨ
末アリテ壬生ノ此文トリアヘス
ヒタ月毎ニ二度漕ツタヒ
浦輪泻時アル秋ト誰笑ウ
並松ツツキ來ツツツマミ菜
鶯子啼トキトキナ越ヒクウ
晴アカリトヤ宿リカアレハ
隔ツカナ戸出ハ繩手ト中ツ絶
間ヤイヨ藪モモフ彌生山

元ヒト日花ニソ似ナハ人ヒトモ
　今日モシレカワ別レ霜更

　其六

須磨和波ヲ出シ折オシテ沖鱠
　日ソアナ更ト遂船遊ヒ
賑フソ土地スラ筋ト添脇ニ
　梨取アハセ世話アリトシナ
利ナ釋ツ咄ス真砂ハ月トナリ
　鶸蒔餌シテ出シ驛間佗
若訪テ宮ハト早ミ調度シモ
　足方得ト取哥加留多
増文カ綴リナリツツ紙衾
　白雪ト積水ト消ラシ
我丸イネカワシワカネ入間川
　キツルカ陸ヲ落カカル月
下リ度ヲ一統ト對涌リ笠
　友シル秋ノ軒　主モト
宿リカハ　結　老住ハカリトヤ
　延日笑顔ト十日蛭子ノ
品モミナ花降船場波モナシ
　岨山軒ヲ荻ノ若葉ソ
ナトストモ鹿ノ子遁シ戻ストナ
　ハカナイ脇ニ賑イナカハ
彦八モ今日マタ儲持運飛
　眺アル地ヲ落ル雨カナ
濡染ノサシ足アシサ而已シレヌ
　言葉優シウ憂サヤハ床
九十九髪ウトマレ惑ウ身カ藻屑

真向ウヲイサ塞翁カ馬
筆號居空争イ見サステフ
品ハ似ツモ持錢ハナシ
月モ訪時ツ暑キト人モキツ
瀬數過ツツ續キ涼風
御頭モ取手ミテリト洩シ顔
元仙屋ヲト遠山外モ
ヨシマタハソコ家居コソ移徙ヨ
着ナシ舞初目ソ隙シナキ
添ヘ算ヒシテ花果シ日ソ替ソ
音波乘ハ春ノ湊ヲ

其七

中押ハ柴ノ戸ノハシ芭蕉カナ
告ン窻モト友ト滿月

照ツ瀬ハヒタコソコタヒ鯊釣テ
汐ト水トソ外津見通シ
メクリツツ書トル時カ綴リクメ
ソコ日間ヤ音遠山彦ソ
彼妻子付人引ツ小松野カ
接木スマシテ出嶋過來ツ
居マシキハ蜈逃門掃シマイ
品借ツ問音信ソナシ
セカルルモハツトヒトツハモルル風
風呂敷トキツ月時白フ
若莨ミスマス真隅木幡カワ
目先アヤウキ急ヤ秋雨
世ナ慕フ折コソ垢離ヲ二品ヨ
誓ソアルハ春湊ヒカチ

弓ト名ハ常カラ兼ツ華ト見ユ
五加木摘地ノ後六キコウ
夏衣江戸カラ門エ諸小綱
駒ノ越ナミ孤ノ馬子
借同士ト語リ寄タカ年取カ
雪ノ光リモ守甲斐ノ消
世ニ遂タ奥ナラナクヲ竹戸ニヨ
共ノ井洗裏相ノモト
白浪ノ間ヤ瀧田山而已ナラシ
瓜音秘シテ出シ人ヲ待
疑ハイワチアチワイ侘カタウ
冷ト東ヲ男鹿ヒトツゾ
氣ソオキツ延タル旅ノ月遲キ
暮秋ノイソキ來ソイノ潮

仕流レナ澤ノ其業馴悲シ
永留主ノ衰ヲ御物スルカナ
駕ノ戸ヲシラセ見セラシ乙ノ子カ
二ノ替リトモ戻リ若野ニ
惜ミツ名ハソレソ花包シヲ
皆舞寄ハ春ヨ隙波

其八

見ヨ聞ツ折カラ鴈ヲ月清ミ
友ノ古酒ト解座木ノ下
出來シ業ハヤキ柿屋ハ淡シ來テ
分ルル川ノ野ハ枯ルカワ
岸ハ出シ續キ築ツツ慕シキ
靜ナレトモ戻レ長通次
召カソイ松アル東イソカシメ

弓取ハ名ソ備リトミユ
シレ惑ウ僞リハツイ被疎シ
翠簾本ヲマツ爪音モ澄
戻スカト思ヒノ紐ヲ解ストモ
村坂馴染虫啼サラム
來ツ送リ騎タ二人ノ陸ヲ月
新絹トモニ荷元抽シ
調度マテヒタスラ數度手惑フテ
今日トコソレハ曠ソ壽ケ
見透シヌ繩手ニテ花ヌシ霞
鶯モ木ニコソソコニ來モソウ
町アヒヨ畑打ウタハ呼アフテ
我モト人ヤ雇伴カワ
參ルトモ千里ソ常陸戻ル今

ヨシアル意ト逼ル足ヨ
寒冷ハ來シ日淋シキ俳連哥
時ニ隔ノ後絶ニキト
磨スマ見シヨリ好十寸鏡
瘦モオナシ品ヲ守瀬ヤ
消レ彼ノ自カ罪遁レ行
通路次アタシ下網代打
島八重ヨ退ツモ月ノ夜邊ヤマシ
ヤトレハ荻ノ軒端ハレトヤ
弟子醫マス賑フワキニ住居シテ
見シ程スラ淺スヱシミ
築地マテ全ウ建間出待イツ
空霞カナ中身スカラソ
叶ヒナハ送リテ陸ヲ花日半

皆モト乘ハ春ノトモ彼

其九

長月ト風与イヒ厭フ時ツカナ
似タル二人カ刈田降谷
出シ親子築堀スク小屋ヲシテ
談リアフコト左右アリタカ
玉兎ハヤ寒ヤハ來添ウマタ
立レ彼木トトキノ枯蔦
隔リナ土地フル淵トナリ湛
眝トモキカス簀垣鈍シ
ヤスルカハ影モ重ケカワカルスヤ
ソコハラサスル留主サラハコソ
能カレ彼通傳スラ捨ツ遁家ヨ
屢ノ間ヤ山ノ端ハシ

クキラカナ啼ツツ月ナ乍聞
積瀬ハ与ウ哥合満
紫ノ形見而巳誰除去無
待タイサソノ野ソサイタツマ
違ナハ遁サム嵯峨ノ花筏
春ノナカハニ俄名乘ハ
時ヨ辛苦夫ナリ馴ソ軍書記ト
包豊ナ中緩ミツツ
下里モ鄰借抔元沙汰シ
君ニヒカレテ出レ買ニ神酒
増フマシ女ノ難ヲシマフサ广
浮フ一興ウケツイ深ウ
降ハコソ居籠兩乞底拂フ
掃除觸タリ渡レ武州ソ

義詞ニツレ　唐衣列錦
　象ノ來アユミ見ユ秋ノウサ
皆月ヲ友マツ間モト沖津波
　冬隣トヤ宿リナト結
坂越ツヲリタアタリヲ杖小笠
　出ス守ト共髻リモ捨テ
傳リノ式ヲ仰キシ法ハタツ
　陸遠近ノ後東風送リ
隔チナハ好トモ遂ス花地絶
　佳ナル端家ハ　囃春永

其十

神ノ留主ヒタ哥唄ヒスルノミカ
　户サシ降雪キユル無事里
照ハコソ飛立旅ト底ハレテ
　月ソトヨ今日更ヨトソ來ツ
汐時後荻崎崎ヲ漕通シ
　虫中原ヨ奇（寄）ハカナシム
惜マレヌ其身ノ蓑ソ濡マシヲ
　三間イカカコソソコカ垣間見
不圖入ヲ勾引ハ咎抑厭フ
　落カカリツツ綴リ加賀路ヲ
育アヰ元秘人モ居當タソ
　甃　ソノ望タタシイ
短夜ヲ月ナホ和波ツ游シミ
　宿リ遂ヌハ羽拔鳥トヤ
隔ツトモ分チ道カハ（ワ）元傳ヘ
　雛荷急ノ軒ソイ荷ヒ
曠ナシキ富ナ花見時シナレハ

嵯峩ト野ノ宮闇ノ長閑サ
田ハ増テ川崎澤カ出島畑
　サシモノ東根ハタノモシサ
空城モ久守モ古諸白髪
　ヤトスラ借ム羣鳥トヤ
シラヌ火ノオシク筑紫ヲ延ヌラシ
　雨守リノ法モ完フ
次第ヲキ乙子モコトヲ競出シ
　死ヲ幸ソ素意ハ功シ
氣味ワルウ道占打見得ワ右
　能涌友戻遠キヨ
四海ミナ月ノ名ノ來ツ並居賀シ
　鳰雁鴫ト時シリ顔ニ
出シノ笘縺破ツモ窻ノ下

　日繰スクレハ晴藥喰
片意地モイツカラ歟ツイ用タカ
　シタ萠續キ來ツ杖持シ
元ノ名ハ隱サス咲カ花ノ友
　堅田遊ヒノ延ソ暖

其十一

袴着ヨイサメ媚サイ能間カハ
　雪晴度ニテ手ニトレハ消
出シ小意水瀬風次笘コシテ
　藻ニカ啼シム虫カ中ニモ
坂退ツ遥光ル八月ノ暈
　タツキアヤシキ岸ヤ炑蔦
牧方ノ續キ往ツツ野田カラ干
　八十次メテタウ哥テ召ソヤ

勾欄ソ馴添ソレナ染シ場ヲ
外ノ亂モ洩タ身ノ徒ソ

セクコトヲ徳ナラナクト男癖
唄ケハシキ岸葉鷄頭

燕ラソ歸ルナルヘカ空目耻
軒告アヤハ早明月ノ

急キツツマタコソ谽谺續キソイ
列町モ清キ御忌詣テ連

花滿ハ隣ヨリナト却含ナハ
見透ウラソ空ウスカスミ

杖曳ツ伸ソ遊ヒノ次日得ツ
以後旅次飛ヨ呼 鳴 鳩

傳エタカ貧シラシ枇杷片枝立
木柴ノシナミミナ忍ハシキ

向フ闔出シ夫婦シテ屋根葺ム
砂山崩キ 築 間ヤナス

老ヲソヨ經松マルフヨソヲヒヲ
我君トモヨ世モ當キカハ

得罷リト御座マシ場ヲ執構エ
下リ居待ハヤ八幡マイリヲ

夏ノ野モ來ツツ滿月物ノツナ
カク辻守ト 黐 ツク歟

毎度トモ語リ撰リタカ元ト今
日頃ヨロコヒヒコロヨロコヒ

侘ラスヤヒタモノモ旅跉跰ハ
鼓師若干ト徳ハコソウケ

花下ハ出逢ヌ居アテ渡シナハ
櫻 鯎 ヲオヒケ浦草

其十二

餅搗ノドサツキツ里逃ツ地モ
木柴狹シト年ハ世話シキ
弟子カ日日副經笛ソ響カシテ
告ン端ノ間ヤ山ノ半月
戻ル帆ノ江崎秋サエ登ルトモ
通ルカ鴈ヨ奇(寄)カカルヲト
憂感ウ和子カラ駕ワ疎マシウ
先ノヒヨ地ノ後呼ノ妻
シマラスハ元夫ソトモ忘ヲマシ
罪ノ祈モ森ノ井ノ水
分チ見モ蔦シルシタツ紅葉カワ
疾刈トヲハ原鳥頭草
フタ月ノ今スヲ住居軒ツタフ

次第佗ツモ持琵琶出シ
生田野ソ不圖折ヲ訪共 類
ヤスラカナ身ト富無カラスヤ
急モト花シヲシナハ友キソイ
春住得シヲ 教 見スルハ
雉子ヤ文字添書カヘソ別 業
通リ真向ハ勵ム鞠オト
世話アイカ古金カルフ買合セ
能升取カ借户住居ヨ
續キ日ニ山越駒ヤ二疋宛
サレハアノ野モ物ノ哀レサ
轉ストモ 災 業ワモトスンテ
屏重門エ縁モウチイヘ
二位馴具袴 イマカハ 紅 ニ

新絹見ヨト藤動抽シ
夜半カ月浮ムヤ向ウ木津川ヨ
柚木アヤシウ憂ヤ秋間ソ
取シ圖ノ世界ノ威風ノツシリト
希有若干ト德ハコソウケ
御假屋ハヒヲ並ナヲヒ時行神
菫摘シキ岸間遠見ス
花陸ヲイソカスカソイ送リナハ
香ヤ越門ノ長閑スコヤカ

其百韻

杜若續咲ツツ田ハ次カ
舞舞虫ナ馴染隙隙
天ト人ハレツイツレハ鳶飛テ
風間ヤモレソ夫モ山坂
岸脇ニ皆家居ナミ賑ワシキ
中通路コシシコロウツカナ
月折トワリナキナリハ取置ツ
罌粟蒔小野ソ園ヲクマシケ
添東弓鎗ヤミユ松アイソ
ワカレシモノト殿モシレカワ
實ノレカナ願ハヒカネ流レノ身
老ノサタメツ冷タサノ日ヲ
遠ノシヲシテモトモ出シ鴛鴦ノ音
樂マタ唄ヒタウタマクラ
何ニ誰聞カキ書キ片二階
友ノ子ノキツ月ノ此下
ソコト今虫撰得シム毎度コソ
パタリタワリト鳥渡リタハ

御入間トヤハ川川ヤトマリ居ヲ
霞汲ツツ堤クミスカ
花シラテ土佐ノコノ里照シナハ
八十路經笠下リ藤ソヤ
世ニ鳴カ何レ洩ツイ假名ニヨ
砕ツイトモ基ツケタク
サシ足モ木蔭竹垣モシアシサ
纏凌ヲ奥ノシレツモ
慎ツ折ノ祈ヲ積シツツ
人ノ柄ヨキ清ラカノ問
面白シ砂場見ハナス城下ヲ
門波スタヒ浸ミナトカ
師走カナ何カラカニナ流ス端
寄モ世話シト年ハセ守ヨ

イツモコソ咄シナシナハソコモツイ
戻ル中戸ノ長閑ナル友
ソモ時ツ霞テミスカ月トモソ
樂サヘヤモノ野モ八重櫻
山イクツ紀ノ路道ノ記次今ヤ
訪便リサエ得サリヨ旅ト
フト居ソミ泣ス寄縋ナ身ソイトフ
マサシウモレソ夫モウシサマ
利ナルカワ説時得トワカルナリ
莞設今日孫ニ子ニ
佐ハ傳ヘ鳩吹フトハヘタツ業
斯サイセクモ木樨咲歟
月オシサナトカハ門ナ鎖置ツ
二人相訪ヒト居アリタフ

差度シ演タル妙ノシタワシサ
　鹿落角ノ野ノ辻オカシ
花代ヲ楚地越東風ソ疏シナハ
　出ニシ獨活山間ヤ同時ニテ
宿シテハ御事モ何處ヲ果シトヤ
　消ルナリマタ留リナル雪
冬ノ松ナトヨ千代トナ妻ノユフ
　品モ蜜（密）事ヨヨシ罪モナシ
出來節ト遁ナレカノ年耽テ
　業ナカレトモ戻レ金澤
土地唄ハカヘス田末カ畑打ト
　梅媚 秀 ツイ日日コメム
蜂ノ巣ナ何處カ我子トナス後ハ
　マコフ岡部ノ野邊カ追駒

柴マトヒ軒片垣ノ一廻シ
　夕烟タツカワ分ツ竹植
時ツモソ葛水見透ソモ月ト
　中堰ツ下モシ附瀬カナ
大方ニ夫カトカレソ似タ顏ヲ
　續キ龜鏡ナ内外聞ツツ
北國ヨサハウキ噂世ニクタキ
　今朝ノモ物カ彼桃ノ酒
門間野ソ笑シ富士見エ共圓
　行春モトヤ宿守ハ悔
賑イツ寄タアタリヨツイ脇ニ
　蓑虫啼カカクナシムノミ
出シカ月橋ト今年ハ氣附シテ
　別レハ秋ノ軒哀レカワ

路次向フ折戸獨リヲ深莚
筆筆呼間舞ヨ蝶蝶
備リト見トルナル富鳥花ソ
春邊ノ身業氣清演ルハ
奇(寄)去シ名所 コトナ知ラサリヨ
闇カヤヒラキ奇羅美ヤカ宮
押觸ツ詣シ町モ連フシヲ
本間登セハ颿帆ノ真艟
世ニ惑イ鰻アキナウイトマニヨ
不圖來シ彼ソソレカシキ問フ
折返ス諸戀衣 スヘカリヲ
舞シ日又ノ 給 シヒマ
元コソナシレハ 哀 シナソコトモ

難面ノ道ヲ落身ノ馴ツ
啄木鳥ヨ渉シノ下ハ能續キ
岩茸取ヲ折遂貯イ
書ツ誰峩眉山古カ片月カ
今朝カラカ酒ケサカラカサケ
却含シト末ソカソエス年満ハ
訪モ問レテ出連ハ友人
靜サヲ望 住共長カ通次
日頃 齢 ノ延ハヨロクヒ
先瀧ト清水見ヨキ時タツマ
ヤフイリオリヲ折折イフヤ
釣花ソ琴ノ音ノ床ソナハリツ
白砂ヤ門ノ長閑安ラシ

〔旅トスサミ〕竹齊ニ似タル徒ニハアラズ、又杖ト笠トハ西行ニ似タリトイヒシ人ノマネセシニマアラネドマ、我サトヲ立イヅル時シハ、初雁カネニウチムカヒタルル翁アリ。今宵四月ニ酒酌テ哥唄フ小舟ヲ余所ニ漕ワタリ、次ノ日樗テフ峯ニ眺望ス。ヒトタビハ駕モモノイフ与謝ノ海　トナガメシ人モオモヒイデ行程、泊〳〵モカサナリ、松江ノ波モイト靜ニ影ヲ浸ス玉壺樓ニイタリヌ、アルジハヒネモス公ノトコヲシメス人ナレド、ソノイトマニ六藝ニワタリ、人ノ師トナルコト數ヲシラス。四方ノ物語リニ更ル夜モツモリ、年モハヤ暮行テ、マタ立歸ル春ノ軒端ニ鶯モオトヅレ、永キ日ノツレヅレニ、オノレヲワスレシクサ〳〵書チラシタル物ニ、筆ヲクハヘタマヘカシト、ヒタモノ意ノ下ニ投ヤリテ過シ。頃ハ文化五トセノ數ソイ、淡海ノ西ノホトリニ老ヲマツモノ八素更ナリヌ。長(ナカ)コトヲ

演(ノヘ)ル春邊(ハルヘ)ノ男(ヲトコ)カナ

〔廻文帖跋〕西湖ノ素更ハ、花開門ノ俳諧ニナラヒ、後正風体ニ移リ、予友トシ語ルコト年アリ。文化辰ノハツ春更來リテイフ、今年橋立ノ邊リ春ノ深雪ニ旅寐シテ、獨リ燈ノモトニ筆トリ、戯ニ回文ノホ句ヲ作リ、ソレガ脇句ヲナリベマテ行バ、我ナガリヲカシクモ物クルハシ。サレド笑ヲ催ス程ニモトヒソカニ見ス。カンナノタガヘルモアナレド意ツラヌキ聞エ、覺ス手ヲ拍シヌ。其ノチ更旅ノ寐ザメ、月毎ニ一巻ヲツクリ、此春百韻ヲ添ヘテ獨リ笑フ。古ヨリ和哥の家〳〵ニ廻文アリテ、長キ夜ノ哥キク日コソノ詠ハ兒童モシレリ。晉子廻文ノホクアレバ又風雅ノ一体ナリ。カカルコト好ム人ノ此巻巻能キ調ヲ譬メ、

聞エザル句ヲ捨選タマフモ一興ナランカ。此項書肆何某ノ乞ニマカセテ櫻木ニ雕シム。ヨテ其趣ヲ記スモノハ丹後松江ノ磯邊ニ住ル。貞諒。 日本俳書大系第十三巻

木下長嘯子

魚の連歌

長キ名ヤタマノセノマタ柳カナ
消ルナガトノ長閑ナル雪
照バ皆春日ノ晝ハナミハレテ
月人男事ヲ訪ヒ來ツ
北風ヤ草花ハ咲クヤセカタキ
宿元惜虫ヲ友トヤ
見馴ナバ群鳥取ラム放レ浪
茂葉ノ間ヤ山ノ遥ケシ 和田信二郎巧智文學

富士谷御杖（一八二三）

回文

ナガツマヲミキハニ高シ一ツ松訪ヒシカタニハ君ヲ待ツカナ　巧智文學

本居春庭（一八二八）

回文

眺ムラムカトヲトヒナバ草ニ木ニ咲ク花人ヲトガムラムカナ　巧智文學

山崎美成（一八六三）

西行法師之畫贊

元ノ名ハ弓取リト見ユ花ノ友　巧智文學

山里靍林左

廻文俳諧華見集跋

身ノ愚老イテ句合ナレバ村家流布デソノデ詠メ遼キ世ノ感吟ノ其角夫子ノ句ヨキ端午雅友ソ角力ノ會ヲナズ羽ノ錆シ蝶モ飛フ繪ノ書ノ名ハ華見ノ集異ニ車ノ輪ノゴトクトヤ篤ト此輪ノ丸クニ有志ノ御名ハ花ノ吉野エ不圖詣テシ膝伸ス猶衣ノ部裳羽衣カ此度曲ノ衆服力妓ノ向無我ノ善キ乙女カナデノ袖振ヤラム、ハレナ舞樂テ遊樂ノミ 和田信二郎巧智文學

琴梶

回文貝盡跋

而カウシテ後、イサ知ヌハ床花同前ニモテナ詩、シ誹諧晴ナラムヤト、獨吟ジテ神祇理ト人ヤ村ナレ誹諧端品テモ人情ト名ハ言葉ヌラシ、才智ノ弟子フカシ

和田信二郎巧智文學

失　名

回文雑俳

暑カッタ南モ南**タツカツアー（バングラデイシュ**カンコウ旅行）

胃ヲ病　キツイ毎月　今ヤ老イ

遷カツニモ　角巻キ巻クカ喪ニ使ウ

繪師好ミ土佐ガ我ガ郷　見殘シエ

オカミイヨ惡酔イ夜ハ酔イシ顔

悲ミイヨ　安酒注スヤ酔イシ仲

木木ノ葉ニ雪積ミツ消ユ　庭ノ木木

草中ニ蚋蠅ハ飛フ　苦菜咲ク

今朝一気　酔イヤ早イヨ　キツイ酒

婚期ニテ　持參金些事　手ニ金庫

惨害カ水無月津波　海岸サ

白菊ヲ花器活ケイキガ奥義ラシ
水仙ハ花器活ケイキガ反省ス
蟬ノ死ス八重ノコノ部屋　壽司ノ店
早老ノ母ダ下齒ハ濃漏ソ（齒槽膿漏）
大觀ラ大家ハ描イタ　蘭描イタ
賃錢ヲ　**バイト**雇イハ温泉地
妻折ル齒　噛メル**スルメ**カ春ヲ待ツ（齒牙破折）
摘發サ　藥持チ**モク**ヤ　**サツ**ハ來テ
道路橋　高速走行良キ**ロード**
難題ヨ　土地土地土地ト　醉イ旦那
妊娠シ栄養良イ繪　心身ニ
濡レシ花　萎ビテ美ナシ　名ハ知レヌ
眠ル子ノ**シミ**　蚊ノ咬シ殘ル胸
飲ミ代カ　無イシ欲シイナ　輕シ身ノ

春野ニテ投ゲル輕ゲナ手ニ乘ル齒（乳齒）

美觀イイ　建物モテタ醫院華美

笛ハ吹キ　ヨメヨクヨメヨ　記譜ハF

兵隊ハ　變民兵　敗退へ

盆栽カ　妻ト椴松　買イ散歩

滿作サ　喜ブ頃ヨ燒ク秋刀魚

水涸レタムダノコノ**タム**　誰カ住ミ（水没家屋）

無理スルナ　水ダケダスミ　ナル**スリム**

目ノ敵モトノゴノ友　來タカ飲メ

問題ハ　句ハ季ナキ吐ク俳壇

病ンデイテ　台風吹イタ停電夜

浴衣着テ　イマ痩セ病　出來タ粥

ヨウ吹イタ　斷水スンダ台風夜

落花ナシ　キツ茶店サ月　**ジナカツラ**

リナリアノ　枯ラシ蟲ラガ野蟻ナリ（蟲害）

累進シ　無役ヲ悔ヤム紳士イル

例會ス　差シ入レ醫師サ西瓜入レ（句會）

勞動ノキツシ年月　農道路

我ガ庵ニ遠キ堰音　ニオ井川

齊齊哈爾師範學院學報（一九九六年第三期）

回文集卷五十八　目録

我國何時有回文樂曲，記載闕如。作曲家唐訶云，河北易縣梁各莊一帶，清末民初時，每逢年過節常有各村組成之樂隊串鄉演出。一九八一年，他去白洋淀采風，搜集民歌民曲。在郭里口村，遇見八十高齡之民間藝人鄧長保，據説梁各莊樂隊由笙、管、雲鑼、鐃、鈸、鼓、鐘、磬組成，管子爲領奏樂器，其曲目有琵琶淚、月兒高等小曲，將軍令、合四拍、小花園等大曲。有年正月十五日，樂隊演奏小花園，接着又演奏一首反調小花園，後者是前者之倒奏。

縱觀我國現有音樂作品可以分為兩種形式。一是將回文詩詞合樂譜曲，如清代謝元淮之菩薩蠻（北高宮隻曲）、虞美人（南南吕宮引子加板作正曲）；二是樂曲取回文結構，如何柳堂之廻文錦、冼星海之菩薩蠻，石峰之飛輕身。

在歐洲，作曲中之逆行，不但應用於旋律，作爲一種對位手段，也應用於整個織體，係曲式技法之一。當複調音樂鼎盛時期，特别是十五世紀，回文樂曲（稱Canon Cancrizans或Canon al rovescio）曾十分流行。最早之實例，可溯至十三世紀克勞蘇拉（Clausala）之努斯米多（Nusmide）。十四世紀初，法國長篇諷刺寓言詩福維爾之故事（Roman de Fauvel），配有音樂，其中一首逆行卡農是迄今發現之最古老回文曲。十四、十五世紀之宗教音樂、儀式音樂中，不少作曲家爲表現創作技巧之高超，常有運用回文手法譜出樂段或樂章，并往往由一些題詞表示，如『希伯來人那樣唱（即從右到左Conit mote Hebraeorum）』，『後退，撒旦

（Vede retro Satanas）』。法國作曲家馬肖（一三〇〇—一三七七）之三聲部回旋歌末日乃新生之始（Ma fin est mon Commencement），全曲長四十小節，後二十小節係前二十小節之逆行。佛蘭德作曲家皮埃爾·德·拉呂（約一四六〇—一五一八）之五聲部彌撒阿利路亞·榮耀經中『帶走人間之罪惡（Qui tollis peccata mondi）』，在低聲部標明『Canon ,Incepe a retro et reverte ad finem（先向後退，再回轉來唱到結束）』。

長期以來，因寫作之技術條件比較苛刻，節奏和弦外音之處理都有很多限制，故作者不甚多。唯其難，反而倒吸引一些大家巨擘，如巴赫、海頓、莫扎特等著名音樂家之積極參與，以難見巧，他們俱有匠心獨運之藝術佳品傳世。

洎二十世紀二、三十年代，逆行程序和逆行反行程序更發展成爲現代表現主義、新維也納樂派十二音技法之重要組成部分，按照回文原則處理不僅是音高，還往往涉及節奏和織體。錢仁康似倒而順的回文詩和回文曲內容提要指出：『小回文和大回文相結合，是中國民間音樂和西方古典音樂不約而同的表現手法』（音樂藝術二〇〇三年第一期）。

明萬曆間，『欽差鎮守浙江等處地方』總兵官侯繼高所編之日本風土記，載日本琴譜回文詞。

回文樂曲　仍屬視覺藝術。

菩薩蠻 北高宮隻曲

謝元淮

雙調四十四字，前後段各四句，兩仄韻、兩平韻，從邱瓊山回文詞

春閨

飛花落盡春歸早仄韻客遊遨處青青草韻芳樹曉啼鶯換平韻愁勞夢又驚韻

魂銷香惹袖仄韻翠積眉山皺韻微顰小立時換平韻多愛意遲遲韻

回讀

遲遲意愛多時立仄韻小顰微皺山眉積韻翠袖惹香銷換平韻魂驚又夢勞韻

愁鶯啼曉樹仄韻芳草青青處韻遨遊客早歸韻春盡落花飛韻

秋思有序

丘濬

予幼時，讀朱文公、劉靜修文集俱有菩薩蠻回文詞，惜其隨句倒讀，不免意複，不如至尾讀回爲妙，已曾以村居爲題作一闋矣。後失其稿，閒中復戲作此云。

紗窗碧透橫斜影仄韻月光寒處空幃冷韻香炷細燒檀換平韻沈沈正夜闌韻

更深方困睡仄韻

倦極生愁思韻　含情感寂寥換平韻　何處別魂銷韻

虞美人 南南呂宮引子加板作正曲

謝元淮

雙調五十六字，前後段各四句，兩仄韻、兩平韻，從王文甫回文詞

詠燕

雙雙舞看重簾卷仄韻　自愛香泥軟韻　雨絲風片近如何換平韻　遠望立棲相伴更情多韻　紗窗掠過追隨急仄韻　兩兩斜陽夕韻　度花穿柳易翩飛換平韻　下上呢喃聽慣幾時歸韻

回讀

歸時幾慣聽喃呢仄韻　上下飛翩易韻　柳穿花度夕陽斜換平韻　兩兩急隨追過掠窗紗韻　多情更伴相棲立仄韻　望遠何如近韻　片風絲雨軟泥香換平韻　愛自卷簾重看

舞雙雙韻

寄情　王文甫

黃金柳嫩搖絲軟韻仄　永日堂堂掩韻　卷簾飛燕未歸來韻換平　客去醉眠欹枕殢殘杯韻　眉山淺拂青螺黛韻仄　整整垂雙帶韻　水沈香熨窄衫輕韻換平　瑩玉碧溪春溜眼波橫韻

錄自養默山房詩餘碎金詞（清道光二十八年刻本）

菩薩蠻

（一）謝元淮　春閨
（二）邱　濬　春思
謝元淮　曲
錢仁康　譯

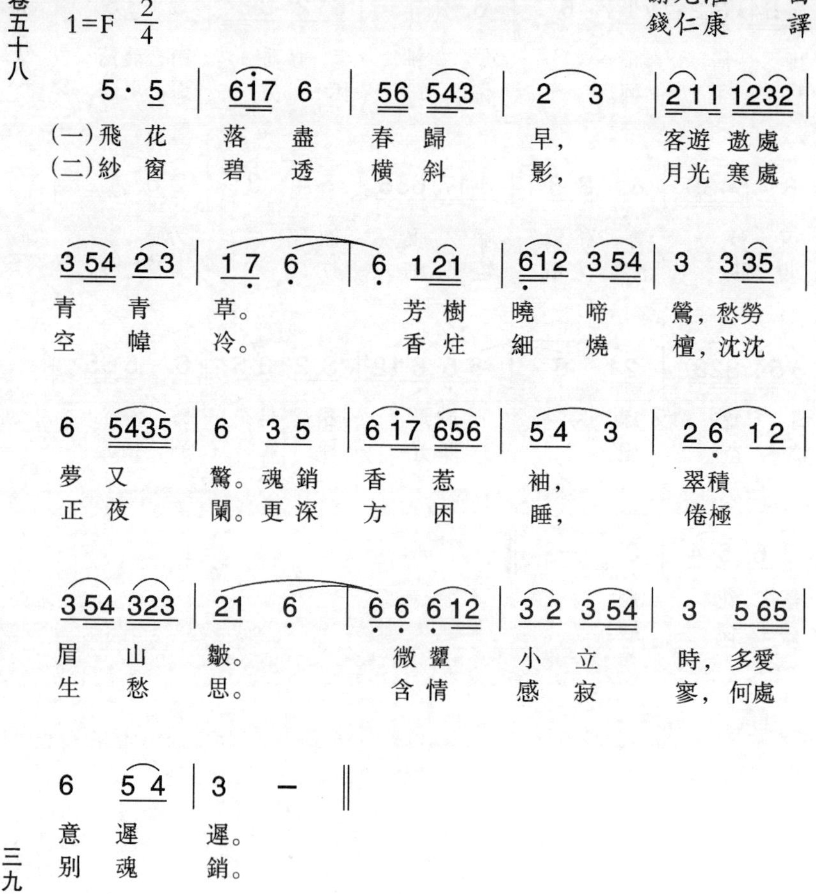

1=F 2/4

5·5 | 617 6 | 56 543 | 2 3 | 211 1232 |
(一)飛花落盡春歸早，客遊遨處
(二)紗窗碧透橫斜影，月光寒處

354 23 | 17 6 | 6 121 | 612 354 | 3 335 |
青青草。芳樹曉啼鶯，愁勞
空幃冷。香炷細燒檀，沈沈

6 5435 | 6 35 | 617 656 | 54 3 | 26 12 |
夢又驚。魂銷香惹袖，翠積
正夜闌。更深方困睡，倦極

354 323 | 21 6 | 66 612 | 32 354 | 3 565 |
眉山皺。微顰小立時，多愛
生愁思。含情感寂寥，何處

6 54 | 3 — ||
意遲遲。
別魂銷。

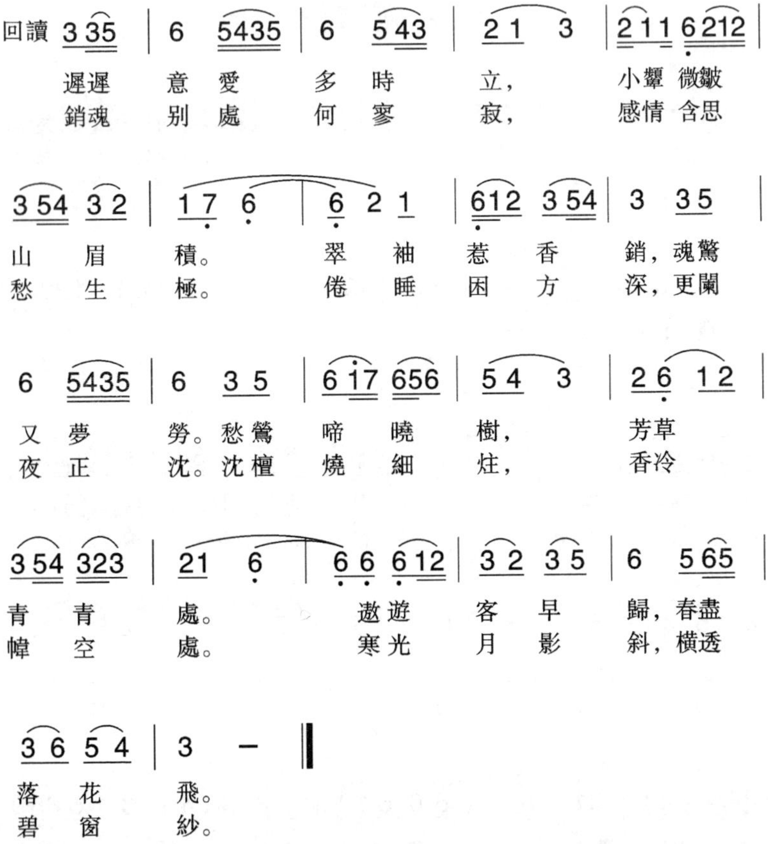

回讀 3 35 | 6 5435 | 6 543 | 21 3 | 211 6212 |
遲遲 意 愛 多 時 立， 小顰 微皺
銷魂 別 處 何 寥 寂， 感情 含思

354 32 | 17 6 | 6 21 | 612 354 | 3 35 |
山 眉 積。 翠 袖 惹 香 銷，魂驚
愁 生 極。 倦 睡 困 方 深，更闌

6 5435 | 6 35 | 617 656 | 54 3 | 26 12 |
又 夢 勞。愁鶯 啼 曉 樹， 芳草
夜 正 沈。沈檀 燒 細 炷， 香冷

354 323 | 21 6 | 66 612 | 32 35 | 6 565 |
青 青 處。 遨遊 客 早 歸，春盡
幃 空 處。 寒光 月 影 斜，橫透

36 54 | 3 – ‖
落 花 飛。
碧 窗 紗。

虞美人

（一）謝元淮　詠燕
（二）王文甫　寄情
謝元淮　曲
錢仁康　譯

1=F　サ（散板—$\frac{4}{4}$）

6· 6 53 21 3 36 53 5 6· 15 ‖ $\frac{4}{4}$ 65 3 2 321 |
（一）雙雙舞看重簾卷，自愛香
（二）黃金柳嫩搖絲軟，永日堂

62 2321 6 1 | 123 56 5·6 i | 65 32 1321 6 |
泥軟。雨絲風片近如
堂掩。卷簾飛燕未歸

1216 56 16 2 | 165 32 1 23 | 21 6 2·1 6 |
何，遠望竝棲相伴更情
來，客去醉眼欹枕殢殘

12 1 6· 1 | 6 — 12 1 | 21 65 3 56 |
多。紗窗掠
杯。眉山淺

1 6 565 32 | 3 5 32 35 | 3 6 53 2 3 21 |
過追隨急，兩兩斜陽
拂青螺黛，整整垂雙

6 1 165 32 | 12 1 2321 | 6 1 153 2 |
夕。度花穿柳易翩
帶。水沈香熨窄衫

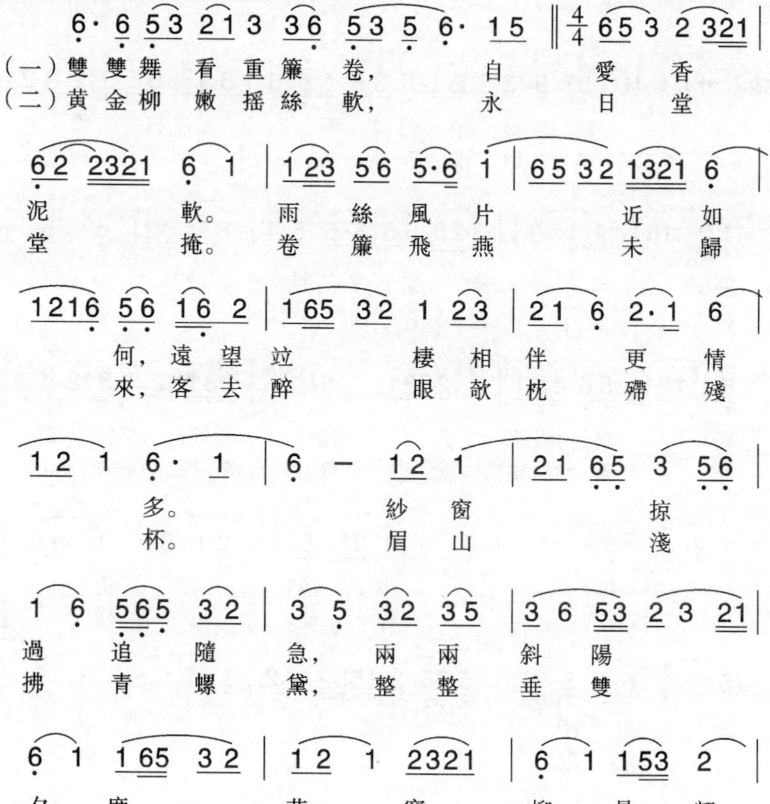

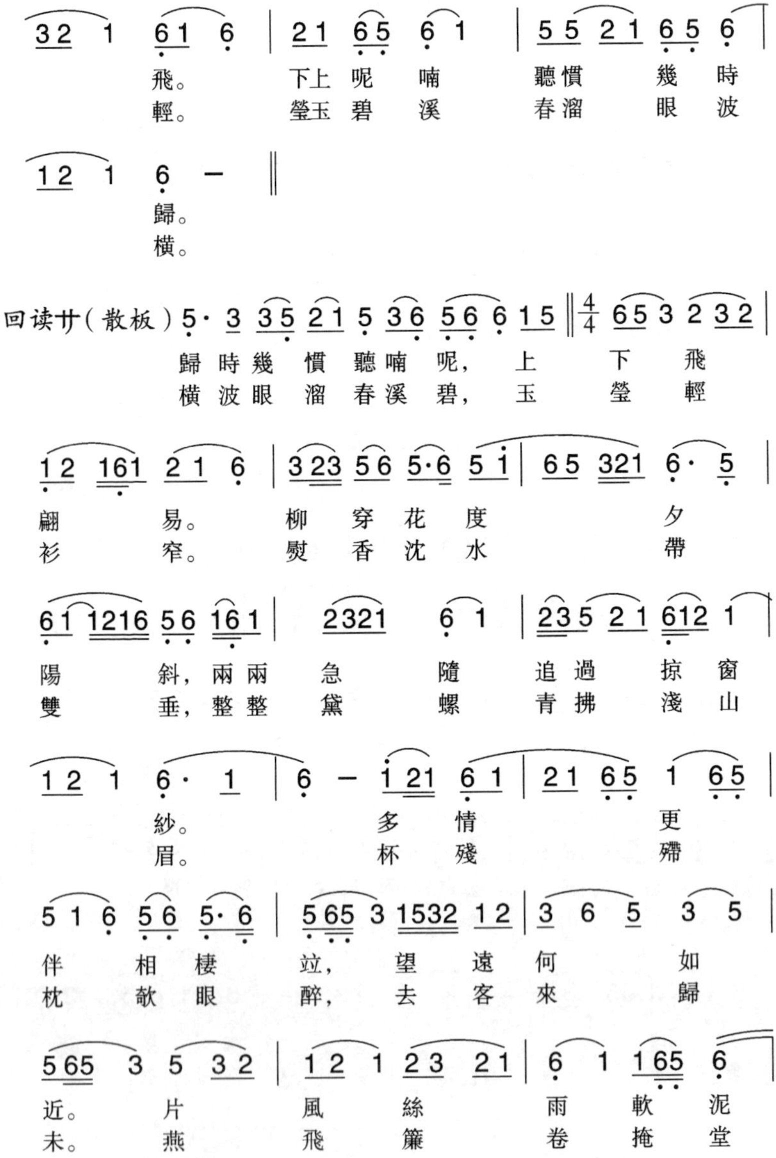

32 1 61 6 | 21 65 6 1 | 55 21 65 6 |
飛。 下上 呢 喃 聽慣 幾 時
輕。 瑩玉 碧 溪 春溜 眼 波

12 1 6 — ‖
歸。
橫。

回读廿（散板）5· 3 35 21 5 36 56 6 15 ‖ 4/4 65 3 2 32 |
歸時幾 慣 聽喃 呢， 上 下 飛
橫波眼 溜 春溪 碧， 玉 瑩 輕

12 161 21 6 | 323 56 5·6 5 1 | 65 321 6· 5 |
翩 易。 柳 穿 花 度 夕
衫 窄。 熨 香 沈 水 帶

61 1216 56 161 | 2321 6 1 | 235 21 612 1 |
陽 斜，兩兩 急 隨 追過 掠 窗
雙 垂，整整 黛 螺 青拂 淺 山

12 1 6· 1 | 6 — 121 61 | 21 65 1 65 |
紗。 多 情 更
眉。 杯 殘 殢

51 6 56 5·6 | 565 3 1532 12 | 3 6 5 3 5 |
伴 相 棲 泣， 望 遠 何 如
枕 欹 眼 醉， 去 客 來 歸

565 3 5 32 | 12 1 23 21 | 6 1 165 6 |
近。 片 風 絲 雨 軟 泥
未。 燕 飛 簾 卷 掩 堂

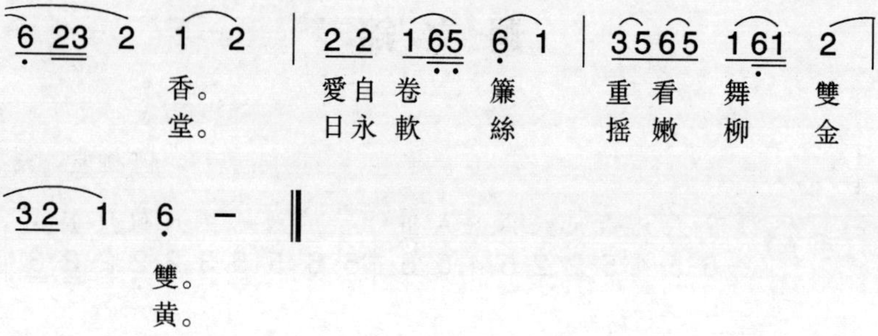

6 23 2 1 2 | 2 2 1 65 6 1 | 3565 161 2

香。 愛自卷 簾 重看舞 雙

堂。 日永軟 絲 搖嫩柳 金

32 1 6 – ‖

雙。

黃。

迴文錦

4/4

何柳堂 譜

（引子）（五 六 凡 六 尺 尺 六 凡 六 五）| 六 五 六 合 工 尺 伬 尺 伬 工 |
6 5 4 5 2 2 5 4 5 6 | 5 6 5 5 3 2 2 2 2 3 |

六 合 五 六 士 尺 乙 尺 工 尺 工 工 | 尺 工 尺 乙 尺 士 ㇄ 五 六 凡 六 |
5 5 6 5 6 2 7 2 3 2 3 3 | 2 3 2 7 2 6 0 6 5 4 5 |

尺 伬 六 凡 六 尺 尺 六 凡 六 尺 伬 六 | 凡 六 五 六 合 工 尺 伬 尺 伬 工 |
2 2 5 4 5 2 2 5 4 5 2 2 5 | 4 5 6 5 5 3 2 2 2 2 3 |

六 合 尺 伬 六 工 尺 乙 尺 工 工 尺 | 乙 尺 工 六 尺 伬 士 乙 尺 伬 |
5 5 2 2 5 3 2 7 2 3 3 2 | 7 2 3 5 2 2 6 7 2 2 |

尺 伬 乙 士 尺 乙 士 工 尺 士 乙 乙 | 乙 乙 士 尺 工 士 乙 尺 尺 乙 士 士 乙 |
2 2 7 6 2 7 6 3 2 6 7 7 | 7 7 6 2 3 6 7 2 2 7 6 6 7 |

尺 士 乙 合 仮 士 乙 尺 乙尺乙士 合 仮 尺 | 乙 乙 尺 合 仮 士 乙 尺 乙尺乙士 合 拾乙 |
2 6 7 5 5 6 7 2 7276 5 5 2 | 7 7 2 5 5 6 7 2 7276 5 57 |

士 尺 六 工 尺 上 尺 乙 乙 尺 上 尺 工 六 | 尺 尺 乙 士 工 尺 乙 工 尺 工 工 |
6 2 5 3 2 1 2 7 7 2 1 2 3 5 | 2 2 7 6 3 2 7 3 2 3 3 |

尺 工 乙 尺 工 士 乙 尺 工 尺 乙 乙 尺 | 工 六 凡 工 工 凡 六 六 合 凡 工 |
2 3 7 2 3 6 7 2 3 2 7 7 2 | 3 5 4 3 3 4 5 5 5 4 3 |

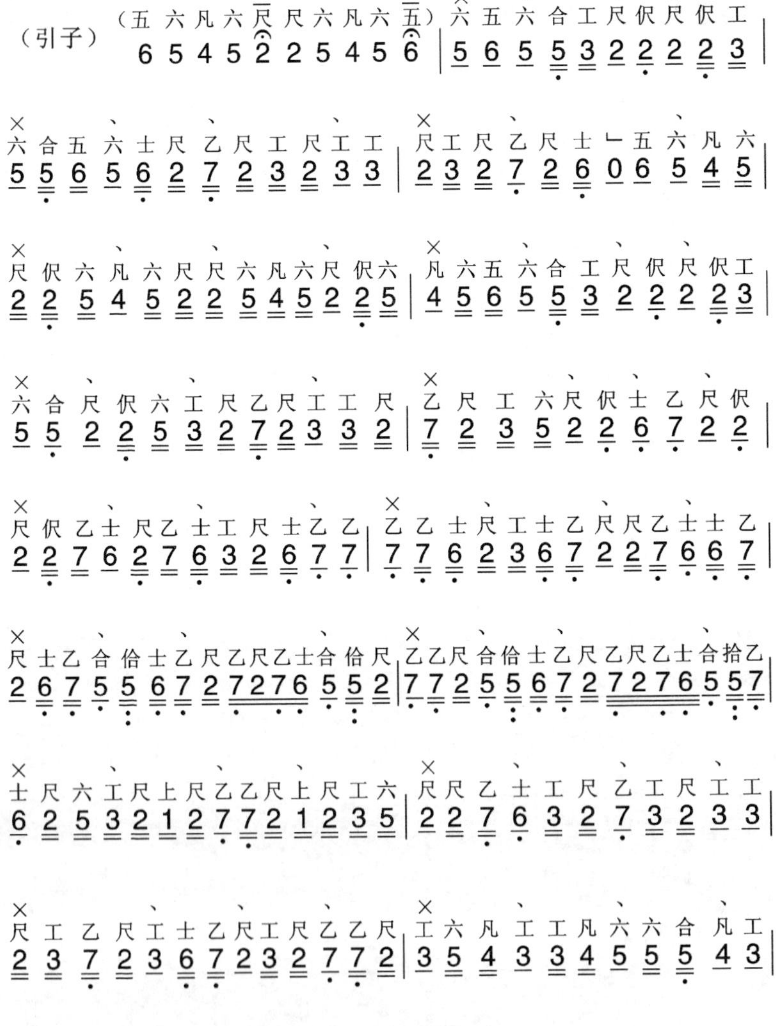

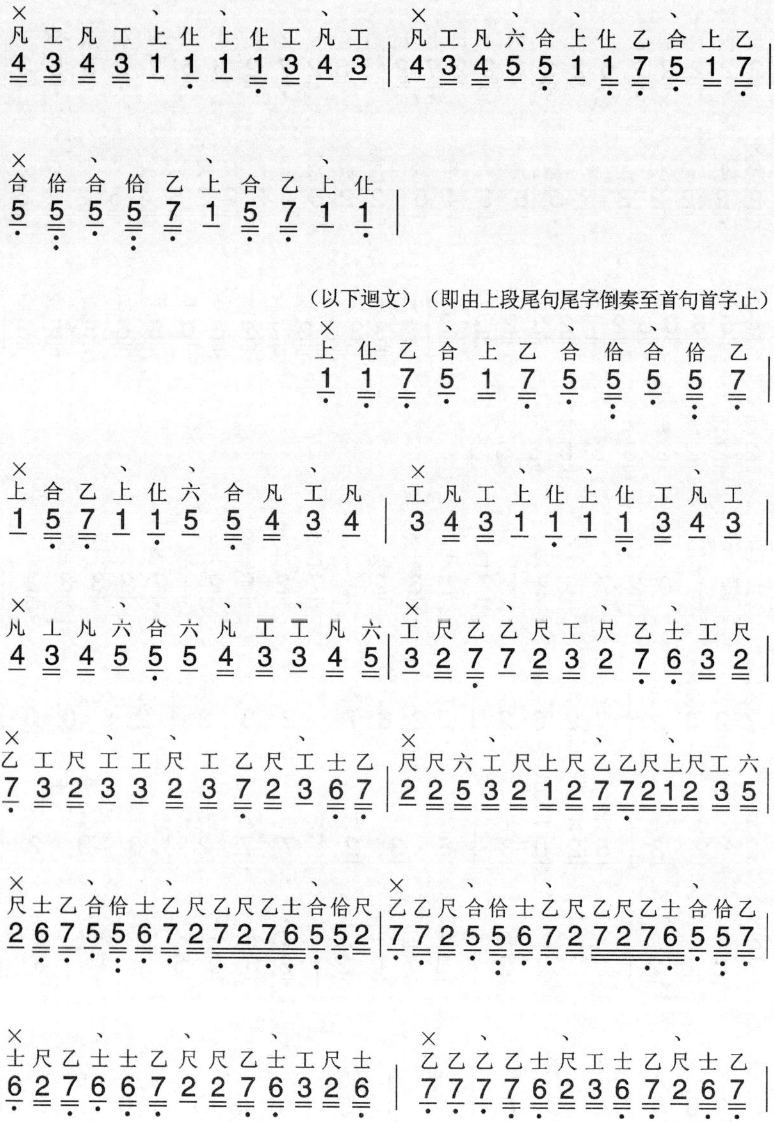

凡 工 凡 工 上 仩 上 仩 工 凡 工 | 凡 工 凡 六 合 上 仩 乙 合 上 乙

4 3 4 3 1 1 1 1 3 4 3 | 4 3 4 5 5 1 1 7 5 1 7 |

合 佮 合 佮 乙 上 合 乙 上 仩

5 5 5 5 7 1 5 7 1 1 |

（以下迴文）（即由上段尾句尾字倒奏至首句首字止）

上 仩 乙 合 上 乙 合 佮 合 佮 乙

1 1 7 5 1 7 5 5 5 5 7 |

上 合 乙 上 仩 六 合 凡 工 凡 | 工 凡 工 上 仩 上 仩 工 凡 工

1 5 7 1 1 5 5 4 3 4 | 3 4 3 1 1 1 1 3 4 3 |

凡 工 凡 六 合 六 凡 工 工 凡 六 | 工 尺 乙 乙 尺 工 尺 乙 士 工 尺

4 3 4 5 5 5 4 3 3 4 5 | 3 2 7 7 2 3 2 7 6 3 2 |

乙 工 尺 工 工 尺 工 乙 尺 工 士 乙 | 尺 尺 六 工 尺 上 尺 乙 乙 尺 上 尺 工 六

7 3 2 3 3 2 3 7 2 3 6 7 | 2 2 5 3 2 1 2 7 7 2 1 2 3 5 |

尺 士 乙 合 佮 士 乙 尺 乙 尺 乙 士 合 佮 尺 | 乙 乙 尺 合 佮 士 乙 尺 乙 尺 乙 士 合 佮 乙

2 6 7 5 5 6 7 2 7 2 7 6 5 5 2 | 7 7 2 5 5 6 7 2 7 2 7 6 5 5 7 |

士 尺 乙 士 士 乙 尺 尺 乙 士 工 尺 士 | 乙 乙 乙 乙 士 尺 工 士 乙 尺 士 乙

6 2 7 6 6 7 2 2 7 6 3 2 6 | 7 7 7 7 6 2 3 6 7 2 6 7 |

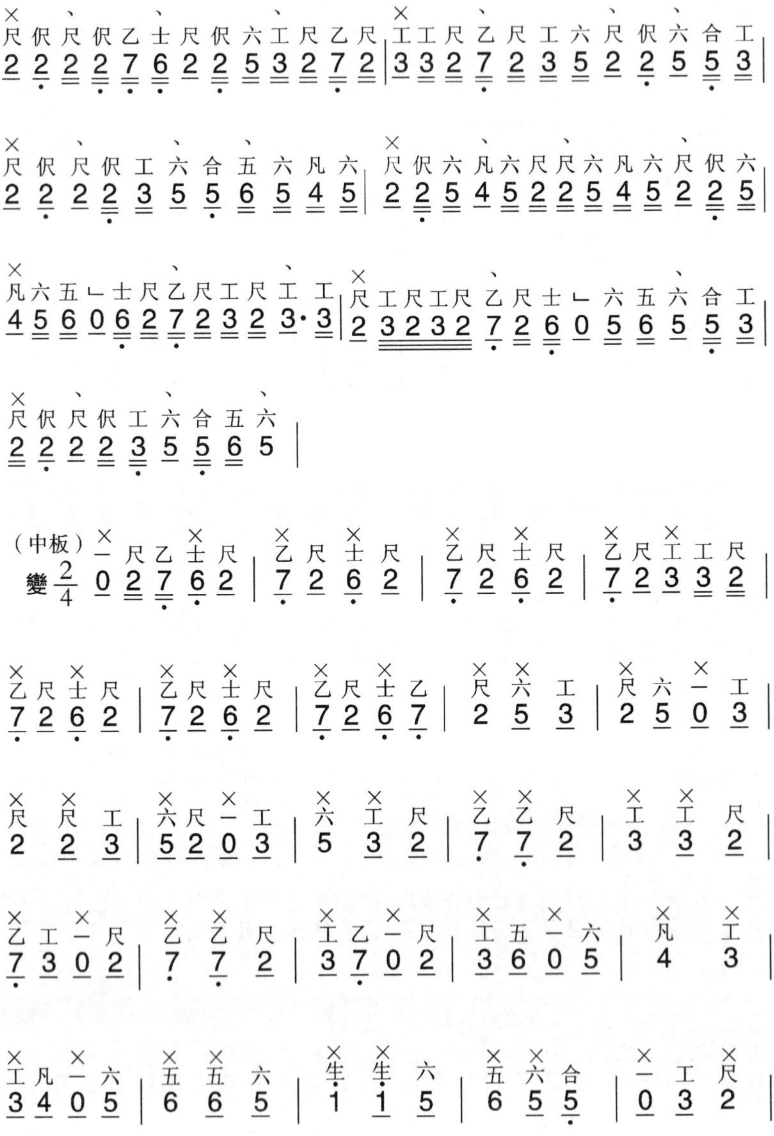

尺伬尺伬乙士尺伬六工尺乙尺｜工工尺乙尺工六尺伬六合工｜
2 2 2 2 7 6 2 2 5 3 2 7 2 | 3 3 2 7 2 3 5 2 2 5 5 3 |

尺伬尺伬工六合五六凡六｜尺伬六凡六尺尺六凡六尺伬六｜
2 2 2 2 3 5 5 6 5 4 5 | 2 2 5 4 5 2 2 5 4 5 2 2 5 |

凡六五乚士尺乙尺工尺工工｜尺工尺工尺乙尺士乚六五六合工｜
4 5 6 0 6 2 7 2 3 2 3·3 | 2 3 2 3 2 7 2 6 0 5 6 5 5 3 |

尺伬尺伬工六合五六
2 2 2 2 3 5 5 6 5 |

（中板）一尺乙士尺｜乙尺士尺｜乙尺士尺｜乙尺工工尺｜
變 $\frac{2}{4}$ 0 2 7 6 2 | 7 2 6 2 | 7 2 6 2 | 7 2 3 3 2 |

乙尺士尺｜乙尺士尺｜乙尺士乙｜尺六工｜尺六一工｜
7 2 6 2 | 7 2 6 2 | 7 2 6 7 | 2 5 3 | 2 5 0 3 |

尺尺工｜六尺一工｜六工尺｜乙乙尺｜工工尺｜
2 2 3 | 5 2 0 3 | 5 3 2 | 7 7 2 | 3 3 2 |

乙工一尺｜乙乙尺｜工乙一尺｜工五一六｜凡工｜
7 3 0 2 | 7 7 2 | 3 7 0 2 | 3 6 0 5 | 4 3 |

工凡一六｜五五六｜生生六｜五六合｜一工尺｜
3 4 0 5 | 6 6 5 | 1 1 5 | 6 5 5 | 0 3 2 |

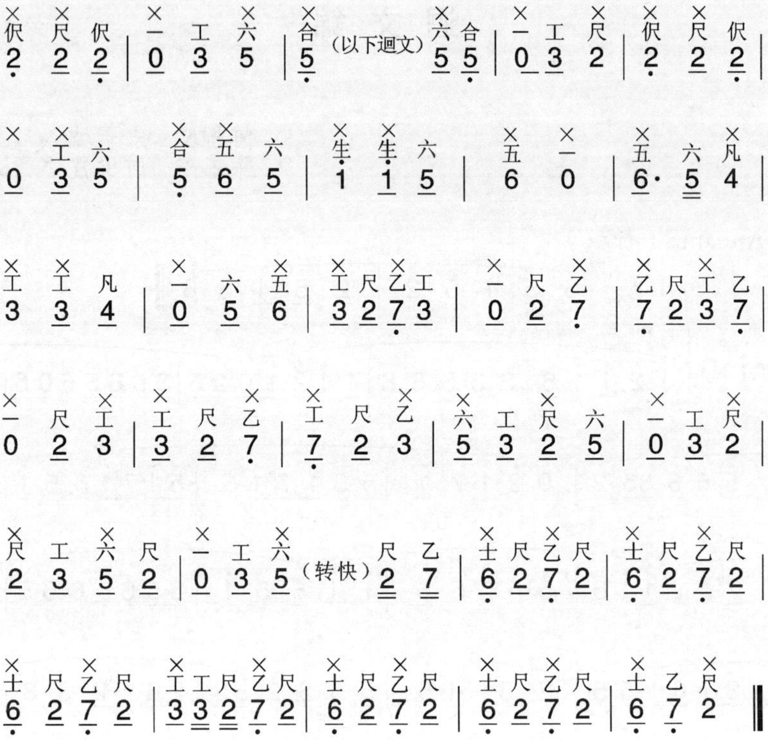

× × × × × × × × × ×
伬 尺 伬 | 一 工 六 | 合 （以下迴文） 六 合 | 一 工 尺 | 伬 尺 伬 |
2 2 2 | 0 3 5 | 5 5 5 | 0 3 2 | 2 2 2 |

× 工 六 | 合 五 六 | 生 生 六 | 五 一 | 五 六 凡 |
0 3 5 | 5 6 5 | 1 1 5 | 6 0 | 6· 5 4 |

工 工 凡 | 一 六 五 | 工 尺 乙 工 | 一 尺 乙 | 乙 尺 工 乙 |
3 3 4 | 0 5 6 | 3 2 7 3 | 0 2 7 | 7 2 3 7 |

一 尺 工 | 工 尺 乙 | 工 尺 乙 | 六 工 尺 六 | 一 工 尺 |
0 2 3 | 3 2 7 | 7 2 3 | 5 3 2 5 | 0 3 2 |

尺 工 六 尺 | 一 工 六 （转快） 尺 乙 | 士 尺 乙 尺 | 士 尺 乙 尺 |
2 3 5 2 | 0 3 5 2 7 | 6 2 7 2 | 6 2 7 2 |

士 尺 乙 尺 | 工 工 尺 乙 尺 | 士 尺 乙 尺 | 士 尺 乙 尺 | 士 乙 尺 ‖
6 2 7 2 | 3 3 2 7 2 | 6 2 7 2 | 6 2 7 2 | 6 7 2 ‖

録自《琴弦樂譜》第一集

迴文錦

何柳堂 宋華坡 蘇蔭階 何少霞 合奏

Andante（行板）

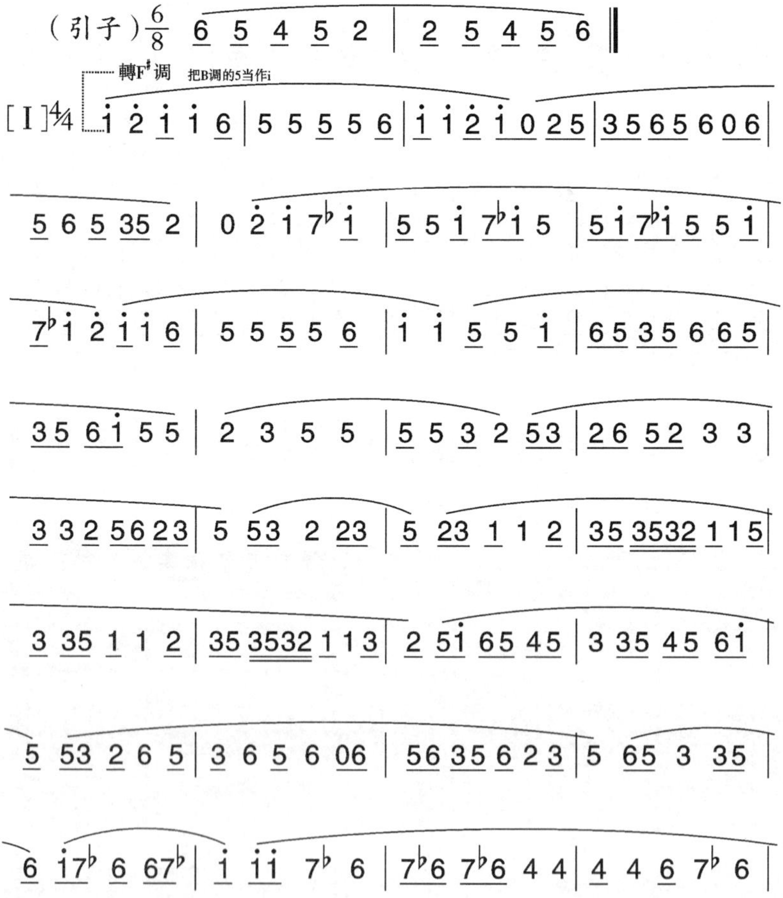

（引子）6/8 6 5 4 5 2 | 2 5 4 5 6 ‖

轉F♯调 把B调的5当作i

[Ⅰ] 4/4 i 2 i i 6 | 5 5 5 5 6 | i i 2 i 0 2 5 | 3 5 6 5 6 0 6 |

5 6 5 35 2 | 0 2 i 7♭ i | 5 5 i 7♭ i 5 | 5 i 7♭ i 5 5 i |

7♭ i 2 i i 6 | 5 5 5 5 6 | i i 5 5 i | 6 5 3 5 6 6 5 |

3 5 6 i 5 5 | 2 3 5 5 | 5 5 3 2 53 | 2 6 52 3 3 |

3 3 2 56 23 | 5 53 2 23 | 5 23 1 1 2 | 35 3532 1 1 5 |

3 35 1 1 2 | 35 3532 1 1 3 | 2 5i 65 45 | 3 35 45 6i |

5 53 2 6 5 | 3 6 5 6 06 | 56 35 6 2 3 | 5 65 3 35 |

6 i7♭ 6 67♭ | i ii 7♭ 6 | 7♭6 7♭6 4 4 | 4 4 6 7♭ 6 |

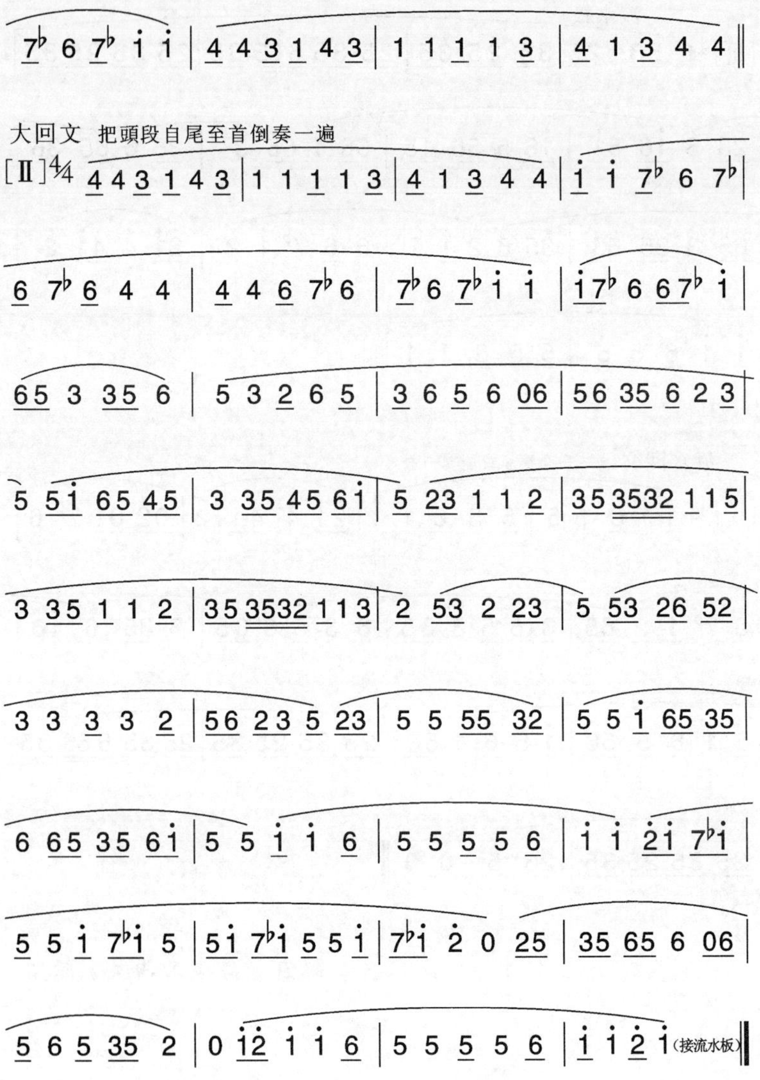

7♭ 6 7♭ i i | 4 4 3 1 4 3 | 1 1 1 1 3 | 4 1 3 4 4 ‖

大回文　把頭段自尾至首倒奏一遍

[Ⅱ]4/4 4 4 3 1 4 3 | 1 1 1 1 3 | 4 1 3 4 4 | i i 7♭ 6 7♭ |

6 7♭ 6 4 4 | 4 4 6 7♭ 6 | 7♭ 6 7♭ i i | i7♭ 6 6 7♭ i |

65 3 35 6 | 5 3 2 6 5 | 3 6 5 6 06 | 56 35 6 2 3 |

5 5i 65 45 | 3 35 45 6i | 5 23 1 1 2 | 35 3532 1 1 5 |

3 35 1 1 2 | 35 3532 1 1 3 | 2 53 2 23 | 5 53 26 52 |

3 3 3 3 2 | 56 2 3 5 23 | 5 5 55 32 | 5 5 i 65 35 |

6 65 35 6i | 5 5 i i 6 | 5 5 5 5 6 | i i 2i 7♭i |

5 5 i 7♭i 5 | 5i 7♭i 5 5 i | 7♭i 2 0 25 | 35 65 6 06 |

5 6 5 35 2 | 0 i2 i i 6 | 5 5 5 5 6 | i i 2 i（接流水板）‖

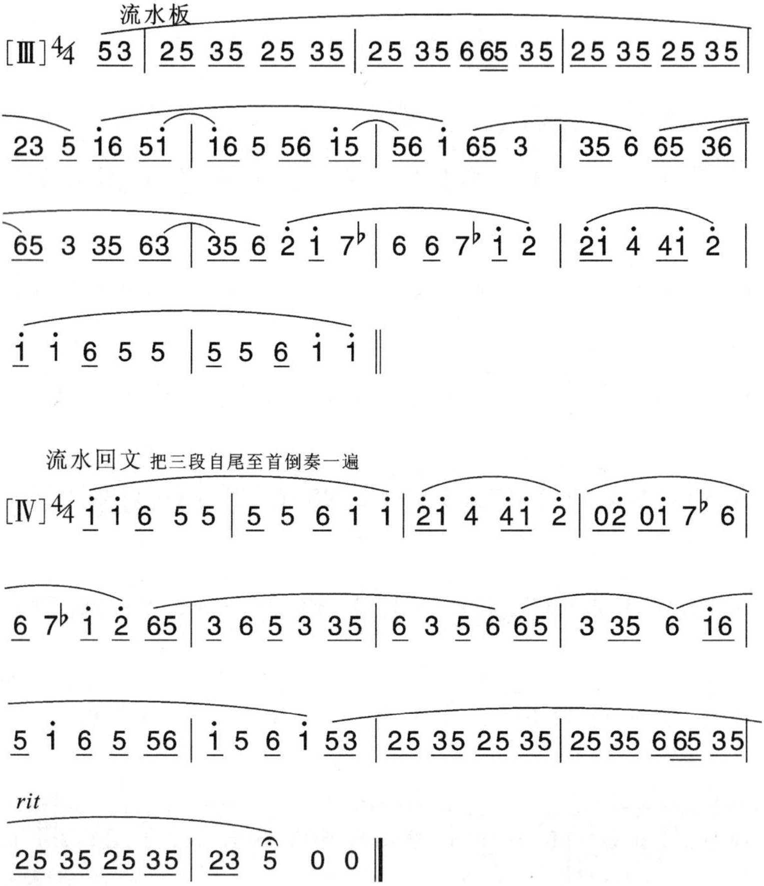

流水板

[Ⅲ] 4/4 53 | 25 35 25 35 | 25 35 6 65 35 | 25 35 25 35 |

23 5 i6 5i | i6 5 56 i5 | 56 i 65 3 | 35 6 65 36 |

65 3 35 63 | 35 6 2 i 7♭ | 6 6 7♭ i 2 | 2i 4 4i 2 |

i i 6 5 5 | 5 5 6 i i ‖

流水回文 把三段自尾至首倒奏一遍

[Ⅳ] 4/4 i i 6 5 5 | 5 5 6 i i | 2i 4 4i 2 | 02 0i 7♭ 6 |

6 7♭ i 2 65 | 3 6 5 3 35 | 6 3 5 6 65 | 3 35 6 i6 |

5 i 6 5 56 | i 5 6 i 53 | 25 35 25 35 | 25 35 6 65 35 |

rit

25 35 25 35 | 23 5 0 0 ‖

録自《粤樂名曲集》續編

謝永雄云："《回文錦》是廣東音樂中僅存之一首回文曲，在民間流傳已久"。作者何柳堂（1807—1933），原名森，字與香，番禺沙灣鄉北村人，爲近代琵琶演奏家、作曲家。此曲問世以來，曾被多種音樂書刊所選載，先後有《琴絃樂譜》第一集、《琵琶曲譜》（1934 年石印本）、沈允升《弦歌中西合譜》第四集（1934）、曹天雷《粵樂名曲集》續編（1934 年無錫兒童音樂社）、李凌《廣東音樂》第二集（1958 年音樂出版社）、寧一《廣東音樂 101 首》（1983 年漓江出版社）、廣東省當代文藝研究所《廣東音樂 200 首》（2003 年花城出版社）。出品唱片者，有新月公司、大中華笛聲唱片公司（蘇蔭階、何柳堂、何少霞、宋華坡合奏）。

前首似係作者最初之曲譜。個別音符，斷爲手民誤植，徑行改正（其中第二十七小節合作5 倍作 5，第三十七小節伬作 2 等處，未予更動）。第三小節23疑有訛奪，如作2323則與第二段回文合。

後首原注：轉入 F#調之 7（ti）一律降低半音，奏作 7^{b}（te）。南胡（二胡）上用 52 調轉 15 調。B 調之 2（re）即 F#調之 5（sol）；在南胡上用外空弦。F#之 1（do）即 B 調之 5（sol）；在南胡上用內空弦。

儲師竹《粵樂名曲集》續編序："二胡演奏回文錦，由 B 調轉入 F#調；先把內外絃，照 B 調之 52 兩音和弦；轉入 F#調時衹要將 52 兩音當作 15 兩音，亦不要更動琴弦，適相吻合，故此曲把法先用 52 調後用 15 調。（指法）轉調時，把按外絃的食中兩指間之半音，加高半音，就是把中指原按作 4 的一箇音升高半音作 4#來當作 7"。

樂曲以蘇蕙《回文錦》命名者，惟此而已。

回　文

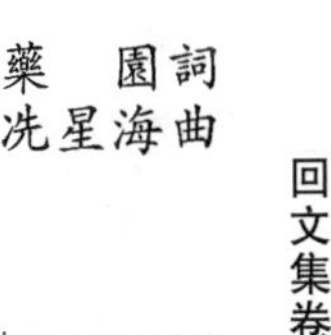

藥　園詞
冼星海曲

Allegretto non tropo 輕松

f

mf

下簾低喚郎知也，也知郎喚低簾下；

来到莫疑猜，猜疑莫到来。

道 儂隨處
好， 好 處 隨 儂 道； 書 寄 待 何
如， 如 何 待 寄 書。

書

寄 待 何 如，

Poco a poco cresc.

如 何 待 寄書；道 儂 隨處好，

好 處隨儂 道。
来 到 3 莫 疑
3
猜，猜疑 莫 到 来；

下簾低喚 郎知也，

也 知 郎喚 低 簾

下。

録自《冼星海全集》

冼星海（1905—1945）曾名黄訓、孔宇，廣東番禺人。先後在嶺南大學預科、北京藝術專門學校音樂系、上海國立音樂院及法國巴黎音樂學院學習。1938 年赴延安，翌年任魯迅藝術學院音樂系主任，1945 年病逝於莫斯科。此曲作於 1944 年二月蘇聯哈薩克共和國庫斯坦那伊。

圓舞曲

康　佺

前者降E大調，後者F大調圓舞曲

錄自《音樂愛好者》1982年第4期

飛輕身

晉蘇若蘭詩
朱淑真解讀
李　蔚　校
石　峰　曲

1=♭B 4/4
漸慢、自由地

♭B

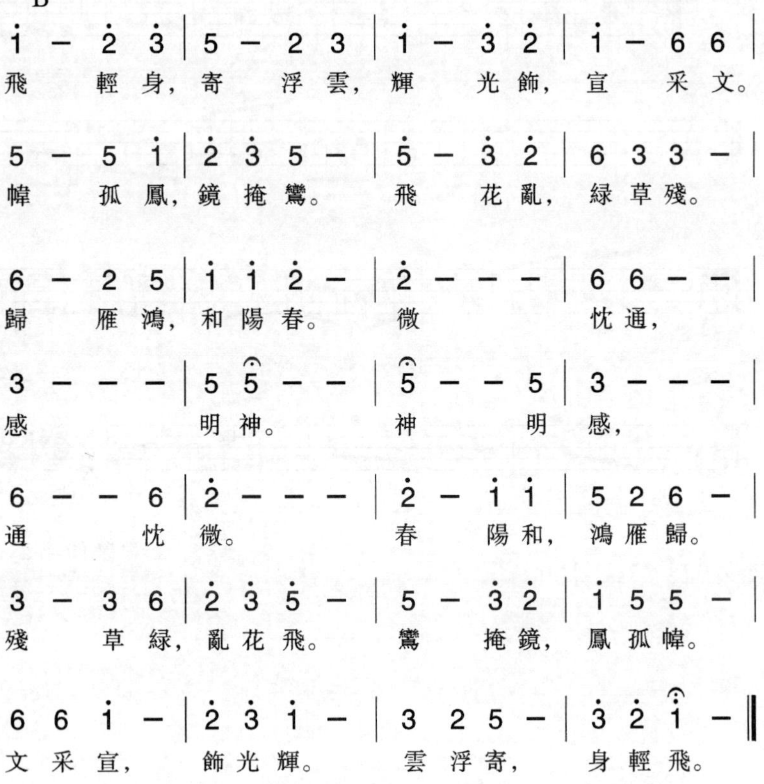

i — 2 3 | 5 — 2 3 | i — 3 2 | i — 6 6 |
飛 輕身，寄 浮雲，輝 光飾，宣 采 文。

5 — 5 i | 2 3 5 — | 5 — 3 2 | 6 3 3 — |
幃 孤 鳳，鏡 掩 鸞。飛 花亂，緑 草 殘。

6 — 2 5 | i i 2 — | 2 — — — | 6 6 — — |
歸 雁 鴻，和 陽 春。微 忱 通，

3 — — — | 5 5 — — | 5 — — 5 | 3 — — — |
感 明 神。神 明 感，

6 — — 6 | 2 — — — | 2 — i i | 5 2 6 — |
通 忱 微。春 陽 和，鴻 雁 歸。

3 — 3 6 | 2 3 5 — | 5 — 3 2 | i 5 5 — |
殘 草 緑，亂 花 飛。鸞 掩 鏡，鳳 孤 幃。

6 6 i — | 2 3 i — | 3 2 5 — | 3 2 i — ‖
文 采 宣，飾 光 輝。雲 浮 寄，身 輕 飛。

録自《98法門寺唐文化國際學術討論會論文集》

石峰：作曲家，浙江浦江人，西民弟。

音樂的奉獻

（各種卡農之第四首）

巴　赫

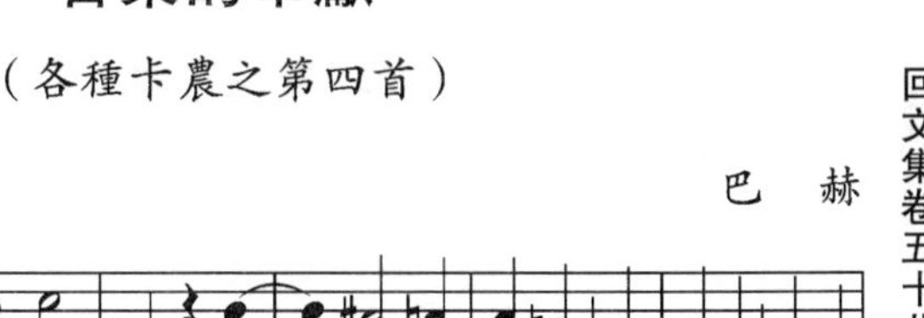

録自《音樂的奉獻》

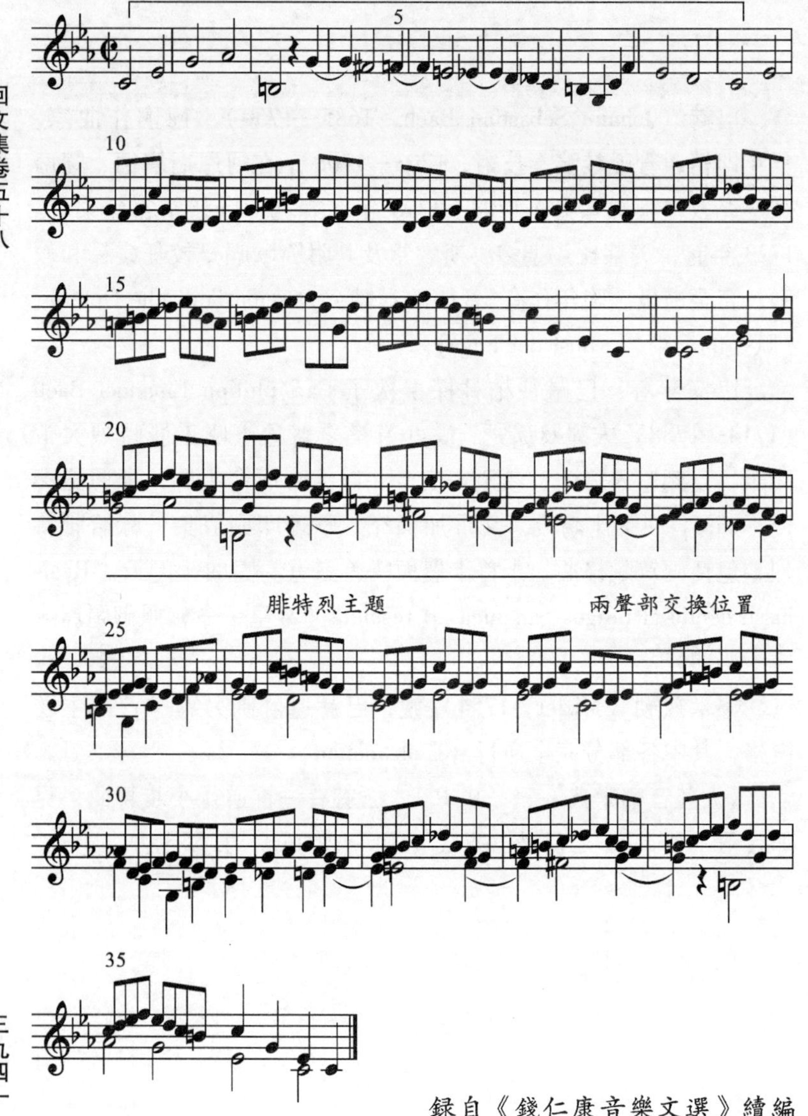

録自《錢仁康音樂文選》續編

巴赫（Johann Sebastian Bach，1685—1750），德國作曲家。早年即精通管風琴演奏技術，1703—1708 年在阿恩斯塔德、繆爾豪遜充教堂管風琴師，1708—1723 年在魏瑪、寇頓當宫廷樂長。1723 年起，於萊比錫聖多馬斯教堂及其附屬歌唱學校任樂長和教師，直至逝世。晚年作有《音樂的奉獻》(Des musikalische Opfer)、《賦格的藝術》(Kunst der Fuga)。

1747 年春，巴赫往柏林探視次子 Carl philipp Emanuel Bach（1714—1788）夫婦及孫兒。愛好音樂之普魯士國王腓特烈大帝聞訊，立刻邀入宫中，參預表演，并以大帝所命主題，即興譜奏 Ricercare。回萊比錫後，又重加補充，整理印刷成集，獻給腓特烈，包括兩首賦格曲、十首卡農與一首三重奏鳴曲，記云“Regis iussu cantio et religua cananica art resoluta（奉皇帝命，照御題寫成之卡農曲)”。

據米兹勒（Mizler，1754）説，巴赫還計劃另寫一首四主題復格，其中各部分完全逆行（Crob motion)。

《大陸音樂辭典》云，K. P. E. 巴赫有一首逆行小步舞曲，見那吉爾（Nagel）之音樂檔案（Musik - Archiv）第 65 號。

小步舞曲

約翰·朔貝特

汪啟璋《外國音樂辭典》

朔貝特（Schobert Johann，1720—1767），德國作曲家，執教於斯特拉斯堡，任凡爾塞宮管風琴師。1760 年定居巴黎，爲康蒂親王之室内羽管鍵琴師。1767 年，誤食毒蕈而歿。

小步舞曲

海頓

Menuet al Roverso
a2
2 Oboi
2 Corni in
G/sol
Violino I
Violino II
Viola
Violoncello
basso
e Fagotto

錄自《海頓交響曲全集》卷六
第四十七號交響曲第三樂章

小步舞曲

録自《奏鳴曲八首》
A大調小提琴奏鳴曲第四號

A
Menuetto al rovescio
1
2
3
4
5
6
7
8
9
10
11
12
13
14
15
B
trio
×
16
17
18
19
20
21
22
23
tr

録自《錢仁康音樂文選》續編

海頓（Franz Joseph Haydn，1732—1809），奥地利作曲家，維也納古典樂派代表人物之一。生於貧苦車匠家庭，八歲起在教堂唱詩班充歌童，後因嗓敗被解雇。早年曾以巴赫之鳴奏曲爲范本，刻苦自學作曲。1761 年起任匈牙利埃斯臺哈奇公爵宫廷樂長，後曾兩度去英國演出。主要作品有交響曲一百餘部以及大量弦樂四重奏、鋼琴奏鳴曲。

G 大調第四十七號交響曲作於 1772 年，第三樂章小步舞曲係其得意之作，次年又改編爲 A 大調小提琴奏鳴曲第四號之小步舞樂章，以後還用於 A 大調鋼琴奏鳴曲第二十六號。

鄭顯全《外國音樂曲名辭典》云，海頓《第四十七號交響曲》别名“回文”（The Polindnome），G 大調。第三樂章標明“倒轉小步舞曲”，順向演奏與倒向演奏完全相同。

小提琴二重奏

莫扎特

録自日本屬啟成《作曲技法的演進》

A
Allegro
逆反行
逆反行
B
A

逆反行
逆反行
逆反行
逆反行
逆反行

録自《錢仁康音樂文選》續編

莫扎特（Wolfgang Amadeus Mozart，1756—1791），奥地利作曲家，維也納古典樂派代表人物之一。自幼從父學鋼琴、小提琴，并開始作曲。1761 年起隨父、姊赴德、意、英、荷等國旅行演出。1773 年返故鄉薩爾斯堡，任大主教宫廷樂師。其作品以清麗流暢，結構工致爲特點，著有交響曲四十九部，及鋼琴奏鳴曲、協奏曲等。

此曲作於 1774 年，時年十八。錢仁康云，比海頓之逆行小步舞曲更爲奇妙，不僅有横向之逆反行對稱，還有縱向之逆反行對稱。

歌頌音樂藝術

斯波爾

録自日本屬啟成《作曲技法的演進》

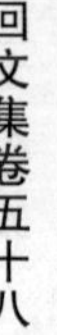

錄自《錢仁康音樂文選》續編

斯波爾（Louis Spohr，1784—1859），德國作曲家。自幼學習小提琴，六歲嘗試作曲，早年在不倫瑞克宫廷樂隊充小提琴師。1805—1812 年，在哥達當公爵之樂隊首席指揮兼作曲。1813—1815 年，任維也納劇院管絃樂隊隊長。1817—1819 年，在法蘭克福爲歌劇院指揮。1822 年起，在卡塞爾之選帝侯樂隊任終身指揮。

男聲四部合唱曲《歌頌音樂藝術》（Hymn an die Tonkunst）橢圓形樂譜，分内外二層：外層是第一聲部，倒讀爲第四聲部；内層是第二聲部，倒讀爲第三聲部。

諧謔曲

施萊辛格

Scherzo Presto

録自日本屬啟成《作曲技法的演進》

月 斑

(Der Mondfleck.)

勋伯格

Pic.
Kl.
（B）
G.
Vel.
pp
pp
pp
Mon _ des auf dem Rük ken
sf
pp

Pic.
Kl. (B)
G.
Vel.
mf qnasi kadenzierend
Sei_nes schwar - zen Rok - kes,

Pic.
f
pp
qnasi kadenzierend
Kl.
(B)
mf
G.
Vel.
so
spaziert
Pier
tr
sf

Pic.
Kl.
（B）
3
f
pp
G.
Vel.
5
6
rot im lauen A.bend,
5

Pic.
Kl.
(B)
G.
Vel.
3
6
Auf_zu_suchen Glückund A_ben_teu_er.
sf
sf
sf

Pic.
kl.
(B)
G.
Vel.
creae.
creae.
creae.
creae.
f
f
sf
Plötzlich
stürtihn was
p
sf
sf
pp
f

Pic.
Kl (B)
G.
Vel.
all sei- nem An zug, er be-

Pic.
creac.
Kl
(B)
creac.
G.
pp
mf
pp
Vel.
f
pp
pp
sieht
sich rings
und
fin-
det
sf
sf

Pic.
ff
dim.
Kl.
(B)
G.
f
p
Vel.
pp
mf p
pp
rich-tig-
ei- nen wei Ben Fleck
f
sf
f
sf

Pic.
ppp
3
kl.
（B）
ppp
G.
pp
mf p
pp
Vel.
f
pp
pp
des hel- len mon- -des auf dem
f
f

Pic.
kl.
（B）
G.
Vel.
Rük-ken sei- nes schwarzen Rookes War-tel
f
ff
pp
sf
p
3

Pic
kl.
(B)
G.
Vcl.
pp
pp
pp
pp
denkt er: das ist so ein Gips- fleek!
pp
sf

Pic
kl. (B)
G.
Vcl.
pp
pp
pp
pp

Wischt undwischt, doch

pp
f

Pic
kl.
(B)
G.
Vcl.
f
15
(ärgerlich)
bringt ihn nicht her-
15
pp cresc.
sf

Pic
kl.
(B)
G.
Vcl.
f
f
s
f
s
pp
(erregt) f
-un - terl
Und sogeht er

Pic.
Kl.
(B)
G.
Vel.
pp
crsse
crsse
crsse
Gift - gesohwollen wei-ter, reibt und reibt
hervor
fp
sf
pp

Pic.
Kl.
（B）
G.
Vel.
ff
ff
f crsse
6
（komiach bodouteam ）
f
bis an den fruben Morgen
ei-nen
3
3
ff
f

録自《月迷彼羅》第十八號

勛伯格（Arnold schönbeng，1874—1951），奥地利作曲家，猶太人。初在德、奥從事教學創作活動，發展十二音體系作曲法。1933 年任柏林普魯士藝術研究院作曲主任，後避居美國，爲加利福尼亞大學教授。是西方現代派音樂之主要代表人物，著有朗誦配樂《月迷彼羅》（Pierrot in the Moonlight）等。

《月迷彼羅》（op. 21）創作於 1912 年，其第十八號《月斑》之器樂部分，係一首嚴格之回文曲。全曲共 19 小節，如在第 10 小節處畫條中軸綫，則短笛、單簧管、提琴和小提琴四個聲部之旋律沿此前後對稱。

鋼琴變奏曲

第一樂章

章伯恩

16
rit. - - - - - - - - - - -
17
18
pp
tempo
rit. - - - - - tempo
19
20
f
p
f
21
sf
rit. - - - -
sf
p
tempo
22
rit. - - - - - tempo
23
24
f
p
sf
f
sf
rit. - - - - - tempo
25
26
27
rit. - - - - -
p
f
p

tempo
28
29 rit. - - - -
tempo
30
31
32
33
34
35
36
rit. - - - - - - - - - - - - - - - -
tempo
37
38
39
40
f
sf
p
ff
pp

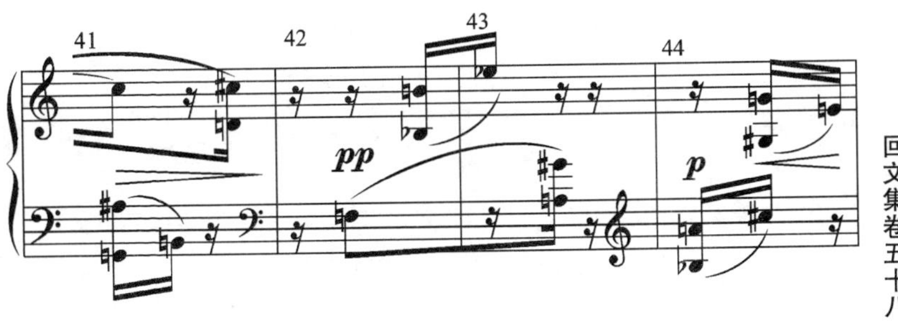

録自《鋼琴變奏曲》（Op.27）

韋伯恩（Anton Webern，1883—1945），奥地利作曲家。1906年維也納大學博士，勛伯格（schonberg）門生。先在法國省城之劇院和布拉格任指揮，後來成爲“維也納工人交響音樂會”最主要之指揮。二次大戰期間，德國本土和所有德軍占領區，其音樂被稱作“文化之布爾什維克（Cultureal Bolshevism）”而遭到禁止，同時還被禁止教書。戰爭末期，全家遷至靠近薩爾兹鄉下。1945年9月15日，爲當地美國占領軍意外射殺。

《鋼琴變奏曲（Variations）》（op. 27）作於1935—1936年間。《錢仁康音樂文選》續編云，此樂章乃是一首系統運用横向逆行程序之十二音變奏曲，每個部分都包含一系列音高、節奏和織體完全對稱之回文結構（整個樂章共有十四對），如下表所示：

呈示部
（1～18）

主部（a）　$7=3\frac{1}{2}$（十二音序列）$+3\frac{1}{2}$（回文）　變奏一

副部（b）　$3=1\frac{1}{2}+1\frac{1}{2}$（回文）　變奏二

副部（c）　$4\frac{2}{3}=2\frac{1}{3}$（十二音序列）$+2\frac{1}{3}$（回文）變奏三

副部（b^1）　$3\frac{1}{3}=1\frac{1}{3}+2$（回文）　變奏四

展開部
（19～36）

(d)　$4\frac{1}{6}=2\frac{1}{6}$（十二音序列）$+2$（回文）　變奏五

(e)　$3=1\frac{1}{2}+1\frac{1}{2}$（回文）　變奏六

過渡$\frac{1}{2}$

(d^1)　$4=2$（十二音序列）$+2$（回文）　變奏七

(f)　$1\frac{5}{6}=\frac{11}{12}+\frac{11}{12}$（回文）　變奏八

(f^1)　$2\frac{1}{2}=1\frac{3}{12}+1\frac{3}{12}$（回文）　變奏九

(f^2)　$2=1+1$（回文）　變奏十

再現部
（37～54）

主部(a^1)　$7=3\frac{1}{2}$（十二音序列）$+3\frac{1}{2}$（回文）　變奏十一

副部

(b^2)　$3=1\frac{1}{2}+1\frac{1}{2}$（回文）　變奏十二

(c^1)　$4\frac{2}{3}=2\frac{1}{3}$（十二音序列）$+2\frac{1}{3}$（回文）變奏十三

(b^3)　$3\frac{1}{3}=1\frac{1}{3}+2$（回文）　變奏十四

抒情組曲

（第三樂章）

貝爾格

Allgro misterioso

♩ = 150

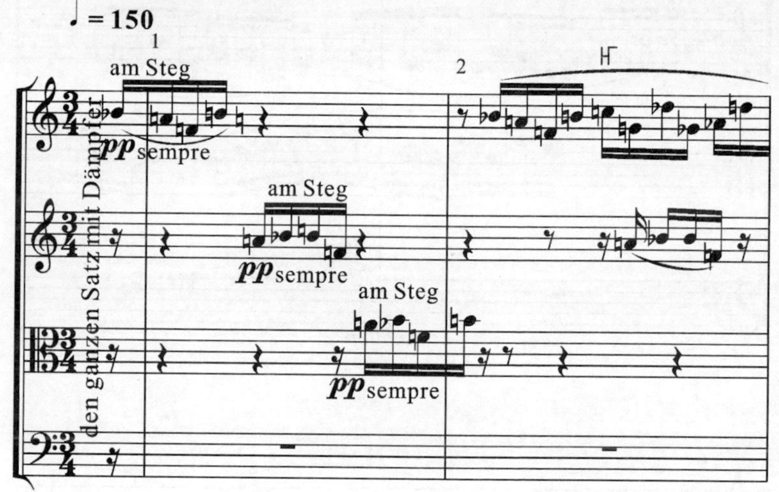

5
6
pizz.
moltop

7
8

11
12
das vlc. ergänzend
arco
gewöhnl.
(pp)
Pizz.
poco dimin
ppp
pp
dis 2. Gg.
ergänzend
pp
arco
pp

13
pizz.
14
die 2. Gg.ergänzend
die 1. Gg. Ergänzend
arco
pizz.
das
(ppp)
die Br. ergänzend
pizz.

15
16
die 1. Gg. ergänzend
Vic.ergänzend
1. Gg. er
die 2. Gg. ergänzend
die Br. ergänzend

*)pizz.am Griffbrett d. h. nahe an den Fingern der linken hand.

*)Alle>und< >immer nur innerhalb des pp!

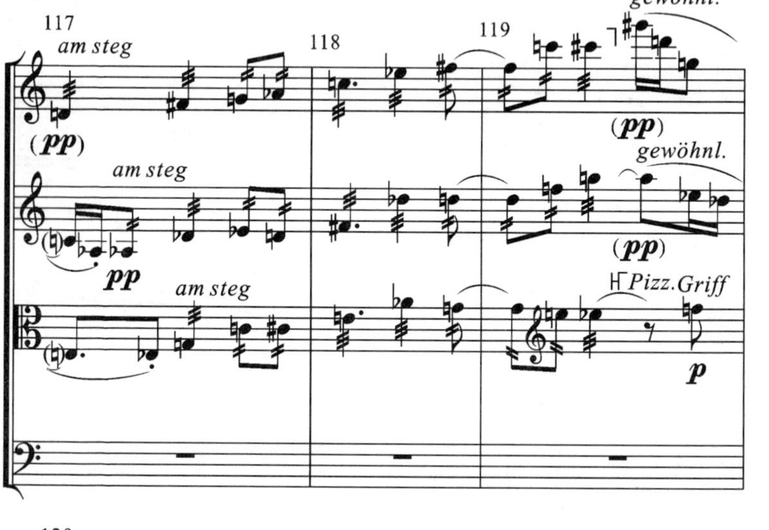

*）pizz.am griffbrett d.h. nahe an den fingern der linken hand

122

die1.Gg.ergänzend

123

2.Gg

Vlc.ergänzend

ge ergänzend

Pizz. (gewöhnl.)

Br.ergänzend----------------

124

Ergänzend

125

Arco
das Vic.
ergänzend

(*pp*)

1.Gg.ergänzend--------

(Echo)

pppp

die

pp

Br.ergänzend------- arco

(*pp*)

126
127
pizz.
die Br.ergänzend
arco am steg
ppp
poco cresc.
(pizz)
2.Gg ergänzend
pp

128
129
arco am steg
pp
(immer am steg)
(pp)
arco am steg
pizz.
moliop

132
133

録自《抒情組曲》

阿爾本·貝爾格（Alban Berg，1885—1935），奥地利作曲家。1904 年起，從勛伯格學習理論，第一次世界大戰期間，曾服兵役，戰後在維也納靠教授作曲謀生。與勛伯格、韋伯恩同爲十二音體系之主要代表人物，著有室内樂《抒情組曲（Lyric Suite）》（弦樂四重奏》等。

《抒情組曲》第三樂章第 117—138 小節係第 1—21 小節之逆行。

調性游戲

前奏曲

興德米特

ff
3

dim.

mf
crcsc.

Arioso, quiet (♩72-100)

mf p

mf
3
3
p
rit.
pp
3
free

Slow(♩66)
mf
cresc
accel
ff
f
hesitating
p
f a tempo
hesitating
p
mf a tempo
mp
hesitating
Solemn, broad(♩. 50-54)
sempre legato
p
pp
cresc. molto

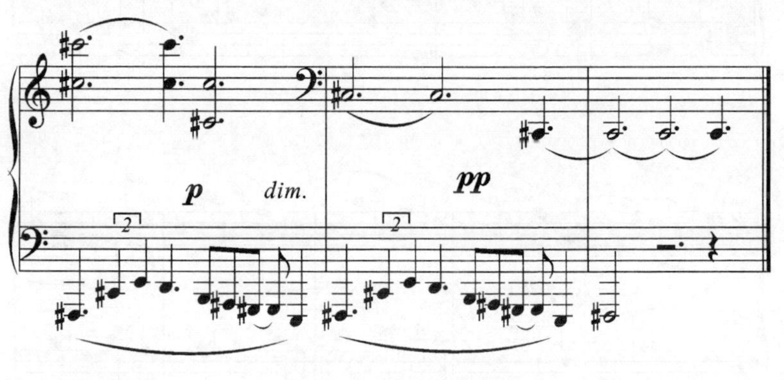

ff
dim. molto
mf
dim.
2
2
2

p
dim.
pp
2
2

Andante(♩ca.96)
Fuga
tertia
inF
p

第三首赋格曲F

cresc.

mf

pp

mf

cresc.

f p mf cresc.

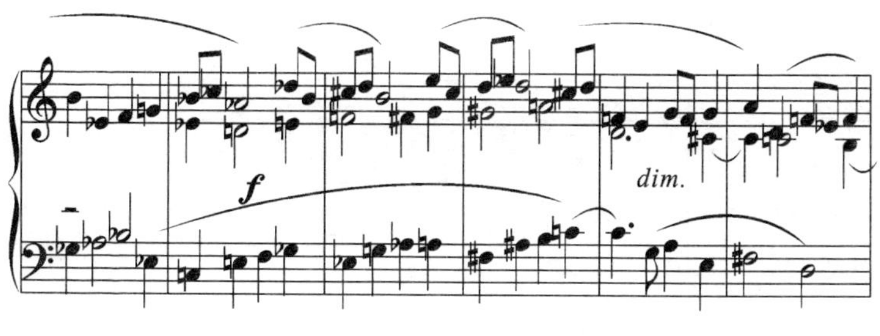

f
dim.

mf
rit.
p

後奏曲

Solemn,broad (♩. 50–54)
Fostludium
pp
cresc.
mf sempre legato
cresc.
f
cresc.
ff
dim.
mf
dim.
p
accel.

broad.
mf
p accel.
mf broad.
p
riten.

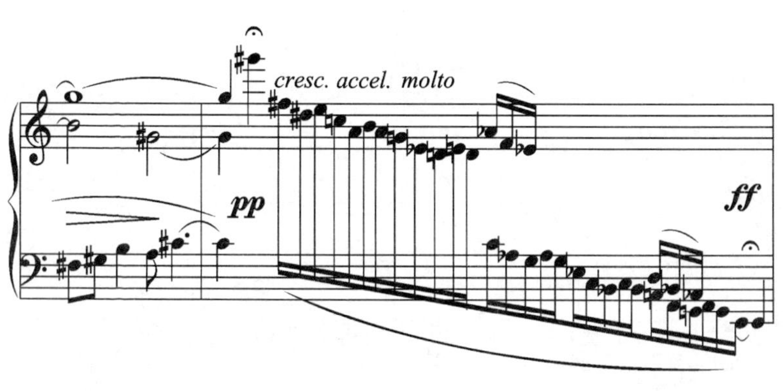
cresc. accel. molto
pp
ff

Arioso,quiet （♩32-100 ）
riten.
dim.
p
mf

p
mf
3
pp
mf
3

mf
p
p

Moderate (♩ca. 72)
cresc.

mf
cresc.

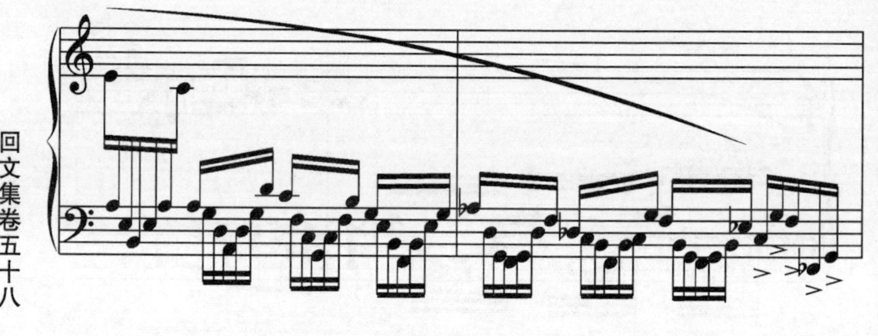

ff

3

sempre ***ff***

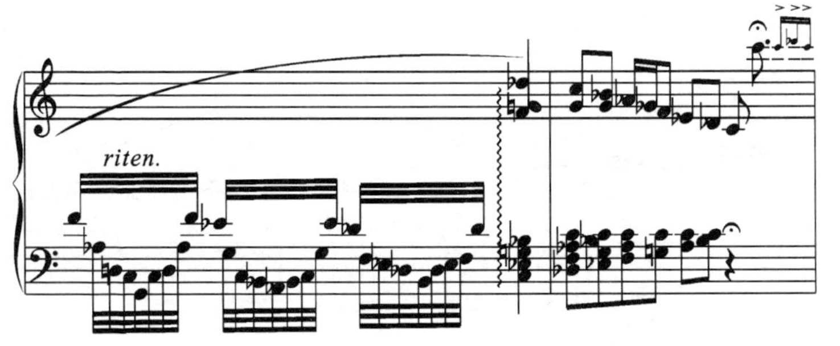

録自《調性游戲》

興德米特（Paul Hindemith，1895—1963），德國作曲家、指揮家、中提琴家。九歲學小提琴，十四歲進法蘭克福音樂學院，曾爲法蘭克福歌劇院指揮。1927 年起，任教於柏林高等音樂學校，納粹執政後辭職。1940 年赴美國，爲耶魯大學教授。1951 年去瑞士，任蘇黎世大學教授。提倡“實用音樂”，主張“綫形對位”，作品很多，有歌劇、合唱、各類器樂曲。

《調性游戲（Ludas Tonalis）》作於 1942 年，被稱爲二十世紀之平均律鋼琴曲。由一首前奏曲、十二首賦格曲、十一首間奏曲和一首後奏曲組成。首尾兩曲係逆反行關係，第三首《F 調賦格曲》包括三個聲部，共五十九小節，亦是前後對稱之回文結構。

倒影

巴托克

Tempo I .
p
f
p
f
mf
f
Vivacissimo ♩=164
p
legato

巴托克（Bela Bartok，1881—1945），匈牙利作曲家、鋼琴家。生於匈牙利納森米克羅斯，一九〇三年布達佩斯音樂學院畢業，留校任教。一九三七年起擔任鋼琴班教授。第二次世界大戰期間，遷居美國，直至去世。著有自成體系之鋼琴教程《小宇宙》（Mikrokosmos）。

《小宇宙》第六集第141曲《倒影》（Tükröződés Spiegelung），外聲部之兩個旋律不僅節奏相同，而且像水中倒影一樣，上下對稱。

回文集卷五十九　目録

回文集卷五十九

廻文詩八卷　織錦廻文詩一卷

苻堅秦州刺吏竇滔妻蘇氏作。隋史卷三十五經集四、雍正陝西通志卷七十五經籍第二著録。廻文詩八卷，久佚。織錦廻文詩，丁國鈞補晉書藝文志、黄逢元補晉書藝文志皆云，見梁代阮孝緒七録。

『竇滔妻蘇氏，始平人也。名蕙，字若蘭。善屬文。滔、苻堅時爲秦州刺史，被徙流沙。蘇氏思之，織錦爲回文旋圖詩，以贈滔。宛轉循環以讀之，詞甚凄惋』（晉書卷九十六列女傳）。

『秦州刺史竇滔妻，彭城令蘇道之女，有才學，織錦製廻文詩，以贖夫罪』（太平御覧卷五二〇引崔鴻前秦録）。

『織錦回文詩序曰，竇韜秦州，被徙流沙。其妻蘇氏。秦州臨去別蘇，誓不更娶。至沙漠，便娶婦。蘇氏織錦端中，作此回文詩以贈之，符國時人也』（文選卷十六江淹別賦李善注）。

『前秦符堅時，秦州刺史扶風竇滔妻蘇氏，陳留令武功蘇道質第三女也。名蕙字若蘭，智識精明，儀容秀麗，謙默自守，不求顯揚，年十六，歸於竇氏，滔甚敬之。然蘇氏性近於急，頗傷嫉妒。滔字連波，右將軍于真之孫，朗之第二子也。神風偉秀，該通經史，允文允武，時論高之。符堅委以心膂之任，備歷顯職，皆有政聞。遷秦州刺史，以忤旨，讁戍燉煌。會堅克晉襄陽，慮有危逼，藉滔才略，詔拜安南將軍，留鎮襄陽。初，滔有寵姬趙陽臺，歌舞之妙，無出其右，滔置之別所。蘇氏知之，求而獲焉，苦加箠辱。滔深爲憾。陽臺又專伺蘇氏之短，讒毁交至，滔益忿蘇氏。蘇氏時年二十一。及滔將鎮襄陽，邀蘇氏同往，蘇氏忿之，不與偕行，廼攜陽臺之任。絶蘇氏音問，蘇氏悔恨自傷，因織錦爲回文，五綵相宣，瑩心輝目。縱廣八寸，題詩二百餘首，計八百餘言，縱横反覆，皆爲文章。其文點畫無闕，才情之妙，超今邁古，名曰璿璣圖。然讀者不能悉通，蘇氏笑曰，徘徊宛轉，自爲語言，非我家人，莫之能解。遂發蒼頭齎至襄陽。滔覽之，感其妙絶。因送陽臺之關中，而具車從盛禮，邀迎蘇氏，歸於漢南，恩好愈重。蘇氏所著文詞五千餘言，屬隋季喪亂，文字散落，追求弗獲，而錦字回文，盛傳於世。朕聽政之暇，留心墳典，散帙之次，偶見斯圖。因述若蘭之多才，復美連波之悔過。遂製此記，聊以示將來也。如意元年五月一日，大周天册金輪皇帝製』（明本回文類聚卷一璿璣圖叙）

『晉史載竇滔苻堅時爲秦州刺史，被徙流沙。蘇氏思之，織錦爲回文旋圖以贈滔，宛轉循環以讀之。武氏及見晉史之成，不知何所據依，記載如此之詳。滔字連波，記之末云，因述若蘭之多才，復美連波之悔過。故山谷題此圖云，千詩織就回文錦，如此陽臺暮雨何，亦有英靈蘇蕙手，只無悔過竇連波，正用武氏之記。而任子淵止以晉史注之，豈未攷此記耶。余前後見舊圖數本，大小不侔，未有如此卷之精者』（樓鑰攻媿集卷七十三跋蘇氏回文錦詩圖）。

『蘇氏織錦爲千古韻事，而所作之由傳叙不同。晉書烈女傳云，竇滔妻蘇氏，始平人也，名蕙，字若蘭，善屬文。滔、苻堅時爲秦州刺史，被徙流沙，蘇氏思之，織錦爲迴文旋圖詩以贈滔。宛轉循環以讀之，詞甚悽惋，凡八百四十字，文多不錄，此乃史册之全傳也。而則天武后璿璣圖叙略云，扶風竇滔妻蘇氏，陳留令武功蘇道質女。滔、右將軍于真之孫，苻堅委以心膂之任，遷秦州刺史，以忤旨謫戍燉煌，會堅克晉襄陽，拜安南將軍，留鎮襄陽。初，滔有寵姬趙陽臺，蘇氏苦加箠辱，滔深以爲憾。將鎮襄，携陽臺之任，絶蘇音問。蘇悔恨，因織錦爲回文，五綵相宣，廣八寸，計八百餘言，縱横反覆，皆爲文章，讀者不能悉通。蘇曰徘徊宛轉，自爲語言，非我家人，莫之能解，遂發蒼頭齎至襄陽。滔覽之，感其妙絶，因送陽臺之關中，盛禮迎蘇，恩好愈重等語，全文錄載類聚卷首。是滔於苻堅時爲秦州刺史則同，而所著回文之由則異也，然古今以來凡言織錦故事者，詩文圖畫無不從武后之叙述。蓋唐初去晉未未遠，蘇氏織錦至今尚爲美談，彼時相傳必更有確據，倘無趙陽臺之事，竇蘇二家俱在關中，其後世豈肯聽人附會。且繹其詩意，如六言有云，讒人作亂闈庭，奸凶害我忠貞，禍原膚受難明，所恃恣極驕盈，明爲姬妾讒譖而作，璿璣一圖具在，可讀而知也。又云周風興自后妃，楚樊厲節中闈，長歎不能奮飛，雙發歌我衮衣，華觀冶容爲誰，宫羽同聲相追，亦非爲滔被徙之託辭，大都史筆簡淨，不涉瑣屑，書此以存始作回文之名氏而已。即如滔於苻堅時爲秦州刺史，記載内亦不書及，概可知矣。聊述傳叙詳簡互異大略，以俟博雅辯正之，玉山仙史』（朱象賢織錦回文傳叙互異説）。

『臧榮緒晉史載竇連波妻蘇若蘭迴文詩八百字，名璇璣圖，見徐堅初學記所述。崔鴻前秦錄：蘇蕙，始平武功人，陳留令道質第三女，年十六歸竇滔，滔甚敬之。及苻堅時，滔爲秦州刺史，坐事被徙流沙。蕙因織錦爲詩寄之，實與臧書相合。則天大周帝製，乃謂滔妾趙氏有寵，蕙摧辱之，已而滔鎮襄陽，遂獨携妾之任，絶蕙音問，蕙悔恨作此詩。文選注引詩序，又謂方滔徙時，誓於蕙，不更娶，既至沙漠，背其約，蕙作詩以贈。三説不符，然臧崔生六朝，相去不遠，較之隋唐以後之言似可信。近見阮亭先生池北偶談所書，於此詩同異未備，因摭一則以佐攷證』（全祖望鮚埼亭集外編卷三十三題蘇若蘭迴文詩）。

『朱淑真璿璣圖記：若蘭名蕙，姓蘇氏，陳留令道質季女也，年十六，歸扶風竇滔。滔字連波，仕苻秦爲安南將軍，以若蘭才色之美，甚敬愛之。滔有寵姬趙陽臺，善歌舞，若蘭苦加捶楚，由是陽臺積恨，讒毀交至，滔大恚憤。時詔滔留鎮襄陽，若蘭不願偕行，竟挈陽臺之任。若蘭悔恨自傷，因織錦字爲迴文，五彩相宣，瑩心眩目，名曰璿璣圖，亘古以來所未有也。乃命使齎至襄陽，滔感其妙絕，遂送陽臺之關中，具輿從迎若蘭於漢南，恩好踰初云云，大略本唐則天序。按晉書列女傳，言滔爲苻秦時秦州刺史，被徙流沙，蘇氏思之，織錦爲迴文旋圖詩以贈滔。二說不同，豈晉史反從略歟』（董潮東皐雜鈔卷一）。

『晉書竇滔妻蘇氏傳，名蕙字若蘭，善屬文。滔、苻堅時爲秦州刺史，被徙流沙。蘇氏思之，織錦爲迴文旋圖詩以贈滔。宛轉循環以讀之，詞甚淒惋。案傳語與則天序文，情事迥異，然考之本詩辭義，似當以正史爲據』（陳僅捫燭脞存卷十二）。

『案十六國春秋竇滔妻蘇氏傳，但言滔爲秦州刺史，被徙流沙，蘇氏思之，因織錦爲回文。晉書蘇氏傳亦然，與武氏所記不同，今以詩意考之，武后之説爲近』（周昇十六國宮詞卷上）。

『苻堅秦州刺史竇滔妻蘇氏織錦回文詩一卷，今存。唐武后璇璣圖序曰，前秦苻堅時，扶風竇滔妻蘇氏，名蕙字若蘭，滔鎮襄陽，絕蘇氏音問，蘇氏因織錦爲迴文，五彩相宣，縱廣八寸，題詩二百餘首，計八百餘言，縱橫反覆，皆爲文章。按太平御覽卷五百二十引崔鴻前秦錄曰，秦州刺史竇滔妻，彭城令蘇道之女，有才學，織錦製迴文詩，以贖夫罪，其説特異。按迴文詩無怨懟之詞，亦無懷思之語，鴻之所言當得其實。吳淑事類賦錦賦注引臧榮緒晉書曰，竇滔妻蘇氏善屬文，苻堅時，滔爲秦州刺史，被徙流沙，蘇氏思之，織錦爲迴文詩寄滔，循環宛轉以讀之，詞甚淒切（晉書列女傳同）此言滔被徙流沙，亦與崔鴻所記相近』（文廷式補晉書藝文志卷六）。

蘇蕙織錦回文，古今傳爲佳話。對于其原委，諸説不一，多有歧異、牴牾之處，究以何説符合事實，後人見仁見智，莫衷一是。縱觀歷史，主要是晉書説和武后記説對後世之影響較大。以上諸説，無論何者爲確，蘇蕙織錦回文總是不幸境遇之産物，中國古代女子才情和苦難之象征。『凡看仁智虞唐錦，都爲蘇蘭一斷腸』（萬樹同心梔子詩。）

『歷世名流，文詞以咏之，繪圖以形之』，故咏蘇詩極多，或叙事，或議論，皆非無爲之作。如歸安沈樹本蘇若蘭：『宛轉璇璣體製精，流沙遠寄達深情，千秋尺幅迴文錦，巧到天孫織不成』（曼真詩畧卷三）。淄川袁藩蘇若蘭：『流黄明月織璇圖，爲寄襄陽問故夫，自是佳人憐錦字，莫吟山上采蘼蕪』（敦好堂詩集卷一）。錢塘梁玉繩璇璣圖：『若蘭固才女，滔亦非凡才，披圖感夙意，悔過何賢哉，不然空織回文錦，惟有郎心織不回』（清白士集卷二十五）。淄川孫錫嘏蘇蕙：『柔腸搜斷賦迴文，字字酸心不忍聞，萬里關山機上轉，織將血淚寄夫君』（東泉詩鈔卷二）。祁縣喬煌題璇璣圖：『腸斷陽臺舊恨深，繚綾繡出白頭吟，外孫幼婦題虀臼，破鏡刀環夢藁砧，碧玉歌分今日寵，綠衣詩識古人心，千古宛轉神鍼妙，絶代英靈少嗣音』（黄葉樓詩鈔卷三）。蒼南周秀眉蘇蕙織錦回文詩：『豈惟閨閣仰詞宗，多少才人拜下風，詩句縱横千百首，幾疑鬼斧與神工』（香閨集）。古麗程尚濂璇璣圖：『璇璣圖，能轉圜，八百四十字，字字如雲煙，天孫之巧不可言，弗言金玦寒，化作玉連環』（心吾子詩鈔卷十一）。吳江袁希謝蘇若蘭：『織就回文一錦圖，寄郎細細去心摹，縱横回合多成句，獨具仙才曠代無』（繡餘吟草）。相傳蘇蕙與竇滔結褵之後，其生活地就在阿育王寺（今法門寺）旁，里人爲紀念若蘭，此處便名織錦巷。一九九二年十一月十日，法門寺博物館『征用蘇蕙舊址非耕地二・二三畝』（韓金科法門寺文化與法門學）。扶風、天水都有他倆之遺迹，詳見專著前秦女詩人蘇蕙研究（法門寺文化叢書之二十，二〇〇五年陝西人民出版社）。

璇璣變幻圖

是圖長期以來爲書畫家所秘藏，即使到今天，知之者也不多。兩種璇璣圖之文字有較大差别，又此圖當中無『心』字，共八百四十，恰合晉書所述之數。李蔚認爲，『不但出現最早，而且流傳時間很長』。因朱淑貞手書璇璣圖，有『璇璣變幻』四小篆，故稱璇璣變幻圖。

現今看到較早記述此圖者，爲明萬曆間李日華（載味水軒日記卷四）及清初王士禎。士禎朱淑貞璿璣圖記曰『辛亥冬，於京師見宋朱女郎淑貞手書璿璣圖一卷，字法姸嫵。有記云，若蘭名蕙，姓蘇氏，陳留令道質季女也。年十六，歸扶風竇滔。滔字連波，仕苻秦爲安南將軍。以若蘭才色之美，甚敬愛之。滔有寵姬趙陽臺，善歌舞，若蘭苦加捶楚，由是陽臺積恨，讒毁交至，滔大恚憤。時詔滔留鎮襄陽，若蘭不願偕行，竟挈陽臺之任。若蘭悔恨自傷，因織錦字爲回文，五彩相宣，瑩心眩目，名曰璿璣圖，亘古以來所未有也。乃命使齎至襄陽，感其妙絶，遂送陽臺之關中，具輿從迎若蘭於漢南，恩好踰初。其著文字五千餘首，世久湮没，獨是圖猶存。唐則天常序圖首，今已魯魚莫辨矣。初，家君宦遊浙西，好拾清玩，凡可人意者，雖重購不惜也。一日，家君宴郡倅衙，偶於壁間見是圖，賞其值，得歸遺予。於是坐卧觀究，因悟璿璣之理，試以經緯求之，文果流暢。蓋璿璣者，天盤也。經緯者，星辰所行之道也。中留一眼者，天心也。極星不動，蓋運轉不離一度之中，所謂居其所而斡旋之。處中一方，太微垣也，乃疊字四言詩。其二方，紫微垣也；乃四言回文。二方之外：四正，乃五言回文；四維，乃四言回文。三方之外：四正，乃交首四言詩，其文則不回也；四維，乃三言回文。三方之經，以至外四經，皆七言回文詩，可周流而讀者也。紹定三年春二月望後三日，錢唐幽棲居士朱氏淑貞書。首有璿璣變幻四小篆，後有小朱印。予向見斷腸集不載此文，諸家撰閨秀詩筆者，皆未之載。宋桑世昌澤卿、明雲間張玄超之象撰回文類聚，亦未收此。家考功兄輯然脂集三百餘卷，多徵奥僻，因錄一通歸之。後有仇英實父補圖四幅，亦極妙。按張萱周昉李伯時輩，皆有織錦回文圖，英此圖殆有所本也』（池北偶談卷十五）四庫全書總目卷一七四朱淑真斷腸集提要謂『王士禎記康熙辛亥見淑真紹定二年手書璿璣圖記一篇備錄其文於池北偶談中且稱斷腸集不載此文諸家撰閨秀詩筆者皆未之及云云然流傳墨蹟千僞一真此文出淑真與否無從考證疑以傳疑姑存是一説可矣』又曰『趙松雪管夫人手寫璇璣圖詩，五色相間，筆法工絶。後跋云，蘇蕙字若蘭，陳留令武功蘇道質第三女也。年十六歲，歸扶風竇滔，甚敬愛之。苻堅寇襄陽，以滔爲安南將軍，留鎮襄陽，攜寵姬趙陽臺往。蘇氏怨之，不肯與俱，而滔竟與斷音問。後蘇氏悔恨，因織爲迴文錦以寄滔，滔覽之，感其意，於是迎蘇氏於關中，恩好愈篤焉。按蘇氏織錦迴文，縱横八寸，計八百餘言，形如璇璣，理難盡識，起宗道人分圖析類，獨得其旨，附錄其右。天水管道昇。後有仇英補圖亦工』（居易錄卷五）丁丙善本書室藏書志卷二十三云『館臣據王漁洋居易錄所載趙孟頫妻管道昇書璇璣圖真迹已稱起宗道人遂疑起宗爲宋元間人而不知仲姬墨迹爲明人僞造』王士祿回文詩云：『樂府古題要解後亦列有迴文詩，若蘭璇璣圖其全已入説部，合古今讀法至得詩七千九百餘首，第依括例讀之，往往牽强者多，自然者少。比得朱淑真璇璣變幻圖讀法，與諸家頗異，其間多有全篇渾成反覆入妙者，因略載數章於此。不獨見作者才情之妙，亦以見讀者之靈心競出無窮也以下三言殘草綠，亂花飛，鸞掩鏡，鳳孤幃。幃孤鳳，鏡掩鸞，飛花亂，綠草殘。桑圃憩，桃林休，廂東步，堦西游。游西堦，步東廂，休林桃，憩圃桑又四言思感靡寧，孜孜傷情，時倚枕屏，追想勞形。形勞想追，屏枕倚時，情傷孜孜，寧靡感思又五言聲故非琴調，味薄消酒巵，情深勞遠眺，事往感年衰。衰年感往事，眺遠勞深情，巵酒消薄味，調琴非故聲』（稿本然脂集）。

桃源羅人琮書璇璣圖卷，謂『蘇若蘭作璇璣圖，左右流轉，皆成文章，慧邁千古，越八百餘年，朱淑貞深思其故，苦心分解，錄之尺幅，并摹若蘭小像，世異志同，亶其然乎。又越百餘年，管仲姬遵其舊式，臨摹精玅。夫璇璣原圖，既不得見，而分解所著亦復漫没無存。三百年後得仲姬此圖，若蘭淑貞差堪彷彿矣。故弁其首曰，閨中三絶。至卷後所續，不知出何代何人，畫法工緻，彩色至今爛然，真名手也。康熙十二年仲夏日紫蘿氏識』（最古園二編卷十七）。

康熙五十二年三月，清聖祖玄燁六旬壽辰，内閣及部院衙門諸臣先後進獻古玩書畫詩册等物慶賀，兵部尚書殷布特、孫徵灝、侍郎覺和托、李先復、巴顏柱、宋駿業『恭進蘇夫人織錦迴文、管夫人璇璣圖』（萬壽盛典初集卷五十七）。建福宫書畫目錄副册有『二月初八看蘇若蘭琁璣圖（絹本仇英畫内殿）二月十三日看元管道昇璇璣詩仇英補圖（絹本景）』之記載清宫舊藏歷代法書名畫總目目錄副册卷亦著錄蘇蕙璇璣圖（絹本仇英）管道昇書璇璣詩仇英補圖（絹本）

繼日華、士禎、人琮之後，記述此本璇璣圖者，有秀水萬光泰小方壺觀劉松年蘇蕙織錦圖後有幽棲居士朱淑貞畫蕙小像及璇璣變幻圖記（柘坡居士集卷六），汪仲鈖劉松年蘇蕙織錦圖後有朱淑貞小楷書璇璣變幻并記（桐石草堂集卷一），大興翁方綱璿璣織錦圖歌（復初齋詩集卷二十四），東武王賡言題管道貞楷書回文詩及織錦圖畫卷（簣山堂詩鈔卷三），吴縣石韞玉管夫人楷書回文卷跋，謂『元管仲姬所書，每詩一章，四方盈寸，後有天水趙氏印』，『尾有項子京珍藏印，蓋天籟閣舊物也』（獨學廬初稿卷三），吴江陳懋題管夫人書織錦詩卷，注云『此卷舊爲項子京所藏，倩十洲補璿璣圖爲合璧焉』（遂高堂詩集卷四），陽湖李兆洛管仲姬畫蘇若蘭像并楷其璿璣圖詩更爲縱横分讀得若干首楷法端麗暨陽張氏之所藏也既勒之石因繫之贊而歸之（養一文集卷十六），歸安錢振倫管夫人書璇璣圖卷跋，曰『曩在吴市得管夫人書璇璣圖墨刻』，『今春避警來涇皋，始知是卷真跡爲張氏所藏，而仇氏十洲所繪四圖，别爲一卷』（示樸齋駢體文卷四），泰興杜瑞聯元管仲姬璇璣詩明仇十洲補圖卷，其翟景淳題云『織錦迴文，千古盛傳，更得管仲姬書，其爲珍重也，宜矣。向藏檇李項子京家，復徵仇實父補圖，正如豐城之劍，合浦之珠矣』，文彭題云『此卷仲姬書迴文，而復按朱淑貞之繹圖，設以五色，誠爲傳世之寶，若夫實父所補四圖，尤爲精妙絶倫，子京得此，吾知其武庫中當爲增色矣』（古芬閣書畫記卷五），吴重憙恭邸藏管夫人寫回文織錦詩因松雪出使蒼梧而作後仇實父四圖精妙絶倫玉可殫八月之工摹成一卷（石蓮闇詩卷八）。燕山孫櫺璿璣圖，謂『湘中汪嘯霞蔚工書畫，精鐵筆。阮端之吉午曾寄其所搨璿璣圖扇面二紙，一寫若蘭小像及唐人序文、宋人題詠，一寫回文詩圖、四隅詮釋讀法，共得詩二百餘首。其自跋云，道光丁未游武昌，於餘山宮傳署見所藏趙文敏與管夫人合書璿璣圖，五色燦然，精麗無比。明年署中不戒於火，此卷燬焉，思之不忘，因鐵書背臨於石云云』（餘墨偶談續集卷二）。

錢塘陳文述詩云：『錦字廻文事有無，簪花妙筆未糢糊，聰明也有蘇孃意，手寫璇璣一幅圖』（頤道堂詩外集卷七題朱淑貞斷腸集）。山陽許志遠詩云：『縱横錦字三千首，妙解還超朱淑真，寫入蒼梧羈客恨，靈心惟讓管夫人』（謹齋詩稿·管夫人蘇蕙織錦圖寄和二首其一）。王士祿輯然脂集，全文照錄，後『無力刻行』，遂令稿本散失幾盡，恐此卷已湮没矣。道光間，潘正煒聽颿樓續刻書畫記卷上，僅載其圖，而其衍字、闕字、訛字甚夥，難以卒讀，此外未聞有單刻傳世。今所見者，有北京圖書館藏本、大英博物館藏本、王梅痴藏五色璿璣圖本、福建師範大學藏長卷本、廣東何冠五藏本，相傳爲朱淑貞或管道昇手寫，由於都係鈔本，因之異文頗多。研究此本璇璣圖詩讀法之專門著作，唯李蔚詩苑珍品璇璣圖（一九九六年東方出版社）一書而已。李氏將璇璣變幻圖讀至一四〇〇五首（三言詩一六〇首，四言詩二八九首，五言詩二一一六首，六言詩六十四首，七言詩一三二七六首），是目前解讀璇璣圖詩最多之作。

起宗道人織錦迴文詩一卷

前秦苻堅時秦州刺史扶風竇滔妻蘇蕙若蘭撰，起宗道人繹讀。高儒百川書志卷二十著錄，云『夫失音問，蘇悔恨自傷，因織迴文，五綵相宣，計八百餘言，後附七圖，各加讀法，得詩三四五六七言三千七百五十二首，爲迴文之正宗。武則天有記，序其始末』。明季諸家著錄者，尚有晁氏寶文堂書目卷上織錦回文讀法，玄賞齋書目卷七起宗繹織錦迴文詩一卷（錢曾也是園藏書目作趙宗繹織錦迴文詩一卷）。起宗讀法，今見酈琥彤管遺編卷八、張之象古詩類苑卷九十六、鍾惺名媛詩歸卷八、陶珽説郛卷七十八。

織錦圖起宗道人讀法跋：『符秦安南將軍竇滔妻蘇若蘭織錦回文詩，世傳久矣。余始得而讀之，絲棼網結，初無端倪，因其色別爲界，稍有所解，乃尋繹之，橫斜宛轉成三四五六七言詩爲二百六十首，首皆四句，以爲無復餘藴。及得唐則天武氏所製蘇氏織錦回文記考之，亦云題詩二百餘首，計八百餘言，益自信爲能盡之矣。新安程篁墩先生嘗出衍聖孔公所藏本，詩僅至百四十餘首，乃益自負，知天下之能讀者亦復無過余也。後見黄山谷詩，有云千詩織就回文錦，如此陽臺暮雨何，亦有英靈蘇蕙子，只無悔過竇連波。連波、滔字，蕙則蘇之名也。乃始撫然自失，知山谷必嘗讀至千篇，方且愧余自負而恨余自狹也。世之讀書學道，少得而自滿，如余者何限。起宗道人經禪之暇，以游戲三昧，細玩是圖，得詩三四五六七言者至三千七百餘首，韻意悉如己出，如庖丁解牛，肯綮無滯，方知讀曹娥之碑者，其智相去三十里，未足爲多也。古之人有隱憂者，多託諸閨興以自況，起宗豈亦有隱憂不可自託諸形，而特託此以見志乎，不然何用志之深如此也。起宗嘗錄以見贈。其分圖析類，如甘石星經，以周天之星分屬三垣二十八舍，然後粲然如撒砂者無一可逃也。讚歎之餘，復書如是。弘治丙辰三月甲子，懷鳳山人仇東之跋』（吴門沈氏重刻本織錦回文詩）

程敏政篁墩文集卷五十五簡宗伯倪同年舜咨云此璇璣圖本得之衍聖公者止讀得二百六十首近有人寫惠一紙亦讀得二百六十首今奉觀但寫頗精致欲作一卷乞分付錄者勿點污發還幸幸尊處卷俟遲日納還未間

仁和郎瑛蘇若蘭織錦璇圖詩：『幼聞秦竇滔之妻蘇若蘭有織錦璇圖詩，言止八百，而詩可讀數百首。予以此特假文逞技，殆玉連環，錦纏枝之類歟。又聞成化間，北海仇東之色界句分其圖，成詩二百六十篇，心雖異而猶未信也。及見衍聖公藏本，藏唐則天氏記云，可讀二百餘篇。遂按圖求之，止可初讀數首而已。後見宋刻黄山谷序者云，楊文公讀至五百餘篇，題曰千詩織就迴文錦，如此陽臺暮雨何，亦有英靈蘇蕙子，只無悔過竇連波，據是可讀千首矣。予驚且歎曰，是何女子之慧哉，殆鬼工耶，抑仙才耶，古今才子亦有是思也耶，不可得而知也。又二十年，復得一本，乃皇朝起宗和尚，經禪之暇，紬繹是篇，分爲七圖，一百四十七段，得三四五六七言之詩至三千七百首，星羅棋布，燦然明白。某王府從而刻之，并具讀法。然其文之故典、人名、古詩、程語，絲紛綢結，雖錯雜聯絡，而音律暢協，反復成章也已。七言雖似牽强，而三四六言宛若天成者多矣。嗚呼，蔡琰、崔鶯不過一文婦耳，世傳慕之，非以其行也。若蘭史載烈女，文無可匹，真天壤間之異人耳。每詢士夫，圖亦罕見，况知其事者乎。特序而志之於藁，畧少抑揚，使他日讀者亦默而識之也』（七修類稿卷三十九）。

常熟錢曾織錦迴文詩：『蘇若蘭織錦迴文詩，天册金輪皇帝序冠首簡。仇東之云，程篁墩嘗出衍聖公藏本，詩僅百四十餘首，謂天下能讀者，無復過之。後見黄山谷絶句，千詩織就迴文錦，如此陽臺暮雨何，亦有英靈蘇蕙子，更無悔過竇連波，因知山谷必嘗讀至千篇，且愧予之自狹也。起宗道人紬繹是詩，分圖爲七，共一百七十四段，得三四五六七言詩，至三千七百餘首，星羅碁布，宛若天成，起宗録以見贈，讚歎之餘，爲書於是。起宗，吴僧，名定徵。徐髯仙有哀定徵詩云，起宗肉食相，齒不啖蔬甲，時時聳吟肩，爲怕袈裟壓，諦思回文中，百千演讀法，頗取匏庵重，文字交最洽，奈何圓寂早，明鏡掩塵匣，其爲通人所傾倒若此。予謂此詩作者繹者，皆天壤閒閒氣所出，俾後人得曉然讀之，何其快歟。東海顧德基用晦，復用五彩分章，析爲十圖，另一讀法，亦可令人解頤，但以未見起宗本爲恨耳』（讀書敏求記卷四）。

四庫全書總目卷一四八，璇璣圖詩讀法提要云：『起宗不知何許人，王士禎居易録載趙孟頫妻管道昇璇璣圖真蹟，已稱起宗道人云云，則其人當在宋元間也』。丁丙善本書室藏書志卷二十三以爲：『館臣據王漁洋居易録所載，趙孟頫妻管道昇書璇璣圖真迹，已稱起宗道人，遂疑起宗爲宋元間人，而不知仲姬墨迹爲明人僞造，似當日館臣所見之本，前脱仇序及讀法凡例并呂賜識語，故致此誤』。章鈺錢遵王讀書敏求記校證卷四：『案居易録原文云，起宗道人分圖析類，獨得其旨，附録於右。天水管道昇後，有仇英補圖。又一則云，楊文公讀至五百首，明僧起宗乃又分爲七圖。是漁洋明言起宗爲明僧，館臣殆以前條天水五字屬上讀之，故有此誤耳』。受四庫影響者，有康發祥伯山詩話、管庭芬一瓻筆存、俞樾梔子同心圖讀法序、楊立誠四庫目略、竇鴻年竇氏文獻録等，皆云起宗係宋元間人。

織錦回文詩一卷

又題讀織錦回文法，明釋子起宗道人分讀，文學邑人康萬民無泠增讀，文學邑人康禹民水衡又增讀。是書爲康吕賜吕賜（一六四四—一七三一）字復齋號一峰自稱南阿山人户部主事引叔長子諸生所編，前有武氏織綿回文記、仇東之織錦圖起宗道人讀法跋、吕賜自識，末有禹民語及沈華之跋。

蘇若蘭織錦回文璇璣圖詩暨諸讀法合刻識言：『南阿山人康吕賜曰，余録先太史縣志真本悉依原編，獨蘇氏詩未録，非敢輕有變置，故附數語録本之末，述先太史之意，冀來者之鑒余志也。兹專録其詩圖，並校諸讀法合爲一編存之，後有授梓者可於諸圖依增讀原刻分别，且俱如織錦采色顔之木，以便觀覽，則作者讀者巧思悉傳，而斯文乃犁然，可以備吾邑文藝中之一觀矣』。

案康海修武功縣志，卷前冠分野、疆域、縣治、璇璣（附五色讀法）四圖。自正德十四年馮瑋初刻問世後，風靡一時，萬歷四十五年知縣許國秀延邑人張棨、海孫禹民、萬民兄弟訂正，釐爲四卷重刊，字大悦目，圖繪清晰，有『康萬民曰，大父作志，首載蘇氏璇璣圖詩，非漫紀也，只標其錦繡界畫之製，而未盡夫分圖析句之詳。自若蘭之刱爲此體也，因心獨㓗，千古無兩，歷代讀者雖數十百家，而其詩亦不過數十百首。至起宗道人則廣抽玄覽于朱墨青紫之中，分爲大小七圖，于七圖之内得三四五六七言詩三千七百五十二首。噫，亦神矣，不可測矣。余嘗三復是圖，似乎未盡，臨文搜括，薄有所增。增圖一，增詩四千一百二十二首，合原圖共八，原詩共七千八百七十四首，余亦不知其能盡與否也。何物女子，技至此乎。千百年來，讀者之不能罄其藴，而作者之苦心可知已。吾郃自姜嫄太姜接袂而起，不但胤聖姬周，實母儀千古，以故閨媛淑氣又鍾于蘇氏，不惟律之彤管，無能與媲，即自三百篇，楚些十九首遞降以還，詞伯韵士，覃精極思，紬繹風雅，可能于八百餘言中，回環成章，情文都備有如此者乎，此益山川靈秀所毓人力云乎哉。猥余貧不能付全書于殺青，乃于斯圖之後，畧叙數語以紀其奇，倘博物君子不泯蘇氏之苦，心欲取而揚抆之，願以笥中所藏者獻。丁巳中元日謹識』。王士禎對武功縣志推崇備至，謂『志以簡賅爲得體，康德涵武功志最稱於世』（池北偶談卷十一）。『予見康對山武功志前幅載織錦璿璣詩圖，劉九經郿志載武侯木牛流馬圖，殊有别趣，但如此佳料不易得耳』（香祖筆記卷十二）。『武功志列璇璣回文詩圖，郿志列武侯八陣圖、流馬法，尤可玩』（居易錄十九）。

卷後有『水衡漁叟康禹民曰，余偶再讀蘇氏詩，殆過十萬，册可盈千卷，行將付梨棗，與詞宗共之』，『或曰，觀水衡公之言，視前讀法又加二千餘矣，其法不傳，當亦存其説，以俟蒐奇者』（武功縣重校續志卷二云禹民嘗讀蘇若蘭回文詩謂可得十萬首視起宗道人及弟萬民所得又多十倍惜其法不及傳而卒）又璇璣圖後跋：『璇圖未織，五曜潛埋；錦字初開，百靈光怪。穿奇鑿異，一空黄絹之辭；古往今来，盡掃玉釵之句。盖嘗潛心細〔玩〕，元不無間得其綿思；究之往覆沉吟，寔未能盡明其讀法。今見斯箋，真爲絕賞。按圖中之字體，僅多八百惟零；譯錦内之詩章，寔積七千有羨。縱横舛錯，俱自成文；宛轉回環，都爲妙解。方識金輪慧眼，未窺杼軸之全；敢嗤山谷靈心，僅得機絲之半。今用重刊，以公同好。不第見名姬握管，肇造爲難；且俾知才子箋文，量衡匪易云爾。吴門沈華紀榮氏跋』沈華字紀榮江南吴縣人監生雍正九年任武功知縣十三年移蒲城

四庫全書收入璇璣圖詩讀法一卷，爲湖北巡撫採進本，亦即是書。其總目卷一四八提要云：『明康萬民撰。萬民字無沴，武功人，海之孫也。蘇蕙織錦回文，古今傳爲佳話。劉勰文心雕龍稱回文所興，道原爲始，則齊梁之際，尚未見其圖，此圖及唐則天皇后序，均莫知所從來。考晉書列女傳，載苻堅秦州刺史竇滔，有罪徙流沙，其妻蘇蕙織錦爲回文旋圖詩，無滔鎮襄陽及趙陽臺讒間事。又考晉書孝武帝紀，稱太元四年，苻丕陷襄陽。苻堅載記稱以其中壘梁成爲南中郎將、都督荆揚州諸軍事、荆州刺史領護南蠻校尉，配兵一萬鎮襄陽，亦不言竇滔，與序所言，全然乖異。序末稱如意元年五月一日，是時晉書久成，不應矛盾至此。又其文萎弱，亦不類初唐文體，疑後人依託。然晉書稱其圖凡八百四十字，縱横宛轉以讀之，文多不錄，則唐初實有是圖。又李善註江淹別賦，引織錦回文詩序曰，竇滔秦州被徙沙漠，其妻蘇氏，秦州臨去別蘇，誓不再娶，至沙漠更娶婦，蘇氏織錦端中，作此回文詩以贈之，苻國時人也。其說亦與晉書合，益知詩真而序僞。考黄庭堅詩，已用連波悔過暮雨事，其僞當在宋以前也。序稱其錦縱廣八寸，題詩二百餘首，計八百餘言，縱横反覆，皆成章句。黄伯思東觀餘論，謂其圖本五色相宣，因以別三五七言之異，後人流傳，不復施采，故迷其句讀，又謂嘗於王晉玉家，得唐申誠之釋，而後曉然。今誠本已不傳，僧起宗以意推求，得三四五六七言詩三千七百五十二首，分爲七圖。萬民更爲尋繹，又於第三圖内增立一圖，併增讀其詩至四千二百六首，合起宗所讀，共成七千九百五十八首，合兩家之

然必以爲若蘭本意如斯，則未之能信，存以爲藝林之玩可矣。起宗不知何許人，王士禎居易錄，載趙孟頫妻管道昇璇璣圖真蹟，已稱起宗道人云云，則其人當在宋元間也』。（四庫全書簡明目錄卷十五謹案古無以一圖爲一集者然此圖經史子三部之中皆無類可附以究爲韻語之類且兩家演至詩七千九百五十八首是亦足以當一集矣故附之別集類中）

胡玉縉四庫全書總目提要補正卷四十三：『璿璣圖詩讀法一卷，明康萬民撰。然晉書稱其圖凡八百四十字，縱横宛轉以讀之，文多不錄，則唐初實有是圖。起宗不知何許人，王士禛居易錄載趙孟頫妻管道昇璇璣圖真蹟，已稱起宗道人云云，則其人當在宋、元間也。丁氏藏書志有萬歷刊本讀織錦回文法一卷，題明釋子起宗道人分讀，文學邑人康萬民無沴增讀，文學邑人康禹民水衡又增讀。云是書爲康吕賜編，前有吕賜自識，稱余錄先太史縣志真本，悉依原編，獨蘇氏詩未錄，兹專錄其詩圖，并校諸讀法，合爲一編存之云云。是吕賜亦對山後人，未知與萬民輩行輩何如耳。四庫著錄，亦即是書，此本前有弘治丙辰仇東之序，稱起宗道人經禪之暇，以游戲三昧細玩是圖，得三、四、五、六、七言者三千七百餘首，韻意悉如己出，嘗錄以見贈。是起宗爲明僧無疑，館臣據王漁洋居易錄云云，遂疑起宗爲宋、元間人，而不知仲姬墨迹爲明人僞造，似當日館臣所見之本，前脱仇序及讀法凡例並吕賜識語，故致此誤，且不知是書爲康吕賜所編，非此本僅存，無由糾正其謬矣。惟禹民讀法，當吕賜時已佚，無由收入，此編卷末載其言曰：余偶再讀蘇氏書，殆過十萬言，可盈千卷，當更較禹民爲備，惜乎不可復見也（玉縉案：丁説訂正提要甚核，惟謂當更較禹民爲備，禹民疑萬民之誤）。成書多歲堂古詩存，其凡例中有一則云，璇璣圖古今豔稱，然謂之絶技則可，謂之詩則不可，試依其法讀之，未有不牽强佶倔者也。此亦論詩之言，不得不爾，妙手慧心，要自古今無兩（玉縉案：書字倬雲，乾隆庚子進士，官侍郎）。此論甚允，錄之』。

〔雍正〕陝西通志卷七十五錄增讀織錦回文詩何鳴高原序曰：『自斯圖之出也，閱歷千載，讀者數家，由一二百至起宗之三千餘首，盡乎技矣。無沴又增四千餘首，合之盍幾乎八千，不但起宗諸子於分緡纅繭之不可及，即若蘭氏七襄抛梭時，亦未必其組繹若是也。無沴尚有自製一詩，字纔滿百，詩能過萬，不知古今文士孰可相當。生平著述，粗踰牛腰，獨恨淪落不偶，誰之咎也』。

萬民讀法，諸家著錄名稱不一。如：**織錦回文詩譜二卷**：澹生堂書目卷十二、千頃堂書目卷三十二；**璿璣圖詩讀法一卷**（弘治刊本）：八千卷樓書目卷十五；**璿璣圖詩讀法一卷**（萬曆刊本）：江蘇第一圖書館覆校善本書目；**璿璣圖詩讀法二卷**：續修陝西通志稿卷一八六；**讀織錦回文法一卷**（萬曆刊本）：善本書室藏書志卷二十三；**蘇若蘭回文詩一卷**（弘治丙午刻本）：觀古堂藏目卷四；**增讀織錦回文詩一卷**：〔雍正〕陝西通志卷七十五；**增讀蘇氏回文詩法**：武功縣後志卷四；**織錦迴文璇璣圖詩**（吳門沈氏重刊本）：四川省圖書館館藏古籍目錄；**織錦回文璇璣圖詩暨諸讀法合刻一卷**（鈔本）：國立中央圖書館善本書目乙編卷四；**煮字齋增讀織錦回文詩一卷**（萬曆戊申卅六年刊本白棉紙初印）：北平富晉書社書目。

案：對於蘇氏織錦迴文記，四庫館臣以『其文萎弱，亦不類初唐文體，疑後人依託』，認爲『圖真而序僞』。但北宋著名畫家李伯時曾在屯田陳侯所見過唐真本圖，『左書武后序』。歷代文士，更給予好評。如明沈千田云：『輕輕點次，自有煙波澹蕩之趣』；王守溪云：『迴文錦賦，唐張仲素、皇甫威俱行於世，未若此記如淡粧西子，臨波洛妃，又月白風清，雲輕霧薄，唐文之仙品也』（劉士鏻古今文致卷四）。陳繼儒謂『后判行文書，群臣不及，則此序度非代作』（古文品外錄卷十二）。清李士麟云：『輕描淡掃，有煙波蕩漾之致，文中仙品』（文韻集卷六）。近人謝無量云：『蓋以武后之雄才大略，詩文宜無所不能，是以自來錄宮閨文者，武后恆一大家也』，有些『雖不能定其決爲武后自作，然流傳已久，當時固宜並在武后集中，且其工麗如出一手，唐初文士，未能或之先也』（中國婦女文學史）。繼四庫全書總目之後，近世續修四庫全書總目提要（稿本）·織錦迴文圖說郛本（孫作雲撰稿），又提出對圖和作者之懷疑，云『夫以一圖之詩，其前後數目如此懸殊，則其代有更移，自不可免。然則今存之圖，定與蘇氏不同，可無疑』。鄭振鐸說得更神，『我意這當是許多年代以來才智之士的集合之作，未必皆出於蘇氏一人之手』（插圖本中國文學史）。璇璣圖詩在長期流布過程中，展轉傳鈔，出現抄訛、臆改，『自不可免』。但今存之圖，若與徐堅初學記中前秦苻堅秦州刺史竇韜妻蘇氏織錦迴文七言詩比較，便知千餘年來文字基本一致，並無多大變化。所謂『定與蘇氏不同』，『集合之作』，祇是憑空想像而已。

元好問：『千秋萬古迴文錦，只許蘇娘讀得成』。後世讀至成千上萬，對此，前人已有不同看法。何鳴高云：『即若蘭氏七襄拋梭時，亦未必其組繹若是也』（（康萬民）增讀織錦回文詩序）。沈青崖亦云：『至若後世又退字退句，錯綜排旋以讀之，謂可至三千餘首者，大抵皆小智穿鑿，咸非本意』（（雍正）陝西通志卷九十五）。四庫館臣認爲『夫但求協韻成句，而不問義之如何，輾轉鉤連，旁行斜上，原可愈增愈多，然必以爲若蘭本意如斯，則未之能信』（四庫全書總目卷一四八）。趙世杰謂『善讀者方可會心，若以古歌涉獵，終非作圖本旨』

（歷代女子文集凡例識言）。京師大學堂國文講議中國文學史：『後人但求輾轉鈎連，協韻成句，不問其意之如何，失若蘭本意矣』。事實上，『掇其一隅，以爲三隅之反』，勢必發生如王士禄然脂集所云：『第依括例讀之，往往牽强者多，自然者少』。以致有人説：『謂之絶技則可，謂之詩則不可』（成書多歲堂詩存）；『詩之奇者，莫甚於蘇若蘭璇璣，以其巧心獨運，展轉成文也。詩之拙者，亦莫甚於璇璣，以其興趣不存，牽合無謂也。自若蘭作之，猶未足爲異，獨竇連波能讀之異耳。後人互相衍繹，章數極多，至有不可通者，轉覺其可厭』（馮復京説詩補遺卷三）。平心而論，『雖不免有遷强失真處，但其才藝之高，可謂千古無匹了』（劉經庵中國純文學史綱）。

近代經學大師俞樾慨嘆：『嗣是以後，寂寥千載，未有嗣音』（梔子同心圖讀法序）。趙翼也説過：『若蘭之後，罕有繼之者』（陔餘叢考卷二十三）。此言不够確切，事實上，自蘇蕙作璇璣圖後，千餘年來，仿其製者，代不乏人，見諸於文獻記述者，有唐代瑯琊王氏天寶回文詩、明代潘淵嘉靖龍飛頌、黄唯和蘇氏璇璣圖詩、清代萬斯同璇璣圖、韓燦璇璣圖、年羹堯璇璣圖、華彬璇璣續錦、王曇黼黻圖回文詩、金禮嬴擬趙陽臺迴文詩等，其中韓燦璇璣圖是至今所知之惟一圓圖。正如朱存孝回文類聚序所説：『雖仿其製者，代不乏人，類不能出其規範』。然而要織成這樣的錦，古今没有第二人了。即使紡織科學發達之今天，恐怕也難做到。蘇蕙之後，竟成絶響，無怪乎武后贊嘆爲『超古邁今』之絶活。

蘇氏璇璣詩讀法

明浮梁程先民撰，黄虞稷千頃堂書目卷三十二集部文史類、萬斯同明史卷一三七藝文著錄。王臨元康熙浮梁縣志卷七賢士、陳淯康熙浮梁縣志卷七賢士程先民傳，作蘇氏璇璣讀法。乾隆浮梁縣志卷十三藝文志、卷十六耆舊傳儒林作蘇氏璇璣圖讀法。傳云：先民字匪先，西隅人。邑增廣生。隆萬間，王陽明學大著，先民講論獨尊程朱，爲文取法大家，及門者多成名士，年八十二卒。著有『蘇氏璇璣讀法、寧野集詩文，藏於家』。

迴文詩八百首

明桐城倈珦撰。江南通志、重修安徽通志、安慶府志、桐城縣志皆著錄，無卷數。民國安徽通志稿及續修四庫全書總目提要（稿本）題名衍迴文詩。

明方學漸（一五四〇—一六一五）邇訓卷十四文學云：『倈珦，諸生，桐城人，嘗衍蘇氏織錦迴文詩三言四言五六七言，周旋出入，斜直方圓，共得詩八百首。曰白樂天曾讀至五百首，今殆過之，慧女巧思，昔賢猶未之盡也』。清王士禛居易錄卷二十云：『倈珦亦桐城諸生，博洽工文，嘗衍蘇氏織錦廻文，凡三言四言五六七言，斜直方圓，周旋出入，得詩八百首』。道光桐城續修縣志卷十五儒林：『又嘗戲衍蘇氏迴文詩，三言四言五六七言，周旋出入，邪正方圓，共得詩八百首，極行文之能事』。徐璈桐舊集卷二十九：『按先生所衍廻文八百首，爲方明善公、王簡文公、張文端公所稱許，今求之渺不可得，甚矣名迹之易湮也』。民國安徽通志稿藝文考集部十：『嘉道間徐

[illegible]輯桐舊集已云，求之渺不可得，蓋已佚矣。桐舊集錄春詞七律一首，亦迴文詩也』。續修四庫全書總目提要（稿本）·衍迴文詩一卷鈔本云：『明侯玽撰，玽桐城人，萬歷間諸生，不仕。江南通志及道光光緒通志皆著錄，不分卷數，今鈔本衹一卷。據方學漸邇訓、王士禛居易錄，玽以蘇蕙迴文詩，白居易讀至五百首猶未之盡，遂衍之爲三言、四言、五言、六言、七言，斜直圓方，周旋出入，得詩八百首。嘉道間，徐璈輯桐舊集，已云求之渺不可得，蓋未見鈔本故也』。孫靜庵明遺民錄卷三十：稱其『明亡不仕』。

五彩分章織錦迴文詩一卷

明常熟顧德基撰。董其昌玄賞齋書目卷七、錢曾也是園藏書目卷七著錄。錢曾讀書敏求記卷四謂『東海顧德基用晦，復用五彩分章，析爲十圖，另一讀法，亦可令人解頤，但以未見起宗本爲恨耳』。德基（一五八七—？）字用晦，玉柱孫，廩生，工吟咏，晚年與毛晉、戈汕、龔立本等相唱和。錢謙益來鶴軒草小引云『用晦于余爲中表兄弟，美丰儀，善談笑』，有東海散人集、海雲樓集。

新增璿璣詩讀法一卷

清蒲城劉玉珂撰，雍正陝西通志卷七十五經籍著錄。乾隆同州府志卷十四、咸豐同州府志卷二十五作新增璿璣讀法一卷，光緒蒲城縣志卷六作璿璣圖讀法一卷。本書自序曰『璿璣圖詩自苻秦迄唐宋元明，率以二百餘首了之，啓宗道人因五彩分七圖讀法，得詩三千七百五十二首。今因其法求之，有退句退字法、錯法、綜法，有旋讀、排讀、藏頭連足、互排互旋法，信手拈來，頭頭皆是，又得八千有奇，其致可云無窮矣』。咸豐同州府志云『存』。玉珂，康熙五十年辛卯舉人。

璇璣圖詩

今見有乾隆竇菁本、嘉慶桂堂本、光緒昌樂偶山堂本、近代中央刻經院本四種，俱有彩色套印之璇璣圖（不僅施采相同，而且文字也基本一致）。

璇璣圖詩 乾隆竇菁本

清乾隆二十八年竇菁刻本。内有丁腹松璇璣圖舊序、武后織錦回文記、璇璣圖、織綿回文讀法共得詩三千七百六十首竇鍔後言。

璇璣圖舊序：『吟腸簇綉，浪説錦心；韻府團花，稀逢妙手。薰香傅紛，不過粗曉之無；染翰停針，亦祇畧諳競病。人傳騷賦，屈嬃但假留名；情濬風詩，衛女唯能寫怨。荀粲房中之令範，投藩誰聞；高柔室内之賢荆，抒奇莫覩。砂紅箋滑，空題江月於掖庭；櫛謝梭輕，僅製綾花於午牖。蔡文姬拍成紫塞，無非帳外笳吹；卓文君吟就白頭，終是壚邊口號。冰綃寸寸，僊機織去，尚少文章；春鳥雙雙，巧繡拈來，曾無點畫。粤自秦風多競，秀毓奇英；扶地常靈，慧鍾淑媛。則有門楣綺麗，品地清華。望重班姬，蘇武功之季女；名高鮑妹，竇安南之孺君。翠袖合歡，綠衣搆隙。妾居渭北，思子三秋；郎別襄南，去家千里。悵衡山之雁斷，石亦望夫；傷錦水之鴛孤，津非妒婦。已矣大刀環折，幾回破鏡飛天；悲哉團扇風凄，一旦齊紈棄篋。難同弄玉，雙吹鳳竹以游仙；翻羡王章，共卧牛衣而洒泣。託衪心於紅鯉，羞緘徐淑之書；散曉夢於黄鶯，欲蕩湘娥之魄。於焉愁連遠黛，恨壓遥峯。夜月機絲，叩天孫而乞巧；空廊杼柚，藉雲錦目擿文。頻抽繭絲而彌長，情詞顛倒；愈剝蕉心而入妙，章句縱横。自非怨海千重，奚覩縷言而皆血；衹以腸迴九曲，遂驚轉韻之如輪。天工奪、而南朝之金紛盡若泥沙；凡艷空、而北部之胭脂皆同瓦礫。周邦女士，從前枉説綺羅；秦國山川，自此不生花草。僕也天涯薄宦，惜潘鬢之徒凋；海角迂儒，愧江花之早謝。有懷吊古，驅車而過織錦之臺；乘興探奇，展卷而覽回文之譜。搜自梳粧記内，採芳久許無雙；選歸翰墨林中，做艷今推第一。沉之碧海，言言成鮫女之珠；鐫以青天，字字化媧皇之石。爰嗣囊帙，用綴新詞。倘常璩成編，便令函以玳瑁；或殷淳彙集，何妨軸是珊瑚。公爲宇宙之奇觀，留作枕中之妙秘。維陽丁腹松木公題』腹松字木公號挺夫南通靜海鄉人康熙二十三年舉人四十二年進士授内閣中書出知陜西扶風有左山藏稿十卷

後言：『按先圖，言僅八百，文踰三千。蹤横反覆，皆成妙諦。藝林傳播，今古艷稱，莫不知其才之卓絶矣。及細玩詩辭，率皆忠孝節義之旨，絶無謔浪戲漫之音。蓋其心志真誠，意念敬謹，綿綿肫肫，不第可以感先將軍，直可以動天地，泣鬼神，遂使冥冥之中，若有陰相之者，此固其才之優，抑由德之發耳。讀者或見爲才，或見爲德，顧其所見何如耳。家原有藏板，明末燬於寇，先父先兄每欲鏤本，有志未就。鍔念衰老，黽勉爲此，凡以成先志耳。旹乾隆二十八年歲次癸未七月吉旦，裔孫竇鍔薰沐書後男象元等仝校，闔族竇菁等仝梓』。

齊河郝薖題蘇若蘭璇璣圖後云：蘇氏璇璣圖詩，余昔於説郛中見之，未嘗深留意也。歲癸未

高氏妹以一册見示，圖五色，爛然如錦，蓋其裔孫竇君某重刊於邇歲者。反復展玩，悵然有感，因題二絶句於後云。宛轉離鸞曲，光芒吐鳳才，效顰欲有作，誰爲寄泉臺。千秋傳錦字，百葉有孫枝，不妨哀苦意，并許後人知（秋岩詩集）。

璇璣圖詩嘉慶桂堂本

嘉慶十七年壬申重鐫，桂堂藏板本。由丁腹松璇璣圖舊序、武后織錦回文記、朱淑真璿璣圖序、織錦回文原圖、竇鍔後言、竇琛織錦回文讀法、汪盈科織錦回文跋、王筠璇璣圖詩後跋組成。

朱淑真璿璣圖序，出自王士禎池北偶談。此本後言亦有較大改動，兹全文照録，俾兩存之。

後言：『按先圖，言僅八百，詩逾三千。縱横反覆，俱成妙諦。藝林傳播，今古艷稱，莫不知其才之卓絶矣。乃細玩詩詞，皆屬忠孝節義之旨，絶無情欲褻嫚之音，其言往而復，其思幽以深，綿綿肫肫，淋淋漓漓，不第可以感先將軍，直可以動天地，泣鬼神，遂使冥冥之中，若有陰相之者，蓋惟其德本超羣絶倫，是以造物者畀以軼古邁今之才耳。讀者每嘆其才，而不思其德，是直沿流而忘源，循末而遺本，良可慨已。家藏舊板，遭兵燹後，率多殘缺，先父先兄每欲重刊，有志未就。鍔今衰老，故鐫此以成先志云。乾隆二十八年癸未秋七月吉旦，裔孫竇鍔熏沐記後男象元等仝校』。

織錦回文讀法：『先圖舊讀法頗詳，然凌雜米鹽，觀者反覺迷目。今姑依圖考之，有三言、有四言、有五言、有六言、有七言。有縱讀者、有横讀者、有斜讀者、有反覆讀者、有旋轉讀者。更有除字讀、疊字讀、相間讀、交首讀者。總之以色分讀，斯得其端。蓋其色既分，則其文自别。

紅圖者，七言也。黑圖者，三言也。青圖者，六言也。紫圖者，五言也。黃圖者，四言也。四言、左右橫讀。五言、上下縱讀。六言、列左右者，縱讀；列上下者，橫讀；可上下左右分讀；亦可一上、一下、一左、一右、合讀。三言、亦左右橫讀。七言、則左之、右之、縱之、橫之、顛之、倒之、可順、可逆、可正、可斜，反覆旋轉讀。此則讀回文詩之大畧也。然七言詩，自首讀之，僅可周回四方，鈎連四隅而已，未能盡其經緯杼軸之妙也。惟即起處除去一字讀之，則循環不窮矣。且紅圖之周圍於四方之外者，無與於他圖，而其縱橫於各圖之中者，則又隨各圖以成讀也。三言、於左右起處除一字，又可作五言也。六言、於紅色界外取一字，兼紅色讀，又可作四言也。所謂交首詩，而其文不回者也。中一方，紅黃相間者，則相間旋轉讀，四言也。如疊一字，又可作五言也，所謂疊字回文也。至其中，則先祖母自題其姓氏里居，而隱寓其無盡之心，以留待後人之推測，非言語之所能形容也。琛爲此記，亦特見其一斑而已。若夫引伸觸類，如前代諸名公，又有所謂自内讀出，自外讀入諸法，則神明變化，愈出愈奇，不能悉指也。四十八世孫竇琛記，嘉慶十七年歲次壬申春二月吉日重鐫』。

織錦回文跋：『離騷原祖於葩經，而組以藻繪情詞以婉麗而彌工，後之抒愁思者，多沿襲於騷，則風詩爲遠祖，而離騷爲近宗矣。至詩之有回文，則於古爲無考，蓋自扶風竇安南將軍滔妻蘇氏之織錦回文始，嗣是而倣爲回文詩者，始盛出焉，變爲各體，不僅蘇東坡朱文公之菩薩蠻也。然則回文詩，又一離騷也。離騷，本詩之放臣，而長言之以畢伸其情。回文，本詩之怨婦，而反復之以曲盡其意。其所出，一也。其爲變詩體，又一也。其開天下之先者，又一也。夫吾嘗觀於江海之浩瀚，山嶽之綿亘，與夫天地日月之周旋，星雲風物之經回，以爲兩間自有是綿蕩環轉之文章，惟離騷與回文詩，盡兩間之大觀矣。然離騷或奉之爲經，而回文詩不與之並傳，何與。抑予又聞之竇君紫霞先生者，安南將軍之苗裔也。與弟紫豐先生，皆以組繡纂藻之才，而窮於遇，輒披先世璇璣圖詩，吟諷以寓意。嘗爲言於予曰，借美人以喻君，托怨女以自況，古之人，情有所至而可以胥通，則回文爲離騷可也。愛有所見忌，忠有所見疑，今之人，情有所結而無以自達，則以離騷讀回文可也。嗚呼，回文之不異於離騷若此，而立法於後世又若彼，其傳之弗廣，可與。紫霞先生，家世織錦臺南之周秦坡，將軍之墓在焉。既增修其松梧，復懼囊帙散失，久欲刻之玉版，而志不就。厥弟紫豐先生，乃能用終厥志。後之披是圖者，知其可與離騷並傳也，則幾矣。邑人汪盈科迴瀾氏謹題』（盈科字文瀾扶風人乾隆十八年癸酉拔貢著有淮上吟）

璇璣圖詩後跋：『日星河岳，旋轉綿延，天地一回文也。禮樂政刑，因革損益，古今一回文也。惟得兩間鍾毓之靈，擷百代人文之萃者，廼能出機杼於寸心尺幅間，一洩其不宣之妙秘，若武功蘇氏璇璣圖詩，其庶幾乎。蘇爲扶風竇安南將軍室，因緣衣之嫌，製錦字以寄感，當時徘徊宛轉，反復成文，亦自抒其纏綿篤悱之思，孰知驚天地，泣鬼神，成宇宙之大觀，而爲千古之絶響。蓋其托志忠厚，選言和平，上溯三百之逸，下開風騷之祖，匪僅賦茗頌椒，博巾幗學士之稱也。區區鏡合刀環，豈竟其用哉。筠幼讀斯圖，流連嚮往，幾欲買絲繡像，惜舊帙殘漫，莫構良本。竇君獻其，其裔也，癸酉春，謁選來都，以新刊之圖，囑吾兒百齡轉寄，盥詠之餘，獲愜初心。兼聞獻其博學嗜古，規矩凜然，其行誼文章，爲三輔表表，玆數典不忘，重裝先什，考訂周詳，信乎泰山桂樹，遠有淵源也。得斯善本，以之增輝藝圃，流艷詞壇，直如貝光劍氣，重見發越，於以壽天地，耀古今，實文林之鴻寶，非徒竇氏之家珍也。書此以誌傾企之私，且以見獻其之能繼述云。嘉慶十八年癸酉季春，長安王筠端肅謹跋於延慶官署』。

璇璣圖詩昌樂偶山堂本

始平蘇氏著，昌樂偶山堂藏板本。有閻湘蕙重鋟璇璣圖序、丁腹松璇璣圖舊序、武后織錦回文記、蘇若蘭像、織錦回文原圖、竇鍔後言、竇琛織錦回文讀法、汪盈科織錦回文跋等。

重鋟璇璣圖序：『舊讀晉書列女傳暨武功縣志、七修類稿、古今女史、池北偶談諸篇，皆有若蘭織回文錦事而未載其圖，後閱回文類聚、冰川詩式、一夕話，見其圖矣。但通幅墨字，不能色界句分，觀者每迷其句讀，未得豁然。曩求武后記，所謂五采相宣、瑩心耀目者，數十年不可得。後從伯符族兄篋中獲此五色真本，詢所自來。兄云嘉慶戊亥閒，安南將軍後裔獻其竇公以孝廉來令吾邑，刻印此圖，分贈邑中紳士，故得珍而藏之。今倣原本，重付手民，並照南陵無雙譜增刻若蘭小像，於以廣傳遠邇，賞其才情之妙，豈非一大快事耶。圖後有讀法，係邑侯獻其先生作，細閱之可得讀法大略。按武后記云，圖凡八百餘言，得詩二百餘首。黄山谷題此圖云，千詩織就回文錦，如此陽臺暮雨何，亦有英靈蘇蕙手，只無悔過竇連波，據是則可讀千首。近覽名媛詩歸、彤管遺編載起宗道人分爲七圖，得三四五六七言詩三千七百五十二首，又有鏡花緣小説載是圖讀法，更爲詳備。參觀二書蘇氏當年一片巧思，昭然在目，殆無遺憾矣。獨此乃扶風竇氏家傳本，讀法簡而能該，故樂爲重刊，願與世之嗜奇博古者共珍之也。旹光緒六年歲次庚辰孟春吉旦，昌樂閻湘蕙謹譔於偶山草堂』。

其餘各篇，悉同嘉慶桂堂本。

璇璣圖詩中央刻經院本

一九三三年十月北平中央刻經院排印本。集丁腹松璇璣圖舊序、武后織錦回文記、朱淑真璿璣圖序、織錦回文原圖、竇鍔後言、竇琛織錦回文讀法、汪盈科織錦回文跋、王筠璇璣圖詩後跋諸篇，俱同嘉慶桂堂本，最後有近人楊樹枝璇璣圖詩跋，叙其重刊緣起云：『辛未秋初，予以辦賑至扶風。讀前秦蘇若蘭女士所爲璇璣圖詩，琳琅絢爛，纏綿悱惻，才華愴楚，交相掩映。以其氣悲心平，哀而不怨，千迴百轉，言歸于正，得古風人之旨焉，愛之。異日，至法門寺，訪織錦之巷，則敗瓦令丁，不見人煙。遊周秦坡，望竇滔之墓，則野草迷漫，無復拜掃，以爲悲。明年，東歸，將欲與璇璣圖俱，餉諸同好。謀之縣人，則苦莫能得，詢其原版，則亦已隨茫茫浩運，早爲劫土，惜焉。會今年春，再以辦賑至扶風，起重刊之願，商于知友，交相贊是，于是集資認印，新書以成，而心乃大快。明蓮池大師曰，學海長流，文陣光芒射斗牛，斗酒詩千首，百藝叢中走，錦繡滿胸頭，何須誇口，生死到來，半時難相救，因此把蓋世文章一筆勾。固知斯圖、斯詩、斯序、斯跋，皆古德所謂生死到來難相救者。然予今日獨且不期然而愛之、悲之，以爲惜，以爲快者，何哉。古哲已逝，後彥方來，大覺途冥，尸陀林黑，渺渺蒼蒼，吾安從而問之。中華民國二十二年癸酉秋八月望，遵化楊樹枝識於北平』。

蕙之故鄉武功、扶風兩地，清季刊其著作者，今知有丁腹松（康熙五十至五十四年知扶風縣事，撰璇璣圖詩序），有沈華（雍正九至十二年知武功縣事，撰璇璣圖後跋），有孫景烈（上海中國通藝館書目卷一癸酉年四月云『康對山文集十卷、織錦回文詩一卷、武功縣志三卷，乾隆二十六年武功孫景烈刻』)，有竇菁(乾隆二十八年)，有竇獻其(嘉慶十七年桂堂本)等人。牛運震笠仕秦安紀程，内稱『璇璣圖有木榻，藏(扶風)縣署』(空山堂文集卷五)。

回文類聚

回文類聚三卷

宋桑世昌輯。世昌字澤卿，號莽庵，承議郎知梧州高郵桑莊次子，山陰陸游之甥。紹興初生於天台。渭南文集卷三十三陸孺人墓誌銘稱，『從諸公問學，不以貧奪其志』。長期流寓臨安，故李兼詩有『春光只戀西湖好，不念台山老桂枝』。年七十餘，著蘭亭考，自中原及渡江諸人題跋，罔蒐幾徧，晚號天台老樵，嘉定間，黄罃守台州時，尚在。

陳振孫直齋書錄解題卷十五云：『回文類聚三卷，桑世昌澤卿集，以璇璣圖爲本初，而併及近世詩詞，且以至道御製冠於篇首』。元馬端臨文獻通考卷二四九從之。此書之出，標志着我國回文文學之形成，亦是蘇蕙璇璣圖詩傳播、發展之必然結果，爲現存最早之回文總集，分類纂輯自晉以迄南宋諸家詩詞圖錄，不少作品往往本集未載，全賴斯編得以保存，給後世研治讐校，提供甚多珍貴資料。又宋史卷二〇九藝文志著錄『西湖寓隱回文類聚一卷』。西湖寓隱者，蓋桑氏之號，此必自補其遺也。祝尚書宋人總集叙錄卷五曰：『一卷本後世不傳，宋本久已散佚，是書明人鮮見著錄』。錢溥秘閣書目、佚名近古堂書目卷下、錢謙益絳雲樓書目卷三著錄之回文類聚，當係宋本。馮惟訥編詩紀、王世貞編彙苑詳注、吴楚村編彊識畧引用之回文類聚，其時張之象續刻未出，亦當係宋本。

是書與西湖紀逸，由『南宋冑監所栞』，書板存太學板庫中，見元西湖書院重整書目。王國維兩浙古刊本考卷上，謂『明初版亡』。冑監即國子監，亦爲宋代之國家出版機構，名書庫官，專掌雕印經史要籍，其所刊之書，具有引導和示範（模本）作用，素以精槧著稱。惜石碑未詳錄回文類聚之刻書年月與篇卷版數，今已無從一一考證。

序：『詩苑云，回文始於竇滔妻，反覆皆可成章，舊爲二體，今合爲一。止兩韻者謂之回文，而舉一字皆成讀者，謂之反覆。又上官儀曰，凡詩對有八，其七曰回文對，情親因得意，得意逐情親是也。自爾或四言，或六言，或唐律，或短語，既極其工，且流而爲樂章，蓋情詞交通，妙均造化，此文之所以爲無窮也。淮海桑世昌』。

回文類聚跋：『内侍高班内品監秘閣三館書籍，兼點檢勾當兵吏部官院、同筌署起居公事、江南兩浙道搜訪圖書，臣裴逾至道元年六月十九日奉聖旨齎到宣賜，朝散大夫、守尚書工部侍郎、知寧海軍兼管勾寧海軍蘇越等十五州軍兵馬公事、瑯瑘縣開國男、食邑三百户、柱國賜紫金魚袋，臣王化基奉請。類聚甫成，客有言至道御製者，屢求乃得之，謹登載卷首，用且彰聖學之融妙云，臣桑世昌敬書』。葉適題云：『桑君澤卿纂次回文類聚，其中所錄諸詩非盡若蘭作也，然所以作是體者則若蘭也。前此雖有蘇伯玉妻盤中一詩，不過屈曲成文，終不能裴回宛轉，可以悉通。其他如傳咸反覆回文，温嶠虚言回文，皆爲璇璣中之一端，非藝林所重。是以類聚所錄諸章，雖非盡若蘭所作，要皆無不以璇璣圖爲本源也。桑君纂集既成，予有舊藏若蘭小照一幅，側身歛態，手執璇璣，筆致文雅，風神秀麗，殊非凡品，請以繪於卷首，不但俾當時共瞻才女之幽閒，亦可見吾輩不忘本之意也。偶題一絶，并書於左。纖手猶持織錦圖，低回斜立意難摸，良工畫得當時態，能畫胸中巧思無』。此今見於朱氏刻本，而明刊及水心集俱無，玩其文意，宋本應有之。因回文類聚中輯有南朝至宋人詩詞，多無集作家作品，後遂有人裁篇別出，離集另行。近人周泳先輯唐宋金元詞鉤沉，載有回文詞聚一卷，凡收詞五十五首。其題記云：『回文詞聚一卷，乃據桑世昌編回文類聚卷四裁篇別出者。類聚凡四卷，卷一至卷三爲圖譜及詩，卷四全爲宋人詞，計載詞五十五首，作者十三家，其中大抵爲世未經見或遺佚之作，如東坡西江月二首，山谷西江月一首，王安中菩薩蠻四首，均未見今本三家詞集，而伯山、鑑堂、梅牕諸家，則不唯宋以來詞選詞話未齒及，且併其姓字年代亦不易攷矣。王公明、劉無言、王文甫、郭世謨諸家詞，樂府雅詞、陽春白雪、花草粹編雖曾選及，但此卷内羡出者多首。近世海寧趙斐雲、金陵唐圭璋二子，搜輯宋人詞用力最勤，而亦未及此書。因仿毛氏汲古閣別裁天下同文例，校錄爲一卷，並易以今名。其詞下作者，或題字或題別號均仍其舊，未加更改。按世昌字澤卿，淮南人，世居天台，陸游之甥，除回文類聚一書外，其著作傳於今世者，尚有蘭亭考一種。葉適水心集蘭亭博議跋，稱其事事精習，詩尤工，其即事云，翠添鄰塹竹，紅照屋上花，蓋著色畫也。類聚載有世昌原序跋各一，但均未著年代，故此書纂輯於何時亦不可詳。又卷中所載趙伯山詞，向伯恭酒邊詞下、江北舊詞水調歌頭天公深藏巧闋題云，趙伯山席上見梅，同卷更漏子竹孤青闋題云，題趙伯山青白軒，時王豐父劉長因同賦，伯恭江北舊詞均爲南渡前所作，是伯山當亦此時人也。劉辰翁須溪集七黃純甫墓誌銘云，黃父應辰字梅牕，臨川人。此卷所載梅牕或即黃應辰。唯鑑堂一家無攷，但其詞下題云，答趙伯山四時四首，當與趙伯山同時也。泳先錄竟記』（校文瀾閣回文類聚本）。

饒宗頤詞集考卷十總集類：『回文詞聚，宋桑世昌編。世昌字澤卿，淮海人，世居天臺，陸放翁諸甥。嘗著蘭亭考，高文虎爲序，題嘉定元年。此書原稱類聚（宋史藝文志有西湖寓隱回文類聚一卷，内容未詳）。書錄題解一五云，「以璇璣圖爲本初，而併及近世詩詞」，與絳雲樓書目并作三卷。四庫總目著錄四卷、補遺一卷（補遺爲康熙中蘇州朱存孝所採），四庫標注稱康熙中刊本四卷又續編十卷。近人周泳先鈎沉輯本詞聚一卷，凡五十五首。江蘇圖書館藏四卷（紅格鈔本），京都大學文學部又藏麟玉堂刊本四卷續編十卷（續編爲清朱爲賢輯），洞庭楊氏重刊本同十四卷（香港大學馮平山圖書館藏）』。

吳熊和宋人選宋詞十種跋（吳熊和詞學論集）其五，桑世昌回文類聚跋：『回文類聚四卷，南宋桑世昌輯集。世昌字澤卿，自號莫庵。其父桑莊，字公肅，高郵人。母爲陸游從祖姐，故世昌爲陸游諸甥。劍南詩稿卷一六初夏同桑甥世昌過鄰家、卷一七夜泛西湖示桑甥世昌、卷一九夜坐示桑甥十韵諸詩，作于淳熙十一年至十四年間，時世昌嘗侍其側，往來于山陰臨安。直齋書錄解題卷一五著錄桑世昌蘭亭博議十五卷，注云「世昌居天台，放翁陸氏諸甥也，博雅能詩，又嘗爲西湖紀逸，考林逋遺事甚詳」。又回文類聚四卷注云：「以璇璣圖爲本初，而并及近世詩詞，且以至道（宋太宗）御製，冠于篇首」。此書前三卷爲詩，末卷爲詞，即世昌所謂「流爲樂章，蓋情詞交通，妙均造化」者。選錄蘇軾、王安中等十三家詞，凡五十五首。周咏先唐宋金元詞鈎沉輯爲一卷。今重加校訂，并錄桑世昌原序置于卷首』。

祝尚書宋人總集叙錄，有回文類聚三卷提要一篇。考述版本源流、編輯、刊行、傳布、收藏概況及沿革歷程。

回文類聚四卷

宋淮海桑世昌澤卿纂輯，明雲間張之象玄超補訂，萬歷四十四年重刊本（黄虞稷千頃堂書目卷三十一、萬斯同明史卷一七五、江南通志卷一九二藝文志子部、松江府志卷七十二、同治上海縣志卷二十七、光緒華亭縣志卷二十著録）北京圖書館古籍善本書目總集類云：『回文類聚四卷，宋桑世昌輯，明張之象補。明萬歷四十四年刻本，一册。九行十七字，小字雙行同，白口四周雙邊』，單魚尾，此爲碩果僅存者也。首頁上額題「萬暦年製」，右書「名賢詩詞」，左書「回文類聚」，有「無是樓」、「一氓六十」、「龍山方芾」、「北京圖書館」朱印藏章，卷四末頁正中刻直行大字「大明萬暦四十四年仲夏之吉重刊」，又有「成都李一氓」鈐記。

卷首張氏回文類聚序云：『予友海鹽錢君懋穀氏雅好異書，聞予舊藏有回文類聚，世所罕覩，請刻之以傳，俾予叙于首簡。予竊聞何大復先生有言曰，夫詩本性情之發者也，其切而易見者，莫如夫婦之間，是以三百篇首乎關雎，六藝首乎風，而漢魏作者義關君臣朋友，辭必托諸夫婦以宣鬱而達情焉，其旨遠矣。遡求古昔，則晉之陸平原士衡亦云，詩緣情而綺靡，其與先生之言，上下千載若相符契，要之文生於情，匪以空文焉耳已。漢魏以降，流别漸繁，蘇伯玉妻首作盤中詩，而回文之體，則自晉傅咸始，咸作反覆回文，以示憂心展轉之意也，次而温嶠有虚言回文，以一字括兩三字義，以示包藏隱密之意也。如符堅徙秦州刺史竇滔於襄之流沙，其妻蘇氏以回文詩織錦以寄之，以示繾綣綢繆循環不捨之意也。若東坡蘇子以字横斜顛倒而服虜使者，以示神智不測之機也。至於黄山谷、秦太虚、朱晦菴諸賢，亦頗有作，總名爲璇璣回文詩，宣德辛亥歲甞刻于西湖寓隱，惜乎古本脱落不存，止得詩一百餘首，覽者有遺恨焉。嘉靖庚戌，予客遊白下，會楚中王君廷儒示予回文類聚，乃淮海桑澤卿所輯古本，約有一千餘首，如獲拱璧，不勝欣喜，因手錄成帙，存諸笥者久之。比課農餘暇，搜訪補增，翻閱校定，始粲然可觀，足傳不朽。盖回文妙在借字就意，往反成章而不戾於義，可謂難矣。故觀回文者，不在正文之巧，而在反文之妙，實人之所難能也。或以爲雕蟲篆刻，壯夫不爲，噫，過矣過矣，且無論諸才婦作，即達摩真性頌、太宗回文詩，不廢此體。下逮唐宋諸賢，以天縱奇才，浩放横決，何所不能，尚乃曲折透迤，發爲雅什，行於後世，未聞以雕蟲小技，直薄不爲也。譬彼王師，擁百萬之衆，雲動天隨，雷迅風烈，凛凛乎威令嚴明，不假色笑，逮及凱旋，則鼓鼙齊鳴，絲竹迭奏，矯手頓足，巧笑善舞，而懽暢和適，別一景象，亦奚傷於壯耶。是故古今君子間有此作，而達觀鴻儒亦必賛賞不置矣。大都文以情生，信有合平原大復之旨，回文曷可少哉。又案太平廣記云，會昌中，邊將張暌防戎十有餘年，其妻侯氏繡回文作龜形，詣闕進上，末云偏作龜形獻天子，願教征夫早還鄉，賜絹三百疋，以彰才美，是亦蘇蕙子之流也，而詩已闕亡，良可慨歎。愧予譾薄，不無脱漏，尚俟博雅廣而益之，庶不負懋穀好古之誼云耳。萬曆二十一年歲次癸巳冬十月既望，雲間張之象』。

是刻四卷，第一卷爲蘇蕙織錦回文，載桑世昌跋、武后璇璣圖叙、璇璣圖綱目、璇璣圖、璇璣圖讀法、李公麟璇璣圖後叙、又五色讀法、黄集又璇璣圖後叙、跋錢鎮州回文後、黄庭堅題璇璣圖後、秦觀擬題織錦圖、蘇軾題織錦圖三絶、題織錦圖五絶、再次上韻三絶、璇璣圖攷異。第二卷爲諸家圖，集蘇伯玉妻盤中詩、達摩真性頌、殷仲堪酒盤銘、梁武帝古硯銘、丘遲硯銘、簡文帝紗扇銘、唐寅墨銘、唐太宗回文千首、唐婦人鞶鑑圖、吕真人玉連環酒色箴、白樂天遊紫霄宫、宋庠寄范仲淹、秦觀客懷、蘇軾採蓮、南山錦纏枝、宋人擬織錦圖、又擬織錦圖、臞仙神遊太清。

第三卷爲詩，錄賀道慶、王融、定襄侯、梁簡文帝、蕭綸、庾信、戴光乂、陸龜蒙、皮日休、蘇軾、王安石、桑正國、秦觀、茹芝翁、曹勛、紆川、王卿月、梅膍、周知微、陳子高、徐子禮、程俱、李若璞、許存我、徐瓘、臞仙、丘濬等二十七家。第四卷爲詞，計蘇軾、初寮、伯山、鑑堂、鼂次膺、王公明、劉燾、張安國、朱熹、郭從範、梅膍、山谷、王文甫、丘濬等一十四家。達摩真性頌、唐太宗回文千首後，有張之象、方道成跋識。

續者張之象（一五〇七—一五八七），字月麓，一字玄超，別號王屋，江南華亭人。少穎異，博學坟典，以太學生遊南都，與何元朗、黃淳甫諸人，賦詩染翰，才情蘊藉，深爲時賢所推。困於諸生，屢試不第。嘉靖中，由國學謁選，授浙江按察司知事，以吏隱自命。不久，投劾歸，卜築細林山，益務撰著。唐詩類苑王屋先生傳云，因邑志久殘，議修，再聘而出，逾歲書成，病劇，萬曆丁亥元日卒，年八十一。案回文類聚序作於萬曆二十一年癸巳冬十月編有古詩類苑，彤管新編等。王士禎池北偶談卷十四，謂董楠嘗撰古今聯句詩集六卷，『與張之象回文類聚，皆不可少之書』。

回文類聚五卷（原編四卷續編一卷）

淮海桑世昌澤卿纂次，吳郡朱存孝玉山續纂，清康熙五十年朱氏刻本。續文獻通考卷一九七經籍、續通志卷一六三藝文略、四庫採進書目、黃本驥皇朝經籍志卷五、台州府志卷八十四藝文略、項元勛台州經籍志卷三十八、孫星衍孫氏祠堂書目内編卷四、莫友芝郘氏知見傳本書目卷十六、葉德輝觀古堂藏書目卷四總集類著錄。

卷首有朱存孝序，桑世昌原序、回文類聚跋，若蘭小像，葉適、朱存孝題詩，末附尤學稼跋。白口，板心刻『朱氏正本』及每頁字數。文中謬誤訛字較多，或爲朱氏之初刻本。回文類聚序：『回文類聚四卷，乃宋臣桑世昌澤卿所纂，後明人張之象玄超復加增訂，披閱之次，似覺玄超之所增訂者雜亂無緒，是以將彼舊增并予所習見之什，纂爲續集，附於卷後，重鋟諸木。因題於簡端曰，靖節陶公有云，奇文共欣賞，蓋以文之奇者不忍獨得，故必期共人欣賞而後快。如璇璣一圖，非文之奇者乎，字如碁置，按誦成章，字不數百，詩幾千首，何物女郎，以錦心織成錦字，令千古騷流，不能卒讀，天才耶，仙才耶，雖仿其製者代不乏人，類不能出其規範。然集中所錄諸圖及其餘詩詞，皆各有其妙，足以竝傳。間有瑕瑜不掩亦存之，以俟大方鑒別可也。存孝椎魯無文，與騷雅之道相遠，其偶涉及於此者，亦陶公共欣賞之意夫。康熙戊子五月望日，玉山牧豎朱存孝』。於葉適詩後，又『戲題』七絶一首云：『蘇家才女是耶非，好事傳圖世亦稀，手把雲箋無一字，怪人不解讀璇璣』。

原編四卷，若與明本比較，卷一在『又五色讀法』後增補廣慧夫人記，其他各卷則按照『將彼舊增并予所習見之什，纂爲續集』之指導思想，把達磨真性頌、太宗回文千首、唐寅墨銘、臞仙夜坐、題青山白雲圖、書懷、丘濬夜宿江館、菩薩蠻秋思迻出，新增蘇軾採蓮圖及潘孟陽、張薦、權德輿、張豫源、薛濤、高青丘、張旴江、失名（美人八詠）、何出光、湯若士詩詞，組成第五卷，署『吳郡朱存孝聖涵續纂』。亦有摒棄不取，如臞仙神遊太清作，蘇軾、臞仙神智體詩。又如删除真性頌、回文千首原識，另寫跋尾，援引韓愈諫佛骨表語予以批評，上綱上綫，謂其『雖有巧思，終爲賊道，何堪入於書籍』，『然而前盲久經增入，故不復斥去』云云。『前盲』者，指斥張之象也。

卷尾跋云：『同社玉山朱君者，身棲薖軸，志樂縹緗。開編而神遇黄農，閉户而客惟風月。燃薪夜讀，涷雪壓簷；滴露晨書，秋雲入硯。畫出籬邊山色，詩咏陶潛；鬭將園裏花光，賦賡庾信。填來豔曲，嬌鶯林外千聲；續就楚騷，香草階前一尺。詢詞壇之韻士，吾黨之畏友也。一日，過其幽居，閱兹妙選。原夫回文詩者，法列星之旋轉，得大易之變通。雖風雅之餘事，實藝林之勝觀。今則飽諸魚蠹，久離翡翠窗前，誰能典以牙籤，裝向芙蓉帳裏，況遍蒐麗製，彙彼舊編，俾乍讀神來，嘆其新穎，寧非今人能愛夫古人，前賢有賴于後生乎。將見是編既出，香生五色之牋；奕世常垂，不費一丸之墨。辛卯中秋，教弟尤學稼拜書』。

再續者朱存孝，即象賢，原名行先，一名存先，號清溪，又號玉山仙史，江南吴縣人，自稱係北宋朱長文（浙東剡人）裔孫。幼聰穎，好奇文，與沈秋華、尤青霞成莫逆交，揚風扢雅，時人目爲城東三俊。歷官滇黔二省，所至有政聲。同治蘇州府志卷八十八云，象賢，之勤子，有孝行，任江西萬載知縣。顧震濤吴門表隱卷十八，象賢字存孝，官萬載縣丞，敦孝友，能文章，著有印典、見聞錄、玉山叢稿等書。乾隆十七年尚在世。

乾隆三十八年，清高宗弘曆敕編四庫全書，飭令全國各地督撫學政及私家進獻圖書，經檢浙江省第四次汪啓淑家呈送書目、國子監學正汪交書目、浙江採集遺書總錄簡目，止此五卷本，而無流布甚廣之十五卷本，不知何故。四庫全書總目卷一八七著錄編修汪如藻家藏本回文類聚四卷，補遺一卷，祝尚書云『即康熙本』。

四庫本卷首載乾隆四十六年十一月初六日上諭，措辭嚴厲，敕令撤出補遺中美人八詠。『至此外各種詩集内有似此者，亦著該總裁督同總校分校等詳細檢查，一并撤去，以示朕釐正詩體，崇尚雅醇之至意』。館臣隨意删削，致使中華文化典籍受到莫大破壞，同時還將玄燁所興文字獄，變本加厲，大小八十餘起，殘酷迫害知識份子，實行思想專制。次提要，述其編纂得失，云：『臣等謹案回文類聚四卷補遺一卷，宋桑世昌編。世昌蘭亭考，已著錄。考劉勰文心雕龍曰，回文所興，則道原爲始。梅庚註謂原當作慶，宋賀道慶也。蓋其時璇璣圖詩未出，故勰云。然世昌以蘇蕙時代在前，故用爲託始，且繪蕙像於卷首，以明刱造之功，其説未確。考藝文類聚載曹植鏡銘八字，回環讀之，無不成文，實在蕙前，乃不標以爲始，是亦少疎。又蘇伯玉妻盤中詩，據滄浪詩話，自玉臺新詠以外，别無出典，舊本俱在，不聞有圖。此書繪一圓圖，莫知所本。考原詩末句稱當從中央周四角，則實方盤而非圓盤，所圖殆亦妄也。惟是詠歌漸盛，工巧日增，詩家既開此一途，不可竟廢，錄而存之，亦足以資博洽。是書之末，有世昌自跋，稱至道御製登載卷首，此本無之，殆傳寫佚脱歟。其補遺一卷，則國朝康熙中蘇州朱存孝所采，兼及明人。然如明典故中所載回文詩三十圖，在耳目前者即已不收，則所漏亦多矣。姑附存以備參考云耳。乾隆四十六年十月恭校上。總纂官臣紀昀臣陸錫熊臣孫士毅，總校官臣陸費墀』。

四庫本前無若蘭小像暨葉適、朱存孝題詩。續編稱『回文類聚補遺』，而不稱『回文類聚第五』，署『長洲朱存孝續補』。文淵閣本、文津閣本，卷末脱尤學稼跋。

前文提及之回文類聚紅格鈔本，係丁氏從文瀾閣抄出，蓋『八千卷樓藏書之記』、『錢唐丁氏藏書』、『四庫著錄』、『江蘇省第一圖書館藏書』朱印鈐章，卷首未抄上諭，卷尾有尤氏跋語。

世昌自跋云：『類聚甫成，客有言至道御製者，屢求乃得之，謹載卷首，用且彰聖學之融妙』。陳振孫直齋書錄解題也有『且以至道御製冠於篇首』等語。明人李開先謝龍盤回文詩序，謂自蘇蕙織錦回文、南海婦人聲鑑之後，『效而爲之者，有唐太宗御製圖，銘則有梁武、簡文，頌則有吕真人、達磨禪師』，『太宗圖以及銘頌詩詞，亦皆桑世昌編集流傳』。錢謙益絳雲樓書目著録回文類聚三卷，注曰『以至道御叙冠於篇首』。四庫全書總目提要認爲『此本無之，殆傳寫佚脱歟』。案朱氏所據乃之象刻本，經檢今存李一氓藏本，亦無是作。而張氏序稱，係照古本『手録』。嘉靖庚戌，之象客遊白下，雖抄得古本回文類聚，然至萬曆二十一年自序時，猶云『舊藏』，可知其間尚未補輯重刊。開先卒於隆慶二年，未及見張氏之刊本，故其所覩之回文類聚，當是桑氏原刻，實有此圖。所以，很大可能張氏手録之古本已失御製矣。既然爲圖，似是心輪（即張氏補入之回文千首）。雖不合自跋所言情事，估計王化基得之於別處，後輩不察，誤以爲當年裴逾南下時，『奉請』之『御書墨迹』。

崑山公立圖書館圖書目録（王頌文編，一九三三年）卷四集部著録回文類聚五卷，宋桑世昌輯，樂圃刊本。未見。

四庫全書簡明目録卷十九云：『回文類聚四卷，補遺一卷，宋桑世昌編，採録回文諸詩，自蘇蕙璇璣圖以下，裒爲一編，亦文章之一體。補遺一卷，爲康熙中朱存孝所録，兼録及明人，然未爲賅備，附世昌書以存耳』。

回文類聚正續合鐫　內繪五彩織錦全圖

原編四卷，淮海桑世昌澤卿纂次；另編織錦圖，玉山仙史摹集；續編十卷，江南朱象賢集，即世稱十五卷本。有鶴松堂藏板本、麟玉堂藏板本、裕文堂藏板本、洞庭楊氏藏板本四種，欵式框幅一樣，四周單邊，十行，十九字，細黑口，雙魚尾，疑爲同一刻板之複刊本。惟後三種板本於回文類聚總目頁版心有『朱氏正本』四字，而鶴松堂藏板本無之，然其卷十第九頁却有『姑蘇許翼鐫』五字。今公私藏書多爲麟玉堂本、裕文堂本，至於洞庭楊氏本、鶴松堂本則甚少見。

原編卷首朱象賢序，桑世昌原序、原跋、若蘭小像（鄭炳元鐫），葉適題詩。卷一璿璣圖，卷二諸家圖，卷三各體詩。卷四諸家詩餘。另編織錦圖，其内容有序（回文續編序、織錦回文圖序），織錦回文圖（璇璣圖施彩説、李伯時本設色、至道宫中本設色、讀例説），蘇若蘭像，竇蘇畫册，織錦回文傳叙互異説。續編卷一、卷二諸家圖，卷三至卷六碎錦圖（萬樹），卷七玉山圖，卷八、卷九各體詩，卷十各體詩、各詩餘，賦。最後爲沈珫識（鶴松堂本），或朱玧識、秦臺女史胡瓊題辭（麟玉堂本、裕文堂本、洞庭楊氏本）。

序：『詩體不一，而回文尤異。自蘇伯玉妻盤中詩爲肇端，竇滔妻作璿璣圖而大備。今之屈曲成文者，盤中之遺也；反覆往回，左右相通，巡還成句及交加借字，三四五六七言互誦者，皆璿璣之製也。至於藏頭拆字，又後世之所爲，非古人所有。大凡新奇纖巧，大方弗道，然古來有此一體，似不可以偏廢，宋澤卿桑氏之纂次，亦此意歟。是書流傳至今，原本甚罕，止有明張之象增訂重梓一帙行世。但鐫刻潦草，增益挂漏，更以明代之作，入於宋人纂輯之内，共謂非宜。是以悉仍桑氏原本，附以所增，達磨唐宗二圖，重録諸木，非有别事更張，惟欲一還前人之本來面目而已。玉山仙史朱象賢識』。卷二恢復達磨、唐太宗兩圖，并張之象、方道成識文。

回文續編序：『回文類聚乃宋淮海桑氏纂次，統計四卷，始自漢晉，迄於唐宋，至明神宗時，觀察張之象爲之增訂，世未稱善。今桑氏原本業仍舊式重録，而前增諸作雖寥寥無幾，亦有可取，不忍遽置。予内子胡慧篏篋中，藏有抄本回文圖二帙，素未經見者頗多，名氏鮮存，似係勝國名流著作。予又留心訪求，雅而合體者錄之，俗而尋常者置之，共得圖八十九幅，詩二百三十二首，詩餘二十二闋，賦一篇集爲續編，并以五綵璿璣及織錦故事畫圖另爲一卷，冠於編首，不特是體篇章得備，而舊編所續亦不致混淆矣。玉山仙史朱象賢識於玉山廨舍之宛在亭』。

織錦回文圖序：『書以紀事，圖以存形。左傳云，夏之方有德也，遠方圖物，貢金九牧，鑄鼎象物，百物而爲之備，是即存形之一證。故古人有書即有圖，史記沛公至咸陽，蕭何先入，收秦律令圖書，具知天下阸塞，户口多少强弱處。由此觀之，二者不可偏廢。後世備書而略於圖，遂使古物形式茫然，稽考鮮據，豈古人之意哉。晉竇滔妻蘇蕙織錦回文，空前絕後，歷世名流，文詞以咏之，繪畫以形之，詞則淮海桑氏編之卷帙矣，畫圖可獨廢乎。南陵射堂先生金古良詞伯而擅繪事者也，著無雙譜，中列蘇氏之像最精，晉室裳衣更有攷據，迥出尋常，乃傳世之筆，似不可以輕置。又李唐以來，因織錦故事而追寫其端委者頗多，桑氏載有治平中沈少常得唐文宣所製，畫筆絕精之語，而未言及情景。李伯時用色分章跋内云，屯田陳侯所觀唐真本圖，凡六幅，自若蘭著思、練絲、織錦、遺使，及車馬相迎、合樂對飲、竇滔列騎擁旌旄、盛禮迎蘇之語，言雖共見，而畫無傳。嗚呼，前人慘淡經營之筆，落於庸碌之手，視非阿堵中物之可愛，而一任淪没者不知凡幾，豈不可慨乎。今余留心訪求，得竇蘇畫册八幅，猶是周吉賢臨李湊之筆格，稿與伯時所云大同而略異，詳其意指，俱以武后叙文之記述規畫而成，情景宛然，非凡庸筆墨所能及，因摹縮本與射堂寫像次於五彩璿璣之後，共爲一卷，寄之棗梨，公諸同志，非徒餙簡帙之美觀，聊以存古意於後世，而不致湮没云爾。玉山仙史朱象賢題』。

後跋：『織錦回文圖一卷，回文續編十卷，予友玉山先生所集也。續編內，青霞尤子又將玉山雜稿之回文增入，并原續詩，圖共得一百六幅，餘者均無損益。玉山嗣君靜峰，選工鏤版，與桑氏原編合成一書，回文大備。予爲展誦，其風華奇麗有如玉宇瓊林，千花競放，能不賞心快目，發人藻思。若蘭妙製朦朧於俗本中，千有餘歲得以一旦重新於後世，諸君扢揚風雅之功，夫豈淺鮮也哉。昔余與玉山、青霞總角交遊，後各星散□。把卷回思，恍如夢幻，然玉山之□□□□□□不朽矣。秋華沈珩識』。

又後跋：『玉山仙史，余行先弟之別號也。行先仕名象賢，一名存孝，幼聰穎，好奇文，探索幽隱，與秋華沈子、青霞尤子爲莫逆交，揚風扢雅，人咸目之爲城東三俊云。暨登籍仕版，往來滇黔，受知張大中丞。余亦饑驅川蜀，暌別數年，雖鱗鴻往返，而覿面無由。嗚呼，蘭亭已矣，勝會無常，良有以也。今沈尤二子已作故人，獨玉山之藴藉不減從前，讀其緒餘彙訂回文類聚一帙。夫回文始於盤中，彰於織錦，皆蘇姓也。玉山毋亦有感於眉山二蘇之出處，乃假閨媛以寓言耶，不然出其才智，豈不足黼黻皇猷，聲施奕禩，而乃寄情閨閣，注意文粧，則其胸臆所存必有在也，寧僅似張率之託名韓偓，以香奩集爲嚆矢之意歟。壬申嘉平月秦臺朱珖識』。壬申，乃乾隆十七年也，上海圖書館目錄作嘉慶十七年，內蒙古圖書館目錄作同治十一年（見內蒙古自治區綫裝古籍聯合目錄），俱誤矣。耿文光萬卷精華樓藏書記卷一百三十四總集類二著錄織錦迴文圖一卷回文類聚四卷續編十卷，迴文圖晉蘇蕙撰，類聚宋桑世昌編，國朝朱象賢續，鶴松堂本。提要稱『板甚精工』。

續修四庫全書總目提要（稿本）回文續編十卷（孫作雲撰稿）云：『此書乃續宋桑世昌回文類聚

之作，桑書四庫總目已著錄，此書凡於桑書所未載者補之，而以明清之回文詩爲主體，兼附己作。都凡十卷，卷一二爲諸家雜著，卷三至卷六，爲璿機碎錦，卷七爲玉山雜稿，爲其自作之回文詩，卷八爲唐宋明清之回文詩，卷十爲清回文詩七十八首，詩餘二十闋，駢賦一篇。條目清晰，羅致殆盡，可以補桑書之不足，可以完回文之詩史，誠與桑書爲回文詩中之雙璧也。欽定四庫總目，載其補遺一卷，附桑書後，譏其遺漏甚多，殆未見此書也』。四庫全書總目批評朱氏，『所採兼及明人，然於明典朱氏補輯，多次重刊，先後發行，不知凡幾。四庫全書總目批評朱氏，『所採兼及明人，然於明典故中所載回文詩三十圖，在耳目前者即已不取，則所漏亦多矣』。張、朱續纂，固非賅備，但回文類聚流傳至今，併及海外，兩氏之功不可没也。

回文類聚四卷

坊間又有一種清刊本，卷首載朱象賢回文類聚序（即十五卷本回文續編序）。卷一圖，諸家雜著二十二幅；卷二圖，諸家雜著十八幅。卷一、卷二，題『江南朱象賢集』。卷三詩，古今諸家各體，古詩九家，今詩十七家；卷四詩餘，諸家雜調，菩薩蠻四十九闋，西江月三闋，瑞鷓鴣一闋，阮郎歸一闋，虞美人一闋。卷三、卷四，題『淮海桑世昌澤卿纂次』。經對照，卷一、二諸家圖與十五卷本續編卷一、二同，卷三、四諸家詩詞與十五卷本原編卷三、四同。細黑口，雙魚尾，四周單邊，板式相似，通計四十九葉，上海圖書館入藏。

璇璣回文詩詞三卷

明朱權輯。高儒百川書志卷十九總集云：『皇朝涵虚子臞仙編，集古今之作，諸體咸萃，反覆旋轉成文，詩中之異珍也』。周弘祖古今書刻上編江西弋陽王府刊璇璣迴文詩（晁瑮晁氏寶文堂書目卷上亦作璇璣回文詩）。黄虞稷千頃堂書目卷三十一、萬斯同明史卷一三七總集類著録，俱云『寧獻王編集璇璣回文詩詞三卷』。

又張之象回文類聚序：『回文之體，則自晉傅咸始。咸作反覆回文，以示憂心展轉之意也，次而温嶠有虚言回文，以一字括兩三字義，以示包藏隱密之意也。如符堅徙秦州刺史竇滔於襄之流沙，其妻蘇氏以回文詩織錦以寄之，以示繾綣綢繆循環不捨之意也。若東坡蘇子以字横斜顛倒而服虜使者，以示神智不測之機也。至於黄山谷、秦太虚、朱晦庵諸賢，亦頗有作，總名爲璇璣回文詩，宣德辛亥歲嘗刻於西湖寓隱』。

回文詩類

佚名。文淵閣書目卷十一部一册闕秘閣書目一册明書經籍志一册闕菉竹堂書目卷四著録。祝尚書宋人總集叙録卷五謂：『因回文類聚中輯有南朝至宋人詩及宋人詞，多無集作家作品，後遂有人裁篇別出，編爲回文詩聚一卷，回文詞聚一卷，離集另行。明葉盛菉竹堂書目曾著録回文詩聚一册，今未見傳本』。此詩類并非從回文類聚中裁篇別出者，祝説不確。

雲中璇璣回文詩

明晁瑮晁氏寶文堂書目卷上著録。嚴一清謂係朱權璇璣回文詩詞補遺。

詩餘迴文　回文詩詞

佚名，俱係鈔本。詩餘迴文，一稱迴文詩餘圖譜，錄圖七十多幅，無圖名，無讀法，上海圖書館藏。回文詩詞，錄圖五十多幅，既無圖名、讀法、又無鈔句，復旦大學藏。兩書内容大半相同，後者有清人曹子經序，謂『潘子潄石示余兹編，云係其祖眉軒先生手錄，題曰回文詩詞，卷無叙跋，不知何人所作，并未注釋。余視之，字不合文，竟難卒讀，因留心三復之。乃亦竊蘇氏織錦之章，縱横盤錯，顛倒成文。但回文一格，體制卑微，况其語意庸俗，似無足取。然此體詩易爲，而詞句長短，艱於填著，其旨雖淺理自貫串，良費作者苦心。余爲錄而釋之，即述其由，書前爲序。時嘉慶五年桂秋上浣三日，古檇李餐霞子識』。除傳統之菩薩蠻、西江月、虞美人詞調外，有十六字令、長相思、南鄉子、南柯子、相見歡、思帝鄉、月中行、巫山一段雲、訴衷情、浣溪紗、鷓鴣天、眼兒媚、踏莎行、轉應曲等，從其構圖簡拙，語意俚俗來看，當是清初在吴越流傳之民間作品。

回文詩集錦

回文詩集錦不分卷，二種，鈔本。俱無輯者、作者姓名，亦無序跋，南京圖書館藏。題云集錦，似非一人所撰。一種錄圖五十四幅，依次爲靈檀几、花罇、玉連環、玉連環、海日硯銘、矩式回文、矩式回文、六角扇、瑪瑙珠串、酒罇、雙魚、四出天香（以上與萬季野同）、梅花五出、相思璧、玉如意、銀錠、葫蘆、蟠桃、石榴、上弦月、綉枕、玉交環（以上八圖與萬同）、面面相逢、卍字欄、金井欄、龜文四合錦、八卦成象（與萬同）、六稜品字玦、斜紋錦段（與萬同）、五銖錢、四角方勝、顛倒鸞鳳、四出同心錦、八角貝文錦、車輪、合蒂花、玉衡、同心縷、九連環、冰紋同心錦（與萬同）、一日相思十二時、交格方檽（與萬同）、回環方結、八音相生、鉤心鬥角、百琲珠、重規疊矩、青鎖窗、五岳真形圖、連珠錦、心香字印、牟尼珠（與萬同）、九州分野、小浮圖（與萬同）。又一種有百二鴛鴦屏、百美屏等四十一幅，其中大部分與上述相同。各圖都有讀法，而無鈔句。與萬氏同者，前種達二十六幅，後種未見。

璿璣回文圖

清徐方瑞輯，嘉慶石刻拓本褶裝一册，圖文五十二面，國家圖書館藏。卷首有『世襲罔替』印章一方。選入盤中詩、璿璣圖、回文璧、面面相逢、太極圖、桑籃、蟠桃、卿雲在霄、相思璧、錫朋、五雜組、土圭月影、蛛絲網、長葫蘆、鏡蒂、火齊環、華罇、一垣星斗、蜂房、長命縷、華月闌、扇影、交枝方勝、八音錦、同心梔子、疊翠峰、蓮房、九十六爻、柳帶同心、合蒂梅、霹靂環、金花勝、鞶鑑圖、碧泉瓶、顛倒鴛鴦、葵心、節節高、八行箋、梅花三弄、玉衡圖等四十幅，無讀法、鈔句。蘇伯玉妻盤中詩，蘇蕙璿璣圖、宋太宗回文璧，朱象賢太極圖、蟠桃、卿雲在霄，失名相思璧、華罇，南海女子鞶鑑圖，其餘皆爲萬樹作品，均採自回文類聚十五卷本。有跋云『夫詩體不一，而回文尤異，自蘇伯玉妻作盤中詩以肇其端，暨若蘭作璿璣圖以占天象，效列宿之轉旋，爰是縱橫左右，上下悉通，而回文大備。至於歷世名流，亦以文詞續之，圖畫形之，作是體者無不以璿璣爲本源也。但名類繁多，不能盡錄，茲擇其反覆往回交互最精者，或四言，或六言，或唐律，或短語，列於璿璣之後，共取四十種，製爲屏障，置之座隅，匪獨見屈曲成文之妙，亦以溯女才之幽閒，不致湮没云。嘉慶十年歲次旃蒙奮若牡月漢陽徐方瑞識』。末鈐『方瑞氏字輯幾别號五亭』『恩騎尉印』。

寄漚散人手寫璇璣圖回文圖

無錫圖書館入藏。直二八・八公分、横二六公分，摺疊式裝幀。首蘇蕙璇璣圖，設色。次武后記，次寄漚識。識曰：『晉書列女傳云，竇滔妻蘇氏，始平人也。名蕙，字若蘭，善屬文。滔、苻堅時爲秦州刺史，被徙流沙。蘇氏思之，織錦爲回文旋圖詩以贈滔。宛轉循環以讀之，詞甚悽惋，凡八百四十字，文多不錄。按今圖實有八百四十一字，而明康海對山武功縣志載蘇氏作回文寄滔，滔方以安南將軍留鎮襄陽，事與武氏所記同，非被徙流沙時，然史不言滔鎮襄陽也。又按明武功康萬民據釋起宗讀法增廣，共得詩七千九百五十八首，撰璇璣圖讀法一卷，欽定四庫全書收入集部。萬民字無沴，爲對山之孫。卷中有其宗康吕賜識云，余錄先太史縣志真本，悉依原稿，獨蘇氏詩未錄，非敢輕有變置，故附數語，竝校諸讀法合爲一編，以備吾邑文藝之一。然則此圖嘗列武功縣志，後人因并讀法别爲一書，爰約舉其讀法於左方，以備觀覽焉。光緒十一年歲在旃蒙作噩日躔鶉火之次，無錫劉繼增識』。

其讀法爲〔朱書〕七言成句，每句叶韻。周圍角周如囲，從角起，叶唐字韻。中方如□，叶峨字韻。每首四句，逐句推移，得詩四十八首。合中行成方𣃁，并斜交如▦，從角退一字起，叶貞字韻，縱横交互，逐句推移，往復回環，得詩七千三百十六首。專取中行斜正交互如米，從中心一句各頂字倒換，左右互旋，八面分讀，叶沉字韻。又分四正四隅，及一正一隅相間，左右旋讀。又自中行退一字，於八面俱取一句，顛倒左右旋讀，共得詩一百四十首。〔墨書〕橫視折疊，三言成句，二句成韻，每方左右兩分，又間句互分，凡合讀者每首六韻，分讀者每首三韻，又借前一字爲四言，徃復回環，共得詩七十六首。〔青書〕每方橫視，自中行各借前一字，左右互分，各四言兩句爲韻，上下方叶妃字韻，左右方叶貞字韻，每首六韻。又去中行爲六言，每句叶韻。又各取兩邊，分讀、間讀。又左右遞退一句分讀。共得詩一百四十四首。〔紫書〕每方橫視，五言四句兩韻，折疊回環徃復，得詩五十首。〔黄書〕四隅四言四句兩韻，折疊讀。又上下對待，由內由外，讀得詩四十首。中方，除中心始平蘇氏璇璣圖詩九字，其方匡從角起，四言四句兩韻。又每句借角字爲五言，逐句對待，回環徃復，得詩二十五首。『右依明釋起宗及康萬民兩家讀法，删并其文，綜其例而約舉之，其間用韻有複有叶，康氏謂古詩體本不拘也。原讀分七圖，今按圖分，計積詩七千八百四十首，核與總數少百十八首，中有差脱，未暇考也。原書有懷鳳山人仇東之跋云，余讀回文得詩二百六十首，武氏記云二百餘首，新安程篁墩出衍聖孔公藏本僅百四十首，黄山谷詩云，千詩織就回文錦，如此陽臺暮雨何，亦有英靈蘇蕙子，只無悔過竇連波，知山谷嘗讀至千首。起宗道人經禪之暇，玩是圖得詩三千七百餘首，錄以見贈云云。是此圖自明以前，所讀無過千首者，此跋作於宏治丙辰，而四庫書目提要以起宗爲宋元時人，似未可據。又云唐申誠嘗作釋文，今亦失傳，并誌之以俟考。寄漚氏閱日再記』。

擬趙陽臺回文詩，設色。次嘉慶丙辰金雲門自識，次乙酉寄漚散人跋、次金氏回文讀法、寄漚再記。寄漚散人跋云：『按昭明閣内史金禮嬴，字雲門，一字五雲，號秋紅，山陰采山氏之長女也。

年二十四，歸秀水孝廉王曇，一名良士，字仲瞿爲繼室。孝廉才名滿天下，少年任俠，抱負奇器，不可一世，舉凡百家諸子、乾竺黄老之書，彌不究覽。又善騎射，精兵陳遁甲之術，發爲經濟。動筆千言，而傲睨世俗，卒與時迕，不得仕。其没也，相傳爲仙去云。内史嘗從孝廉僑寓吴門，以書畫課童僕，以琵琶授女伶，手寫唐寅詩文全集，邑令唐陶山因之重葺桃花庵。又繪維摩及十大弟子像，傳之海外，遠近求筆墨者争致重幣，在當時名重如此。又工詩文，通梵典，精六壬，色藝雙絶，實與孝廉相匹敵也。嘉慶十一年丙寅年三十六，先孝廉卒於杭州，葬湖墅馬塍之散花樓下。所著有删增各家女史，冠以班氏七誡，曰鴻樓壼範。又踵劉向傳説，集齊魯韓詩爲四家傳。又仿昭明體例爲女文選，今皆散佚。世所傳者惟秋紅丈室詩一卷。原刻末附擬趙陽臺回文詩一圖，版毁重槧，僅存其詩，此圖遂亡。光緒甲申，予從友人處獲見原本，後有題嘉慶丙辰自識，推其年適二十六，蓋歸孝廉之第三年也。其圖全用墨印，不著讀法，驟難成誦，爰仿蘇氏璇璣圖例，别以五色，詳繹其文，較之蘇氏字幾及倍，而詞義贍博特過之。自識謂交龍翔鳳，萬轉千環，可讀成短長古律銘謠頌贊萬七千餘首者，今雖畧舉讀法，不足以盡作者之心，然由此推之，思過半矣。又按孝廉所著煙霞萬古樓文集中，有繼室金氏五雲墓志銘，自注云年二十三，手書予所作織錦迴文詩爲蹇修之始，然則孝廉亦嘗有是作，惜未之見。而此圖原題梯仙閣内史書者，又不知爲何如人。丙辰迄今裁八十九年耳，掌故家必有能言之者。會手民請鋟諸版，竊喜奇文墜簡，得廣其傳，廼并蘇氏圖畀之，書其緣起，以俟博雅者考正焉。乙酉夏六月寄漚散人跋』。

繼增（一八四四—一九〇五）字石香，一字粱漁，號寄漚，江蘇無錫人，監生，著有寄漚詩文鈔七卷。

回文賦彙

清謝崧岱輯，光緒丁酉春湘鄉謝氏孿經榭雕。卷首擬賦啓云『新刻趙介山殿撰文楷進册賦，心極愛之，倘荷惠顧諸君賜擬一篇（仍原序韻不拘）固當即付雕刻，俾齊驅藝苑，以公同好。並願奉極陳雲頭豔一兩，自刻怪石盒一枚爲壽。珠聯錦集，自不厭多，松傑桐儒，君許嫌少，否則雖叨雅愛，終不欲爲無端之獻也。光緒二十有三年丁酉正月轂日一得閣主人謹啓』。是集輯趙介山殿撰賦一卷、于海帆太史賦一卷、田壽安茂材賦一卷、楊志伊茂才賦一卷、馬詩畬孝廉賦一卷、王叔雲茂材賦一卷，順回六篇，是我國唯一之回文賦總集。崧岱字祏生，湖南湘鄉人，光緒二十二年官國子監典籍，有論墨絶句詩一卷行世。

三養齋輯迴文賦詩詞對合編

近代成都吴繼志集，收入聶銑敏、陸龜蒙、皮日休、蘇軾、王安石、吴洸、張三丰、諸聯、張漢、彭瑞毓、曾衍東、樊增祥、張焕、王衍梅、胡延、田洙、陳際盛、詹言、陳瓊仙、黄濬、馮班、汪海如、趙雲卿、景翩翩、薛仙姬等古今五十餘家之迴文賦詩詞對。後附吴氏本人三養齋詩集（迴文），計七律十六首、七絶二十八首，并賀季梁、方少梧和作。

三養齋輯迴文賦詩詞對合編序云：『古今詩體之妙，無過迴文。蘇若蘭寄其夫竇連波錦上織出迴文之詩，冠絶千古。惜今書店皆無傳本，其詩僅見於鏡花緣説部，并有武則天作序。余探訪多年，在友人處借得家藏鈔本，互相印證，覺鈔本較妥，有數十字不同者改依鈔本，另錄一册。計八百四十一字，分二十九行，每行二十九字，成正方式形，横推倒捲，錯綜回環，均可演成詩句，人謂可迴出小詩一二千首，洵屬頭頭是道，巧妙絶倫，是爲迴文絶作。乃讀皮日休詩集，言晉傅咸有迴文反覆詩，温嶠有迴文虚言詩，由是回文興焉。文心雕龍云，回文所興，道原爲始，六朝已有回文，惟流傳甚少。唐宋後各集亦罕見迴文之詩，前清時稍有作者。余雖淺學，頗識詩中甘苦，覺最難者是迴文、次七古、次連珠，其他各體亦有難處，要視學者之領悟如何。爰留心覽諸詩集，遇有回文者鈔出，又搜羅諸稿，有回文賦詞對聯各項，亦分別錄之，日久積爲一本。除將蘇蕙織錦迴文詩另刊外，即將諸稿纂爲合編，略附己作，排印以廣流傳，俾同有詩癖者共賞焉。民國壬申二十一年六月荷花生日，成都吴繼志紹庭自序，時年七十有一』。序中所稱之『蘇蕙織錦迴文詩另刊』，雖經多方追求，迄今未見。

三園回文詩

姚文蔚、于廷琛、白鴻儀合稿。姚號餘園、于號石園、白號棠園，故名。係一九三〇年前後三人同住西安時所唱和之作，輯入姚詩七律四十七首、于詩七律二十四首、白詩七律三十四首，及題辭『瓶園主人翊稿』、『弟毛昌傑初草』、『後學宋鏞昌豇藁』七律三首，總共一百單八首。卷首餘園序云『三園回文詩稿將次付印。客有聞而相質者曰，天地間事事物物盡循環耳，不見夫日月乎，東升西没，朝朝暮暮，盈昃圓缺，不愆厥度，此一循環也。不見夫山海乎，變遷陵谷，平陂往復，蒸雲降雨，匯川歸瀆，此又一循環也。更如時序寒暑，寰宇分合，國家廢興，人物代謝，草木榮枯，蟲魚變化，無所往而非循環者。人爲萬物之靈，詩也者人聲之精者也，三園回文之作，或亦有見於斯而欲一宣天地循環之藴乎。三園悚息無以應也，客請其説不已。餘園率爾而對曰，擊壤康衢，詩陳里巷，陰山敕勒，歌著蠻夷，可見文章天成，在人能自得之而已。諸子百家，詩材備矣，四聲六律，詩道昌矣，乃璇璣圖後，嗣響宏篇，曾不概見，得毋兒女子事，壯夫不屑蟲雕乎。同人唱和，厭故思新，偶念回文，試相規效，往來更迭，遂積成編，本以游戲，消閒無事，秘函心史，將欲分抄就正，不如付印手民，某等之意，不過如是，至客所稱天地循環之説，高矣美矣，然而某等不敢知。民國歲次屠維大荒落良月栩栩生姚文蔚序於青門寄廬』。又號寒集有在棠園同校新印回文合稿擾其盛設賦博一粲詩，亦紀斯事。

閏七夕乞巧詩錄　閏七夕乞巧詩

林爾嘉輯。前者見一九一九年排印本菽莊吟社七夕四詠閏七夕回文合選，收入二十家七絶二十四首。後者見一九四〇年菽莊叢刻本閏七夕乞巧詩，收入十五家七絶一十八首。

一九一九年九月六日（已未閏七月十三日），上海時報刊出廣告云『菽莊吟社詩題，閏七夕乞巧七絶迴文一首，限至舊歷八月三十日截收，擬定次第登報通知。第一名贈書券銀五十六大圓，第二名贈書券銀四十大圓，第三名贈書券銀三十二大圓，第四名贈書券銀二十八大圓，第五名以下酌贈。卷交厦門鼓浪嶼菽莊吟社，投卷希自書姓名住址，卷尾騎縫處填寫勘合蓋用小戳，支取贈品以勘合爲憑。菽莊主人啟』。跋謂『己未七月，余歸自東爰，集同人重脩社事，既以七夕四題，徧徵吟詠。越閏月七夕，復有乞巧迴文之徵，海内外投稿逾四千首，謄寫既竣，迺與社侶循環雒誦得詩四百首。錄其前列，竝七夕四詠付之排印，璧合珠聯，後先輝映，洵足以酬茲令節已。因綴數言，質之作者。嘉平朔日菽莊主人林爾嘉識』。

閏七夕乞巧廻文詩錄四百名：『李賡揚（第一名）介石道人（第二名）陳國蘭（第三名）吳承烜（第四名）楊陋庵（第五名以下）、陳肖潔、愛獨、燕市酒客、戢園主人、鹿巢、還淚、霞溪釣客、蕉林、護櫻子、張紉秋、蝶仙、金門大隱、無諸國之民、吳元海、程大經、伍涞仙、王思易、靜雲庵主、書傭、吳絳珠、景玉、趙醴銘、黄彌、于直生、陳得麟、託社主人、司徒九郎、抱殘老人、纓溪釣徒、會稽山人、荔邨、盤螵、桐陰樵客、檞田、陳萬霖、東園、施泉麓、潛盦、黛青、何官棵、素修軒主、謝玉冰、石痴道人、筠如、鄭玉濱、護花奴、醴陵剛佛、林佩蘭、薇卿、螺陽嗜痂、山陰道人、淨月、陶祖典、林星謨、顧元起、胡讓之、余少銘、藏拙齋主人、後荷生、陳兆芬、龔士清、青邑、屈延安、葉小鳳、翠屏山牧者、晚香吟室、張景延、退甦、霖雨、趙芝谷、代介、羅階平、屠龍客、淑蘭女史、林子清、高重熙、吳東園、劍秋、林紉蘭、拙訥默室、吳承烜、徐尺孫、天南吏隱、恥齋、飛靈仙子、解珮、肅元、鏘生、鄭元昭、鷀東使者、劉二騷、散花女史、吳樵笑、心太平齋主人、李慶豐、自由郎、王蓮笙、陳笑秋、沈慕韓、顧元良、劉章甫、嚴蓀、龔文青、龔士清、坐虛病叟、張虬公、艾山、黄狷庵、琴史、李獨覺、王鶴沙、瘿公、陳雲卿、充依侍史、劉繼文、率甫、何良弼、繡葆、筠兒、永欽、魚我軒主人、石匏、程雁卿、辔堂、善羲、鹿樵、玉林、許湘芸、蔚其、劉又來、林太古、菱舢女子、潛玉女士、社傭、盧省廬、半癡、陳進宜、何桐龕。鄭纖纖、西泠詞客、李覺民、四明歸客、呻吟女、錦里書生、凌紫煙、壽昌玉、冶山老農、秀悦女生、郭見仙、林幼谷、陳實懷、劉華巖、璞雅、衲寄雲、季雅南、半痴、小卧雲主人、任雨樓、史仲子、李卓吾、雪琴女士、壽齊、茗參、端木郁、林梓椿、孫逸樵、平平主人、湯經傳、袁復、肇丙女士、戴景熙、秀韻女士、戒忽、方祝宣、大夢山人、張之騏、百癡、余少青、李蔭嶽、青崖、黄君博、黄篤蕃、煙波散叟、文祺、拙齋、龔士清、易家襄、顧孟平、鄭頌佩、東漚漁老、伍宜山、薛玉華、少邨氏、蕭煒基、蘭盟社友、周愈、五知堂、淚綺、梁叔達、吳山老衲、陳還爽、林韻芳、蔡又襄、龔士清、含飴叟、劉幹卿、鄭笏青、老女倚樓身、蔡亦朋、趙東甌、劉駿莊、薇樓、亦彭、武榮倦客、蔡伯謙、篆香女史、一嘯臺道人、楊又新、鶴棲樓主人、黄鼎銳、陳壽銘、釣龍臺釣徒、吳應熊、九鯉湖主、林文新、上官雲、程召祈、華珍、陸廷琛、秋水散人、蘇馥初、萬盦、石葵、陳笏山、陳老八、連元、胡伯鸞、區宗渭、松龕主人、澹秋、蔡澹伯、施幼笙、黄福楙、郭慶草、莽蒼蒼館主人、槎上老舌後人、魯盦、鐵尊、郭仁卿、陳自信、林古韻、汪素娥、蘭英女士、朱海鵬、袁武夷、梅癯、夢蕉叟、公美、冰心主人、鐵鼎、朱方、玉塵仙史、惜紅女士、李一山、劍雌、姚逢熙、楊雲孫、楊文葆、王鏡如、劉棆梓、黄龍江漁者、漱石居士、廖韻笙、劉珪如、羅裳山人、肇丁女士、任蘊石、蔡雲萬、張王蕙耽、鮑蘋香、張翠漪、周紫驤、陳秋舫、邵厚生、鴛鹹、嘯雲仙侶、居學遲、堅匏室主人、飛過海、王伯琴、秋星、鏗鏗、吳養涵、紫山、祝香秋士、蕭寅廷、林炎年、魏斟耆、鄭笑白、許耿光、燕詒後人、榕桓鐵錚、孟璽、濱海遺民、林玉珍、周振奎、廖運生、星曉、劉澹公、蕭揚騷、應友松、適我、舊館仙人、井上草堂、菱舫、紫華仙館主、傳書女、阮芝圃、盧鍾書、孫振亞、淑緯、烏石山樵、莊中正、林志釗、羅郁文、劉墨犀、二陵後人、洪翠娥、淑慎女士、居芷卿、張又石、壽陶、蔡持平、李樸山、壽孝天、蟄耦齋主、鑄儂、碧園、廖韻笙、陳拙廬、挺壽、黄玉垣、伊川後秀、黄式墉、老拙、劍塵、述畬、代鴻、夏傳信、羅衣鑑、蔡祖棋、幔公、黄綺采、張二如、爭春道者、曉六、蓉小舫、蘇蕙蘭、乞如願、柔雲、麥湖、髯翁、吴崧年、壺中仙、楊華、黛寶、林伯思、筱緯、佘奏敷、池尾三郎、高雋夫、月秋、綠衣使者、越麓散人、艾亞通、莊毓秀、劉英士、何子珩、潁川後人、壺隱、婁逸塵、劉禹銘、惜芳女史、蘇釣雪、戚僎、孟尚基、李久英、蔡履中、劍秋、桑蓮釋子、曾泳、張泰、天癡、江村、任子忠。第一名贈書券銀五十六大員，第二名贈書券銀四十大員，第三名贈書券銀三十二大員，第四名贈書券銀二十八大員，第五名至十名各贈書券銀十大員，第十一名至二十名各贈書券銀五大員，第二十一名至五十名各贈書券銀三大員，第五十一名至一百名各贈書券銀二大員，第一百零一名至四百名各贈書券銀一大員。以上贈品希將勘合向福建厦門鼓浪嶼菽莊吟社支領，原稿恕不奉還』。内中葉小鳳，今其子葉元所編葉楚傖詩文集，止春曉回文七絕一首，不載應徵之詩，諸家撰南社掌故者亦未齒及。而林韻芳詩，則見於小荔灣偶作。

明萬曆時，福建王龍起組織七夕宴會，席間專吟七絕廻文，其七夕讌集詩序云：『望烏鵲於河橋，歡同剎會，感牛女於天際，益愴離懷』。三百年後，菽莊吟社舉辦之回文專題創作活動，響應熱烈，一時效者，還有程炎閏七夕廻文七絕四首、七律一首，張嘉謀閏七夕乞巧七絕一首，張慶理見時報菽莊吟社出題徵求閏七夕迴文詩余學作七絕二首、壬戌七夕迴文七絕一首、戊寅閏七夕迴文七絕一首。

林爾嘉（一八七四—一九五一）字叔臧，原籍福建，先世遷居淡水經商，於臺北築有板橋花園，爲當地著名景點。光緒二十一年，日寇侵佔臺灣，恥作亡國奴，廼舉家内徙鼓浪嶼。一九一三年興建菽莊花園，其小記云『東望故園，輒縈夢寐』。與施士洁、許南英等創立菽莊吟社，開展徵詩徵詞（時報，一九二〇年四月十三日）活動。

一九八四年十一月三日，星子峰人參加在厦門虎園賓館召開之中國職工教育研究會成立大會。五日，集體遊鼓浪嶼、登晃巖，訪菽莊花園。九日，於厦門大學獲見兩書。

中國當代回文詩詞選集

近人高天飛編。經長達五年之徵集，共來稿三千餘首。從中選詩六九九首，詞一〇九闋，作者二三五人。一九九三年，由廣西民族出版社刊行。自序云：『夫詩貴自然，似江河本應流暢；文能反覆，知衢巷亦可回環。廿載尋章，以回文詩詞自嗜；半生搦翰，覺逆句全集難求。自憐袜綫庸才，空勞鳩拙；弄慣雕蟲小技，遑計人嘲。飛，略識之無，粗知平仄。鄙言村語，敢希雅士情鍾；俚稿蕪篇，徒使高士齒冷。妄談五典三坟，不求甚解；辱問四書六藝，焉悉其詳。我愛人憎，誰耐寒蛩之泣；人棄我取，偏當敝帚之珍。然白雪陽春，終是曲高和寡；而高山流水，幸蒙友唱朋酬。故愛花月以抒懷，樂林泉而養性。白雲出岫，本競世之無心；明月窺窗，覓知音之有意。嗟呼，怨暴風驟雨，摧古藝之凋零；甘露温陽，滋幼苗之勃長。春華秋實，何堪生命蜉蝣；暑往寒來，倍惜韶光荏苒。花筆夢收，嘆江郎之才盡；綈袍誰贈，嗟范叔之途窮。所幸賜雁投魚，集海客之采珠十斛；復磨光刮垢，效宋人之刻楮三年。與其草木同腐，何若泥爪留痕。況史篇缺陷，粗可補填；今彥精華，合從剞劂。傳薪無意，敢矜微蟻之勞；鋪路有心，尚借方家之石』。李樹松序，略云：『西粵高公，南疆雅士。潛踪學海，志窺數仞宫墻；寄趣騷壇，名動八方耆宿。胸藏二酉，友結時賢；詩播重洋，函聯廣域。造詣深而益富，逸興老而愈濃。賞花月于春風，歌善政於化日。窮年兀兀，身甘斗室孤吟；夜雨瀟瀟，情戀空齋獨樂。溯其偏嗜，尤擅回文；時吐新聲，輒多錦句。得龍梭而任手，運匠筆可隨心。衢巷回環，巧似孔明圖八陣；璇璣往復，妙同蘇蕙織千言。斟字則披沙煉金，琢句則裁雲鏤月。乍覺山重水複，難窺閶闔千門；豁然柳暗花明，深贊靈犀一點。然武陵勝境，難容俗子問津；月殿仙宫，專約高人探路。蓋回文專集，古或有、以湮没而未傳；今雖多、恐零星而易散。何莫串片玉而成鏤服，集狐腋以作全裘。由是振臂一呼，回音千響。投珠贈玉，廣招英彦同心；歷暑經寒，聚得散沙成塔。復精篩細選，心凝粗璞之坯；乃刮垢磨光，汗灑瑚璉之器。計得詩六九九首，詞一〇九闋。俾成完本，用付棗梨』。

回文集卷六十　目錄

回文集卷六十

迴文詩十卷

劉宋、謝靈運撰，隋書卷三十五經籍志四總集著錄。舊唐書卷四十七、新唐書卷六十題回文詩集，均作一卷。從隋書到新舊唐書，從十卷到一卷，可見此三百年間，我國典籍散佚毀損之嚴重程度。而相關方志，由於引書不同，有作十卷，有作一卷。作十卷者，有乾隆紹興府志、民國太康縣志。作一卷者，有道光嵊縣志、光緒上虞縣志。太康縣志謂『隋書經籍志注引梁〔阮孝緒〕七錄』，姚振宗隋書經籍志考證云『亡』，聶崇岐輯入補宋書藝文志四。光緒上虞縣志卷三十六、上虞縣志校續卷三十七：『案靈運是書其舊唐書者提行書大字，其載隋書者附注吳聲歌辭曲一卷下。考歌辭曲不著撰人名，而注中多羅列晉人樂府歌辭，意靈運回文詩亦如樂府之類歟』。蘇蕙迴文詩八卷、織錦迴文詩一卷，亦載隋書卷三十五經籍志四總集附注吳聲歌辭曲下，次靈運迴文詩後，而不類於五岳七星迴文詩，看來兩者之間有所不同。唐吳競樂府古題要解、王獻炙轂子雜錄樂府題中之『回文詩』下，也注以蘇氏之作，足證當時將回文（所謂『回覆讀之，皆歌而成文也』）入曲辭類。姚振宗隋書經籍志考證卷四十：『案此迴文集三家，在梁代書目自爲一類，而乃雜置之樂府歌詩中，又不與前五岳七星迴文詩爲伍，蓋當屬稿之時，唯取諸家書目節節鈔入，於前後流別部居未嘗措意及之也』。又五岳七星迴文詩一卷：『案後文樂府歌詩類中引梁有迴文詩三部，若移列於此書之後，與下雜詩圖相類從，則有倫有叙矣』。

靈運（三八五—四三三）小名客兒，陳郡陽夏人。曾祖奕爲剡令，樂其山水有寓居之謀。玄孫，襲封康樂公。少好學，博覽羣書，文章之美，稱江左第一。初爲武帝太尉參軍、太子左衛率。少帝即位，出爲永嘉太守，逾年稱疾，移居會稽，鍾情山水，今剡中有仙君祠、嶀浦釣魚臺、車騎山、康樂、游謝二鄉，皆其遺蹟。文帝徵爲秘書監，遷侍中，臨川内史。元嘉十年，被誣謀反，於廣州棄市。靈運入宋，僅生活十三年。所著回文詩集，煌煌十卷，當於晉末、最遲宋初開始寫作。聯係會稽賀道慶有四言回文，曰織曰錦，曰怨曰別，似詠蘇蕙本事，則織錦佳話與璇璣圖詩必於斯時已傳揚吳越。紀昀評文心雕龍，謂『璇璣圖至唐始顯，武后之序可證』。四庫全書總目云：『劉勰文心雕龍稱回文所興，道原爲始，則齊梁之間，尚未見其圖』。趙翼陔餘叢考：『勰謂始自道原，意或當時南北分裂，蕙所作尚未傳播江南』。諸説俱不符合歷史事實。何文匯雜體詩釋例指出：『齊梁時織錦回文已爲人所熟知』。對於是集，當代研究靈運之專著，多不言及。

五岳七星迴文詩一卷

不著撰人，隋書卷三十五經籍志四總集著錄。附注梁有雜詩圖一卷、亡，清姚振宗隋書經籍志考證卷四十：『案畫家有詩圖，如後漢劉褒有北風圖、雲漢圖，見於張氏名畫記者不一其人。詩家亦有詩圖，如唐張爲主客圖、宋高似孫文選摘句圖，而古今豔稱者，則莫如迴文織錦圖。此一卷次迴文詩後，大抵亦是其類』。

隋書著錄之回文專集（蘇蕙廻文詩八卷、織錦廻文詩一卷，謝靈運廻文詩十卷，五岳七星廻文詩一卷），除雜詩圖注明亡佚外，在唐初修志時似應俱存。

回文集

不著撰人。魏書卷八十五：『邢臧字子良，河間人，光祿少卿虬長孫也。幼孤，早立，操尚博學，有藻思。年二十一，神龜中，舉秀才，問策五條，考上第，爲太學博士』，『永安初，徵爲金部郎中，以疾不赴，轉除東牟太守。時天下多事，在職少能廉白，臧獨清慎奉法，吏民愛之』，『與裴敬憲、盧觀兄弟，並結交分，曾共讀回文集，臧獨先通之』。北史卷四十三同。從讀通有一定難度來看，此集似與蘇氏織錦相類之詩圖，并非一順一倒之回文。清人康發祥伯山詩話三續集卷二：『回文體詩話已言之綦詳，兹閲北魏書邢臧傳，臧與裴敬憲、盧觀兄弟並諸交分，共讀回文集，臧獨先通之。此亦一事也，是知回文體六朝時最尚之』。

王勃鞶鑑銘箋一卷

楊士奇文淵閣書目卷八子雜、葉盛菉竹堂書目卷三子雜、錢曾也是園藏書目卷七詩文總集著錄。未見。

清人鄒炳泰午風堂叢談卷二（常州先哲遺書本）記宋景定中會溪王槦之箋，全文如下：

『永樂大典内載唐時鞶鑑圖一，失名。王勃爲之序，稱南海好事者示余云，當今才婦人作。後有令狐楚跋。其圖盤曲糾結，轉輪鉤枝爲八出，銘語排次，其上左右迴旋讀之皆成韻，又於銘心作菱花，花上八字，枝間又八字，並環旋可讀，遞相爲韻。王勃鞶鑑銘序云，上元二年，歲次乙亥，十有一月庚午朔七日丙子，予將之交阯，旅次南海，有好事者以轉輪鉤枝八花鑑銘示余云，當今之才婦人作也。觀其麗藻反覆，文字縈迴，句讀屈曲，韻諧高雅，有陳規起諷之意，可以作鑑前烈，輝映將來者也。昔孔詩十興，不遺姜衛，江篇擬古，無隔班媛，以其超俊穎拔，同符君子者矣。嗚呼，何勒非戒，何述非才，風律苟存，士女何算，聊撫鏡以長想，遂援筆而作序，王勃撰於時不暇刊勒書於石亭寺東廊右列鞶鑑圖，其盤屈糾結爲八枝者，左旋讀之，當就支脂字韻，右旋讀之，當就先仙字韻。後有令狐楚跋云，元和十三年二月八日，予爲中書舍人、翰林學士，夜直禁中，奉旨進旨檢事，因開前庫東閒，於架上閱古今撰集，凡數百家，偶於王勃集中卷末，獲此圖並序，愛玩久之，翌日，遂自模寫，貯於箱篋。寶麻二年，乃命隨軍潘元敏繪於縑素，傳諸好事者，令狐楚記。景定中會溪王𤈦又爲之箋云，馳光匣啟，設象臺懸鏡有匣啟匣則光之所達者遠鏡有臺懸臺則象之所立者高詩崇禮閱，已後人先詩崇借以言迴文之叶聲韻也禮閱借以言對鏡之整儀容也對鏡之時貌必莊敬然鏡匣未開人已先見吾貌矣我之對鏡所見已在人後故必作迴文之詩以崇監戒不待閱鏡而後飾禮容也奇標象列，耀炳光宣標格迴出於塵外景象森布於其中光輝發越無所不燭專言鏡也施章德懿，配合樞旋蘊内美而著乎外託鏡而言人也轉圓機而合乎樞言鏡之象天也嫵姸萃盡，飾著華鉛天賦之姸醜於此而畢聚焉人爲之粉飾於此而形見焉熙雍合雅，約隱章篇言語合乎風雅意義約隱於篇章此言迴文之作也詞分綵繪，義等簡筌繪畫其文詞合乎簡册之義此亦言迴文也移時變代，壽益延年時代雖有變易萬古不可磨滅此亦言鏡也規天矩地，引派分源圓虛之體象天厚重之質如地言鏡也有派之引有源之分言迴文也池輕透影，羽翠含鮮如池水之清如翠羽之明此言鏡之光也卑尊爾敬，志節斯全以鏡自戒當修身正心也眉分翠柳，鬢約輕蟬作銘者婦人也此言婦人之飾見於鏡者如此摛詞掩映，鵲動翩聯此言銘之華絢文之交映如鏡照物而攝影也披雲拂雪，戒後瞻前披去塵翳洞見前後當思謹戒此言鏡也隨形動質，義衍詞編上言鏡也下言銘也姿凝素月，質表芳蓮上言鏡體質之明潔下言銘技榦之環繞疲忘怨釋，垢滌瑕捐以戒覽鏡者釋其憂慮洗其瑕垢當如鏡空也枝芳表影，玉綴凝煙上言銘之文采下言鏡之光輝儀齊罔象，道配虛圓上言鏡之用下言鏡之體閨闈謹守，暮早思虞閨闈早暮當思虞謹守此示戒於人也漪漣配色，繡錦齊姸上言鏡之清下言鏡之華垂芳振藻，月引星連此言鑑銘之象也緇磷異跡，澈瑩惟堅（磨而不磷涅而不緇既明且固此言人與鏡當如是也）耋豪引照，古遠芳傳（分毫洞燭芳名可以傳於萬古此言鏡與銘皆可以傳遠也）右自右旋迴讀。懸臺象設，啟匣光馳。傳芳遠古，照引豪耋。堅惟瑩澈，跡異磷緇。連星引月，藻振芳垂。妍齊錦繡，色配漣漪。虞思早暮，守謹闈闌。圓虛配道，象罔齊儀。煙凝綴玉，影表芳枝。捐瑕滌垢，釋怨忘疲。蓮芳表質，月素凝姿。編詞衍義，質同形隨。前瞻後戒，雪拂雲披。聯翩動鵲，映掩詞摛。蟬輕約鬢，柳翠分眉。全斯節志，敬爾尊卑。鮮含翠羽，影透輕池。源分派引，地矩天規。延年益壽，代變時移。筌簡等義，繪彩分詞。篇章隱約，雅合雍熙。鉛華著飾，盡萃妍媸。旋樞合配，懿德章施。宣光炳耀，列象標奇。先人後已，閱禮崇詩。右自左旋迴讀。花上右旋曉月清波皎月澄河八字，皆可起讀，左旋亦然。但自曉字起，右旋讀之爲通。枝間左旋耀日菱芳照室冰光八字，皆可起讀，右旋亦然。但自耀字起，左旋讀之爲通。王㦛跋云，鑑有銘，聖志也，有儆戒之道焉，輪鉤八花，彤管有煒辭旨典則終和且平，視璣圖錦織，根於忌怨，而作者萬不侔矣。予得而玩之不忘，顧驟讀者莫知其端以爲病。理郡清暇，與東江王君味言紬義，探索起止，隨筆爲箋，亦粗得其概。嗚呼，石亭之書泯，庫架之藏逸，幸而僅存者可不寶用而廣其傳哉。景定四年，歲在癸亥，十有二月乙亥，會溪王㦛書於郴治修然堂。又陳伯大後跋云，會溪先生博物洽聞，讀書如禹之治水，苟涉詞義，卒不肯草草目過，雖唐人鞶鑑銘亦尋繹顛末爲之箋，自馳光匣啟而發語至古遠芳傳而卒章，始言啟匣以對鏡，終言託銘以傳遠也。間嘗視僕從而證之曰，八方布卦，震實位東，震其啟明之地乎，花上八字，曉實直，此曉其窺照之時乎，右旋讀之於此起文信矣。若稽枝間，東曰耀日，南爲菱芳，照室居西，冰光在北，方義各著，震起艮止之意寓焉。左旋讀之，又當自懸臺象設而發語至閱禮崇詩而卒章，始言懸臺以置鏡，終言作詩以崇規也。蓋馳光起於曉字而右旋，右屬陰，故月在曉之右，懸臺起於耀字而左旋，左屬陽，故日在耀之左，左右不同，而起於震則一也。噫，造化無停，日夜不息，循環無端，天運之不窮也，彼默而識之，此研而索之，發製作之初心，照潛伏之秘蘊，是之推耳，鑑銘云乎哉。先生既梓而置諸泮，敢疏管見於編末。景定四年，歲在昭陽大淵獻丙子除夕，郡文學掾玉笥峰前陳伯大敬堂書於燕喜堂。是圖曾命書局呈閱，御製鞶鑑圖七言律詩題於簡端』。

案：南海女子鞶鑑圖，桑世昌回文類聚卷二、王圻、王思義三才圖會文史卷三、屈大均廣東新語卷八、徐方瑞璿璣回文圖、同治南海縣志卷四十一載圖。又全唐文卷九八八、阮元廣東通志卷三百六、光緒廣州府志卷一四二、周壽昌歷代宮閨文選卷二十六錄銘。

鞶鑑圖序（回文類聚卷二）：『上元二年，歲次乙亥，十有一月庚午朔七日丙子。予將之交趾，旅次南海。有好事者以轉輪鉤枝八花鑑銘示予云，當今之才婦人作也。觀其藻麗反覆，文字縈迴，句讀曲屈，韵諧高雅，有陳規起諷之意，可以作鑑前烈，輝暎將來者也。昔孔詩十興，不遺衛姜；江篇擬古，無隔班媛。蓋以超俊穎拔，同符君子者矣。嗚呼，何勒非戒，何述非才，風律苟存，士女何算，聊撫鏡以長想，遂援筆而作序。太原王勃撰』（全唐文卷九八八題作鞶鑑圖銘序二年作一年縈作榮諧作調勒作勤苟作句序作叙）

跋（回文類聚卷二）：『元和十三年二月八日，予爲中書舍人、翰林學士，夜直禁中，奏進旨檢事，因開前庫東閣，於架上閱古今撰集，凡數百家，偶於王勃集中卷末，獲此鑑圖并序，愛玩久之。翌日，遂自摸寫，貯於箱篋。寶曆二年，乃命隨軍潘玄敏繪於縑素，傳諸好事者。太原令狐楚記』（全唐文卷五四三題作盤鑑圖銘記十三年作十三載直作值摸作摹曆作歷玄敏作元敏）

鞶鑑圖後序：『青綾設障，施解議於謝媛；璇璣製圖，織迴文於竇婦。從來閨秀，不乏才人。又何必束髮受書，纔歌倚馬；懷鉛握槧，始擅雕龍也哉。唐時南海有轉輪八花交枝鑑銘者，縱橫魚貫，順逆蟬聯。角門心鉤，環連帶綰。珊枝玉樹，不斷交花；雲錦霓裳，隨空散綺。行行則鴛鴦相錯，字字而鸞鳳成交。恍八音之吹，短長協律；儼五花之燦，朱翠爭鮮。匣啟堂懸，昭鑑有象；蓮芳日潔，詞藻無瑕。以女子而曉箴規，以婦人而知諷戒。又不徒春椒作頌，善屬文詞；秋菊有銘，爭傳藻繪者矣。今日者仙心已渺，妙製猶存。別具深情，懷真百結；無非精理，讀竟千回。百九字之貫連，蛇盤蚓曲；千餘年之故物，日朗星輝。無怪輝映將來，王子安之序作；珍藏什襲，令狐楚之記傳。但思共賞奇文，徒湮姓氏。黃絹幼婦，空擅才華；紅葉女郎，同忘徽號。不得與新粧競詠，人傳楊炯之兒；賦茗多才，世艷鮑昭之妹。搜羅莫及，稽攷無從。此有心者所爲，撫鑑而流連；玩詞者所爲，披圖而嗟悼也。我本學類雕蟲，詞慙繡鳳。笙匏在側，自愧小鳴；錦綺當前，益深傾慕。揚芳徽于彤管，鏡得失於清輝。輪常不夜，合顧兎以分光；鑑直千秋，願續貂而潑墨。珠聯璧合，誌螭頭掩映之詞；密葉重花，看鵲影聯翩之句』（清何朝昌嘯葉軒文鈔卷二，同治十二年春藻堂重刻本）。

南海縣志附刻鞶鑑圖書後：『夫女賡雜珮而詩存，母賦綠衣而傳美。書傳箴誡，婕妤誦窈窕之章；易說勞謙，命婦繹樞機之語。檢薛蒙妻之訓，遠續班姬；輯韋逞母之言，直倫孔聖。同資矩矱，敢羨才華。若乃頌椒銘菊之章，漱玉翦綃之集。稱永懷之句，譽以雅人；咏新粧之詩，傳之好事。紅牋進謝，竟誇司馬才名；香茗編成，不亞左芬詞藻。縱無慙於作者，豈有當於風人。若今所傳南海女子鞶鑑圖者，采麗益新，循環無已。固宜其書之煒管，軼彼香奩已。迴文最古，首推若蘭。道慶之作已不傳，彥和所稱原僞譔。魏即裴盧，孰先通其解；唐惟皮陸，特偶倣其詞。而天寶有楊氏之製，會昌有侯氏之著。則工此體者，殆不鍾於男子，而特鍾於婦人哉。若斯圖者，精思傅會，指物呈形。獨申胸懷，自出機杼。巧心妍手，獨反覆而見能；短韻狹詞，更温柔而取媚。春風蘭葉，明月菱花。相期百鍊之貞，省識同心之語。尤所謂善構新詞、文外獨絶者與。當夫秋水誦豳，北山書就。倦學眉娘之繡，嬾傳三妹之歌。或隔幔而訓周官，或升座而講老子。興亡備覽，誰誇博士之譽；節槩不羣，雅稱先生之目。寶釵未列，孰暇裁牋；團扇誰捐，何勞著詠。遂乃綜採繁縟，杼柚清英。析句離章，鈎心鬭角。單詞詰屈，片語玲瓏。書之牙管一雙，譜以花牋五幅。編璫截貝珠，九曲以同穿；交葉重花絹，雙絲而互織。裝之蘇合，佩以蓮枝。鳳舞懷中，龍蟠掌上。陰陽分配，文字迴環。昔黄帝有巾几之銘，孔甲有盤盂之誡。誰言士女，獨解箴規。若宛轉以通詞，更崎嶇而集字。如將不盡，出以自然。巧不可階，古應無上。詞難決絶，語各清華。比玉齊金，悦詩明禮。星辰宛在，第如江總之才；文彩實希，何待秦嘉之贈。不阡不陌，無對無雙。理趣不凡，心形俱服已。獨惜著姓無徵，香名未泐。或容華尚幼，或絡秀初婚，或弄玉疑仙，或雲英未嫁。兼嫻筆札，端如逸少之師；妙解琴心，猶是中郎之女。或韓蘭英之談笑，尚有名篇；或孫夫人之才思，并焚遺集。覽鏡遐想，良用憮然。固不僅道韞知名，嘆惟劉柳；令暉擬古，品有鍾嶸已。允宜共表女師，甯僅附存邑乘。陋粧臺之瑣記，豔鏡社之遺聞。何慙女史之箴，便作大家之讚。自在游戲，綺合星稠。七寶莊嚴，一絲縈繞。倘即事徵如意，曾朝天后以吟詩；任教志陋武功，專爲寶家而數典』（譚瑩樂志堂文集卷八，咸豐二十年吏隱園刻本）。

重刻聲鑑圖書後：『昔有攜妾遠行，織錦特貽夫壻；從軍久别，裁詩竟獻君王。古今豔説仙才，中外誰誇女表。是即吟同柳絮，頌比椒花。文辯兼該，心形俱服。足冠婦人之集，誰編女史之箴。若乃觀其著撰，已極巧而窮工；繹其詞章，又陳規而起諷。義皆重疊，語必迴環。嘉言足題，閫德斯諒。犂鑑圖者，唐上元初南海女子作也。迴風流水，瓏玲四角之欄；倚鳳垂龍，匼匝千年之字。言言協律，叙端委以無由；語語離章，析毫芒而極致。應弦赴節，四聲則三律均諧；分風擘流，兩字則中權各據。雙枝雙葉，銀纏翠戹之靈；八面八方，寫卦圖星之象。且也意存比興，用等箴銘。如披德象之篇，宛接文人之論。先生望重，隱者風宏訓誡；實本聰明，叙次尤憐清雅。倘賡弋鳧之什，誰賦翱翔；即占鳴鶴之爻，恆令反覆。鍾琰禮儀法度，豈徒嘯詠之工；班昭博學高才，端由節行之美。想其内集談深，新粧咏罷。或下從溫嶠，或報有秦嘉。本團圓而不破，豈欲賣而題詩。即索寞以難忘，誰相看而作畫。蓮枝舊贈，易喻分釵；竹葉新裁，甯徒製錦。於是銀缸對寫，牙管先書。借玉尺以量勻，劃金針而鏤出。蓉裳蕙帶，左帨右箴。寶月長懸，纖塵不著。滌瑕盪垢，乃方寸之無私；灼往觀來，庶毫釐之必鑒。妍媸迴異，端藉乎脩治；表裏皆同，實資乎磨瑩。鉤心鬬角，疊矩重規。謝搴衫著釧之吟，删寫翠傳紅之韻。十六句重羅八字，幼婦才名；百九言複作雙文，大家讚頌。足載聲於彤管，甯遺懿於玉臺。夫蔡女知琴，竟爲胡婦；魏宫留枕，願適陳王。謝道韞恆施素褥，本恨王郎；張麗華共擘采牋，卻偕江令。以至婉兒爲崔湜之朋，秋孃原李錡之妾。枇杷花下，署才子以吟春；楊柳梢頭，約情人而待月。魚元機之才思，誰遺縱懷；李清照之文章，同羞晚景。類觀才藻，絶鮮幽閑。非無典美之詞，敢説清芬之操。若女子者瞻前顧後，明禮閲詩，往復纏綿，箴規諷諭，則雖香名靡泐，軼事不傳，愛其才者尤重其德焉。有唐時曾爲王子安令狐慤士所稱，雖嘗疊賞乎宗工，仍未徧傳於士女。值重脩乎職志，爰再付乎雕鐫。庶幾式此女宗，不僅資乎姆訓。珩璜有度，瑲珥無光。照膽照心，宜家宜室。事殊天寶，詎侈十眉之圖；望遜曲江，此亦千秋之鑑』（譚瑩樂志堂文續集卷二。瑩字玉生，南海人，優貢，分纂道光邑志）。

歷代記其事者，有李開先李中麓閒居集卷五謝龍盤回文詩序：『世人祇知有蘇若蘭織錦回文，而不知南國有一婦人所製鞶鑑，詞語藻麗，文字縈迴，句讀屈曲，音律諧和，可幾蘇作，見者兩尚之。或以爲古來詩人無筭，何必專專，珎崇女流。孔詩取興，不遺姜衛，江篇擬古，獨采班媛。況其高妙無窮，自是世間一種不可少者』。屈大均廣東新語卷八南海女子：『唐上元初，南海女子所製有鞶鑑圖，名曰轉輪八花鈎枝鑑銘。凡一百九十二字，迴環讀之，四字成句。其構思精巧，寓詞箴規，似有得乎風人之旨，可與蘇若蘭璇璣圖、范陽楊氏天寶迴文詩竝傳。舊有王勃序云，上元二年，歲次乙亥，十有一月庚午朔七日丙子，予將之交阯，旅次南海。有好事者，以轉輪鈎枝八花鑑銘示予云，當今之才婦人也。觀其藻麗反覆，文字縈迴，句讀曲屈，韻調高雅，有陳規起諷之意，可以作鑑前烈、輝映將來者也。昔孔詩十興，不遺衛姜；江篇擬古，無隔班媛。蓋以超俊穎拔，同符君子者矣。嗚呼，何勒非戒，何述非才，風律苟存，士女何算，聊撫鏡以長想，遂援筆而作叙。太原王勃譔。復有令狐楚跋云，元和十三年二月八日，予爲中書舍人、翰林學士，夜直禁中，奏進旨撿事，因開前庫東閣，於架上閱古今譔集，凡數百家，偶於王勃集中卷末，獲此鑑圖并序，愛玩久之。翼日，遂自摹寫，貯於箱篋。寶曆二年，乃命隨軍潘玄敏繪於縑素，傳諸好事者。太原令狐楚記。考唐武后時，有南海七歲女子，武后命賦詩送其兄，即應聲曰，別路雲初起，離亭葉正飛，所嗟人異鴈，不作一行歸。此女子不知姓氏，豈即爲鞶鑑圖銘者歟。此圖曾附子安集以行，復爲令狐文公所賞。吁，亦異矣哉』。王士禎池北偶談卷十五鑑銘：『又回文類聚載唐婦人所作轉輪鈎枝八花鑑銘云，花上八字，枝間八字，環旋讀之，四字爲句，遞相爲韻。其盤屈糾結爲八枝者，左旋讀之，自篇字起，全詞字止，當就支脂字韻。右旋讀之，自詞字起，至篇字止，當就先仙字韻。茲不具錄』。劉伊（字華儒號澹竹崇川人乾隆壬申進士官廣東鶴山等處知縣）楚粵吟下集鞶鑑圖，有序稱『粵中友人持鞶鑑圖示余云，唐上元初南海女子之所製也，名曰轉輪八花鈎枝鑑銘，凡一百九十二字，迴環讀之，四字成句，舊有王勃序及令狐楚跋，余受而誦之，玩其搆思精巧，寓詞箴規，大有得乎風人之旨，可與蘇若蘭璇璣圖，范陽楊氏天寶迴文詩並傳，爰爲之賦』。温汝能粵東詩海例言『唐上元初，南海女製鞶鑑圖百九十字，迴環可讀，措思精巧，寓詞箴規，與蘇若蘭璇璣圖並傳』。清宮有青綠古銅色畫鞶鑑圖，楷書鑑銘、王勃鞶鑑圖序、令狐楚跋。前有弘曆壬寅新正月中澣御題：『子安爲序令狐跋，遂使鑑鞶永祼傳，排字巧成雙韻叶，鈎枝旋看八花妍，盤中陳郡創斯意，機上蘇媛可並肩，不與世間留姓氏，綵鸞輸作有名僊』。末有董誥識云『右唐人鞶鑑圖銘，旋文諧韻，巧擅化工，而辭寓陳規，非誇藻麗，且復自隱姓氏，尤徵德優於才。今仰荷天題，重加繪寫，俾得輝映藝林，實爲斯圖厚幸云』（欽定石渠寶笈三編延春閣藏七高宗純皇帝御筆題鞶鑑圖詩）。仿者有南宋項安世（平庵悔稿後編卷一）、清初徐基（十峯集卷五）。此圖曾附子安集以行，景定間會溪王槦爲之箋，萬曆中徽州美蔭堂又印製於墨錠（方于魯方氏墨譜卷三），著名遐邇。而陳星南崇州詩話竟說：『向所未聞，記之以竢詳考』。

左傳莊公二十一年：『鄭伯之享王也，王以后之鞶鑑與之』，注云『鞶帶而以鑑爲飾也』。說文訓鞶爲大帶，古人有書箴詞於其上以爲鑒戒者，故亦稱之鞶鑑云。文心雕龍所曰『指事配位，鞶鑑可徵』，蓋謂此也。近代王獻唐漢玉鞶鑑考記：『鞶鏡之製，既昉於周代，杜注左傳時，見羌胡尚如此。惟入秦漢後，已多不用，其名只在唐代曾一見之。文苑英華載上元時，有南海女子製鞶鑑圖，八花回環，凡百九十八字，事與竇連波妻蘇若蘭織回文詩錦相類。以情勢測之，銅鏡不能刺綉，殆别爲單薄套冪，扣合鏡上。於套冪正面，製作花紋。鏡爲圓製，套亦相同。故得回環爲花。今傳回文詩圖，固正方圓相兼，如此方能環成回文，非織綉於鞶帶上也。鏡上有套，套上製文，以鏡入套，仍可扣合帶端。若欲鑑形，便即從套出之。鏡本有冪，亦或有套。凡佩帶腰間者，類盛於囊套。南海女子，蓋又以其巧思，參合爲一，是彼時所製，尚代以鏡，故名鞶鑑，正與古合。傳世六朝以下銅鏡，亦每鑄爲迴文，唐製較多。此以刺綉出之，文體相因，殆一時風會使然。蓋後代鞶製，雖沿爲鏡形，已多鏤作花紋。製以玉者，又不便取鑑，向時鏡之作用，逐漸消失，鞶鑑一名，遂不著于世。杜注左傳，以無可比照，迫而取證羌胡。南海女子身居邊徼，古製獨傳，禮失求野，固昭昭可見也』（那羅延室稽古文字，一九八五年齊魯書社本）

王氏天寶回文詩

范陽盧母王氏撰，民國順義縣志卷十四著錄。光緒順天府志卷一二三、河北通志稿作楊氏天寶回文詩，誤。順天府志注云，佚。畿輔通志卷二四五、光緒順天府志卷一〇九、乾隆涿州志卷十七、民國順義縣志卷十三有傳。

王氏于景龍二年撰天寶回文詩，凡八百一十二字，誡其子曰『我殁之後，爾密記之，若逢大道之朝，遇非常之主，則真圖之製，便可上言』。至玄宗朝，東平太守薛自勤作爲瑞詩上獻。天寶四載乙酉秋，高適赴魯，居東平期間，代作爲東平薛太守進王氏瑞詩表云：『臣某言，符瑞之興，實由王化；詩歌之作，有自國風。伏見范陽盧某母瑯琊王氏，性合希夷，體於靜默。精微道本，馳騖元關。旁通天地之心，預紀休徵之盛。去景龍二載，撰天寶迴文詩凡八百一十二字。循環有數，若寒暑之遞遷；應變無窮，謂陰陽之莫測。誡其子曰，吾歿之後，爾密記之，當逢大道之朝，必遇非常之主，則真圖之製，便可上言，君親之義不違，犬馬之誠斯在。臣早識其子，常與臣言，星霜屢移，書奏仍闕。蓋以歲月滋久，旨趣幽微。沉吟取耳目之前，倏忽應禎祥之後。伏惟皇帝陛下，乘道御極，乃聖興化，三日月之並明，一乾坤而同德。梯航萬里，爭飲淳和之風；臣妾四夷，盡歸仁壽之域。今陛下務於道，道可盡乎，法於天，天實長久。是知與道齊運，比天同休，無疆之休，乃在兹矣。則王氏之美，其可替乎，章句粲然，所謂没而不朽者也。臣某誠惶誠恐，頓首頓首。昔漢幸甘泉，且昧神君之語；周窮轍迹，徒稱王母之謡。豈若迴出名言，高懸響像。讚皇王之丕命，運宮商於景福。且夫靈芝嘉禾，草木之瑞者，黄龍丹雀，禽獸之瑞者，猶能光揚帝載，標榜頌聲，方之真圖，彼未爲得。特爲編之史策，列在樂章，則陛下先於天而聽於人也。臣才術淺劣，謬忝藩條，曾微涓塵，以答萬一，但馳北極，每切子牟之戀，遥奉南山，願效封人之祝』（孫欽善高適集校注）

楊慎升庵全集卷五十六天寶迴紋：『范陽盧氏母王氏，撰天寶迴紋詩，凡八百十二字，循環有數，若寒暑之遞遷，應變無方，謂陰陽之莫測』，注云『與蘇若蘭事相類』。胡應麟詩藪外編卷四下：『蘇若蘭璇璣詩，宛轉反覆，相生不窮，古今詫爲絶唱。余讀高達夫集，有進王氏瑞詩表云，瑯琊王氏，於天寶二載，撰迴文詩八百一十二字，循環有數，若寒暑之推遷，應變無窮，謂陰陽之莫測。則亦當不在蘇下，而湮滅莫傳，殊可慨也』。謝肇淛五雜組卷八稱：『竇氏璇璣，以八寸之錦，八百餘言，縱横反覆，皆成文章，奪真宰之秘，洩造化之工，可謂出聖入神，亙古一人而已。唐范陽盧某母瑯琊王氏，於景龍中撰天寶迴文詩，凡八百一十二字，誡其子曰，吾没之後，爾密記之。若逢大道之朝，遇非常之主，當以真圖上獻。至玄宗朝，東平太守始上之。高適代爲之表，言其性合希夷，體於静默，精微道本，馳騖玄關。旁通天地之心，預記休徵之盛。循環有數，若寒暑之遞遷，應變無窮，類陰陽之莫測。果爾，則王氏不但詞華巧思，亦且未事先知，又高竇氏一着矣，而名不甚張，豈非有幸不幸耶』。王餘祐五公山人集卷七：『唐范陽盧母王氏作天寶回文詩，亦八百一十二字，與蘇氏同，可見古來奇事不一而足』。宋長白柳亭詩話卷二十五廻文：『蘇若蘭織錦廻文，奇思幻想，巧奪天工，固千古未有之製，亦千古未有之才。武則天序曰，計八百餘言，詩三千餘首。蘇黄諸公，循環由繹，詑以爲神。近有因其自序，以五色繪圖，推廣其辭，滔滔無盡者，雖以夜來之神針，運出盤中之妙手，猶未能得其萬一也。景龍時，瑯琊王氏豫撰天寶廻文詩，凡八百一十二字，誡其子曰，逢大道之朝，遇非常之主，當以真圖上獻。明皇時，東平太守具其事以聞，高適代爲之表。此雖不及蕙子之神妙無方，而以閨閤女流，預作未來圖讖，覺劉更生、李淳風輩有其術而尚無其才也，天壤間乃有此種異物』。近代王文濡云：『范陽盧母王氏撰天寶回文詩，八百十二字，東平薛太守上之，高適代爲之表。又張睽妻侯氏，繡回文詩，作龜形，詣闕進之。千載下，人知有蘇蕙，不知有王氏侯氏也』（香艷雜誌第四期）

蘇州嚴一清認爲天寶回文詩『凡八百一十二字』，係八百四十一字之訛。胡震亨唐音癸籤卷二十九，雖也稱八百一十二字，但又説『字數與璿璣圖同』，王餘祐亦云『與蘇氏同』。孫欽善高適集校注：『按此迴文詩形制，蓋倣晉竇滔妻蘇蕙所織迴文詩圖爲之』。

迴文詩一卷

戴文（一作乂）撰，宋史卷二百八藝文志第一六一別集、胡震亨唐音癸籤卷三十集錄一閏唐著錄。陳尚君新唐書·藝文志補—集部別集類：戴光乂迴文詩一卷，見宋史·藝文志七，作者爲戴文，注『一作乂』。檢回文類聚卷三及登科記考卷二七，知當爲光乂作。頗疑其名本應作『匡義』，宋人諱改。又全唐詩補編按：『徐松登科記考二十七引永樂大典引宜春志，袁州進士及第者有戴光義，及第年代不詳。光義當即光乂，未詳以孰爲正。宋史·藝文志七著錄戴文（一作乂）迴文詩一卷。戴文或戴乂均爲戴光乂之誤』。戴光乂山居詩，明本回文類聚卷三，次定襄侯蕭祇後，陸龜蒙前，而唐音癸籤謂戴文爲閏唐時人，兩者年代不合，似非一人。按宋太宗趙光義，初名匡義，避藝祖諱改，嗣位後又易名炅。

迴文詩集

唐末盧邈撰，同治袁州府志卷九書目著錄。江西通志卷一〇七藝文略四作『迴文詩三百（一作二百）首』，同治宜春縣志卷九集部作『迴文詩集（三百首宋嘉定志作二百首）』，民國分宜縣志卷九集部作『廻文詩三百首』。二百抑是三百，諸志記載不一。

盧邈，袁州宜春人，集賢院直學士肇族子，景福二年進士，官至秘書省正字。正德袁州府志卷七，謂其『唐末僑居湖南，登進士第，獻廻文詩二百首』。徐松登科記考卷二十七，據永樂大典引宜春志云『唐末寄舉湖南，獻回文詩二百首』。同治袁州府志卷八：『唐末預湖南計偕，舉進士，獻迴文詩三百首』。民國分宜縣志卷八：『宜春人（今隸分宜文標鄉）肇次子，唐末江南西道觀察使，鄉貢進士，獻迴文詩三百首』。裘君泓西江詩話卷一，邈『嘗獻迴文詩二百首，迴文之富，宜莫踰此，惜其詩不傳』。黄之晉渝水詩觀卷一：『嘗舉景福進士，獻迴文詩三百首，今亦不可見矣』。開科取士，詩賦成爲進士科之重要考試項目，以回文作公卷，自邈始。

蓮華心輪回文偈頌二十五卷　心輪圖一卷

懷感迴文五七言詩一卷　迴文詩四卷

宋太宗趙光義撰。**蓮華心輪迴文偈頌**，亦名心輪偈（大中祥符法寶錄略出）、蓮花偈（玉海、宋詩紀事）、蓮華心輪（宋史、續資治通鑑長編、鄭麟趾高麗史）、蓮花心漏迴文圖（朱彝尊宋太宗書庫跋）、大中祥符法寶錄（作一十一卷）、惟淨天聖釋教總錄著目。太宗御製蓮華心輪迴文偈頌序云：『朕聞如來妙法理深也，不可輕易而銓量；真諦奧玄智廣也，豈非邪見而測度。諒慈悲而攝受諸相，匪宏遠而導達有情。救度羣生，胎卵顯化，開大利益，示現傍通。喻説分明，遠離於昏濁顛倒；人我執著，可超於智慧菩提。發自予懷，而成斯偈。破煩惱障，入修行門。達彼岸而精進無邊，渡苦海而逍遥自在。將其小善，普施衆生。且夫萬仞山高，刼盡而尚爲灰燼；五欲業重，緣牽而海變桑田。悟三乘者不戀愛河，明四智者常居淨土。曉浮生於幻夢，覺塵世若浮泡。每行化俗之方，庶扣真空之理。得而自樂，退想忘情。朕機務之餘，留心釋典，乃搆迴文之偈，精求玄妙之源。起因一章，終成千首。舒展狀蓮開一朵，聯綴似月彩初圓，立名曰蓮華迴文偈。深非帝王之能事，且媿辭正以縱横。隨分可觀，甚爲魯質。兼詔高僧注解，稍究根源。大振於寶鐸金文，貫穿於玄言妙旨。永作津梁，而濟沈溺；常爲慧炬，以破昏迷。俾使信心，咸知朕意。今雕成圖像，注并偈頌，共二十五卷，具列於後』（弘教書院大日本校訂大藏經），其中二十卷，係心輪圖之鈔句。尚書兵部侍郎、譯經潤文官趙安仁曰：『右此頌文，因起一章，終成千首。原乎心字，冠在諸篇，起例迴文成二百首，心字拘就，觀字交牙，羅文爲八百首，復通心字，計成千首，以太平興國八年成。是年三月，上遣中使衛紹欽諭旨，僧錄司選京城義學文章僧行清、惠温、繼琳、可朝、可芝、可贍、可大、可昇、道真、德遵、寘顯、智巒、歸一、法超、懷信、宣正、智遜、知則、全著、從志等二十人爲之注解。内供奉官臣藍敏貞監視之，著作佐郎臣吕文仲詳覆。書成上進，召行清等對，於便殿撫諭之，三人賜紫衣，七人加師號，各賜襲衣束帛。詔以其文編聯入藏』（大中祥符法寶録卷十八），隨釋典頒行，『寶軸迴文，實法幢之高樹；集文成注，刹挂鐸以泠書』，贊寧進高僧傳表，稱『迴文作頌，演無盡之法音』。并多次將此贈給信仰佛教之東女真、西夏、高麗、日本、交阯等周邊之鄰邦鄰國，進行文化交流。如雍熙元年三月，太宗於崇政殿召見日本僧人奝然，賜印本大藏經和御製廻文偈頌。後數年，遣其弟子喜因賫表（日本國東大寺大朝法濟大師賜紫沙門奝然啟）來謝，云『遂使蓮華迴文，神筆出於北闕之北；貝葉印字，佛詔傳於東海之東』（宋史卷四九一、道安大藏經彫刻史話）。淳化二年，高麗遣韓彦恭來，求印佛經，詔以藏經并御製秘藏詮、逍遥詠、蓮華心輪賜之（高麗史卷九十三、宋史卷四八七）。熙寧六年四月，神宗於延和殿召見日僧成尋，從其請，賜給奝然之後新刻佛經及蓮華心輪回文偈頌二十五卷、秘藏詮三十卷等顯聖寺印本（成尋參天台五臺山記卷七）。民間亦有傳鈔，如敦煌寶藏中，尚存有蓮華心輪迴文偈頌殘葉（伯三一三〇、斯四六四四，伯希和劫經錄、斯坦因劫經錄著錄）。蒙元代宋後，我國再出之大藏，太宗諸作刊除殆盡。蓮華心輪迴文偈頌、秘藏詮懷感迴文五七言詩因入藏經，得以保存。今見資福藏（何遵）、趙城金藏（恒）；朝鮮高麗藏（富）；日本天海藏（何遵）、緣山藏（富）、弘教藏（霜），以及近代我國出版之宋藏遺珍、宋版磧砂大藏經。李正宇敦煌遺書宋人詩輯校、全宋詩卷三八誤爲『久佚之書』，僅據二寫本校錄。宋藏遺珍叙目，作『唐太宗製』。

心輪圖，玉海卷五十六稱太平興國御製回文圖。序謂『舒展狀蓮開一朵，聯綴似月彩初圓』，乃形容心輪圖也。『太平興國八年十一月己未，御製蓮花心輪回文偈頌十部，共一百五十卷續資治通鑑長編作二百五十卷回文圖十軸，以示宰相近臣』（玉海卷五十六）。祥符六年正月，真宗詔將心輪圖一卷，從太宗文集中錄出別行。因未編聯入藏，致使圖與鈔句千載分流。今見明清各刻回文類聚，題『唐太宗回文千首』，有御製回文跋云：『唐之文皇，文武經緯，康世範俗，崇儒術而師帝先，最後皈心大覺。觀其御製回文千首，若摹達摩真性頌而廣之，盖祖印現成，言簡理徹，規定機圓。世主爲護法金湯，故横斜直豎，交互咸著，出纒之旨，隨在不變，苟語乖傳而音罔諧，支離駢贅乎哉，誠帝王之奇作也。自非張觀察之鑒賞羅置，後人何由寓目。萬曆癸巳上巳日新安方道成識』。又見王圻、王思義三才圖會文史卷三。

懷感迴文五七言詩，即德清八聖寺之『律詩迴文』、奉化雪竇寺之『回向文詩』、太原壽寧寺真宗御製碑記之『迴文詩』、大中祥符法寶錄、天聖釋教總錄之『秘藏詮懷感迴文詩』。略出云『端拱二年十一月，上遣中使衛紹欽諭旨可昇等十二人同注』，書成上進，詔『入大藏頒行』。至道元年六月乙酉，『遣内侍裴逾乘傳往江南諸州購募圖籍』，將御書秘藏詮、佛賦、律詩迴文、逍遥詠等釋家文字，『刻石模印，裝飾百軸』，『付愈賫詣名山福地，道宫佛寺各藏數本』。至道三年六月乙未，『真宗詔以先帝御書墨跡賜天下名山勝境。九月戊寅，賜曲阜文宣王廟』。劉挚以爲『道觀、佛寺，往往得被其賜』（忠肅集卷九），事實上，主要是吴越故地之寺院，别處少見。略出謂太宗皇帝『著心輪圖、秘藏詮、逍遥詠等歌詩』，『既置於寶藏，亦秘在名山，式救群迷，大明正覺』。由於入藏，現今尚存，見趙城金藏（并岳宗）、高麗藏（車駕馬）、弘教藏（露）秘藏詮中。嘉泰間，談鑰撰吴興志，將本朝太宗御製亦誤作前代太宗，距宋初不過二百載，竟會數典忘祖，以後之永樂大典卷二二八二又因襲其譌。

迴文詩四卷，因非佛乘文字，故罕記述。在太宗諸回文著作中，惟其既未置寶藏，又不秘於名山，除奉安于龍閣、太清樓、御書院、秘閣、資政殿、崇文院、西京三館等處，未聞外傳。隨着靖康之亂、棠元問鼎中原、宋室傾覆，獨亡。

回文類聚跋云『内侍高班内品、監秘閣三館書籍、兼點檢勾當兵吏部官院、同筌署起居公事、江南兩浙道搜訪圖書，臣裴逾至道元年六月十九日奉聖旨賫到宣賜：朝散大夫、守尚書工部侍郎、知寧海軍兼管勾寧海軍蘇越等十五州軍兵馬公事、瑯琊縣開國男、食邑三百户、柱國、賜紫金魚袋，臣王化基奉請。類聚甫成，客有言至道御製者，屢求乃得之，謹登載卷首，用且彰聖學之融妙云。臣桑世昌敬書』。同時之陳振孫直齋書録解題也有『以至道御製冠於篇首』等語。但現存明刊或清刊回文類聚均無是作，四庫全書總目提要以爲『此本無之（指朱象賢續刻），殆傳寫佚脱敕』。至于類聚所載御製究係何種回文著述，今已難考。細味世昌自跋，此至道御製必得自王化基之後人處。按照當時裴逾南下攜帶之『御書墨迹』中，衹有石刻印紙懷感迴文五七言詩，王氏『奉請』者惟此耳。若是懷感迴文五七言詩，則吳越衆多寺院俱有大藏，况且附近之八聖寺、雪竇寺所存太宗御書墨迹也都全在，世昌竟要『屢求乃得之』，實令人費解。徐元以爲至道御製即宋太宗之回文偈（見回文詩詞五百首），恐亦非是。須知，無論懷感迴文五七言詩、抑或蓮華心輪迴文偈頌，兩者文字（加僧人注解）都有相當份量，而蓮華心輪迴文偈頌更多達二十五卷。如此卷帙，倘謂張氏會『傳寫佚脱』，似不合邏輯。明人李開先謝龍盤回文詩序，稱自蘇蕙織錦回文，南海婦人聲鑑之後，『效而爲之者，有唐太宗御製圖』，又稱『太宗圖以及銘頌詩詞，亦皆桑世昌編集流傳』。説明桑氏原刻，本有御製，而且明言爲『圖』。既然爲圖，很大可能當屬心輪。此雖不符自跋所叙情事，但其適宜載諸卷首，亦較容易『傳寫佚脱』，也確實難求，一是太宗生前賜與臣工不多，外間少有流傳，二是靖康之變，汴京皇家圖書，散落幾盡。估計化基於其他渠道得之，晚輩不察，誤以爲當年裴逾南下時『奉請』之『御書墨迹』。

咸平之後，所出之開寶藏，都編入太宗御製回文著作——蓮華心輪迴文偈頌、懷感迴文五七言詩。而桑世昌輯回文類聚，却爲甚不收，使人不解。何况南宋統治區内，許多寺院擁有藏經，如林露慈谿永明寺藏殿記云：『浙中大率喜奉佛，所謂藏者尤多於諸道』，毋須『屢求乃得之』，是嫌其皆『迦語』，少興味乎。後張之象補之（回文千首），便被朱象賢斥爲『前盲』。

寶子垂綏連環詩

宋錢惟治撰，雍正浙江通志卷二四八經籍、乾隆杭州府志卷五十八藝文著錄。雍熙三年，惟治從太宗征幽州，權知真定軍府兼兵馬都部署，於軍旅倥傯之次，登龍興寺大悲閣作。此閣爲開寶二年太祖趙匡胤敕建，乃是宋廷改變周世宗限佛政策之象徵。『聖主欽崇教，千光顯紺容』云云，强調新朝對釋門之重視。

春日登大悲閣詩，用錦織成，爲大悲像前寶子（香爐）之飾物，是繼蘇蕙璇璣圖後又一文字較多之織品。其圖呈圓形及綏帶狀，故名寶子垂綏連環詩。後又繪刻於石，存湖州法華寺，所以也稱吳越回文綏帶連環詩碑（談鑰吳興志卷十八：『吳越回文綏帶連環詩碑，在法華寺，鎮國軍節度使錢惟治作，九十首』成化湖州府志卷二十一、徐獻忠吳興掌故集卷五同。寺元末燬於兵火，萬歷中重建，而碑未再補鐫，因此同治湖州府志卷四十八、光緒烏程縣志卷三十、陸心源吳興金石記卷六俱注云『石佚』）。

宋黄伯思東觀餘論卷下跋織錦回文圖後：『國初錢鎮州惟治嘗有寶子垂綏連環之詩，亦錦文之遺範，而世罕傳，故聊附弓左，以資書雋言鯖之餘味焉』案宋本東觀餘論此圖亦未刻入。又跋錢鎮州回文後：『錢鎮州詩雖未脱五季餘韻，然回旋讀之，故自娓娓可觀，題者多云寶子弗知何物，以予攷之，乃迦葉之香爐，上有金華，華内乃有金臺，即臺爲寶子，則知寶子乃香爐耳，亦可爲此詩，但圜若重規，然豈漢丁緩被中之製乎』伯思距宋初才百餘年人們已不知寶子爲何物矣一九八七年陝西扶風法門寺地宫出土文物有『香寶子』四件全是銀質金花器據物帳碑記載係唐懿宗所賜近年南京長干寺阿育王塔地宫出土文物也有『蓮花寶子香爐』亦可爲『寶子乃香爐』證吳任臣十國春秋卷八十三、王士禛五代詩話卷一：『惟治好學，家聚法帖圖書萬餘卷，多異本。生平慕皮陸爲詩，有集十卷，又有寶子垂綬連環詩，迴文體也，世多稱之』。寶子垂綬連環詩一卷，宋代有刻本，附錢惟治集以行。桑世昌輯回文類聚，不知何故未收。當時實物雖遠在金人統治區内，但近在咫尺之湖州法華寺，有此石刻，而臨安更有其詩集流傳，并非難求。個中緣由，也令人不解。

明嘉靖間，邑人梁橋撰冰川詩式十卷，所錄惟治諸作，當直接鈔自錦文。原物清初尚存，王士禎曾親眼目睹，其秦蜀驛程記云：『康熙三十五年二月十五日晴，次真定府治真定縣，憩龍興寺，登大悲閣，觀大像』，『閣西有藝祖畫像，又有宋鎮國軍節度使、特進檢校太尉、權知鎮州軍府事錢惟治織成連環詩九十首』。錢保塘錢氏考古錄卷三，謂『王漁洋蠶尾續文并錄』其詩。今唯順治真定縣志卷十四藝文志存石刻圖，上題『春日登大悲寶閣，杼成連環詩并綬帶寶子詩共成九十首』，『鎮國軍節度使、特進檢校太尉、權知鎮州軍府事錢惟治述』，『弟惟濟上石』。惜印刷粗糙，字迹漫漶難辨。

李之用詩家全體卷九、謝天瑞詩法卷十、王良臣詩評密諦卷一、吳允嘉吳越順存集卷上、王士禎五代詩話卷一、厲鶚宋詩紀事卷三、李調元全五代詩卷六十六、錢保塘錢氏考古錄卷三、錢日煦〔吳越〕錢氏清芬志、錢泳〔吳越〕錢氏傳芳集等所錄惟治回文，皆出自冰川詩式，故不全。今編全宋詩，更據吳興金石記，妄斷『已佚』。乾隆湖州府志卷四十三碑版引成化勞志、乾隆烏程縣志卷十四，誤爲吳越湖州宣德軍節度使錢信作。

對於惟治權知真定軍府兼兵馬都部署任職一事，舊真定府志、正定縣志失載。今修縣志，已接受建議補入。

回文詩一卷

明朱權撰，朱氏八支宗譜著錄，未見傳本。

御製回文詩一卷

左都御史張若淮家藏本。四庫全書總目卷一七五御製回文詩提要：『案此集載朱當㴐所輯國朝典故中，惟題曰御製，不著朝代，明史藝文志不著錄，不知何帝所作。其詩以春夏秋冬四景爲題，有龍文、連環、八卦諸體，凡二十八首。蓋偶然游戲之作，流傳於外，與他書宣示頒賜，見諸國史者有殊，故史不載也』。又卷一八七回文類聚提要：『其補遺一卷，則國朝康熙中，蘇州朱存孝所採，兼及明人，然於明典故中所載御製回文詩三十圖，在耳目前者，即已不收，則所漏亦多矣』。續文獻通考卷一九六經籍考、續通志卷一六二藝文略、明史藝文志·補編·附編著錄。朱瞻基（一三九八—一四三五），仁宗長子，建元宣德，在位十年，廟號宣宗，著有文集四十四卷詩集六卷。陳繼儒妮古錄謂『宣廟愛金書回文詩』。對於此御製，世人亦多以爲係其所作，今出四庫全書存目叢書，祇萬樹璿璣碎錦二卷，未有是集。

頤貞回文詩

不著撰人，明晁瑮晁氏寶文堂書目卷上著錄。

竹西回文一卷

明崑山虞臣撰，見徐𤊹徐氏家藏書目卷七、黄虞稷千頃堂書目卷二十、萬斯同明史卷一三六集部。嘉靖崑山縣志卷十、光緒崑新兩縣續修合志卷四十九著述目作迴文效體詩。乾隆蘇州府志卷七十五、乾隆崑山新陽合志卷三十六、光緒蘇州府志卷一三七，以及近年編纂之崑山縣志等，均有著錄。臣字元凱，號竹西，成化十四年進士，授兵部車駕主事，遷職方郎中，改武庫，陞四川布政司參議。在蜀二年，即上章乞致仕，卒年七十九。

迴文詩稿

明常熟王留撰。管一德皇明常熟縣文獻志卷十五著述志著錄，注云『除刻板湮滅者不載』，說明萬曆時是書尚存。嘉慶常昭合志卷十一、道光蘇州府志卷一二三、光緒常昭合志稿卷四十四繼續著錄。光緒間，姚福均海虞藝文志卷三案『書未見』。李銘皖、馮桂芬蘇州府志卷一三九，據石涼漫稿改作迴文百詠。陳近書迴文百詠詩後序云：『詩以迴文名，律之變體也。迴文倡，而詩家幾無遺巧矣。古今賦迴文者無慮數十百家，要之，人一二篇或十餘篇已耳。而吾師南郭先生詠累至百，何其多耶，殆所謂獨工其難，而掩昔人之未備者耶。夫聯句始於栢梁，陶而流於韓，排律始於初唐，而流於杜，然後之言聯句排律者，獨宗韓杜，何也，蓋舉其尤工者言爾。百世之下將必有推迴文之盛者乎，微先生其誰歸也。先生之詩，麗而潤，清而不竄，音暢而節諧，使觀者炫目愜心而忘倦，信乎，其工之尤者也。夫司空表聖不云乎，梅止於酸，鹽止於鹹，飲食不可無鹽梅，而其美常在酸鹹之外，此談詩三昧也。嗟乎，後之讀先生詩者，誠亦味旨美於酸鹹之外，則知吾所謂獨工其難，而掩昔人之未備者，非一人之私言也，已敬書以竢』（省庵先生漫稿卷三）。陳逅字良會，常熟人，正德十二年進士，官河南副使，著有省庵先生漫稿、石淙山人漫稿。

嘉靖龍飛頌

明潘淵撰，黄虞稷千頃堂書目卷三十一、萬斯同明史卷一三六集部騷賦類著録，云『嘉靖五年三月，天台起復知縣潘淵獻，凡六十四圖，五百段，一萬二千章，倣蘇蕙織錦回文體，帝以其文字縱横不可辨識，令圖寫正文再上』。

首載其事者，當爲明代朱國楨之湧幢小品，卷二云『嘉靖五年丙戌三月，天台縣起復知縣潘淵進嘉靖龍飛頌，内外六十四圍，五百段，一萬二千章，效蘇蕙織錦迴文體。上以其文縱横不可辨識，使開寫正文以進』。次則崇禎間，揚子别駕許鳴遠天台詩選卷五，記曰『雙潤嘗進嘉靖龍飛頌，内外六十四圍，五百段，一萬二千章，效蘇蕙織錦圖，縱横成文，世廟以其難讀，令開寫正文以進，亦曠世奇才也』。清朝褚人穫織錦龍飛頌云：『秦竇滔妻蘇若蘭織錦旋圖詩，言止八百耳。唐則天記云，可讀二百餘篇。宋楊文公題曰，千詩織就迴文錦，如此陽臺暮雨何，據是可讀千首矣。又起宗和尚，細繹是編，分爲七圖，一百四十七段，得三四五六七言詩，至三千七百首。讀者謂閨房笄褘，濬發巧思，標奇闘捷，窮極工妙如此，宜無有儷之者。而嘉靖五年三月，天台起復知縣潘淵，進嘉靖龍飛頌，内外六十四圖，五百段，一萬二千章，効若蘭織錦迴文體，世宗以其文字縱横，不可辨識，使寫正文再上』（堅瓠補集卷六）。查繼佐罪惟録紀卷十二，亦記此事。

近世回文研究者嚴一清，以爲圖、圍形似易訛，『圍、恐是圖字之誤，作六十四圍者，只朱國楨一人，他書皆作六十四圖』，當以『圖』爲正。其實，作六十四圍者，也并非朱國楨一人（褚人穫堅瓠十集卷四、兩淵進頌，亦作圍），還有戚學標三台詩錄卷十七、趙亮熙台州府志卷一一八、項元勛台州經籍志卷二十九等地方文獻。又康熙天台縣志卷九，謂淵『嘗進嘉靖龍飛頌，爲璇璣回文詩數百首』，而雍正浙江通志卷一八一、陶元藻全浙詩話卷三十三，不問皂白，照引之。朱啟鈐絲繡筆記卷下辨物，將此列入『刻絲』類，但細審各種紀述，其載體非是織品。淵字默之，號雙潤，正德間以歲貢歷知雲夢、馬平二縣。嘉靖龍飛頌，爲我國回文圖中之煌煌巨製，許鳴遠稱其『亦曠世奇才也』，宜哉。

回文詩

明章邱謝龍盤撰。李開先謝龍盤回文詩序：『世人祇知有蘇若蘭織錦回文，而不知南國有一婦人所製鞶鑑，詞語藻麗，文字縈廻，句讀屈曲，音律諧和，可幾蘇作，見者兩尚之。或以爲古來詩人無筭，何必專專，珎崇女流。孔詩取興，不遺姜衛，江篇擬古，獨采班媛。況其高妙無窮，自是世間一種不可少者。效而爲之者，有唐太宗御製圖，銘則有梁武簡文，頌則有呂真人達磨禪師。是外又有王融、庾信、皮日休、陸龜蒙之詩，東坡、初寮、朱晦菴、黄山谷之詞。然蘇賴大周金輪皇帝及李公麟等爲之註釋表揚，而婦人者得王勃、令狐楚，不至埋没。太宗圖以及銘頌詩詞，亦皆桑世昌編集流傳。同邑龍盤謝先生新親舊友也，兼且年家，素愛其回文詩，嘗欲爲之一序，或有小助，如王勃世昌輩，闡明作者之意，而指示覽者之端，惜無前賢筆陣識見，但就其一斑之見，一得之愚，畧爲數語以置諸篇首曰，詩有禁體，詩之變也，已以爲難，况回文顛倒用韻，往返措辭，在他人一律須用數日沉思，猶恐不穩不佳，龍盤則信口吐珠璣，應手成綵繡，逐歲應酬感興無非此體裁，近又有側韻及長篇，尤爲人之所難，其善書能文，更有出乎此者，將以回文成家，而且專門矣，是固見者所同信，龍盤其亦自信矣乎』（李中麓閒居集卷五）。開先（一五〇一—一五六八）字伯華，號中麓，章邱人。嘉靖八年進士，官至太常寺少卿，著有李中麓閒居集十二卷。

回文詩四百餘首

明謝九式撰。董復亨章丘縣志卷二十八：『董生（復亨）曰，九式一生精力盡用之回文詩，亦先輩名家所遜心云』（萬曆二十四年刻本）。鍾運泰章丘縣志卷六：『謝九式，能詩文，著廻文詩四百餘首』（康熙三十年刻本）。乾隆章邱縣志卷十二、道光章邱縣志卷十三、楊士驤山東通志卷一四二俱作迴文詩四百首。徐乾學傳是樓書目別集又作廻文百詠。李攀龍補註李滄溟先生文選卷四有與謝九式書。

謝汝節回文詩四卷

明謝九成撰。萬曆間朱睦㮮萬卷樓書目卷四雜文著錄。九成、九式，成式形近，疑係九式之訛。當時江南繁昌有謝九成其人，字鳳儀，號仁峯，嘉靖五年丙戌進士，歷重慶府司理、銓漕郎，因事劾歸，杜門著書，爲集數十卷行於世，不知是否。或許謝龍盤、謝九式、謝九成，恐即一人耶。

定山園廻文集一卷

明葉秉敬撰，萬曆四十七年三衢葉氏刻本，國立中央圖書館善本書目甲編卷四著録。天啟衢州府志卷十二、黄虞稷千頃堂書目卷二十六、嘉慶西安縣志卷四十六著録，題作廻文詩一卷。重修浙江通志稿云『衢縣志藝文引浙江通志，尚有賦集三卷、書籍序文一卷、回文詩一卷、偶牘四卷、尺牘二卷，今以多未見』。

定山園廻文詩序：『詩之有廻文也，毋乃近於戲乎？苟以爲戲，則凡詩皆戲也。三星在罶，以隱語戲，俾出童羖，以浪語戲，□□□篇，戲之魁也。就其□□□如頌語，多從正，顧其□知唇舌被於金石可以感動，而悦人心，夫寧非戲具耶。降而漢魏，降而晉唐，以能戲爲孅，而不能戲爲戮。戲則新，不戲則腐，戲則活，不戲則板，戲則别才别趣，不戲則關理關書，此戲窟也，即□府也。入宋以來，漸資書理，□□□愈寡，而詩之名愈下，□□□□爲文字皆然，而何怪乎。迴文之詩之近於戲也，迴文之詩既順而下，又逆而轉，其難百倍於詩，以此爲戲，戲亦苦而難矣。世人畏其苦難者之戲，而從事於樂易者之戲，戲棊、戲博、戲歌、戲舞、戲淫蕩、戲放語，小則損精神、費時日，大則蔑倫理，□□□，樂易之戲爲之媒也。□□樂易之戲，其險如此。當回頭而爲苦難之戲矣，苟思苦難之戲，則其急者莫如讀書，莫如摛文。其閒者，莫如作詩，莫如作迴文。余少不欲戲，戲則不離筆研。自拜官以後，退居定山園中，人多强之以出。而余以爲勞苦，一生僅得少許清靜，又欲使僕之亟拜，□□□中之樂也。園中無以爲□□□木可種，而余亦不甚解□□之法。園之外有山環繞，是天所設，以賜我爲戲城，園之旁有水一沼，是天所鑿，以賜我爲戲津，山之上有松萬株，是祖宗所培植，以賜我爲戲林，余得以從容游戲其間，樂亦大矣。而余更有無厭之求，復□書與詩以爲戲，是余之樂□□過也。是以天若妬之，而故爲□□，以迫余之抛書而棄詩，使余一榻，而動揮箑，且復拭汗無已，得毋奪予書詩之樂乎。予徐思之，讀書與詩則不能捧腹，而吟則無不可，所吟者尋常之詩，其詩易就，猶未足解熱也。偶試吟迴文一二語，每得一語，順而成章，逆轉又廢，幾番□□，纔得成詩。蓋初得一二，□□竟日，一日之暑氣盡掃。□□枕上，以揮扇之手易爲敲推，□起而疾書，又以揮扇之手，轉爲管城之用，漸作漸熟，每日可得四首。初畏日之長，而後以爲日太短也，初畏日之炎，而後以爲日甚凉也。浮李沉瓜，餐氷飲蘗，欲以薦凉，恐生冷病，豈若余迴文之詩爲醫暑之大還丹乎。詩既成以眎友人，爻人謂余，何乃自苦如是，而不知余之戲也。余既爲此戲，恐日久而忘之，遂授諸梓。在少者壯者或無暇及此，老者病者得此爲良藥，庶可養其天年，不使扁鵲望之而走。時萬曆歲在屠維協洽橘陽月下澣，天在山中主人葉秉敬、敬君父書於定山園中』。

迴文集

明應天張翺撰，趙弘恩、黄之雋江南通志卷一九四藝文志集部著録。康熙上元縣志卷二十四摭佚、同治上江兩縣志卷十二，俱作迴文詩。朱緒曾金陵詩徵卷二十四云：『張翺字階雲，官錦衣衛後府都督，有回文詩』。縣志謂『張揮使翺』，『萬歷朝人』。

迴文百咏一卷

明武鄉程夢桂撰。文淵閣四庫全書本山西通志卷一七五經籍、光緒山西通志卷八十八經籍志下著錄。

和蘇氏璇璣圖詩

明黃唯撰，福建通志著錄。嘉慶南平縣志卷十六：『唯（？—一六三三），字無違，林翔鵾妻，沙縣孝廉黃幼山孫女。幼山善詩畫，氏性娟慧，學其筆墨，惟肖。嘗作女三字經，又以蘇氏璇璣圖，包宇宙精英，括人情機巧，特爲屬和，兼標原圖讀法，諸母朱氏爲點定作序』。又同治重纂福建通志卷二五六：『明林翔鵾妻黃氏，名唯，沙縣黃幼山孫女。幼山善詩畫，唯肖。嘗作女三字經、汐梅閨集、和蘇氏璇璣圖詩，諸母朱氏爲序之。崇禎癸酉元旦，語家人曰，我夢太元夫人召我，於上元前一日無病而逝。所著諸集，曾孫昌麟刊行之』。

廻文詩一卷

明官撫辰撰。文瑞樓藏書目錄卷十一、孫殿起叢書目錄拾遺卷四著錄。此係雲鴻洞稿初編貴希函（共四十集）之第十二集，崇禎間金陵刊本，列清季禁書。國立中央圖書館善本書目甲編卷五，有雲鴻洞稿一編貴希函三十九卷二編守待函十一卷，據吳演南（一九二五—一九九六）原名映真字劍虹宜興人政治作戰學校教授云，此詩『遍查無著』。撰者（一五九四—一六六三後）字凝之，湖廣黄岡人，精天文兵法，由恩貢官桃源知縣，上治河需兵議，當事不能用。丁母憂歸，總督徐標舉爲真保監軍，又擢徐州知府，皆不起。撫辰本史可法門人，揚州失守後，不願出仕，作有祭督師閣部史老師文。入清，祝髮維揚，名德罡，又號知劍道人，雲游名山古刹，老歸黄州，居維摩堂，卒，葬其處。

美人揉碎梅花迴文圖　美人揉碎梅花回文圖讀法

美人揉碎梅花迴文圖，禹航沈士瑛虚谷製，載檀几叢書餘集卷下，清康熙三十四年新安張氏霞舉堂刊本。自謂『時惟王月，杖履山蹊，廣植繁枝，間以梅蘂。青女横吹於蓼岸，簇簇珠翻；封姨見妒於蘆沙，霏霏玉屑。紅鋪碧地，綠染金泥。有女如花，踏青步窄；豈無吉士，贈芍情傷。悵一枝之莫寄，寂寂江南；痛百戰之未魁，凄凄塞北。值君未嫁，認錯雲英；待我成名，魂銷昭諫。誰知十年鶴遯，夢久破夫羅浮；雖然半榻詩魔，心日摧於管笛。借美人以若訴，難比秦川非王孫之見知，當憐宋子。詩成三十，腸斷九迴矣』又見康熙十年刻本李漁四六初徵卷十感物部美人揉碎梅花迴文圖題辭。圖後讀法云：『一流水讀，二回風讀，三連環讀，四脱蟬讀，五穿花讀，六夾蜨讀，七斷雲讀，八腰蜂讀，九旋帆讀，十歸鴈讀，像名取義，神與口傳，計圖内藏七言律詩六首，絶句二十四首，共得梅花詩三十首。自此縱横反覆，衍而伸之，雖千百萬首，亦可得於五十六字之内，將不僅三十咏止也』，『看梅花兩字，時離時合，時散時分，猶揉碎然，予因名之曰美人揉碎梅花圖』。末有諸家評語，徐野君曰『玉玲瓏，金絡索，與將花揉碎擲郎前者不同』。王丹麓曰『巧手慧心，幽懷曠致』。張山來曰『向讀蘇若蘭織錦廻文圖，歎其奇巧，今又得此，誰謂古今人不相及也』。

美人揉碎梅花回文圖讀法，周知撰，道光庚寅春種香山館藏板本，謝蘭生子湘甫校刊。序曰：詩六首，絶句二十四首，標舉讀法十種名目，而不明言起止，以爲韻人百出，定有知音，蓋君子引而不發之意。向於檀几叢書中讀之，揣摹流水回風二法，三復得律詩六章，而絶句一首不得，解人難索，問難無從，蓄疑日久。頃以謝子子湘好學深思，舉以相質，仍視爲閉而以思則得之勗我。爰又反覆推尋，彷徨終日，至附會掙揎之俱窮，如薄暮臨歧，迷悶莫適，嗒然掩卷，自慙不敏已。乙夜燈前，偶繹連環之義，夨如觸發，披圖循覽，遂若重門洞開，所謂參互讀之都成韻語者，有雲容水態之觀，無失粘出韻之弊，不禁顧影喟然嘆曰，虛谷之知音不在茲乎。按圖中可得七律二百八十八首，七絶七百八十六首，較詩成三十之云推廣多矣。茲徇子湘之請，繪讀法之圖附後，先錄順逆詩句，數以紀之，爲讀法圖綱張本，尋章摘句之思，和盤托出，凡皆爲讀此圖而求通未得者啓也，耿耿自負，欲渡而不問津，漫託於以不解解之者，將毋笑爲瑣屑歟。道光九年己丑十月崇仁周知』。次『美人揉碎梅花回文圖原序』，次美人揉碎梅花回文圖，次『美人揉碎梅花回文圖原說』。又次美人揉碎梅花回文圖順逆詩句，美人揉碎梅花回文圖讀法圖目，美人揉碎梅花回文圖讀法圖例。末後跋云：『事有難易，當其未得，而憒則無易之非難臆度越思，即累月窮年，卒不能通其故，及其得之，則易易耳，然不必以事在易，而求諸難解也。誠齋先生天資卓絶，於蘭生爲童子師，侍几席數載，見其閱一書，必窮底蘊，多發古人之覆，屢閔於有司，胸次簡淡，避俗自愛，外間人從不置臧否，獨深契蘭生。今年復授從子輩經，時相過從。偶示以沈虛谷梅花回文圖，相與反覆數四，未能悉讀。越旬日，先生告予曰得之矣。讀詩千有餘首，蓋二十餘年之疑，今始析也。予復讀之，洵然，因請錄所讀諸詩傳諸世。先生哂曰，子欲予爲笨伯作導師哉，既念抄詩而讀，誠不如按圖而索之有味，且恐世之讀詩者，將以圖爲贅疣。遂以讀法爲圖請，先生笑而頷之。旋繪讀法圖百七十有九，前揭梅花詩句，紀之以數，用正字馬字別其順逆，以作圖綱，圖中圈發起句，引以烏絲，循所引而次第讀之，千餘首詩，靡不章妥句適。明窗淨几，展玩生歡，嘆體例之奇而創，隱而躍，可與沈製竝傳不朽，於是乎梓之以行。謝蘭生』（又見光緒十二年謝氏家塾刻本種香山館文集卷二題作美人採碎梅花回文圖讀法跋）

沈士瑛、周知生平不詳。謝蘭生字子湘，江西崇仁人，道光十八年進士，官工部郎中，著有種香山館文集四卷。

扶荔詞別錄一卷

清仁和丁澎撰。章鈺、武作成清史稿藝文志及補編著錄。其自註云，『詞變者葯園之別譜也，按一調迴環讀之以成他調，或因本調而顛倒錯綜焉。不書題，無可題也。非詞之正也，故謂之變云爾』。續修四庫全書提要、續修四庫全書總目提要（稿本）：『卷四別錄，廻文三十九首，每詞之後，有同時諸人評語，皆諛辭也』，『廻文之詞，殊非正道，偶一爲之，本無不可，今竟別錄一卷，謂之詞變，謬妄極矣』。嚴迪昌清詞史云，『詞變一卷，乃截取不同詞牌之句，重加組合之作品』。

廻文詞譜

清吳趨顧某撰。黃始聽嚶堂四六新書卷三、錢肅潤文瀫初編卷七載何采廻文詞譜序：『盖聞太乙燃藜，光映文人之室；龍賓沸墨，神隨學士之書。是以江郎筆頴生花，香流咳唾；楊子口中吐鳳，字落珠璣。庾信春華，轉柔腸而百折；徐陵致語，鍊隻字以千鎚。風氣所開，日新月盛。則有金閨弱質，玉帳仙姿。引幽思於盤中，織廻文於片錦。奪天孫之巧製，燦若七襄；似玉女之投梭，爛然五色。事鉛槧者，爲之滴露研硃；咏新聲者，既已敲金戛石矣。若夫三百篇變而爲歌詩之府，五七言降而爲長短之辭。十里長亭，相思有淚，一江春水，流恨無窮。于是騷歌之士，對風月以抒懷；婉孌之流，採芙蓉而作句。尚書風韻，競傳紅杏枝頭；郎中盛名，共説鞦韆影裏。柳七低吟楊柳月，蘇公雄唱大江東。韻逸千秋，藝精一代。更有腸充錦繡，腹滿琳琅。字轉連環，文成九曲，廻文一格，於焉始興。然而技窮于協律，才束于填詞，作者寥寥，罕聞全調。吴趨顧子，托跡市廛，棲心編簡。比踪磨鏡之客，不言賣藥之名。而乃心巧性成，軼才天賦，色絲黄絹，時出妙詞，斑管紅箋，嘗題恨字。即其廻文一譜，洵可謂詞搜各調，巧邁諸家矣。移宫換羽，效若蘭之體裁；取異標新，掞文通之妙筆（文瀫初編作舞雪回風寫如絮之才致）。流連閨怨，芳艸含愁；婉轉春情，香蘭泣露。既而花前輕拍，月下微吟。秀骨包蘅，艷胎孕麝。聽之心醉，聞者魂銷。余也抱甕窮年，坐愁終日。偶識然明于片語，幸接叔夜于鷄群。遽蒙明珠之暗投，謬爲他山之攻玉。遂忘踈陋，偕列膚詞。從此播名，知國子之不少，于焉引玉，冀元晏之有人矣』。

璇璣碎錦

萬樹撰。是作横空出世，生面别開，頓時受到廣大讀者之喜愛和高度評介。楊凌霄碎錦補圖稱：『紅友先生璇璣碎錦一書，鬼斧神工，出神入化，夫乃歎技至此乎，觀止矣』。周中孚鄭堂讀書記云：『考迴文詩自蘇若蘭後，文人偶一爲之，附於集中，從未有如是之多者』。于有清一代，不僅一刻再刻，風行各地，而且效者蠭起，先後有萬斯同、張潮、華彬、楊淩霄、徐繼穉、李暘、王覲、陳僅、陳書謨、吳山、童叶庚，諸家輩出，踵事增華，『以詩成圖，以圖見詩』，將回文詩圖之創作活動引向空前之高潮，被發揮到極致，作者之衆，作品之夥，遠遠超越往昔。『茲以碎錦名者，自爲非係全端大幅也』（朱象賢跋）。後來諸子命其所作曰寸錦、曰分錦、曰片錦、曰補圖、曰餘圖，皆本此義。王仲厚回文文學奇觀謂萬氏『各種均非迴文，僅爲璇璣式之小品而已，然亦具有迴文之意識形態也』。

璇璣碎錦 康熙乙亥本　雍正邃經堂本

康熙乙亥初刊本、丁亥于野堂本、雍正邃經堂本，三者款式、文字相同。半葉四周單框，二節板。不分卷，前編爲圖，六十幅，右圖左讀法，行十，二十四字，版心白口，無魚尾，刻書名、圖次。後編爲鈔句，行九，二十二字，四十七頁。卷首題『錫山侯霓峯先生鑒定』，次吕高培璇璣碎錦序、宏倫璇璣碎錦弁語，署陽羡荳村農萬樹紅友填譜、泥絮僧宏倫敘彝編正，錫山南垞吕高培柏庭較閲、亦園侯文燦蔚䂓參訂。邃經堂藏版本，於弁語後增朱廷鍾題跋一篇。

璇璣碎錦序：『蓋聞隔八生三，軒律妙通乎下上；知來數往，羲圖巧寫於方圓。以觀天則飾盤窺琯，七政之運靡窮；以正樂而按舞升歌，八風之宣有節。繼生哲匠，爰述迴文。自温太真䂀格，法在由貞起元；洎蘇若蘭寄夫，字盈八百四十，尚矣。荆溪同學紅友萬君，錦繡盤胸，珠璣落腕。天付多情，終當爲情欲死；士感不遇，自然隨遇興悲。本天根月窟之思，描雲行水流之趣。

總記篇章，其數適符甲子；分詳義類，大意堪擬坤乾。純如圭璧金錫，儼呈君子之儀型；賁若草木蟲魚，宛合風人之比興。偶借連環方勝之區，互陳夫錯綜參伍；更從扇影燈光之下，善寫其經緯宮商。仰而思，俯而悟，設象良非一端；遠取物，近取身，出奇更將萬狀。其間譜入詩詞，自一兩什，至百千章，淋漓不已；編成歌曲，以南北宮，奏長短調，頓挫多姿。讀之，恍如八面玲瓏；閱罷，真覺通身眼目。題曰璿璣碎錦，豈非才人絶致也歟。惜乎原本百篇，僅存六十。陔華散佚，即無束晳之補亡；刼火消磨，尚有唐瓢之流出。同社知巳，爲鶩籠山僧，不負碧雲期日暮；斷金契友，則亦園伯仲，共悲清笛起山陽。譬如惠施，侍席南華；大類侯芭，掃廬西蜀。九原應銘息壤，半稿不没文園。是惟人巧天工，或犯鬼神之忌，宜乎少達多窮；要其靈心慧業，深契文字之禪，信爲有一無兩。僕也問奇在昔，許劒到今。心服金書玉篆，謂拂紅袖，勝彼籠碧紗；締觀散句對聯，知鄭鷓鴣，兼他杜筍鶴。歌一聲河滿子，輒令吾徒腸斷淚流；聞五月落梅花，旁猜此曲人間天上。喜汗青之有日，懸彼國門；爲浮白以臨風，招吾亡友。庶幾傳來擊壤，融融洩洩，常散六六宮之陽春；即使奏向潯江，切切嘈嘈，載彈五五絃之夜月云爾。康熙三十四年歲在乙亥二月寒食前三日，錫山同學吕高培拜書』。

璇璣碎錦弁語：『紅友向居五雲莊之南園，余時奉母於反哺菴，相界一衣帶水，花時月夕，文讌爲歡。丙午夏，紅友製璇璣碎錦一百種，鏤心刻骨，窮極工巧，即蜃龍海市，帝釋花冠，無足取喻。是歲蔚畡夏若昆季相招，同過梁溪，將請序於霓峯先生。間有知交晤語，時時拈示展閲，裝演精潔，縱横聯絡，閲者不能讀，讀亦不能竟，惟有嘖嘖健羨而已。一日開篋，竟成烏有，相視惋惜者久之，所幸者有副葉五十種藏之於余，滿擬歸時，紅友出家中殘稿追摹繕寫，仍爲全璧。

不意其内子痛女情深，返魂無藥，遂埋玉於地下矣。紅友傷逝無聊，家徒壁立，乃作客四方，之晉之燕之閩之粤，舟車水陸，卒卒無暇及此。大司馬三韓留村先生愛其才，依劉最久，在肇慶著詞律二十卷，傳奇四種，空青石、黄金甕、風流棒、念八翻及香膽詞二帙，皆大司馬分俸成書，然則紅友之心神告瘁矣。其寓予札云，邇來腕若枯荻，心如燥泥，非參苓所能療。予謂果爾，紅友將不久。迨扶病歸，行至牂江歿於烏榜。嗟乎紅友，余尚忍言之哉。疇昔之日，刻燭分題，拈南挂，清淚盈襟，此景此情，依然如昨也，而今已矣。秖有剪紙，招魂於亂峯落照間矣。殯歸旅華選偈，鸑籠山頭一片石，吾兩人坐卧嘯歌於其上，不知幾朝伊夕也。短簿祠前一江花浪，片帆泊，河濵淒其，觸目中郎，有女猶續父書。孰意紅友，所遭竟至是哉。自而錦囊嘔心之句，散作殘編斷簡。而予所藏副稿五十葉，被一秀水僧發篋，存亦十之四。又後于翼藩吴君處，復得三十四種，尚屬紅友手筆，条以余之剩副，湊集六十種。歲丙寅，余遷錫采山，山隣徐若曾爲余錄一副稿，適陳次山將之都門，作别山中，索余寥廓集、泥絮詞，託言代予請序於輦轂名家，兼借璿璣碎錦一閲，閲竟即還，遂一并挈之而去，屢次致訊相索，言失之於長安邸舍矣。原稿尚在若曾處，若曾獨行山中，身膏暴客之斧，自是余息意此書，如廣陵散之不復在人間矣。甲戌秋，予孫定沙彌謁余於梁溪之長壽院，手捧一緘曰，此璇璣原稿也。詢所從來，係若曾室内見寄，開函狂笑，喜不成寐者累夕。嗟乎，初本百種，失矣，幸存副葉五十種，五十種仍失其半，復得三十四種，得而失，失而復得者幾歷歲年，今幸復歸於余，仍然六十種，惜乎尚有四十種之不復再見也。豈化工之巧，紅友發宣殆盡，造物者秘之不欲悉傳人世耶。抑金仙有言，一切有爲夢幻泡影，紅友已空諸所有，任其或存或亡，而予之惓惓於此，反多罣礙耶。然予終不忍恝置者，重傷紅友之慧業，自邇遂寂寂人間也。且恐他日有人以璇璣全稿，寸組尺幅，裁割攘爲巳有也，致訊亦園主人俾速付梓，廣諸同好，并了芍藥欄當年一重公案也。泥絮道人宏倫謹述』（道光重刊續纂宜荆縣志卷九萬棨陽羨古蹟詩題泥絮道人鷲山精廬注云道人姓吳名叙彝國初祝髮於此名人往來倡和常滿丈室著有移錫詞）

題跋：『璿璣碎錦一編，銅官萬紅友先生游戲翰墨也。先生嗜填詞，尤以樂府擅長，平生游屐所至，北極燕晉，南踰閩粤，凡登臨弔古，侘傺無繆，强半托之紅牙白紵，發抒一一，海内老伶人，靡弗俎豆，先生清詞麗句於舞裙歌扇間者。兹編故先生錦心緒餘，然一經組織，機軸頓新，雖瓣香不越若蘭迴文、松陵藥名諸體，其中離離合合，恠恠奇奇，則駸駸乎駕昔賢而上之矣。板爲余外舅九如先生于野堂故物，今暫貯荒園之硯香艸堂，余不敢私爲枕中秘，勉購側理，廣爲流傳，兼綴數言於簡端以志，余不及見先生，而仰慕先生之流風餘韻者如此。時雍正丙午花朝，金匱朱廷鍾擁萬氏題』。

璇璣碎錦 揚州栢香堂本

清乾隆五年揚州江氏栢香堂刻本，釐爲二卷。上卷圖三十幅（五言絶句十二首、六言絶句二首、七言絶句四十三首、五言律詩十一首、五言排律一首、七言排律二首、五言疊韻一首、六言六句四首、七言新體三章、詞三十二調），通計四十頁。下卷圖三十幅（五言絶句十三首、六言絶句四首、七言絶句八十九首、五言律詩八首、七言律詩十六首、五言排律二首、七言排律一首、三言一首、四言七首、雜言一首、詞十二調、南曲二套），通計四十二頁。江氏對原刊讀法，『小加潤飾』，芟夷繁冗，將抄句繫於各圖讀法之後，不再獨列。光緒年間面世之漱霞仙館本、似靜齋本，俱依此種右圖左讀法、抄句之式樣，從而形成另一板系。半葉四周單框，正文行十二，字二十八，白口，單魚尾，版心除書名、頁碼外，還有刻工朱盛存、曾令聞、陳永恆、孟子衡、杜尔儒、華西美等六人。卷首僅江昱序，卷上多麗碑圖改爲黑底白字，卷末三行『乾隆庚申年正月揚州江氏栢香堂校栞藏本』牌記。

序：『璿璣碎錦一卷，荆溪萬紅友所作廻文詩圖也。序稱原本百篇，散佚僅存六十，綺文繡錯，窮極精妙，令人攝心屏息，口誦手掐，方能循其脉絡，稍一目瞬，旋失端緒，曾非粗繒大布之得綠其機軸也。下至傳奇小説，往往傚顰，牽合鄙瑣，人將嗀焉。玆則天工人巧，泯然無跡，吾不知其屬思時，先有詩抑先有圖，且復隱寓以名物，離合其字句，戛戛乎難之又難，豈不如是窘縛刺促，遂不足以騁其靈奇，宣其鬱勃耶。觀所命名若未肯以廻文詩三字没其苦心，而特託於齊政之儀，天孫之杼，洵不誣也。向嘗閲肆物色於網蠹間，虞其久而湮也。小加潤飾，釐爲二卷，復丐冬心徵君八分題署，而刻以傳之端。憂多暇時，一散帙頗用以消送日月，破除岑寂。然則以今閲者之情，而逆作者之意，知必非漫無托寄而爲，是怨妻戍婦之爲也。時乾隆五年正月，揚州松泉江昱撰。弟蔗畦恂書』。

安徽省呈送書目：『璇璣碎錦一本』。四庫全書總目著錄之『璇璣碎錦二卷，安徽巡撫採進本』，當係是刻，因此前未嘗分卷也。其卷一八三別集類存目十提要，甚爲簡約，云『是集皆廻文詩圖，上卷三十幅，下卷三十幅，各以名物寓題，組織頗巧。然弊精神於無用之地矣，蘇若蘭事不可無一』。又文獻通考卷二三四，『臣等謹按，是集皆迴文詩圖，組織頗巧，然敝精神於無用之地，固大雅所弗尚也』。周中孚鄭堂讀書記卷七十，『四庫全書存目，是編乃其所作迴文詩圖，各以名物寓題。上卷圖三十幅，詩八十七首，詞三十二調。下卷圖三十幅，詩一百四十二首，詞十二調，南曲兩套。揚州江松泉昱小加潤飾，復屬錢唐金冬心農各爲八分題署，而刻以傳之，并爲之序。考迴文詩自蘇若蘭後，文人偶一爲之，附於集中，從未有如是之多者。雖則窮極精妙，究屬誤用其心思矣』。俞樾九九銷夏錄卷八，謂『萬紅友詞律一書，至今詞家奉爲矩矱，乃紅友又有璇璣碎錦一卷，皆回文詩圖也。上卷三十幅，下卷三十幅，各有巧思，然至今罕有知者，用心於無益之地，不如詞律之有功詞苑也』。杜澤遜四庫存目標注（二〇〇七年上海古籍出版社）卷五十六璇璣碎錦二卷，云：『安徽巡撫採進本（總目）。清康熙刻本，半葉十行，行二十四字，白口，四周單邊，有圖，安徽博物館藏』。謂是康熙刊本，謬矣。

北京大學所藏之本（輯入四庫全書存目叢書），上卷第五頁空面，刻有分器圖，下卷第三十二頁空面，刻有太極圖、環錢圖。作者未知爲誰，或許就是江氏本人，遍閱別本，俱無此三圖。

璿璣碎錦　翰墨生皂書舍本

扉頁題豆邨蓤萬埜著，光緒癸未仲冬重梓，翰墨生皂書舍珍藏。左右單邊，上下雙邊，版心有書名、頁碼，單魚尾，正文半葉九行，二十二字。卷首宏倫璇璣碎錦弁語，後署陽羨荳村農萬樹紅友填譜、泥絮僧宏倫叙彝編正，錫山南垞吕高培柏庭校刊、亦園侯文燦蔚綴叅訂。卷上圖五十九幅，右圖左讀法，計六十一頁。第五十九頁圖闕，尚存讀法，有記云：『此乃聚景鐙之圖也，不知何時殘失一葉，甚爲可惜。若後之君子藏有此書，祈增刊之，俾成全璧，是予之卷下鈔句，共四十七頁，末云：『曩於友人桉頭見璿璣碎錦一書，浣誦之餘，不忍釋手，惜坊間流傳絶少，而此本則又破殘，爲悵悵者久之。商之諸友翻刻，詢謀僉同，爰倩工小楷者分書之。授之梓人，數月蕆事，使此書煥然改觀，不誠爲藝苑所爭先快睹者乎。好古氏跋』。厚望也夫。好古氏記』。

璇璣碎錦 漱霞仙館本

光緒丁亥孟冬漱霞仙館刊，二卷本。半葉四周單框，版心有書名、卷次、頁碼，單魚尾，下黑口。圖面多爲二節板，上標圖名。正文十二行，二十八字，右圖左讀法、鈔句。卷首方元溥叙、目次。上卷圖三十幅，四十頁，下卷圖三十幅，四十二頁。上卷失連理牋、蜂房，下卷失百花屏，方氏分别將回文類聚續編之玉連環（竹銘、失名）、仙桃（桃、朱象賢）、相思璧（閨詞、失名）三圖補足之，然未予説明，不知者以爲係紅友之作品也。卷尾有『古歙方氏珍藏』六字。叙云：『迴文一體，肇始蘇伯玉配盤中詩，迨蘇氏若蘭璇璣圖出，鈎心鬥角，衍成八百四十字，體乃大備。一柔弱女子而奇情巧思，千古獨絶，流傳既久，作者益多，悉本是圖之意，士林膾炙恆多，每欲家置一編，以爲模範。惜從前善本，經兵燹無可搜羅，余家舊篋有侯君亦園、朱君象賢刊萬樹紅友君所著圖若干首，其中亦間有亡失者。客秋功暇，重爲釐訂完好，得六十圖。置諸案頭，聊自怡悦，而友人見者輒爲一瓻之借，余慮其久而復佚也。付手民重刻之，標曰璇璣碎錦，以公同好，刻既竟，爲誌數語於簡端。光緒十三年歲次丁亥秋七月，古歙方元溥叙』。

璿璣碎錦似靜齋本

光緒戊子秋月似靜齋重刊，二卷本。四周雙邊，白口，單魚尾，版心僅有頁碼，正文半葉十二行，二十八字，銅活。卷首江昱序，定武王璪謹書。上卷圖三十幅，通計四十頁，下卷圖三十幅，通計四十二頁，右圖左讀法鈔句，悉依江氏栢香堂本翻刻，故上下卷末均有『乾隆庚申年正月揚州江氏栢香堂校栞藏本』印記。

又有此種之縮印者，即巾箱本。封面題籤作迴文集錦詩詞，扉頁背後有『光緒丁亥年詞源閣校刻』印記璿璣碎錦二卷光緒十三年詞源閣石印本首都圖書館藏卷尾鎸『光緒丁亥合肥李氏校印』雙行小字。餘同。

以上爲經見者也，吴門嚴一清擁有十種不同版本之萬氏碎錦，惜其歿後藏書便不知去向。

朱象賢續補回文類聚，選錄合蔕梅、六稜品字玦、一垣星斗、蜂房、火齊環、霹靂環、金花勝、翠蕉、錫朋、聚景燈、同心梔子、蛛絲；鏡蔕、鴻燕分飛、八音錦、縱横其畝、雷文印、重重結綺窻、連理箋、顛倒鴛鴦、葵心、花月闌、交枝方勝、面面相逢；柳帶同心結、九轉丹、百念齡、叠翠峯、長命縷、連環方結、桑籃、碧泉瓶、蓮房、扇影、葫蘆、子母錢；玉衡、五雜組、土圭月影、錦障泥、陽關叠、節節高、八行箋、九十六爻、梅花三弄、多麗碑二通天度小浮圖、百花屏等四十九幅，多麗碑一分爲二，實際四十八。有讀法，無鈔句。朱氏跋云：『荆溪紅友萬樹所著璿璣碎錦，原有百種，後稿散失，泥絮道人宏倫訪求得六十種，梁溪亦園侯君鏤版以行。昔竇滔妻織錦回文一圖，而各體兼備，兹以碎錦名者，自爲非係全端大幅也。帙中取意繪形，華麗奪目，奇巧絕倫，但名類繁多，未免間有觀美而詩與尋常無異者，是以稍爲删減。再此詩乃怨女騷人之體裁，道學家言似屬兩途，亦未概錄，共取四十八種，將順回兩讀者列於前，交加借字及屈曲成文之近古者次於後，編爲四卷，續入類聚云。玉山仙史識』。

震澤楊復吉續輯昭代叢書，選錄鏡蒂、蛛絲、分飛鴻燕、顛倒鴛鴦、多麗碑、柳帶同心結、錫朋、六稜品字玦、交枝方勝、九轉丹、同心梔子、車輪、連理箋、百念齡、雷文印、疊翠峯、一垣星斗、玉衡、土圭月影、合蒂梅、長命縷、連環方結、錦障泥、五雜組、重重結綺窗，陽關疊、桑籃、天度小浮圖、碧泉瓶、百花屏等三十幅，圖後都有鈔句，但除鏡蒂之外，俱未刊讀法。首泥絮道人宏倫序，中附楊凌霄碎錦補圖十幅，末乾隆四十一年丙申楊復吉璇璣碎錦跋。鄭東貯香主人編小慧集，其卷十二錦字回文圖選，有重重結綺窗、菱花鏡、九十六爻、翠蕉、同心梔子、面面相逢、五雜組、土圭月影、節節高九幅。

嘉慶間，漢陽徐方瑞輯璿璣回文圖，謂回文『名類繁多，不能盡錄，兹擇其反覆往回交互最精者，或四言，或六言，或唐律，或短語，列於璿璣之後，共取四十種，製爲屏障，置之座隅，匪獨見屈曲成文之妙，亦以溯女才之幽閒，不致湮没云』。選錄萬氏碎錦有：面面相逢、桑籃、錫朋、五雜組、土圭月影、蛛絲網、長葫蘆、鏡蒂、火齊環、一垣星斗、蜂房、長命縷、華月闌、扇影、交枝方勝、八音錦、同心梔子、疊翠峰、蓮房、九十六爻、柳帶同心，合蒂梅、霹靂環、金花勝、碧泉瓶、顛倒鴛鴦、葵心、節節高、八行箋、梅花三弄、玉衡圖等三十一幅，全無讀法、鈔句。

又曾任荆溪知縣、善化唐仲冕選印萬氏詠物詩圖若干種，名萬紅友先生回文詩詞。王仲厚回文文學奇觀，謂唐『於〔昭代叢書〕丁集中選出詠物之詩詞十八首，連同各物，及其讀法，一併印行於世。所印詠物詩詞，計爲：相思璧（閨情）、蛛絲網（高隱吟）、合蒂梅（寒宵吟）、花罇（秋景詞）、卿雲在霄（四時閨怨）、車輪（送别曲）、翠盤（鄉居樂）、一垣星斗（閨怨詞）、奇門八卦（學易吟）、古鏡蒂（竹枝詞）、鴻燕分飛（詠鴻燕）、玉衡圖（吟風花雪月）、節節高（山園詩）、連環方結（鄉居箴）、叠翠峯（山中樂）、錦障泥（春暮送友北遊）、九轉丹（遊仙詞）、長命縷（董蓉仙鼓瑟琴方朞而舉子賦此賀之）』。末跋云：『蓋聞隔八生三，軒律妙通乎上下；知來數往，羲圖巧寫於方圓。以觀天則飾盤窺琯，七政之運靡窮；以正樂而按舞升歌，八風之宣有節。繼生哲匠，爰述迴文。自温太真荊格，法在由貞起元，洎蘇若蘭寄夫，字盈八百，尚矣。陽羨萬紅友先生錦綉�油胸，珠璣落腕。本天根月窟之思，描雲行水流之趣。純如圭璧金錫，儼呈君子之儀型；賁若草木蟲魚，宛合風人之比興。偶借連環方勝之區，互陳夫錯綜參伍；更從扇景鐙光之下，繕寫其經緯宫商。仰而思，俯而悟，設象良非一端；遠取物，近取身，出奇更將萬狀。其間譜入詩詞，淋漓不已；編成歌曲，頓撰多姿。道光三年龍集癸未暮春上澣善化唐仲冕題并書』。仲厚案：『宋張炎樂府指迷有言曰，詩難於詠物，詞爲尤難。體認稍真，則拘而不暢；摹寫差遠，則晦而不明。須要收縱聯密，用事合題，一段意思，全在結尾，斯爲妙絶。萬氏之詩詞，長於詠物，蓋深得張氏樂府之指迷者也。此處唐氏所選印之單頁，爲新嘉坡大學中文系主任賀光中博士珍藏之初搨本，計分條幅八張，首張標題爲萬紅友先生回文詩詞，末張題跋，則爲善化唐仲冕所書者。其餘六張，每張各載詩詞三首，每首先繪所載詩詞之實物，次述讀法於下，至爲明晰。余因此項初搨之已成爲孤本也，乃商得賀君同意，拍攝全部照片，製成電版，附入本篇，藉資傳播』。考相思璧（失名）、花罇（失名）、卿雲在霄（朱象賢）三圖載於回文類聚十五卷本中，俱非萬樹所作，王氏又謂其選自昭代叢書丁集，亦誤，因此書當時實未出世也。清末民初，報刊雜志時有選載萬樹之碎錦圖，如申報宣統三年七月初二、初三、初四、初五刊出面面相逢、同心梔子、鴻燕分飛、柳帶同心結；又遊戲雜誌（中華圖書館編）於一九一三、一九一四年間，刊出柳帶同心結、鏡蒂、五雜組、梅花三弄、連環方結、連理箋。紅友於詞學、戲曲造詣頗深，一生著作等身，然對後世之影響，首推詞律與璇璣碎錦。曲園謂『詞律一書，至今詞家奉爲矩矱』。其實，璇璣碎錦板本之多，發行數量之大，流傳地域之廣遠過於詞律。而曲園竟謂『至今罕有知者』，經學大師此言，真是滬語所云『老鬼（jū）失匹』者也。

萬樹長於明清之際社會大動蕩時期，父濯（一五九四—一六四四）、舅吴炳（一五九五—一六五〇）相繼死事，國破家亡，迭遭變故。江昱謂璇璣碎錦『復隱寓以名物，離合其字句，戛戛乎難之又難，豈不如是窘縛刺促，遂不足以騁其靈奇，宣其鬱勃耶。觀其命名，若未肯以迴文詩三字没其苦心，而特託于齊政之儀，天孫之杼，洵不誣也』。并指出『以今閱者之情，而逆作者之意，知必非漫無托寄而爲，是怨妻戍婦之爲也』，因此不得僅以『弊精神於無用之地』視之。

張塤碧簫詞卷三沁園春題萬紅友璇璣碎錦曰：『僧宏倫手定，紅友已不及見者，紅友殁於牂江舟次，故末章用王勃鬼吟事也』。詞云『歎息是兒，嘔出心肺，曰然有諸。想屈曲離奇，腕中有鬼，攧翻播弄，頷下多珠。夜傍宫牆，苦摹鐵篴，血染春山聽鷓鴣。寒閨内，賸蘇家錦樣，不理殘梭。老僧劖挂鋃鋘，問七尺珊瑚、未斷乎。哭才子下梢，梨花細雨，天涯遲暮，寒食平蕪。秋水長天，魂吟江山，再到滕王閣裏無。關心處，怕飄零五噫，冷落三都』。

迴文詩

清曾獻瑞撰，光緒永興縣志卷五十典籍志著錄。獻瑞字國楨，順治八年拔貢，居家不仕，足跡弗履公庭，耄年猶力學著書，有百梅詩、來鹿軒草、迴文詩，八十二卒。

迴文詞一卷

赤城章雋撰。重修浙江通志稿著述考初稿集部、孫殿起販書偶記卷二十詞曲類著錄。前有吴兆寬、祝文球、陳蒼驤、潘彬題詞、序言，收虞美人、巫山一段雲、思帝鄉、西江月、月中行、相見歡、浣溪紗、眼兒媚、玉樓春、訴衷情、南鄉子、長相思詞十二調，汾右侯仲軨先生評定，康熙間刻本，今罕見。

題詞：『聞之離騷者詩之變也，詞者樂府之變也。自昔忠君愛國，不得申其志，則托喻芳草，寤思美人，猶有温柔敦厚之遺。惟詞亦然，故稱爲騷之苗裔。而迴文一體，更爲詩與詞之變也。原其裁體，昉自織錦，托於望夫之山，寫其匪石之志，亦有楚騷之遺意歟。若以詩餘爲迴文，更難言之，巧則掩骨，纖則傷雅，自昔才人未有專家也。吾友千巖學海驚瀾，詩歌諸體，無不兼擅，出其餘思，著迴文諸闋，爛然成集。流覽吟諷，字必色飛，語必魂摇，要其托意深長，結體融秀，故運斤於工巧之中，叶韻有天然之妙，真堪含柳吐秦，提辛攀李，極才人之絶唱矣。倘過旗亭酒肆，雙鬟按拍，發聲而謳，千巖尊前花下之句，豈獨使王涣、昌齡、高適諸公，擅名千載耶。康熙癸丑孟秋上浣松陵同學弟吴兆寬題于玉山寓齋』。

迴文詞序：『原夫風會遞遷，新聲代作。漢魏之古質，變爲六朝之綺靡，陳隋之駢辭，流爲三唐之近體。風雅之道，至是而浸淫極矣。然咀顈抽毫，止研精於篇什，而披華啟秀，未旁及於詩餘。惟是菩薩蠻一調，李翰林首創於開元，長相思之詞，白刺史復歌於長慶。迄乎大中之末年，更有飛卿之艷曲，寫秋思而以更漏子名篇，感麗景而以玉樓春寄調，則詩之必有其餘，猶正之必趨乎變。所以學詩之家，自唐而廣，即詩餘之體，亦是唐而開，豈非文以情生，體因時變者乎。沿及有宋，踵事增華，凡屬藝林，咸工斯製。曉風殘月，傳柳卿贈別之章，衰草微雲，推少游傷情之闋。美成以柔麗擅長，稼軒以雄豪絕俗。介甫吊古於金陵，子瞻感懷於赤壁。若夫花露草煙，永叔偏多綺語，夭桃繁李，庭堅別有幽思。以至黃冠緇衲之流，紫閣金閨之秀，莫不按拍填詞，諧聲合律，此則宋人獨專其美，非奕世所能比芳者也。獨是短長之調，無美不臻，而迴文之製，二者亦鮮。我友章子千巖，赤嶠名流，烏衣華胄。才擅雕龍，譽高吐鳳。慕太史南游之槩，懷尚平五嶽之思。長卿西蜀，時來邛令之車，孺子南州，頻下陳公之榻。憑高有感，賦擬登樓，對客揮毫，詩成公讌。因更出其餘技，乃復製爲新詞，參互綜錯，環迴可誦，留連往復，上下成文。正如綴玉編珠，聯而不斷，何減調鐘協吕，間以相生。雖使大匠運斤，難方其巧，即屬天孫製錦，莫並其工。此蓋創前人之未備，駕昔賢而上之者矣。余學遜士安，妄序三都之賦，才慚開府，謬題柱國之書。特以作客天涯，壎篪協好，締交異地，鷄黍論心，不辭固陋，聯以贈言云爾。海昌眷同學弟祝文球頓首拜題』。

迴文詞序：『填詞亦詩也，而目詩餘名，目其格律之不莊，字句之近纖也。然填詞之較難於詩，亦有數項焉。詩止平仄二聲，詞則平上去入四聲皆用，詞須五音皆叶，始按律可歌，而詩則不問宮徵，至其束縛於沈約之韻脚者，又未始不同也，詩詞之難易，不問可知。廼近人輙難詩而易詞者何是，吾謂近人之於詞，特因其難而誣目易，謂其不足爲目文其不能爲耳，豈通論與。試觀三百篇離騷而下，漢魏六朝目及三唐宋元能詩者後先林立，更僕未易。數而填詞，則惟宋人擅場，且宋亦祇辛稼軒秦太虚數公稱絶勝，即東坡之作，僅大江東一闋，語意悲壯，在人口頰間，而它無可錄，此可徵填詞之難於詩矣。夫填詞已難，而況目廻文爲之，互復可誦，尤難之難者也。吾友章子千巖，赤城名宿，其生平所著且園及雨山樓客唫諸前集詩文若干卷，富可等身，間於幕府清暇興會所至，得廻文詞一帙，適枉過六署，出目示予。予浣露靜唫，覺其旨趣悠長，事理融貫，又音節鏗然，含宮咀徵，激交鍾而發蕤賔，真近代絶調，爲嘆異久之，因解貲付梓，目公同好，不必秘也。嗟乎，填詞已難，而出目廻文尤難。今千巖首尾用韻，前後成章，來往讀之，若轂之運，若圜之轉，駕輕就熟，熒熒乎忘其難而入於易矣。假如海內才人，盡能具此筆舌，目攄乃胸懷，即謂填詞一道爲無難也，亦宜。時康熙乙丑仲夏寧海年家眷世弟陳蒼驤省園氏題於蓼城之致遠堂』。

序：『古今有何才人，大率善飣字耳。自蒼頡祖誦造若干字爲普天下公物，凡屬文者，濡筆砥墨，皆得拈而飣之，一入才人之手，精靈百出，無它，飣之善也。嘗覩方罫間，國手所拈，即劣奕所拈之子特以位置異處，遂能制勝，飣字爲詩文者亦然。今千巖章先生之於字，輙用以飣廻文辭，此又一飣字之翻局也。夫人飣散行詩文，不幅以一韻，不束以四聲五音，不律以牌名，字面不忌重複，字義不取循環，而此若干字，方且頑梗倔彊，不肯效命，乃若廻文辭，其格刱，其法嚴，其途徑窄，其牽制多，譬猶提兵入險隘，雖精熟戰略，馳驟不能自由。千老獨舉頡誦以來之字，調笑指揮，顛倒驅使，若弄如意珠。佛云一切衆生，具種種心，生種種相。龍眠李芥須曰，一切才人，具種種心，生種種筆。予沿其意而括之曰，一切才人，具種種筆，飯種種字。昔竇滔妻蘇蕙織錦爲廻文，傾動武曌爲之製序，然句皆近體，不聞其爲填詞。辛棄疾填辭，稱宋代第一，不聞其爲廻文。自此集出，蘇婆辛老不能不退一舍，何也，蓋蘇辛之善飯字，其妙從同。千老之善飯字，其難從獨也，陳省翁父母極賞。予言謂此善飯字，三字雖近滑稽，實千古才人定案。予因不辭饒舌，弁之簡端，冀以博開卷者之一捧腹云。皐城年家眷教弟潘彬兩衡氏拜撰』。

璇璣圖　回文詩

沈昌祐萬季野先生遺著目錄彙誌（一九三六年刊），其後自補云：『璇璣圖一卷，蕭山朱酇卿藏有此圖，狀如回文詩，然果否先生真蹟，當待考証』。方祖猷季野著作考：『沈昌祐曾有另册自補其遺著目錄彙誌謂季野著有璇璣圖一卷，狀如迴文詩，朱酇卿藏。按璇璣圖係清中葉宜興萬樹璇璣碎錦迴文詩之附圖，共六十餘幅，全與季野無涉，沈昌祐誤題以季野之名。季野一生，博覽勤著，豈有閑事爲此文字遊戲耶』。

故寧波著名藏書家朱鼎煦（酇卿）别宥樓有一卷清稿本回文詩（散帙，無目錄頁次，書名意爲收藏者擬加），封皮鈐『大楳山民』姚燮朱文方印，正葉首題『計圖陸拾弍頁，功成五載餘矣，季野萬斯同記』，祇有圖和讀法。内中之金花勝、霹靂環、葫蘆、翠蕉、錦障泥、扇影、節節高、蛛絲、柳帶同心結、錫朋、火齊環、同心梔子、縱横其畝、紙背書（八行牋）之類，與紅友璇璣碎錦之圖象相同。可以斷定，應是後於萬樹之著作。碎錦首刻於康熙三十四年乙亥，而季野殁於四十一年壬午，恰有『五載餘』之時間，故其回文詩必作於此際。己所創新之詩圖，有一簾花影、交格方檽、同心錦、卅六鴛鴦錦等，組織工麗，頗見匠心。蛛絲感懷有作五律，有『晚年羈薄宦，深自愧迷途』句，世謂斯同以布衣預修明史，不署銜，不受俸，何以會出此言，令人難解。沈氏所稱之璇璣圖，與回文詩是否爲同一著作，不敢妄斷。江昱『必非漫無托寄而爲』之說，也同樣適用於此萬，聯係季野身世，又豈能以『文字遊戲』視之。

種瑶草堂集一卷

襄平曹封祖紫書父撰，柯愈春清人詩文集總目提要著錄。提要云『封祖字紫書，自署襄平人，襄平即今遼寧遼陽市。此集一册，前有小序，稱辛巳客武林作迴文詩，凡六十四首。施子錦帆欲以授梓，改題春閨花月詞。辛巳當是崇禎十四年，集約此後數年付刻，中國社會科學院文學研究所藏。末題紫山曹溪髮僧識。詩皆寫景之作。又有聽月樓集四册，康熙九年刻，日本大阪府立圖書館藏』。案：辛巳應爲清康熙四十年，而非明崇禎十四年，讀曹氏張東亭迴文集序便知其誤也。

同心梔子圖　同心梔子圖讀法

同心梔子圖，清吳宗愛撰。其報素聞書云：『素聞賢妹妝次，相隔數百里外，蒙委專使，竝惠懿章，藉得順訊潭安，俾知近祉，慰甚幸甚。書中備叙淑懷，纏緜往復，春山迢遞，秋水蒼茫，靡日不思，妹之念鄙人，猶鄙人之念妹，夢寐縈懷，不堪言罄。維吾妹盈盈妙年，名花初開，春曦方旭，妹夫已採芹香，一室喁于，天倫至樂，曷勝延羨。鄙人自結褵以後，靡室焦勞，慨焉身任，菽水光陰，齏鹽歲月，歎人生之局促，慮來日之大難。回念曩時，花晨鬬茗，月夕鬮題，邈如隔世，此情此景，何堪爲吾妹述也。獨念絳帷聚首，與吾妹膠漆相投，三生締契，方謂同福共命，如吾二人者，何可須臾隔，詎料一別五載，雲山遼絶，晤面殊難，而且茵溷分途，菀枯異路，今日望妹，幾若泥壤中望雲霄矣，尚何言哉，尚何言哉。惠貺頻承，慚乏李報，謹具玉鐲二，香囊三，古鏡一，鏡箔一。箔上回文，乃鄙人所意爲者，託六出之名葩，表寸心之縈結。仿蘇家之錦字，稍約其詞；視侯氏之龜文，較暢其旨，命之曰同心梔子圖。昔劉令嫻摘梔子贈謝娘詩曰，兩葉難爲贈，交情永未因，同心何處恨，梔子最關人，區區之意，聊託於此，吾妹必能一見心解也。心邇身遥，言難盡意，臨楮神馳，統維懿照。時康熙壬子年，辰月己酉日，愚姊吳宗愛拜書』。

同心梔子圖續編（雲鶴仙館單刻本稱同心梔子圖讀法）一卷，析圖二十，爲永康應瑩蓁園所著，陳鳳巢翽齋先生鑒定，前有俞樾梔子同心圖讀法序，應瑩同心梔子圖續編讀法序，末有徐雨民跋。梔子同心圖讀法序：『昔蘇氏璿璣圖，縱横往復，皆成章句，宋元間有僧起宗者，以意推求，分爲十圖，得詩三千七百五十二首，而明人康萬民又增一圖，更得詩四千二百六首。今四庫全書集部，有璿璣圖詩讀法一卷，即此兩家所演，合成一編者也。夫璿璣圖止八百餘字，而得詩幾及八千首，其神妙真非意想所及矣。嗣是以後，寂寥千載，未有嗣音，至國朝康熙間，永康才女吳絳雪，又有梔子同心圖之作。其圖凡一百六十五字，左旋右折，皆可成詩，舊讀止詩詞數首，未盡其妙。咸豐初，應蓁園明經瑩，復就其圖潛心玩索，得五言絶句六首，七言絶句四首，詞三十二首，又六言詩八句，其鉤心鬬角之巧，乃始稍稍呈露，亦不負作者苦心矣。絳雪以才女而兼節烈，事湮没幾二百年，吳康甫大令爲其縣丞，訪求得之，屬黄君韻珊製桃溪雪傳奇以張其事，又刻其詩，附以此圖，固表揚節烈之盛心，亦憐才之雅意也。余因勸并刻應君讀法，以貽好事者。使海内錦繡才人，因此讀法，交相推演，或更有不盡於此者，他日匯成一集，與璿璣圖讀法並傳，不亦足見昭代之多才，而爲藝林之佳話乎。同治十三年十二月上浣，德清俞樾蔭甫序於春在堂』。

同心梔子圖續編讀法序：『牡丹競媚，萼露雙頭；芍藥多姿，香生並蒂。煙妝梅額，魁春則兩兩鴛鴦；氣醖檀心，傅粉則翩翩蛺蝶。緊惟絳雪，清毓華溪(吳氏宗愛號絳雪永康人教諭士騤女適庠生徐明英早寡著有六宜樓絳華草詩二卷)厥有素聞，靈鍾秀水(士騤時爲秀水教諭素聞秀水女史)劉家三妹，夙擅才華(教諭三女俱能詩工畫此其最少者章汝銘寄詩云如花姊妹粲成行三妹清才更擅長)吳國二喬，競稱淑質。自相依附，竟成連理之枝；好共綢繆，遂訂同心之約。照心有鏡，願與月而俱圓；解語如花，忍因風而各散。胡乃別來五載，晤面殊難；豈其締契三生，前言是戲。或鳩啼宅畔，感桑葚兮初紅(暮春漫興寄素聞晴鳩呼婦葚初紅)或烏乳林端，懷桐陰之正碧(夜坐同素聞作刺桐花外見嬋娟)或聽曙鶯睍睆，依稀銀箔添愁(與素聞聯句和祁修嫣女史春閨銀箔愁聽鶯睍睆)或聞宿燕呢喃，仿佛珠簾弄影(遲素聞不至日暖疎簾燕子催)或質將金鐲，壺提而顔欲酡朱(聯句沽春暫質黃金鐲)或倚向繡帷，襦破而肌還怯玉(聯句臨風玉質怯春衫)或泛巵陂上，惜別而黯黯銷魂(別素聞黯黯銷魂對冷巵)或瀹茗爐邊，聯吟則依依如夢(和素聞詩茗椀爐香伴掩扉又聯句瀹茗親調白玉簪)或盼歸雲之縹緲，合雲又是離雲(寄懷素聞屈指離雲又幾年)或慨細雨之纚綿，今雨不如舊雨(夜坐同素聞作小樓盡日雨纚綿又寄懷素聞追思舊雨儼如昨)或臨深澗，疑鯉信之遥通(寄素聞底事佳人芳信杳)或對晚山，恨螺鬟之遠隔(寄素聞啓雲山遼絶晤面殊難)曩取南都石黛，鬭畫雙眉(別素聞紅窗幾載共修眉)今留北地燕脂，偏分兩靨。風光如昨，形影斯單。那不枯肺腸於玳瑁窗前，落顔貌於芙蓉鏡裏。迺持彤管，表丹忱，擘鸞箋，摛鴛鏡。結香囊而寄意，託古鏡以傳情。爰把劉嫻之詩，樣描梔子；還仿薛媛之畫，箔製香奩。外則應規，微分凹凸；內惟中矩，妙握璣璿。飛六出之花，天工奪巧；屬一心之草，春豔爭妍。易讀者一十二韻之周流，工裁玉律；難窮者八十一字之蟠結，暗度金鍼。腸九曲以縈洄，穿珠似蟻；線千條而嬝娜，織柳如鶯。經緯爲文，引色絲於雪繭；縱橫其縷，吐靈緒於冰蠶。羌鬬角以鉤心，復裁紅而暈碧。茂矣美矣，倒之顛之。月影一輪，芒寒兔魄；霞光五彩，調寄霓裳。此天地之奇文，亦古今之妙義。無如吉光片羽，漸就飄零；剩馥殘膏，幾經湮没。良可慨也，豈不惜哉。乃有居今博士，好古名臣，桐城吴參軍，搜尋香稿按圖繪寶鑑載吴絳雪作翎毛花卉極工瑩家藏杏林春燕圖係絳雪真蹟先君子題云絶代風流鬱錦幃杏林春暖鬬芳菲可憐粉本傳遺蹟祇有斜陽玉燕歸燕舞芳林喚别魂杏花開向舊柴門那堪香雪飄零盡拾取殘箋認爪痕時羅芬餘明府延先君子掌邑塾教與參軍吴公友善歸之公遂廣爲搜尋竟得絳雪詩集二卷内有同心梔子圖先君子諱文定蘭谷倪夫子，玩索璇圖。詩止迴文四聯，詞僅相思兩闋。而翽齋先生以爲未盡其義而觀其深也，命抽乙乙之絲，用尋庚庚之緒。瑩則詞慚幼婦，巧讓天孫。雖欲從之，奈空杼柚；況有嫁者，待作衣裳。治絲既患其棼，製錦亦云未學。除非繡口，許竊侯氏之文；不是蕙心，莫問蘇家之字。敢自謝夫不敏，願有待於多能。而先生意又勤勤，情逾切切。長者之命，卻之不恭；美人之貽，繹之爲貴。由是借薔薇而盥手，玩菡萏以悁心。時而擁被以思，或又閉門以索。幾經尋釋，屢費推敲。始固茫茫，繼難了了。頑如立石，忽點小子之頭；智等絜瓶，竟肯先生之首。朝披夕玩，覓一索再索三索而彌殷；日引月長，乃五言六言七言之俱備。韻無妨疊，聲不嫌雙。既蜂腰鶴膝之難辭，豈白雪陽春而能和。採桑子、南鄉子，漫擬閨情；浣溪沙、浪淘沙，聊傳春思。阮郎歸否，王孫憶無。一段離愁，雲起巫山霏霏；千般媚景，春到畫堂遲遲。山記小重，蘇養直曾吟蝴蝶；天涵尺五，秦少游載賦鷓鴣。他如康伯可之芳情，徐師行之逸興。歐陽公調諧金石，馮延己音協宫商。狂笑春風，咏楊花於孫氏；寒增暮雪，擬柳絮於謝庭。俱籠尺素之中，盡羣寸丹以内。搜之愈出，未能得其一二三，引而靡窮，敢謂吞者八九。莫作井蛙之吠，兩部笙歌；祇同管豹之窺，千純錦繡。雖寓鍼神於香閣，宜傳粉本於文房。詠既可吟，圖必須繪。愧非縫月織雲之手，技不稱良；雖用騁妍抽秘之心，匠難見巧云爾。咸豐元年歲次辛亥，曝書節前一日，永康應瑩蓁園氏識於芝英莊碧溪之書帶草堂』。

跋：『吾邑女史吴絳雪，名宗愛，秀水教諭士騏女，曉音律，嫺吟咏，兼工翎毛花卉、人物山水，而姿色穠粹，見者豔爲天人，著有六宜樓稿及綠華草，後附寄秀水素聞女史同心梔子圖并啟。夫絳雪之工畫，圖繪寶鑑詳之矣。其嫺吟咏，則當時素聞知之。燃脂續錄摘入佳句甚多，甬東戴玉蕚女史題其稿，東陽王虎文先生記之，而惜不見其全集。及其詩之幾湮没也，則吴參軍廷康用活板傳之，既而金華王蘭汀家齊重梓於冰壺山館詩集，不至湮没矣。獨怪同心梔子圖，其組織工巧，不減蘇氏迴文，前雖并刊其圖附以讀法，然寥寥數章，未盡圖妙。吾友應君菉園，善屬文，工駢語，客冬將此圖反覆尋繹，听夕披吟，讀成詩如干首，詞如干闋，讀法既工，繪圖更巧，此編成而梔子圖益彰矣。翽齋陳先生鳳巢見之，襄諸同人，慫慂付梓，遂顔之曰同心梔子圖讀法。旹咸豐元年立秋先一日，澍亭弟徐雨民謹跋』。

應瑩致吴廷康啟，云『回憶泣永時，折節下交，與先君子氣誼相投，搜尋絳雪遺蹟。庚子鄉試啟行時，即檢家藏杏林春燕圖，命瑩奉呈台下，因得仰接芳型，俯聆清訓，光陰轉瞬，於今十有八載矣。心邇身遥，無時不深翹企。至女史吴絳雪，得老父臺闡揚幽節，梓行詩鈔，自當不朽。瑩於雨窓之暇，展讀梔子圖，妄演讀法，得詩詞若干首。陳翽㐅先生見之，强付剞劂，恨不得就正於老父臺耳。雲山曠隔，晤面殊難，正結想間，忽聞台駕回杭，曷禁心往而神馳也，愧無餽問之資，聊檢梔子圖讀法四本，先呈台電，倘有當於萬一，或嚴加斧削，再行翻刻，或採摘數首，附載詩鈔之後，不至湮没，幸甚。』

許楣徐烈婦傳謂宗愛『善寫生，間作設色山水，皆有致，繡回文詩囊，見者嘆雙絶』。山陰秦佩芬題絳雪集四絶，其一云：『劉家三妹擅才名，香茗詞華玉樣清，絶妙鏡匳花六尺，回文錦字織新成』。晚晴簃詩匯卷一八三：『絳雪才色並絶，父爲校官，絳雪從宦，在秀州與吳素聞女史善。既還永康，屢寄以詩。嘗用璇璣圖例爲同心梔子圖，外爲六出，象梔子花，其緣各書七言詩一聯，内書八十一字，以雪字居中，析爲雨山二字，縱横回互讀之，得五六七言詩及長短句四十餘篇，其巧慧類此』（王士禎池北偶談卷十二記素聞畫扇二妙入毫髮）

續修四庫全書總目提要（稿本）·絳雪詩鈔二卷（咸豐刊本）云：『是本爲海鹽陳其泰所重刊，跋稱吳廷康提倡之後，傳刻不止一本，詩後附迴文圖，依法讀之可得詩詞多首，永康應氏有單刻本，故不備載』（夏孫桐撰稿）。又徐烈婦詩鈔二卷回文同心梔子圖附（同治十三年甲戌刻本）云：『凡詩集二卷，曰六宜樓稿、曰絳華草，迴文同心梔子圖附書，計得詩百餘首，總名之徐烈婦詩鈔』，『其六宜樓稿，爲居秀水、剡邑時所作，絳華草爲歸永康時作，其迴文同心梔子圖，縱横讀之，得詩詞數十首，綉爲鏡囊，以贈其族妹素聞者也』（陸會因撰稿）。

宗愛遺詩凡五刻：金華王家齊初刻（道光雙溪王氏玉壺山房本），蕭山丁文蔚、王錫齡再刻，先後經兵燹，板片被燬，世尠傳本。陳其泰屬海寧許楣三刻（咸豐四年甲寅古均閣本），無錫秦湘業四刻（光緒元年乙亥雲鶴仙館本），義烏黄堯卿五刻（光緒三十三年丁未成都寓齋本）。應瑩讀法附刻於詩鈔後，亦有單行本，其中以鎮江宗紹藏書樓之黄氏蜀刻本最佳，字大悦目，綫條清晰。此外，還有永康潘樹棠石印本，丁芝宇精鈔本等。

回文集卷六十一　目錄

回文集卷六十一

奚囊寸錦

清張潮撰。潮（一六五〇—一七〇九）字山來，一字心齋居士，别號三在道人，江南歙縣柔嶺下村人，僑居揚州。習孔子。康熙四年補諸生，以歲貢官翰林院孔目。平生廣交同好，以輯錄和刊刻叢書知名于時。有檀几叢書、昭代叢書、虞初新志、心齋雜俎等行世。

〔稿本〕中國古籍善本書目、中國古籍善本目錄云，奚囊寸錦不分卷，康熙四十六年刻本，八行十八字，白口，四周雙邊，長治市圖書館藏。柯愈春清人詩文集總目提要，謂潮『十年流寓揚州，四十六年自刻所編奚囊寸錦』。嚴一清稱『此書初刻於乾隆二十九年甲申秋，張潮已故五十年，羅興堂刻於官署，嘉慶廿五年揚州王氏重刻，世間止刻二次。張潮曾刻叢書數種，竟獨未刻寸錦，亦不可解』。

奚囊寸錦三卷，乾隆二十九年清遠閣刻本。扉頁題『張山來先生原本』，『深川羅舜章訂』，『清遠閣藏板』，卷首有羅興堂、顧彩、族女賢靜庵氏序，凡例、錦目。圖二卷，鈔句一卷。卷上爲圖一至圖四十，卷中爲圖四十一至圖一百，卷下爲鈔句。半葉四周雙邊，讀法九行二十一字，鈔句八行十八字，白口，版心刻有書名、圖次（頁次）、『清遠閣藏』。

序：『原夫天孫機上，絲絲見組織之工；才子囊中，字字得錯綜之巧。盖緣靈心肆映，幾於五色迷離；尔其麗句廻環，盡是雙文繾綣。思以濬而益奇，製更新而弥富。則如奚囊寸錦一編，乃吾鄉山來張先生抽秘騁妍之作，而游閒遣興之書也。爰稽句有廻文，剏由温嶠；詩成織錦，名播若蘭。嗣是門巧爭奇，莫不以文爲戲，藏頭拆字，也知是語皆禪。一縱一横，具有五花八門之妙；或顛或倒，悉成左宜右有之觀。第匪推陳而出新，曷克引人以入勝。先生則脱盡前人窠臼，别抒筆底鑪錘。選雅式而搆新裁，宛轉玲瓏，因題起義；體物情而工傅會，爬搜剔抉，就景摛詞。信手拈來，無不頭頭是道；沉思索處，豁然面面都靈。集盈百種之多，心思弗竭；貯剖三函之勝，卷帙俱精。莫非文字英華，半是禪宗旨趣，顧其書成庋閣已五十餘年，欲得刊布流傳，固匪朝伊夕。堂兟佳有癖，捷悟無能。欣覩是編，詫爲得未曾有；亟承授梓，見者於意云何。應知觸處靈機，鈍子之方心可鑿；平添逸趣，才人之慧舌偏香。以娱燕閒，可消岑寂；以呈廣座，可樂賔朋。較之射覆藏鈎，此則綺交繡錯；比夫猜詩商謎，是尤緒密機清。特憐嘔出心肝，好句傾囊堪什襲；誰復理茲鍼線，奇文挑錦更成章。時乾隆甲申新秋，溧川後學羅興堂舜章氏題於清遠閣』。

奚囊寸錦序：『文之巧者，無過蘇蕙之織錦廻文，然其首句曰，仁智懷德聖虞唐，此成何語哉。况中多泛辭，於思婦贈夫毫無關切，甚矣，徒巧非難，巧而無所不合之，難也。張子心齋示余以奚囊寸錦，圖凡百種，天文、地理、文具、器用、花鳥，形象各異，荒忽變幻，不可終窮。詩則古律絶句廻文，詞則長中小調曲子，諸體咸備。要之義以象起，詞與題稱，不悖不泛，皆成合作，其巧一也。其字句之盈縮，皆隨物象之大小方圓而布置之，可以横讀倒讀，或屢犯而不厭其重，或割裂而不覺其碎。若其轉關鬭角，彼此互借之處，亦皆如天造地設，非有意於雷同者，極之千變萬化而不離其宗，甚巧二也。至其取象於物，物所應有一定之字皆令攝入句，毫無痕迹，如易圖則用竿卦名，碁局則安勢子，與箕子藥囊之類，未易殫述，其巧三也。嗟乎，是豈自有書契以來所曾闡發端倪者乎，方之織錦廻文巧拙爲奚若矣。或曰心齋具經緯才不用於世，閑窗棐几，假此自娱耳。余謂不然，夫心齋學期有用之士也，若其竭精耗神，徒供世人玩弄，亦何取焉。余恒與心齋雙螯斗酒，挑鐙對牀，劇談兩間之事，若星緯輿地律歷典禮之學，皆能娓娓言之，下及卜筮醫藥二氏之説，外逮稗官野乘詭怪之談，無不推類旁及，獨兵法未及談耳。今觀此圖，乃知心齋兵法之精也。夫惟善爲陣者，能不戰而屈人，孔明之八陣圖是也。八陣圖之妙，在於不變，尤在於能變，其要存乎以簡御煩，以静待動，心齋備之矣。今試按圖而索之，變化無方五花八門之象也，首尾相應，常山率然之勢也。能多能寡，多多益辦之，權也；可伸可縮，減竈增垒之，謀也。彼此離而忽合，奇道伏道之相生也。長短句法竝合，劍盾戈矛之相接也。志以帥氣，刁斗金鼓之晝一也。文不害辭，露布鐃歌之簡嚴也，何一非兵法之要哉。心齋生當偃武之世，韜畧無所發揮，舉胷中十萬甲兵，括而藏之奚囊。其曰寸錦云者，猶云天山一片石，壯士錦衣歸，徒文之巧乎哉。或曰子烏知之，余笑曰，昔公孫大娘舞劍器，張旭以悟草書，邵康節懸碁局，審視之以爲合於河圖。況心齋之陣法，既明示我乎，善兵者不言兵，猶善劍者不言劍也，而何疑之有焉。

同學弟顧彩拜題』。

奚囊寸錦序：『竹西余桑梓地也，憶小時甫識之無，即聞族中山來先生，天才穎妙，冠絶羣英，長而爲聲韻之學，稍事博涉，得見先生所著叢書數十百種，皆綜核古今，刻畫纖碎，其閒泠雅雋之，致往往令人頤解神愜，不能釋手。夫學者終日經史大部之書，耳目心志未免板重，引之雜家小品，乃覺胷次更換，别現靈光。譬如遊五岳者不廢幽巖，享鼎鬻者時賞昌歜，此亦大小相資、濃淡相濟之義也。余生爲造化所恨，托迹荆裙，無能與藝林諸公一角其技，獨時時手先生諸編作枕中秘本。今年春，隨夫子返棹故里，筆墨之暇，香爐茗椀，形影相依，自謂脱外間遊冶氣息。忽猶子西峨見過，攜一册索序，視之則先生奚囊寸錦也。驟閲頗茫昧其辭，及按圖徵譜，徑路井然，各有原委，宇宙間何可少此等佳致。余閨閣輇才，不足辱大君　之著述，獨其巧思别趣，適資小窗兒女文話之助，因泚筆序之。既念先生負才不遇，畢業名山，諸友朋文字投者皆不憚齒芬，游揚延譽，可謂文而豪矣。而余以族中一女子謬承奬借，俾登士安之位，則先生之視余，其肯以脂粉鉛華而不以鬚眉金石乎。余之唧唧蟲吟，殆將繼諸君子而得所請矣。旹康熙丁亥暮春上浣，族女賢静菴氏歛衽端肅書』。

書中有兩則作者題識，卷上云『文人事業，無非學圃書田；措大生涯，不過筆畊心織。借眼前之花樣，徧觸奇思；運腕底之神工，平添幻景。或翻新，或改舊，誰云我見猶憐；亦仿古，亦創今，敢謂後來居上。心齋居士張潮』。卷中云『錦裁百種，合卷有厚薄之形；帙判兩函，分卷得參差之致。雖前四而後六，依然璧合珠聯；印左圖而右書，宛尔塤吹篪龢。别成鈔句，統附末編。由上中而及下，一氣相通；本天地而生人，三才竝立。三在道人張潮』。

奚囊寸錦四卷，嘉慶二十五年刻本，扉頁有『嘉慶庚辰秋七月古靈應祥題』。卷首除錄羅興堂、顧彩、族女賢静庵氏序，錦目、凡例之外，增退圃、藴生題詞，重鐫奚囊寸錦校訂同人姓氏（江都李文綬艾川男棨竹孫、江都殷杓斗南、儀徵王僧保西御、江都梅植之藴生、儀徵吳廷颺熙載）。王從豫鼇分四卷，即圖三卷，鈔句一卷。卷上爲圖一至圖二十，卷中爲圖二十一至圖六十，卷下圖六十一至一百。頁面與清遠閣相同，板心僅書名，葉次。

退圃題詞：『心思百折九迴腸，仙佛文章寸錦囊，多少功夫方織得，篇篇循誦好思量。花爲胎骨雪聰明，百遍循環妙義生，解道風騷三□復，方知此是古人情。悔恨題詩蘇若蘭，連波以外解人難，先生一點靈犀巧，翻出奇章與世看。妙想非非匪所思，玩辭觀象祖庖犧，若爲索取圖中意，奇外無奇更出奇』。藴生題詞：『張老拔奇才，幽思汲邃漠。摛辭薄風騷，設象瀍河洛。制爲寸錦圖，譎詭奥且博。小儒嫉其巧，反謂智而鑿。豈知作者心，厥義有所託。宏文敷六經，彼故乃埴摶。帝媪啓苞苻，剛柔互交錯。皇極之敷言，箕疇陳噩噩。風詩尚回互，善戲不爲謔。宣尼示子夏，三無説禮樂。邱明鸜鵒歌，亦既發其略。有女蘇若蘭，聰明婉且弱。傷心歌綠衣，恨等填河雀。憂離織錦字，泣涕戚嗟若。紛哉後代賢，各自啟扃橐。或如篔黄鍾，紛散悉合龠。或如穿蟻珠，循環不棼絡。析義隱而微，敷詞博以約。秦蘇激頽波，張老復恢拓。譬彼作垣墉，後者施黝堊。譬彼作梓材，後者塗丹雘。飲酒觀此書，一讀一停酌。匪夷之所思，學製筆先閣』。卷下增重刻者題識一則，云『余家藏奚囊寸錦一書，國朝張山來先生著，深川羅舜章先生刻於官署，版藏清遠閣，久經散失，故坊間罕有此書。今春退圃汪先生過齋中，於案頭檢閲之，歎爲妙才，囑付剞劂，以公同好。舊刻圖分二卷，讀法一卷。兹圖訂爲上中下三卷，讀法一卷，共成四卷。梓成校讐無譌，遂訂片言於諸前達之末。嘉慶二十五年九月上浣，揚州王從豫識』。藏家元和鄒氏題曰：『是書花樣翻新，巧不傷雅，較今世所傳回文類聚格式尤多，乃藝林秘玩也』。

兹錦未審何語，觸犯滿清統治階級之忌諱，竟遭禁燬。嚴一清對張潮獨未刻寸錦，不可解。冥冥之中，作者似有預知。歿後五十年，羅興堂刻之，果爾不容于世主。然而歷史之發展，不依統治階級之意志，凡是人民喜愛之事物，要禁也禁不住，想燬也燬不盡。不僅清遠閣本在人間并未絕迹，而且於嘉慶二十五年又出揚州王氏重刻本。

〔稿本〕中國古籍善本書目、中國古籍善本目録、清人詩文集總目提要所述康熙四十六年刻本情事，不實。

附：凡例

織錦藏頭等作不知何時刱始，在古人憑空製出，自覺駭目洞心。若就余日觀之，難免積薪之歎。即如蘇蕙娘仁智懷德聖虞唐首句便欠妥帖，遑論其他，今概不敢草率自便。

陽羨萬子紅友璇璣碎錦一書，甚爲奇妙，惜失去四十圖，然姑即所存六十種論之，覺種種俱别開生面，可謂前無古人，不勝佩服。但間有一二未盡善處，不免另爲區畫，不謂引伸觸類，積而愈多，是則此譜之所由成也。

萬譜如算盤作十二時詩，不思十二時於算盤有何關涉。余則將盤中梁上一條斗石錢分等字悉爲串入，量數自勺至石而止，銀數自忽至萬而止，非不知石與萬之外，尚有十百千萬等數，然錢兩而外既已有之，不須重複。

又如一局棋以字寫入格中空處，其詞又不與棋相涉，余則照棋譜式以字代棋子寫於十字之上。又於四角及中心放勢子處，用肅蕭簫嘯米五字，以字中筆畫象秤上之非，其第十路横列一行，皆分半字爲下句之首，像棋譜中十一同十，其詩悉從奕棋起見，以較萬譜似爲勝之。想紅友樂善虛懷，九原中定不以爲罪也。

又如萬譜藥箱用藥名詩是已，但一藥名分屬兩行或一行中，俱屬閒字者有之。余則悉填藥名，每名必歸一格，庶與藥籠相似。

萬譜中一圖而用數詞，若花月欄外内各一調，如意珠一物各一調，吾無間然。至若柳帶同心結之兩調，九轉丹之四調，長命縷之四調之類，起止無所取裁，愚所不曉。

萬譜中有雖能效之不能駕乎其上者，遂不復作，亦古人閣筆之意，或間一效顰亦必稍有別處。

脱卸讀法，古惟蘇小妹採蓮詩最佳，即萬譜亦遜其自然，余則不敢復作。

古圖惟有方圓八角之類，今萬譜始爲如意珠及草壽字，余竊彷其意爲鞋杯蝴蜨諸種，此等雖無繩墨可拘，然無法之中亦有其法，頗覺別開生面。

詞内回文最難合調，如順讀當用平，逆讀又當用仄，余於此等則擇取字有平仄兩音者填之，庶幾兩無所礙。

此種原是遊戲三昧，字體中間有從俗處，觀者幸勿以六書正韻繩之。

此種古無集字集唐諸體，今偶一爲之，亦饒別致。

五色套板非不燦麗可觀，然目前已刷印維難，日久則顔色淺淡，亦概不復用。

圖中有半句回文者，亦余所刱。

吾姪冶良，少年頗具精思，譜中如六出花、雙飛蝴蜨、守口如瓶、葵花鏡、八分書，皆其所製。余第稍爲潤色，不敢攘爲己有，特表而出之。

刻中有銀錠、犀角等樣，未免近俗，不復取用。

有一字者家字魏字之類有二字者芙蓉鴛鴦之類有三字者儒釋道有四字者春夏秋冬風花雪月之類有五字者五星五臟之類有六字者六根有七字者七政有八字者八卦八陣之類有九字者九宮有十字者十供養有十一字者五臟六腑有十二字者十二支

拙譜於體則詩文詞曲騷賦四六，詩則五古七古五律七律排律小律絕句三言四言六言九言十七字，詞則小令中調長調，字則篆隸真行，韻則一東至十五咸，其門類則天文地理時令人物花木鳥獸宫室器用衣服身體飲食珍寶文史彩色数目干支卦名藥名花名詞調名古人名傳奇名，節序則歲交上元上巳五日七夕中秋重九，其形則方圓斜正三角五角六角八角分瓣雜花，其法則藏頭拆字頂針接麻互借回文象形會意，各各有之，非徒誇多鬬，靡亦見用心所在。

張東亭廻文集

清仁和張奕光撰，又名張東亭别集，收録各體詩六十七首，前有毛際可、毛奇齡、曹封祖序。

廻文集舊序：『歲己卯，余次子士儲蒙特恩授扶風令，貽書命其問班氏父子遺址及馬季長絳帳之村，與夫蘇若蘭織廻文錦處，以慰吾望古之思。明年夏而西泠張子東亭出所著廻文詩集見示，自五七言古，以至律絕諸體，無不具備。夫廻文不難於散行，而難於駢偶，難於首尾連屬，而尤難於後聯較前語爲更勝，令讀之者如解連環，如行山陰道上，如啖蔗，漸入佳境，斯爲擅場之作焉。東亭次韻鷓鴣詩，汀柳暗時晴雨唤，岸煙籠處暮朝啼，停車客起思鄉遠，罷繡姬愁别語低，覺鄭鷓鴣有其神韻，遜其工巧。他如送王震舒歸嚴陵云，空臺釣客無船泊，小縣桐溪有水分。喜方閬客見過云，梁繞衆雛新出燕，屋遮半樹老開花。回環精警，百讀不厭，豈易覯哉。余及門李紫翔戲謂此詩一出，可呼若蘭作捧硯侍兒，未免失之太倨，然若蘭自負謂非我佳人，莫之能解，亦似過於俯視千載，得東亭詩，庶可少爲鬚眉解嘲耳，不禁絕纓一笑。新定友生毛際可撰』。

廻文集序：『廻文者，詩中一别體也。幼時製雙帶子喜遷鶯詞，故作廻文體以示狡獪，而既而悔之，然而才人伎倆，何所不有，璿璣雖不可再，而五七字間偶一顛倒，是亦文心縱變所有事矣。張子蘭佩每以是體爲倡酬，動輒盈卷，聞舊刻已付鬱攸，而近復合格律二詩，并樂府絶句總彙之爲一家言，才人豈可量乎。山陰閨秀張楚纕工于是體，曾過始寧徐大司馬傳是齋中，把筆作廻文古詩。而予門徐昭華者，即司馬公女孫也，爲題其篇曰，曲江比下筆，流水作廻文，書十字訖，便輟筆，時傍觀者訝之曰，是底言何爲不置可否。蓋不疑其亦廻文也。予恨老去，不能復作詞如幼小時事，而題筆又艱，未遑猝應，祇遠述舊聞以留此集中作一佳話，傍觀者或亦諒之。康熙庚辰秋仲西河毛奇齡初晴氏題，時年七十有八』。

廻文集序：『鳥鳴空谷，雌雄叶上下之音；花發喬林，離合映淺深之色。或遇圓而爲璧，有偶皆奇；間異水以成波，無來不往。在物類之皆然，豈心思之或異。乃有西鄂文人，南陽佳士。賦才旖旎，折楊柳於章臺；體物清新，著枏榴於藝苑。獨是賦就凌雲，不逢楊意；攜來彩筆，但夢江生。乃本道原之創興，爰命小胥而繕寫。譬之淹留江夏，聊題鸚鵡之篇；托迹上林，流咏棲烏之什。竊比之懷，非其意也。今乃尋其端緒，遡厥儀形。鴛鴦水畔，恒交頸以雙棲；菡萏池邊，亦並頭而同倚。邢臧或在，把玩忘疲；敬憲如存，流連罔懈。此其分巧技於天孫，受才華於文石者也。嗟乎，言本心聲而發，詩原興感而成。以吾斯之感召，通古昔之會心。揆其難易，約有三端。夫登高作賦，聿昭大夫之才；覽物知名，不失通人之致。朔風邊馬，王正長操管而成；玳簪金釵，鮑明遠濡毫而就。茲則合纂組以成文，錯丹黃而煥采。刻形鏤法，涉筆尤艱；命意安辭，摛華匪易。賦事之難，其流一也。又或三品論詩，不專輯事；雙花止媚，要在窮神。思其連類，寧皆香草與美人；究其指歸，詎盡金刀而君子。連雞並翮，何可高飛；一夔孤行，偏能捷舉。比辭之難，其流二也。况乃宮商異調，金石殊情。雙聲隔字，珠纍纍以相牽；反覆迴環，玉玲玲而並振。若夫深持繩墨，堅守轆轤。雖觸物之非誣，恐屬辭之未善。托興之難，其流三也。自非窮六義於胸中，横一編於几上。何能扇芳六季之間，接踵三唐之際。單詞片語，亦璧合而珠聯；短調長歌，悉峰迴而水匝。三復斯編，要爲獨絶。或者泥正始之音，云乘體則；舉風人之旨，謂失新奇。豈知聲音之道，非有疆隅；情性之流，無難通變。是以客嘲賓戲，何妨借文字爲謳諧；亡是子虚，詎不限才人於聲譜。固知文以變而能新，境以奇而入妙者也。僕濫附同岑，假稱合志。見夷光而思慕，徒欲效顰；對白雪以懷慚，殊難屬和。流連永日，躭玩彌時。實深幸其起予，敢自侈爲知己。聊因蠡勺，仰綴鴻篇。豈同子建，能定敬禮之文；亦謂江神，自逐秦王之貌云爾。康熙辛巳秋日襄平弟曹封祖紫山氏撰于吳山直指精舍』。

序後所列選評姓氏，有陸堦梯霞錢唐 王晫丹麓仁和 洪昇昉思錢唐 李鳳雛紫翔東陽 柴世垣恭孝仁和 吳陳琰寶崖錢唐 祝增任菴海寧 丁文衡公銓新安 徐逢吉紫凝西湖 戴熙斐男仁和 吳焯尺鳬杭州 釋德信恬庵上人烏石峯 景應熊誠庵安邑 王復禮草堂西陵 趙瑜瑾叔武林 王起東震舒遂安 虞嗣集展園錢唐 金埴小郯會稽 柴世堂陛升杭州 馮法唐柳門錢唐 金殿宰軒磊武進 江燴次顏西泠 凌紹乾子健仁和等二十三人，一詩一評語。

卷末跋云：『夫水有迴，水有洑，一迴一洑而靈變生焉。故迴文詩，字猶是字，句猶是句，循還往復而意境頓殊，經營無迹，懷澹匠心。蘇若蘭何，一女子，遂至獨有千古。予友張子東亭，向特工此，鋟板行世，固已膾炙海内，春時熸於火。喟然曰，匡廬泰岱，拔地倚天，江淮河瀆，灌川注海，其氣盛，其神王，率未嘗爭能於一迴一洑間，亦可謂善自懺者矣。其篋中所存尤勝者，家弟武韓請復付之梓，謂山雖千仞，不廢培塿，水即朝宗，亦分沱汜。東亭不能强，而顏之爲別之一集。夫别之爲言外也，東亭既以外之矣，曷爲乎更有是役□□日述作名成，其或以是爲委宛之一支，濫觴□□□□可西村弟趙嘉楫傳舟氏頓首跋』。是集爲漱芳亭藏板本，約刻於康熙四十年辛巳，左右雙框，半葉八行。卷首有『研露堂』、『家住一城東東城一住家』、『臣光私印』、『蘭佩氏』等多方朱印。

此外，鄭梁寒村詩文選載張蘭佩詩稿序，其末云『未幾，而又得吾張子蘭佩，蘭佩本慈谿師橋沈氏，少年美質，而久以詩鳴於武林，所著迴文及古今諸體，杭睦宿老皆稱道之不容口，豈非言足以明志，聲足以永言，可以入於大聖賢人之路者乎。一日以其詩稿屬性兒求序，予未識蘭佩一面也，然沈氏有陣師孝廉者，與大父同受知於黄石齋先生之門，葵中先生又與先君同年相好，予與孝廉霏圃，屢次公車，而其子庶常元禮者，又余及門周編修郁叔所取士也。念師橋與寒邨相去百里，而累世之交若此，豈沈與鄭固有夙緣耶，因喜而爲之書，且以寧波一郡又得一人焉，爲可賀也，康熙乙酉九月』梁字禹梅號半人浙江慈谿人受業於黄宗羲康熙二十七年進士官至高州知府謝照蕉影齋詩集卷一亦有武林舊書肆買得寫詩零帙各題以詩·張奕光蘭佩東亭别集云『聲望曾不重洛都，才人别集散秋蕪，辨來蠹簡編珠字，翻得鴛機織錦圖，妙手不妨從己出，深心也欲感人無，岸煙汀柳推佳句，神韻何如鄭鷓鴣毛會侯序稱其鷓鴣詩汀柳暗時晴雨喚岸煙籠處暮朝啼之句』。

迴文花鳥吟

清吴縣汪士杰撰，同學桂時颺、韓眙豐校定。此爲清文字訓詁學者朱駿聲家藏本，由近人徐映璞抄存，共百首。其中咏四季花卉七十四首、咏禽鳥十八首、咏昆蟲八首，附桂時颺咏美人回文八首。徐元回文詩詞五百首選入七十六首，計春花十八、夏花十、秋花十三、冬花二、昆蟲七、禽烏十六。駿聲（一七八八—一八五八）字豐芑，吴縣人，道光間官黟縣訓導。映璞（一八九二—一九八二）名禮璣，衢州人。

迴文詩草

清東陽郭懋連撰，道光東陽縣志卷二十五賡聞志三經籍著錄。陶元藻全浙詩話卷四十七、朱琰金華詩錄卷四十八載王崇炳迴文詩草序，略云：『南湖郭岸先，爲余家西席，初學詩即喜爲迴文，學之既熟，一切感物寫景贈遺酬和之作，皆以此體爲之。清新妍雅，順讀既工，迴而益勝，心手調適，情韻諧暢，可謂能矣。岸先處人生極困之境，而一嘯一詠，蕭然自得，陋巷寒氈，無聊獨坐，以至旅館踈燈，郵亭促漏，欹枕遐思，莫不以詩遣之。歐陽公所云，窮而後工者然歟』。崇炳（一六五三—一七三〇）字虎文，號鶴潭，東陽人，主麗正書院講席，至康熙五十六年始爲貢生。

蘭湄幻墨四卷

清姚江亦曹氏華彬填譜，光緒餘姚縣志卷十七藝文下著錄。卷首有乾隆三年何陳調序，書末有自跋、及同里張德題辭。今存光緒二十年武林竹簡齋石印本、南京圖書館藏清鈔本、中國科學院文學研究所藏清鈔本。序：『蓋聞一畫開天，龍馬發苞符之彩；九疇應地，神龜垂戴履之紋。溯法象于圖書，無奇不耦；驗循環于日月，有往仍回。微如鳴鳥遷喬，則下上其音；燦若春葩映水，而淺深其色。凡物皆然，於心爲甚，繼生哲匠，爰製迴文。温太真創格而後，龍飛頌作自潘淵；蘇若蘭織錦以來，天寶圖傳諸王氏。錯綜盡變，生花之彤管平分；咳唾飛香，吐鳳之雄才較遜。

如披黼黻，五色相参；譬審宫商，八音互奏。洵爲人巧天工，奚愧家絃户誦。他若龜形會意之篇，拆字頂針之句。予懷杼軸，絶少鴻裁；依樣葫蘆，略無奥趣。固知吟安一字，足窮繡虎之能；章報七襄，莫乞金鍼之度矣。爾乃於越名流，武陵佳士。甫離錦褓，蚤識之無。纔滴銀蟾，便諳聲律。賦才旖旎，興來若舞朝霞；體物清新，心細如抽繭。詠楠榴於藝苑，玉屑紛霏；賡桃李於西湖，麗情摇曳。梅肥綻雪，下帷不廢狂吟；楓老酣霜，開徑輒聞清嘯。若其苦心孤詣，異想天開。因年少之寡歡，入戲游之三昧。空山寂寂，閉蓬户兮拈題；客思茫茫，據竹床而選韻。半窓花影，参差儘供描寫；一枕松濤，長落恰助波瀾。轉柔腸于百折，都成筆底之轆轤；鍊隻字以千錘，盡化聲中之金石。揔其義類，擬諸形容。會心不遠，間翻舊樣以成章；生面獨開，慣出新裁而定譜。維詩維調，爲曲爲歌。或帷燈匣劍爭奇，或圓璧方圭共皎。或鴛鴦月底，交頸雙棲，或菡萏風前，並頭同倚。或寓綵聯繩貫于片言，或占柳暗花明于尺幅。或山鳴而谷應，或路轉而峰廻。曲折淋漓，大約思來汩汩；經營慘淡，無端想入非非。豈有意以求工，亦自然而合拍。顔曰幻墨，足號奇觀。烟雲落帋，龍賓印取靈心；風雨驚人，兔頴催成慧業。宜乎歷刼長存，俾得留遺於天地；奈何凌雲早賦，猶然潦倒於塵埃。行雲流水之文，徒啟奚囊而滿貯；戛玉敲金之響，甘抱古瑟以偷彈。然而臭味相投，遭逢不偶，文章俱在，得失難誣。運龍文之健筆，偏許獨扛；繫虎項之金鈴，率多自解。倘能誇客，披圖者必詫爲神奇；縱鮮賞音，望氣者亦識所寶貴。何物文人，遽超流輩。選聲作色，密裁幼婦之詞；匿采韜光，潛解木鷄之養。爲問抗言疇昔，但遺睡魔；故教鎚碎虚空，恐驚俗眼。且謂音非正始，體近俳優。競綺語于蠻牋，終呼末技；摘閒情於菊圃，究屬微瑕。不堪持贈，遂借一緘爲藏拙之資；無限風華，竟致廿載作覆瓿之具。夫詩本言情，事期適興。才人狡獪，何嫌結體稍靡；嘉客詼諧，强半以文爲戲。聽曲終于江上，筆已通神；論賦就于梅花，心原似鐵。况因難而見巧，將欲抑而彌揚。是以豐城埋劍，燭天寶氣常浮；滄海遺珠，照澤靈光愈媚。慨自鄰家之餘烈，忽火其書；誰知桐尾之方焦，急求諸爨。全編灰矣，逐字飛颺；剩稿危乎，憑人出走。向非象齒之不焚，爭比蛾眉之可贖。綵雲重聚，黄絹旋摹。予也問奇有數，載酒頻過。蘭芳空谷，久窺藴藉之深；璧返秦庭，幸覩玲瓏之品。片時目炫，疑一莖草化丈六金身；幾度心驚，怪百尺竿呈許多技巧。極筆歌而墨舞，獨擅排場；駈鬼斧與神工，允稱意匠。斯惟勇過五丁，始辟蠶藂之路；要使巧還造化，别開混沌之真。試尋行而數目卦符，先後兩天；更援古而方今體勝，璇璣一錦。從此唫風弄月，合標美于龍頭；孰爲刻腎鏤肝，敢希蹤于驥尾。一斑想見，三復忘疲。僕本恨人，頓覺笑言之動；世多識者，請忝文字之禪。乾隆戊午桂秋月錢塘眷愚弟何陳調拜撰』。

作者幻墨跋辭：『語曰，雕蟲小技，壯夫不爲，非心實鄙之，時或有所弗暇也。余家僑寓武林，憶自甲午後新秋，率歸故里，寂守空山，此中略無可語者。月下燈前，情之所感，輒假筆墨爲緣，共得廻文若干首，携稿至杭，投諸破簏，不復記及。歲乙卯，祝融肆虐，延燬吾廬，凡曩時著作詩詞，悉付一炬。適於煙燄中，見有健兒踉蹌負破簏去。他日物色其人，三弟燮安以白鏹贖回，而舊稿固完然無恙焉。嗟乎，名象神奇，萬端難盡，文章知遇，千古無憑，向來游戲，悔且慙矣。兹特以其倖存也而存之，摹圖既畢，將抄句於後，因不禁重繫之以句云』。

張德集唐八首奉題蘭湄先生幻墨卷後：『抽梭起樣更新奇，織得廻文幾首詩，此外俗塵都不染，只因圖畫最相宜，千姿萬狀分明見，細膩風光我獨知，捴在人間爲第一，非関宋玉有微辭』（方干、徐鉉、李頎、杜牧、白居易、元稹、歐陽炯、李商隱)。『異國名香滿袖熏，平生心力盡於文，重吟細把真無奈，錦字迴文欲贈君，天外鳳皇誰得髓，世間烏鵲漫辛勤，能消忙事成閒事，也直黄金一二斤』(章孝標、杜荀鶴、李商隱、駱賓王、杜牧、唐彦謙、白居易、王福娘)。『家在寒塘獨掩扉，由來此曲和人稀，文移北斗成天象，塵壓鴛鴦廢錦機，偶助笑歌嘲阿軟，好題春思贈江妃，開械試讀相思字，極浦遥山合翠微』(劉長卿、岑参、宋之問、鄭谷、白居易、皮日休、徐鉉、皇甫冉)。『露下天高秋氣清，東山遥夜薜蘿情，烟開蘭葉香風暖，日落蒹葭遠水平，月若半環雲若吐，繡難相似畫難成，蜀牋寫出篇篇好，何處分明着姓名』(杜甫、皇甫曾、李白、劉滄、韓偓、方干、白居易、釋齊己)。『暗爲王孫換綺羅，空令歲月易蹉跎，一緘書札藏何事，十斛珍珠酬未多，不逐綵雲歸碧落，枉將心事托微波，自唫自泣無人會，香炧燈光奈爾何』(韓琮、李頎、錢珝、鮑溶、曹松、陸龜蒙、韓偓、李商隱)。『宛風含露透肌膚(石印本爲譚用之五雲仙珮曉相攜)錦帶交垂連理襦，縱使有花兼有月，所須非玉亦非珠，多因戲婕尋香住，莫羡鴛鴦入畫圖，獻賦十年猶未遇，曳裾終日盛文儒』(羅虬、許景先、李商隱、白居易、羅隱、吴融、錢起、杜甫)。『一生襟抱爲誰開，碧落摇光霽後來，能向綵牋書大字，欲題風韻愧凡才，畫羅金縷難相稱，珠蕋瓊花鬥剪裁，牽我心靈入秋水，故園黄葉滿青苔』(杜甫、杜牧、花蕋夫人、楊巨源、張籍、王初、李宣古、顧况)。『不隨鵷鷺狎羣鷗，别有仙人洞壑幽，半夜空庭明月色，黄昏獨坐海風秋，謝家咏雪徒相比，韓壽香消亦任偷，花紙瑶械松墨字，桂枝梧葉共颼飀』(薛逢、宋之問、李涉、王昌齡、姚合、韓偓、白居易、劉禹錫)。

光緒甲午秋武林竹簡齋照印本，『癸未春仲韻僊題』籤，分前編後編，各六十四圖，并『幻墨内集古及諸隱撮抄』。新增俞樾序言、題辭，叙述緣起，還附彭見紳跋，俞陛雲尋思十二時辰、湘筠寫怨兩圖。『往年，上虞謝韻僊女史以詩爲贄，師事吾親家彭剛直公於西湖退省盦，出其鄉先生華君亦曹所箸蘭湄幻墨示公。公讀而奇之。至吴下，與余言，欲用西洋石印之法印數百本，以行於世。會以巡江悤悤，別余而去，旋有粤東之行。及歸，而公已病，此事遂不果，而余實亦未見此書也。歳在甲午，公孫佩芝、補勤兩昆仲来吴下，以此求序，云將付之石印，以副先祖之遺意。余始得見此書，鉤心鬭角，翦月裁雲，其神妙真不可思議，文字之奇，一至於此，宜剛直之讀而心折也。夫回文之詩，離合之體，古人游戲，往往有之。蘇伯玉妻盤中詩，從中央周四角，今其詩雖存，而其體製則不可見。魏晉人作鏡銘、扇銘，每有以八字回環讀之，得一十六句者，雖見巧思，亦寂寥短章而已。蘇蕙璇璣圖，艷傳千古，圖凡八百四十字，宋元閒有起宗道人，以意推求，得詩三千七百五十二首。明康萬民又尋繹是圖，得四千二百六首，合之共七千九百五十八首，四庫全書著録焉，此古今絶作也。乃今觀此書中璇璣續錦一篇，即仿璇璣圖而作，字數既同，詩數亦必與同，頓使是圖古今有兩，嗚呼奇矣。此外，旁行斜上，層見叠出，無美不搜，無巧不備。其創始在康熙三十一年甲午，至今光緒二十年甲午，凡一百八十一年，中間曾遇回禄之災，幸而不燬，鬼呵神護，以至於今，得爲剛直公所賞，又幸而公之諸孫敬成祖志，遂得大顯於時。蓋文人苦心，天固不忍泯没之也。先生有錦上花一圖，凡七言詩三十六句，即自題幻墨者。余既爲製序，又仿此圖作詩一章，東家效顰，先生詩中已及之矣，九原有知，能無一笑。然剛直公已騎箕天上，不得與之共讀，余詩所謂寸心展轉涕漣洏，良非虚語也。曲園俞樾撰，命孫陛雲書』又見春在堂襍文華亦曹蘭湄幻墨序○謝韻仙名又花浙江上虞人亦見春在堂襍文謝韻仙女史詩稿序謝韻仙女史傳

『士之精能聰秀者，無所見於世，輙思挾一藝自鳴，然或作焉而不傳，傳焉而不永，得如吾祖所藏蘭湄幻墨，歷百數十季而不毁者，吁可寶矣。光緒甲午取付石印，以廣其傳，瀏覽一過，若百靈祕怪，倐忽畢出也。若羅浮之山，挾風雨而離合也。若寶懿神人，衣五暈之衣，出九光燈也。若素漄蛟龍，蜿蜿虵虵，迴巧而呈技也。專心會神，以成絶藝，是難能已。嗟乎，士之有所著作者，等敝帚於千金，未嘗不歌誦自得，一旦爲兵火削薄風霜磷滅不絶者，堇堇如綫，求如幻墨編之閲久而完者，百不得十，亦曹先生亦可以稍慰矣。衡陽彭見紳跋』。又俞陛雲湘筠寫怨圖識云：『光緒甲午九秋，余抱騎省之戚，居西湖右台山中，作此遣悶，排終身之積慘，謀一日之暫忘。因思文人筆墨，窮而後工，作幻墨圖者，殆亦有不得已之衷，遂酣嬉顛倒於其中以自見耳』

南京圖書館所藏蘭湄幻墨，爲清代精鈔本，左右藍框，半葉十行，二十四字，板心空白，雙魚對尾，分成前編圖上、圖下、抄上、抄下、後編圖上、圖下、抄上、抄下八册。圖字清晰，抄句完整，首頁有『錢唐丁氏正修堂藏書』、『宣城李氏瞿硎石室圖書記』朱印二方，另有味塵軒珍藏等章。中國社會科學院文學研究所藏蘭湄幻墨八册，一九六五年，從上海書店購得。〔稿本〕中國古籍善本書目著録，云『清抄本，九行二十四字，藍格』。亦分前編後編，圖上圖下，抄上抄下。稍有不同者，後編抄上始於九宫，止於百美屏；抄下始於織女梭，止於璇璣續錦。此本無後人及藏者題跋、鈐記，兩部鈔本筆迹相同。

俞樾不僅熱情爲幻墨作序，并且積極出版弘揚。俞曲園尺牘有致青浦友人無礙翁云：『又在杭州石印蘭湄幻墨，此書緣起，詳拙著序中，然字太小，恐非老眼所能觀，且體亦纖巧，未必爲大方所賞也，既已印成，姑呈一部』（文藝雜誌第十二期）。石印本雖出於武林，但浙江公私藏書中，却未聞其有，惟蘇州流傳較多，此與俞氏寓居吳門不無關係。又胡栗長蘭湄幻墨題識，謂『光緒辛丑冬，自南昌逷家，於余雪振案頭見此書，嘆其鉤心鬭角，極文章之遊戲，遍求書肆不可㝵。雪振亦寶貴之，不肯見贈，今二十年矣。忽獲之，欣喜何如。中華民國十一年夏，栗長客杭』。讀者喜愛之情，溢于言表。嚴一清以爲『別開生面，萬樹之勁敵也』。

刊本有些圖文與鈔本稍異，此著丁氏善本書室藏書志、八千卷樓書目均無記述。民初，上海掃葉山房文藝雜誌第七、第十、第十一期曾選刊井田、吟風弄月、鈿盒、曲水、五音詞、葫蘆、壽世文章諸圖。

璇璣分錦圖一卷

吳江徐繼穉撰，稿本。柳棄疾、薛鳳昌吳江文獻保存會書目卷四集部、垂虹識小錄著錄。前有序云『我宗南邨伯兄，素以詩名見稱於搢紳者久矣。近年以來游戲三昧，作璇璣分錦圖若干，持以示予，所謂詩中有畫，諷詠再四，爲之醉心者累日，非資學超絕等倫曷克辦。蓋自若蘭織錦廻文，後如蘇子瞻、秦太虛及有明唐六如、王鳳洲、山陰文長諸人，往往標新門異，抒寫性靈者，枚不勝舉。今我伯兄以是頡頏其間，豈肯少遜耶。異日膾炙人口而價重雞林，夫復奚疑。聊綴片言，以志景慕云。乾隆丙申仲冬下浣愚亭弟元拜手』。圖十六幅：畫中詩、繡經、浮圖京峙、金鑑、色空五出、黃郎舊執、一字詩、吟香上達、玉壺冰、盤中寒景、開卷有得、黑甜、半行艸破、左右陳行、吉慶循環、我非醫生，俱有抄句。後附當時人桐邨吳巖、楓江姚燦雲、倪定安、義遷俞雲峯、東溪金立人、芝峯仲祉、謹莊陳兆騋、鴻摶吳訥齋、保寧倪少迂爲各圖之題辭。

稿末有『光緒庚寅春，余往岳家，雨坐無聊，檢閱架上斷簡殘編，得南村先生所箸此册，卒讀一過，藻思綺合，洵足與若蘭輩並傳不朽。惟是稿未見刊行，徒湮没叢殘蠹蝕之餘，不亦大可惜哉。爰亟假歸，藏以待梓，聊存鄉先輩之一斑云尔。笠澤後學費善慶誌』。上世紀四十年代，星子峯人得之於蘇州護龍街文學山房。

碎錦補圖

震澤楊凌霄樊舟撰，刊於昭代叢書丁集新編第三十四卷（張潮、張漸輯，楊復吉、沈楙悳續輯，道光中吳江沈氏世楷堂刻本）。

此卷選錄萬樹圖三十、泥絮道人序，末有楊復吉璇璣碎錦跋曰：『宋桑世昌輯回文類聚，本朝朱象賢又爲之補，自若蘭璇璣以下，採集略備，然至紅友碎錦而其餘幾不足觀，所謂鑿破七竅混沌死，自爾難爲真宰，飄零殘缺良有由也。此書原存六十，今止遴其半，與類聚所收互有異同，後附家君子補圖，共爲一編以成合璧。抑余聞紅友著述最富，若石燕居新説、陽羨書生口譜、南州叢載、海航錄、素馨花譜諸種，皆足供兹選所取材，乃竟散失無一存者，可喟也夫。丙申夏日震澤楊復吉識』。

補圖十幅，作者云：『兵貴精不貴多，織錦迴文特此體之權輿耳，雖讀法至千餘首，詞義牽率，多亦奚爲。厥後鞶鑑龜形諸製畢備，踵事增華，愈巧思絡繹矣，抑未人奪天工也。自得紅友先生璇璣碎錦一書，鬼斧神工，出神入化，夫乃歎技至此乎，觀止矣。亟與沈子紉芳參閲之，紉芳請姑置抄句，就圖索讀，暗合爲貴，睹先悟而中多者勝，蓋兩人什得其七八云。因歎才大如海，心細如髮，非先生誰與歸。而自有此書以來，鹵莽滅裂者，卷未終而攢眉掩之，鮮不藉口於游戲小技矣。低回久之，復相與評隲品題，軒輊次第，不忍釋手。紉芳曰，披其沙則金之精愈見，匿其瑕則玉之瑜不掩，曰雕曰琢，良工故不示人以樸也。請議改，則如藥籠之多閑字，棋局之少一行是也。請議增，則如象棋羅經之必當有是也。請議汰，則如八行葫蘆之無他謬巧是也。余曰子不讀泥絮師之原叙乎，璇璣轆轳，碎錦飄零，百圖無破鏡之圓，六十類萍蓬之聚，幸而存者未忍并其名而逸之，篇之亡者抑可按其數而補之，煉五色于天，修七寶于月，殆余兩人之事也，夫且余以爲有詩而後爲圖，詩恐添綴，有圖而後有詩，詩不單行，蓋天下之物皆可入圖，而紅友之圖不原皆字，雖亦容有，不必盡拘泥者，而續貂尾，以獅子威儀補笙詩，以壁中絲竹神明存人，此意自可發凡起例也。紉芳曰善，請先製四十題，以補百圖之原數，而各分其半，并書之以爲緣起』。又原跋云：『憶辛未夏，得紅友先生璇璣碎錦一書，百圖僅存六十。余方製題并爲叙以發凡，擬與紉芳各補二十圖，筆墨匆遽，都未卒業，闌珊慭置。嗣余遞刻萬一集，例不附圖，僅載其中虞美人二詞、閨情迴文七言絕二首而已。不意壬午秋，紉芳竟長逝，故友筆墨皆作廣陵散。觀今歲搜輯生平與紉芳倡酧之作，得交情集八卷，而紉芳擬圖渺不一得，則余之補圖，又例無贅入。嗟乎，余與紉芳以互批才人命續仙源定文字交，而紉芳逝後，續仙源且爲妄庸子沉匿，并余之評，而鶴去何有，此圖僅存遺筆一跋，在余文後曰，樊舟得紅友迴文碎錦，擬與紉芳共補之，特約課帖括未暇爲也。今讀此文非第四十幅不足補，即現存之六十尚當焚之。嗟乎，此亦一讖矣。抑余重有感也，紅友不可作矣，即序紅友之泥絮師，亦絕足空谷，今紉芳又逝，誰復替人爲能補之者，則余製諸圖不可不撿存于交情集外，爰略爲繪寫將河清俟慧心人云。癸未中秋樊舟附客自識』。又續跋云：『乙未秋，次兒復吉叢書新編將卒業，商附向時補圖于璇璣碎錦之後，重理舊藁，並足前題，老至頽唐，依然狡獪故態。追溯辛未得紅友先生圖，閱二十五年即輯交情集，搜紉芳補圖而不得，亦十三年矣，爰示次兒。人誠不可以無年，抑進鋭退速，亦即紉芳早世之讖乎。餘興未已，拉雜生感，填憶故人本意詞漫得八闋，脱藁仍付次兒誦抄，差自得倫常一樂』。作者生平不詳。其子楊復吉（一七四七—一八二〇）字列侯，一字列歐，號慧樓，清乾隆三十七年壬辰進士。

迴文詩集

清房縣汪魁儒撰，湖北通志卷九十別集類存目著録。未見。魁儒號和園，乾隆間貢生。同治房縣志卷九文學云：『生有夙慧，妙齡入庠，靡書不讀，爲房邑博學士，文章詩賦，膾炙人口，書法挺秀，兼擅四體，有迴文詩行世。教授生徒，多成就，鄉評重之。知縣張敔、仇必達先後命魁儒纂修邑志，探古摭今，不揮掺討，惜未付刊，今據爲粉本，壽六十有餘卒』。

回文月賦

清李曨撰，嘉慶衡陽縣志卷三十七典籍、同治衡陽縣志卷十藝文、光緒湖南通志卷二五七著録。賦見閻肇烺修、馬倚元纂，嘉慶二十五年刻本衡陽縣志卷三十八藝文。

翦秋山房回文詩二卷

清餘干葉圭撰，見裴景福壯陶閣書畫録（龍珠寶藏）卷十八清翁覃溪書葉桐封回文詩册。裴氏案云：『白紙本三十一開，藍絲格。每半開八行，高四寸五分，寬二寸八分，行書，圓渾。卷首有墨松花館，又翁印方綱，尾有覃谿兩大方印一陰一陽，作回文詩者多矣，桐封別具匠心，回環入妙，故收錄』。

『國朝葉桐封先生回文詩冊覃谿題籤分書』，有陳謨及自序。序：『嘗觀庖犧氏先天圓圖，左旋右旋，順逆相生，回環入妙。故夫子贊易曰，數往者順，知來者逆，而六十四卦之中，顛倒順逆，化一爲兩者得五十有六，合之爲三十六宮焉，此天地自然之至文也。然則操觚家之有回文，其亦人心自然之妙用，智爲創而巧爲述者乎。吾郡桐封葉先生于越名士也，夙嘗執經先外大父傳巖繆公門下，與家君同硯席，稱莫逆交。先生早歲嗜學，著作如林。自髫時已耳其名，歲庚子，瞻韓於繆氏庭中。見先生體豐偉，髮疏，龐眉，眼微白如嗣宗，而情特恬曠，與人無賢愚輒盡歡，以謨爲可教，特獎進之。癸卯秋試後，與先生同買舟自章門回，滄江夜月，蘆荻風疏，時倚篷窗傾濁茗聆先生緒論，證據古今，出入經史百家，旁及騷雅，雜以詼諧，歡至則拊髀雀躍，亹亹至宵分不倦，一座盡傾。邇來歷碌塵蹄，少親光霽，後生虛度，來者奚如。而先生靈光巋然，尚勤學殖，廣教授於西河，盛聲名於北斗，胸次含和，漱滌萬物，而一歸諸風雅，所梓古近體詩篇，業已傳之日下，播之藝林，爲一時名流所心許。比又以所著回文詩，都爲一册，枉郵見示。山館秋清，朝霞暮靄，輝映林端，焚香瀹茗，展是編而讀之爛然如錦舒，纍纍然如珠貫，所謂順逆相生，回環入妙者，亦莫非天地間所應有之文也。先生何必以學步而疑之，讀先生是詩者，又烏得以餘事而少之。先生頤養天和，精神日富，笙簧俎豆出處具有千秋之事，其執是卷以問世也，特爲之兆也夫。賜進士出身、勅授文林郎候選知縣世晚陳謨頓首拜撰』。

近人嚴一清云：『餘干桐封葉圭著有剪秋山房回文二卷，原無刻本，翁方綱愛之不已，而遂手抄之。今所傳抄本，皆出自翁本展轉抄得者也。前有自序，後有陳跋。序稱索夙搆於朋抄，止存二卷，則是原作當不止此，散失僅存二卷。跋稱天地至文，回環入妙。余今觀之，無甚奇妙，不知翁老何以獨賞此書而手抄也。翁本作行書，每半頁九行，每首順回兩寫，想原書當亦如是也。原序雖稱二卷，詩寔寥寥無多』。

案：長洲吴翌鳳（一七四二—一八一九）與稽齋叢稿卷九，有題葉桐封舍人借書舫圖兼以贈別詩。陽湖劉嗣綰（一七六二—一八二〇）尚絅堂詩集卷十四楚游集下（辛亥，時在武昌）亦有題葉桐封舍人借書舫圖即送北上、桐封將行少安爲補晴川送別圖復題三首，注云『桐封、石村後裔，時校刊建業集』。又清人別集總目著錄葉圭桐封初稿一卷次刻一卷（咸豐四年刻本）。陳序『吾郡桐封葉先生，于越名士也』，『于越』當是干越。談苑饒州餘干縣有干越亭，前瞰琵琶洲，後枕恩禪寺，林麓森鬱，千峯競秀。

春吟回文　璇璣碎錦

清李暘撰，嘉慶衡陽縣志卷三十七典籍、同治衡陽縣志卷十藝文、光緒湖南通志卷二五七著錄。有嘉慶二十五年存守堂刻本、同治元年傅啓昆刻本、一九一四年上海掃葉山房石印本、二〇〇二年浙江古籍出版社景印本。

嘉慶初刻本分春吟回文一卷、璇璣碎錦二卷、集杜詩草一卷，合稱禺山雜著。

春吟回文七言律詩八十首，受業何衍裔笛帆校刊，同懷兄晴峰曨閲定、弟炳臺瞵參校。卷首有張心法序、王泉之叙、李朝驤識、作者小引，蔣廷曻、趙盛樵、張良璠、張良瓚、何先培、尹述祖、蕭泰來、兄廷瑋、許士懷、陸德光、趙盛時、魏焯、張範、方之鍾等人題辭。

〔序：『詩之變體至廻文而極，自蘇蕙創始後，歷代以詩名家者，罕有專門，豈以其旁門曲徑，而抑之耶。抑因難見巧巧，遜而遂辭其難耶。禺山李君賢介子，聰穎絶世，博極群書。父子昆弟間，自有淵源，互相師友，習舉子業之暇，究心古學，作詩宗少陵，即集杜已可概見，而所製廻文尤夥，是爲不辭其難者矣。辛亥秋忽赴玉樓之召，旹年僅三十有三。嗚乎，以彼其才其學，使天假之年，剸經綸事業，自可光青史，垂不朽，何危其遇，又促其年，若斯耶。今讀其春吟八十首，其山川靈秀，磅礴之氣，具於野館江船，褱人感遇之中，繼此而夏而秋而冬，安知其不各有八十律，蘊積於胸，欲續成之而未竟耶。肰而禺山僅有春吟也，所謂庶子之春華，家丞之穠實已兼之矣。體雖變而韻轉長，格寔奇而意自正，惟其心巧，故不辭難，於難生巧，而即於難見易，如禺山者可以傳矣。余未識禺山，是歲也，余主講席於攸江張明府官舍，禺山仲兄晴峰先生，博雅君子，以衡陽孝廉司鐸斯土，是得讀其集而爲之序。時乾隆五十有六年仲秋月下澣章華學愚弟張心法拜譔』。

〔叙：『古樂亡而新聲作，樂與詩爲表裏，后夔典樂，而依永和聲必本乎詩之言志，志者心之所之也，而性情出焉，被諸聲歌，然後播諸管絃，樂之亡，實由於詩之亡也。詩之有集句、回文、璇璣碎錦，猶樂之有新聲也。新聲雖亂雅樂，而五音六律究不能姦，所謂百變而不離乎宗也。詩一變而爲離騷，再變而爲詞賦，晉魏六朝變不一變，有唐一代，始集其成，尚得三百篇之遺意，而新聲在所必絀。禺山嫺三先生負逸才，於書無所不讀，詩古文辭，凌駕一時，言皆有物，語必驚人，如金鐘大鏞，列諸東序西序，豈肯以錚錚細響聒人聽聞哉。不謂天忌其才，病肺似相如，瘦腰同沈約，既不能以文章華國，又不能以文章經世，因拾離騷香草美人之意，譜爲新聲。讀其自叙之詞，雕金錯采，鐫腎鏤肝，其心苦而其情實堪傷焉。禺山畏其死之速朽，不得已以繁音雜沓等擊筑彈箏之爲，猶留其名於一鄉一邑之中，豈禺山之本志哉。使天假之年，登諸清廟明堂，和其聲以鳴國家之盛，矢卷阿之音，媚于天子，媚于庶人，當爲承平雅頌之選矣。天生才而復忌才，生之者何心，忌之者何意，禺山之死而不死者，賴此詩也，是禺山之志也，天其如禺山何哉。賜進士出身誥授奉政大夫直隸州知州姻愚弟王泉之頓首拜撰』。

『先君子諱暘，字賓谷，號禺山，嵩亭大父第三子也。幼時資性頗魯，大伯父霽軒早食廩餼，二伯父晴峰復登賢書。乾隆丙申歲，先君子年十七，發憤三月，豁然貫通，督學李寶幢宗師拔置郡庠第一，次年補廩，考取古學，屢列一等，五赴鄉闈，薦而不售。旋膺寧鄉周靜山明府聘，佐理署内諸務，數載省親歸里，遽得瘵疾。詩賦文詞，隨手散佚，僅存集杜詩草、春吟回文、璇璣碎錦三種，藏之篋笥，無力付梓。年三十有三，賫志以歿，不肖驤纔十齡耳。長讀父書，並聞大父暨伯父稱述，始知先君子生平心血，盡在於此，遺編空存，音容已杳，慟哉。當二伯父存日，意欲將各種著作刊刻行世。奈宦囊羞澀，意不果成。今歲夏，蔣君閬客、陳君作霖、蔡君晴初、唐君松谷，糾合同志，列列先生，捐貲佽助，叔父炳臺亦與有力焉。匪特不肖驤拜賜良多，即先人手澤，藉以傳播藝林，九原有知，當亦感激無既矣。剞劂告竣，謹叙顛末，附於集尾，用誌不忘云。嘉慶庚辰仲冬男驤敬識』。

璇璣碎錦上卷三十圖，下卷三十圖。受業何衍裔笛帆參訂，同懷兄曨晴峰氏閲定。卷首有作者自叙，劉崇珩跋，馬倚元、鄧奇逢、蔣廷昺題辭。

自叙：『璇璣碎錦者，暘所仿萬紅友先生之作也。粤自璇璣織錦，擅巧製於蘇孃；聲鑑呈圖，賞奇才於王勃。悵遠人之不復，盤樣裁詩；傷戍客之難歸，龜形繡字。並柔情之宛轉，亦妙思之紛綸。後有傳薪，此爲嚆矢。若夫大小之言，賦於宋王；離合之體，肇自孔融。宫怨纏綿，入徐陵之新咏；藥名點染，摛梁帝之妍詞。巧若連環，工如雜組。題既名爲百一，句還錯以支干。以至瓊岳銑溪，體無妨泚；蜂腰鶴膝，格不爲乖。白尚書詩亦藏頭，鄭宰相語多歇後。佛印烏啼之韻，都是雙文；歐陽雪宴之篇，遂爲禁體。斯皆文章游戲，筆墨瑰奇。極變態以難窮，盡先民所有作。暘碑原没字，穎不中書。慙夙慧於髫齡，嘆寡聞於壯歲。奉趨庭之訓，尚藴蓬心；聯對榻之吟，難希草夢。加以專攻舉業，謬決科名。夜雨青燈，每潛心于八股；秋風白戰，又點額以三年。凡功令所無庸，皆揣摩之不及。今則茂陵善病，錦里工愁。瘦同沈氏之腰，悴甚潘郎之鬢。芷蘭散馥，思公子以無言；風月縈懷，望美人而不見。唯有楮生作伴，管子爲隣。綜以詩牌，傳諸畫本。圖雖舊譜，句實新裁。誰云青勝於藍，自笑痂難似鰒。拾來殘唾隨風，詎落珠璣殫厥。苦心織字，終慚錦綺。聊消閒於永日，因就正於同人。彙於存之，斟可知矣。而或謂香山得句，老嫗能知；長吉行唫，小奚可解。義無淪於隱僻，辭不貴夫艱深。況乎和盛鳴聲，原歸典重；掞天麗藻，必尚光昌。胡爲刻意難工，用心無益。不逢子美，誰溯體於當時；倘遇伊川，定貽譏於玩物。然後煙霞痼疾，泉白膏肓，聊取適情，何知破體。秦淮海千秋絶調，詩留脱卸之章；朱紫陽一代名儒，集載回文之作。搏兔豈無全力，繡鴛亦見閒心。雖嗤點於今人，尚權輿於大雅。是則和凝艷韻，毋須假以他人；揚子深思，不必悔其少作也。或又謂人如王建，始著宫詞；才似昌齡，乃傳閨怨。關河信杳，雖生離別之悲；脂粉香殘，詎入雨雲之夢。奈何舌翻綺語，口溢微辭。破鏡飛時，念藁砧而欲絶；寒衣剪罷，顧刀尺以難堪。縱有近於温柔，總無辭於媟褻。不知周南卷耳，亦念征人；樓北流光，倍憐思婦。河梁贈畣，多爲伉儷之言；樂府篇章，半屬閨房之語。妾誠薄命，李青蓮代寫幽憂；女正新婚，杜少陵曲傳別恨。罔弗屬思悱惻，託興遥深；迹涉燕私，情歸正大。固知曲名玉樹，寧概律以慆淫；集號香奩，究何傷於典則也。嗟乎，雕龍莫及，衹合雕蟲，刻鵠無成，終當刻鶩。長如襪綫，休教玉尺量來；纖比冰綃，敢道金鍼繡出。然當其閉門索句，倚檻凝思。幾費推敲，務諧競病。五七言冥搜險覓，迴復吟來；長短調叠寫雙行，交加讀去。差同折藕，緒紛若以齊抽；好擬穿珠，貫纍如而不斷。嗟乎，三十年頭顱如許，空添潦倒之傷；六十幅心血將殘，誰識經營之慘。念小草不堪出世，問長楊何自揚廷。存此巵言，豈曰蠻箋十樣；附諸稗乘，亦云敝帚千金而已。乾隆五十有五年歲在上章閹茂季秋月重九前二日禺山李暘自識於存守堂之學圃書舍』。

跋：『吾師禺山夫子，錦繡羅胸，宮商適口。弱齡入座，馳美譽於楊梅；綺歲登壇，擅鴻詞於鸚鵡。蓋自趨庭受訓，學有淵源。洎乎對榻聯吟，功多醞釀。探驪妙手，七步堪成；倚馬長才，萬言立試。踔厲郡侯案上，赤幟名高回翔。弟子員中，青衿望重。管公明一釁之雋，陳元龍百尺之豪。鐵網宏開，竟漏珊瑚於海底；棘闈屢落，空歌桃杏於天邊。其時侍宦鄂城，讀書官舍。江上助俊，楮墨通靈。萬岫嶙峋，寫胸間之磊落；兩湖浩渺，翻筆下之波瀾。而又贈紵聯歡，盍簪叶吉。陳徐一榻，醉月情深；潘夏重茵，剪燈契密。風流共賞，行逢解珮之鄉；唱和相於，坐對題襟之地。是以才名鵲起，慧業鴻騫。不惟台閣文章，詞皆典雅；即使風花游戲，語亦清新。屬今春授業之間，有七律回文之作，艷如編貝，巧似連環。媲美璿璣，珠隨咳唾。含光玉版，毫繞雲烟。擷皮陸之菁華，雜蘇秦之流麗。誠後來所莫繼，非作者其誰歸。崇珩身幸登龍，識慚窺豹。瓣香有願，親承指示於門牆；尊酒堪論，許挹霽光於几席。乃忘固陋，謬屬品評。探窔奥以無從，竭心思而莫贊。但説箋詩，此日敢同馬氏之鄭元；若云作序，他年竊愧歐公之蘇軾。丙午夏日受業劉崇珩謹跋』。

璇璣碎錦遺稿題辭：『心花怒發不可遏，錦繡肝腸嘔出血。神功鬼斧杳寡儔，鑿破混沌元氣泄。因難見巧巧更生，奇而能正乃嘆絶。先賢不作人雅亡，桃源隔斷水嗚咽。乾坤清氣聚斯人，揣摹璇璣銀箋裂。萬里長江一帆風，午夜同心顛倒結。七盤山上望行人，天度浮圖雲邊没。凡此情景皆可詩，集作碎錦二而一。我聞若蘭織錦圖，或言千首或言三千七。又聞潘淵龍飛頌内一萬二千章，文字縱横不可識。不及先生分作六十篇，情景分明眉目列。吁嗟乎，珠林既蕭條，玉海復逼仄。尋常章句難覓工，何况舍舊從新體格别。移宫换羽參性靈，疑是天造兼地設。如此才華不永年，寥陽蒼蒼真難測。玉樓人去騷壇空，天半雲霞蕩環譎。閬客蔣廷昺』。

同治本禺山雜著，其中璇璣碎錦衹有一卷，圖三十幅，係存守堂本上卷。新增蔡賢晟跋文、刊者識言、許士安題辭等。

跋：『李公芝圃，余莫逆友也。家多藏書，幾同鄴架，嘗往觀焉。因出尊人禺山先生遺稿質余。嘆曰，先生得年僅三十有三，辛亥倏赴玉樓，而生平著作等身，惟集杜詩草、春吟回文、璇璣碎錦藏諸巾篋久矣。奄忽卅年，手澤空存，湮没弗彰，此子孫罪也。今不自揣，付諸剞劂，乞一言以弁其首。余曰，以尊人之才若此，僅博一衿，是天厄其才，復厄其遇，又厄其年，天之困文人極矣。故形諸歌詠也，磅礴欝積，生氣迥出，寄意遥深，時集杜老之菁華，時寫春日之綺麗，感物生情，繪圖裁句，五七言狂搜險覽，長短句叠寫双行，凡近體古體，一一悉備焉。窺見其沉雄如岳峙淵渟，雷奔電掣；悲壯如鐵馬嘶風，石猿啼雨；淡遠如天半朱霞，江頭素練；艷冶如天孫雲錦，鮫客氷綃。而且蘆岸冷風，蕉窓疎雨，始可比其清潤；露明仙掌，珠走荷盤，始可況其輕圓；茂樹鶯鳴，芳洲蘭秀，始可方其逸韻；千秋古栢，百尺孤松，始可擬其蒼凝。詩之工，至此而極。盖家學淵源，父子兄弟間，或以文章擅長，或以詞賦見賞，互相師承，其發見自，烏可已。源遠而流長，本大而枝盛，讀者莫不驚其才智焉。昔君家長吉，以幼慧鳴時稱鬼才，年廿七而終。死十有五年矣，而杜舍人始出其錦囊所貯，序而行之。夫十五年之中，星霜幾變，日月幾更，設不幸而秏蠹剝落，蕩爲風雨，化爲塵土，千載下誰知有長吉者。今尊人之詩，梓行於世，年雖不永，而詩可壽諸棗梨，遇雖不合，而詩可賞於鉅公，才雖未展，而詩可想其經濟。古人云，不朽有三，立言當已長存矣，爲子孫者詎不告無罪於地下哉。付以律賦，又足以見其餘技云。嘉慶二十五年歲次庚辰仲秋上浣。晴初姻世愚姪蔡賢晟跋』。

『李禺山先生，湖南衡陽人也。先生少負奇才，每以詩酒自娱，超羣拔萃，惜乎中道而沮，天不永其年。余遊旅衡山，於先生得見此帙，袖而珍之。晏居時焚香靜讀，雖不深悉其優劣，然順口成誦，殊覺其膾炙人口，每置案頭，得覩者皆羨其天厨之富，而一人獸飫之也。余自嘉慶丁丑携此書來川，遇江子海癬，見而寳之，慨然假去，至今廿有餘年。余不忍負先生所學，久欲付梓，以公諸世，奈心力不逮。咸豐辛酉，得覩張子鏡芝，即及此書，始在海癬處取回，勷舉落成，庶先生之名不致與年湮没矣。梓人告竣，遂識其顛末如此，并口占二截句以附之。惟楚多才自昝名，如君詩思更華清，春吟初罷修文去，遺夏秋冬待孰成。詩吟宇宙江山老，名歷寰區艸木青，續帙未完終恨事，穹蒼早殞少微星。同治元年清明後三日常郡武陵介海傳啓昆識』。

一九一四年上海掃葉山房石印本，又名回文二種，首頁題璇璣碎錦春吟回文合刻。係據同治本芟除自叙，序跋、題辭翻印。

浙江古籍出版社所出璇璣碎錦，是據陳玉堂藏裱本影印，合徐元之標點本，摺疊式精裝三册。卷首有李暘自叙，卷末有陳玉堂後語。叙中自謂『五十幅心血將殘』，此種實止三十八圖，似非全帙。計有顛倒同心結、扇影、交枝方勝、長命縷、葫蘆、百廿齡、桑籃、並蒂蘭、横縱其畝、珠槃、珠槃其二鴻燕分飛、玉衡、蛛絲、霹靂環、連理箋其二八音錦、五雲、五雲其二七盤山、火珠、一帆風、一局棋、錫朋、葵花、鏡蒂、玉梅瓶、碧紗籠、如意珠、水晶環、雷文印、翠蕉、火齊環、土圭日影、重重結綺窗、藥籠、多麗碑、五銖錢。自叙與嘉慶本、同治本對照，亦有好些異文，具錄于此，以資研究。叙云：『璇璣碎錦者，暘所做萬紅友先生之作也。粤自璿璣織錦，擅巧製于蘇孃；肇鑑呈圖，賞奇才于王勃。悵遠人之不復，盤樣裁詩；傷戍客之難歸，龜形繡字。並柔情之宛轉，亦妙思之紛綸。後有傳薪，此爲嚆矢。若夫大小之言賦于宋玉，離合之體肇自孔融。宮商纒緜，入徐陵之新咏；藥名點染，摛梁帝之妍詞。巧若連環，工如雜組，題既名爲百一，句還錯以支干。以至瓊岳銑溪，體無妨澀，蜂腰鶴膝，格不爲乖。白尚書詩亦藏頭，鄭宰相語多歇後。佛印鳥啼之咏，都是雙文；歐陽雪宴之吟，遂爲禁體。斯皆文章游戲，筆墨瑰奇，極變態以難窮，盡先民所有作。暘碑原没字，穎不中書，慙夙慧於齠齡，嘆寡聞于壯歲。遇怪哉之氣，莫辨秦灰；逢吉了之形，還題周鳳。加以專攻舉業，謬決科名。夜雨青燈，每潛心於八股，秋風白戰，又點額以三年。凡功令所無庸，皆揣摩之不及。今則茂陵善病，錦里工愁。瘦同沈氏之腰，悴甚潘郎之鬢。芷蘭散馥，思公子以無言，風月縈懷，望美人而不見。唯有楮生作伴，管子爲鄰，聯以詩牌，傳諸畫本。圖雖舊譜，句實新裁。誰云青勝于藍，自笑痂難似鰒，拾來殘唾隨風，詎落珠璣殫厥。苦心織字，終慚錦綺，聊相娛於永晝，因就正于同人。彙而存之，勘可知矣。而或謂香山得句，老嫗能知，長吉行唫，小奚可解。義勿淪于隱僻，辭不貴夫艱深。況乎鳴盛和聲，原歸典重，摛天麗藻，必尚光昌。胡爲刻意難工，用心無益。不逢子美，誰溯體于當時；倘遇伊川，定貽譏于玩物。然而煙霞痼疾，泉石膏肓，聊取適情，何知破體。秦淮海千秋絶調，詩留脱卸之篇；朱紫陽一代名儒，集載廻文之作。搏兔豈無全力，繡鴛亦見閒心。雖嗤點于今人，尚權輿于大雅。是則和凝艷韻，毋須假以他人，楊子深思，不必悔其少作也。或又謂人如王建，始著宮詞，才似昌齡，乃傳閨怨。關河信杳，雖生離别之悲；脂粉香殘，詎入雨雲之夢。奈何舌翻綺語，口溢微辭。破鏡飛時，念藁砧而欲絶，寒衣翦罷，顧刀尺以難堪。縱有近于温柔，總無辭于媟褻。不知周南卷耳，亦念征人；樓北流光，倍憐思婦。河梁贈答，多爲伉儷之言；樂府篇章，半屬閨房之語。妾誠薄命，李青蓮代寫幽憂；女正新婚，杜少陵曲傳别恨。莫不屬思綿邈，寄意遥深，迹涉燕私，情歸正大。固知曲名玉樹，非盡出于慆淫；集號香奩，本無傷于典則也。嗟乎，雕龍莫及，秖合雕蟲，刻鵠無成，終當刻鶩。長如襪綫，休教玉尺量來；纖比冰綃，敢道金針繡出。然當其閉門索句，倚檻凝思，幾費推敲，務諧競病。五七言冥搜險覓，廻復吟來，長短調疊寫雙行，交加讀去。差同折藕，緒紛若以齊抽；好擬穿珠，貫纍如而不斷。嗟乎，三十年頭顱如許，空添潦倒之傷；五十幅心血將殘，誰識經營之慘。念小草不堪出世，問長楊何自揚廷。

姑存此日卮言，豈曰蠻箋十樣；倘附他年稗史，亦云敝帚千金而已。禺山李暘自序』。

後語：『璇璣圖，十六國時前秦女詩人蘇蕙（字若蘭）所作之回文詩織錦圖。晉書·列女傳載，前秦秦州刺史竇滔妻蘇蕙善屬文，滔因罪被戍流沙，蘇氏思之，織錦爲回文旋圖詩相贈。詩句縱横往復，皆可誦讀。是爲回文詩體之肇始。此後有人又爲之尋繹，得詩更多。璇璣碎錦，李暘繪制，則是又一機杼。李暘（一七五九—一七九一），字賓谷，號禺山，湖南衡陽人。清乾隆年間庠生。任寧鄉縣衙文書，卒年僅三十有三。著有禺山雜著，乾隆五十六年精刊，分各家題辭、集杜律句、春吟廻文、璇璣碎錦（見孫殿起販書偶記續編）。又有禹山雜著四卷的嘉慶刻本和同治刻本，内集杜詩草一卷，春吟廻文一卷，璇璣碎錦二卷（見柯愈春清人詩文集總目提要）。璇璣碎錦，據作者謂倣萬紅友先生之作。又三十年頭顱如許，空添潦倒之傷，五十幅心血將殘，誰識經營之慘。字裏行間，不難看出，作者此作，真是嘔心瀝血。卷首道及之萬紅友即萬樹，字花農，一字紅友，江蘇宜興人，工詞曲，著有詞律、香膽集、璇璣碎錦等。康熙間曾佐兩廣總督吳興祚幕。因好藏書，前些時日，偶得李暘璇璣碎錦原畫裱本，浙江古籍出版社極爲重視，予以影印，另再標點本製圖排印，又特請徐元先生鼎力相助—解讀及標點。壬午白露陳玉堂于百盂齋』。

織錦迴文　黼黻圖回文詩

王曇繼室金氏五雲墓誌銘：『織錦寫太平五言之頌，迴文書天寶八百之詩』，注云『年十三手書予所作織錦迴文，爲蹇修之始』（煙霞萬古樓文集卷四，道光二十年刻本）。寄漚散人劉繼增跋金禮嬴擬趙陽臺回文詩：『按孝廉所著煙霞萬古樓文集中有繼室金氏五雲墓志銘自注云，年二十三，手書予所作織錦迴文詩，爲蹇修之始，然則孝廉亦嘗有是作，惜未之見』。

陳裴之（一七九四—一八二七）澄懷堂詩集卷五蘇若蘭詩注云：『王仲瞿仿之，爲趙陽臺作璇璣圖，亦見巧思』（裴之字孟楷文述子與王曇夫婦爲通家子侄文述煙霞萬古樓詩選序云『詩稿十餘卷君病中付余子裴之爲敬禮定文之託』）同邑陸仲襄煙霞萬古樓詩佚稿序曰：『煙霞萬古樓詩舊有碧城仙館刻本，其佚者張公束先生又嘗蒐刻一卷，題曰煙霞萬古樓詩殘稾。今碧城本已不多見，張刻之板片亦不知流轉何所。今年夏，吾友余楫江孝廉貽書來言，煙霞萬古樓未刻詩尚有一卷，在東栅徐氏，亟以一金購來，稾才十紙，而楷字精好，卷末有徐金坡先生手識語，知爲嚴氏原鈔本。嚴本故家瞿老之戚，其子弟猶能道瞿老軼事甚詳。吾友孟君紫昉藏有瞿老黼黻回文詩一卷巨册，云亦原出嚴氏。圖字精密，未能校錄，比來心常憶之。今得此本，先命工裱裝，題曰煙霞萬古樓詩佚稾，庋諸館中，以詒多士，予更錄副自藏之。瞿老佚著未出世者正多，彙集刻之，姑俟他日。已未夏五月，嘉興陸祖穀識於圖書館齋』（學禮齋校錄本）。王曇之織錦迴文、黼黻圖回文詩，幾十年來，久訪未獲。迨至乙酉歲盡，方得趙萬里手鈔本黼黻圖回文詩複印件，披覽之下，大出意外，所謂黼黻圖，實即其繼室金雲門擬趙陽臺回文詩之讀法耳。『分圖四十有九，兹惟三十四圖』，蓋王氏未竟之業也。

鈔本藏國家圖書館，共八十七葉。首有『壬戌仲夏觀堂』（王國維）署檢，内集張鳴珂序，王曇黼黻圖題解、秋涇生西陵書事，圖例、讀例、黼黻圖諸體廻文讀法總目、錦目、詩辭總目、全圖、跋，序釋，各種分圖暨文釋，末有同邑顧列星（夜光）贈言，張鳴珂、吴梅識。

『吾鄉王仲瞿先生奇才也，貫穿羣籍，下筆如飛，通兵家言，慷慨悲歌，不可一世。其虎邱山穸室志云，所著詩文集如干卷、西夏書如干卷、讀竺貫華如干卷、鴻範五事官人書如干卷、厤代神史如干卷、居今稽古之錄如干卷、隨園金石考如十卷、繙帑集如干卷、魚龍㸑傳奇、遼蕭皇后十香傳奇如干卷。錢梅谿序其文集，益以經解三卷，史論三卷、傳家六法一卷、歸農樂傳奇九齣、玉鉤洞天傳奇四十八齣、萬花緣傳奇四十八齣，等身著作，獨不及黼黻圖者，葢未成之書也。先生居秋涇之上，署其樓曰煙霞萬古，圖書彝鼎，劒戟琴簫，充牣其中，今已鞠爲茂草。錢梅谿、陳雲伯兩先生僅刻其文集六卷詩選二卷，餘皆不可復問。予從秀水嚴氏借得未刻詩十餘册，選鈔一帙，爲川沙沈均初孝廉携去，燬于兵燹。後在范雯茁處借殘稿一卷，亟付手民。制藝三十三首，涇縣朱幼拙部郎錄授剞劂。此圖摹寫一過，斷手於甲寅七月，弆諸篋，衍五十餘年矣。秀水孟祉昉、錢唐潘士豪兩茂才，見而愛之，借摹二十餘月始克藏事。鈔錄摹繪均出士豪手筆，其校勘則祉昉之力爲多。祉昉名豪，士豪名世傑，皆博雅好古留心文獻者也。今將付諸石印，爲述其緣起如此。光緒三十有三年，歲在彊梧協洽，秋九月己丑朔。私淑弟子嘉興張鳴珂序於秋涇之寒松閣，時年七十有九』。

黼黻圖題解：黼黻圖者，靈宫晚出之璇璣也。隋亡錦失，金輪御題之本，傳留千古，靡有殊辭。但言燕意踈，三千餘首之間，韻音轇轕，義晦不文。又其命曰璇璣，曾不能寫圓於方，包函動靜，名實乖焉。茲黼黻一圖，圓方肖乎陰陽，勾股範乎河洛，仰含四時日月斗建星宿之形，俯窮十二國八索四方營陣之象，鸞鳳翔天，螭龍攫地，運斡之權，寓於機杼，亦乾坤文字之大能也。夫文以足志，言以達情，蘇氏受毀遭讒，才而見棄，肺腸抑塞，豈乏偉辭，迺璇璣傳習，陳腐支離，不明情志，僞亦何疑。今靈宫之本，四言可以繼變雅風騷，五七可以該唐晉宋。周彝商鼎，效彼銘辭；漢碣秦碑，櫶其讚語。言言鉤鎖，字字環連。萬什千章，讀之難盡，達情足志，良足尚也。且夫虞初誕妄，蹟涉離奇，摛藻之倫，豈忘喙訟。然古來真僞之傳，彼揚此抑，事或崇今，如必退璇璣而進斯圖，吾博非張華，不能再入瑯環而證之也。旹乾隆已酉良月望日，繡水王曇生題於午餐卯諷之齋。

秋涇生西陵書事：歲在已酉，月陽值甲，秋涇生檥舟於揚子之西陵。江雲欲霽，銀山如屏，潮平四尺，沙月無聲，榜人酌蘭陵之醞，童子吹笙，水窗上下，如有神鐙，就枕若脹帆西行者。風檣欲裂，電閃雷騰，白魚抛尺，神鴉萬翎，上流簫管之聲，一船兩□，鳳旆龍旌，軫軫隱隱，若聞韶濩，紅欄華繪，樓櫓如城，曰洞庭神人也。馬門隱顯，短燭長檠，雲鬟衆侍者，眉星額月，耀若湘靈，逆生舟而哂曰，彼不逞其文章之技，奚慨慷而如萍。二鬟導手扶篙而升，紅曦西入，白月東升，霓裙霞帔，霞散雲蒸，趨蹌再拜，目蕩心驚。曰妾符秦竇氏，蘇姓蕙名，三湘七澤，屬我權衡。生逡巡少選，膽氣方平，屏營而請曰，亦嘗聞璇璣之窔奥矣，欲句讀而未能。神矙然曰，靈笈之秘文，非當世之流行也，俗人膚淺，謬執文評，隋亡錦失，襲入龍庭，金輪僞本，不足爲憑，世不知栴檀糞土之殊等，何辯乎文章之死生，爾窮墳典，耳目晶瑩，東南千里，地屬軫星，海中一窟，館曰雲繒，靈函秘典，十洞三宬，靡人披展，誰厭神鯖。神人迺呪水壁立輦入由庚，海黿後纛，江鬼前旌，門樓百級，玉户瓏玲，龍書鳥篆，億史千經，靈堂九間，羅圖一屏。神曳裙吟曰，此五十圖也，璇璣之所由縱横。秋涇生魂神震讋，氣沮思怔，不能卒讀，一字三停。司書之女，闢匱開扃，奇光眴眼，異采迷睛，錦端數十，元黄飛霙。生，剜心究義，劃肚尋音，誦之再遍，字字瓊瑛。神曰，是圖也，分之衆幅，合之一并，明珠走盤，十萬餘零，非俗傳之轇轕，世人之覩聽者也。生類顒稽首，誦之在口，服之在膺，騰作喜踴，實獲未曾，喟然捧頭而言曰，奚貴耳賤目，不知璇璣之更有真也。神恚然憤色曰，爾錮於塵，好猥慕浮榮，文章雕琢，實憚靈精，命之不遇，何異青寧。銀濤瞥合，海水魚腥，神人不見。紅旭如鉦，身飄海岍，鷄犬飛鳴，如醒大醉，覆卧吴舲。秋涇生於是披衣靧面，杜黜聰明，含毫記錄，三日圖成。

乾坤全錦後，有跋云：『蘇蕙織錦廻文，予嫌其名曰璇璣圖，無圓體。讀書會稽山中，戲代其棄妾趙陽臺亦製一本，凡一千五百二十一字，讀成短長古律銘謡贊誦五萬七千餘首，中含三垣斗柄二十八宿及一切圓象，其方斜則列國輿圖，風雲天地，八陣游兵。共圖一幅，分圖爲四十有九。交龍翔鳳，萬轉千環，握奇變化之數，雖兒女心思善讀者，亦知爲文章之壁壘乎』。

顧列星贈言，有五古贈王仲瞿、短歌貽瞿、采桑子爲仲瞿書事四闋。兹錄其詞三云『酣歌擊劍渾閒事，大筆如椽，黼黻圖宣，應汗千秋蘇蕙顔。年年不得文章力，椎碎朱絃，誰薦鳶肩，茆屋空山冷石田』，以見一斑。

『右黼黻圖稿，爲趙君萬里手鈔張公束本。公束久寓吴下，其稾曾一見之。其全錦一圖，陳雲伯嘗有刻本，猶記光緒丁未在黄君慕韓（振元）齋頭亦得寓目，忽忽已十八年，慕韓久歸道山，遺書星散，此圖不知入誰氏之手，即公束寒松閣庋架諸物亦亡佚殆盡。今復歸得萬里本，展玩數過，若遇舊識，不禁神王，而回念舊交，又不勝隣笛山陽之痛矣。因題數語，歸諸萬里云。甲子人日長洲吴梅』。

王曇黼黻圖回文詩與金禮嬴擬趙陽臺回文詩，名稱雖然不一，文字却無兩様，當爲同個作品。王曇作於乾隆已酉年間之黼黻圖題解、秋涇生西陵書事，已稱『含毫記錄，三日圖成』；復於乾坤全錦跋尾，又謂『讀書會稽山中，戲代其棄妾趙陽臺亦製一本』，前後矛盾。此跋與金禮嬴擬趙陽臺迴文詩之識比較，除無兩段字句外，也完全相同。對此，人們不禁會問，到底誰是著者，作於何時何地。

本圖之著者，應屬金禮嬴。理由有二，首先是其嘉慶元年（一七九六）丙辰自識，云『蘇蕙織錦回文，余嫌其名曰璇璣圖，無圓體。今年同外子讀書會稽山中，戲代其棄妾趙陽臺亦製一本』。其二，文靜玉秋紅丈室詩序，『今來春穀，適頤道爲刻孝廉詩。因併付梓，重校一過，並誌緣起』。集後附昭明閣内史撰、梯仙閣内史書擬趙陽臺迴文詩圖。陳文述、文靜玉夫婦與王曇、金禮嬴夫婦交往密切，彼此暸解，衹署内史，而不署外史者，當是歷史真實。張鳴珂所云全錦一圖，『錢塘陳雲伯再刻之』，即指此本。王曇不僅刪除『今年同外子』，『嘉慶丙辰春日山陰金禮嬴雲門氏識於昭明閣中』兩段重要文字，而且在黼黻圖回文詩一書中，隻字不提故妻，爲何？實令人費解。王曇何時讀書會稽山中？亦是解開疑竇之關鍵。據其自云『以乾隆五十九年十一月四日，婚於山陰』（繼室金氏五雲墓誌銘）。考仲瞿生平遊歷，祇能在與金婚後，纔有機緣『讀書會稽山中』。所以，此圖作於嘉慶元年丙辰偕夫人同住岳家時，而非作於乾隆五十四年（一七八九）己酉。黼黻圖既成於嘉慶元年，何以又有乾隆年間之黼黻圖題解、秋涇生西陵書事乎？種種迹象顯示，王曇似有編造作僞之嫌。

王曇無疑參預此圖之創作，故熟悉讀法。由于以上問題，推知其演繹分圖、文釋之時間，應於嘉慶十二年金氏謝世之後。

此圖今見者四：梯仙閣内史寫刻本、劉繼增設色本、葉叔達手抄本（後者均出自梯仙本），趙萬里手抄本（出自張公束本）。

回文集句

清王啟絢撰，光緒湖南通志卷二五七藝文十三、同治常甯志卷九著録，未見。啟絢（一七六六—？）原名夢揚，字旭初，縣學增生，讀書嶽麓，院長羅愼齋器之。李德淑序畧云『詩之巧者曰回文曰集句，二者未嘗兼擅其巧也。旭初先生博學善文，韻語其餘事，前著集句詩，膾炙人口，兹復採古句可顛倒成誦者，集爲五七絶回文，其巧之尤者乎』。

秋夜迴文唱和詩

清胡有基、胡有源撰，光緒寶山縣志卷十二藝文、光緒羅谿鎮志卷八書目著録。有基字杜安，江蘇寶山羅店人，清嘉慶三年戊午舉人，大挑二等署金匱縣訓導，選授安徽巢縣教諭，陞廣東永安知縣。鎮志云『與弟有源同著，稿存』。一九八八年二月二十四日，羅店鎮志辦公室函覆，稱『本鎮在一九三七年八月二十三日，抗戰初起時被日寇投擲燒夷彈，全鎮精華盡付一炬，再加十年浩刼，書香門第遭抄遭毀，殘存舊書或被擄去，或已送進廢品收購站，此稿無存』。

擬趙陽臺迴文詩

清金禮嬴著。潘衍桐兩浙輶軒續錄卷五十二、緝雅堂詩話卷上稱『雲門有回文詩，至佳，幾幾欲奪蘇若蘭之席』。今人錢歌川楚雲滄海集亦稱金氏所作，『超出璇璣圖一倍以上，爲回文巨製中首屈一指，真令人嘆爲觀止』。

徐渭仁春暉堂叢書本秋紅丈室遺詩，後附昭明閣内史撰、梯仙閣内史書擬趙陽臺廻文詩墨印圖。今存。道光二十年，文靜玉序曰：『今來春穀，適道頤刻孝廉詩，因併付梓，重校一過，並誌緣起』。續修四庫全書提要謂陳文述『刻於繁昌，板復散佚，咸豐元年徐渭仁重刻之』。梯仙閣内史，即汪端（一七九三—一八三八）姪婦也，自然好學齋詩鈔卷十金雲門夫人畫白蓮花觀音像姪婦梯仙乞余題詩，有『雲門繪像梯仙奉，一卷心經淨六塵』（端、陳裴之妻）。

劉繼增設色本。一九二〇年無錫縣立圖書館鄉賢部書目金石，云『寄漚手寫璇璣圖廻文圖，清劉繼增寫刻本』。一九二六年無錫縣立圖書館書目卷十六集部雜著類，云『蘇若蘭璇璣圖金雲門廻文圖，寄漚書巢刻本，二幅，劉書勳捐』。一九二九年無錫縣立圖書館善本書目卷上集部，云『璇璣回文圖不分卷，清同光間無錫劉繼增著，本館鈔本』。三種書目，前後表述不同，所説之物實一也。劉氏將其與蘇蕙圖合刊，木活字五色套印，摺疊式裝幀。今存。

同文新局本。題金雲門女士璇璣圖卷：『金雲門者，嘉慶朝山陰才女也。憫篋室趙陽臺見棄于藁碪，因仿蘇蕙璇璣圖製成廻文詩一幅，代其寫怨言情。凡字一千五百餘，回環顛倒讀之，可得詩詞銘贊萬七千餘首，誠可謂匠心獨運，巧如無縫天衣矣。原刻兵燹之餘，流傳絶少，近經嶺南吕君劍儔多方蒐得，付同文新局印成，卷首更倩張□瀛畫師補繪陽臺小像。昨介我友梅君鎮藩，貺以數幅，披閲一過，覺蘭心蕙質，流露於字裏行間，苟非劍儔之風雅多情，曷能使彤管芳徽傳之不朽哉。爰就瞶首，附誌數言』（申報，光緒十二年八月二十七日）。未見。

葉叔達手抄本，有『葉恭綽敬識』云：『此本生先嚴叔達公所書，此廻文詩亦未見傳本，用付影印，以惠藝林』。王仲厚輯入回文文學奇觀，叙曰『金女士字雲門，山陰人，擅長迴文，曾於嘉慶丙辰歲春日戲代竇滔棄妾趙陽台擬迴文詩，製成一本，凡一千五百二十一字，讀成萬七千餘首，由今人葉恭綽君之本生父叔達公摹出影印行世』，『較之蘇圖所能讀出之首數，又已超出一倍有奇，則其解之者，更是難而又難矣。余與黄君均曩見老友林雲仙君所著蘇圖讀法，頗爲詳盡，遂即舉以就正焉。彼詳加研究之後，從容寫成讀法十二種，綜爲一卷』，『亦此體中之鉅製，迴文至此，嘆觀止矣』。

廣東大埔籍著名儒醫林雲仙之圖解讀法，前繫小序，謂『余初覽此方圖一幅，毫無限界，如觀天文，滿天星象，如臨大海，一片汪洋，又如一部廿四史，不知從何處讀起，乃審視再三，究其圖界，爰用朱筆，爲之劃分界綫，庶使讀者有可問津，不致心迷目眩』。讀法十二條，甚簡，所以又説『其他有縱横貫串，錯綜變化，蛛絲馬跡，魚貫蟬聯，非此圖解讀法，可能詳盡，須讀其全圖，方知其中之妙用』。還加按語云：『據作者自注，此文凡一千五百二十一字，可讀成萬七千餘首，余竊有疑，何以言之，凡迴文之最巧妙者，莫如字字迴文，如此圖周圍之四言詩是已。然一字讀成一首，迴讀亦一首，計一百五十二字，祇可讀成三百零四首。假如此全圖，亦字字迴文，一千五百二十一字，迴環讀之，亦祇可讀成三千零四十二首而已。況其各自爲圖，多有壁壘，不能聯絡，只有縱横交錯之處，每多璧合珠連，耐人尋味，即作者自注，可讀成萬七千餘首，究竟萬七千餘幾首，並未敢肯定。但吾人，只欽服其天才，共賞其奇文，即此已足與蘇氏，後先媲美，而爲黄絹幼婦，極盡文章之能事，惟望善讀者，按圖玩索而自得之可矣』。劉繼增之五色讀法，亦甚簡，僅『略舉一隅，未盡其變，并不計首數』，蓋劉、林兩氏都未嘗全讀也。

回文賦（玉堂存稿）一卷

清聶銑敏撰，道光衡山縣志卷四十、光緒湖南通志卷二五七著錄，云『按玉堂存稿一卷，係嘉慶十年聖駕至陪京展謁橋山，禮成，庶常散館，題命東巡賦，效回文體』，并載於藝文志中。孫殿起販書偶記續編卷十六亦有回文賦一卷，嘉慶已巳春積秀堂刊巾箱本。縣志卷三十謂其『在史館時，下筆萬言立就，回文一賦，海内無不誦者』，故高梅雋亭贈詩曰：『千秋一首回文賦，才愧當年八斗曹』。周光霽題寄嶽雲齋初稿曰：『才子聲華滿帝都，回文賦奏古今無』。縣志、通志又説：『已巳，恭逢萬壽，進呈回文賦並詩頌，稱旨，特授編修』。今嘉慶二十一年經國堂本寄嶽雲齋初稿内，只有東巡賦一篇，未見祝壽之賦。續修四庫全書提要·近光堂經進稿：『仁宗五旬萬壽，聶氏進呈四言詩繩武受祜頌三百六十五章及七言絶句錫福延釐衢歌一百首，仁宗以其臚陳事實，文義優贍，擢爲首選，除賞給五絲緞筆墨硯紙等物外，并特授編修』，亦未言及回文之賦，疑爲志書誤記。銑敏還有蓉峰詩話十二卷，嘉慶十四年文德堂刻本，卷一記蔣祥墀迴文詩七律三十首。如蔣聶兩人者，『亦可謂錦心繡口，極才人之能事矣』。

王仲厚回文文學奇觀曰：『惟迴文之演進爲四六文體者，無論六朝或唐或宋，均無之。余幼時得諸傳聞，謂清嘉慶間翰林館中聶鎬敏、銑敏兄弟始創此體』，『當時聶氏兄弟同負盛名，尤以擅長迴文文學著，其兄弟之一，且曾作有恭頌萬壽之迴文四六賀表，備受嘉奬，余深以未見其文爲恨。入民國後，余嘗舉以詢諸聶中丞之哲嗣芸台、俊威、潞生諸君，欲覓此項賀表遺稿，而皆不知其事，未如其願。年來余爲此事，復託梁自强君代向湖南省中山圖書館調查聶氏昆仲遺著，近得回報，謂已借閲聶氏叢書全册三十六本，其中僅有鎬敏太史迴文詩二首，但無萬壽賀表之四六迴文』，『梁君另在湖南省志聶銑敏傳中，查得銑敏曾於嘉慶己巳年萬壽之期，進呈迴文賦並詩頌，惜省志亦未附載諸作品之原文耳。惟歷來通例，進表賀壽，多用體制崇隆之四六，豈省志所載銑敏之迴文賦，乃爲其迴文四六之誤刊耶，抑或别有迴文四六，已收入銑敏本人之專刊文集中耶。姑併誌之，留待他日繼續考証可耳』。

回文圖譜一卷

清王覲撰，民國海寧州志稿卷十四典籍、杭州府志卷九十三藝文、重修浙江通志稿著述著錄。覲字贈璵，號五玉，浙江海寧人，諸生。吳氏振棫曰，五玉詩多新思，善爲迴文拆字離合顛倒之體，有春游吟一篇，每句以四書人名牽扯綴其間，細意熨貼，頗無針綫迹也。著有迴文圖譜一卷、百花詩一卷、五玉詩鈔一卷、齊齋詩鈔二卷。

香雪齋雁字回文詩

清鄠縣張玉德撰。十册，每册依上下平韻賦詩三十首，總共順回七律二百九十六首。頻陽劉義明、杜思白鐫石，凡二十四通。碑原存該縣北大街張氏祠内，今移至大觀樓，近來又遷入文廟。民國鄠縣縣志卷五人物云：『張玉德字比亭，邑庠生，性鯁介。年二十後，肄業省南小雁塔寺，往往終歲，足跡不一入城。工書法，得率更神髓，尤善行草，嘗著雁字回文詩數十首，遠近爭抄，一時紙貴。與盩厔路潤生友善，其時巨室大族，每製碑版，潤生爲文，比亭書丹，其最馳名者經呈寺法派碑、韓時鳳墓誌銘爲特出，滬上石印，傳播通國。人咸羨其肥不露肉，瘦不露骨，珠圓玉潤，允爲巨製。會垣晁氏堂額，劉文清所書，後數十年，比亭書其門匾，魄力沉雄，天骨開張，僉謂可與文清相頡頏。惜乎流寓省垣，邑中所藏僅回文詩刻耳』。卷七金石雁字廻文詩刻（碑存城內張氏祠）又云：『道光間，邑諸生張比亭玉德，仿各家名蹟爲迴文詩，凡三百餘首，上下往復，宮商悉調，時人以雁字二字爲詩三百爲一絶，迴文二絶，書法真草隸篆悉仿各家名蹟爲三絶，詢蓺林之傑構，石墨之奇珍也』。

碑高一五四厘米，寬六四厘米，厚二〇厘米。各分五層十方，每方十行，行八字、九字或十字。子册『書仿蒼帝（倉頡）古文、歐陽率更（詢）皇甫碑』，丑册『書做晉王右軍（羲之）聖教序、唐歐陽蘭臺（通）道因碑』，寅册『書仿漢曹景完碑、唐吕參軍（秀巖）景教碑』，卯册『書做晉王大令（獻之）諸札、唐裴公美（休）圭峯碑』，辰册『書仿周太史籀大篆、唐顔魯公（真卿）多寶塔碑』，巳册『書仿唐李北海（邕）雲麾碑、褚河南（遂良）聖教序碑』，午册『書仿漢華山廟碑、唐柳誠懸（公權）魏公先廟碑』，未册『書仿隨（隋）釋智永真草千文』，申册『書仿秦相李斯小篆、唐虞永興（世南）廟堂碑』，酉册『書仿漢北海相景君碑、唐王知敬李衛公碑』。除未册仿臨一位名家之兩種字體外，其餘各册均仿臨兩位名家之兩種字體，十册共仿十九位名家之二十種不同字體，集歷代書法之名迹于一碑。末有路德、張峻之跋，其子曰：『先君生平篤嗜古法書，凡周秦漢唐諸名帖，靡不究心臨摹。曩遊斗城薦福寺，暇日製雁字迴文三百六十首，即做各家法爲十二册刻之石，餘戌亥二册，尚未及書，而先君辭世矣』。從醞釀、構思、創作迄酉册刻成，閲時二十餘載。現酉册缺四豪、十燕、十四鹽、十五咸四首，疑爲鐫路、張兩跋、碑面受到限制因而被删。新修户縣志云，『張玉德雁字回文詩墨迹，原存牛東王少萼家，王芝庭喜書法，携之去。後王赴寧夏，遭馬仲芙之亂，遂散失』。

張氏所書其他碑石墨迹，已大多散佚。今户縣還存其雁字回文詩手稿一册，新修户縣志以爲『雖不完整，亦屬罕見』。户縣文物志謂香雪齋雁字回文詩手稿，『是張氏當年真迹，裝裱成褶册形字帖，保存完整。每頁書回文詩一首，書體行草，係張玉德香雪齋雁字回文詩碑手稿之一部分。書高二十六厘米，寬十六厘米，原爲户縣澇峪口劉震（本名東堂留學日本解放前曾任縣教育局局長一九七二年殁）家中收存，現由牛東職中高崇熏收藏。手稿後有劉震之題跋，記稿之來由情况』。

張比亭雁字回文詩稿曰：『邑先達張比亭先生以書名海内，所製雁字迴文帖，久爲士林所珍貴，相傳底本爲某令以重金市歸，并戍亥二集詩草，一并失之。後裔衰替，不知保護，致地方文獻失遺，言者惜之。民國壬寅，偶於縣西街舊書攤中，得見迴文詩草一册。欣慰之極，不啻拱璧，雖爲頁無多，而零錦碎玉，筆致縱横，亦足以見當日風流餘韻，因購歸珍藏。本年暑後，偶於篋中檢得，反覆展玩，如遇故知，乃重加裱綴，以重遺墨。册中至第八頁以後，以非先生親筆，然秀潤端謹有足多者，因并裝裱，以便翻閲。中華民國二十六年七月十三日，邑後學劉震敬跋』。據文物志編輯趙生博云，手稿爲縣政協副主席段某借去，屢索不還，存亡難卜。從户縣文物志影印之五歌九青（靈空墨跡比羣鷲）十五咸八庚（兄弟又成啓玉緘）兩詩看，似非十册之内。

張氏生卒年至今無確考，約殁於道光十四年甲午。其好友盩厔路德（一七八四—一八五一，字潤生，嘉慶十四年進士，官户部主事、軍機章京，歷主關中宏道、象峰書院）之檉華館全集，也衹有跋張比亭雁字回文詩後及輓聯（遺墨萬人傳，桑梓久推名手筆；先生何處去，須眉原是老頭陀）兩文而已，別無可供研究之資料。跋張比亭雁字回文詩後之寫作時間，却比碑上跋文早二十餘年，未知何故。兩者基本相同，云『行行印水，曾傳戲海之篇；咄咄逼人，大有摩天之筆。題標雁字，代著鴻章。然皆侔形揣稱，體物爲工。鄭谷以鷓鴣得名，崔珏以鴛鴦爲號。洵屬藝林之佳製，究非文苑之奇談。吾友張子比亭，慧識禽言，神搜鳥迹。東塗西抹，具活潑之機；暝寫晨書，極淋漓之致。飲醕助興，萬紙供其一揮；弄墨忘疲，千毫因之盡禿。吾夙慕其跳龍之妙翰，初不知爲吐鳳之詞人也。乙亥秋，見惠墨刻雁字回文詩若干首。宛轉相生，循環不斷。按沈郎之韻，織蘇蕙之圖。雲譎波詭之思，日送手揮之態。如斷崖絶壑，策杖獨行；如駭浪驚風，挂帆竟去。句中有句，奇外出奇。戛戛其難，多多益善。讀未畢，竊歎曰，文心狡獪，一至此乎。至其書臚四體，派衍諸家。躡斯邈之蹤，入晉唐之室。新詩題罷，好鐫瘞鶴之銘；佳話傳來，快覩換鵝之帖。既資諷誦，復便臨摩，洵可寶已。渼陂之上，紫閣之陰。山水娱人，文章假我。鷗盟鷺侶，竝助其唫情；雀篆雞碑，益探其古趣。訪君他日，會看風雨揮毫；笑我今番，也似雪泥留爪』（見樫華館駢體文）。

香雪齋雁字回文詩，長期來多以拓片之形式傳布遐邇。『每年有人拓印，全套賣三十銀元』。張伯英撰寫續修四庫全書總目提要，也祇見到五卷，故收藏全璧者少。香雪齋雁字廻文詩五卷（鄠縣張氏本）：『清張玉德作并書，道光元年勒石，篆書二册，隸行草各一册。各册每前一首，爲篆隸行草，其回文一首，則皆用正書。第一卷仿蒼帝古文，唐歐陽率更皇甫碑；第二卷仿周太史籀大篆，唐顔魯公多寶塔碑；第三卷仿漢曹景完碑，唐呂參軍景教碑；第四卷仿晉右軍聖教序，唐歐陽蘭臺道因碑；第五卷仿晉王大令諸札，唐裴公美圭峰碑。每册正回文卌首，以韻爲次。其仿書之工，足與王虚舟千文等刻相抗。嘉慶時銅山拔貢王勉，作雁字吟一百首，一時傳誦，未有刊本。此則兼用回文體，組織益工，具見心思巧密。或以此等纖麗之作，遠於大方，然積詩百數十首，典雅有法，回環讀之，莫不曲盡其妙，工於體物，層出不窮，已非淺學可辦。所臨各家各體書，莫不酷肖其形，亦非有甚深之工力，未能造此境界，所謂文人游戲，賢於博弈者乎。陝人多善刻石，摹搨精好，洵藝林之雅玩。藏者魯琪光、楊守敬、鈕嘉蔭，均近代書家，於此刻深致賞愛，而不加菲薄，盖以詩字同臻精美，而用力之勤爲可尚也夫』（續修四庫全書總目提要〔稿本〕別集類、續修四庫全書提要子部藝術類）。

户縣文物志第五章碑碣備錄香雪齋雁字回文詩碑及析介文章，其第十一章文物考古大事記，載：『道光元年，縣北街張玉德撰書香雪齋雁字回文詩，并刊之于石』。『一九五七年五月三十一日，陝西省人民政府公布名勝古迹第二批重點文物保護單位』，其中『有雁字回文詩碑』（位置：户縣北街區五星農業社，共有清代石碑二十四塊）。『一九七七年，將香雪齋雁字回文詩碑由縣北街張家祠堂（卧放）移至大觀樓竪立保護』。『一九八七年十月一日，中共中央委員、新華通訊總社穆青社長，在縣委趙節民書記、縣文物處劉兆鶴主任陪同下，參觀大觀樓文物，穆社長對雁字回文詩碑大加贊揚』。『一九八八年九月一日，中共中央委員、陝西省委書記張勃興來縣，在縣委書記趙節民……陪同下，參觀我縣大觀樓及出土文物陳列室暨大觀樓洞内之雁字回文詩碑。張勃興對于元代陶俑和張玉德雁字回文詩碑連連稱贊』。『一九八九年一月，縣文管處根據雁字回文詩碑舊拓本請西安玉雕廠補刻已毁之第十二通碑，及第三通、第十三通、第二十四通損壞之半截碑，于一月八日補刻竣工，使雁字回文詩碑恢復完整面貌』。『一九九〇年七月，我縣文管會出版第一部雁字回文詩碑帖』。

隨着改革、對外開放之需要，雁字回文詩之傳播形式，也由拓片轉向書册，從選印到全集。一九七八年，户縣工藝美術公司選拓子册、卯册、午册三種，稱爲雁字廻文石刻，有精裝、簡裝、散裝，主要供應外賓。一九八三年，咸陽地區文管會又選印子、午、未、申册順回七律三十首，取名五體回文詩帖，經陝西人民美術出版社出版，發行全國。一九九〇年，户縣文物管理委員會『爲弘揚祖國文化』，『將現成張玉德雁字回文詩碑付印成帖，廣爲發行』。陳元方前言指出，『實乃關中地區書法珍品』。問世之後，竟被讀者『搶手』，很快售罄。『雖僅一年多時間，但已蜚聲海内外，許多人認爲能先睹爲快，紛紛要求再版』。一九九四年，『户縣決定將雁字回文詩碑帖再版，以饗廣大讀者』。

一九六六年六月初，星子峯人途經西安，於碑林右側書肆中，獲此詩拓本一十九紙（缺第六、十四、十五、二十一、二十三）。次年六月杪，因事再至，便專程到户實地查勘，見原碑二十四通，祇存二十，横七竪八，堆放張氏祠前亂草叢内。據説大躍進時，部分碑石被里人移郭外，填田頭井埠；而少許碑石，文字已遭破壞損毁。直面此景，頓生荆棘銅駝之感。十年浩刧後期，調復旦大學工作，雖猶處逆境，仍多次致函陝西省文化主管部門，要求採取措施，給予保護，免致日久再失，乃至湮没。八十年代初，學生趙東甲往西安省母，囑其瞭解詩碑近況，方知已由户縣文化館集中保管，便託趙母倩人補拓所缺碑文。一九九〇年七月底，隨團赴陝考察農民教育，就順道重訪。見碑陳列中樓，斷缺之石，都經刻補。入口處有匾一方，上鎸『第二批陝西省重點文物保護單位，雁字回文碑。時代：清。户縣人民政府，一九八一、十、一』。旁有説明，云『雁字回文碑共二十四通，分放在南北兩個樓洞，屬省級重點保護文物，是我國現存最長之回文石刻，其詩共三百首，分爲十册，爲本縣清代嘉道年間詩人書法家張玉德所撰書。詩文循環不斷，倒順皆成佳句，書法派衍諸家，五體皆備，正如路翰林在題跋中所説句中有句，奇外出奇，肥不露肉，瘦不露骨，誠爲藝林之佳構，石墨之奇珍也。素有三絶碑之譽，取雁字二字爲詩三百首一絶，回文二絶，以真草隸篆行諸體爲三絶』。常年向公衆展出，已成該縣文化旅游景點之一。

張玉德雁字回文詩碑，既是雁字之詠，又是回文石刻之製。明費尚伊鴈字詩十二首序，謂『鴈字詩起於吴下諸人，吾楚袁中郎、尤君贊伯仲近皆有之』（費太史市隱園集選卷九）。清魏荔彤撰雁字回文上下平韻三十首，王勉『作雁字吟一百首，一時傳誦』。自周穆王『弇山刻石』首開立碑之風，所謂『以金代石，同乎不朽』。歷代以來，人們亦將回文刻之于石。如浙江湖州法華寺吴越回文垂綬連環詩碑、山西晉祠勝瀛樓廊壁徐演回文詩碑、絳州官莊里蘇蕙織錦回文、山東登州蓬萊閣馬真一迎仙橋詩、陝西扶風法門寺鎮蘇蕙璇璣圖、廣東高州茂名鎮觀山寺壁回文詩、四川射洪金華山觀玉虚閣楊太虚蔚藍勝境碑、江蘇蘇州光裕社石幢回文等。是作也，詠雁詩中之宏篇，石刻回文之巨製，詩字俱臻精美，合二爲一，同乎不朽哉。

璇璣碎錦二卷　回文詩賸二卷

陳僅繼雅堂三十六種之一，鄞縣通志文獻志著録。未見。僅（一七八七—一八六八）字餘山，號漁珊，浙江鄞縣人。清嘉慶十八年癸酉舉人，道光十三年授延長知縣，十五年調紫陽。十七年爲鄉試同考官。十九年冬移安康。咸豐元年遷咸甯。二年署漢陰通判，旋陞甯陜同知，以足疾致仕。

所至多善政，延長、紫陽、安康諸邑，皆立生祠祀之。公餘好讀書，勤著述。同治鄞縣志卷五十八云：『案家傳又有練清軒詩鈔、回文詩賸、唐詩方言、唐詩叩虛、璇璣碎錦諸書』。其孫廷揚一九一四年識捫燭脞存謂：『謹按先大夫所著書三十六種……璇璣碎錦二卷、回文詩賸二卷、秋興百一吟一卷、練清軒詩賦三卷皆珍藏待刊』。未幾，陳僅文則樓藏書被後代出售，散落殆盡。東北地區古籍綫裝書聯合目錄（二〇〇三年遼海出版社）著錄繼雅堂璿璣碎錦二卷，鈔本，吉林大學藏。

璇璣碎錦

清陳書謨撰，鄞縣通志文獻志著錄，作者生平不詳。

樂山回文四種合刻四卷補刻一卷同治刻本

樂山回文，凡京西名勝、房山古蹟、留臺雜詠、蘆洲秋興四種各一卷，續詠京西名勝一卷，共五卷。清道士王嘉誠撰。嘉誠字樂山，别號雲鶴道人，京師蓬萊宫道士，幼業儒，喜吟咏，擅書畫，中年遁入黄冠。同治初，嘗與祁門徐永年輩，雅集伴花齋，作京師風土人情竹枝詞若干首，輯入都門紀略雜詠中。此編亦都門風土竹枝打油之類，但皆七言絶句回文體，多係咸豐時舊作，五種合刻五卷，有同治元年自序。第一卷京西名勝，其目爲扇子河、昆明湖、繡綺橋、萬壽山、虎城、長河、玉泉山、石景山、望兒山、黑龍潭、碧雲寺、潭柘寺、戒臺寺、卧佛寺、天台山、温泉、妙峰山、大覺寺、寶珠洞、龍王堂、白雲觀、大鐘寺等二十二處。第二卷房山古蹟，其目爲大房山、金陵、賈島故里、賈公祠、百花山、上方山、黑龍關、房城古樹、甎宫院、萬佛堂、王禪洞、西域寺、中和峪、大象石、白水寺、龍泉水磨、留臺尖、稻地八村等十八處。第三卷留臺雜詠，凡遥瞻帝里、遠望盧溝、良鄉塔影、涿城雙塔、遊山偶作、遠望留臺、留臺眺遠、邊關曉月、午夜霜鐘、晨醒望日、雪月烹茶、下視房城、雲嶺飛泉等十四題。留臺，即留臺尖，在房邑城西三里，孤峰峭立，東南村落，西北雲山，爲嘉誠前所棲止處。第四卷蘆洲秋興，凡秋興十首，雜詠雨雪四首，皆七言律體回文，爲咸豐六年都中所作。蘆洲在天壇邊蓬萊宫，舊名東極宫，又名蘆洲道院，亦嘉誠舊時所居，周匝蘆葦，北近魚池，有城市山林之趣。以上四卷，皆同治元年初刻。其元年在香山所作，二年補刻者，曰續詠京西名勝，只一卷。其目爲香山、蘇州街、蘆溝橋、明陵、居庸關、五塔寺、萬壽寺、西頂、玉皇頂、四平臺、蓮花池、豐臺等十二處。五種合刊，總題名雲鶴回文詩。卷端有自述詩引，附董四墓村小茅庵山居樂各七言絶句二首，卷末有廟宇荒廢，無力修補，賣畫謀生感作，七言不回文律詩一首殿之。每卷各題附注地址所在，頗爲醒目，只豐臺注云又名看臺，非是，看臺乃看丹之訛，地與造甲相近，元時便有此名，見趙松雪集。嘉誠是編，獨詠京畿古蹟，與丁部專集不同，竹枝打油之體裁，以回文出之，尤爲特色。而紀錄風土掌故，亦不必取重詞翰，故雖筆墨不甚高簡，悉宜諒之，矧其人爲方外黄冠，更不能以儒學士夫例之矣（續修四庫全書總目提要（稿本）、續修四庫全書提要別集類，奉寬撰稿）。

張次溪紀述北京歷史風物書錄補著錄（張靜廬中國出版史料補編，中華書局）。内蒙古自治區綫裝古籍聯合目錄云：『樂山回文，清同治元年刻本，香山董四娘廟藏板，一册。版高一六厘米，寬九厘米，巴彦淖爾盟圖書館藏』；『經與首都圖書館咨詢，知爲孤本，它處無藏』。

案：樂山回文係據北京圖書館藏本與中國科學院藏本鈔録。兩書雖屬同一刻板，但也有少數異處。北京圖書館本卷首題『同治元年新刻，樂山回文，眺遠山房藏本』，自序後有『雲鶴道人王樂山閒咏』，『板存香山董四墓娘娘廟』，而無『回文引二首』及目次、卷末之『又續董四墓村山居樂二首』、『總結不回文一首』。中國科學院本封頁手書『京師樂山回文地趾詩全册』、『宣統三年三月廿三日重修訂，回文樂山詩本，板存香山董四墓娘娘廟』。卷首『藏本』之上無『眺遠山房』四字，自序末句作『卧遊山館』。

蕉窗回文詩草一卷

清李天極撰，貴州通志藝文志十七著録。人物志五云：『李天極，水城人，以恩貢候選州判，著有焦窓迴文詩集行世』。

曹昌祺序曰：『荷城處黔南邊地，山川奥衍，科名雖絀於他邑，而闇修之士爲多。甲申夏，余權篆茲邦，李旋堂明經來謁，授是編問序於余。余受而讀之，皆七言律詩，調聲悉本唐賢，不爲幽僻奇譎之語，其咏古賦物，寫景依人，又多效迴文體，罔不經營慘淡，妙手天成。余聞明經少負偉才，當咸同間，苗匪髮匪，攻掠郡境，圍撲孤城。明經慷慨袍澤，隨同官軍，籌備糧糧，荷戈執戟，卒能擒渠掃穴，郡城以安。浸假遭際時會，大用於世。吾知文章經濟，必能表異一時，當不僅以詩見也。觀其鴻飛有恨，歲晚驚心（皆集中句），明經豈真忘情於世者哉。然今者年逾古稀，精神矍鑠，閉門設帳，生徒祁祁。聞其請習之暇，輒於花間月夕，與及門弟子唱酬吟詠，陶寫性情，則其扢揚風雅，津逮後進之功已匪淺鮮也。行見巧度金針，藝林則徵循其金石之奏，極乎律集啓之也，明經亦可自慰也。夫是爲序』。

瓣香閣回文詩一卷　璿璣錦餘圖四卷

清吴山撰，光緒宜興荆谿縣新志卷十藝文載籍著錄。未見。山字有美，江蘇宜興歸美里人。諸生，中年補博士弟子員。不喜制舉業，潛心算術。又好作回文詩，有璿璣錦餘圖，極巧窮工，眩人心目。率團拒太平天國，受傷死。

迴文賦

清盧繪雲撰，光緒黄州府志卷三十五藝文志集部二著錄。光緒黄安縣志卷八人物志云『著有左駢行世，迴文賦入志』。今存。

回文片錦

童叶庚撰，爲睫巢鏡影十二種之一，清光緒十六年武林任有容齋刻本。計紈扇、蓮葉、放鶴亭、雷峯塔、楊柳曉風、梧桐秋月、芭蕉夜雨、梅花春雪、錦纏枝等圖十幅。

自序云：『詩中回文一體，起自晉人，代有作者，推原其旨，當以若蘭蘇氏爲正宗。余總角時，初見璇璣圖，愛之而未能讀。年少長，就龍眠廣慧設色兩本，朝夕玩索，稍通其義。竊謂金輪製序，標題二百餘首，不過舉其大綱，黄涪翁千詩織就之句，亦詩人興到語。迨獲康萬民煮字齋讀法，始知縱横反覆，無不可通，爰循其例，復於原本七千餘首外，增讀得九千餘首，其底藴猶未盡宣，斯圖之妙，真不可思議。自宋淮海桑君纂次回文類聚，玉山仙史續編成書，衆美畢臻，歎爲觀止。内若萬紅友之璇璣碎錦，外及張心齋之奚囊寸錦，皆能自出機杼，組織生新。或取法於盤中詩、鞶鑑圖、真性頌諸體，要不脱乎璇璣圖範圍。旅居多暇，偶效抛梭，雖於回文錦字，亦嘗窺見一斑，然欲尋繹餘緒，觸發巧思，覺杼柚其空，仍黯然而無色，英靈蘇蕙子，願買絲繡之。丙辰秋七月，巢睫山人識』。

童叶庚，又名叶賡，字友蓮，一字松君、松洲，號睫巢，晚號松道人，江蘇崇明人。縣學生，例選杭州府經歷，諸暨、富陽、黄巖縣丞，調常山，未赴。咸豐初，以軍功擢德清知縣。光緒間，歸隱吴門。博學嗜古，善畫墨梅。著有睫巢鏡影，爲世珍玩。

王楷回文詩卷

見羅振玉宸翰樓所藏書畫目錄書錄（貞松老人遺稿丙集，民國間刊本）。其子福頤丁亥跋云『聞兵燹之餘，家藏古物悉罹浩刼』。已佚。王楷（一八二三—？）字子模號雁峰，湖南長沙人。清咸豐二年壬子進士，改庶吉士，出官雲南。郭崑燾有題王雁峯太守同年楷詩集。

回文詩一卷

回文詩一卷，麗北海撰，芳洲手錄，常熟圖書館藏鈔本。北海，常熟佛教會執行委員。卷首載病鶴居士、沈養孫題詩，圖前有光緒庚子自書『巧乞天孫』四字，意是年開手寫作，圖後有甲寅春三月二十六日生日偶作，則其訖於一九一四年，歷時十餘載。

金鶴翀序云：『乙巳殘冬在環秀，北海君來，以其所爲回文詩見示，且曰詩雖不工，取其回旋可讀，然前後左右往復亦自有次序，一失其序，輒不可解。昔予鄉居多暇，戲爲此技，迨後自讀，亦有不自解處，故云自曉求工反成拙，做時容易讀時難，盖自笑也。西朩讀之，且恨且喜，喜者喜其筆妙如環，恨者恨其不易讀，而輒有阻碍也。異哉以大通之文，而反令人不可通也，然則世人無求其過于通也可哉。書此以歸北海，當爲一笑』。

全卷有圖象天象地、黄離得中、連三元、好語珠穿、一串金錢、青錢、霹靂環、綰臂環、同心連環、玉連環、玉連環、金雙勝、定勝、銅方、玉尺、葫蘆、花籃、香珠、車輪、相思璧、相思板、秋葉、生芻一束、數點梅花、雪花六出、護心結、八結、方結、曲方結、曲欄、方結欄、雕欄、十字、卍字、井字、井字、王字、亞字、文房四寶、算盤、八方心向、六合歸心、三才一貫、斜紋錦、一品、田字、圓荷等四十七幅，圖形質樸，辭藻平直，多是七絶七律，遠非『連篇錦繡詞華富，滿紙珠璣韻語新』，『循環朗誦忘顛倒，一卷回文勝古人』（沈養孫題詩）。其中算盤圖，有過虞山白鴿峰慰翁司農，云『水村山郭儘盤桓，木石與居正挂冠，寸柄不操休運算，目前世事任狂瀾』。

回文詩一卷

常熟市志著録，署名麗超。蘭僊手抄，似集民間作品，常熟圖書館藏。計圖四十五幅，雖名回文，實藏頭拆字之類，形既蕪雜，詩亦俚俗，無一足取，書此存其目可也。

嘯海廻文詩鈔二卷

汪海如撰，分上下兩卷，民國丁丑春第一次排印。前刊作者肖像，云『行年七十有一，自號汪洋海中如粟老人，著有嘯海十六卷』。

四季廻文詩集　如心齋廻文詩詞集

黄安熊應祚撰。

四季廻文詩集，一九七八年臺灣省中華彩色印刷公司精裝本。總七言絶句二百首，計春吟八十首、夏吟四十首、秋吟四十首、冬吟四十首。前有楊令茀、黄君璧及自序，青山、夏雲、秋色、冬雪畫四幅。楊云『自前秦蘇蕙作璇璣織錦圖廻文詩迄今，作廻文詩者不多。蘇東坡、王安石亦曾作廻文詩詞。但廻文詩集除清代李暘春吟七律八十首、曹祖封春閨花月七律六十四首外，尚未見其他。熊君應祚所撰四季廻文詩集七絶二百首，其意境高超，結搆精美，洵屬難能可貴，此爲上下古今惟一廻文詩佳作鉅製，百回捧讀，可以却病延年。丁巳冬，楊令茀序於康密爾，時年九十四』。黄云『德明仁弟，工詩擅畫，公餘清詠，喜作廻文，累稿成集，金聲玉律，迴蕩心絃。勵風雅之將衰，振斯文於未喪，聞將付梓，欣爲序言。丁巳冬日南海黄君璧』。作者於千古奇絶廻文詩詞中自稱：『余少時趨庭，先祖文鄉公光緒己丑科進士，先父寶僧公前清舉人，除授以四書五經外，並教作詩，對詩詞之奥妙，略知梗概，實不敢謂能詩。癸丑春，余在新嘉坡展出國畫拙作，友人贈以上述王仲厚先生編著之廻文書，珞誦廻環，不忍釋手，十餘年來，息影林園，作畫之餘，吟咏遺興自娱。近年來更進一步試吟迴文，積稿詩詞五百餘首。去秋回台，曾將咏四季迴文二百首印行問世，其動機則爲抛磚引玉，希國内詩人聞風興起，共同研究，使已成絶學之迴文詩詞，能以復興，在我吟壇上再露頭角。若任其湮没不傳，則廣陵勢將絶響矣。在世界文學領域中，絶無僅有之中國迴文文學，如使其絶跡，寗非國人之重大損失』（中外雜志第二十六卷六期）。一九八八年，熊氏應邀在北京舉辦個人畫展，全國政協專員吕光光著文（熊應祚寄情回文詩，團結報一九八八年三月一日）介紹其事，謂『古調雖自愛，今人多不彈。見熊應祚惠贈四季回文詩集，達二百首七絶之多，真是字字玉潤，句句珠圓，蕩氣回腸，令人有耳目一新之感』。

如心齋迴文詩詞集，一九八〇年臺北市弘道文化事業公司排印本。内分減字轉尾迴文七絶（十字）、減字轉尾連環迴文七絶（十六字）、迴文七絶、迴文七律、迴文詩詞合璧及五絶七絶、迴文五律、迴文五絶、字字迴文、玉連環迴文詩、迴文詞，『共六百〇四首』。其中減轉多達一八六首，真前無古人矣，末附印程瑞喬女士迴文詩詞『共四十首』。前有正中書局董事長蕭繼宗序及自序，蕭序云『詩詞之有迴文猶角觔之有尋撞鸞濯以巧見勝，盖近於遊戲，坡谷首肇其端，以見才人伎倆，無施不可，後賢繽效亦偶一爲之耳，未聞有以專一壑者，有之則熊君德明是已。熊君所著如心齋迴文詩詞，乃裒然成巨帙，誠亦不可無一之作也。窃謂文字結構變化之妙，殆莫過於我華文，大之如浮聲切響，儷白妃青，小之如離合轆轤雙聲疊韻，集句聯吟之類不一而足，與世界任何文字之所不能勝者，然則我右文之國，出其毫末，亦發奇光，它且不論，即此可以自豪矣。己未十月幹侯蕭繼宗序於台北』。

封淑英回文詩集

近代封淑英著，一九五一年香港大華書局發行。收入回文圖一幅，五言絶句十八首，五言六句八首，五言律詩八首，七言絶句四十四首，七言律詩二十二首。卷前有胡百富、白韻松、陳則恭、劉用三、何適、徐卓凡、吳國雄、張劍甫、余文海、張季豪題詞，並康大德序。序云『余嘗謂傳記論文，乃叙事紀實之佳章；詩詞歌賦，是舒情寫意之妙品。聞風知俗，則有國雅鄭衛之分；覘法成家，更有秦漢唐宋之别。春花秋月，堪作才子淑女酬唱之資；流水高山，儘多墨客騷人吟哦之料。宴桃園於春宵，刻燭鬥趣；會蘭亭於夏日，鎸石流芳。李白斗酒百篇，總是寄情玩世；杜甫佳人絶代，無非寓意傷時。王勃賦成，落霞孤鶩驚座客；曹植吟竟，煮豆燃萁感頑兄。聽屈原之騷音兮楚江歇，聆荆卿之悲歌兮易水寒，是詩之感人豈淺哉。友人封淑英女士，蕙質蘭心，聰明冰雪，素工文翰，尤擅歌詩。艷詞填寫，可同黛玉爭輝；廻紋織裁，足與蘇蕙競秀。女有態而花有光，妙筆畫出；山生色而水生媚，雲箋抽來。弄月吟風，發天籟於綉口；撫琴詠絮，洩物情於錦心。摹今則即情即景，仿古則古色古香。寄慨則憂時憂國，遣興則樂水樂山。動植潛飛，萬物之包羅殆盡；風花雪月，四時之景緻兼收。真所謂耳聞目寓俱成韻，意會神傳總是詩矣。同好中或祇窺屑玉，未睹全珍。或既獲數環，轉冀原璧。有目共賞，錦衣安宜夜穿；無口不碑，美食豈可獨饌。余遂力勸封君，彙編成集，付梓印行。供諸同好，以廣眼簾。願諸君細心尋味，自見巧奪天工；着意欣臨，始知响非凡奏。加以匠心奇運，何妨倒讀顛吟，妙計安排，任便回推順看也。遥引數言，欣爲之序。寫於一九五一年惠州』。香江余祖明自强不息齋吟草丁巳題封淑英女史回文詩詞：『每從詩國誦瑶章，祇是論交靳舉觴，綴玉遥遥光謝絮，回文縷縷纘蘇香，燕都彤管應前世，南海明珠並一鄉，何日高樓容接席，新聲聽續滿庭芳』。上海馮錦諸錄後小記云：『從古以來，個人作品能出回文詩集，寥寥無幾，屈指可數，何况以一女子，抱此奇才，雖不論工拙，亦愧煞鬚眉也』。集中回文，作者多處使用廣東方言讀音叶韻，如寒看高勞横行等字。

回文文學奇觀

王仲厚著，一九七六年台北刊本。仲厚（一八八八—一九六四年後）别署醉六，湖南湘潭人。自幼飫承庭訓，學有淵源，邇後適應潮流，改習鑛冶，辦理官商廠鑛及執教大專院校者，垂四十載，晚歲寓居新加坡。自云：『暮年栖遲海外，因嗜迴文文學，遂留意搜集有關資料』，又云：『自長而壯而耄，隨時隨地，莫不注意搜集，今既略有所得，亟應輯而錄之，雖無當於此道之博厚高明，然而空谷足音，亦可使好奇文者，共同欣賞』。其所得之回文詩詞圖錄大部係托國内友人梁自强等從北京圖書館、湖南中山圖書館藏書中抄出。一九五六年一月二十三日至二月一日，以别開生面之回文爲題，連載于南洋商報，引起海外華人對回文文學之極大興趣。其後編成絕妙世界之回文文學一書，一九六六年，由新加坡中國學會出版發行，流傳到世界各地。有記曰：『自桑朱合刊之後，迄今又數百年矣，其間亦多名著，但與歷代迴文作品，同一甚少流傳，亟應續爲編纂成帙，以綿絶學，惟余以年近八旬，因受中國學會同人委託，謬承斯乏，多見其不知量也，所幸學會各部主幹，深知此事之艱鉅，均願担負全責，以促其成』，『各種資料，得來既非易易，故余甚望其能與回文類聚正續編一併流傳，使不致就此淹没，是殆余纂輯本文之微意也夫』。一九七六年八月，在台灣再版，改稱回文文學奇觀。受此書之影響，美籍華人周策縱、熊應祚亦開始作起回文詩詞。

編入本書著作，主要有蘇蕙織錦璇璣圖詩，林雲仙、梁次如讀法；王梅痴藏元管仲姬手書五色璿璣圖，朱淑貞讀法并仇英補圖；葉叔達鈔金禮嬴擬趙陽臺迴文詩，林雲仙圖解讀法；唐冕選萬紅友先生回文詩詞，李暘春吟回文，曹封祖春閨花月詞，林菽莊已未閏七夕迴文詩，石龐雪賦，李曨月賦。

迴文詩詞集

彭須源著。須源（一九二八—　），湖南湘陰人。臺灣大學外文系肄業，曾任大聲報社記者、客座教授等職。二卷，一九九三年於臺北出版。卷一回文詩，有七絶（轉減）八首、七律五首；卷二回文詞，有虞美人春吟一百闋、又虞美人五闋、阮郎歸二闋、菩薩蠻九闋、西江月三闋。後附其女澤惠（一九五九—一九八七）遺作，有和父菩薩蠻迴文原韻八闋，和宋人劉燾、趙子崧、王安中、鑑堂、梅窗、王齊愈、張孝祥菩薩蠻迴文原韻三十七闋。作者對回文評價甚高，稱『迴文詩詞者國寶也』（絶妙之迴文文學）。

當代大陸回文專集出版書目

出版機構出版者，有：陝西咸陽地區文管會選編五體回文帖（一九八三年陝西人民美術出版社），朱積孝解讀繪圖回文詩奇觀（一九九〇年中州古籍出版社），朱積孝編回文詩大觀（一九九一年河北省人民出版社），高天飛主編中國當代回文詩詞選集（一九九三年廣西民族出版社），余元洲選編中國古代回文詩詞三百首（一九九三年武漢出版社），徐元注評回文詩詞五百首（一九九三年中州古籍出版社），張玉德雁字回文詩碑（一九九四年陝西省内部圖書），張安木主編回文對聯集錦（一九九六年中國文聯出版公司），時明皋著回文詩四百首（一九九六年中國三峽出版社），李蔚詩苑珍品璇璣圖（一九九六年東方出版社、一九九八年重印），傅瑞亭書傅瑞亭回文聯墨迹（一九九八年山東友誼出版社），譚結實編著千古絶唱璇璣圖（一九九九年遠方出版社），吕夷、劉淑芳著法門寺織錦回文詩揭密（一九九九年陝西旅游出版社），秦川著法門寺與璇璣圖（二〇〇一年香港天馬圖書有限公司），丁勝源、周漢芳著前秦女詩人蘇蕙研究（二〇〇二年陝西人民出版社横排本、二〇〇五年直排本），李暘璇璣碎錦（二〇〇四年浙江古籍出版社珂羅版），王其峰、孫安邦、孫蓓編著中國回文詩大觀（二〇〇六年山西人民出版社），周均生、皮毓云編著璇璣奇觀（二〇〇七年作家出版社），張曉、徐廣洲著漢語回文與回文文化（二〇〇八年吉林大學出版社），余元洲編著歷代回文詩詞曲三百首（二〇〇八年岳麓書社）。

非出版機構出版或自印者，有：馮錦諸著七律回文集（一九八九年自印），蕭玉蒼著回文詩詞對聯選（一九九一年邵陽詩社、邵陽市楹聯學會），馮錦諸著七律回文集續編（一九九二年自印），于海洲主編神墨碑林回文詩詞匯編（撫順市文化局新聞出版科批准），蔡麗水著笑叟回文集（自印），周策縱著、周振村解讀星島紀遊字字回文詩上集（一九九五年湖南祁東）。陳華英編纂古今回文綴輯（陳立夫題籤，一九九八年蕪湖詩詞學會）。

自撰、編選、評注、讀法研究，樣樣都有。徐元回文詩詞五百首，選輯上起晉代，下迄當今，共計一五二家，每篇繫『作者介紹』、『注釋』、『簡評』，用筆洗練，評語精當。李蔚詩苑珍品璇璣圖，爲目前唯一演繹朱淑真璇璣變幻圖詩之鉅著，解讀三四五六七言詩至一四〇〇五首之多。但此中編集歷代回文詩詞圖譜所謂大觀者，其實多半抄錄回文類聚，甚或不注出處，諱所自來，還說『姓名大都失傳』。

附：回文論文目選編

回文的研究

叔簡《莽蒼社刊》第一卷第二號（一九二八年北平）

擬盤中詩的原狀

郭沫若《光明日報》（一九六二年三月二十四日）

關于盤中詩的復原

唐蘭　高學敏　立基《光明日報》（一九六二年四月五日）

再談盤中詩

郭沫若《光明日報》（一九六二年四月七日）

千古奇絶迴文詩詞

熊應祚《中外雜誌》（一九七九年第六期）

織錦回文詩和織錦台

廣成　培模《隴苗》（一九八二年第一期）

回文詩瑣談

潘涌《文史知識》（一九八三年第八期）

回文詩詞

陳以鴻《百科知識》（一九八三年第四期）

漫談戲曲『回文』

祝肇年《劇壇》（一九八五年二月號）

《祝肇年戲曲論文選》（一九九八年文化藝術出版社）

回文詩詞簡論

徐元《文學遺産》（一九八九年第三期）

探索《璇璣圖詩》的奥秘（上）

張啟成《貴州社會科學》（一九八九年第十期）

探索《璇璣圖詩》的奥秘（下）

張啟成《貴州大學學報》（一九九〇年第一期）

廣東音樂《回文錦》

謝永雄《民族民間音樂》（一九九一年第一、二期）

法門寺的織錦回文詩研究

吕夷　劉淑芳《首届國際法門寺歷史文化學術討論會論文選集》（一九九二年）

漢語特殊的修辭技巧——回文

鄭子瑜《鄭子瑜學術論著自選集》（一九九四年）

蘇蕙及其《回文璇璣圖》
馬菊芬　雷鳴《絲綢之路》（一九九五年第四期）
回文修辭格溯源
史榮光《修辭學習》（一九九六年第六期）
文壇藝苑中的一朵奇葩——回文
李皓《合肥教院學報〔社〕》（一九九七年第一期）
『回文』三論
劉超班《江漢大學學報》（一九九八年第一期）
回文、回環與序换
張曉《内蒙古民族師院學報〔社〕》（一九九八年第四期）
回文古今談
劉宗彬　黄桃紅《吉安師專學報〔社〕》（一九九八年第四期）
首届中國漢文學《璇璣圖》回文詩研討會觀點綜述
佳雨《寶雞社會科學》（一九九九年第一期）
回文詩的起源和劉勰有關説法釋疑
胡耀震《中國典籍與文化》（一九九九年第一期）
蘇蕙《回文璇璣圖》的文化蘊含和社會學認識價值
趙逵夫《陝西師范大學學報〔社〕》（一九九九年第四期）
《天水行政學院學報》（二〇〇一年第五期）

內蒙古赤峰寶山遼墓壁畫《寄錦圖》考
吴玉貴《文物》（二〇〇一年第三期）
《虞美人》勝當詩詞合璧體詞牌成因解析
月人《陝西廣播電視大學學報》（二〇〇一年第四期）
前秦女詩人蘇蕙研究
丁勝源　周漢芳《98法門寺唐文化國際學術討論會論文集》（二〇〇二年）
《璇璣圖》及其後的藝術波瀾
李蔚《98法門寺唐文化國際學術討論會論文集》（二〇〇二年）
五音回文璇璣圖譜簡介
石峰《98法門寺唐文化國際學術討論會論文集》（二〇〇二年）
論回文詩的文體源流和文體價值
王珂《重慶師范學院學報〔社〕》（二〇〇二年第四期）
小議宋代回文詞
墻峻峰《韓山師范學院學報》（二〇〇二年第四期）
『似倒而順』的回文詩和回文曲
錢仁康《音樂藝術》（二〇〇三年第一期）
《錢仁康音樂文選》續編（二〇〇四年上海音樂出版社）
蘇蕙《璇璣圖》的文化意蘊
王亦妮《蘭州鐵道學院學報〔社〕》（二〇〇三年第五期）

回文與詩詞

周春林《曲靖師范學院學報》（二〇〇四年第二期）

王齊愈及其七首《菩薩蠻》回文詞考論

曾維剛《中國韵文學刊》（二〇〇五年第三期）

晉代十六國《璇璣圖》織錦的研究開發

沈惠　王國和《四川絲綢》（二〇〇五年第四期）

《璇璣圖》的民間傳説及其影響研究

王源遠《天水行政學院學報》（二〇〇六年第二期）

回文無盡是璇璣

習永明《讀書》（二〇〇六年第四期）

仇英青緑重彩《璇璣圖》四段卷

龐志英《中國書畫》（二〇〇七年第五期）

文字的圖像化嘗試——以回文詩爲例

劭宏《美苑》（二〇〇八年第六期）

回文詩起源考辨

于廣元《中國典籍與文化》（二〇〇八年第一期）

論回文詩藴涵的中國古典哲學意藴

魯淵《社科縱横》（二〇〇九年第七期）

回文詩『起源説』考辨

魯淵《社科縱横》（二〇〇九年第九期）

佛門回文考略

丁勝源　周漢芳《首届長安佛教國際學術研討會論文集》（二〇一〇年）

英漢回文及其可譯性限度

俞云根　李學經《外語研究》（一九八九年第一期）

漢英回文修辭格對比研究

徐宏亮《阜陽師范學院學報》（二〇〇〇年第五期）

漢英回文格對比研究

徐宏亮《江漢石油學院學報》（二〇〇一年第三期）

英漢回文格賞析及其可譯性探討

周雙娥　陳迪春《浙江萬里學院學報》（二〇〇二年第一期）

漢英回文詩認知機制研究

邵麗麗《東華大學學報〔社〕》（二〇〇八年第四期）

回文集卷六十二　目録

回文集卷六十二

曹植回文鏡銘

曹植（一九二—二三二）字子建，沛國譙人。操三子，封陳王，謚思，世稱陳思王。四庫全書總目卷一八七回文類聚提要：『考劉勰文心雕龍曰，回文所興，則道原爲始。梅庚註謂原當作慶，宋賀道慶也。蓋其時璇璣圖詩未出，故勰云然。世昌以蘇蕙時代在前，故用爲托始，且繪像於前卷首，以明刱造之功，其説良是。然藝文類聚載曹植鏡銘八字，回環讀之，無不成文，實在蘇蕙以前，乃不標以爲始，是亦稍疎』。又四庫全書總目卷一四八曹子建集提要：『鏡銘八字，反覆顛倒，皆叶韻成文，實爲回文之祖，見藝文類聚，皆棄不載』。丁晏曹集銓評：『謹案今本藝文類聚七十三，有殷仲堪酒盤銘八字，顛倒成文，并無鏡銘，未知所據何本，藝文云云，當是四庫館臣誤記』。余嘉錫四庫提要辨證卷二十：『至若鏡銘八字，謂見藝文類聚。今檢類聚卷七十鏡部，録銘三首，一梁簡文帝，二陳江總，三漢李尤。明刻各本皆同，并無曹植之文，偏考他書，亦無此作。謂三國時已有回文體，尤從來所未聞。此乃回文類聚所載唐婦人鑑銘，池北偶談卷十五曾引之，提要誤記耳。』何文匯雜體詩釋例：『今本北堂書鈔（唐虞世南撰）卷一百三十二服飾部一帳五有藻帳垂陰，注云，曹植詩云花屏列耀云云。丁福保全三國詩題作四言詩，只華屏列耀，藻帳垂陰二句，注云，書鈔服飾部帳。此或是鏡銘，必非帳詩也，此二句是鏡中所見之象，詠帳不應見本字及與屏對舉。回讀陰垂帳藻，耀列屏華亦通，然不能舉一字皆成讀，非反覆體，止於二句，亦非回文之詩，此但大輅之椎輪，斷不能稱回文之祖也。晉殷仲堪酒盤銘云，禮爲酒悦體宜有節及狂醉德惡觴最惑樂，回環往復，舉一字皆成讀，是所見反覆體之最早者，藝文云云，當是四庫提要誤記』。

在四庫全書總目提要之誤導下，清人王兆芳文體通釋云：『回文者，轉也，文可回轉讀之也。傅咸曰，反覆其文者，以示憂心輾轉也。主于選字酌韻，環傳情思，源出曹植回文鏡銘』。

盤中詩

蘇伯玉妻作，見徐陵玉臺新詠卷九。伯玉久客於蜀，不歸，其妻居長安，思而作詩，寫于盤中，屈曲成文，故名盤中詩。之所以寫于盤中者，『盤以示團圓，詩以道心曲』，『莫學走盤珠，盤桓無定着』（蔡衍鍌操齋集詩部卷四）。

對此詩之作者及其年代，在前有過爭論。馮舒詩紀匡謬：『樂府解題云，盤中詩傅玄作。玉臺新咏第九卷有此詩，亦曰傅玄，其爲休奕詩無疑也。惟北堂書鈔曰古詩，亦無名氏。其曰蘇伯玉妻者，嚴羽吟卷盲説耳，世人敢于信吟卷，而不敢信解題、玉臺等書，寃者』。四庫全書總目卷三十八：『蘇伯玉妻盤中詩，詩紀作漢人，固謬。宋本玉臺新詠，列於傅休奕詩後，不别題蘇伯玉妻。乃嘉定間陳玉父刻本，偶失其名。觀滄浪詩話，稱蘇伯玉妻有此體，見玉臺集，則嚴羽所見之本，實題伯玉妻名。又桑世昌回文類聚載盤中詩，亦題蘇伯玉妻，則惟訥所題姓名不爲無據，舒之所駁，是知其一，不知其二也』。郭沫若謂『詩饒有古趣，魚水飢雀，都是廋辭，當爲東漢時作品』。盤中詩，明清以來備受人們贊賞。鍾惺名媛詩歸稱『詩奇，事奇，高文妙技，用意忠厚，千古絶調』。李因篤漢詩音註曰：『古質自然，叠用三字爲句，視房中、安其所等句，渾脱無痕，悱惻淋漓，怨而不怒，以此繹騷承雅，周漢之正宗也』。沈德潛古詩源云：『似歌謡，似樂府，雜亂成文而用意忠厚，千古絶調』。陸昶歷代名媛詩詞謂『盤中之詩，奇想奇文，妙絶今古。然盤中迴環屈曲之妙，婦女聰慧細心，或能爲之，至于詞氣之宕逸疎快，一氣十轉，筆有靈機，千古文人，無此妙作』。謝無量中國婦女文學史以爲『其詞意回環之妙，實爲絶作，且筆致靈警，而詞氣疏宕，古今文人，罕見此妙。』郭沫若説：『三言詩而能如此生動者，實爲僅見』。尤其獲得毛澤東之喜愛，前後在好幾本古詩源書中對此詩圈圈點點，要『熟讀』。

明胡應麟詩藪外編卷四云：『不知當時盤中詩作何狀，必他有讀法，不可考矣』，『或云當從中央周四角，即讀法也』。四庫全書總目卷一八七回文類聚提要，謂『蘇伯玉妻盤中詩，據滄浪詩話自玉臺新咏以外，别無出典，舊本具在，不聞有圖，此書繪一圓圖，莫知所本。考原詩末句，稱當從中央周四角，則實方盤而非圓盤，所圖殆亦妄也』。按照『當從中央周四角』之提示，郭沫若、唐蘭、高敏學相繼作出復原圖。

君馬肥參與粟今時人智不足與
令者玉高者山下者谷姓為蘇其
斛白念之出有日還無期結氏書
百金妾還入門中心悲北巾字不
酒者行非苦飢吏人婦上帶伯能
斤黃有更常鳴悲泉會堂長玉讀
千之君而雀鳥山水夫西相作當
肉知誰是倉高樹深希入思人從
羊宜語當空肥魚鯉出階君才中
嫩行當謂衣白見望門急忘多央
不有當嘆長催聲杼絞机妾智周
歸妾治當罪君忘妻之知天謀四
蹄馬惜何蜀在身安長居家足角

（郭沫若）

冬周四角足家居長安身在蜀何
中才多智謀妾天知之妾忘君惜
從人相思君忘急机絞杼聲罪馬
當作長堂西人階出門望催當蹄
讀玉帶上婦會夫希深見長治歸
能伯巾北人悲泉水鯉白嘆妾不
不字結悲吏鳴◯山魚衣息有數
書蘇期心飢鳥高樹肥謂當行羊
其爲兼中苦常雀倉空當語宜肉
與姓無門入還非更而是誰知千
足在日有出之念妾行有百之斤
不谷下山者高玉者白金者黄酒
智人時今粟與麥肥馬君令斛百

（唐　蘭）

角足家居長安身在蜀何惜馬蹄
四謀妾天知之妾忘君罪當治歸
周智忘急机絞杼聲催長歎妾不
央多君階出門望見白衣息有數
中才思入希深鯉魚肥謂當行羊
從人相西夫水山樹空當語宜肉
當作長堂會泉　高倉是誰知千
讀玉帶上婦悲鳴鳥雀而君之斤
能伯巾北人吏飢苦常更有黄酒
不字結悲心中門入還非行者百
書蘇期無還日有出之念妾金斛
其爲姓谷在下山者高玉者白令
與足不智人時今粟與麥肥馬君

（高敏學）

詩紀匡謬：『譚友夏評云，未知之。婉甚柔甚，不知玉臺正作天知之。鍾伯敬評云，今時人，知四足，與其書，不能讀，當從中央周四角，云千古不識字男子，被此女郎一語輕薄殆盡，不知玉臺正作今時人，智不足，而所謂女郎者乃是剛勁亮直之丈夫也，言之可發一笑』。王士禄然脂集：『玉臺巾作中，未知云天知。彤管遺編雀作鵲，稀作希，不足云四足。詩選語作告，妾有行二句，今時人五句。古音畧云蘇伯玉妻盤中詩以角叶足，亦音録，可證古音。遺編又云，階叶堅奚反，數音速，角叶虞谷反』。

歷代歌詠其事者，有漳浦蔡衍鎤蘇婦怨：『魚遊不歸山，鳥飛不離谷。嗟爾此鄉人，何事異鄉宿。征馬何遥遥，征途何促促。盤中遠寄詩，詩腸何斷續。盤以示團圓，詩以道心曲。莫學走盤珠，盤桓無定着。願此共盤餐，醇醪閒羊肉。下山谿水清，上山芳樹緑。山水有窮時，悠悠蘇伯玉』（操齋集詩部卷四）。漳浦王道蘇伯玉妻盤中詩：『怨乃情之窮，怒乃情之逼。如怨如怒深於情，盤中之詩爲極則。後世猶傳妬婦津，當年伯玉豈狂惑。明妃文姬怨不同，各言其遇亦悽惻。風騷最是白頭吟，無方怨怒形於色』（江湖吟卷五）。山陰何綸錦蘇伯玉妻盤中詩：『君行還無期，妾行君知之。中央周四角，馬蹄歸不歸』（巢雲閣詩鈔卷上）。益陽湯鵬蘇伯玉妻長歎：『北風何凛冽，吹妾機杼寒。手量秦川錦，心悼蜀道難。天梯接石棧，猿狖號其間。猛風競人肉，長蛇不可攀。念君還無期，雪涕以長歎。馬蹄踏崔嵬，焉知碎與完。遠道失魂夢，沈憂減容顏。雖云巾帶私，古意良不刊。鯉肥人所羨，鵲饑人所憐。遥遥君子心，悠悠盤中言』（海秋詩集卷五）。

盤中、回文，因讀法和表現形式不同，原本兩途。唐吴兢樂府古題要解、宋嚴羽滄浪詩話、魏慶之詩人玉屑將『盤中』，與『回文』、『反覆』分開，别爲一體。葉適指出『蘇伯玉妻盤中一詩，不過屈曲成文，終不能裴回宛轉，可以悉通』。盤中之體，其實係一種詩圖，并非『回覆讀之，皆韻而成』。集詩圖、回文于一錦方，始自蘇蕙。隋書經籍志卷四以梁雜詩圖附於五岳七星迴文詩下，姚振宗云『此一卷次迴文詩後，大抵亦是其類』。也有將兩者混爲一談，王獻炙轂子雜録謂『盤屈詩，盤屈書之，是竇滔妻蘇氏迴文詩也』；胡震亨唐音癸籤卷二十九，以爲蘇蕙璇璣圖、天寶迴文、侯氏龜形詩，『皆盤中之類』，而胡應麟詩藪外編卷四却説：『蘇伯玉妻盤中詩，謂宛轉書於盤中者，則當亦迴文之類』。有些詩圖，直冠以回文之名，如會昌中，邊將張睽妻『侯氏繡迴文作龜形詩』（唐詩紀事卷七十八），實爲通常七律，僅『繡作龜形寓意』而已，傅冠臨江仙詞，題作回文留别（寶綸樓詞）亦祇是頂真之體。桑世昌編纂回文類聚，並録不能逆讀之盤中詩、白居易遊紫霄宫、秦觀客懷、蘇軾採蓮、失名擬織錦圖。後人更運用漢字字形、音韻、詞義之特點，採取離合、藏頭諸格，製出許多妙趣横生，引人入勝之詩圖。萬樹所著璇璣碎錦六十幅，各以『名物寓題，組織工巧』，其中大多并非回文詩詞。因此，朱象賢强調『今之屈曲成文者，盤中之遺也；反覆往回，左右相通，巡還成句及交加借字，三四五六七言互誦者，皆璇璣之製也』。所以與西方不同，我國之回文，包括盤中一類之詩圖。從而，費經虞雅倫認爲『回文起於盤中詩璿璣圖，此回文之正』。不過，歸入『回文』類中之『詩圖』，與畫家之詩圖（如後漢劉褒北風圖、雲漢圖），詩家之詩圖（如唐張爲主客圖、宋高似孫文選摘句圖）不同。

仿製者有方登嶧（桐舊集）、吉鍾穎（含薰室詩集）等人，然皆不逮原作，方氏盤中詩末句云『歌周四角旋中區』，似與蘇伯玉妻之讀法相反。其詩固佳，而構圖甚簡，故梁乙真中國婦女文學史綱以爲織錦回文，『鈎心鬭角，真古今絶技，盤中詩何敢望焉』。明人馮復京説詩補遺卷二竟謂『蘇伯玉妻盤中詩，空倉鵲，常苦饑，吏人婦，會夫稀，結巾帶，長相思，此六語頗有古意。黄者金以下，便是村塾所教三字經。于鱗取之，好古之過也』。

詩圖在西方，也是淵源久遠。兩千多年前，拜占庭學者P·O·波菲利曾採用不同顏色，于詩中表示古希臘三層槳戰船等結構複雜之物體。公元五世紀，波斯出現祭壇詩，詩行排列樣式依内容而定。至文藝復興時期，歐洲更是發展，其中最典型者，要數十七世紀英國玄學派詩人喬治·赫伯特，著名作品有祭壇、復活節之翅膀。直到近代仍擁有不少作者，如英國迪倫·托馬斯，美國愛德華·E·卡明斯等人。詩圖之作者，運用文字圖形之視覺形象來表現詩之内容，使形式和内容達到完美之統一，充分發揮視覺效果。日本亦有類似詩圖，如小澤蘆庵（一七二三—一八〇一）六帖詩草中之縱横圖歌，亦稱蘆庵藥師佛歌，可讀旋頭歌十六首、短歌十二首。不過，無論形製，抑是技巧，都無法與中國之詩圖相比擬。

傅咸迴文反覆詩

咸（二三九—二九四）字長虞，北地泥陽人。玄子。咸寧四年，襲父爵清泉侯，拜太子洗馬，遷尚書右丞，出任冀州刺史。惠帝時，轉太子中庶子，官至御史中丞。丁母憂去職，後起爲議郎兼司徒校尉。好屬文，有集三十卷。唐皮日休雜體詩序謂『晉傅咸有迴文反覆詩二首，云反覆其文者，以示憂心展轉也，悠悠遠邁獨煢煢是也，由是反覆興焉』。宋嚴羽滄浪詩話曰『反覆、舉一字而誦皆成句，無不押韻，反覆成文也』。王嘉璧西山集卷上：『反覆詩，晉司隸校尉傅咸作』。近代鄭子瑜中國修辭學史稿云，一般以爲出自晉傅咸之悠悠遠邁，我獨煢煢之四言回文詩，『及讀漢魏六朝三百名家集中之傅中丞集并無此詩，唯集中有答曹志書，全文只有八個字，都是回文，書云英氣泉涌，逸藻波騰，可是談回文者自來不曾提到過』。

温嶠迴文虛言詩

嶠（二八八—三二九）字太真，祁人。性聰明，有識量，善談論，博學能文。參劉琨軍，授長左史。元帝時，除散騎侍郎，遷太子中庶子。明帝即位，拜侍中，轉中書令，歷左司馬、丹陽尹、中纍將軍。咸和初，爲江州刺史，鎮武昌，官至驃騎將軍，開府儀同三司。有文集十卷傳世。唐皮日休雜體詩序謂『晉温嶠有迴文虛言詩云，寧神靜泊，損有崇亡，由是迴文興焉』。宋祝穆古今事文類聚卷二十：『晉温嶠始有迴文詩』。明陳懋仁續文章緣起：『迴文詩，晉驃驍將軍温嶠作』。張之象回文類聚序：『漢魏以降，流别漸繁，蘇伯玉妻作盤中詩，而回文之體，則自晉傅咸始，咸作反覆回文，以示憂心展轉之意也；次而温嶠有虛言回文，以一字括兩三字義，以示包藏隱密之意也』。清吴景旭歷代詩話卷二十八：『文心雕龍謂回文所興，則道原爲始。又傅咸有回文反覆詩，温嶠有回文詩，故皮襲美云，傅咸反覆興焉，温嶠回文興焉。則知蘇氏之前，回文已出矣』。胡壽芝東目館詩見卷二：『迴文所興，道原爲始，劉勰語也。温太真亦有迴文詩，皆在前。嚴羽謂始於蘇若蘭者，非』。

沈約回文研銘

約（四四一—五一三）字休文，吴興武康人。歷仕宋齊，累官司徒左長史。助梁武帝蕭衍登位，爲尚書僕射，封建昌縣侯，遷尚書令，太子少傅，卒謚隱。少孤貧，篤志好學，博通羣書，善屬文，著述甚夥。所作回文研銘，早佚。裴景福龍珠寶藏卷二闔蹟名題唐宋元明女子畫册曰：『沈瓊蓮十字四景迴文，尤巧妙絶倫』，『沈休文云，十字之文，顛倒相配，字不過十，巧歷已不能盡。後人不解，雪樵詩話謂即今之五言，非也。今瑩中作，正與休文説合。』『十字』説，見沈休文集卷四答陸厥書。

達摩真性頌

在我國齊梁回文新興之時，印度來華高僧菩提達摩亦積極參與創作活動，成爲首個撰寫漢字回文之外人。其圖載於永樂大典卷八六二九，名曰達磨觀心頌，『大藏經，東震初祖達磨尊者，示相南天竺國王之太子，于諸法性頓得通量傳道時只履西歸主正法眼藏以妙語，發真度越聖凡者，只此二十字耳，正誦回文，皆有義諦』，以表達『二入四行』之禪觀思想。明初，杭州靈隱寺僧、住持慧眼可光禪師，『述達摩西來留二十字，如織錦回文，翻覆讀成四十韻，以接中下之機』（靈隱寺誌卷三下、喻謙新續高僧傳四集卷十八）。宋太宗撰心輪圖一卷（鈔句稱作蓮華心輪迴文偈頌），新安方道成御製回文跋云：『觀其御製回文千首，若摹達摩真性頌而益廣之』。有些回文詩圖，嘗在徽州一帶民間廣泛流傳，甚或印製於墨錠，例如程大約程氏墨苑（萬曆滋蘭堂刻本）卷二廻文玦（丘濬菩薩蠻詞）、卷五織錦圖（『君承皇詔安邊戍』）、卷十二達磨真性頌，方于魯方氏墨譜（萬曆美蔭堂刻本）卷三盤中詩、鞶鑑圖、卷四廻文玦、卷五達磨真性頌。程大約達磨真性頌引，云『達磨之來天竺也，泛重溟，周三寒暑而後至，及達震旦，面壁九年，不立文字，直指人心，見性成佛，乃其十二時歌，五葉一花之偈，亦微染綺語習焉。至于皮膚骨髓之喻，抑何跧次淺深章章較著也。獨真性頌字僅二十，學人以璇璣圖法讀之成四十首，計八百字，每首用韻，四至俱通，廻環不窮，夫人真性亦猶是焉，引而伸之，觸類而長之，四十者可畢而百，八百者可畢而千萬矣。夫性爲生命，生命爲天地根。夫真乃生，生乃不滅，不滅之謂能永存，永存者真，是故生老病死憂生，耳目口鼻，身意賊志，豐約幽紛，惑知理事，欲障亂思，造次顛沛，患難撼守。夫然者謂之諸緣，爲諸緣起者，起則滅，滅則不生，不生者亡。夫性爲真、爲離、爲性、爲情、爲緣、爲理、爲空、爲忘、爲照、爲寂、爲身、爲至、爲淨、爲明、爲圓、爲始、爲終、爲常、爲妙、爲極備矣。夫歸于真妄，乃潛爲天地，先天地之先，造之無前，生于一椞，乃役爲人物，辟人物之辟，乃登無極，成性存存渾渾淪淪爲出入之門，是爲獨尊，信斯言也。四十首者，縮而一二，則奇偶矣，成八百字者，退而十五，則因重矣。夫是之謂性，夫是之謂真，西極之旨，其庶幾乎，八萬瀍門，十方世界，智者觀之而思過半矣』。

達摩真性頌圖，張之象編入古詩類苑卷一〇三釋部法語，後又補進回文類聚卷二，并謂：『達摩西來，不立文字，直指人心，見性成佛，獨有真性一頌，雖二十字，回環讀之成四十首，計八百字，每首用韻，四至俱通，以表真性無有窮盡也。此近得之友人趙希觀用賓云』。

清代朱象賢續補回文類聚，刊除張之象達磨真性頌識言、方道成太宗御製回文跋語，代以自撰小記曰：『昌黎公云，佛者（此處『夷狄』一詞係有損於滿族統治階級形象之所謂字眼朱氏心存顧忌因而空闕文淵閣四庫全書本補入『西域』）之一法耳，後漢時流入中國，上古未嘗有也。世人惑其降福之説，紛然是務，至於奴隸之輩，固不足怪，何王公卿相之輩，讀書知古之人，亦奉之不敢稍惰也。古之事佛者莫如梁武，觀其國敗身亡，貽譏後世，似亦可以爲鑒，而奉之者一若未知，豈其心之冥頑不靈，迨禽獸（館臣似覺有失『雅醇之至意』改爲『下愚』文瀾閣四庫全書本未易）之不若歟。右（文淵閣本作『古』）達磨真性頌及太宗回文千首，雖有巧思，終爲賊道，何堪入于書籍，然而前盲久經增入，故不復斥去，仍附于此，以爲往鑒云』。但其後再續出之十五卷本，又恢復張方兩氏之識跋，未知何故。當今出版之禪宗寶典、禪宗全書，俱載達磨真性頌圖。黎元寬在爲九華山佛承大師所作山居回文詩序中，謂『詩與禪各有三昧，其實同一三昧也』。受達摩之影響，有文學修養之釋子，亦積極參與回文之創作實踐，或抒發胸臆，或宣揚教義。如佛印、起宗道人、唵囋、本億、佛承、無熱、徹凡、東皋心越、本潮、照純、顯清、見自、克成、性通、大汕等。個中佛承山居回文詩一百二十首，惜已湮没無聞。葉德輝題達摩詩云：『曾向金陵掛錫還，來從天竺去嵩山，江南傳播回文頌，誰覩真形石壁間』（觀劇絶句卷下）。

陸從典回文研銘

從典（五六一—六一七）字由儀，吴郡吴人。幼聰敏。八歲，讀沈約集，見回文研銘，援筆擬之，便有佳致。年十三，作柳賦，其詞甚美。篤好學業，博涉羣書。仕陳爲著作佐郎，轉太子舍人，遷司徒左西掾兼東宮學士。入隋位給事郎兼東宮學士，又除著作佐郎。陳書卷三十、南史卷四十八有傳。太平御覽卷六〇二亦載其事。

葛勝仲丹陽集卷三上白祭酒書，云『某聞江左辭格變永明體，抉微倡始，實自隱侯，辯平頭上尾之差，示切響浮聲之奥，慷慨著論，以爲靈均以來此秘未覩，故後來人士爭宗仰之，或擊節賞帶坻之句，或援筆擬回文之銘，于是有文章冠冕，述作楷模之諺，凜凜乎儒流盟主矣』。

回文鏡銘

朱劍心金石學云：『魏晉以後，最可玩者，莫如六朝之迴文鏡』。尚方造鏡，率作有韻之詞，民間用器，乃有取吉祥語爲銘。漢初，銘文已衍爲紋飾中之重要組成部分，中期更出現以銘文爲主要内容之銅鏡，所謂『箴誦于官，銘題於器』，以物寓意，因以勸勉和自警，也有表達相思之情。俞樾華亦曹蘭湄幻墨序稱：『魏晉人作鏡銘扇銘，每有以八字回讀之得一十六句者』（春在堂襍文五編七）。錢坫浣花拜石軒鏡銘集録卷一有漢十二辰鏡，『銘八字，曰象物澂神朗□澄真，其一字泐，蓋回文也』。劉心源奇觚室吉金文述卷十五有漢家常富貴鏡，銘文家常富貴，『四字回環成誦』。又四庫全書總目・曹子建集提要，言植有『鏡銘八字，反覆顛倒，皆叶韻成文，實爲回文之祖』。雖然余嘉錫四庫提要辨正卷二十，『謂三國時已有回文體，尤從來所未聞』，但也説明回文就很早出現于鏡銘之事實。至『蘇若蘭于前秦苻堅時作廻文錦，遂開齊梁之先，一時效作此體』（馮雲鵬金索卷六），其時駢體興行，因此鏡銘也有時代烙印，『回文體銘，讀法亦爲對偶，爲駢體銘之一種變格』（梁上椿嚴窟藏鏡第三集）。

唐代帝王華誕，有臣工獻鏡祝賀之風尚，所以銅鏡發展達到極巔，不僅製作精緻，而且銘文亦凝煉、清新。據葉某愛日齋叢鈔云，『唐開元十七年八月，上以生日宴百官于花萼樓下，左丞相乾曜、右丞相説帥百官上表，請以每歲八月五日爲千秋節，布于天下，咸寧宴樂』，『二十四年八月千秋節，群臣皆獻寶鏡，張九齡獻千秋金鏡』。後世出土銅鏡，故以唐製最多，此流風直至五代，如册府元龜卷九十七記，『顯德二年四月，太子少保王仁裕進回文金鏡銘，上善之，賜帛百匹』。

進入宋後，銅鏡製作，日漸式微。回文鏡銘，僅見元劉秉忠所造。袁昶元太保劉秉忠回文鏡歌：『鏡徑圓三寸，鼻紐刻鳳一雛二，輪廓二十六言，銘曰光輪承熙、朗曜湛迪、長明恒持、廣照萬厤。又曰孿生迴文，壬寅秋秉忠製。回環讀之，得四言三十二首。公弟長卿，名秉恕，仕至禮部尚書，似即與公孿生者。秉恕子蘭璋，還爲文貞後，鏡今藏商城楊鐸家』（漸西村人初集詩十三）。

迴文銅鏡之外，還有一種『迴文玉鏡』，其照片載於藝林旬刊第八期（一九二八年三月十一日），説明云『白玉雕刻，外爲十二辰，刀工簡茂，神氣如生，内規隸書月曉河澄雪皎波清八字，迴環讀之，皆可叶韻，唐以前物也』。

歷代回文鏡銘，見者有十餘則。

一、永用保壽

（咸豐）順德縣志卷十九金石畧一六朝永用保壽鏡，銘文四字，『以一字冠首，而迴文顛倒之，皆可讀，凡得二十四首，九十又六字』。

二、鏡發菱花淨月澄華

西清續鑑甲編卷二十唐菱花鑑；馮雲鵬金索卷六、徐宗幹濟寧州金石志卷一六朝迴文鏡；劉體智小校經閣金文卷十六唐菱花回文鏡；徐乃昌小檀欒室鏡影卷四淨月迴文鏡；梁上椿巖窟藏鏡第三集『六朝末迄唐初作』，名廻文菱花四獸鏡（河南京漢綫黄河北岸新出土）；沈從文唐宋銅鏡，隋或唐初四神迴文詩鏡。

西清續鑑甲編：『背作花枝，外輪列銘，每字俱間以花朵，花邊素鼻，銘八字，按梁邱遲硯銘，逐字爲韻，迴環成誦，玆銘蓋倣其體製爲之』。金索：『此鏡一字一華相間，廻環往復，無不可讀，中作菱華之飾。』巖窟藏鏡：『銘文八字，其讀法甚多，正讀四言八首，廻文讀四言八首，又首尾交加讀五言八首，廻文讀五言八首，共得詩三十二首』。清代倪稻孫海漚日記，嘉慶十九年甲戌五月十八日，歸途取得三鏡，『一爲迴文唐鏡，文作淨月澄華鏡發菱花八字』。

三、菱芳耀日冰光照室

劉體智善齋吉金録鏡四宋菱芳耀日回文鏡，小校經閣金文卷十七宋菱芳耀日鏡載録。桑世昌回文類聚卷二聲鑑圖、王士倫浙江出土銅鏡作『菱芳照日冰光耀室』，浣花拜石軒鏡銘集録卷一六朝回文鏡作『菱芳照室清光曜日』。

四、澄清花鏡菱精華淨

善齋吉金録鏡三、小校經閣金文卷十六唐澄清回文鏡。

五、河澄皎月波清曉雪

金索卷六唐雪月迴文鏡、商承祚長沙古物聞見記續記唐回文詩竟。

陳經求古精舍金石圖卷三唐器鐘鑑云：『右鑑通長五寸九分又十分分之五，銘隸書八字，曰河澄皎月波清曉雪，中一印文，大篆四字曰李道行造。鑑作鐘形，未見載籍，似非古制，而銅質精煉，文字亦刻畫甚工，定爲唐物。桉唐上元初，南海女子有聲鑑圖，名曰轉輪八花鉤枝鑑銘，凡百九十二字，盤屈糾結爲八枝，四字爲句，左旋右旋，回環讀之得二篇焉。王子安勃有序，令狐文公楚有跋。枝間八字，曰清光曜日菱芳照室，花上八字，曰雪皎波清月曉河澄，皆環旋讀之，遞相爲韻。花上與鑑銘不差一字，但鞶鑑形圓，故環旋可讀，是銘直方，未可環旋也。又月雪皎曉四字參互，疑淺人襲鞶鑑銘而誤作者，故附存之。鞶鑑圖，見王子安集中。』

六、**象物澂神朗□澄真**

浣花拜石軒鏡銘集録卷一漢十二辰鏡。巖窟藏鏡第三集唐作朗質混真飛仙十二生肖鏡，云『方格外圍方形銘帶，銘文八字，均以桃葉圖案圍之，左旋讀，朗質混真象物徵神』。

七、**戀離愁別眷馳憂結**

小校經閣金文卷十六唐戀離迴文鏡、小檀欒室鏡影卷四戀離迴文鏡。

八、**光正隨人長命宜新**

陝西省出土銅鏡名十二生肖鏡、長命宜新連弧紋鏡。又小校經閣金文卷十六唐道士十二生肖鏡、小檀欒室鏡影卷五十二生肖鏡，銘文俱爲『道人長命宜新光正』（嚴一清謂『宜』係『寶』字之誤）。

九、**氷華月淨菱花發鏡**

陳佩芬上海博物館藏青銅器隋氷華十二生肖鏡。

十、**發花流采、波澄影正，月素齊明，鑒秦逾淨**

金索卷六、馮雲鵷濟南金石志卷一六朝迴文鏡，謂『此鏡銘十六字，可迴文，不能脱卸讀，故首尾之間有一花隔之』，『嘉慶丁丑得之於濟南，與濟寧菱花鏡可云雙璧』。朱劍心金石學：『馮氏金石索所録有二，其一，八字曰鏡發菱花淨月澄華』，『其一，十六字曰發花流采，波澄影正，月素齊明，鑒秦逾淨，可迴文，不能脱卸讀，故首尾之間有一花隔之，然其製雖巧，其詞未佳』。

十一、萬曆光輪，承熙朗曜，□□長明，恒□廣照

小校經閣金文卷十七、小檀欒室鏡影卷一金劉秉忠攣生回文鏡（『熙』：小校釋文作『曦』）。清汪鋆十二硯齋金石過眼録作元攣生迴文鏡，銘『光輪承熙郎耀湛迪長明恒持廣照萬曆』。吴樹聲鼎堂金石録卷一五代回文鏡，銘文『萬歷光輪承熙朗曜湛迪長明恒持廣照』，云：『右唐回文鏡，中層作龍鳳形，紐下有篆文，壬寅秋秉忠製六字，稍右又有篆文四字，僅回文二字可辨，餘二字不可讀矣。銘詞篆文十六字，回環左右讀之，得四言三十二首。又閒一字，左右環讀之，得三十二句。明與輪叶，用真庚通韻，其爲唐後物無疑。銅質頗似周元錢，故定爲五代時器。按古韻，真文與先仙通，與庚清相去甚遠，以庚清韻中字，多由陽唐韻中字變轉，如明字，古本音芒，唐人雖不讀芒音，而其界限甚嚴，詳唐韻正古韻標準諸書』。

十二、盤龍麗匣，舞鳳新臺，鸞驚影見，日曜花開，團疑壁轉，月似輪迴，端形鑒遠，膽照光來

寧壽鑑古卷十六唐鸞獸鑑，浣花拜石軒鏡銘集録卷二唐盤龍舞鳳鏡，小校經閣金文卷十六唐盤龍鏡，羅振玉古鏡圖録卷中鸞獸鑑，陝西省出土銅鏡名龍盤舞鳳鏡（西安西郊三橋東唐墓出土），浙江出土銅鏡隋至初唐盤龍麗匣瑞獸鏡（紹興縣出土），孔祥星中國銅鏡圖典隋唐盤龍六瑞獸銘帶鏡（寶雞市博物館藏）。『壁』：寧壽鑑古、小校作『璧』；『影』：小校作『景』；『膽』：小校釋文作『瞻』。

沈濤交翠軒筆記云：『余近得唐鏡二枚』，『其一，徑七寸三分，内層花紋作龍鳳形，外層楷書回文銘三十二字，曰盤龍麗匣，舞鳳新臺，鸞驚影見，日曜花開，團疑壁轉，月似輪迴，端形鑒遠，膽照光來。二鏡製作精緻，篆法楷法，俱極妍妙，錢獻之浣花拜石軒鏡名集有此二圖，一題唐海獸鏡，一題唐盤龍舞鳳鏡，花紋尺寸銘文皆不差毫髮，蓋即錢氏所藏之物也』。

十三、明逾滿月，王潤珠圓，鸞驚鈿後，鳳儛臺前，生菱上壁，倒井澄蓮，情虚應態，影逐粧妍，清神鑒物，代代流傳

金索卷六唐滿月迴文鏡，云『此鏡大一尺三分，重六斤，正書銘四十字，可以迴文。正讀一先韻，倒讀八庚韻，其王即玉字，唐避世字，故不曰世世，曰代代也，余得此於嵫邑』。善齋吉金録鏡三、小校經閣金文卷十六（唐滿月鏡）、小檀欒室鏡影卷一（滿月廻文鏡）、浙江出土銅鏡載録。

此則各鏡之間異文較多。『王』：小校、陸心源唐文拾遺卷六十二、浙江出土銅鏡作『玉』。『鳳儛』：善齋、浙江出土銅鏡作『鳳舞』，小校作『舞鳳』。『菱』：小校作『蔆』。『壁』：唐文拾遺、浙江出土銅鏡作『璧』。『情虚』：善齋、浙江出土銅鏡作『情靈』，小校作『精靈』。

按『鸞驚鈿後，鳳儛臺前』回文不叶，應爲『驚鸞鈿後，儛鳳臺前』方是，疑製鏡藝人誤作。

十四、馳光匣啟，設象臺懸。詩敦禮閲，已後人先。奇標象烈，耀秉光宣。施章德懿，配合樞旋。嗤妍瘁盡，飾著華鉛。熙雍合雅，約隱章篇。詞分彩會，議等簡筌。移時變代，壽益年延。規天等地，引派分泉。池輕透影，羽翠含鮮。卑□□□，□□□全。眉分翠柳，鬢約輕蟬。摛詞掩映，鵲動聯翩。披雲拂雪，戒後瞻前。隨形動質，議衍詞編。姿凝素日，質表芳蓮。疲忘□□，□□

瑕捐。枝芳表彰，玉綴凝煙。儀齊罔象，道配虛員。闈闥慎守，暮蚤思虔。猗漣配色，繡錦齊妍。垂芳振藻，句引星連。淄磷異迹，徹瑩惟堅。鳌豪引照，古遠芳傳

浣花拜石軒鏡銘集録卷一六朝回文鏡：『右回文鏡，徑八寸八分，銘二百八字。曰馳光匣啓，設象臺懸云云，共一百九十二字，又曰照日冰光耀室菱芳，又曰月曉河澄雪皎波清共十六字，隨文起結，皆可誦讀，與織錦同妙，真希世之珍也』，『回文類聚稱唐婦人所作轉輪鉤枝八花鑑銘，云花上八字，枝間八字，旋環讀之，四字爲句，遞相爲韻，其盤屈糾結爲八枝者，左旋讀之，自篇字起至詞字止，右旋讀之，自詞字起至篇字止者即此是也，以爲唐時物。余以文詞字迹不似唐世，繼讀歐陽詢執文類聚、徐堅初學記等書所載六朝鏡銘，並多此體，然則定爲六朝近之』。巖窟藏鏡云：『此可謂爲迴文鏡中之絶品』。

此類銅鏡，南方出土較少，多在陝豫兩地發現，河北山東亦間有之。至於銅鏡之斷代，到目前爲止，還缺乏科學性。同一器物，諸家著録年代不一，甚至相差很大。趙汝珍古鏡考辨云：『（金石索）載有六朝之鏡，因廻文係六朝時所創始，故鏡銘有廻文字者，即斷爲六朝之物』，『總之，今日對於古鑑之攷證，所有著録，完全胡説，除有年代文字可信者外，其餘并無一事令人滿意，令人信服者』（古董辨疑第八章）；又云『古代銅鏡傳世者甚少，最多數均爲出土者』，出土之銅器僞製其易，『惟銅鏡之價值并不昂貴，如果照銅器之僞製，則作僞者非僅不能獲利，且必受損失，故絶無僞製銅鏡者』（古玩指南第七章）。

鏡銘回文『以八字較習見，偶亦有十六字者，其讀法有正讀，迴文讀，脱卸讀，首尾交加等』（巖窟藏鏡）。檢商承祚長沙古物聞見記卷下宋銅鏡一則，其對八字回文鏡銘讀法頗爲奇特，兹照

録于此，以備一格。云：『兩旁篆文，各四相回裛，曰河澄皎月波清曉雪，河波、澄清、皎曉、月雪同韻，據韻反復傎到，左右互讀，共得一百九十二聯，器藏蔡氏。案藝文類聚載曹植鏡銘，回環讀之，無不成文。文心雕龍卷二明詩，回文所興，則道原爲始，梅庚注，宋賀道慶作四言回文詩一首，計十一句，四十八言，從首至尾，詩亦成韻，而道原無攷，恐原爲慶字之誤。案晉傅咸有回文反覆詩，温嶠有回文詩，蘇伯玉妻盤中回文詩末句云，當從中央周四角。晉書列女傳，竇滔妻蘇氏，始平人也，名蕙，字若蘭，善屬文。滔，符堅時，爲秦州刺史，被徙流沙，蘇氏思之，織錦爲回文旋圖詩以贈滔，宛轉循環以讀之，詞甚悽惋，凡八百四十字。各家回文詩，僅傎到成句，回旋誦讀，佳竇妻詩，能交加借字二五六七言可以互誦，其意略爲廣泛，猶不及此之匠心獨運，每字配四十八句，八字，則三百八十四句，一百九十二聯，排比于後。

河

波

河澄皎月　河澄月皎　河澄月曉　河澄皎雪
波清曉雪　波清雪曉　波清雪皎　波清曉月
河澄曉月　河澄雪皎　河澄曉雪　河澄雪曉
波清皎雪　波清月曉　波清皎月　波清月皎
河皎澄月　河皎月清　河皎月澄　河皎澄雪
波曉清雪　波曉雪澄　波曉雪清　波曉清月
河皎雪清　河皎清月　河皎雪澄　河皎清雪
波曉月澄　波曉澄雪　波曉月清　波曉澄月
河月澄曉　河月曉清　河月清皎　河月澄皎

波雪清皎　波雪皎澄　波雪澄曉　波雪清曉
河月皎清　河月皎澄　河月清曉　河月曉澄
波雪曉澄　波雪曉清　波雪澄皎　波雪皎清
河清皎雪　河清雪曉　河清雪皎　河清曉月
波澄曉月　波澄月皎　波澄月曉　波澄皎雪
河清皎月　河清月曉　河清月皎　河清曉雪
波澄曉雪　波澄雪皎　波澄雪曉　波澄皎月
河曉澄月　河曉月清　河曉月澄　河曉澄雪
波皎清雪　波皎雪澄　波皎雪清　波皎清月
河曉雪清　河曉清月　河曉雪澄　河曉清雪
波皎月澄　波皎澄雪　波皎月清　波皎澄月
河雪澄曉　河雪曉清　河雪清皎　河雪澄皎
波月清皎　波月皎澄　波月澄曉　波月清曉
河雪皎清　河雪皎澄　河雪清曉　河雪曉澄
波月曉澄　波月曉清　波月澄皎　波月皎清
澄河皎雪　澄河雪曉　澄河雪皎　澄河曉月
清波曉月　清波月皎　清波月曉　清波皎雪
澄河皎月　澄河月曉　澄河月皎　澄河曉雪

澄 清

清波曉雪　清波雪皎　清波雪曉　清波皎月
澄皎月波　澄皎波雪　澄皎雪河　澄皎月河
清曉雪河　清曉河月　清曉月波　清曉雪波
澄皎河雪　澄皎河月　澄皎雪波　澄皎波月
清曉波月　清曉波雪　清曉月河　清曉河雪
澄月皎波　澄月波曉　澄月曉河　澄月皎河
清雪曉河　清雪河皎　清雪皎波　清雪曉波
澄月河皎　澄月河曉　澄月曉波　澄月波皎
清雪波曉　清雪波皎　清雪皎河　清雪河曉
澄波皎雪　澄波雪曉　澄波雪皎　澄波曉月
清河曉月　清河月皎　清河月曉　清河皎雪
澄波皎月　澄波月曉　澄波月皎　澄波曉雪
清河曉雪　清河雪皎　清河雪曉　清河皎月
澄曉月波　澄曉波雪　澄曉雪河　澄曉月河
清皎雪河　清皎河月　清皎月波　清皎雪波
澄曉河雪　澄曉河月　澄曉雪波　澄曉波月
清皎波月　清皎波雪　清皎月河　清皎河雪
澄雪皎波　澄雪波曉　澄雪曉河　澄雪皎河

皎 曉

清月曉河 清月河皎 清月皎波 清月曉波
澄雪河皎 澄雪河曉 澄雪曉波 澄雪波皎
清月波曉 清月波皎 清月皎河 清月河曉
皎月澄波 皎月波清 皎月清河 皎月澄河
曉雪清河 曉雪河澄 曉雪澄波 曉雪清波
皎月河清 皎月河澄 皎月清波 皎月波澄
曉雪波澄 曉雪波清 曉雪澄河 曉雪河清
皎河澄雪 皎河雪清 皎河清月 皎河澄月
曉波清月 曉波月澄 曉波澄雪 曉波清雪
皎河雪澄 皎河清雪 皎河月澄 皎河月清
曉波月清 曉波澄月 曉波雪清 曉波雪澄
皎澄河雪 皎澄雪波 皎澄波月 皎澄河月
曉清波月 曉清月河 曉清河雪 曉清波雪
皎澄月波 皎澄月河 皎澄波雪 皎澄雪河
曉清雪河 曉清雪波 曉清河月 曉清月波
皎雪澄波 皎雪波清 皎雪清河 皎雪澄河
曉月清河 曉月河澄 曉月澄波 曉月清波
皎雪河清 皎雪河澄 皎雪清波 皎雪波澄

雪月

晓月波澄　晓月波清　晓月澄河　晓月河清
皎波澄雪　皎波雪清　皎波清月　皎波澄月
晓河清月　晓河月澄　晓河澄雪　晓河清雪
皎波雪澄　皎波清雪　皎波月澄　皎波月清
晓河月清　晓河澄月　晓河雪清　晓河雪澄
皎清河雪　皎清雪波　皎清波月　皎清河月
晓澄波月　晓澄月河　晓澄河雪　晓澄波雪
皎清月波　皎清月河　皎清波雪　皎清雪河
晓澄雪河　晓澄雪波　晓澄河月　晓澄月波
月河澄晓　月河晓清　月河清皎　月河澄皎
雪波清皎　雪波皎澄　雪波澄晓　雪波清晓
月河皎清　月河皎澄　月河清晓　月河晓澄
雪波晓澄　雪波晓清　雪波澄皎　雪波皎清
月澄皎波　月澄晓河　月澄河晓　月澄晓波
雪清晓河　雪清皎波　雪清波皎　雪清皎河
月澄波晓　月澄皎河　月澄河皎　月澄波皎
雪清河皎　雪清晓波　雪清波晓　雪清河晓
月皎澄波　月皎波清　月皎清河　月皎澄河

雪曉清河　雪曉河澄　雪曉澄波　雪曉清波
月皎河清　月皎河澄　月皎清波　月皎波澄
雪曉波澄　雪曉波清　雪曉澄河　雪曉河清
月波澄曉　月波曉清　月波清皎　月波澄皎
雪河清皎　雪河皎澄　雪河澄曉　雪河清曉
月波皎清　月波皎澄　月波清曉　月波曉澄
雪河曉澄　雪河曉清　雪河澄皎　雪河皎清
月清皎波　月清曉河　月清河曉　月清曉波
雪澄曉河　雪澄皎波　雪澄波皎　雪澄皎河
月清波曉　月清皎河　月清河皎　月清波皎
雪澄河皎　雪澄曉波　雪澄波曉　雪澄河曉
月曉澄波　月曉波清　月曉清河　月曉澄河
雪皎清河　雪皎河澄　雪皎澄波　雪皎清波
月曉河清　月曉河澄　月曉清波　月曉波澄
雪皎波澄　雪皎波清　雪皎澄河　雪皎河清』

潘鍾瑞水明鏡跋云：『鏡銘古多篆書，圜轉寫之，後或向外或向内，其字爲隸書，或爲楷書，變化寖多』（香禪精舍集卷十九）。規狀器物，無有上下之別，爲求其字字可起，左右可讀，遂引發回文之産生。鏡銘製作具備此種條件，因而有些學者（如鄢化志、劉宗彬）主張回文始於鏡銘。

王劭二百八十篇

隋書卷六十九云：『王劭字君懋，太原晉陽人也。父松年，齊通直散騎侍郎。劭少沈嘿，好讀書。弱冠，齊尚書僕射魏收辟參開府軍事，累遷太子舍人』，『有人於黄鳳泉浴，得二白石，頗有文理，遂附致其文以爲字』，『劭復廻互其字，作詩二百八十篇奏之。上以爲誠，賜帛千匹』。清趙翼陔餘叢考卷二十三謂『若蘭之後，罕有繼之者。隋書王劭傳，有人浴於黄鳳泉，得二白石，頗有文理，劭遂附致其文以爲字，復廻互其字，作詩二百八十篇奏之，此蓋彷蘇蕙之體而今不傳。唐人惟皮、陸偶爲之，宋以後則無人不作矣』。

劉禹錫迴文

劉禹錫（七七二—八四二）字夢得，中山無極人，自稱漢代中山王勝後裔。唐德宗貞元九年擢進士第，又登宏辭科。初事淮南節度使杜佑幕，典記室。從佑入朝，授監察御史。貞元末，參預王叔文新政，與柳宗元同議禁中，陞屯田員外郎，失敗，坐貶朗州司馬。憲宗元和十年，自武陵召回，以作玄都觀詩，語涉譏忿，出爲播州刺史，改連州，再徙夔州、和州。徵還，拜主客郎中，轉禮部郎中、集賢院學士，復刺蘇州，移汝州，遷太子賓客，分司東都。會昌中，加檢校禮部尚書。工詩能文，著有劉賓客文集三十卷外集十卷。

皮日休雜體詩序：『由古至律，由律至雜，詩之道盡乎此也。近代作雜體，唯劉賓客集中有迴文、離合、雙聲、叠韻』。胡震亨唐音癸籤卷二十九：『唐人劉賓客及皮、陸倡和，並有迴文詩』。

董棨劉賓客外集跋：『宋次道纂著外集，雖裒類略盡，然未必皆其所逸者，今不可考也』。四庫全書總目卷一五〇云：『陳振孫書録解題稱原本四十卷，宋初佚其十卷，宋次道裒其遺詩四百七篇，雜文二十二首爲外集，然未必皆十卷所逸也』，『其雜文二十卷，詩十卷，明時曾有刊版，獨外集世罕流傳，藏書家珍爲秘笈。今揚州所進鈔本，乃毛晉汲古閣所藏，紙墨精好，猶從宋刻影寫，謹合爲一編，著之於録，用還其卷目之舊焉』。今集中無有迴文，此亦證明外集『未必皆十卷所逸也』。

侯氏繡迴文作龜形詩

太平廣記卷二七一、計有功唐詩紀事卷七十八引抒情詩云：『會昌中，邊將張暌防戍十有餘年，其妻侯氏繡迴文作龜形詩，詣闕進上。詩曰，暌離已是十秋彊，對鏡那堪重理粧。聞雁幾迴修尺素，見霜先爲製衣裳。開箱疊練先垂淚，拂杵調砧更斷腸。繡作龜形獻天子，願教征客早還鄉。勑賜絹三百疋，以彰才美』。明張鼎思琅邪代醉編卷三十五，謂『此與蘇若蘭璇璣圖、范陽盧氏母天寶廻紋詩相類』。陳全之蓬窗日録卷八，曰『此太原盂縣侯氏，因夫張暌戍邊未歸，綉廻文詩也』。『按其詩七言律也』（費經虞雅倫卷十四），并非回文體，祇是『繡作龜形寓意』（胡震亨唐音癸籤卷二十九）。龜，諧音歸，繡作龜形，寓祈盼夫壻歸來之意，是一種文字之外表達内容之方式。此事古今傳爲佳話，典籍多有記述，如祝穆錦繡萬花谷前集卷十六、馮夢龍燕居筆記卷一、古今圖書集成（引盂縣志）、御定淵鑑類函卷二四六等。也有專爲歌詠者，益陽湯鵬古意八十首·張暌妻龜形詩：『皇天限南北，邊防貴用詳。黄沙莽飄飄，不辨路短長。夫壻充戍卒，暌離十秋强。波無瀚海恬，雪有陰山凉。雖織機中錦，難寄塞上霜。牀月墮夜眠，鏡塵槁晨粧。繡此龜形詩，哀鳴撼天閶。日月照幽深，乾坤納汪滂。妾亦無所求，妾亦無所妨。但願雄雌鳥，雙飛守故鄉。欵欵室家言，豈謂非典常』。（海秋詩集卷五）。番禺何振張睽妻任氏：『十載征夫得賜還，新詩一幅竟回天。而今幾個憐文字，繡出迴文也枉然』（紅豆山房詩集卷三）。

胡元龜作迴文體

胡元龜，世爲廬陵人，居永新，少有俊才。邑令見其風貌瓌傑，欲窮所學，因以屏間新繪戲龍珠爲題，屬詠。元龜執筆造次而成，曰『翻身騰白浪，探爪攫明珠』，蓋諷令多所受貽也。後有發其意者，令大怒，使人追捕之。宋代龍衮江南野史卷九：『元龜亡入金陵，會吏曹徐郎以賓館之，未幾郎爲子娶親，迎之夕畢命僚族設牋管。徐有同舍郎在坐，問曰今夕詩相爲誰，答曰有螺江胡造士焉。郎大咍，以題試之，元龜援毫裂牋不刻而成，郎覽之頷而已。元龜以迴文詩嘲之，郎辭以賦題，又連飛數章，譏切皆以廻文體。郎　辭不措，僞醉而去。由是衆慕之，徐薦于宋齊邱，遂射策入官，授文房院副使』。清人吴任臣十國春秋卷三十一南唐十七：『元龜亡入金陵，館吏曹郎徐某家，爲其子作催妝詩，立就。而徐有同舍郎雅自用，欲以詞賦窘元龜，元龜裂牋據案爲迴文體嘲之，郎一辭莫措，謝去，由是知名。未幾，徐薦於宋齊邱，射策入官，授文房院副使』。伊繼隆永新詩徵卷一（同治六年暫留軒刻本）亦載其事，同十國春秋。王世貞藝苑巵言二謂：『詞賦非一時可就，西京雜記言相如爲子虛、上林、游神、蕩思，百餘日乃就故也，梁王兎園諸公無一佳者可知矣』。

王仁裕轉輪廻紋金鑑銘

王仁裕（八八〇—九五六）字德輦，其先太原人，後世徙家上邽。少孤，以狗馬射彈爲樂。年二十五，始就學。唐末爲秦州節度判官，入蜀任翰林學士，仕晉諫議大夫，漢高祖時，復授翰林學士，遷户部尚書等職。爲人俊秀，以文辭知名。宋、李昉王仁裕神道碑云：『平生所著秦亭篇、錦江集、入洛記、歸山集、南行記、東南行、紫泥集、華夷百題、西江集共六百八十五卷。又撰周易卦驗三卷，轉輪廻紋金鑑銘、二十二樣詩賦圖，並行於世，著述之多，留傳之廣，近代以來樂天而已』（全宋文卷四十六、隴右金石録宋上、乾隆直隸秦州新志卷十一中、民國甘肅通志稿卷一一二石刻二）。

册府元龜卷九十七帝王部獎善門：『顯德二年四月，太子少保王仁裕進回文金鏡銘，上善之，賜帛百匹。九月，仁裕又以自製詩賦寫圖上進，賜銀器五十兩，衣著五十疋』（王應麟玉海卷六十、徐元潤銅仙傳説是『周顯德六年，王仁裕進回文金鏡銘』，而其時仁裕已歿，疑誤）。

花蕊夫人禱青城山回

樊一花蕊夫人宫詞作者是誰一文云：『今觀清李調元全五代詩卷五十六，尚收有前蜀花蕊夫人即小徐妃所作之詩八首。其中如禱青城山回，運用回文，頗爲自然諳練』（光明日報一九八三年六月十四日）。

王博文回文詩百篇

王博文（九七三—一〇三八）字仲明，曹州濟陰人。祖諫給事太宗舊邸，爲西京作坊副使。初爲安豐主簿，以陳堯咨薦試中書，賜進士第。擢知濠州、真州，權江淮制置司事，改監察御史，梓州路轉運使，晉尚書兵部員外郎，三司户部副使，再遷户部郎中，龍圖閣待詔，判吏部流内銓，權發遣三司使事，歷知開封府、大名府。宋仁宗寶元元年，同知樞密院事，踰月而卒。

王偁東都事略卷五十五：『年十六，善屬文，應舉開封府，以回文詩百篇投試卷，場屋中謂之王回文』。宋史卷二九一、柯維騏宋史新編卷九十：『年十六，善屬文，舉進士開封府，以回文詩百篇爲公卷，人謂之王回文。淳化三年，太宗親試進士，以年少罷歸』。宋章定名賢氏族言行類稿卷二十四、羣書集事淵海卷二十九人物門、山東通志卷一四一藝文志亦有同樣之記載。

耶律常哥迴文詩

耶律常哥撰。金門詔補三史藝文志詩集類、繆荃孫遼藝文志別集類著録。王士俊遼史藝文志補證：『按列女傳回文詩已輯，金又列常哥詩，宜併入』。黄仁恒補遼史藝文志案：『遼史及各書未嘗撰集，金氏以其能爲詩文，遂强以專集名之』，『應删』。常哥，一作常格，遼史卷一百七、盛京通志卷九十三、奉天通志卷二一五有傳。胡應麟詩藪、周春遼詩話，記云：『耶律氏，小字常哥，太師適魯之妹。幼秀爽，有成人風。及長，操行修潔，自誓不嫁。能詩文，不苟作。咸雍間，嘗作文以述時政，上稱善。〔樞密使〕耶律乙辛愛其才，屢求詩，常哥遺以回文，乙辛知其諷己，銜之』。黄震云論遼代詩稱常哥『是遼代能寫回文詩之第一人，惜乎作品没有流傳下來』（文學評論，一九九四年第一期）。

劉攽創回文詞

回文詞，世以爲始自蘇軾菩薩蠻四時閨怨，非是。明人沈際飛謂『迴文詞始朱劉二公』（草堂詩餘新集卷一）更謬。東坡與劉貢父（徐州）：『某啟。示及回文小闋，律度精緻，不失雍容，欲和殆不可及，已授歌者矣』（蘇軾文集卷五十）。又與李公擇（黄州）：『某啓。杜門謝客，甚安適。效劉十五體，作回文菩薩蠻四首寄去，爲一笑。不知公曾見劉十五詞否？劉造此樣見寄，今失之矣』（蘇軾文集卷五十一）。作回文詞者，蘇在後，劉在先。

清代鄒祇謨云：『詞有檃括體、有迴文體。迴文之就句迴者，自東坡、晦菴始也；其通體迴者，自義仍始也。近來吾友公阮、文友有一調迴作兩調者，文人慧筆，曲生狡獪，此中故有三昧，匪徒乞靈竇家餘巧也』（遠志齋詞衷）。按菩薩蠻逐句迴者，亦爲貢父首造，非『自東坡，晦菴始也』。徐釚詞苑叢談、彭孫遹詞統源流、馮金伯詞苑萃編等宗之，以訛傳訛。

近世曹樹銘校編東坡詞：『按全宋詞并無劉貢父詞，傳注所謂效劉十五貢父體，并無顯證，殆不可信』，『回文詞之意境，俱與東坡詞不類，且逐句回文，僅屬文字遊戲，索然無味。此類作品，一夔已足，今竟達七首之多』。又曰是體『乃任何大家所無，而况東坡根本無此閒情』。遂將該作編入附録，併移列『可疑詞類』。嗚呼，孤陋寡聞，以及偏見之深，一至於此！

明孝宗（朱祐樘）迴文詩

祐樘（一四七〇—一五〇五），憲宗第三子。即位，逮太監梁芳等謫戍死，停納粟例。建元弘治，在位十八年，廟號孝宗。汪應軫恭題孝廟迴文詩後：『孝廟在宥，十有八年，四海洽雍熙之治，臣生長鳶飛魚躍之中，與耕鑿之民渾忘帝力而不知，及今入秘閣得見聖製迴文詩若干首。嘆曰於乎，一日二日萬幾，我孝廟何暇以及此者，此足以見當時垂裳而治，泮奐憂游之驗也。其與大舜南風之作，成王卷阿之音，前後一揆，而豈隋唐諸君絺章繪句與文人爭勝者比哉。雖然文辭末也，視盤遊弋畋之妙則過矣。孝廟之所以留心於此者得無深意乎。臣拜手稽首謹題』（青湖先生文集卷四）。應軫字子宿，浙江山陰人，正德十二年進士，官至江西提學僉事。

駱廷用隱逸回文詩

明駱廷用撰。郝玉麟廣東通志卷四十七謂『駱廷用，海康人。恬於聲利，再讓貢與同門黃玹，陳端吏部，移文嚴核，强出應弘治十四年貢，甘淡泊，不肯授官，有隱逸回文詩傳於世』。阮元廣東通志卷三百引雷州志云：『有隱逸回文詩八首遺後』（嘉慶雷州府志卷十六人物，同）。

明武宗（朱厚照）賜回文詩

厚照（一四九一—一五二一），明孝宗子。建元正德，在位十六年，廟號武宗。孔毓圻幸魯盛典卷九：『孔聞韶襲爵，方弱冠，陛見儀度秀整，稱上意，面賜玉帶麒麟服，兼賜制誥，曰爾聞韶儒宗正嫡，嗣膺封命，茂年美質，爾尚克勤進脩，永終令譽，以副四方之觀禮，以光百代之宗祀。武宗改元幸學，禮成，命坐彝倫堂聽講，御賜回文詩，以寵其行』。王九思明故通議大夫刑部左侍郎張公墓志銘：『刑部左侍郎張公者，諱鸞字應祥，西安咸寧人也』，『戊辰（正德三年）春正月，陪祀南郊，越翌日宴慶成得坐奉天殿。三月廷試進士，充文華殿讀卷官，是時纂修資治通鑑成，得賜，又賜御製寫懷廻文諸詩』（渼陂集卷十二）。又談遷武廟賜詩：『王九思作刑部左侍郎咸寧張鸞墓志云，戊辰三月，廷試進士，充讀卷官，是時纂修資治通鑑成，得賜，又御制寫懷回文諸詩』（棗林雜俎和集）。

康㮚回文稿

㮚（一五〇八—一五二九），初名昭胤，字子寬，陝西武功人。海子，縣學生。年二十二歿，有康子寬集五卷。對山集卷九云：『五月二十二日，㮚死踰旬，僮子以其所爲詩三卷及雜集回文稿呈覽，悲悼之餘，令人繕寫成帙，用寄美陂先生爲㮚較定，將圖入梓』。又張治道序曰『康子寬集，渼陂王先生選之以刻者也，凡五卷，以類分詩，以體類激而不迫，燦而不襍，殆關中之才焉』。焦竑國史經籍志卷五、黄虞稷千頃堂書目卷二十一、金星軺文瑞樓藏書目録卷九著録。

王岐山廻文詩

穆文熙逍遥園集（萬曆十五年刻本）卷四，有題苦熱得王岐山王計部書兼廻文詩却寄四絶。穆、東明人，官吏部考功員外郎，與王元美同時。

廻文詩　和六朝廻文詩

明吳縣許覺甫撰。張鳳翼許覺甫廻紋詩跋：『嘗觀蘇蕙織錦廻紋之作，以爲含英吐華不獨文士有之，女子亦有焉。及閱覺甫之作，乃不意蘇蕙而後，復有握椽筆者，與彤管中人炫奇競麗也。昔李長吉事，苦吟得句，即置囊中，而太夫人有嘔腸之憂，今覺甫不屑其易而獨逞其難，縱横大小，規圓矩方，投之所得，無不如意，遂令蘇蕙不得專美於前，不惟貽太夫人憂，且令蕙生入宮之妬矣』（處實堂集後集卷五）。鄒迪光許覺父廻文詩引：『廻文詩自蘇蕙而後，作者蝟毛，妍者兔角。蓋意取循環，句易牽綴，備難宛轉，况復縱横自非如帝女投壺，天孫蹴鞠，誰能曲折當心，周旋如意。今覺父所爲詩儘備直前，不妨倒置，衡度既合，横陳亦可，爛然雲錦，絢矣天章，意其爲張緒少年，安仁美貌，而皆不然，咄咄怪事。不佞老矣，蒲質早零，花冠垂謝，明遠才枯，文通藻減，覺父索鑑于矇，不佞乃羞其袖』。又許覺父和六朝廻文詩小引：『廻文難矣，而和韻尤難，若雙聲竝和，則難之難者。覺父曾作廻文詩若干首，錦心繡口，備極妍緻。今又取六朝人句，步其雙韻，色絲傾吐，心肝嘔盡，此如走馬太行不已，而復驅而之九折阪，豈不令人駭殺，羨殺，妬殺』（石語齋集卷二十一）。又許覺父江楓集序云『吾友覺父，居楓橋江邨之間，而以自名其詩者也』，『日據金昌之勝，時洩發其奇而不以自名』。鳳翼（一五二七—一六一三）字伯起，長洲人，嘉靖四十三年舉人，與弟燕翼、獻翼並有才名，時人號爲『三張』。迪光字彦吉，無錫人，萬曆二年進士，官至湖廣提學副使，年四十歸，築室惠山，多與文士觴詠，其調象菴稿有冬日要許覺甫同過山園、石語齋集有許覺父、周承明將歸吳門等詩。

文震孟藥園文集卷十七題連珠廻文：『曩則睹覺父諸體廻文爲哆口呿舌，曰士顧有才多若是者邪，而覺父輒好爲之，抑輒工之，擬之順之逆之無弗工。至於連珠諸首，或左之右之，或方之，或圓之，或大圓，不能圓而屢方之，自二十字演爲二十首，重爲四十首，更重而至於數多不可數。噫，何心思之巧且密也，讀是詩，覽是圖，必以蘇家織錦爲儷，然蘇家一女子，其神靡所旁騖，邑屏居空閨，累歲月而成，廼覺父偉然碩岸丈夫，彈碁擊劔，尋陟山水，又兼脩古今之業，何所得暇時，而綿芉駢婉如爾，是刻成，又添雲錦一奇樣，火龍黼黻不足爲彰，覺父無虞天孫宵泣乎』。震孟（一五七四—一六三六）字文起，號湛持，長洲人。天啓二年殿試第一，授修撰。時魏忠賢用事，憤而上勤政講學疏，調外，辭官歸。六年，又因事誅連，斥爲民。崇禎元年召置講筵，忤權臣，乃南返。五年復出，累進少詹事。八年，擢禮部左侍郎兼東閣大學士，與温體仁不協，被劾落職，歸卒，著有藥園文集，現存稿本二十二卷。

養心回文

明萬歷間于若瀛弗告堂集卷二十養心回文序云：『養心回文者何，新昌俞君所著，俾學人嘿誦以養心者也。五句一易韻，韻四、合之句二十，字八十，回如數。更爲韻，反復十三，回又各字一韻，韻六句，合之句四百八，字一千九百二十，反復一回。袁位宇先生校刻之，以一帙寄余。余受而卒讀，已而嘿誦數回，始而强攝，時存時亡，口與心爲兩。已而恒操，漸調漸適，口與心爲一。既而無攝無操，内之不見一掬，外之不見六合，空空洞洞，且不知口之誦，心之維，乃喟然嘆曰，苟得其養，無物不長，苟失其養，無物不消，而况心乎。孟軻氏曰，存其心，又曰盡其心。

夫存則求不放，而盡則滿其量矣。然未有不始於養者，至佛之所謂覺亦覺此也，苟非養則妄心不屏，真心不呈，不呈不覺。或曰文而以韻者何又回也，反復十三，而且字爲解也，不費辭乎。余曰，至人之文，無字非心，學人之覺，無心非字，而始入者每從耳根得一切攝之韻，俾聞者無逆，而誦者有味也。又反復回轉，優而游之，吟而咏之，不弛不猛，不疾不徐，如火候然，斯稱養也。無藉此也，悟存與盡之無藉語言文字而後可以誦養心回文矣』。若瀛，字文若，山東萊陽人，徙濟寧衛。萬曆十一年癸未進士，除兵部主事，陞郎中，出爲河南僉事。歷南尚寳少卿，就遷通政參議，召拜太僕少卿，以右僉都御史巡撫陝西，有弗告堂集二十六卷。

紀克揚迴文詩

明文安紀克揚撰，佚，光緒順天府志卷一二四藝文志著録。無錫秦松齡贈中憲紀六息傳謂其『著迴文體六十四字，題秦明府册障，縱横讀之，可得詩三百六十首，人咸服其綜密』。人物志云，克揚（？—一六三八）字令聞，號六息，嗜讀書，善屬文，總角補弟子員，才名甚盛，累試輒冠軍，食廩餼，大爲學使左光斗所賞識。六七試不售，怡然自處。與瓦橋馬東航、新城王申之詩文往來，摭藻摛詞。農民軍破文安，遇害。講學多年，著述甚富，兵燹散失，存麗軒文集。

林古度迴文詩

明福清林古度著，傅恪、李永昌仝訂，有七言三十餘律，載佚名輯福建明人小集。

迴文詩題詞：『詩難言矣，而苦吟者多，故就詞塲搜奇究而論之，嗜詩易而能文難，能文易而作賦難，作賦易而集句難，集句易而迴文難，兼之者奇，愈奇難更難矣。吾友林茂之，海内矜奇鶩難竑覽博物君子也，曹能始服膺其詩，文文起賞鑑其文，李本寧亟稱其賦，夫此三者，才人之能事畢矣。晚年而好集句，火龍黼黻手，補綴百家衣，無牽强湊泊之痕。冬夜不寐作廻文詩成帙，順則佳什，逆則文從字順，勝于所出，宛若天孫織錦，巧妙無窮。昔蘇伯玉妻盤中詩云，今時人，知四足，與其書，不能讀，當從中央周四角。竇滔婦廻文本此。茂之廣爲若干首，千彙萬狀，出有入無，所云成創體有別才自道其實，豈非古今一奇觀，以此一斑寸臠類推，其集句之工可知，而詩文賦三絶，皆濬發于巧心造作者堂奥。劉更生所謂能爲高、能爲下、能爲大、能爲小、能爲幽、能爲明、能爲短、能爲長，斐然成章，動作靈化，可謂通才矣。余傖鄙可嗤，目眩心駭，爲題其集志喜。陸務觀有言，讀書有限，用力尠薄，觀此集有愧，竊于茂之廻文詩亦云。楚荆社弟傅恪仲執父撰』。

山居回文詩

明僧佛承撰。黎元寬進賢堂稿卷七山居回文詩序云：『詩與禪各有三昧，其實同一三昧也。而或者以咏歌嗟嘆之功，大妨靜慮，爲是而姑置之則禪枯甚矣。藉第令稍涉獵焉，又謂詩不宜如偈，罣連境物，即未許更説理道，斯亦非通方之論，且據禪家語，外之若無雲生嶺上，内之若破除煩惱，重增病之屬，正不分其爲物爲道也，于此誰能下得一轉語耶。九華山佛承大師，故是真叅實悟一流人，邇乃受記莂於元尊宿信，所謂承者之匪間名，然且以麈拂語言起雞林聲價則似奢也，非奢也，蓋山居詩百二十首具在矣。考中峰廣録固嘗有山居七律十首，益以水居、鄽居、船居各十首，而得四十，其數視佛承孰多。而佛承更出玅手巧心作回文，以異其製，此豈獨擅吟壇能事。夫亦如臨濟之賓主，四句都成活句；曹洞之君臣，五位相爲定位。寶網千光，無分順倒，圓伊三點，莫辨縱横。禪家轉語，孰過乎是。且佛承于古今人物，獨推二疏，郭令公爲能回者，厥旨甚深，猶是以世間法相通而立論也。余顧專言出世間法回機同本得石火電光中，轆轤一轉于回文乎，取之不知其與佛承有相發否。九華山昔因太白得名，其題化城曰，飛空結樓臺，山居狀物當復及此，而余以爲此五字者可以回文矣。太白既然，而太白所最服爲驚人之謝元暉所長憶之澄江靜如練者，亦可以回文矣。不寧惟是，雖余前所拈禪家内外語，無不可以回文矣。佛承于此，更能出一手眼，爲古今所無有者而成回文集句乎。則余拭目以竢之』。佛承無考，詩亦未見。序者元寬（一五九七—一六六七後）字左嚴，一字博庵，南昌人。崇禎元年進士，歷浙江提學副使，以忤温體仁罷歸。明亡後，構草廬於谷鹿洲，聚徒講學，著有進賢堂稿二十八卷，清廷列爲禁書。

盛于烷叠字四時廻文曲

明，盛於烷字犀燃，奥博，書無不記。遭亂，棄諸生。酷貧，授徒自給，談古今忠烈事，娓娓達丙夜。其著作散軼失傳，惟孤嘯存。『按先生所作孤嘯，淋漓慷慨，不減九歌、六噫，蓋騷體也。其詩有春江花月夜、叠字采蓮、叠字四時廻文曲，皆刻意求異，似非正始』（錢佳、丁廷烺魏塘詩陳卷十三）。

陶開虞迴文詩

清初陶開虞撰。開虞字月嶠，一字爾禪，江南通州人。康熙十四年歲貢生。工詩文，嗜飲。王藻崇川各家詩鈔彙存謂『錢謙益歲必延至其家，盤桓旬日始返』。阮元廣陵詩事云：『著有説杜一卷，又爲迴文詩一卷、擬樂府一卷』。

白太素迴文詩

清澗白太素撰。張縉彥依水園文集後集卷二白太素迴文題辭云：『迴文體始自鄉嬛，語近艷麗，唐宋大家所不道。然節字比句，叅錯成文，悉中聲律，雖少陵運甒，沈約押韻，不能奪其工巧何也。蓋古人詣有獨至，乃能於宇宙間取一獨至之地，以自怡悦而心折其所至者，遂相與傳頌之。往在華池見武功康氏考古迴文體，鐫之棗梨，且多效法。余以爲西京舊有此種學問，非草創也。今都下晤太素先生，忽出迴文詩帙至數千言，詫曰異哉。太素與予守白土時圊水湯湯，每作悲壯語，何數十年來，藻媚如斯，細讀之調聲和律，數十首如一首，數十句如一句。太素之言曰，不過兩首詩之力，豈其學問有獨得亦不自知其然而然，故道之親切，而成之純熟，與太素嗣君蕋淵讀中秘書爲詩法，初盛名溢都下，其所自薰陶亦從可識矣。太素爲人穆穆靜氣如枯禪處女，而奇巧工麗又復如是。有至詣者，固當有獨至之地，以公諸海內，爲詩壇當一面旗鼓，使學者知名媛宿儒周一怡悦，未可與抄襲大家者道也』。白胤謙東谷集文卷三白太素迴文詩序云：『吾白受姓自秦，而著于太原，故樂天公居下邽，每自署太原白氏。謙之先人相傳，遷于清澗，頻年遊跡所至，輒物色其地二三族姓，志弗忘本也。最後獲拜太素先生，始知清澗之白，又徙從永寧，益信太原本支，蓋百世不迷也。先生文學宿老，神鑒朗徹，酒中爲予劇談清澗人物，其性行高下，太抵類陽城云。尤奇者都憲公之章名偉業，先宫保克與輝映，蒲州公之德義勤施，絶類先大夫，而先生之閎博儒雅，若家恩選，君獨以謙愚無狀，步太史君後，爲甚媿矣，豈惟祖宗功德之遐遡。清澗先丘苞五原匯大河，或亦山川靈奥，鍾植宜然。謙方思搦筆敷次所云，適得窺廻文一帙，循環應變，意象天然，足空古今作者。先生曰，作者不多爲，爲亦不必多。謙則曰，能爲多，多多益善。昔者樂天公亦工斯體，惟先生能嗣其傳矣。閒他著作鴻巨，已付太史君讎，料猶非缾管所能形讚，輒列瓜葛之由，猥附簡端云』。縉彦字坦公，號簑居，河南新鄉人。明崇禎四年進士，仕至兵部尚書。迎李自成，繼又降清，累官工部右侍郎。順治十七年，以編刻無聲戲，自稱不死英雄，被流徙寧古塔。胤謙，號東谷，山西陽城人。崇禎十六年癸未進士，選庶吉士。入清，授秘書院檢討，仕至吏部侍郎，刑部尚書，康熙二年，告歸。杜門著述，有東谷集三十四卷（順治十八年刻本）。

瘦竹亭廻文詩

貴陽潘馴撰，凡詩三十首。馴以崇禎十二年舉於鄉，此詩作於崇禎七年，馴尚弱冠，爲諸生，以此爲世所賞，名遂大噪，前有越其杰、莫天麟、王道元序，詩今存黔風鳴盛録中。越其杰序：『詩有二十四名，由古至律，由律至雜，雙聲叠韻，郡名離合之類，未易縷數，然總不若迴文之難，蓋首尾反覆，組織成文，又必宫商克諧，豐約合度，一似聲音之先默，有此詩而筆意偶到，適發其秘，乃能鎔鑄無痕，具天然之妙。不則一字有礙，一句廢矣，一句有礙，一篇廢矣，古今才人往往閣筆，非不欲爲，不能爲也。晉傅咸僅有二作，唐劉賓客集中，雖有亦不多，皮陸間亦唱和，而所長不在此，難可知矣。余友潘君士雅，年甫弱冠，即饒此技，多而且速，繁音迭奏，異彩紛披，措造化於毫端，走烟雲於紙上，慧性靈通，真再來人，未可以雕蟲小技目之也。竟君之才，他日定以文章名海内，凡有目者無不鑒賞，乃欲以余言爲元晏，正恐余言反借君詩以垂不朽耳，余幸甚。崇禎甲戌仲冬望日越其杰識』。

莫天麟序：『廻文詩不知何所仿，惟蘇蕙璿璣錦圖不盈尺，織詩三千餘首，屈折伸縮，皆成文章，此天孫之巧，而匠心之極矣。他有作者以首尾十韻，反覆成詩，或抑意以就辭，或叠辭以諧聲，不纖則靡，鮮有佳者。余年世丈士雅潘君，髫齡能文，即能詩，乃詩又不作錚錚細響，奇情逸思，超人意表，而丰神跌宕，不可一世，青蓮之豪邁，輞川之雅秀，邇來諸作家，不知何人可與並席也。已而出所爲廻文詩示余，則又翩翩有奇趣，市僚弄丸，廻風舞雪，耀目瑩心，未可方物，正讀之而起結中次，確乎不可易也，複讀之而起結中次，確乎不可易也。極流動而氣不浮，極綽約而骨不媚，不叠牀，不鶴膝，不紐合，不餖飣，居然合作，是廻文而無妨於律，近體而適合於雅者也，其殆遊戲四聲之場而未有涯涘者也，若士雅者可與言詩也已矣。禹州知府莫天麟識』。

王道元序：『余年友黔中潘朗陵，起家木天，敭歷藩臬，勳猷茂著，頃者懸車東山，養重志莫測也。世丈士雅，鑑標儁朗，逸思雕華，文藻嗣興，高踞詞苑，偶自韶石入端，出廻文詩相示，蓋倣蘇氏璿璣諸什也。粤稽鼓瑟楊家，吹簫秦女，片楮人間，香而且豔。至若三千錦字，邁古超今，有文士顧之才盡者。獨士雅分制藝餘晷，援毫戲擬，以戞玉敲金之響，兼迴風舞雪之姿，誦之悠然，味之泠然。反覆而有餘芬，縱橫而成異采，形似耶，神似耶。婉孌奪詞壇之幟子，衿揭閨怨之宗，真耀目瑩心，芬生泓顥矣。嗟乎，裁小牕八寸之錦，迴安南千里之盼，即陽臺神技，藐如遺迹，憐才有甚於憐色者，金輪聽政之暇，特爲之記，當宗匠輩出，必朂以丹霄之價，知將爲上國奇珍矣。瀛島君家故物，無慮玉山，青鳥僊使難通也。王道元識』。道光貴陽府志卷五十三文藝略四

潘馴字士雅，貴陽人。性端平仁恕，孝友過人。多學能文，弱冠即以廻文詩三十首擅名吳下。崇正已卯舉鄉試，爲主司陳際泰所賞識，曰國家欲以策論收賢才，此其首選也。馴以母老不仕。國初始補蒙自縣令，在任潔已愛民，日與諸生講學論文，考績以賢薦，會因土逆李世藩之叛，遂詿誤歸。壬子修通志，自萬歷丁酉以後六十年事實，悉出胸臆，無絲毫舛繆，其博聞强識如此，卒年七十有三。子德徵登已酉賢書。生平所著，有瘦竹亭出岫草行於世。乾隆貴州通志卷三十人物文學

韓燦璇璣圖

韓燦撰，已佚。燦、里籍事蹟不詳。毛奇齡韓燦璇璣圖跋：『璇璣規運也，方則扞矣。自蘇蕙以錦方行世，而五代迄今，僅有僞爲規圖，以爲西來所傳者。燦復多其字數，極盡其致，然則燦其繼蕙而興者與。蕙錦若干字，得詩若干首，以有扞，未盡讀也。燦圖若干字，詩若干首，讀而盡之。其字數繁簡，讀句通塞，則規簡矩繁，規通矩塞，理固然者。予嘗謂蕙不遇滔，其遇滔也，亦無不得志於滔，則不能有斯錦。向使燦不遭詘抑，雖鬼神實好事，亦不能藉燦有斯圖也』（毛西河先生全集跋）。北平圖書館清代文集篇目索引將毛氏此文列於晉隋間，大謬。康熙章丘縣志卷五選舉志，有正德八年癸酉科舉人韓燦者，未知是否，録以備考。

李惠伯紫硯銘

李惠伯撰。梁份懷葛堂集卷三紫硯銘序云：『江漢間自古多奇士，而李惠伯特著於今。惠伯名家子，少聰穎，人目爲奇童。負茂異資而折節問學，才益大，人益奇之。工書法，其含毫運腕鋒藏而力出作奇字。詩擅奇思，其奇句酷肖李長吉。其爲人奇，而不失於正要之士之奇者也，好奇者無所不用其奇，宜乎有紫硯之銘之作也。甲申，余客漢上，見惠伯銘硯僅八言，環列如規，循之不得其端，竟之不得其末，初不能句，審視久而後知其文字之奇也，文字非奇八言而可讀至三萬三千七百九十二字之奇也。擬以藝文類聚所載不倫也，擬以蘇蕙蘭迴文詩尤非也。按達摩真性頌二十言耳，讀之則詩四十首，達摩無語言文字而頌有之，則以語言文字之正而奇惠伯之銘，非知惠伯也。惠伯初字無無，豈所謂空無所空者，其於語言文字不欲有，有可知也。伏羲畫八卦，乾之策二百一十有六，坤之策一百四十有四，易二篇之策萬有一千五百二十，無語言文字而語言文字之奇，莫或過之。惠伯之銘，合二篇之策而三之，何其欲爭奇於伏羲之所畫也，請以惠伯之奇以質之天下之好奇者』。份（一六四一—一七二九）字質人，江西南豐人。少從彭士望、魏禧講經世之學，嘗隻身遊數萬里，覽山川形勢，訪古今成敗得失，遐荒軼事，方苞、王源皆重之，著有懷葛堂集八卷（胡思敬明季六遺民集本）。

陸世儀回文七絶

世儀（一六一一—一六七二）字道威，號剛齋，江南太倉人。諸生，曾從劉宗周問學，天文地理，禮樂農桑，戰陣刑法，無所弗通。少有經世之志，南都建立，嘗上書言事，又參與太湖軍幕。事敗，潛還，乃拓地十畝，築亭其中居之，閉門謝客，自號桴亭。專意講學著述，初主東林、毗陵書院，復歸講於里中。當事者屢欲薦之，力辭而免。及卒，門人私謚尊道先生，亦稱文潛先生，有桴亭先生文集六卷詩集十卷。錢塘丁丙善本書室藏書志卷三十七陸桴亭先生詩集十卷舊寫本，提要云：『六卷七絶三百五十首，附回文一首』，并謂『較近年葉裕仁所刻桴亭編年詩多二百餘首』。而今存諸刊，未見此詩。

劉體仁一首迴作兩調

體仁（一六二二—一六七七）字公㦷，河南穎川衛人。清順治十二年乙未進士，與王士禎、汪琬同榜齊名。遇家難，棄官從孫奇逢講學，後累官吏刑二部郎中，年四十即告歸。能詩，與宋犖、士禎等相唱和，時稱『十才子』。又善畫山水，精賞鑒，著有七頌堂文詩集十四卷。鄒祇謨遠志齋詞衷云：『詞有隱括體、有迴文體。迴文之就句迴者，自東坡、晦庵始也。其通體迴者，自義仍始也。近來吾友公㦷（徐釚詞苑叢談卷一作『公勇』）、文友，有一首迴作兩調者。文人慧筆，曲生狡獪，此中故有三昧，匪徒乞靈竇家餘巧也』。今存七頌堂詩餘及諸家詞録，皆未見是作。

毛重倬一首迴作兩調

重倬（一六一七—一六八五）字卓人，號㔋軒、閬仙、補庵，江南武進人。清順治二年出應南京鄉試，因『文體怪異』，被有司拘辱，轟動一時。事白仍許會試，不第，就太湖教諭，丁母憂歸。

服滿，改太倉學政，遷浙江石門知縣，以奏銷罣誤，終降補江西贛州府經歷。平生好讀書，爲陽羨詞派著名人物，撰有樂志堂詩集十五卷、卓人詞一卷，今不傳。沈雄古今詞話詞品卷上：『鄒祇謨曰，迴文之就句迴者，自東坡晦菴始也，其通體迴者，自義仍始也。近代張綖以一首律詩而迴作一首填詞，董以寧、毛重倬有一首而迴作兩調者，文人慧業，曲生狡獪』。今存諸家詞録，未見是作。

陸江秋宵吟廻文三十律

清陸江撰。許遂隨庵文集目有陸錦滄秋宵吟廻文三十律序。遂（一六一二—一六六五後）字仲符，號天隨，浙江嘉興人，清初預修明史。集中收順治七年庚寅、康熙四年乙巳吴統持、陸江序，稿本，上海圖書館藏。

謝士鶚廻文

謝士鶚（一六二七—一七〇六）字一臣，號翕潭，江西撫州金谿九紫山人。詹賢處士謝翕潭先生傳云：『客崇三十餘年，名譽日熾，詩賦詞曲，色色擅場，凡瑣屑怪誕，極小題目，或步韻，或廻文，動以數十首計，其聰明博贍，一時嘆焉』（詹鐵牛文集卷四）。

李宜男回文四首

宜男號耐寒居士，三韓人。承先長女，劉登元室。著有塵珠遺草詩稿一卷，原任江蘇巡撫張楷評，康熙四十年刻。胡文楷歷代婦女著作考補遺云：『前有劉登元序，卷末有跋，惜已殘缺過半。凡詩七絶十八首，七律十首，五絶十四首，回文四首，五律五首，書眉及行間有評語。刊印極精，書亦罕見，清代總集多未選録其詩』。

李友杜回文

李友杜字亦仙，江西泰和人。清康熙二十五年拔貢，著有書舫集。光緒泰和詩徵卷三十九，編者按云：友杜恭頌駕幸西湖次閨怨韻，『與回文諸作，概從割愛』。

徐昭華　張德蕙

昭華字伊璧，一字亦日，號蘭痴，浙江上虞人。咸清女，諸暨駱加采室。工楷隸，善丹青。毛奇齡暮年里居，從之學詩，稱女弟子，故有都講之目。德蕙字楚纕，浙江山陰人。明諭德元忭孫女，中書舍人祁理孫室。與祁德淵、朱德蓉合著東堂書藁。毛奇齡西河集卷五十八廻文集引：『山陰閨秀張楚纕工于是體，曾過始寧徐大司馬傳是齋中，把筆作廻文古詩。而予門徐昭華者，即司馬公女孫也。爲題其篇曰，曲江比下筆，流水作廻文，書十字訖，便輟筆。時觀者訝之曰，是底言，何爲不置可否，蓋不疑其亦廻文也』。陳文述頤道堂詩選卷八書徐昭華集後：『西河弟子徐都講，受業親從傳是齋。妝罷譚經依絳帳，花前執贄捧金釵。六朝宮體思何綺，小幅廻文字亦佳。一代名媛此前輩，苧蘿春水又天涯』。

綉迴文詩

傅作楫雪堂遼海集看綉迴文詩有作云：『知郎不喜看鴛鴦，綉得廻文詩一章，笑倚尊前問奇字，抉間猶帶吐絨香』。作楫字濟庵，四川奉節人，康熙間舉人，官至左都御史。

年羹堯璇璣圖

年羹堯撰，見廣東何冠五藏管道昇小楷書璇璣圖回文詩仇英補圖。絹本，未見諸家記述，今備錄於此，以存年氏寫作之背景資料。

麗志英仇英青綠重彩璇璣圖四段卷，謂何冠五題簽，引首爲清代畫家王澍（一六六八—一七四三）篆書『亘古無雙』大字。次錄璇璣圖，縱橫各二十九字，分黑、白、紅、深紫、墨綠諸色，成詩九十七首，有四言、五言、六言、七言，最後以兩首七言長古作結，署欵『天水管道昇書』。鈐『茂苑韓氏圖書』、『薛氏家藏』、『萬金之玩』、『石鼎齋』、『臥雲草堂』、『浣薇盦』等藏印十五方。仇英補圖分成『織錦』、『寄錦』、『讀錦』、『迎歸』四段，卷末署『嘉靖辛丑三月既望吳門仇英補圖』，後附許初、董其昌、錢謙益、年羹堯題跋，皆極精。四圖共鈐藏印二十八枚，其中包括曾燠（一七五九—一八三〇）、王鐵夫（一七五五—一八一七）及二十世紀廣東藏家何冠五。

許跋：『管夫人書織錦廻文詩精妙絶倫，業經前人貫美，吾不暇致一辭矣。至仇實甫補圖工緻雅麗，遂空千古，使若蘭調機弄杼之態，形容殆盡。嗚呼，非仲姬書不足以發實父之啚，有實父之圖而後仲姬書，益增其勝矣。奇物不易得，變遷有定數，吾願太僕之什襲藏也。嘉靖丙午冬十月三日許初書』。董跋：『此卷余得見於太原相公之家，真希世之寶也。仲姬墨跡甚少，而是圖精工絶倫，前此閨秀能措手否。實甫補四景，遂稱合璧矣。華亭董其昌識，時戊辰仲春既望也』（跋上鈐有『太原王遜氏收藏圖書』一方此爲王時敏（一五九二—一六八〇）藏印其祖錫爵曾官禮部尚書兼文淵閣大學士故董稱王氏『太原相公之家』）錢跋：『管仲姬伉儷文敏于技之妙，千載想見。此卷乃其積日苦心所成，老眼摩娑，不覺下拜也。錢後人錢謙益識』。年羹堯自製璇璣圖一幅，以蠅頭小楷書於跋後，署『雍正元年撫遠大將軍』，云『戲仿爲此體，亦足徵書生之結習未能忘情，堪發一笑耳』。年氏康熙庚辰進士，文官出身以武事功勛名垂於世，文墨上之成就鮮爲人知。遇害後，詩文禁燬幾絶，此作殊珍。中國書畫二〇〇七年第五期隨文只刊出仇英補圖、許董諸跋，幾經與該社聯係，均未得到正面回應。

題醉月緣倣迴文創體

清侯承恩松筠小草卷六題醉月緣倣迴文創體云：『寂寞閒庭噪晚鴉，獨將幽恨鎖窗紗，魂隨月影和花影，夢繞山涯更水涯，淚漬愁顏常帶雨，思縈別緒漫如麻，半塘春色還依舊，芳草王孫路已差。』『芳草王孫路已差，夕陽樓外遍桑麻，塿漿解渴何時至，星渚乘槎未有涯，去去孤舟零白露，盈盈小字印紅紗，無由醒得三年夢，整頓雙鬟貼髩鴉』。侯字孝儀，女，嘉定人，著有松筠小草六卷，康熙六十一年自序刻本。

周承硯迴文

承硯字子端，號蘭谷，浙江黄岩館驛巷人。以遊幕終。著有蘭谷詩草二卷，原名山中吟。上卷五七律絶及集句，凡二百餘首，下卷五七律及迴文等百餘首。有乾隆戊午林之正序，今存，見黄岩新志。光緒黄岩縣志卷二十九藝文書録　重修浙江通志稿

蓮花石華迴文賦

清周芳濤撰，見道光桐城續修縣志卷十六、光緒安徽通志卷二二三文苑二、周方林清芬集小傳。芳濤字桂亭，號松軒，安徽桐城人，府學廪生。縣志云『工詩文，嘗以詩經集説、蓮花石華迴文賦，見賞於學使朱學士筠，贈以雪案治詩精集説，風簷作賦妙迴文聯句，并命府學刊刻其書』。

周廣業回文

廣業（一七三〇—一七九五後）字耕厓，浙江海寧人，著有蓬廬詩鈔二十二卷（上海圖書館藏稿本）。卷一漁夫云『限溪西雞齊啼韵，用江流有聲，斷岍千尺，山高月小，水落石出，朝飛暮捲，雲霞翠軒，雨絲風片，烟波畫船字。適見苔上友人用此體，率爾效顰成三十有二首，每首冠以一字，而以四時朝暮陰晴各景分隸之，又回文一首』。

范槐迴文七律二章

槐字一，江蘇震澤人。居南麻村，精音律，工五言律詩，嘗設帳於黎里陳上舍家。邱岡筆峰吟艸（稿本，乾隆四十七年沈璟序）讀范一槐迴文七律二章題其後云：『綈袍不肯受人憐，硯北菑畬半頃田，拾得龍梭勤織字，迴文新句七襄連』，『澄心堂紙七襄□，小碎詩篇書法工，渴驥奔泉猊抉

石，瓣香獨得米南宫』。

謝照碎錦

照（一七六九—一八二八後）字裕葊，浙江山陰人。清嘉慶九年甲子舉人。十六年，任北京景山教習。久困禮闈，晚歲選授山西陵川知縣，年餘卒。居官清儉，課士得人，著有蕉影齋詩集四卷補遺一卷。卷一戲作迴文雜體編成小集題曰碎錦繫以斷句云，『不是璇璣一幅圖，也非依様畫葫蘆，夢中有客探懷取，嗔我無端割裂無』。

鐵峯迴文詩

仁和孫雲鶴點絳脣題鐵峯妹迴文詩云：『紈扇迴文，靈心巧把天衣翦。絶非緘線，雲錦成章燦。小字瑶椾，細讀還如面。伊人遠，碧空椵卷，烟樹谿山晚』。見徐乃昌閨秀詞鈔。

黄鎮中回文詩稿

清黄鎮中撰，民國簡陽縣志卷二十經籍編集目著録，家藏本。今未見。鎮中原名以伸，字嵩麓，簡東彭家池人，道光中庠生。汪金相簡陽縣詩文存卷三載其薛濤箋、子雲亭七律二首，注云出自回文詩藁，然兩詩俱不能逆讀。案縣志卷首『引用書目』中，亦列有回文詩稿一書，説明一九二七年修志時是稿尚存。

某女士回文詩卷

琴川方熊題某女士回文詩卷云：『蘇家錦字有新裁，網結絲連拆不開，緘寄憑教夫婿繹，一時愁煞趙陽臺』，『山谷曾傳楊大年，就中紬繹百千篇，此編巧亦天工奪，合倩龍眠五色宣（璇璣圖宋李伯時以五綵設色）』，『離合縱橫往復還，錦纏枝與玉連環，若蘭見此新花樣，梭要停綃管閣斑』，『偕老同功絸一窩，不消悔過竇連波，吟椒賦茗尋常有，未免鴛鴦顛倒多（顛倒鴛鴦亦回文名色）』，見繡屏風館詩集卷四（道光十六年丙申自序本）。

夢予刻石爲回文詩

傅燮鼎字鐵椽，崇陽人。其崇質堂詩卷十四秋闈報罷寄友人：『依樣今吾是故吾，敝冠仍戴負頭顱，皺文兩背空占夢，鏡體中分不合符，壯歲未謀鐘鼎養，荒年難潤石田枯，市門多少和知者，笑睨無衣一腐儒』。云『予厠鄉薦，歲在己亥（道光十九年），今十一年矣，殷茂才恭園夢予刻石爲回文詩，解者謂回文字從兩己，當是吉兆』。

凝香閣迴文詩

清古岡何朝昌嘯葉軒文鈔卷二凝香閣迴文詩序云：『皇娥製曲，寫幽韻於澄虛；西母流音，舒清謳於閬苑。古來彤管，同陳女史之書；秀出金閨，共奏房帷之樂。以故織機中之錦，字字連珠；繡圖上之鞶，層層錯綺，此凝香閣迴文之詩所由作也。溯自鏡臺夙慧，璇閣幼柔。才邁左姝，秀珊瑚以雙圓，玉環琢以雙圓，妙義迴迴。百篇描就，深情宛轉；七字細哦，句逐霞飛。吟成絮艷，逾劉妹。

和棋聲之脂，宜家叶詠。及夫祥女入門，頌椒者可與同儔也。斯誠賦茗者方堪媲美，枝交而並艷。不讓聽琴韻之諧和。例以釵鳳臺鸞，抒逸響于丁簾。露帳月明，嘯長歌於子夜；星營宵靜，腸，共識芳徽。雅吟蔡媛，爭傳博贍；夫以續史班昭，幾同孫氏之雙清矣。容華之獨絕；香蘭醉草，簪花紅箋則詩重絳仙，寶璽則詩傳徐淑。非不才華素具，終教福命難同。惟茲下帷有學士之名，今者表夫人之號。裁花鬥錦，意緒同綿；結帶連絲，心香並發。幾若玉臺新刻，何慚唐韻再成。七襄喜梨板之既鐫，囑蘭言之弁我。遂爲蕉窓潑墨，竹院摛毫。久知四德素嫻，向香閨而播譽；亦粲花織就，伴繡榻以攄懷。流迭和之音，宮商互奏；寫輝煌之色，藻采成文。既戛玉之詞清，之舌巧。刀環幾調，齊歌武曲之營；織女一星，移近文昌之府。不亦珠奩粉碓，傳黃絹於人間；燕閣鶯閨，譜紫雲於天上也哉』。

黄芝臺凝香閣詩鈔，同治三年刻本，孫殿起販書偶記卷十八、胡文楷歷代婦女著作考卷十六著錄。凡詩七律四十七首、七絶六十二首、試帖擬作十二首、七律迴文體詩七十首，『同治癸亥中秋後五日夫弟朝昌書序於東閣梅花之館』。朝昌（一七九四—一八六九後）字璋貞，總鎮何六湖弟，嘗官詔州司訓。

俞功懋碧城詩鈔卷十二云：『何軍門配黄夫人著凝香閣詩集，其聳葉心常廣文携以見示，奉題。清才玉潤本輪君，大集凝香一瓣薰，林下將軍非好武，花間名媛擅迴文[集中多迴文詩]唱隨萬里情思闊，福慧雙修姓氏芬，風雅南園久消歇，官梅高詠屬釵裙』。

黨鶴峯用尖叉韻作迴文體

彭澤周劼瓶城山館詩鈔卷十鶴峯用尖叉韻作迴文體見示仍用蘇韻奉答，云『坡老尖叉吟，和者工拙半，讀者迴文體，忽發望洋歎』。集中尚有新正二日黨鶴峯明經邀同朱文甫學博許海亭戎總讌集山房即席偶成一律、和文符學博新正六日夜晴見月用東坡尖叉韻二首、將去桐柏留別朱文符學博黨鶴峯山長等題。瓶城山館詩鈔十卷，同治四年作者自序。

柳帶同心結圖

饒平陳步墀柳帶同心結圖成鄧素鑾女士楚蘭繡之詩：『莫謂迴文錦，曾無後來人，詞爲萬樹巧，情是六如親，爾我斷金利，伊誰謀酒貧，交環訴春怨，名重繡絲身』，見繡詩樓詩卷五。步墀字子丹，與邱逢甲同時。

沈曾植璇璣圖説

清沈曾植撰，據陳玉堂手校本中國近現代人物名號大辭典著録，未見。曾植（一八五〇—一九二三）一名增植，字子培，號乙盦，浙江嘉興人。光緒六年庚辰進士，授刑部主事，歷員外郎、郎中、江西廣信、南昌知府、總理衙門章京、安徽提學使。主講西湖書院，不滿馬關條約，參加北京强學會，贊助康梁變法。署安徽布政使護理巡撫時，因觸怒權貴，一九一〇年托病辭官，寓居滬上。

張超南創燈虎迴文格

超南（一八五八—？）字蟠蘆，號素圃，福建永定人。清光緒二十年甲午進士，歷官新甯、湘潭、善化、衡山、衡陽等地知縣，川東道肅政使、大理院推事、平政院評事。幼有神童之名，喜爲詩古文辭，兼長儷體，尤好吟詠，暇時製謎語，獨標新穎，創迴文之格。

謝會心評註燈虎辨類迴文云：前秦安南將軍竇滔，與寵姬趙陽臺之任，而遺其妻蘇蕙。蕙憂思綦切，製迴文詩與之。詩之字句，排列成文，迴環往復，無不可讀，後人嘗有摹倣之者，獨謎格向未之見。近閩中張蟠蘆先生，開創此格，可謂特破天荒，面以『攻城爲下，攻心爲上』，射四書句『孟之反不伐』。按底句順逆讀之，即爲『孟之反不伐，伐不反之孟』，成爲兩句，各係一事。上句之反不伐，指攻城爲下言，下句之伐不反，指攻心爲上言，因本事中有『南人不復反矣』一語，恰好爲不反二字之根。余閱此作，不禁拍案叫絶，時而羨慕情欣，弗忘執鞭之想。後於國文教科書中，偶得一句，欣喜之極，如獲拱璧，索性搜尋成語二句，用以掛面，反覆思維，頗堪告慰，想許我者尚謂刻鵠類鶩，笑我者轉謂狗尾續貂。如『我無爾詐，爾無我虞』，射『人信其言』。按底句迴環讀之，即爲『人信其言，言其信人』，成爲兩句，又各爲一義，上句人信，則我無爾詐可知，下句信人，則爾無我虞更可知。鄭君雲耘近亦構就一則，題面以『互展邦族』（語見聊齋），射四書句『居吾語汝』、順逆讀之，各具對方語氣，以之關映，無不適叶。書籍中此類句法，得以迴環無礙，舒卷自如者，幾同吉光片羽，不數數覯，故雖工拙弗計，然亦以鮮見珍矣。

陳德潤春雨樓春燈格迴文格云：謎底顛倒讀之，如攻心爲上，攻城次之，射四子孟之反不伐，伐不反之孟。

散花仙女回紋錦扇圖

許禧身（一八五八—？）字仲䕭，浙江錢塘人，清直隸總督貴陽陳夔龍繼室。其亭秋館詩鈔卷一題某夫人散花仙女回紋錦扇圖云：『筆端飛舞意玲瓏，百首新詩點染工，花蕊宮詞蘇蕙錦，多輸團扇碧紗籠』。

扇書迴文詩

清末太倉許泰清平樂爲内史書迴文詩扇成媵此却寄云：『別來安否，魂夢相思彀。一院啼螿秋意逗，又是嫩涼時候。聚頭小試塗鴉，漫憐簇錦團花。好把龍梭抛却，迴文莫寄秦嘉』。見許瘦蝉全集・夢羅浮館詞鈔卷一。

回文詩詞十六圖

梁溪范廷銓（一八五八—一九三一）萬樹梨花館詩稿卷六題過昭華女士繹讀回文圖有序云：『女士得回文詩詞十六圖，圖各不同，且不著作者姓名，初讀之，猝不可解，再三思索，始知有上行下行旁行，及析字借字複字諸法，依圖拈出，一望瞭然，女士以此索題，口占四絕。珠聯璧合句迴環，首創回文蘇若蘭，上下旁行都入妙，作家狡獪解人難。一枝彩筆畫詩書，妙解詩詞授課餘，別有會心通奧竅，絳仙不媿女相如。妙想非非著意摹，不同依樣畫葫蘆，願君更出新機杼，壓倒璇璣錦字圖。不詳姓字費人思，疑是紅閨倡和詩，才不及君三十里，曹娥碑後蔡邕辭』。又前題：『游戲文章弄狡獪，璇璣回文起蘇蕙。縱横變化左右行，古今相沿體大備。頃得回文十六圖，奇思妙想費研摹。首尾無端讀難曉，男兒終覺心思粗。獨有蓉陽過女士，回環能讀錦機字。三絶更擅畫詩書，不媿掃眉真才子。妙腕靈心冠藝林，煙雲揮洒雪聰明。善畫工詩楊叔子，升堂曾作女門生。慧心別具非非想，寫出奇文欣共賞。若蘭錦字未足奇，願君更出新花樣。好語珠穿妙絶倫，旁行斜上鬭清新。他年更續盤中句，定使前賢畏後人』。無錫張文藻庸隱廬詩文存題過昭華女士繹讀回文圖云：『機杼翻新語出奇，圖成十六耐人思，掃眉莫謂無才子，能讀中郎幼婦詞』；『往復回環寓意深，紅閨巧製費推尋，慧心解得連環結，蘇蕙而今有賞音』。昭華字霽雲，蓉陽人。萬樹梨花館詩稿，一九二九年經畬堂刊本，有侯學愈、過昭華題詞。庸隱廬詩文存，一九三八年排印本。

諸家論回文體

『盤屈詩，盤屈書之，是竇滔妻蘇氏迴文詩也』；『迴文詩，迴復讀之，皆韻而成』（唐王獻炙轂子雜録）

『晉傅咸有迴文反覆詩二首云，反覆其文者，以示憂心展轉也，悠悠遠邁獨煢煢是也，緐是反覆興焉；晉温嶠有迴文虛言詩云，寧神靜泊，損有崇亡，緐是迴文興焉』（皮日休雜體詩序）

『回文、反覆、舊本二體，止兩韻者謂之回文，舉一字皆成讀者謂之反覆』（宋李淑詩苑類格）

『盤中，玉臺集有此詩，蘇伯玉妻作，寫之盤中屈曲成文也』；『迴文，起於竇滔之妻，織錦以寄

其夫也』；『反覆，舉一字而誦皆成句，無不押韻，反覆成文也』（嚴羽滄浪詩話、魏慶之詩人玉屑卷二）

『詩苑所謂舊有二體，則恐别有所自，合而爲一，則當始於蘇氏』（桑世昌璇璣圖攷異）

『竇滔妻蘇氏織回文詩，今所傳本乃文理不斷，非順讀倒讀謂之回紋也。倒讀回紋，未知起於何代』（永樂大典卷八〇八周必大二老堂詩話）

『盤中詩，始漢蘇伯玉妻寄夫詩，寫從中央周四角，屈曲成文，名盤中。至竇滔妻蘇氏，益衍爲璿璣圖。天寶二載，范陽盧母王氏撰迴文詩八百十二字，字數與璿璣圖同。又會昌中，有張睽爲邊將，不歸，妻侯氏作詩繡作龜形寓意，上之朝，乞夫歸，皆盤中之類』；『迴文，晉傅咸有迴文反覆詩，温嶠有迴文虚言詩，唐人劉賓客及皮陸倡和迴文詩』（胡震亨唐音癸籤卷二十九）

『蘇伯玉妻盤中詩，謂宛轉書於盤中者，則當亦迴文之類』（胡應麟詩藪外編卷四下）

『按回文詩始於苻秦竇滔妻蘇氏，反覆成章。而陸龜蒙則曰悠悠遠道獨煢煢，由是反覆興焉。及考詩苑云，回文、反覆、舊本二體，止兩韻者謂之回文，舉一字皆成讀者謂之反覆，則蘇氏詩正反覆體也。後人所作，直可謂之回文耳。以今合而爲一，故並列之』（徐師曾文章明辨序説）

『回文起於盤中詩璿璣圖，此回文之正。若簡文帝、王融詩，顛倒可讀，謂之反覆，不名回文也。唐邊將張睽妻侯氏繡回文作龜形，詣闕上之，帝放睽還家，按其詩七言律也，後人回文多作七言律，不復稱反覆矣』（費經虞雅倫卷十四格式）

『迴文有三體，有如蘇若蘭璇璣圖，縱横反覆成章者；有如梁元帝後園詩，全首順逆讀之者；有如梁簡文咏雪，先直下二句，後兩句倒讀者』（馮復京説詩補遺卷一）

『自晉温嶠始，或云起自竇滔妻蘇氏，於錦上織成文寄其夫，順讀與倒讀，皆成詩句。今按織錦詩，體裁不一，其圓如璇璣，四言五言六言，横讀斜讀皆成詩，不但回文而已也』（王良臣詩評密諦卷一）

『盤中詩，詩藪曰，當亦廻文之類，其詩絶奇古，不知當時盤中寫作何狀，必他有讀法，不可考矣』；『顛倒韻體，按四句同用二字爲韻，略如反覆詩者是也，梁簡文帝詠雲云，鹽飛亂蝶舞，花落飄粉匳，匳粉飄落花，舞蝶亂飛鹽』（馬上巘詩法火傳左編卷十五）

『廻文排律：枝大柳塞北，葉暗榆關東，垂條逐絮轉，落蘂散花叢，池蓮照曉月，幔錦拂朝風，低吹雜綸羽，薄粉艷粧紅，離情隔遠道，歎結深閨中。後園作：斜峰繞徑曲，聳石帶山連，花餘拂戲鳥，樹密隱鳴蟬。鄭板橋曰，以上二詩，皆先從首句順讀，後從末句逆讀，順逆皆成文，謂之顛倒格，非真廻文也。若織錦廻文，或横讀、或斜讀、或左右退一字讀、或從中心方讀，或三言、或四言、或五言、或六言、或七言，文止八百餘字，可讀出詩三千七百餘首，校之盤中、軀形，更爲巧妙。此實貞潔婦人，深思鬱結之所致也』（清張潛詩法醒言卷八）

『廻文詩者，反覆成章，隨舉一字皆成詩。自晉温嶠起，或云起于竇滔妻蘇氏，其廻文八百一十二字，縱横讀之，得其三四五六七言詩，三千七百五十二首，具反覆無窮之妙。今之作廻文，止順讀成一首，倒讀成一首』（近人蔡鈞詩法指南卷四）

『皮氏所稱，一則曰回文反覆詩，再則曰回文虚言詩，名目殊混』；『後人廻文詩甚多，有似絶句，有作七律者，與二韻之説，又不脗合，蓋反覆詩久佚，不可深辨』（胡才甫詩體釋例）

縱覽諸家所言詩體，概念、名目殊混。

稱回文始自毛詩

石龐晦村初集卷二詩評：『他如廻文一製，人皆知始自蘇蕙，不知亦始自毛詩。如羔羊之皮章，第一段則曰退食自公，委蛇委蛇；第二段便廻讀云，委蛇委蛇，自公退食；第三段又廻讀云，委蛇委蛇，退食自公。廻讀之製，已寓於此，璇璣圖特倣此耳』。徐時棟煙嶼樓筆記卷七：『余嘗戲語友人，毛詩中有回文體，友駭詰余。余謂今三百篇中未之細考，若左傳所引翹翹車乘，招我以弓，倒之則謂弓以我招，乘車翹翹，非回文乎。乘弓古韻也，而翹招亦韻，且傳所引逸詩是謂招我也，倒誦之則有赴招之意，一轉換而出兩意，非後世回文之所不能及者乎。友爲撫掌』。

傳抄璇璣圖詩記載三則

郭鼎京字去問，綿亭人。以書法擅名，尤善作蠅頭小楷，嘗以一幅楷書陶書全集。又書蘇蕙織錦廻文詩，縱横數十圖，計字五萬餘，筆筆作歐陽率更法，尤奇絶也（乾隆福清縣志卷十五方伎）。

黄錫蕃閩中書畫錄卷九引福建通志，亦載其事。

竇韜妻蘇氏璇璣圖詩：縱横二十九字，析讀之得詩數百首，可謂神妙矣。先兄常以五色筆寫之，又别爲八圖，極分明矣。不知蘇氏作詩時，亦嘗起草否？何其胸中經緯之多也。句亦有不甚分曉者，大抵回文，不宜苛求。東坡題回文二絶云云，以彼大才，尚覺蹇滯，雕文刻鏤，壯夫不爲（馬星翼東泉詩話卷一）。

孫檉璿璣圖：『湘中汪嘯霞（蔚）工書畫，精鐵筆。阮端之（吉午）曾寄其所搨璿璣圖扇面二紙，一寫若蘭小像及唐人序文、宋人題詠，一寫回文詩圖、四隅詮釋讀法，共得詩二百餘首。其自跋云，道光丁未游武昌，於餘山宫傳署見所藏趙文敏與管夫人合書璿璣圖，五色燦然，精麗無比。明年署中不戒於火，此卷燬焉，思之不忘，因鐵書背臨於石云云』（餘墨偶談續集卷二）。

江澤民論回文

江澤民致好友王慧炯（二〇〇一年八月十二日夜）云：『世界的知識是浩瀚的，宇宙的奥秘是無窮的。任何人畢其生去捕捉追求這些知識奥秘，也總是極其有限的。古今中外的哲人已經積累了許多知識寶庫，但離開無可窮盡的宇宙，還相距甚遠，永無止境。宇宙千變萬化，但離不開存在的客觀規律。人類的智慧，可以從發現其中許多規律，如回文、勾股、黄金分割，去不斷擴展已知的領域。我們要珍惜生命的有限時間，去不斷開拓知識的新領域。孔老夫子説得精辟，學，然後知不足』。『（一）從前有一家餐館，名叫「天然居」，裡面掛着一副著名的對聯：「客上天然居，居然天上客」，上聯倒過來即爲下聯，回文典型例子。（二）唐朝陳子高詩句：纖纖亂草平灘，冉冉雲歸遠山。簾卷堂空日永，鳥啼花落春殘。把這首詩倒過來，從最後一字往前讀，成爲殘春落花啼鳥，永日空堂卷簾。山遠歸雲冉冉，灘平草亂纖纖。（三）音樂中亦有類似回文現象，楊振寧教授在一九九二年南開大學作了「對稱與物理」的學術報告時，展示過巴赫的一小段優美的樂曲，將其樂譜按相反順序譜出，演奏出來，就成爲另一段風格迥異的音樂』（〔美〕羅伯特·勞倫斯·庫恩他改變了中國：江澤民傳）

北京奥林匹克回文詩

四月七日，北京奥運會回文史詩轉贈儀式在京舉行，國家體育總局局長、中國奥委會主席劉鵬以及澳大利亞奥委會主席約翰·科茨等出席了儀式，澳大利亞奥委會爲表達對中國人民和北京奥運會的美好祝福，向中國奥委會轉贈華裔澳大利亞書法家梁小萍女士創作的書法作品北京奥林匹克回文詩。梁小萍創作的回文詩，展示了中國文學傳統的高難度和藝術性（中國體育報二〇〇八年四月八日）。

回文集卷六十三　目録

回文釋例

回文集卷六十三

回文釋例

第一章　文體

以文體分，有銘、頌、箴、詩、詞、曲、賦、尺牘、對聯、隱語。

第一節　銘、頌、箴

『箴誦於官，銘題於器』，多爲八字玉連環回文。四庫全書總目提要謂藝文類聚載曹植鏡銘八字，回環讀之，無不成文。

（一）八字（四言）

酒盤銘　殷仲堪

禮爲酒悅，體宜有節。

酒箴　呂巖

神敗國荒，身壞德傷。

（二）十二字（三言）

石幢回文　王如香

幢刻銘，新立碑。方石經，文集詩。

（三）十六字（四言）

六朝回文鏡　失名

發花流采，波澄影正。月素齊明，鑒秦逾淨。

攣生廻文鏡　劉秉忠

光輪承熙，朗曜湛迪。長明恒持，廣照萬厤。

（四）二十字（五言）

真性頌　達磨

明圓始終常，妙極真離性。情緣理空忘，照寂身至淨。

（五）二十四字（四言）

宫鏡銘

顧景星

雺氛蕩滌，中天滿霸。容華拂拭，融春卜吉。臨紅寫碧，隆恩受福。

（六）二十四字（六言）

石幢回文

王如香

高談正始頟褒，歡眜詞歌奬語。豪譚名美石雕，刊賀詩多廣譽。

（七）二十八字（七言）

石幢回文

王如香

光裕餘詩編書説，頌言爭美好題修。香句呼奇傳諸閲，宋元明史考稽留。

（八）三十二字（四言）

盤龍舞鳳鏡

失　名

盤龍麗匣，舞鳳新臺。鸞鷟影見，日曜花開。團疑壁轉，月似輪迴。端形鑒遠，膽照光來。

（九）四十字（四言）

滿月迴文鏡

失　名

明逾滿月，玉潤珠圓。驚鸞鈿後，儛鳳臺前。生菱上壁，倒井澄蓮。情靈應態，影逐粧妍。清神鑒物，代代流傳。

（十）九十六字（四言）

璇璣瑞鏡銘

蘇　氏

緣結儔好，淑嘉與儀。全璧酬報，福加數齊。年齡修道，籙諧鑄圍。鈿合流燿，燭華吐輝。圓月秋照，旭霞曙暉。天碧樓曉，灼花露霏。煙夕愁悄，幕遮舞窺。簾密鉤繞，玉釵步攲。蓮折謳嫋，曲懷古徽。絃瑟抽藻，馥葩素姿。仙列洲島，鶴偕翥飛。聯接留巧，續佳度機。

（十一）一百五十二字（四言）

擬趙陽臺回文詩

金禮嬴

複製奇纂，精新攄篇。足志微顯，明分銖權。粟比絲管，笙壎竽管。曲備詞選，音匀臚駢。籙秘闕琯，衡璿珠纏。珏繫璣綰，星陳圖連。幅彙辭典，型鈞樞旋。局戲棋衍，枰紛敷言。續意迷戀，情親疏讒。逐寘遺潛，凝巾裾翾。目睇眉眄，迎顰扶鬟。蹙鬒垂髻，縈紳紆蘭。服蕙緌緩，纓蓀襦荃。櫭桂旗茵，旌雲輿輧。幅棄離瘨，攖身孤顏。顣瘁瘘癉，驚秦姝賢。淑慧思闡，聲震譽傳。躅記閨梱，名芬荂蓮。蔟薏萎變，莖陳蕪芟。

（十二）一百九十二字（四言）

聲鑑圖

南海女子

詞分緜繪，議等簡筌。移時變代，壽益年延。規天等地，引派分源。池輕透影，羽翠含鮮。卑尊爾敬，志節斯全。眉分翠柳，鬢約輕蟬。摛辭掩映，鵲動翩聯。披雲拂雪，戒後瞻前。隨形動質，議衍辭編。姿疑素日，質表芳蓮。疲忘怨釋，怪滌瑕捐。枝芳表影，玉綴疑煙。儀齊罔象，道配虛圓。闌閨謹守，暮早思虔。漪漣配色，繡錦齊妍。垂芳振藻，月引星連。淄磷異跡，澈瑩惟堅。鼇毫引照，古遠芳傳。馳光匣啟，設象臺懸。詩崇禮閱，己後人先。奇標象列，耀炳光宣。施章德懿，配合軀旋。嫿妍瘁盡，飾著華鉛。熙雍合雅，約隱章篇。

第二節　詩

詩爲回文之主要樣式，古近絶律，諸體咸備。以七律爲最，七絶次之。

（一）三言四句

古松

失名

體偃蹇，氣鬱悤。沸風遠，勢蟠龍。

（二）三言六句

六角扇

萬斯同

風生角，月規心。紅解汗，素留吟。空耀影，爽通襟。

（三）三言十二句

璇璣圖詩

蘇蕙

遊西階，步東廂。休桃林，陰翳桑。鳩雙巢，燕飛翔。流泉清，水激揚。仇好悲，思君長。愁歎發，容摧傷。

（四）三言八十句

三言詩

周壁卿

兵戈弭，劍易牛。平和望，熱淚收。硜硜見，視同仇。行無道，倒懸憂。生不幸，鬢白頭。彭老比，杖扶鳩。傾城市，沐冠猴。迎兵禍，亂益州。誠無信，衆口咻。兄弟泣，豆萁投。耕棄業，曠田疇。籯恃滿，積金甌。並吞力，掩衆眸。盈衽席，蟣蝨留。營三窟，下野愁。明失夜，暗中秋。輕紙幣，市衣裘。氓庶怨，視寇讎。荆棘地，斷速郵。聲惡播，命革休。盟約背，義名偷。阬父老，轉壑溝。横凶性，類共兜。成罪孽，重山邱。城郭聚，賊如流。旌旗滿，令擊游。饔食奪，飽膳羞。鯨鯢戮，隰原哀。衡優劣，判薰蕕。轟轟烈，愧封侯。嬴輸較，盾攻矛。鉦鼓震，德無修。爭鷸蚌，歲一周。精鋭喪，已自求。牼遇宋，乏人謀。纓繫請，用自由。猩鞭血，弱丁抽。裎裸傒，鋌鹿呦。瞪道路，盡枯髏。煢獨立，適遠陬。

（五）四言四句

璇璣圖詩　　蘇　蕙

思感靡寧，孜孜傷情。時倚枕屏，追想勞形。

（六）四言八句

書懷四言　　葉　圭

漁樵結伴，絶迹塵喧。書抄北墅，燭剪西園。驢騎遺興，雀養除煩。如何意快，暢叙開尊。

（七）四言十二句

四言　　賀道慶

陽春豔曲，麗錦誇文。傷情織怨，長路懷君。惜别同心，膺填思悄。碧鳳香殘，金屏露曉。入夢迢迢，抽詞軋軋。泣寄迴波，詩緘去札。

（八）四言十六句

詠窓　　萬斯同

房房鎖鳳，户户棲鶯。梁文斲杏，砌霧交樫。藏嬌築屋，列豔分楹。方匡納景，曲渌涵清。霜凝紙薄，月麗紗輕。香留篆裊，影寫煙縈。長廊護燭，静几拈枰。妝添拭鏡，拍換調笙。

（九）五言四句

後園作　　蕭繹

斜峯繞徑曲，聳石帶山連。花餘拂戲鳥，樹密隱鳴蟬。

回文　陸龜蒙

靜煙臨碧樹，殘雪背晴樓。冷天侵極戍，寒月對行舟。

（十）五言八句

泊鴈　王安石

泊鴈鳴深渚，收霞落晚川。柝隨風歛陣，樓映月低弦。漠漠汀帆轉，幽幽岸火然。壑危通細路，溝曲繞平田。

（十一）五言十句

春遊　王融

枝分柳塞北，葉暗榆關東。垂條逐絮轉，落蕊散花叢。池蓮照曉月，幔錦拂朝風。低吹雜綸羽，薄粉艷妝紅。離情隔遠道，歎結深閨中。

（十二）五言十二句

題澹園雅集圖　張奕光

涼風來高梧，園林此幽曠。長溪水粼粼，遠山雲颺颺。良朋忻笑言，好景快觀仰。芳蘭尋巖石，鳴禽聽下上。囊琴攜古歡，歌詩爲宕放。忘形樂主賓，人各肖貌狀。

（十三）五言二十句

七夕迴文十韻

范守己

秋到思離久，鵲橋喜蚤成。羞描雙黛翠，笑擲一梭輕。收盡機與錦，飾齊瑀竝璜。稠雲擁渚暗，朗月[illegible]天清。哀露酌巵滿，割霞堆案盈。愁多話舊約，別苦訴新情。休問欲分袂，却彈暗淚傾。悠悠碧漢隔，歷歷白榆明。過歲憐孤影，短宵嗟斗横。幽居自徙倚，嘿嘿兩心縈。

（十四）五言二十四句

金陵紀勝謾成十二韻廻文

王承時

遇奇忻勝地，過此自心雄。步舉遲明月，巾揮快大風。雨花催疊鼓，桃葉爛浮舸。潞楚分潮會，秦燕合騎通。護山多向北，泗水盡歸東。路古懸崖竹，亭虛夾岸蓬。趨樵來嶺半，閒網撒湖中。露湛將沉日，雲凌欲斷虹。鷺鵷翻羽白，荷芰綻英紅。暮渚牛環塔，涼磯燕遶宫。霧清消野闊，霖沛望天空。悟處何臨眺，行歌且韻工。

（十五）五言二十八句

登天封塔五古回文十四韻

萬斯同

頂合陰靄高，斜陽夕影踏。皿水伏馴龍，輪火投怖鴿。警木申棒喝，鏗金集單搭。梗土談毁成，風雨職闢闔。打磬晨課佛，上燈夜歸衲。屏諸凡色聲，如刃切斧拉。靜宗一味禪，空界十種法。醒寐界天人，叩一會虛答。緊切風振衣，寒天諸牖納。猛進初地佛，升梯戒級躐。笋矗外實蹠，匏庨中空帀。炯斗北倚肩，洪瀛南列睫。冷月西采揚，旭日東光熠。併視下蒼莽，層上雲頂塔。

（十六）五言四十句

回山王母宫廻文二十韻

劉繪

焚香合殿遶，勝景得遊觀。潰水岐廻峽，塞烟接遠巒。分逕川原抱，俯巖山郭看。枌榆亂鳥下，柏檜老龍蟠。沄動水摇緣，壑披霞駐丹。氛文五色麗，石磴萬巖攢。熏閣蘭烟細，瀩臺玉露傳。群仙擁羽蓋，彩鳳挽鳴鸞。棼棟飛文畫，蘚苔障錦磐。芸階馥淨界，桂國肅空壇。勤禮瞻真像，肅儀仰玉冠。殷薦祈親壽，永言願國安。鼘鼓傳幽谷，節麾散淺灘。氳氳障霧暗，漠漠夕輝寒。聞樂天空轉，泛卮仙露盤。雲洞瞰飛鶴，醉竹亭迎舞鸞。薰旌望杳杳，玉珮疑珊珊。芬林快賞暫，遠駕逸攀難。欣向花前舞，從酒後讙。曛曛晚上閣，日暇盡餘懽。

（十七）六言四句

暮春　陳朝老

纖纖亂草平灘，冉冉雲歸遠山。簾捲深空日永，鳥啼花落春殘。

（十八）六言五句

擬趙陽臺回文詩　金禮嬴

雰聚霙飛霰散，芬雲馥烟縵縵，紋綵星辰燦爛，元纁纖黄瀰湅，坤地乾天貫串。

（十九）六言六句

璇璣圖詩　蘇蕙

嗟歎懷所離經，情中傷路曠遐。家無君房幃清，明鏡朗容飾華。葩紛光珠曜英，榮爲誰感思多。

（二十）六言八句

六言　蕭　衹

青山映雪含思，碧草抽煙繫情。屏香夢愁月落，棹蘭吟苦風清。零珠淚紅軫促，慘雲娥翠杯停。聽君唱我離恨，聲悲心悽骨驚。

（二十一）七言三句

菱鏡銘古詩三句　萬斯同

芳映新菱耀華露，光凝冰輪曜霞素，妝靚春燈照花曙。

（二十二）七言四句

記夢　蘇　軾

酡顏玉盌捧纖纖，亂點餘花唾碧衫。歌咽水雲凝靜院，夢驚松雪落空巖。

（二十三）七言五句

覽竇氏回文詩愛其調古擬作　顧　清

神聖興運乘元真，宸嚴尊居端珮紳。禋宗敬事肅秋春，仁賢登揚振幽淪，陳思懷憂隱呻囈。

（二十四）七言七句

擬趙陽臺回文詩

金禮嬴

桐琴挂網蛛絲蟲，蛩鳴悽惻感幽衷。蹤滅聲淪沉鼓鐘，悰憂百集交脅胸。丰顔端飭整儀容，鍾情孤逐西飛蓬，終始乖離情苦同。

（二十五）七言八句

曉起即事

陸龜蒙

平波落月吟閑景，暗幌浮烟思起人。清露曉垂花謝半，遠風微動蕙抽新。城荒上處樵童小，石蘚分來宿鷺馴。晴寺野尋同去好，古碑苔字細書勻。

（二十六）七言十二句

回文

吴宗愛

紗窗倚望透玲瓏，寂寂眠琴綺閣東。斜篆細薰香箔綠，冷巵春泛曉簾紅。鴉飛密處重重樹，燕語低時嫋嫋風。花落半欄香浥浥，竹遮全幕翠濛濛。茶烹靜院新烟暖，藥曬閒階午日融。衙柳囀鶯嬌永晝，華年駐景玩芳叢。

（二十七）七言十六句

與高孝廉太室上人蘊空泛舟湖心亭

汪廷訥

熙熙樂此及春融，得意由來愛景風。麋鹿狎游隨舞鶴，瑟琴調響雜歌童。絲搖柳色波添綠，日映花光湖漾紅。巵酒醉歡邀客集，局碁躭趣覓人同。移舟載月浮蘋渚，策杖携僧過竹叢。池覆曲橋雲接續，榭環虛閣水流通。差差語燕歸簾下，恰恰啼鶯出谷中。時盛愧予惟學懶，俗澆憐世混雌雄。

（二十八）七言二十句

懷感廻文七言

趙光義

情非作好皆齊一，去住懽心事對酬。誠信樂教花盡發，得中高接霧輕收。爭開競秀和香色，儼雅相逢靜最幽。明日麗來朱紫殿，細雲搖曳瑩朱樓。名揚可大終奇異，禮讓能謙遂勝遊。呈瑞衆多唯景福，應祥宜自集禎休。聲聞遠令遵依政，士庶咸知斆聿修。横有竪機深理道，進賢忠節溥分憂。清天照鑑還寧泰，白雪歌詞儁易搜。兵偃順戈閑戰馬，意全通佇思悠悠。

（二十九）七言二十四句

鴻姪作東園即事回文八韻小有意致更用原韻庚之凡十二叶

樊增祥

舟横問渡遠如何，畫雪開堂有老坡。雠校細書侵碧盋，酌斟新酒泛紅螺。秋琴花合松聲慢，雪盞香浮菊瓣多。柔綠夏涼風榭柳，靚紅春㬎雨牆蘿。幽蕤綺桂搴芳佩，小萼湘梅繞豔歌。愁蝶粉沾霜後蕙，暗螢青點露中荷。鷗邊竹引涼亭水，鶴外花通曲徑莎。篝暖聚煙霏碧麝，鏡圓窺月畫檀娥。樓西賭韻敲釵玉，檻曲縈香熨袖羅。甌白沸茶聽水調，板紅翻拍按雲和。悠雲晚去書銜雁，綺日晴來字换鵝。留燕賀巢香護夢，游魚玩沼月添波。

（三十）七言九十六句

三殿篇効迴文體有引

韓上桂

夫華殿始構，賀燕騰歡；阿閣既成，舞鸞貢喜。故竹苞致願於莞簟，匏酌矢咏於几筵。皆義切朝宗，情懸拱繞。漢魏以來，詩賦互異。長楊託諷，景福矜華。栢梁七言，麟趾四韻。雖體有偏正，詞分約繁。亦咸紀勝當年，流輝後代。況居非別殿，制守前規。子來有靈臺之勸，孫謀垂豐芑之貽。固將問庭燎以蚤臨，踐宸樞而廣運。羣賢在列，庶績其凝。鍾簴千年，本支百世。豈容美而弗述，盛而不揚。暇乃繹建極微旨，製迴文一篇，取其珠貫相從，環轉靡絶。誠自媿雕蟲，僅同刻楮。鼇宫徒戴，鳳樓詎脩。苐詰屈著奇於方朔，競病吐巧於景宋。

字獻監團，錄陳金鑑。事雖近詭，理或可觀，敢効衢歌，用代華祝云爾。

聖皇建極會中京，屏衛依垣列上營。勝盤薊郡幽連勢，蹕接箕分尾著名。定襄通塞横恆霍，漳易流津引海瀛。正朔奉行威外域，政刑頒及化黎氓。黎氓慕指德懸鵠，岳牧懷忱勤貢玉。棲就厦簷托燕雛，照從昏室擎龍燭。鼙鼓消驚罷遠烽，驛郵順命馴殊俗。雞銜赦詔恩濃濡，鯢靜恬濤晴湛浴。湛浴甘泉注液池，氤氳瑞草暎霞芝。掞藻仙鸞翔吐色，輸圖寶馬躍呈奇。驗數徵賢名世顯，占祥協理濟川宜。劍履羣趨承召畢，槧鉛薄業慕龍夔。龍夔典樂調和氣，召畢升猷襄盛治。鍾鳴中律管揚灰，字製同文經貫義。靡浮璧水汎芹香，閣燦藜光燃杖異。縱衡止説習純貞，鎔鑄煩功成美器。美器庭陳錯玖瓊，良材國集委櫨楹。砥礪齊施激重爵，梗楠稱任選高榮。祀創明堂崇配饗，虔孚清廟格精誠。紫氣輝籠花裏闕，綺雲麗帶日邊城。邊城屼峙雄樓櫓，內郭叢開重殿宇。仙家大檗攬千門，月窟深藏迷萬户。年年翠柳喚鶯歸，夜夜閒堦馴鶴舞。傳規舊取壯儀形，綿瓞初期仍約魯。約魯存心戒數頻，煨殘惕慮酌宏新。却災務省陰陽忒，招福應祈夙夜夤。薄費經從供御減，隆基審與故常因。作始嘉符垂寶蔡，樂終吉會應昌辰。昌辰揆景旺逢日，淑節推星中見室。彰令温柔慰力勞，答歌奮躍歡聲疾。方神配職効元靈，哲匠伸能抽技術。唐虞尚體樸含華，湯武遵模文寓質。寓質文明耀漢霄，崇觀偉狀儼宮朝。鷺立清墀還列佐，鵷陪曉序復班寮。路輦臨衢丹軸轉，香鑪裊篆綠煙搖。誤聽蠅聲驚脱珥，懼安燕寢問司燎。司燎設具張容肅，警鐸提醒翻悟速。綸綸渙下汗奔流，紀法疏分輪輳輻。持斧嚴芟惕惡潛，賜環惠召憐臣逐。垂看旭鑑對幽巖，滋以膏醇霑茂木。茂木柘林春澤回，豐田甫隰暖風來。宥恤敷條捐採権，寬慈布告緩征催。搆紹堂成儲蚤諭，支扶本固脉先培。富利喜遊行鼓腹，壽仁躋域樂登臺。登臺仰祝登佳慶，望闕遥思篤愛敬。陵岡頌擬代嵩呼，洛鎬詩賡追藻詠。丞疑夾輔得耆英，莞簟夢熊維嗣盛。膺眷遐齡祐帝神，承庥廣祚綏皇聖。

（三十一）七言一百句

迴文閨詞二百韻有序

易佩紳

余老矣，萬緣俱淡，何至復作綺語。惟内子陳夫人今年多疾，此終不能淡之緣，頗形憂悒，初不過即景生趣，借爲排遣，繼乃憶及四十載之離合悲歡，加以禱祝，遂成二百韻，古無二百韻一首之迴文詩也。此作但逐句迴讀，則層次釐然，若逐段迴讀，則必分爲十數首，吾亦不屑屑分之也，以為迴文中之别體可爾。

垂柳高高閣西，啼鳥雙雙雙鳥飛。隄邊水綠草萋萋，池滿萍浮群鴨嬉。危樓畫檻曲廊迴，棲梁共語燕銜泥。微微風過雨霏霏，閨中靜坐獨獻欷。隨倡新當初會時，姿媚韶華年冠笄。規矩合度循禮儀，圭璋比美著音徽。嫣陶訂約良緣奇，攜手妾與郎肩齊。施衿帨兮奉盤匜，篋合壎兮友兼師。詩書習罷理琴棋，溪山對酌酒盈巵。詞翰文章新贈貽，推敲字句摘瑕疵。私恩顧眄難羈縻，恢宏志氣貫斗魁。伊周呂望相攀躋，幾甸騰聲揚省闈。氐羌傳檄羽書馳，鼙鼓震動搖旌旗。催客行程征馬嘶，希世古劍佩雄雌。貔虎馴行遵範圍，螭蛟潛伏懾武威。幾妙深窮難測窺，施展神化服蠻夷。帷房空寂人孤睽，遺蹤芳徑滿苔莓。扉掩簾懸虛望歸，悲歡異地兩心違。推窗小立夜凄凄，絲絲香逗花枝枝。移階花影斜月低，機和砧響聲悽悽。遲遲道遠寄裳衣，肥瘦今試郎腰肢。羈魂旅夢同依依，歧途徑裏夢魂迷。欹枕將曉聽鳴雞，疑耶信耶是耶非。思聚會兮傷別離，疲遊覽兮停絃揮。脂粉拋卻忘妍媸，誰爲愁人玉笛吹。奇偶占卜詢龜蓍，稽首遥天重禱祈。饑溺援救遍蒼黎，積傾世局全撐支。題柱銘勳高勒碑，仔肩卸去好爵辭。維舟一棹返茅茨，追尋舊愛篤倫彝。禠巾拂拭鏡塵灰，偎肩復照兩容輝。髭鬢較前殊盛衰，陂平看徹悟盈虧。知心惟我與君宜，卑高何論俗褒譏。嶷嶷迴絶謝磷淄，孜孜相警箴弦韋。瑰瓊珍重慎護持，芝蘭合氣同培滋。夔龍講道聖軒羲，睢麟詠德賢后妃。祠廟肅整潔盛粢，慈孝家範傳婦兒。差差層積善根基，怡怡心暢景雍熙。梅繞屋兮松繞籬，菲菲菊徑竹猗猗。墀階森列紛萱虉，披襟荷沼傍荃蘺。梔棠橙橘李桃梨，葵瓜菘韭蒓蕨薇。畦町歷遍觀畬菑，犂鋤盈野綠蓑堆。萸桑女手盆筐齎，虆虆葛蔓盈隴蹊。治蠶繭後治絺綌，爲農圃老夫偕妻。沂雩浴風高潁箕，磯石坐釣餌鯨鯢。蓻杖閒會衆英耆，綦縞娛樂偕姜姬。嫛婗繁衍兆熊羆，飴含笑弄群嬌癡。梯有雲兮裳有霓，騎鳳鸞兮駕鹿麋。期佺伴兮董許陪，頣齡千億萬春暉。

（三十二）七言一百四十四句

卍齋廻文詩有序

吴統持

往予庚辰秋，葺齋秋水，倚檻上卍字爲顔，同人既贈題成帙。越甲申始春，齋居枯坐無賴，偶憶易庵項叔品題若箇有迴文之句，自補七言排律七十二韻。年行及壯，方耻兹末技，敢云奇字湧出也。

暵開寶印動人驚，檻樣初雕質意行。儒樸竟從何習變，佛文原自有光呈。徒爲素韻循繩矱，止可幽人遠市城。圖壁屋隅山磊磊，結廬田次水瀠瀠。都言雅式堪風儉，競擬奇標略製平。殊未百方隨卍湧，會誰三點任∴成∴音伊涅槃經何等名爲秘密之藏猶如∴字三點若並則不成伊從亦不成如磨醯首羅面上三目乃得成伊三點若別亦不得成。愉僧得處跏雙膝，恡俗纏時轉一睛。株守只同多角井，括囊難似不觚罍。須還用拙思褒魯，耐可知雄願布英。徂歲憫亡興矚遠，到春迷恨喜懷傾。軀輕縱舞甘顔渥，相異虚封耻面黥。雛鳳欹扉荆蔭雪，婢魚探沼石涵晴。芻薪逸許炊茶釜，艸藁佳宜襯藥籯。娛畫借穿松徑杳，苦吟忘映竹窗明。爐飄縷篆名香爇，帶展柔條異草生。孋子結前庭種柏，細音啼外野飛鶊。朱櫺曲折無非字，黝板高懸偶得名。腴畫竺來馱老馬，雅顔楹定住人清。孤琴舊取分寥寂，警雀新貽助嘯鳴。塗慣晚煙青着案，載多春酒緑留棚。濡泉冷壤疎栽菊，飾羽鮮囊淺佩蘅。酥滴露盤銀散液，藻沾風研碧滋萌。皀翻赤舄遥岑戲，芰紉黄裳下里訇。奴往屢懷漫字刺，盜趨猶震小音鉦。厨藏獨㑥書知祕，匣動嘗憐劒欲擎。齵漱轉丹堅類石，指彈乎缶響逾箏。咮咮解語雞交耳，粲粲留斑豹引瞪。辜負覈詩存衛鄭，悮傳搜史剩蠻荆。屠兒市輟翔丸巧，乞子貪回守犬獰。誣嫭雜賓夸入座，冶妖胡婢怨吹笙。湖旁樹色眉爭碧，閣裏霞光舌鬭頳。喁唱每才庾并鮑，記銘疇筆腐衆盲。蘇屠印指占當别（塕亦名蘇屠齋在秋涇之陽有塔對牖）殑萬齊音譯已并（苑師之殑西域音萬佛胷前吉祥相也此方相傳作卍）吴處默慙仍進技，項重瞳妒漫連兵。蕪詩續歲歡當甲，陋室營年窘屬庚。珠韞衣間窮始覓，鐵聯門際靜先撑。租來舊帖金千兩，典去時衣月二正。污耳畏多談屑瑣，放懷緣懶計餘嬴。途窮阮氏奚偕返，户閉顔家幾並鬧。孤角有神通蝨射，鼎心無恡却梟烹。區分任我爲寧我，法各隨卿用自卿。姝子贈鹽名昔昔，谷中歡譊侑丁丁。愚堂謂學能文柳，勝地期參解易京。巫暴假妖消歲旱，夢通疑義析朝酲。蒲團穩坐舒長晝，枕木欹眠愛短更。樞冥識知圈外極，象玄思審律中衡。壺盛墨汁冰凝潤，鉢漾簾紋浪簇泓。銖曳曉星看映帶，玉舂宵雨聽琮琤。于于醒燕斑梁語，泛泛閒鷗白水盟。烏髮幻旋螺樣髻，潔牙英發菡華聲（華嚴經願一切衆生得如卍字髮螺文右旋願意善調伏牙齒鮮潔如白蓮花文理廻成卍字）鬒芳撚徧花窺牖，影碎移頻月過帡。模準縵廻闌楯密，斲方因就斧斤輕。蛛蟠巧夕秋應比，馬負祥河古似爭。敷卦聖將疑象轉，下棋仙或詑圜縈。紆紋皺配姬東避（皺形爲亞）整隊旗輸漢北征。盂列古環從狩獮（左傳宋公爲右盂）錦文廻織借娥孅。蘆括異雁雲颺彩，戟景靈烏日耀晶（景讀作影）摹就玉章硃誌改，煉登磁碟翠題盈。逋文果否玄成艸，現藥真耶紫拾瑛。迓我欲周千矩絜，解人祈合六書程。符心妙字彎兼直，豁眼靈分豎與横。膚隱蔡慼還合性（宋蔡京胸前隱起卍字同佛相見夷堅志）罌標周艷詎空情（南唐遺事李后主長秋周氏有焚香罌曰卍字金）呼天向敢憑奇問，出户當能儘吉迎。荷葉折牽閒櫓槳，柳枝垂拂鬧干旌。吾從好道長無畏，國爲憂貧暫不寧。狐墮半悲人語錯，雉離偏惜物心貞。拘憂古操愁彈罷，復旦虞歌樂載賡。隅坐計功嫻者侍，畝南招隱達夫耕。瑜瑕判世三生慧，背向攤方一悟精。顱頂灌光輪信解，髮毫藏刹寶明誠。驅魔大咒傳持猛，度鬼諸經教演宏。無佛斷難私著論，鋪箋雜引卍題評。

（三十三）七言二百句

惲珠曰『吹聆工隸楷，少作廻文詩百韻，藝林傳誦』，王鯤曰『嘗和巨手卍字百韻』。胡文楷歷代婦女著作考卷十六云：『少作廻文詩一百韻，爲人膾炙』。未見，從闕。

（三十四）九言

牟尼珠

萬斯同

刼塵超世出住了緣法，音響布滿圓觀正覺神。寂照終始悟通戒定慧，纒離淨垢障滅貪癡嗔。色空即心即心即空色，人我無相無相無我人。識持同歸方便方足具，知見妙得自在自常真。積種種孽濁穢衆生受，根非非想造締諸漏因。阨苦今除普懺宿命業，聲聞周編千佛千珠輪。

第三節　詞

回文詞，世以爲始自蘇軾菩薩蠻四時閨怨，非是。據軾徐州與劉貢父：『示及回文小闋，律度精緻，不失雍容，欲和殆不可及，已授歌者矣』。又黄州與李公擇：『效劉十五體，作回文菩薩蠻四首寄去，爲一笑。不知公曾見劉十五詞否，劉造此様見寄，今失之矣。』東坡明言劉攽創製斯體，當屬事實。而沈際飛草堂詩餘新集卷一謂『廻文詞始朱劉二公』，更是謬誤。詞、僅次於詩作，多爲菩薩蠻、虞美人、西江月、南鄉子、浣溪沙調，短者、有十六字令，長者、要數近代王易之小樓連苑。

（一）十六字令

玉磬　張　潮

敲，聲細相和晚更朝。朝更晚，和相細聲敲。

閨思　華　彬

亭，小倚粧凝軟玉紅。鈴淋雨，聒耳惹愁濃。

（二）三臺

三臺　丁澎

春愁去也誰教，粉袖沾紅淚綃。魂斷懨懨醒未，雨寒禁怕花朝。

（三）赤棗子

赤棗子　丁澎

霜初搗，淚雙垂，暗傷鸞鏡換粧時。長秋閉月花樓小，黄葉楓庭空鴈歸。

（四）漁父

春夜吟　華彬

閒吟夜聽獨更殘，殘梅小結暗香寒。亭半月，曉沉山，山幽賞處到人閒。

（五）楊柳枝

楊柳枝　丁澎

地窣裙拖綠草芳，行人賺得印泥香。縷金歌罷紅顔笑，倚倦屏山春恨長。

（六）阿那曲

阿那曲　丁　澎

長恨春山屏倦倚，笑顏紅罷歌金縷。香泥印得賺人行，芳草緣拖裙窣地。

（七）南鄉子第一體

南鄉子第一體　丁　澎

梧碧吹樓，粧凝移恨上眉頭。心事何如想憶切，愁離別，疎影花簾遮淡月。

（八）竹枝

竹枝　丁　澎

月淡遮簾花影疎，别離愁切憶相如。何事心頭眉上恨，移凝（去聲）粧樓吹碧梧。

（九）巴渝辭

巴渝辭　丁　澎

舞衫紅映（竹枝）醉顏酡（女兒）鼓櫂女兒（竹枝）教渝歌（女兒）　紗輕浣雨（竹枝）春潮弄（女兒）花桐刺落（竹枝）釵

頭鳳女兒

（十）天淨沙

閨夜　　　　保其壽

懷人惱煞孤衾，蘭閨香冷催砧。夜久睡鴉栖靜，竹窗留影，月斜永巷沉沉。

（十一）風流子

風流子　　　　丁　澎

曉鏡妝開紅蓼，小鳥弄枝巧笑。含桃露，浥芳叢，夜夜燒香心悄。月柔，風杳，環佩雲歸碧島。

（十二）天仙子

天仙子　　　　丁　澎

島碧歸雲佩環杳，風柔月悄心香燒，夜夜叢芳浥露桃。含笑巧，枝弄鳥，小蓼紅開妝鏡曉。

（十三）長相思

閨怨詞 萬樹

歸未歸，君繫誰。傍着芳花嫩柳迷，路長西更西。西更西，長路迷。柳嫩花芳着傍誰，繫君歸未歸。

（十四）思帝鄉

暮春即事 章雋

飛花舞蝶送春歸，醉客西樓倚看暮煙迷。柳垂塘曲依簾，繡閣傍雲低。樹老啼鵑晚翠，鎖重幃。

（十五）相見歡

秋晚 章雋

秋江一樹棲鴉，晚煙斜。樓登漫捲簾鈎、轉增愁。流谿曲，窓敲竹。亂飛霞，遊來遠舟停客問山家。

（十六）調笑令

調笑令　　丁　澍

戀婉，西樓燕，見面露嬌香吹（去聲）遠。徑滿落花幽夢斷，晚送啼鶯交喚。慣短愁宵春過半，捲罷垂簾病嬾。

（十七）傳言玉女

贈歌女鄭巧玉　　保其壽

姣姣櫻唇，皎皎香肌俏俏。羅帽嫋嫋，蹻蹻弓鞋小。葱尖嫋嫋，草草琴箏了了。深情悄悄，芳名巧巧。

（十八）剔銀燈

無題　　保其壽

並倚重欄夜瑩，月上柳梢花影凝。巾角袖尖，鬓蟬釵燕。屏錦亂摇請認，休來偷笑，可肯心心同誓證。

（十九）望梅花

望梅花

丁　澎

懶病簾垂罷倦，半過春宵愁短。慣喚交鶯啼送晚，斷夢幽花落滿。徑遠吹香嬌露面，見燕樓西婉戀。

（二十）生查子

生查子

丁　澎

人歸未春殘，送燕雙江淥。魂銷正捲簾，湘雨吹牕竹。裙襴試痕多，幾處垂紅玉。君愁欲聞箏，夜盡消銀燭。

（二十一）太平時

太平時

丁　澎

燭銀消盡夜箏聞，欲愁君。玉紅垂處幾多痕，試襴裙。竹牕吹雨湘簾捲，正銷魂。淥江雙燕送殘春，未歸人。

（二十二）蝴蝶兒

蝴蝶兒　　丁　澎

樓上愁，雙燕柔。草萋庭滿下簾勾，倚倦罷梳頭。早起弓鞵窄，怯行紅露稠。來朝送夢隨天遠，空閨寒怕秋。

（二十三）醉公子

春莫迴文　　龔勝玉

砌烟如草細，細草如烟砌。紅落捲簾風，風簾捲落紅。恨埋花艷冷，冷艷花埋恨。春日幾時晴，晴時幾日春。

（二十四）歸國遥

歸國遥　　丁　澎

碧雲暮，遠天楓赤吹寒雨。帽落白衣人醉，笑客嘲能賦。逸趣抒來誰與，挹香迷霧。取問隔溪芳樹，野色秋盈路。

（二十五）霜天曉角

霜天曉角

丁　澎

路盈秋色，野樹芳溪隔。問取霧迷香挹，與誰來抒趣。逸賦能嘲客，笑醉人衣白。落帽雨寒吹赤，楓山遠，暮雲碧。

（二十六）浣溪沙

和任二王倩廻環韻

毛奇齡

陰柳垂庭山枕斜，禽鳴自上檻邊花，深屏午夢隔窗紗。甕啟冰牙蛆瀉酒，襟披雪眼蟹瀯茶，臨粧晚掃淡黄鴉。

春閨迴文

董元愷

鶯語聽殘春院晴，屏雲倚共晚寒凝，黛痕愁入遠峯青。庭滿落花香寂寂，聲和玉漏夜清清，輕紅拂夢曉來醒。

迴文

匡紹儀

眉上愁多愁上眉，歸來燕子燕來歸，飛花落水落花飛。柳暗樓高樓暗柳，輝光月出月光輝，誰憐我瘦我憐誰。

（二十七）訴衷情

春思　失名

愁紅慘緑早春歸，燕壘砌香泥。柔條翠浮烟柳，細雨漫樓西。憶久别，夢初回，惱鶯啼。羞花對語，自投空信，雨换雲移。

（二十八）卜算子

卜算子　丁澎

低幕捲綃紅，暗月迷香步。偷摘雙釵角枕横，腕碧纏金縷。啼鳥唤開簾，寂寂飛香雨。小立牆東去折花，柳色凝烟暮。

（二十九）減字木蘭花

迴文戲仿玉淦體　汪藻

同心合意，濃豔醉窺春夢綺。意合心同，穗繫雙環玉戛風。心同意合，吟翠倚欄花並狎。合意同心，擘笛催鸚唤酒斟。

雙調迴文詞

周葆貽

懶魂花底，酒醒夢殘斜日裏。望遠懷春，脉脉慵情蝶似人。暖風微起，睡過晝長花着雨。小囀鶯嬌，却隔深陰柳外橋。

（三十）後庭花

秋日閨情

甘國基

冽風秋冷衾如鐵，怯心寒徹。熱魂香夢驚離別，月明情結。鐵如衾冷秋風冽，徹寒心怯。別離驚夢香魂熱，結情明月。

（三十一）巫山一段雲

暮秋送友

章　雋

雲白迷空岫，侵衣薄暮寒。秋深分袂把山看，遠去路漫漫。人離悵日落，村荒墮葉丹。飄風門掩晝庭閒，曲溪流水潺。

（三十二）菩薩蠻（重疊金、聯環結）

吴藕汀詞名索引云，清翁與淑秋夜廻文體詞，名聯環結。即菩薩蠻。

咏梅

蘇　軾

嶠南江淺紅梅小，小梅紅淺江南嶠。窺我向疎籬，籬疎向我窺。老人行即到，到即行人老。離別惜殘枝，枝殘惜別離。

擬織婦閨怨

湯顯祖

梅題遠色春歸得，遲鄉瘴嶺過愁客。孤影鴈回斜，風寒逼翠紗。窗殘抛錦室，織急還催織。錦官當夕情，啼斷望河明。

遊仙詞

華　彬

石梁橋挂遥泉急，别懷長恨幽期隔。山露半痕青，閒雲遠樹停。世間人徑闢，此度曾歡極。仙洞識緣奇，箋書託燕飛。

（三十三）謁金門

謁金門

丁　澎

雁無奈，書寄遠天愁倍。望極晚烟空翠黛，雙鴛吹繡帶。看取燕頭釵在，却恨離愁莫解。偷戀留情深似海，飛花和淚灑。

（三十四）好事近

好事近

丁　澎

灑淚和花飛，海似深情留戀。偷解莫愁離恨，却在釵頭燕。取看帶繡吹鴛雙，黛翠空烟晚。極望倍愁天遠，寄書奈無雁。

（三十五）喜遷鶯

毛奇齡迴文集引：『迴文者，詩中一別體也，幼時製雙帶子、喜遷鶯詞』。集中未見，從闕。

（三十六）眉峰碧

眉峰碧

丁　澎

雨夜殘春送，斷橋波影弄。時鶯新隊逐飛花，起喚蘭香入夢。露多嫌曉動，夜明華月籠。低鬟絲試小釵輕，嫵眉愁處閒簫鳳。

（三十七）玉聯環

玉聯環

丁　澎

鳳簫閒處愁眉嫵，輕釵小試。絲鬟低籠月華明，夜動曉嫌多露。夢入香蘭喚起，花飛逐隊。新鶯時弄影波橋，斷送殘夜雨。

（三十八）山花子

山花子　丁　澎

横釵玉隊綺羅叢，蘭麝薰殘試粉融。初聞歌艷人何奈，墮珠紅。魂消欲斷燕樓空，屏翠分香髢影穠。留春誰倩昏黄月，透簾重。

（三十九）三字令

三字令　丁　澎

重簾透，月黄昏，倩誰春。留穠影，髢香分。翠屏空，樓燕斷，欲消魂。紅珠墮，奈何人，艷歌聞。初融粉，試殘薰。麝蘭叢，羅綺隊，玉釵横。

（四十）武陵春

韶陽詞　金載瓚

永晝清風花帶露，露帶花風清晝永。細細香生水，水生香細細。點點紅痕繡碧苔，苔碧繡痕紅點點。沉水逐輕舟，舟輕逐水沉。

（四十一）賀聖朝

中秋謝中尊坐次賦鴛鴦體廻文　金汝皐

黄橙綠橘雙雙月，兩中秋應節。香浮滿笋魚饌新，芳花雨弄色。三湘南浦，雲飛鴻陣，幾聲聲塞北。裳霓羽舞殿閣生，寒觴流泛月。

（四十二）柳梢青

中秋　金汝皐

月泛流觴，寒生閣殿，舞羽霓裳。北塞聲聲，幾陣鴻飛，雲浦南湘。山色弄雨花芳，新饌魚、笋滿浮香。節應秋中，兩月雙雙，橘綠橙黄。

（四十三）眼兒媚

閨思　華　彬

瀟瀟夜雨蠟紅銷，暗淚比回潮。敲窗綠葉，碎蕉題字，夢寄情遥。遥情寄夢字題蕉，碎葉綠窗敲。潮回比淚，暗銷紅蠟，雨夜瀟瀟。

春閨月夜　章　傿

紅銷綠減燕歸梁，盡捲繡幃粧。東墻映月，恨重山遠，間阻何郎。濃煙靜夜別離傷，暗滴漏更長。匆匆去路，客中朝暮，訴與誰行。

（四十四）四犯令

四犯令　丁　澎

客醉調箏哀白髮，催歌新按拍。折花將勸雙樽月，江楓映，花溪隔。碧水秋聲霜瀝淅，空庭閒落葉。密烟寒繞青山寂，船歸處，啼鴉夕。

（四十五）滴滴金

滴滴金　丁　澎

夕鴉啼處歸船寂，山青遶，寒烟密。葉落閒庭空淅瀝，霜聲秋水碧。隔溪黄映楓江月，樽雙勸，將花折。拍按新歌催髮白，哀箏調醉客。

（四十六）西江月

用惠洪韻　黄庭堅

細細風清撼竹，遲遲日暖開花。香幃深卧醉人家，媚語嬌聲婭姹。姹婭聲嬌語媚，家人醉卧深幃。香花開暖日遲遲，竹撼清風細細。

西湖

失名

遠岫空林落日，煙濛水向西湖。鏡泉清映半山孤，弱柳夭桃掩路。院隔聲高語笑，千秋翫賞堪圖。畫船遊客讌歡悞，細樂輕歌慢舞。

（四十七）月中行

旅夜

華彬

荒溪碧草野香清，帶水度橋平。牆東住客一門扃，道遠隔人情。耿耿鄉思索盡醉，霜風拍樹亂鴉驚。長闌小倚怯涼生，晚近望明星。

（四十八）南歌子

南歌子

失名

陰陰曉院竹，村山帶一禽。飛迎泛櫂過江心，我動愁懷對景且長吟。吟長且景對，懷愁動我心。江過櫂泛迎飛禽，一帶山村竹院曉陰陰。

（四十九）醉花陰

遊浮圖作　　華　彬

倚天遥占憑虚步，愛自愁心素。袖拂碎雲輕，渺渺翠痕、風轉飄香雨。度將鍾韵清驚夢，振響回潮送。坐愛古燈紅，面佛吐花、蓮座高參悟。

（五十）臨江仙第一體

閨思　　華　彬

同遊勝景幽歡劇，儂愁不上眉峰。畫巄鳴鳥似喁喁，語時閒憶舊情衷。衷情舊憶閒時語，喁喁似鳥鳴巄。畫峰眉上不愁儂，劇歡幽景勝遊同。

臨江仙遊浮圖作　　華　彬

長觀遠處幽懷放，江澄帶練飛光。水泱泱起浪生凉，小舟浮入亂蘆黄。狂歌笑引晴霞落，塘空冷積微霜。寒芳秋喜舊愁忘，黛螺新抹半山蒼。

（五十一）鷓鴣天

與友人秋夜舟行

華　彬

遊客憑高樓外樓，暮江寒處近歸舟。秋聲一雁鋪沙白，籌聽更和笛吹幽。興別調，應長愁，滿洲晴葉亂紅流。漚浮蕩月殘烟斷，鳩拙如君嗟敝裘。

（五十二）瑞鷓鴣

席上迴文

郭從範

傾城一笑得人留，舞罷嬌娥斂黛愁。明月寶鞲金絡背，翠瓊花珥碧搔頭。晴雲片雪腰支嫋，晚吹微波眼色秋。清露亭皐芳草綠，輕綃軟掛玉簾鉤。

（五十三）玉樓春（木蘭花、木蘭花令、春曉曲）

春懷迴文

汪廷訥

畫圖開處飛鶯燕，新漲春湖垂柳線。架書掩日晝窮搜，下幃孤坐棋彈倦。掛簷晴翠山當面，如如悟郤忘欣厭。瀉玉寒泉遶石臺，夜中歸鶴棲松院。

春曉曲　　毛奇齡

小屏山上西江曲，深處落梅寒簌簌。曉鑑菱開赭粉紅，殘燈穗卷香脂綠。艸頭堦剗襪衩金，花裏碧鈎旛勝玉。繞鳳雙簧蠟炙新，蚤春鶯破霜溪竹。

（五十四）雙帶子

吳藕汀詞名索引云『清毛奇齡詞，七言廻文，名雙帶子』。

雙帶子　　毛奇齡

紅藕香銷暑殿涼，玉梭横枕墮釵長。東樓賦得新來怨，中夜看沉龜甲黄。黄甲龜沉看夜中，怨來新得賦樓東。長釵墮枕横梭玉，涼殿暑銷香藕紅。

（五十五）虞美人

春閨迴文　　劉湝年

晴溪一雨紅深淺，恰恰鶯雛囀。捲簾春好燕雙歸，故故見人愁面背花飛。飛花背面愁人見，故故歸雙燕。好春簾捲囀雛鶯，恰恰淺深紅雨一溪晴。

虞美人 回文

王文甫

黄金嫩柳摇絲軟，永日堂空掩。捲簾飛燕未歸來，客去醉眠攲枕殢殘杯。眉山淺拂青螺黛，整整垂雙帶。水沉香熨窄衫輕，瑩玉碧溪春溜眼波横。

（五十六）南鄉子

閨怨

萬樹

塘綠汎浮萍，比似郎懷玉面人。忘却嫩花芳草逕，前春，見怕妝梳怯病真。真病怯梳妝，怕見春前逕草芳。花嫩却忘人面玉，懷郎，似比萍浮汎綠塘。

南鄉子

丁澎

屏鏡罨棲鴉，綠柳亭閒在舘娃。芳草苑深明月舊，知他，燕語庭空弄影斜。箏玉扣窗紗，倚恨憑誰未破瓜。鬟彈膩嬌輕靨小，如花，露吸猩唇染絳霞。

（五十七）步蟾宫

步蟾宫

丁澎

曉風簾竹吹烟細，揉酥玉，新粧粉膩。鳥愁花怨怯還扶，早鳩啼，好天晴未。小鳳留釵看欲醉，凭欄曲，袖羅輕倚。掃淡蛾尖，暗消香裊，花飛閣，茵鋪翠。

（五十八）夜行船

夜行船

丁　澎

翠鋪茵閣飛花裊，香消暗，尖蛾淡掃。倚輕羅袖曲欄凭，醉欲看釵留鳳小。未晴天好啼鳩早，扶還怯，怨花愁鳥。膩粉粧新玉酥揉，細烟吹竹簾風曉。

（五十九）踏莎行

愁思

失　名

葉落秋深，深秋落葉。蝶迷香夢香迷蝶。折花將送遠行人，人行遠送將花折。別久情多，多情久別。妾懷君子君懷妾。月樓西望晚歸期，期歸晚望西樓月。

（六十）小樓連苑

小樓連苑

王　易

小樓連苑吹笙，沈沈久別羈人怨。峭涼窗紙，冷風凝露，宵深夢短。道遠緜緜，思歸懷故，慣經遊倦。悄聲沈雁、重重聽細籟，迎風處，疑調燕。幽唱誰還度遍，更長令，荀香消遣。少年磨盡，壯心豪氣，平生念嬾。好月瓏玲，鏡天明淨，彩華宵半。繞空階影瘦，蕭蕭吟興，罷添香篆。

第四節　曲

回文曲極爲罕見。元瑣非復初中原音韻序，謂周德清『所作樂府，回文、集句、連環、簡梅、雪花諸體，皆作今人之所不能作者。略舉回文畫家，名有數家嗔人，門閉却時來問，皆往復二意』。任二北散曲概論云『今省其句，不盡可解』，王文才元曲紀事按，『倒順讀之，皆應前後六字，人問爲韻』。目前存者，有仲龍子老更狂迴文普天樂二十三曲，黄峨捲簾雁兒落一曲，無名氏雁兒落一曲，宋存標懶畫眉閨情回文散曲二套（自稱『以回文作曲，從無此體』）。

（一）迴文普天樂

自況

仲龍子

竹敲風。虛簷轉月。素秋天爽氣新。疎花菊老含清露。梧庭瘦影。梧庭瘦影。影瘦庭梧。

（二）捲簾雁兒落

捲簾雁兒落

黄　峨

難離别情萬千，眠孤枕愁人伴。閑庭小院深，闗河傳信遠。魚和雁天南，看明月中腸斷。

（三）雁兒落

失　名

恨多情過一春，春一過情多恨。悶無心我負人，人負我心無悶。真成假，假成真。恩生害，害生恩。人幾有清閑論，論清閑有幾人。辛勤，貧不富時交運。勤辛，運交時富不貧。

（四）懶畫眉

閨情回文

宋存標

〔南南吕懶畫眉〕棲鶯禁樹綠雲飛，倚徙憐深淚滿衣，回愁夜裡暗生疑。低草春殘烟籠絮，西樓碧月隔牕西。

〔前腔〕西牕隔月碧樓西，絮籠烟殘春草低，疑生暗裡夜愁回。衣滿淚深憐徙倚，飛雲綠樹禁鶯棲。

〔前腔〕籬疎吠犬吠聲齊，細膽驚回將步移，雷生電卷怒雲飛。迷路愁來朝半霽，悲歡變起夢難期。

〔前腔〕期難夢起變歡悲，霽半朝來愁路迷，飛雲怒卷電生雷。移步將回驚膽細，齊聲吠犬吠疎籬。

〔前腔〕迷癡病起喚人醫，體瘦消香惜冷衣，啼烏叫夜叫猿啼。霏雨淫虹烟吐氣，泥中履絆帶生泥。

〔前腔〕泥生帶絆履中泥，氣吐烟虹淫雨霏，啼猿叫夜叫烏啼。衣冷惜香消瘦體，醫人喚起病癡迷。

〔尾聲〕題長記字將心繫，繫心將字記長題，禕孤怨怨怨孤禕。

第五節　賦

回文賦，自十國春秋記述胡元龜事之後，幾七百年間，未有續聞。清初，石龐撰回文雪賦、春賦，四庫全書總目提要謂『迴文雪賦、春賦爲自古所無之格』，俞樾九九消夏錄云：『石龐撰回文雪賦、春賦各一首，回文之體施之於賦，此則未有之創格』。後來錢竹汀跋張鵬翀回文賦曰：『昔日但有回文詩詞，若賦則始創』，阮葵生茶餘客話稱『南華少時，作迴文賦八首，自然清麗，亦前人所無也』，直到清末于齊慶序趙文楷恭擬聖駕詣太學行釋奠禮賦，猶云『詩之有回文舊矣，於賦無聞矣』，楊鳴書恭擬聖駕詣太學釋奠禮成賦亦謂『此賦實爲刱格』，俱非。

雪賦

石　龐

微風蕩月，薄煙濃霧。柳藏飢烏，日落飛絮。舞衫點片，花圍深樹。練鎖荒山，曰歌歲暮。寒陰石潮，風擲羽毛。翠疏巢曉樹，驢瘦踏危橋。寺深藏徑，天遠隱蛟。林陰響澗，岫晚歸樵。庭垂笳玉，座滿瓊瑶。鷹飢避冷，草舞迴風。僧歸踏影隨明月，鶴睡籠陰暗老松。星沈澗碧，犬吠山空。輕翅墜香飄粉蝶，細鱗飛彩鬪潛龍。層波現樸，枕石鳴泉。青拖竹徑兮金篩玉戛，影鎖槐庭兮榦老根盤。清露引笙兮鳴鳳，淡梅浸鏡兮窺鸞。凝階兮翦水，禁煖兮添寒。成山鑄玉，刻獸堆鹽。烹茶煖竈，煮酒書箋。虚谷晚開霧，翠嵐朝帶煙。魚沈淺水，日漏空巒。書排婦鴻奴雁，畫送遥水遠山。枯枝老樹寒依石，野店荒村遠接天。雨雲勞夢兮迷衾枕，煙篆鎖香兮繞麝蘭。古今兮來往，塵世兮涼炎。曙光幽動珠簾竹，圓露薄腥玉砌苔。語鳥棲陰梅野霽，啼雞聽曉桂窗開。光浮短燭，煖帶寒灰。囊詩覓景，鬢霧扶釵。長漏玉温冬夜永，瘦容山色暮風悲。觴開臘破，瑞接春催。香吹短笛兮殘花落，葉舞旋風兮冷雁哀。涼潭隱月夢魂清，綠生空水細蕊凝。香幽骨透，陰倒老梅。江渡晚漁，浪破聽移孤艇去；路隨斜柳，潮殘響帶暗蓑歸。茫茫斷岸兮荷敗，漠漠空庭兮草衰。鄉思客恨閒敲韻，夜醉魂摇獨夢槐。鏘鏘斧響幽林，綠笠風寒松葉細；寂寂扉關曲徑，枯薪擔冷岫雲微。

缸籠淡影竹移窗，翦收香袖；玉種空花蘆擁浪，衣冷繡闈。狼虎縱橫樹塢荒，石綰蒼苔瑟瑟；雁鴻飛盡江天遠，雲環翠嶺巍巍。岡平兔走，野壙鴉飛。長亭兩岸草連煙，碧流茶甕；疊嶂雙峯屏寫畫，清泛酒杯。窗晴皎皎，院冷皚皚。亂曰飄花兮飛玉，凄其舞絮兮敲竹。斷橋兮布密雲，鳴鐘兮掃輕塵。片片翻兮穿幕簾，娟娟白兮積石巖。殿繞濃煙兮壁彩，庭書淡墨兮山矮。

第六節　千字文

千字文

林聯桂

千字文始於梁之員外周興嗣，其後擬之者甚夥，而最佳者莫如吳翰林省蘭之集字祝嘏千字文一篇，純皇帝嘉賞特賜翰林，亦異數也。睿皇帝六旬萬壽，九月二十六日，余接御駕於倚虹橋，進呈祝嘏回文千字文一篇。篇內順文回文凡二十易韻，頗欲擺脱前人窠臼也。雖文與賦異，然駢體用韻之文，文即賦也。

長天久地，日升月恒。岡崇阜厚，嵺峙淵渟。蒼松翠柏，糺雲景星。翔鸞翥鳳，麟降龍騰。航梯艫頌，雹虹曜靈。章雯倬漢，鶴算椿齡。囊括宙合，彈壓川陵。望瞻卿霱，超溢結繩。揚播遐邇，拜颺歌賡。康彊逢身，瑞祥集呈。香芬梅萼，樂叶韶韺。皇惟壽愷，古今轢轅。清穆上聖，父乾母坤，凝睍昊綷，澤被烝元。精誠滌慮，默契宰真。馨德薦達，氣靄氤氲。晴雨時若，念塵楓宸。貞心夜午，祀躬晨辛。兄羲姊娍，罰秋賞春。禋肇蒞事，懷柔遍均。冥漠感格，介熙龐涫。明幽悦喜，禧祉來臻。徵休習翕，保佑重申。祖宗初基，祺衍遼瀋。祐篤朱果，紅蓮異禀。土拓圖恢，神武烈凛。部署旗分，制字慎審。撫定家邦，民登席袵。煦嘘函夏，敉甯稟品。户闔要荒，河山繡錦。樹侯建屏，酺食和飲。苦疾驅除，洪業著甚。矩步顯庸，虔謁園寢。作述五朝，訓言昭宣。恪誦闡繹，萬方規圓。度義履仁，法備道全。酌經裁典，動直靜專。鑠懿隆茂，源溯流沿。鑰鐍扃啓，愆忘祛蠲。絡軒網燧，農駢慮肩。廓創兼守，授受璽傳。託付人得，唐虞際連。博廣洴澼，憶萬歲年。奎藻焕炳，曙霞覲覿。題籤志標，收藏寶墨。批摺覽牘，銘鐫箴刻。齊巘絢霄，繪絺潤飾。稽攷訂證，梳爬辨析。迷指訛解，斬藤芟棘。賫亡續遺，羽書翼籍。躋墳躪索，館開修敕。西鰈東鶼，金鑄石泐。蹊徑從覓，輯搜必力。雞林增價，鴻談破的。圭臬表準，儒師式則。犀判混淆，路導軫軾。蹄輪追逐，屈南敷北。隄防邪説，剖別白黑。萋菶藹吉，毫素赫赩。藜懸璧聚，潔澄竇塞。鎞刮目張，甕陋醯㵍。畦町擺脱，落刊組織。倪端識認，朗鑒卓特。學講範疇，襟羅海鏡。渥沛絲綸，治尊孔孟。沃啓朕心，緝光彌性。沐膏外飫，濬哲内映。俗易宇謐，位乘居正。浴澡新盤，宵旰勤政。矚察逖隱，興剔利病。育愛黎赤，噢咻兆姓。礐瑱儷徽，姚姒媲盛。鞫謀營抱，動華偕併。族睦瓜綿，崧岳稱慶。福禔臣庶，津涯涵泳。黄幄御門，件案辦徧。廊巖暇豫，槐列召見。

王侯貝輔，公貳臺諫。鏘鏗鳴佩，翰詹俊彥。疆封督提，尹牧州縣。倉漕鹽鹺，邊吏伍弁。詳到詢訪，陳對閣殿。臧否注銓，調遷差遣。襄贊猷爲，綜核諳練。綱整紀飭，殷域禹甸。霶霈報驛，耕桑省諺。粱稻糶平，琲珠賣賤。瑺丁銅鈴，浮沈漏箭。劻勷懋慔，推施擇選。搖筆握鈐，廟運戎韜。苗頑洋匪，潢池嘯號。飆舉霆奮，掃霾捲濤。招旟揭櫜，剸鯨斷鼇。銷兵鎔鐻，買犢沽刀。徭撤庸酬，馬放豕牢。漂板淩涿，邁亳駕陶。劭朂卒旅，閱射親操。驍勇鼓勵，馳驟鄂褒。囂諠冰嬉，簡校樞曹。驕狐猛虎，狩獵弓弢。燋藪燎原，澗血叢毛。嶢岹峻坂，按轡鞬櫜。帥將權輿，森嚴仗衛。騎赴雷奔，温容霜霽。闕邃縈想，盈虛均劑。冀青賑災，寰瀛寵惠。肆赦減等，宿逋免税。貤贈誥軸，廕逮嗣系。泌衡憙欣，科疊應製。秘笈竚披，柳染衣曳。示旌閭楔，節婦悌弟。緻密綏暢，恩覃陬澨。漬滋汪濊，溥沾巨細。支卯干己，帝誕樂胥。鼇祝埏垓，輻湊塗衢。逵轃軌附，九寓响愉。倕鐘炎磬，昌菹發魚。芝房醴泉，蒿室翣廚。尼榼湯鼎，堯羹舜䕸。夷掌夔命，簪笏紛趨。墀侍臯稷，詞振瓊琚。離鞮任昧，職貢爭娛。熹聯弧角，極當斗車。巍峩呼嵩，覆載同謨。詩獻擊壤，敬仰蓬壺。

第七節　尺　牘

余子闓曰『迴文尺牘，此㖦子創格也，展開卷讀之，洵有天孫織錦之妙』。罕見，僅寫心集、寫心二集載明清人作品十一篇。

與張履安迴文

陳　枚

別離興感，雲朶下頒，維時屋梁落月之思，時覺戀戀夢也。遐思故人，黛遠峰青，天寒渚碧，正嶺桂花開，手攜長兄同往湖西，憶今地北天南，爾我深情，腸迴九轉，玉露金風，居起珍重。

第八節　對聯

劉放中山詩話：『王丞相云，馬子山騎山子馬（馬給事字子山；穆王八駿，有山子馬之名）。久之，人對曰，錢衡水盜水衡錢（錢某爲衡水令）』。此爲回文入對之始。晚近著名之回文聯，莫過於『客上天然居，居然天上客』，其下聯有『人過大佛寺，寺佛大過人』，『人中柳如是，是如柳中人』，『郎中王若儼，儼若王中郎』（王爲北京醫生；中郎，官名）等。雖應徵者衆多，但銖兩悉稱，渾然天成，迄今未見。不過，有些叠字聯，回讀倒也自如，例西湖天下景亭聯：『水水山山，處處明明秀秀；晴晴雨雨，時時好好奇奇』。西湖花神廟聯：『翠翠紅紅，處處鶯鶯燕燕；風風雨雨，年年暮暮朝朝』。上海豫園萬花樓聯：『鶯鶯燕燕，翠翠紅紅，處處融融洽洽；風風雨雨，花花草草，年年暮暮朝朝』。還有別具諧趣之回文聯，在此略舉一二。如『畫上荷花和尚畫，書臨漢帖翰林書』，順讀逆讀其音相同；『佛山香供香山佛，翁源乳養乳源翁』，內嵌廣東佛山、香山、翁源、乳源四地縣名；『山空罩霧松堤曲，浦遠籠烟柳徑前』，上下聯字，也可交錯讀成『山遠罩烟松徑曲，浦空籠霧柳堤前』。又如『畫家，畫國畫，國畫家畫；書聖，書草書，草書聖書』，書聖指東晉王羲之，草書聖指東漢張芝。

聯

愛新覺羅·溥儒

雲邊月影沙邊雁，水外天光山外村。
落月寒宫梅映雪，清波遠岸柳生煙。

第九節　隱語

會心居士評註燈虎辨類謂，閩中張超南蟹蘆開創此格，面以『攻城爲下，攻心爲上』射四書句『孟之反不伐』（按底句順逆讀之，即爲『孟之反不伐，伐不反之孟』，成爲兩句，各係一事，上句之反不伐，指攻城爲下言，下句之伐不反，指攻心爲上言，因本事中有『南人不復反矣』一語，恰好爲不反二字之根）。鄭雪耘以題面『互展邦族』（語見聊齋）射四書句『居吾語女』，順逆讀之，各具對方語氣。

華彬蘭湄幻墨有七絶二首詩謎，一句一義，兩句合成一物，共隱八藥名。

雜詩

華　彬

丹染霞光春樹晴紅花嬌吹破曉風輕花難爲植得留嘉種核看柳垂隄長並名桃

蕭蕭夜績載更深麻菊吐香濃色比金黃腰細舞花尋蝶伴蜂調和味就釀岩陰蜜

隱：紅花、核桃、麻黃、蜂蜜

迴文

陰岩釀就味和調蜜伴蝶尋花舞細腰蜂金比色濃香吐菊黃深更載績夜蕭蕭麻

名並長隄垂柳看桃種嘉留得植爲難核輕風曉破吹嬌芷花晴樹春光霞染丹紅

隱：蜜蜂、黃麻、桃核、花紅

第二章　形式

回文之形式，多種多樣，有首尾回環、反覆體、逐句轉換、倒句回環、轉尾連環（轉尾減字連環）、當句回環、通貫回文。

第一節　首尾回環

此爲回文之基本形式，即通常所謂『一順一倒』也。

王西樵士禄曰：『菩薩蠻迴文有二體，有首尾回環者，如丘瓊山秋思，湯臨川織錦是也』（徐釚詞苑叢談卷一體製）。

和湘東王後園

蕭綱

枝雲間石峯，脉水浸山岸。池清戲鵠聚，樹秋飛葉散。

回文

散葉飛秋樹，聚鵠戲清池。岸山浸水脉，峯石間雲枝。

漁舟

麗北海

溪柳西隄繫釣舟，柳西隄繫釣舟浮。西隄繫釣舟浮水，隄繫釣舟浮水流。

回文

流水浮舟釣繫隄，水浮舟釣繫隄西。浮舟釣繫隄西柳，舟釣繫隄西柳溪。

浣溪沙　春閨迴文

董元愷

鶯語聽殘春院晴，屏雲倚共晚寒凝，黛痕愁人遠峯青。庭滿落花香寂寂，聲和玉漏夜清清，輕紅拂夢曉來醒。

回文

醒來曉夢拂紅輕，清清夜漏玉和聲，寂寂香花落滿庭。　青峯遠入愁痕黛，凝寒晚共倚雲屏，晴院春殘聽語鶯。

菩薩蠻迴文秋思有序

丘　濬

予幼時嘗讀朱文公劉靜脩文集，俱有菩薩蠻詞，惜其隨句倒讀，不免意復，不如至尾讀迴爲妙。已曾以村居爲題作一闋矣，後失稿，閑中復戲作此云。

紗窗碧透橫斜影，月光寒處空幃冷。香炷細燒檀，沉沉正夜闌。　更深方困睡，倦極生愁思。含情感寂寥，何處別魂銷。

回文

銷魂別處何寥寂，感情含思愁生極。倦睡困方深，更闌夜正沉。　沉檀燒細炷，香冷幃空處。寒光月影斜，橫透碧窗紗。

第二節　反覆體（玉連環）

皮日休雜體詩序：『晉傅咸有迴文反覆詩二首，云反覆其文者，以示憂心展轉也，悠悠遠邁獨煢煢是也，由是反覆興焉。』詩體明辨引詩苑：『迴文、反覆，舊本二體，止兩韻者，謂之迴文，舉一字皆成讀者，謂之反覆，則蘇氏詩正反覆體也，後人所作，直可謂迴文耳。以今合而爲一，故並列之』。嚴羽滄浪詩話有反覆體，原注曰『舉一字而誦皆成句，無不押韻，反覆成文也，李公詩格有此二十字』。按傅咸所作二首及李公詩格均佚，無可考。明周叙詩學梯航謂『宋人多作』，梁橋冰川詩式舉錢惟治春日登大悲閣詩爲反覆體例。

反覆體者，舉一字而誦皆成句，字字可起，順逆可讀，即古玉連環也。多見於銘文，詩、間或有之。以八字、二十字爲主，其中長者有蘇氏璇璣瑞鏡銘（九十六字）、金雲門擬趙陽臺回文詩（一百五十二字）。

也有舉一句而反覆成誦者，似玉連環然。

八字銘文，迴作四言二句十六首，間或迴作五言二句十六首。如：

紗扇銘

蕭綱

風霜照月空光曜發

風霜照月，空光曜發。　　發曜光空，月照霜風。
霜照月空，光曜發風。　　風發曜光，空月照霜。
照月空光，曜發風霜。　　霜風發曜，光空月照。
月空光曜，發風霜照。　　照霜風發，曜光空月。
空光曜發，風霜照月。　　月照霜風，發曜光空。

光曜發風，霜照月空。空月照霜，風發曜光。
曜發風霜，照月空光。光空月照，霜風發曜。
發風霜照，月空光曜。曜光空月，照霜風發。
風霜照月空，空光曜發風。風發曜光空，空月照霜風。
霜照月空光，光曜發風霜。霜風發曜光，光空月照霜。
照月空光曜，曜發風霜照。照霜風發曜，曜光空月照。
月空光曜發，發風霜照月。月照霜風發，發曜光空月。
空光曜發風，風霜照月空。空月照霜風，風發曜光空。
光曜發風霜，霜照月空光。光空月照霜，霜風發曜光。
曜發風霜照，照月空光曜。曜光空月照，照霜風發曜。
發風霜照月，月空光曜發。發曜光空月，月照霜風發。

二十字，五言四句順回四十首。如：

春日登大悲閣

錢惟治

碧天臨迴閣晴雪點山屏夕煙侵冷箔明月斂閒亭

碧天臨迴閣，晴雪點山屏。夕煙侵冷箔，明月斂閒亭。

天臨迴閣晴，雪點山屏夕。煙侵冷箔明，月斂閒亭碧。
臨迴閣晴雪，點山屏夕煙。侵冷箔明月，斂閒亭碧天。
迴閣晴雪點，山屏夕煙侵。冷箔明月斂，閒亭碧天臨。
閣晴雪點山，屏夕煙侵冷。箔明月斂閒，亭碧天臨迴。
晴雪點山屏，夕煙侵冷箔。明月斂閒亭，碧天臨迴閣。
雪點山屏夕，煙侵冷箔明。月斂閒亭碧，天臨迴閣晴。
點山屏夕煙，侵冷箔明月。斂閒亭碧天，臨迴閣晴雪。
山屏夕煙侵，冷箔明月斂。閒亭碧天臨，迴閣晴雪點。
屏夕煙侵冷，箔明月斂閒。亭碧天臨迴，閣晴雪點山。
夕煙侵冷箔，明月斂閒亭。碧天臨迴閣，晴雪點山屏。
煙侵冷箔明，月斂閒亭碧。天臨迴閣晴，雪點山屏夕。
侵冷箔明月，斂閒亭碧天。臨迴閣晴雪，點山屏夕煙。
冷箔明月斂，閒亭碧天臨。迴閣晴雪點，山屏夕煙侵。
箔明月斂閒，亭碧天臨迴。閣晴雪點山，屏夕煙侵冷。
明月斂閒亭，碧天臨迴閣。晴雪點山屏，夕煙侵冷箔。
月斂閒亭碧，天臨迴閣晴。雪點山屏夕，煙侵冷箔明。

斂閒亭碧天，臨迴閣晴雪。點山屏夕煙，侵冷箔明月。
閒亭碧天臨，迴閣晴雪點。山屏夕煙侵，冷箔明月斂。
亭碧天臨迴，閣晴雪點山。屏夕煙侵冷，箔明月斂閒。
亭閒斂月明，箔冷侵煙夕。屏山點雪晴，閣迴臨天碧。
閒斂月明箔，冷侵煙夕屏。山點雪晴閣，迴臨天碧亭。
斂月明箔冷，侵煙夕屏山。點雪晴閣迴，臨天碧亭閒。
月明箔冷侵，煙夕屏山點。雪晴閣迴臨，天碧亭閒斂。
明箔冷侵煙，夕屏山點雪。晴閣迴臨天，碧亭閒斂月。
箔冷侵煙夕，屏山點雪晴。閣迴臨天碧，亭閒斂月明。
冷侵煙夕屏，山點雪晴閣。迴臨天碧亭，閒斂月明箔。
侵煙夕屏山，點雪晴閣迴。臨天碧亭閒，斂月明箔冷。
煙夕屏山點，雪晴閣迴臨。天碧亭閒斂，月明箔冷侵。
夕屏山點雪，晴閣迴臨天。碧亭閒斂月，明箔冷侵煙。
屏山點雪晴，閣迴臨天碧。亭閒斂月明，箔冷侵煙夕。
山點雪晴閣，迴臨天碧亭。閒斂月明箔，冷侵煙夕屏。
點雪晴閣迴，臨天碧亭閒。斂月明箔冷，侵煙夕屏山。

雪晴閣迴臨，天碧亭閒斂。月明篛冷侵，煙夕屏山點。
晴閣迴臨天，碧亭閒斂月。明篛冷侵煙，夕屏山點雪。
閣迴臨天碧，亭閒斂月明。篛冷侵煙夕，屏山點雪晴。
迴臨天碧亭，閒斂月明篛。冷侵煙夕屏，山點雪晴閣。
臨天碧亭閒，斂月明篛冷。侵煙夕屏山，點雪晴閣迴。
天碧亭閒斂，月明篛冷侵。煙夕屏山點，雪晴閣迴臨。
碧亭閒斂月，明篛冷侵煙。夕屏山點雪，晴閣迴臨天。

還有三言四句、六言四句、七言四句（石幢回文），七言三句（菱鏡銘），四言二十四句（璇璣瑞鏡銘），四言三十八句（擬趙陽臺回文詩），倣此。

舉一句而反覆成誦，句句可起，順逆可讀，如汪廷訥幽居吟，五言四句，順回八首。

幽居吟

汪廷訥

亭幽在隱意，意解自鷗汀。汀石繡苔翠，翠煙湖上亭。
意解自鷗汀，汀石繡苔翠。翠煙湖上亭，亭幽在隱意。
汀石繡苔翠，翠煙湖上亭。亭幽在隱意，意解自鷗汀。
翠煙湖上亭，亭幽在隱意。意解自鷗汀，汀石繡苔翠。
亭上湖煙翠，翠苔繡石汀。汀鷗自解意，意隱在幽亭。

翠苔繡石汀，汀鷗自解意。意隱在幽亭，亭上湖煙翠。
汀鷗自解意，意隱在幽亭。亭上湖煙翠，翠苔繡石汀。
意隱在幽亭，亭上湖煙翠。翠苔繡石汀，汀鷗自解意。

第三節　逐句轉換

多用於菩薩蠻詞。梁橋冰川詩式卷二，謂『此體每句隨回，與全篇自尾句回至首句體不同』，『愚意絶句、律詩、古詩亦效此體爲之，但未之前聞，不敢妄擬』。

（一）五言四句

秋風敗葉隨句回文　　陳佐才

風兼雨半夜，夜半雨兼風。空枝樹落葉，葉落樹枝空。

（二）五言八句

本句迴文　　張　棨

煙捲暮愁牽，牽愁暮捲煙。天遥接遠樹，樹遠接遥天。眠短驚殘夢，夢殘驚短眠。前
春憶歲晚，晚歲憶春前。

（三）五言十六句

八音逐句回文

張　潮

金摐聽好音，音好聽摐金。石磬懸空室，室空懸磬石。絲操指下遲，遲下指操絲。竹映山多絲，絲多山映竹。匏繫似官曹，曹官似繫匏。土位居中五，五中居位土。革履雙飛舄，舄飛雙履革。木魚敲斷續，續斷敲魚木。

（四）七言四句

迴文詩

朱文娟

懊儂歌罷春花曉，曉花春罷歌儂懊。小樓江雨夜歸人，人歸夜雨江樓小。

（五）五七言歌

金真歌 一句重讀回文

汪廷訥

園林慕靜避塵喧，喧塵避靜慕林園。軒庭坐對欲忘言，言忘欲對坐庭軒。猿心縛却出籬藩，藩籬出却縛心猿。竹鳳鳴靈谷，谷靈鳴鳳竹。山青送色日開顔，顔開日色送青山。霧烟斂時見霞吐，吐霞見時斂烟霧。龍游任虎伏中宫，宫中伏虎任游龍。融融暖徹透霓虹，虹霓透徹暖融融。先機得理玄，玄理得機先。黑白扮來調紫色，色紫調來分白黑。碁局樂清時，時清樂局碁。

（六）醉公子

春莫迴文

龔勝玉

砌烟如草細，細草如烟砌。紅落捲簾風，風簾捲落紅。恨埋花艷冷，冷艷花埋恨。春日幾時晴，晴時幾日春。

（七）菩薩蠻（重叠金）

鄒祇謨遠志齋詞衷云：『詞有檃括體、有迴文體。迴文之就句迴者，自東坡晦庵始也。其通體迴者，自義仍始也』。王西樵士祿曰：『菩薩蠻迴文有二體，有首尾迴環者，如丘瓊山秋思、湯臨川織錦是也；有逐句轉換者，如蘇子瞻閨思、王元美別思是也，然逐句難于通首』（徐釚詞苑叢談卷一體製）。案逐句轉換亦是劉攽首造，非自東坡晦庵始也。菩薩蠻回文除首尾回環，逐句轉換兩式外，還有倒句回環。

閨怨

蘇軾

翠鬢斜幔雲垂耳，耳垂雲幔斜鬢翠。春曉睡昏昏，昏昏睡曉春。細花梨雪墜，墜雪梨花細。顰淺念誰人，人誰念淺顰。

中州樂府：李晏回文菩薩蠻詞『斷腸人去春將半。歸客倦花飛。小窗寒夢曉。誰與畫愁眉』。徐本立詞律拾遺卷一云：『調本四十四字，此單調，尚有王庭筠等數首，非脱誤也』。其實，此是省文，菩薩蠻從未有過單調，而此詞應讀成，『斷腸人去春將半，半將春去人腸斷。歸客倦花飛，飛花倦客歸。小窗寒夢曉，曉夢寒窗小。誰與畫愁眉，眉愁畫與誰』才對。又如樂府群珠卷四，仲龍子老更狂迴文普天樂・自況，省作『竹敲風。虛簷轉月。素秋天爽氣新。疏花菊老含清露。梧庭瘦影，梧庭瘦影，影瘦庭梧。』而普天樂全曲爲『竹敲風，風敲竹。虛簷轉月，月轉簷虛。素秋天爽氣新，新氣爽天秋素。疏花菊老含清露，露清含老菊花疏。梧庭瘦影，梧庭瘦影，影瘦庭梧』。

（八）迴文普天樂

題情　仲龍子

皺眉愁。憂多喜少。袖衫長淹淚珠。酒病花愁容顏瘦。樓空鎖燕，樓空鎖燕，燕鎖空樓。

皺眉愁，愁眉皺。憂多喜少，少喜多憂。袖衫長淹淚珠，珠淚淹長衫袖。酒病花愁容顏瘦，瘦顏容愁花病酒。樓空鎖燕，樓空鎖燕，燕鎖空樓。

（九）雁兒落

鴈兒落

失名

恨多情過一春，春一過情多恨。悶無心我負人，人負我心無悶。真成假，假成真。恩生害，害生恩。人幾有清閑論，論閑清有幾人。辛勤、貧不富時交運，勤辛、運交時富不貧。

第四節　倒句回環

每句或每兩句依次顛倒迴成另一首，也有又可首尾回環讀者。

（一）五言四句

五絶

李調元

岸柳含烟曉，殘月落天高。宦游悲夢遠，帆歸待漲潮。

回文

曉烟含柳岸，高天落月殘。遠夢悲游宦，潮漲待歸帆。

（二）五言八句

病起新晴

華雲

觴咏自軒東，墻低映日紅。半秋惟落葉，長夜猶鳴蟲。雨細波紋碎，香消篆縷空。鬢霜驚我老，傷感爲詩窮。

回文

東軒自咏觴，紅日映低墻。葉落惟秋半，蟲鳴猶夜長。碎紋波細雨，空縷篆消香。老我驚霜鬢，窮詩爲感傷。

（三）七言四句

時事感言

鳳齊

塵烟掃盡攪霆雷，民國新成竟日來。應響全聞一起義，人家幾遍笑顔開。

回文

雷霆攪盡掃烟塵，來日竟成新國民。義起一聞全響應，開顔笑遍幾家人。

（四）七言八句

無題　樊增祥

欄曲繞花千種思，箋頭雁與寄情詞。水飄葉葉紅如錦，煙鎖山山翠似眉。藕白同心將我許，蓮紅蓄意有誰知。鏡菱如月佳人照，圓夢綺窗秋詠詩。

回文

思種千花繞曲欄，詞情寄與雁頭箋。錦如紅葉葉飄水，眉似翠山山鎖煙。許我將心同白藕，知誰有意蓄紅蓮。照人佳月如菱鏡，詩詠秋窗綺夢圓。

（五）七言一百句

迴文閨詞一百韻　易佩紳

（文長不錄，見第一章第二節）

（六）浣溪沙

張德瀛詞徵卷一：『迴文有二體，有逐句迴環者，晁次膺菩薩蠻是也，有通體迴環者，吳禮之西江月是也。毛大可浣溪沙和任二王俌迴環韻，以下一首迴前，未詳所本』。

浣溪沙 和任二王傰迴環韻

毛奇齡

陰柳垂庭山枕斜，禽鳴自上檻邊花，深屏午夢隔牕紗。甆啟氷牙蛆瀉酒，襟披雪眼蟹瀠茶，臨粧晚掃淡黃鴉。

回文

斜枕山庭垂柳陰，花邊檻上自鳴禽，紗牕隔夢午屏深。酒瀉蛆牙氷啟甆，茶瀠蟹眼雪披襟，鴉黃淡掃晚粧臨。

初夏晚坐

章　雋

綠樹千村暮鳥飛，青山萬壑夜猿啼，輕風度柳拂前溪。平浪碧波浮淡月，情孤逗影落花籬，屏巒滴翠野雲移。

回文

月淡浮波碧浪平，籬花落影逗孤情，移雲野翠滴巒屏。飛鳥暮村千樹綠，啼猿夜壑萬山青，溪前拂柳度風輕。

（七）後庭花

秋日閨情　　甘國基

洌風秋冷衾如鐵，怯心寒徹。熱魂香夢驚離別，月明情結。鐵如衾冷秋風洌，徹寒心怯。別離驚夢香魂熱，結情明月。

（八）玉樓春

玉樓春　　樊增祥

蝶衣金瘦花房粉，雪燕雙雕釵玉冷。霜情薄怨素心蘭，月恨無如圓靨杏。疊箋秋雁傳書錦，葉墮疏桐金蝕井。人中畫字寫罏灰，白露秋期歸信準。

回文

粉房花瘦金衣蝶，冷玉釵雕雙燕雪。蘭心素怨薄情霜，杏靨圓如無恨月。錦書傳雁秋箋疊，井蝕金桐疏墮葉。灰罏寫字畫中人，準信歸期秋露白。

（九）七言四句

連環迴文　　陳　敬

陽和天氣百花香，香爇金爐清晝長。長惜花飛春欲暮，暮烟芳草黯斜陽。

回文

長晝清爐金爇香，香花百氣天和陽。陽斜黯草芳烟暮，暮欲春飛花惜長。

（十）菩薩蠻

回文秋閨　　徐基

月明山上歌聲竭，鬱懷悲困秋飛葉。清怨訴長更，旌飄酒望盈。壁蒼横露白，客泛來江適。天上盡成仙，焉知我不然。

回文

葉飛秋困悲懷鬱，竭聲歌上山明月。盈望酒飄旌，更長訴怨清。適江來泛客，白露横蒼壁。然不我知焉，仙成盡上天。

（十一）減字木蘭花

迴文和嘯筠　　潘曾瑋

同心合意，紅曆醉窺春鏡倚。意合心同，喜並花枝一笑濃。心同意合，尋夢香衾鴛枕怯。合意同心，蠟淚銷殘翠閣深。

回文

心同意合，深閣翠殘銷淚蠟。合意同心，怯枕鴛衾香夢尋。同心合意，濃笑一枝花並喜。意合心同，倚鏡春窺醉靨紅。

第五節　轉尾回環、轉尾減字回環

轉尾回環和轉尾減字回環，皆爲古體之一，亦稱連理文。前者一十六字，脱卸讀，順回七絶二首；後者因其僅十字，又曰十字回文，七絶一首，爲前者之半，簡稱轉減。

春詞　　失　名

春晴喜鵲噪前津柳媚新花戀蝶去來頻

春晴喜鵲噪前津，鵲噪前津柳媚新。津柳媚新花戀蝶，新花戀蝶去來頻。
頻來去蝶戀花新，蝶戀花新媚柳津。新媚柳津前噪鵲，津前噪鵲喜晴春。

春景　　沈瓊蓮

花枝弄影罩窗紗映日斜

花枝弄影罩窗紗，影罩窗紗映日斜。斜日映紗窗罩影，紗窗罩影弄枝花。

第六節　當句回環

當句回環謂於句之半而迴讀也，亦有兼首尾回環者，曰雙迴文。僅見諸七言，作者殊少。

（一）七言八句

幽齋夏日

萬樹

幽居野勝野居幽，留客多情多客留。鶴似人閒人似鶴，鷗如意靜意如鷗。徑雲停曉停雲徑，樓月明空明月樓。話久忘機忘久話，遊仙枕上枕仙遊。

（二）浣溪沙

浣溪沙迴文

匡紹儀

眉上愁多愁上眉，歸來燕子燕來歸，飛花落水落花飛。柳暗樓高樓暗柳，輝光月出月光輝，誰憐我瘦我憐誰。

（三）七言四句

回文

失名

處處飛花飛處處，潺潺碧水碧潺潺。樹中雲接雲中樹，山外樓遮樓外山。

山外樓遮樓外山，樹中雲接雲中樹。潺潺碧水碧潺潺，處處飛花飛處處。

（四）七言八句

蔣冕瓊臺詩話卷上云：『又聞先生少年曾以村居爲題作菩薩蠻詞一闋，今藁中不存矣，他日作回文詩，兩讀字意不別，詩與此詞，皆古人所未嘗有』。

回文

丘　濬

妾憶君兮君憶妾，心同志也志同心。月隨星處星隨月，林滿風時風滿林。雪似梅花梅似雪，金如柳色柳如金。别懷久後久懷别，音信傳來傳信音。

音信傳來傳信音，别懷久後久懷别。金如柳色柳如金，雪似梅花梅似雪。林滿風時風滿林，月隨星處星隨月。心同志也志同心，妾憶君兮君憶妾。

第七節　通貫迴文

鄒祇謨遠志齋詞衷云：『近來公𪢮、文友有一首迴作兩調者，文人慧筆，此中故有三昧，匪徒乞靈寶家餘巧也』。按通貫迴文有三類：（一）如宋庠、徐基以五言，用離合借字迴作七言；（二）如王錫、張芬、黄濬、張鴻卓、汪子淦、朱燾以七言律詩迴作虞美人詞，有人稱爲『詩詞合璧』；（三）如董以寧、毛重倬以一調迴作他調者。蘗園詞變一卷，其數之多，千古無出其右。

（一）五絶—七絶

如宋庠寄范仲淹詩，五絶迴作七絶，而五、七絶又順回各兩首。陳元靚事林廣記後集卷七藏頭迴文拆字詩云：『花字藏頭，雙呼三喚，五七成章，左右通貫』，『古有藏頭拆字體，又有藏頭迴文體，是作也超異乎二體之上』。

寄范希文

宋　庠

花開近翠微，槁荻露灘磯。沙平接野闊，麻亂聚螢飛。
飛螢聚亂麻，闊野接平沙。磯灘露荻槁，微翠近開花。

七言

艸化飛螢聚亂麻，广林野闊接平沙。少水磯灘露荻槁，木高微翠近開花。
花開近翠微高木，槁荻露灘磯水少。沙平接闊野林广，麻亂聚螢飛化艸。

（二）七律—虞美人

寄懷素窗陸姊

張　芬

明窗半掩一庭幽，夜盡燈殘不得留。風冷結陰寒落葉，別離長望倚高樓。遲遲月影移斜竹，疊疊詩餘賦旅愁。將欲斷腸隨夢斷，雁飛連陣幾聲秋。

回文調寄虞美人

秋聲幾陣連飛雁，斷夢隨腸斷。欲將愁旅賦餘詩，疊疊竹斜移影月遲遲。　樓高倚望長離别，葉落寒陰結。冷風留得不殘燈，盡夜幽庭一掩半窗明。

虞美人

朱　壽

此調可作迴文，前人多有爲之者，余亦曾作一闋。近見汪君子濬元浩又以此調寓七律一首，歎其工巧，因思詩詞合作迴文，昔所未見。雨窗病起，戲爲賦此，拈合頗費心裁，痕迹仍多未化也。

孤樓綺夢寒鐙隔，細雨梧窗逼。冷風珠露撲釵蟲，絡索玉鐶圍鬢鳳玲瓏。　膚凝薄粉殘妝悄，影對疎闌小。院空蕪綠引香濃，冉冉近黄昏月映簾紅。

回文

紅簾映月昏黄近，冉冉濃香引。綠蕪空院小闌疎，對影悄妝殘粉薄凝膚。　瓏玲鳳鬢圍鐶玉，索絡蟲釵撲。露珠風冷逼窗梧，雨細隔鐙寒夢綺樓孤。

七律

孤樓綺夢寒鐙隔，細雨梧窗逼冷風。珠露撲釵蟲絡索，玉鐶圍鬢鳳玲瓏。膚凝薄粉殘妝悄，影對疎闌小院空。蕪緣引香濃冉冉，近黄昏月映簾紅。

回文

紅簾映月昏黄近，冉冉濃香引緣蕪。空院小闌疎對影，悄妝殘粉薄凝膚。瓏玲鳳鬢圍鐶玉，索絡蟲釵撲露珠。風冷逼窗梧雨細，隔鐙寒夢綺樓孤。

上虞美人詞順回二闋，七言律詩順回二首。順讀倒讀均通順流暢，詩意盎然，而且都符合詩律和詞律之規則。馮錦諸漫談七律回文之遞變及七律兼虞美人詞回文寫法説，張芬寄懷素窗陸姊『詩詞一體，别開生面，真匪夷所思』，『清代朱杏蓀曾作七律一首，可順讀成詩，逆讀成回文，同時又可順讀成虞美人詞，逆讀成虞美人回文。一詩四讀，自出心裁，妙絶古今，當更不可思議者也』，『四讀一首，詩中有詞，詞中有詩，平仄韻脚，時露時藏，語句時長時短，蔚爲奇觀，真個妙絶天下矣』。

（三）七律—虞美人—五律

七律又一詩八讀。寓虞美人調外，每句去前兩字或後兩字，也成五律二首。

奉酬蔡老麗水遷新厦八合回文慶古稀征詩

馮錦諸

從心得意誰年老，運幸逢時早福臻。慵放極閑人自樂，適舒長壽耄同倫。松林密霧迷茫渺，柳岸穠花俏貴珍。濃誼客鄰親就近，宅移初寓好居新。

回文

新居好寓初移宅，近就親鄰客誼濃。珍貴俏花穠岸柳，渺茫迷霧密林松。倫同耄壽長舒適，樂自人閑極放慵。臻福早時逢幸運，老年誰意得心從。

虞美人

從心得意誰年老，運幸逢時早。福臻慵放極閑人，自樂適舒長壽耄同倫。松林密霧迷茫渺，柳岸穠花俏。貴珍濃誼客鄰親，就近宅移初寓好居新。

回文

新居好寓初移宅，近就親鄰客。誼濃珍貴俏花穠，岸柳渺茫迷霧密林松。倫同耄壽長舒適，樂自人閑極。放慵臻福早時逢，幸運老年誰意得心從。

五律

得意誰年老，逢時早福臻。極閑人自樂，長壽耄同倫。密霧迷茫渺，穠花俏貴珍。客鄰親就近，初寓好居新。

回文

新居好寓初，近就親鄰客。珍貴俏花穠，渺茫迷霧密。倫同耄壽長，樂自人閑極。臻福早時逢，老年誰意得。

又五律

從心得意誰，運幸逢時早。慵放極閑人，適舒長壽耄。松林密霧迷，柳岸穠花俏。濃誼客鄰親，宅移初寓好。

回文

好寓初移宅，親鄰客誼濃。俏花穠岸柳，迷霧密林松。耄壽長舒適，人閑極放慵。早時逢幸運，誰意得心從。

（四）赤棗子——漁父

赤棗子　丁澎

霜初搗，淚雙垂，暗傷鸞鏡換粧時。長秋閉月花樓小，黃葉楓庭空鴈歸。

漁父

歸鴈空庭楓葉黃，小樓花月閉秋長。時粧換，鏡鸞傷，暗垂雙淚搗初霜。

（五）楊柳枝—阿那曲

楊柳枝　　丁　澍

地窣裙拖綠草芳，行人賺得印泥香。縷金歌罷紅顔笑，倚倦屏山春恨長。

阿那曲

長恨春山屏倦倚，笑顔紅罷歌金縷。香泥印得賺人行，芳草綠拖裙窣地。

（六）南鄉子第一體—竹枝

南鄉子第一體　　丁　澍

梧碧吹樓，粧凝移恨上眉頭。心事何如相憶切，愁離別，疎影花簾遮淡月。

竹枝

月淡遮簾花影疎，别離愁切憶相如。何事心頭眉上恨，移凝[去聲]粧樓吹碧梧。

（七）南鄉子——天淨沙

保其壽

南鄉子閨夜

沉沉巷永，斜月影留窓竹靜。栖鴉睡久夜砧催，冷香閨，蘭衾孤煞惱人懷。

天淨沙

懷人惱煞孤衾，蘭閨香冷催砧。夜久睡鴉栖靜，竹窓留影，月斜永巷沉沉。

（八）風流子——天仙子

丁澎

風流子

曉鏡妝開紅蓼，小鳥弄枝巧笑。含桃露，㵽芳叢，夜夜燒香心悄。月柔，風杳，環佩雲歸碧島。

天仙子

島碧歸雲佩環杳，風柔月悄心香燒，夜夜叢芳㵽露桃。含笑巧，枝弄鳥，小蓼紅開妝鏡曉。

（九）望梅花—調笑令

望梅花

丁　澎

懶病簾垂罷捲，半過春宵愁短。慣喚交鶯啼送晚，斷夢幽花落滿。徑遠吹香嬌露面，見燕樓西婉戀。

調笑令

戀婉，西樓燕，見面露嬌香吹（去聲）遠。徑滿落花幽夢斷，晚送啼鶯交喚。慣短愁宵春過半，捲罷垂簾病懶。

（十）生查子—太平時

生查子

丁　澎

人歸未春殘，送燕雙江淥。魂銷正捲簾，湘雨吹牕竹。裙襴試痕多，幾處垂紅玉。君愁欲聞箏，夜盡消銀燭。

太平時

燭銀消盡夜箏聞，欲愁君。玉紅垂處幾多痕，試襴裙。竹牕吹雨湘簾捲，正銷魂。

淥江雙燕送殘春，未歸人。

（十一）胡蝶兒—醉公子

胡蝶兒　丁　澎

樓上愁，雙燕柔。草萋庭滿下簾勾，倚倦罷梳頭。早起弓鞵窄，怯行紅露稠。來朝送夢隨天遠，空閨寒怕秋。

醉公子

秋怕寒閨空仄叶遠天隨夢送。朝來稠露紅，行怯窄鞋弓。起早頭梳罷，倦倚勾簾下。滿庭萋草柔，燕雙愁上樓。

（十二）歸國遥—霜天曉角

歸國遥　丁　澎

碧雲暮，遠天楓赤吹寒雨。帽落白衣人醉，笑客嘲能賦。逸趣抒來誰與，挹香迷霧。取問隔溪芳樹，野色秋盈路。

霜天曉角

落帽雨寒吹赤，楓山遠，暮雲碧。路盈秋色，野樹芳溪隔。問取霧迷香挹，與誰來抒趣。逸賦能嘲客，笑醉人衣白。

（十三）減字木蘭花—卜算子

減蘭 雙調迴文詞

周葆貽

懶魂花底，酒醒夢殘斜日裏。望遠懷春，脉脉慵情蝶似人。暖風微起，睡過晝長花着雨。小囀鶯嬌，却隔深陰柳外橋。

卜詞銘，詞英昆季同作，二卜爲前清名進士嵩生先生令嗣。

卜算子

卜氏昆季居余家六年，與余三人同補博士弟子員，暇日鬬巧，戲揀詞譜，惟此調可顛倒成兩詞，餘調不能也。金丈湘生見之曰，此千古未有之聰明文字也。

橋外柳陰深，隔却嬌鶯囀。小雨着花長晝過，睡起微風暖。人似蝶情慵，脉脉春懷遠。望裏日斜殘夢醒，酒底花魂懶。

（十四）卜算子——巫山一段雲

卜算子 雪江晴月迴文　董以寧

明月淡飛瓊，陰雲薄中酒。收盡盈盈舞絮飄，點點輕鷗咒。晴浦晚風寒，青山玉骨瘦。回看亭亭雪映窗，淡淡烟垂岫。

巫山一段雲

岫垂烟淡淡，窗映雪亭亭。看回瘦骨玉山青，寒風晚浦晴。咒鷗輕點點，飄絮舞盈盈。盡收酒中薄雲陰，瓊飛淡月明。

程邨云，文友善作迴文，每於音調糾錯處見横峰側嶺之妙，此首迴成二調，更屬匪夷，然文友正不於此等處矜擅場也。

鄒袛謨曰，廻文之就句廻者，自東坡晦菴始也。其通體廻者，自義仍始也。近代張綖以一首律詩，而廻作一首填詞，董以寧、毛重倬有一首而廻作兩調者，文人慧業，曲生狡獪（沈雄古今詞話詞品卷上）。

（十五）謁金門——好事近

謁金門　丁　澎

雁無奈，書寄遠天愁倍。望極晚烟空翠黛，雙鴛吹繡帶。看取燕頭釵在，却恨離愁莫解。偷戀留情深似海，飛花和淚灑。

好事近　丁澎

灑淚和花飛，海似深情留戀。偷解莫愁離恨，却在釵頭燕。取看帶繡吹鴛雙，黛翠空烟晚。極望倍愁天遠，寄書奈無雁。

（十六）眉峰碧——玉聯環

眉峰碧　丁澎

雨夜殘春送，斷橋波影弄。時鶯新隊逐飛花，起喚蘭香入夢。露多嫌曉動，夜明華月籠。低鬟綠試小釵輕，嫵眉愁處閒簫鳳。

玉聯環

鳳簫閒處愁眉嫵，輕釵小試。綠鬟低籠月華明，夜動曉嫌多露。夢入香蘭喚起，花飛逐隊。新鶯時弄影波橋，斷送春殘夜雨。

（十七）山花子——三字令

山花子　丁澎

橫釵玉隊綺羅叢，蘭麝薰殘試粉融。初聞歌艷人何奈，墮珠紅。魂消欲斷燕樓空，屏翠分香髩影穠。留春誰倩昏黄月，透簾重。

三字令

重簾透，月黄昏，倩誰春。留穠影，髩香分。翠屏空，樓燕斷，欲消魂。紅珠墮，奈何人，艷歌聞。初融粉，試殘薰。麝蘭叢，羅綺隊，玉釵横。

（十八）賀聖朝—柳梢青

中秋謝中尊坐次賦鴛鴦體迴文正讀賀聖朝調　金汝臯

黄橙綠橘雙雙月，兩中秋應節。香浮滿斝魚饌新，芳花雨弄色。三湘南浦，雲飛鴻陣，幾聲聲塞北。裳霓羽舞殿閣生，寒觴流泛月。

回讀柳梢青調亦爲中秋作

月泛流觴，寒生閣殿，舞羽霓裳。北塞聲聲，幾陣鴻飛，雲浦南湘。山色弄雨花芳，新饌魚，斝滿浮香。節應秋中，兩月雙雙，橘綠橙黄。

（十九）四犯令—滴滴金

四犯令　丁澎

客醉調箏哀白髮，催歌新按拍。折花將勸雙樽月，江楓映，花溪隔。碧水秋聲霜瀝淅，空庭閒落葉。密烟寒繞青山寂，船歸處，啼鴉夕。隔溪花映楓江月，樽雙勸，將花折。拍按新歌催髮白，哀箏調醉客。

滴滴金

夕鴉啼處歸船寂，山青遶，寒烟密。葉落閒庭空淅瀝，霜聲秋水碧。

（二十）步蟾宫——夜行船

步蟾宫　　丁　澎

曉風簾竹吹烟細，揉酥玉，新粧粉膩。鳥愁花怨怯還扶，早鳩啼，好天晴未。小鳳留釵看欲醉，凭欄曲，袖羅輕倚。掃淡蛾尖，暗消香裊，花飛閣，茵鋪翠。

夜行船

翠鋪茵閣飛花裊，香消暗，尖蛾淡掃。倚輕羅袖曲欄凭，醉欲看釵留鳳小。未晴天好啼鳩早，扶還怯，怨花愁鳥。膩粉粧新玉酥揉，細烟吹竹簾風曉。

（二十一）瑞鷓鴣——木蘭花令

瑞鷓鴣　　丁　澎

老却人閒花夢殘，枝高惜鳥倦知還。巧竹湘屏雲弄影，小桃春帳玉生寒。少年遊泛芳樽綠，酣興詩吟苦髩斑。遶水溪青山裏屋，道安長住不開關。

木蘭花令

關開不住長安道，屋裏山青溪水遶。斑髩苦吟詩興酣，綠樽芳泛遊年少。寒生月帳春桃小，影弄雲屏湘竹巧。還知倦鳥惜高枝，殘夢花閒人却老。

第三章　聲韻

第一節　全平

古詩有一句全平，一句全仄相連成文者，如李白北上行之馬足蹶側石，車輪摧高岡；醉起之處世若大夢，胡爲勞其生是也。至全篇平聲者，始于陸龜蒙夏日詩，回文則始于梁橋。

秋日登大悲閣五平回文

梁　橋

蟠層開壯嚴，殘闌歆明蟾。干霄連雲纖，歡遊方耽淹。

秋日登大悲閣五平反覆體

晴煙籠巍檻，香風披輕旛。擎連叢飛甍，翔虹垂清軒。

苦雨戲作廻文一律用五平體　鄒志路

繁聲來寒天，濃雲棲空林。源源珠垂緣，洪洪潮浮音。翻飛歡鶖鳧，韜藏愁書琴。軒居人顔癯，如何開塵襟。

第二節　全仄

苕溪漁隱叢話引西清詩話曰：『晏元獻守汝陰，梅聖俞往見之。將行，公置酒潁河上，因言古人章句中全用平聲，製字穩貼，如枯桑吹天風是也，恨未見側字詩。聖俞既引舟，遂作五側體詩寄公云』。

秋日登大悲閣五仄回文　梁　橋

敻境何碧漢，淨刹綴古幔。迎曉裹霧亂，令甲擅美觀。

秋日登大悲閣五仄反覆體

聖境擅麗構，曉月浸垔殿。靚景絢霽岫，杪樾蔭臒院。

第三節　一句全平—句全仄

秋日登大悲閣五平五仄回文　梁　橋

蟠層開莊嚴，敻境倚碧漢。殘闌欹明蟾，淨刹綴古幔。干霄連雲纖，迎曉裹霧亂。歡遊方耽淹，令甲擅美觀。

第四節　疊韻

太平廣記卷二四六引談藪云：『梁武帝嘗作五字疊韻詩曰，後牖有朽柳。命朝士仿之。劉孝綽曰，梁王長康强。沈約曰，偏眠船舷邊。庾肩吾曰，載匕每礙埭。徐摛曰，臣昨祭禹廟，殘六斛熟鹿肉。何遜用曹瞞故事曰，暯蘇姑枯盧。吴均沈思良久，無所言。帝不悦，俄有詔云，吴均不均，何遜不遜，宜付廷尉』。此疊韻之始也。徐基十峯集卷五倣一韻疊字詩亦可回文讀，姑舉以爲例。

倣一韻疊字詩

徐　基

聽更盈明星，行旌登曾(與層同)陵。名興生能成，聲清鳴應鶯。

第五節　柏梁體

漢武帝元封三年，作柏梁臺。詔羣臣二千石有能爲七言詩，乃得上坐。帝與羣臣，共賦七言，每句用韻，後人稱爲柏梁體。案句句用韻，係七言發展初始階段之特徵，蘇蕙璇璣圖詩，便是如此。

鏡背迴文栢梁體詩十二韻

王汝璧

清虛耀魄涵圓規，晶晶寒玉胎娥羲。縈回井絡鈎尾箕，擎蓋天矩環周髀。平輪地軸圜浮杯，瀛溟吞縮蟠龍螭。精金騰冶神功施，靈符玉女丁星奇。形神闔胥含陽曦，貞心憐影雙鸞飛。纓予濯兮髮予晞，泓澄秋碧凝山眉。

第六節　間隔韻

間隔韻者，謂上下句雙用韻也。徐時棟煙嶼樓筆記卷七曰：『偶見中州集宇文叔通四序回文十二首，其第一第三句首皆諧韻是也，而第二第四句首亦皆諧韻。如春景云，短草鋪茸綠，殘梅照雪稀，暖輕還錦褥，寒峭怯羅衣。稀衣短暖外，復韻殘寒，蓋初回之衣羅怯峭寒，褥錦還輕暖，稀雪照梅殘，綠茸鋪草短。再回之則綠茸鋪草短，稀雪照梅殘，褥錦還輕暖，衣羅怯峭寒。又其第一第三句末綠褥亦諧韻，蓋回句不回字，讀之云，殘梅照雪稀，短草鋪茸綠，寒峭怯羅衣，暖輕還錦褥，然則一首化爲四首矣』。徐昂詩體釋例序曰：『又有協聲與協韻相間而兼隔韻者，劉敞雨後回文云，綠水池光冷，青苔砌色寒，竹深啼鳥亂，庭暗落花殘。冷、亂半舌音協聲，寒、殘輕鼻音協韻，回轉讀之，則庭青二韻，竹綠二韻，間隔相協，音調尤妙』。

戲爲回文體贈蓮娘鳳娘兩詞史

邱煒萲

涷月交枝柳，寒塘蘸粉蓮。洞桃留跡偶，丹雪駐顔僊。鳳彩翩先後，鸞文逐倒顛。夢涼侵佩釦，蘭蒂並娟娟。

右詩試將各句上下移易之，可得平仄均五言律多首。

文筆巷迴文讀成四首

毛　成

中林一刹開禪律，勝絶多聞時鳥啼。通印法筵初譯帙，臢菘秋院小分畦。風催雨瀑寒巖溢，磴隱松雲曉岫迷。同客有誰勞問詰，磬敲清響引橋西。

第七節　顛倒韻

詩體明辨云：『四曰顛倒韻，四句同用兩字爲韻，略如反覆詩者是也』。胡才甫按，『明辨未有詩例，不知所謂。又按梁簡文帝有詠雪一首，原注顛倒使韻，與此體頗近』。明末馬上巘詩法火傳左編卷十五顛倒韻體：『按四句同用二字爲韻，略如反覆詩者是也。梁簡文帝咏雪云，鹽飛亂蝶舞，花落飄粉奩，奩粉飄落花，舞蝶亂飛鹽』。

咏雪顛倒使韻

蕭　綱

鹽飛亂蝶舞，花落飄粉奩。奩粉飄落花，舞蝶亂飛鹽。

第八節　限韻

如余芳瑶湖居四景迴文七律四首，逆讀限春夏秋冬，順讀限琴棋書畫爲韻。

湖居四景迴文

余芳瑶

春湖一碧帶林陰，秘閣閒開帙走蟫。新笋出籬疏插影，古泉流澗冷藏音。匀匀柳絲垂絲嫩，豔豔桃紅著露深。鱗躍藻間波上下，塵心滌處枕囊琴。

夏深清枕一風幃，窗向書聲水遶籬。架擁飛花香積案，欄遮幽竹翠橫墀。嗄嗄蟬聲藏綠密，翩翩蝶夢入紅迷。謝珠荷葉清凝露，夜靜閒敲一局棋。

秋湖滿岸野林舒，渺渺飛鴻列陣如。遒節老松霜染密，淡香蓁菊雨披疏。愁眉鎖盡荒山遠，曲徑穿來寒谷虚。樓倚暮天南極杳，幽窗淨几暗堆書。

冬寒欲售書囊債，爛漫梅窗清興快。松掃半天霜月斜，雪堆遥島石山怪。鼕鼕夜鼓漏聲殘，淅淅驚風嚴律解。容斂湖光澹碧虚，峰高聳對南樓畫。

第九節　和韻

迴文兩頭叶韻，以一首和兩首，趙吉士所創格也。四庫全書總目提要云：『康熙戊辰，吉士由户科給事中罷職閒居，僑住宣武門西之寄園，適金壇于漢翔貽詩四首，吉士依韻酬答，後凡遇他題，皆叠此韻』。又湯海琛和丁繁培子菊詩七律，原倡用東坡尖叉韻，湯以回文一首和原倡兩首。

予家所藏右軍修禊圖題咏最多汪紫滄作迴文一詞于帙寄余山居索和余笑曰是增吾林卧集中一格也搦管應之即書卷末

趙吉士

墩移暗綠樹翻樓，水蘸閒花伴燕遊。樽映竹亭新翠積，座圍蘭澗曲觴流。孫扶竹杖青錢掛，鶴駐雲峯紫駕留。存我故歡尋日永，論春共憶禊吟秋。

魚遊數渚遠浮塵，曲水香來寄跡真。疎葉細枝花弄影，密林纖語鳥親人。書藏古筆心神透，墨洒斜痕指腕伸。居此樂尋春事好，餘生半握一竿綸。

回文體　湯海琛

叉手雙篇新德占，薄陰添處怯寒嚴。華年問夜深浮琖，閏月宜秋好放簾。花著淡心真是冷，韻多仙性本非炎。家家自賞清吟苦，霞外山痕輕透尖。

第四章　巧體及其他

第一節　叠字體

書懷　朱權

紛紛雨竹翠森森，點點風光落綠陰。貧恨苦吟窮寞寞，亂愁牽斷夢沉沉。昏昏嶺隔重重信，渺渺江如寸寸心。因有事情閒默默，我於疎拙老鬖鬖。

六言疊字回文　張潮

處處花花柳柳，家家燕燕鶯鶯。步步輕輕欵欵，聲聲句句卿卿。

第二節　頂真體

頂真也作頂針，謂後句首字即用前句尾字，亦曰聯珠格。

自題回文詩集

封淑英

花落感懷爲國家，家居獨悶倚窗紗。紗輕半幅一梅畫，畫有詩情寄墨霞。霞流看倦消長夏，夏炎調藕雪冰華。華才減晦珠無價，價賤傷文筆裉花。

第三節　離合體

詩體明辨云：『按離合詩有四體，……其三，離一字偏旁于一句之首尾，如松間斟飲岩泉砌思步是也；其四，不離偏旁，但以一物二字離于一句之首尾，而首尾相續為一物，如藥名離合是也』。

寄范希文

宋　庠

花開近翠微，槁荻露灘磯。沙平接野闊，麻亂聚螢飛。

初秋（藥名詩離合體）

萬　樹

隱簾窺燕新調乳，香蕊流紅垂幔輕。粉蝶沾枝秋樹宿，沙鷗占水曉池盈。

第四節　神智體

又名會意回文，蘇軾晚眺詩云：『長亭短景無人畫，老大横拖瘦竹筇，回首斷雲斜日暮，曲江倒蘸側山峯』。此一首名神智體，『以意寫圖，令人自悟』。明本回文類聚卷三『臞仙曰，當宋熙寧間，北虜使至，每以能詩自矜，以詰翰林諸儒。神宗命東坡館伴之，虜使乃以詩詰東坡。東坡曰賦詩亦易事也，觀詩稍難耳。遂出筆作晚眺詩以示之，虜使惶愧莫知所之，自後不復言詩矣』。

離情　　華彬

離泣腸露蠶烏雲
鄉間慶亭盟情悲
晚寂行訂怨園流

流園怨訂行寂晚
悲情盟亭慶間鄉
雲烏蠶露腸泣離

分離反立泣空房，篆靄橫飄帶草香。雲斷隔溪垂柳細，聞殘度曲小亭長。

盟斷情分悲白頭，月圓斜望上心愁。行人遠去言言訂，橫影花園空水流。

眼兒媚會意

失　名

簫　吹　引　舞　衣　靄　煙　飛　高　樓　縉

票　參　雨　風　微　嬌　花　嫩　信　邀　夢

情　離　郊　西　畔　橋　舞　水　深　溪

溪　深　水　渡　蘚　艇　西　郊　離　情　夢

迷　僖　嫩　花　嬌　微　風　雨　柳　鬢　景

樓　高　飛　煙　靄　衣　舞　引　吹　簫

簫吹曲引舞長衣，淡靄篆煙飛。高樓倒影半飄，斜柳雨細風微。嬌花嫩草信空迷，斷夢短情離。郊西返艇小橋，橫渡大水深溪。溪深水大渡橫橋，小艇返西郊。離情短夢斷迷，空信草嫩花嬌。微風細雨柳斜飄，半影倒樓高。飛煙篆靄淡衣，長舞引曲吹簫。

第五節　聯句

聯句者，係兩人或多人合作一篇，咄嗟即辦之急就章，在詩壇上向來相當流行。韓愈和孟郊喜歡借聯句相互較量，出奇制勝。唐後此風益盛，但回文聯句，却是鳳毛麟角，祇有王阮與王景文，白玉蟾與黄天谷、黎盤雲，汪廷訥與翁完初，金奉堯與金仁、金恭、金鋭、金黄鐘，汪婺與江素英等。

夜船與盤雲聯句回文

白玉蟾　黎盤雲

煙山暮滴翠，露葉秋翻紅白川急回斜岸，草枯凋薄霜黎蟬寒嘶月淡，鴈過唳天長白船泊宜沙浦，夜深同詠觴。

素英喜聯句秋夕與成迴文一首

汪婺　汪素英

明月秋連雲影寒江鴈飛停滿水邊灘，橫江大浪銀濤怒汪靜院空階玉漏殘江清夢客窗烟漠漠汪遠唫芳榭露溥溥江輕舟一葉楓林密汪平遠山容花染丹江

第六節　集句

集古人或他人成句爲詩，唐人號稱『四體』，至宋始名『集句』。有集一家（集杜、集李），也有集一代者（集唐），創於傅咸七經詩。王安石暮年喜作集句，滄浪詩話稱其『胡笳十八拍渾然天成，絶無痕迹』，遯齋閒覽亦謂『詞意相屬，如出諸己』。回文集句，則昉自安石，見南宋龍舒本王文公文集卷七十九集句詩回紋。清乾嘉間，常寧王啟絢有回文集句專著，李德淑序略云：『詩之巧者曰回文、曰集句，二者未嘗兼擅其巧也。旭初先生博學善文，韻語其餘事，前著集句者，膾炙人口，兹復採古句可顛倒成誦者，集爲五七絶回文，其巧之尤者乎』。

回紋　王安石

碧蕪平野曠，黄菊晚村深。客倦留甘飲，身閑累苦吟。

閨詞集唐七言絶　華彬

銀河漾漾月輝輝崔魯錦幕雲屏深掩扉錢起春興酒香薰肺腑釋齊己離魂空逐越禽飛韋莊

春日迴文集唐　石龐

清漪碧浪遠浮天，鳥弄歌聲雜管絃。明月斷魂清靄靄，地開荒徑草綿綿。鶯啼細柳臨關路，燕蹴飛花落舞筵。鳴笛急吹爭落日，平原花木好高眠。

集唐菩薩蠻

華　彬

粉融香汗流山枕牛嶠枕山流汗香融粉。雲雨是前身崔塗身前是雨雲。倚樓臨綠水顔胄水綠臨樓倚。鸞鳳影翩翩柳泌翩翩影鳳鸞。

第七節　集字

蘇軾不唯集句爲詞，且集字爲詩。其歸去來字十首引曰：『予喜讀淵明歸去來辭，因集其字爲十詩，令兒曹誦之，號歸去來集字云』。後人有集蘭亭序、聖教序中字者。清初徐基集蘇軾前後赤壁賦中字，成十峯集五卷。四庫全書總目提要謂『是集自詩賦文及填詞皆前後赤壁賦中字，錯綜盡變，極有巧思』，『亦詞苑中之奇作，互古所未有者也。末卷倣梁簡文、蘇蕙、古聲鑑圖及宋庠寄范仲淹諸迴文皆有思致』。

集蘭亭字廻文

張瓊英

妙道非無，機動飛躍。要悟觀定，我之真樂。
斯以敘欣，風暢花開。隨詠畢言，古抱今懷。
氣和春靜，山右泉左。稧集幽亭，觴盡咸可。

隱居漫興 迴文集字

鄭熙績

清風戛竹咏前軒，曲徑蒼苔繡古園。楹滿月陰花皎皎，水旋螢火夜屯屯。更殘倦鳥棲枝穩，夜靜哀猿掛樹翻。榮與辱忘吾谷隱，酒酣高臥偃荒村。

回文秋閨 調寄菩薩蠻

徐　基

清風起舞歌明月，秋山壁赤黄飛葉。霜白影披星，稀光夜藉行。江長流水順，舟涌驚波震。無懷寄洞仙，遊客步前川。

菩薩蠻 集翠微亭題名

楊福謙

興清爲好登形勝，勝形登好爲清興。因舊覽游新，新游覽舊因。翠微居息事，事息居微翠。亭建得基靈，靈基得建亭。

第八節　限字

徐枕亞浪墨初集卷三有閨情限字詩，題云『葉楚傖君以五十字徵詩戲成十絶』，『又回文二絶』。沈士瑛美人揉碎梅花迴文於五十六字内，作成七律三首。

閨情限字詩回文二絶

徐枕亞

絲風裊日綺窗晴，柳困春來覺睡鶯。癡夢入雲屏掩畫，碧簾護燕語深情。

鶯催睡柳風絲裊，影護雲窗綺夢深。晴日掩波簾燕語，情思淺懶困花心。

美人揉碎梅花回文

沈士瑛

花池幾帶繞風回，鳥蜨通芳紅雨來。斜岸舊塘舟徑滑，隔洲幽竹水艭開。鴉妝嬾鬢宮
思亂，鶴放狂樓遊女催。賒味遺香空子韻，家詩踏雪翦垂梅。詩花味放斜
思梅翦蜨嬾妝宮，繞岸洲狂回帶宮。遺鳥幽來賒竹舊，踏塘芳女幾舟通。樓宮繞字紅
鴉雪，韻字催遊家徑空。垂鬢水樓香雨滑，池艭亂鶴隔開風。
幽池幾岸隔風塘，水竹賒開家徑芳。洲蜨空遺花鳥帶，雨艭催放雪詩香。
梅踏，滑鬢斜垂韻鶴狂。遊女回來思舊味，舟通亂翦嬾鴉妝。

第九節　嵌字

象棋内嵌十種棋子

馮錦諸

談兵紙上陣驅馳，進馬盤旋奏凱師。三士守城堅固早，二車聯界遠回遲。貪先算計無
驕卒，破相籌謀有勝棋。酣戰力攻防將帥，眈眈炮塞象難支。

第十節　禁體詩

禁體詩始自歐陽修，亦稱詩禁體物語，又名白戰。苕溪漁隱叢話曰：『六一居士守汝陰日，因雪會客賦詩，詩中玉月梨梅練絮白舞鵝鶴銀等事，皆請勿用』。

春草詩禁體

程芙亭

斜陽夕落雨蕭蕭，莫捉空花閒上橋。沙滿翠微春恨洒，徑鋪茵錦剩魂消。花飛好借紅粧豔，苑靜剛迷黛畫描。車襯綠珠雙掩泣，紗窗隔處買餳簫。

第十一節　建除體

滄浪詩話及詩體明辨，皆有建除體，當以鮑明遠之作爲最早。其詩每隔句冠以建除滿平定執破危成收開閉等十二字。

建除迴文

楊育秀

建節高天遠，閨芳度夕虛。面看愁極念，年盛怨離居。卷短書迢遞，絃危調闊踈。霰霜明院閣，殘歲一宵**除**。**滿**園芳蕊嫩，陽艷透窗明。遠夢驚狂蝶，柔枝度巧鶯。懶情縈錦織，幽抱滯塵營。斷帶衣裳短，征人幾歲**平**。**定**邊古將能，留滯何時及。徑斜惟立壁，月暑涼風急。聽遠動鉦聲，滋露凝雲濕。令下夜闕深，旌旆聯鑣執。座迎香雨過，帷透露珠垂。唾咳芬華玉，謳歌肅古詞。和破胡强敵滅，悠悠緩帶師。鳴聲奏凱，輕重繫安危。成功告近遠，化俗風聲流。英豪遇烈武，簡汗照謀猷。盈虧壹靜定，闢闔異沉浮。生存老將智，宇土舊全收。開邊九年何，域中貴安治。來廷無怠荒，往古鑒陵替。才蘊重時清，瑞呈新景霽。苔繡春庭芳，蕊敷晴宇麗。懷人縈道遠，夢魂逐塵逝。諧和師言旋，轉節王關閉。

第十二節　八音詩

八音謂金石絲竹匏土革木也。八音詩就是將八音之名稱，順序冠于每句之首或每聯之首。

八音逐句回文

張　潮

金摐聽好音，音好聽摐金。石磬懸空室，室空懸磬石。絲操指下遲，遲下指操絲。竹映山多綠，綠多山映竹。匏繫似官曹，曹官似繫匏。土位居中五，五中居位土。革履雙飛舄，舄飛雙履革。木魚敲斷續，續斷敲魚木。

第十三節　五星詩

每首冠以金木水火土五字

五星詩五言絶句廻文

王永命

金滴一歌酬，蜿蜒龍觶游。唫豪逐興發，林竹效無愁。
木瓚到觴射，呼罍歡卜夜。奚詩信口開，溲酒乾無謝。
水澠醅合醺，團坐卮環轉。旨飲斗文懸，喜逢緯宿串。
火集仙人掌，杯騰曠土爐。叵羅醉嘯滿，墮白歎流醽。
土籥頻和醺，行盤隸坐分。譜圓依類聚，五轉倒星文。

第十四節　花月吟

唐寅花月吟連珠體七律十一首，每句嵌花月兩字。東瀛士人雅好是體，多有專集行世，如村尾正清花月吟二百首，藤田定家花月百首和歌等。

秦淮戲占花月回文限首尾一韻

汪　脣

春花踏月繡鞋新，夜月行花步襪塵。人傍月明花意嬾，鳥啼花冷月眉顰。

春宵花月

薛胤龍

紗窗月上花摇影，月卧花深夜睡濃。斜月璧涵花下露，落花香怨月中風。霞凝月榭花情逸，錦墜花房月夢空。花弄月陰春寂寂，月籠花色醉朦朦。

瑞鷓鴣 花月聯珠回文

花宜月伴月宜花，曲逕花明月莫遮。霞隱月容花護錦，霧含花影月籠紗。輸花艷，處處香花遜月華。鴉鬟插花嬌映月，斜花礙月吐蓛葩。

保其壽

家家皓月

回文集卷六十四

英語回文

回文，西方始於何時，衆説紛紜，反正歷史也不短。以英語爲例，據文軍《英語修辭格辭典》云：有案可稽，最早出自於John Taylor "Nipping or Snipping of Abuses"（1614）。

英語回文，從構成上可以分爲兩類：

一類以字母爲單位，從尾回讀。如

A man, a plan, a Canal – Panama.

A ble was I ere I saw Elba.

Same men interpret nine memas. "Do nine men interpret?" "Nine men" I nod.

Hubert Phillips "**Mood's mode**":

Mood's mode!
Pallas, I won!
(Diaper pane, sold entire.)
Melt till ever sere, hide it.
Drown a more vile note;
(Tar of rennet)
Ah, trowel, baton, eras ago
The reward? A "nisi". Two nag.
Otary tastes putrid, yam was green.
Odes up and on; stare we.
Rats nod. Nap used one – erg saw.

(May dirt upset satyr?)
A toga now; tis in a drawer, eh?
Togas are notable.
(Worth a tenner for Ate.)
Tone liver. O man, Word – tied 1.
Here's revel!
Little merit Ned? Lose, Nap?
Repaid now is all apedom's doom.

一類以詞爲單位，從尾回讀。如

St. Winwalloe's church 墓志銘
Shall we all die?
We shall die all,
All die shall we—
Die all we shall.

Roger Seruton "**Fortnights Anger**":
Nigth, whispering to Morning, said:
"Have we death? Is life
Unlimited by prolonged persistence?"
"Birds have nest, as absurdity
Made new for long life"
Said Morning. Morning said:
"Life longs for new – made
Absurdity, as nests have birds –
Persistence prolonged by
Unlimited life is death;" We have said
Morning to whispering Night.

Bernard Howe “**Sunrise**”:

Mornings
fresh and clear
makes sunrise spectacular
with birde chirping
– Glorious –
chirping birde with
spectacular sunrise makes
clear and fresh
Mornings.

英語 Palindrome，一般多爲短句，罕有長篇。美國學者 Giles Selig Hales 於 1980 年創作當時最長之回文，共有 58795 個字母，未見。Peter Norvig 於 2002 年 2 月 20 日又打破是項記録，更長達 72046 個字母（計 17259 個詞）。《回文研究者》（The Palindromist）雜志主編 Mark Sateveit 認爲 Peter Norvig 此作可謂世界上最長之回文句式。黎昌抱《英語反覆修辭探索》（2005 年華中科技大學出版社）收入該書時，指出：“其勢之壯觀，難得一見。”備録如下：

World's Longest Palindrome

A 17 259 word Palindrome (or Palindromic Sentence)

A man, a plan, a carpus, AEC, Rickey, EKG, navettes, Sorcha, Basil, BSHA, Tizes, Ojai, AOU, Lana, Juta, Tildi, Komsa, REME, Rab, Manado, Opaline, Bess, a rgen, a hcl, a robalo, Caracalla, Hagai, Dax, a pixel, Alo, Eda, AMS, Rom, Ron, Ali, Alf, Rob, Edi, Alb, Edo, Pta, ScB, a lien, a rom, Leal, Tanana, OSA, LLB, a sav, ROT, OSD, a bid, Annabal, Kiona, a rim, Assam, a dual, a lye, Solis, Nora, DSM, Ven, a longa, Rella, Eire, Tulsa, Far, Tsuga, Seel, Ardis, Risa, Vera, Tihwa, a guy, FAA, a nat, a dagga, a nap, Elam, CMG, Eva, Elgan, Dia, Dib, Reg, Gus, Cas, Red, a nan, Anam, Dis, Nedrah, CAP, TEL, Edina, CFI, a dust, Casi, a cit, NbW, DCL, Vela, a bust, a sip, PMA, an aid, NbE, a sin, Nel, a harp, Abe, Neh, a cps, Dacca, Ebba, a nov, Neb, ABM, a grog, Tanya, Aila, Diaz, Sur, Ney, Oren, Mela, Cela, Dem, Iran, Erb, ASN, SSM, Mel, Vala, Lek, Haber, Ieso, libri, Dora, a ter, CAB, Ver, HSM, an apse, a spa, Loma, Dec, Ikara, Bop, Root, a get, Ino, CTA, Kier, an aga, Laver, SJD, IPA, Islek, Aidan, Namen, APS, Ori, Vin, a bap, Apo, APC, Lima, Nidorf, IAM, ARE, Cila, Pera, Feb, a liza, USA, Swat, Rafa, Assen, a nerol, Liva, Cram, Levana, MSA, an arg, Marva, Giles, Amos, Musa, a lamina, Atlas, Duala, Dior, a com, Alana, Lavona, Phina, ERP, Amri, a lin, a mor, a mitra, a rat, a lie, Rida, Dew, a beer, Cal, Dea, Deb, Saba, a lit, Eri, a cabana,

Mala, Tav, eide, Nema, a ream, Roda, a loca, a mola, Lema, Bena, Reeda, Tab, Tam, Tal, Tan, Norina, EbS, Buna, ilia, Nevin, Parca, a cor, CSE, AFB, Bega, a pan, Sib, a tor, a net, NYC, Kaja, Sin, a sugar, Lam, Mar, a tam, a tan, AFM, Lad, Nast, Riana, Lida, Lab, MAA, Mac, Mab, Mae, Mad, Iden, Plana, Mah, Ieva, Law, DATA, a tuna, Man, Leros, LHD, Arde, a nom, Bina, a naira, a liar, Hon, Tala, Tura, Ned, Melena, an oka, amis, a mir, a rove, a duc, LSM, Alita, Dine, Elik, a grama, FFI, Siva, OWI, a mot, Ario, Ima, Reeva, Omor, Vte, an o-o, ELAS, Yerga, Tse, Sussi, an ilk, Aviv, Torp, Yeh, Obola, PCA, Yama, Ally, Eur, a nil, a clam, Nod, Nada, Lehar, Arran, Hale, Dar, a nit, anis, Irra, Nos, Sidras, Tera, Elga, Leda, Mode, Sida, Bona, a treble, Nava, Sande, Yedo, Allah, Mas, a dreg, Pam, Iasi, a neral, a moan, a div, Rep, Otes, Nita, MatE, Braga, Elura, Isus, Etan, SMD, SMB, Arden, SbW, ECA, SBA, Camus, Rein, Anitra, Ate, Yard, Ivon, MVD, ATS, Elara, a muon, Arp, a crab, Zak, Lamas, notes, a zap, Kaela, Dona, a civ, Feer, Niger, Mak, Tanga, a vert, Noma, Acima, Dael, Nabal, a din, Tol, a maar, Tob, Cita, Tod, a lab, Para, a lag, Alodi, Zeus, a cir, Hus, Elita, Nonnah, AAE, STM, Nole, Serb, Sera, Ranie, BEW, Emad, Idas, Mina, Elo, Nidia, Adela, Anu, Kara, Rap, Isle, Kari, a drag, a tid, Mil, Lib, Lin, Hatta, NEbE, Kaya, cava, Taka, Latina, Ahola, Sumer, Even, a mag, a bun, a bul, BSS, a mat, a mas, a mar, Deena, Daddah, Urd, a lap, TPN, Adila, Lewes, a ton, DOP, MRA, Gola, Boma, BMEd, Naga, Abadan, Gula, Kaleb, a paca, a novel, a vas, Hopi, Libra, Libre, Sieg, a role, Agni, Attu, STOL, Talie, a navar, Sile, Gee, SSD, Ema, BAS, Sunil, a mud, EMU, BAg, Dibri, Rolan, Ban, Abana, NRAB, a belga, an eel, a rem, Bara, RMA, Ari, an ale, Ark, Resa, RADA, Ain, Rod, a roc, a hod, Cut, a diam, Avon, Dada, a hire, a lop, Brad, Marta, Maat, a nog, a tela, a mona, Etra, Curt, Leon, Ravi, Tiana, a tale, Amer, a yam, Mara, Aleen, Sara, Yam, Alitta, Mika, Deer, Tiga, Gad, an ire, Lati, Air, Salem, Adi, AIC, mota, Avra, Iva, Alon, Allen, Nika, Nay, Lita, Pan, Ervin, Syl, AHSA, Yoga, AISI, a dorab, Nah, a rad, a nail, a tola, Goda, Kela, Jara, Abo, Blok, Neda, Uela, a gram, a rode, maremme, Aym, Ivan, Weil, Feil, FERA, Maro, Soo, Kus, Tada, Mada, Ahir, Flor, Dan, Tita, a yen, USV, Ugarit, NASA, Reba, Basset, ESE, Rettig, Rampur, YHA, Molossus, Sybaris, Sansk, Bap, Mulki, a roke, Iris, IAD, a rial, Ihab, Murat, Revell, a nock, a yds, a puna, Akaba, Kansu, Halie, Hsi, Rennane, EHF, Aqaba, Wsan, Luna, Ker, Redroe, Letti, Faletti, Wald, Eddy, Orna, Ora, Assyr, a lea, Luben, pools, Alain, Neibart, Eyde, Ynez, Zipah, Sfax, Reynosa, Ewall, Ebony, Brith, Gilford, Nassau, Lapith, Sayed, Argile, Haimes, an anole, Eng, Napaeae, Vaclav, a morel, CSA, Cari, Danit, Ramadan, Rojas, Saimon, Omari, Gean, Ugo, Gar, Calama, Kale, a model, Otaru, Alatea, NATO, Yenan, Iapyx, a barb, Ezarra, Tsai, Grobe, a zebrass, a villa, Hts, O'Kelly, Bisbee, Bath, Emlyn, Ivanna, Ruth, Supt, Eris, a dele, Venola, Banat, Undis, Abbai, Ralli, Arakawa, Raseta, Bonnet, an amowt, a battik, Rubetta, LPG, Nebr, Rana, eats, Irazu, Mroz, M-day, Taku, Kruter, Iambe, Cure, Prevot, Saud, Repeal, LeCroy, Wash, Ceres, sabalos, Oeflein, a psalm, Irfan, Olli, Arges, Siu Shue, Yup, Uda, Frame, Garofalo, bons amis, Eysk, a loner, Omri, Sabra, Barea, Hsian, a disuse, Orczy, Bee, Zara, Asar, RATO, cocos, sata, Zoila, masais, Eritrea, Banda, Wallas, lawmen, Tupler, Race, Reviel, Lamaism, Ygerne, Gahl, IHS, a roll, Elaina, Regan, a mora, Odlo, Salina, Braca, Gal, Bleuler, Thor, Gery, Erfurt, Sindee, Hara, Gladis, Ahl, Ieda, Sela, Hwang, a mort, Radha, Mekong, Falk, Danas, Ikaria, SWbW, NHG, a trumpet, Nanine, Selene, RCAF, Logan, an up-bow, Sapir, Dale, ICBM, Aldora, Hebr, Eyre, Panay, Adv, Lory, Tonga, hippi, Camm, Ocana, Manteca, Fasto, Olcott, a lpW, NNP, Yucatnel, a vesta, Islam, Batna, Clo, Ivana, Mehalek, Aeaea, Rgen, Ulani, Defoe, Renelle, Kulun, a pie, cargoes, Ilene, Puss, Edna, Jer, DNA, Roy, a motto, Dira, an ore, Gyor, Ladino, Cardinal, Elbe, RPQ, Erastes, Sayer, Omak, a taster, Ebert, Imitt, eyes, Welton, Kabir, a bot, Moyra, Noble, Sabino, Yates, Oralee, Haukom, Ogata, Fayola, Msgr, Fae, Belita, Lovash, Cufic, Nanning, Ilario, Manus, Madalena, HCM, Ardath, Gilba, Tiv, Elsie, Leann, Etna, Arta, Nisan, Irita, Consett, Evie, Isborne, Gauss, a baba, Ezr, Ufa, Sat, Seif, Orgell, an atm, Baker, Uele, Zsa, Tojo, Rodmun, a cranage, Kragh, Saki, Ricard, Raji, Goes, a pack, Arola, Vale, Dirk, Uno, Kienan, Elmer, Ellamae, Dosh, Tomsk, Nahshu, Ohaus, Uruk, a doe, Nakada, Edam, Omar, Obala, Saw, Oceanid, Emmi, Janus, Obaza, R. Bayer, Felipa, Amur, Tseng, a terbia, Baler, UAW, a spirant, cates, Satanist, Uwton, Racine, Brout, Pesaro, Tsana, a jole, Mlaga, Yamato-e, LCL, Bleier, Deth, SEbS, Revere, volcanos, newsmen, Imelida, Fenner, a wile, Matane, Rog, Nasia, Danna, Milli, a mster, Paff, NABAC, Enesco, Damia, Bruni, velamina, Hock, Cabot, a dag, Gahanna, Elke, Egan, oodles, Ohara, Ogdon, Ysabel, Palos, Tejo, Menado, Yand, Ronald, Orran, Nessi, Necho, UHF, Argades, Logi, Raglan, a gnu, Likasi, Irus, Sam Elliot, an agr, Uke, Madaras, Nanna, Haida, Lajoie, Salba, Vardon, a limper, TSF, Nina, a tef, Fatah, an imaret, lekanai, spacemen, Adair, Tut, Riva, Kass, Ill, Low, Mikan, an alb, a fallal, Edin, Ozona, a ruga, Nanny, Salomi, paise, Dev, OTC, UAR, Ysaye, hsien, Urbani, Sereth, Gupta, Namara, Nakuru, Jesse, Banares, Iey, Leesburg, a misc, a fare, Genie, HJS, Byrn, EHFA, a word, Epp, an acacia, Mortie, Cedalion, a loin, a regalia, Paros, Ikeja, MEPA, Kayne, Edea, Butyn, Nodab, Franni, Lauro, Bib, Tarra, Foss, a cippus, a war, a rattan, a guan, a giron, a suitor, Gatun, Adm, Cdoba, LaMee, KCMG, Etana, Mascia, lanais, Eli Shamir, a batter, a snub, Darra, Edana, Espoo, Catie, Meggi, Frodi, Muharram, Dacia, Kasai, T-men, a jerbil, a camp, Tamayo, Cocalus, Omero, T-bar, an app, Mugabe, Neddie, Renny, Retha, Lillo, Cod, Elat, Alliber, okapis, lapins, Rapallo, Danni, a tramcar, Sadiras, Mark, Cuban, Y-level,

Negus, Pape, Ewan, Alfadir, Damiani, Samala, Sade, HRIP, USM, Isidor, Tips, Adlei, Falito, Ardy, a flora, Casie, Renae, Navarre, Debi, Katar, a carte, Prud, Labuan, Hukill, Ehman, Emmit, Recit, Ona, Orgel, Lala, Ralina, partes, a pilaf, Menard, Carpo, Caen, Ilana, L'Otage, Mlar, Uganda, Paine, Raab, Ehr, a plain, Edan, Owades, Behan, Irrawaddy, Laws, Neddra, Hilo, VOR, Ewold, Ptah, salpae, Sorrows, a kana, Tomah, Him, Esau, Bahamas, Rhene, Gant, Manet, Ramos, Susanna, Murton, Orola, Kimon, Ellis, a presto, Grenada, Nace, Cimah, Tacy, a basnet, Rameau, Qatar, Usanis, Abakan, Oka, Natal, Papen, Igal, a major, IHD, Lufkin, a jake, Berg, Emalee, Pang, Tait, Rocray, Dimond, Yahgan, Arela, Babel, Bazar, magi, referda, Mable, Gelya, Denny, Trammel, yaws, a kab, MHA, Raul, Ute, bigae, Daedala, Eos, Delbert, Nanak, Idaho, Teide, Caye, Ohl, Lahore, udos, Colt, a mair, Rahr, Roddy, OLLA, Nela, Gram, a die, Ratlam, a wab, Musil, a pita, Talara, MATS, a vow, Tavel, Sikh, Torres, Seigel, Lido, Cad, Randy, Parr, Udale, Badalona, tubas, Esmaria, Kiah, Hax, Ibanez, Rehm, Eros, Edmanda, a cine, Jehu, Lifar, an iff, Uriia, Wahl, Laine, Locrian, Campman, an ahu, Wayne, Knt, Epner, AAeE, Gonagle, Bevan, Ahab, Artema, Kotta, datos, an e'en, Ifill, Ilke, Ergener, Iache, Toni, Talanian, a gaw, a seiren, Ivie, Kelt, Tomasine, Baez, Metsys, an abl, Ehud, Nihi, Thalassa, Leroy, a teil, Ujiji, Emmet, Samos, Obad, Lochia, Damick, a hag, Sipple, Duce, Tarrah, Stark, Sumatra, MSArch, numina, Nabila, a mara, labra, Tathata, lamias, Iman, Aella, DAB, Bub, a ger, Garik, an agron, a shed, Rabi, Raamses, Saloma, Pel, a satin, Egadi, Ovalle, Sabbat, Redd, a wat, Axa, a sei, lenes, Leff, entea, Hayse, Majka, Robaina, Leonid, Rahmann, a bolo, Calli, Mello, Cini, putti, Liman, a grommet, Ina, Jam, a satai, Rube, Popele, mesela, Gdel, a cedar, Elmira, Savage, Parma, Tine, Leeann, a catnip, a sadi, Cyler, Trask, Silas, Sooner, Egor, a mitt, a colt, a nullo, Carl, Imelda, Ebro, Odab, Olga, Callida,

Cairo, Ledeen, disli, Ramsden, a bib, DAE, Josi, VanAtta, Mell, a gib, a tat, Surt, Koo, PSAT, a tuba, Micro, Sartin, Kemme, FAM, Simona, Ollen, a sipper, Pareto, Reger, a bayou, Bang, Isa, Remde, ROP, a kaka, a kas, Ulrika, Fangio, Camb, CTC, Sedan, epitra, MDO, Oralia, Matless, a hodden, a mina, Hoku, Rotow, Caaba, a lila, Prosser, Peraea, Belgrano, Danl, Ednie, Tally, Saml, Ohare, Tini, Anna Bruss, Odawa, Balkis, a jad, Sucre, HBM, O'Casey, Anita, Weekley, a ganef, Urdar, Basir, Rodie, Meta, Gabi, Tarah, Proxima, Nelli, Kano, MedScD, Nox, an anniv, Cot, Nobe, Olaf, Ickes, a hiss, a caffa, TSgt, Caesar, Cusanus, llanos, Norbie, Nejd, Narah, Celia, Wake, Carboni, Daladier, a rattrap, Marabel, a charas, Wang, AeE, Dasya, Helda, Laney, Ena, a lay, Nabis, a sim, a dauk, Sunny, Loja, Telfer, Pasay, Gari, Dasie, Gresham, Isaiah, Saito, Csel, Sinas, EdB, Bud, a buran, Alemannic, Orelia, RFA, Kyra, Sam Kim, a darts, a mussy, Lananna, Earvin, Ulla, Bonacci, OSS, a bayamo, Otto, Granada, Oran, Abelard, Olea, Basile, dos, Mort, Oleg, Natalee, Keese, Negress, Alcaeus, Sita, San, Rola, Dnitz, Tokyo, Haslett, a bde, Cremona, epeidia, Mia, Letsou, Kelci, Lacaille, BAgSc, Dwaine, a tabla, Kum, an akala, BWC, Alamo, Enugu, Leto, Kahn, Etienne, Jobi, Ken, Lorolla, Padriac, Liz, Nedrud, a habanera, Merca, Nile, Derain, Novia, Hoppe, Evars, FSR, Dede, Bogan, Saros, Ermine, Dao, Limoli, Kaffir, a cad, Nath, cusk-eel, Alage, Neses, Sinan, tapemen, Marion, Erin, a named, an anabas, Saktas, a leno, Roz, Dall, Erv, Sola, Lello, Hutu, Tad, Levan, a jab, Neilah, Gaspar, Warp, Inanna, Mert, a tip, Oca, TNT, Sumatran, a cab, Matabele, Capet, Sarine, OHG, Nedda, Sarpedon, catalos, Susu, RDTE, Jada, Erulus, a tob, Raetic, Ula, BSMT, Lanae, Mamore, IPBM, Ilan, Oise, Ernesto, BBA, Lea, Kim, Radom, a dial, a senna, Vaish, Aisne, Tromp, Calle, Wohlen, Nadean, Nepean, Eve, Lasala, a pav, FFA, Iznik, Lamar, Ewens, BIE, dates, Salli, Ramah, Obel, Leboff, Uball, Ifni, LFO, Oyama, Na Ming, Esq, Olatha, BAgE,

Damara, Haye, Vinita, Pori, Tabor, a cadette, Jaye, Lapp, Osage, Parik, Ubald, Barr, a motte, Nasi, Tawsha, Noni, Hobey, Cargian, Algol, Sal, UFO, Ninus, Aymara, BCD, FBI, Remsen, Niort, Erato, Vidar, Ezara, Dion, Arapahos, Ama, Amalia, varia, Pate, Nahtanha, Detta, RPO, Madai, Rosalie, Noella, Ebsen, a moth, Supple, Hanus, Ajmer, Illimani, Sill, Uhde, Canaan, Ivanov, a segar, Rabat, Idalia, Kary, Tem, Urga, Zed, enemies, Sivan, a motmot, a reward, Erasme, retia, wakas, Ishtar, GCM, Nara, Piave, Neal, Lubet, a yamen, Enarete, Moline, pix, Yafo, Nananne, Kali, Korn, Umeko, Magna, Nepil, Lakin, Nimesh, Wally, Grath, Guanabara, Nona, Andee, Madag, Sui, robalos, a gin, Nehru, Ottie, Woking, a groma, vivariums, Nudd, Dorpat, Rok, AgE, Valle, Idabel, Udall, a caus, tubmen, Love, dados, Ary, Dana, PVC, Lipp, Sacco, Nasya, Moe, Damalis, Sachsen, Idou, Damle, Snapp, Alcman, Tupamaro, Idalina, Nazi, Raimes, a repp, a radar, Goebel, Liber, Iole, O'Fallon, a mus, Tasiana, Lassie, Wymore, JHVH, Yamis, Ailin, UCCA, Banaras, Suhail, Ivonne, Lai, Saphra, Gila, Kayla, Gaza, Jehiah, Nantes, Sura, Oyo, Yee, Orrin, Riksm', Uuge, Vahe, Pall, Amram, a facia, Somalia, Vita, Mokas, Venite, Petar, Tinaret, Selden, Ivanah, Sorci, Denebola, Haile, Dee, Samar, Dagan, Kata, Ai Kato, Oban, a wkly, Cap'n, Kidd, a rot, tutus, Tubman, a llama, Hanoi, Cramer, Oebalus, Rusk, Cudlip, a raob, a rete, Vaasa, HLBB, an aeon, a caf, Lowney, Ogg, Rubia, Raton, Ivah, Cindi, Yasmin, Bon, Kamilah, Omsk, Caz, a lute, Save, Genova, Paco, Callan, Orten, Neddy, Olfe, Kidron, an oba, Jaela, ROSPA, Ard, UAM, Aug, Susa, Isma, Ionic, Ife, Tiamat, Soane, Ellan, MFS, Ogallala, saris, Blen, Naji, velaria, Tia, Kashden, Alanna, Bruhn, Isabel, a hamaul, Latta, Kazak, Nizam, IATA, Yager, a glede, Irme, Rahab, E.H. Moore, Mohave, Babb, a nation, E-boat, Neiman, YCL, Lihue, Albion, Rekha, Matrona, Mania, Tatman, Anette, LSS, a lash, Goya, Sulla, Cahan, Billi, H-beam, Mammon, Evania, RDX, Norbert,

Sula, Ragg, a hewer, CCA, Janela, Gaynor, a baya, hagia, Meda, Yona, Cai, Lucas, nemos, Lait, to-di, Fusan, Oenone, Onega, Tumaco, Vanir, a coati, Elinor, Omer, an arcs, a hash, Carya, Midis, a homo, kokos, a motion, Matsys, Natalia, Tanner, Brion, Els, a laity, a hush, a tana, Jeff, a rigadoon, Saks, Caves, Rese, Warram, a stool, a galea, Gabaonite, Ravid, Noman, Nicaea, bemata, Pigs, a lepton, a jeer, RuPaul, Fall, Ibagu, Maewo, Hama, Olav, Ramiah, Che, Pani, Leeke, Gaeta, Hansel, a prong, Isador, Neper, Callao, Datnow, a tele, Kalfas, Adlai, Lahoma, H-steel, Farrel, Tucana, Rupert, Italia, Terah, Albarran, Rebak, Nellie, Crellen, Kulla, Ragnar, Paik, Kinkaid, Okolona, Magena, Faun, Unni, a parr, Overton, Evy, a pater, rags, Silber, Tima, Sis, UNESCO, DMX, Ule, Surat, Marius, Traci, Vacla, Tadd, Eanes, Roper, Emarie, Kaete, Nadja, Cara, a tay, a kola, Nama, Keb, Zakaria, Dave, Negros, Sela Ward, a bob, an aero, Kreit, Symer, Abia, Pocatello, Cato, Jarib, a star, a kagu, Estele, Carbrey, Emme, freemen, a musk, a rein, a lope, Papp, USAR, Rabaul, Uta, Ergane, Ilan Adler, EGmc, Cade, KANU, Orban, Aigneis, Alberti, Ogaden, Ralf, Orpah, a rozzer, Omoo, Barabas, Rona, Sosanna, a knit, a krs, Upis, SOGAT, Ilka, osar, HMS, a mirk, Cartan, Idaline, Jany, Omora, Secrest, Ibadan, Sinaloa, Gat, Yoho, Camas, Aoki, Vespucci, halos, Orr, Eogene, Latia, Weinreb, TCS, Ivory, Tevis, Sena, DFC, Mitra, Patsy, Saxe, Rinna, Netta, Malay, Orv, Mboya, Bedad, Wabash, Cassini, a merc, an assoc, a mode, Godart, Seram, salpas, Ier, a lava, Zama, Japanese, Nidaros, a sports, a drug, Isidro, Chew, Hayton, Saidee, Bai, Bain, Ase, Nagy, Aldabra, Bello, Ivor, nomina, Janine, rates, Rodez, Oruro, Nimrod, Nally, Ramayana, Hanau, QNP, a jinni, LBJ, Yaron, Allard, ferias, Teilo, Juba, Selah, Norita, Geer, PSS, a pataca, Rwy, Kudva, T-stop, Sanfo, Leif, Fadden, Egbert, Saipan, Wotan, ais, Sobor, ODT, a career, Fine, Cinelli, Brok, an ami, Elka, Dibai, Negris, Nappy, Hallie, Noelle, Morisco, gamdia, Malet, tights,

Eoin, a dagoba, Din, a maser, Allain, Rai, Lalita, Soracco, Ranita, Czur, Cohn, IMCO, Palisa, Basho, Bail, Heddi, Lazor, HCF, Faria, Sedda, Ela, a dun, rectums, a knar, Amari, a brit, Saida, Tamberg, Azusa, Yeisk, Comines, a jenny, Lark, a carp, an areg, Naldo, Maron, Yahata, Essa, Buraq, a ritz, Silda, Monah, CBD, Nemea, Goto, GNP, Pahlavi, Veradis, Payne, Elamite, Yaker, Taro, Dnepr, Ubana, Imp, Calah, a moat, Anh, Padus, Tammy, Kial, Okinawa, Wace, Topaze, Brabant, Earl, Gbari, Layne, Knapp, Ochs, Ursas, Ivy, Danang, a decare, Bilow, Canara, Takara, Nader, Brew, Ossy, a romyko, Pals, Manisa, Sadat, Nepali, Lakemore, Garber, Eck, Lake, Norge, Ohio, Herald, a six, an omen, Mike, Lamdin, a batata, Who, dalles, Sachi, HSH, Sugar, Rucker, Demmy, Prima, NAAFI, Capua, Nodarse, a sac, ASSR, Femi, Hirz, ESRO, Pavlov, Rask, Nabala, Nammu, Tamas, Selena, Pagas, a tell, a waff, Upali, Majorca, Maiah, Glynas, Serkin, Lysias, a matt, a megass, a malar, Zarga, Duna, MHW, Kayle, a moit, a rain, UART, Sendai, a copy, Tane, Fennie, Parl, Danita, Leela, Rakia, Jat, Nebiim, a tael, Balas, Savanna, Hojo, Jayme, Daryl, PHS, a slat, ivies, Indre, Noell, McAfee, Bary, SALT, oraria, Peralta, Nadda, Jean, Edita, Mayenne, Nils, Eumaeus, Tenner, a put, Titan, a gaffe, Dade, Vidalia, Baiel, an ill, a date, Vanya, Riel, Cunaxa, Tat, Oileus, a tahr, Huba, Starks, UMW, Snell, Eduard, a mirage, Haily, Hanno, Dren, Rebba, Bojer, a panatella, Pass, a batten, a susu, Tratner, Rodina, Rao, Lahey, Tapley, a tool, a mini, Maced, Asti, Babur, Fens, a kina, Dak, Lamarre, Tova, Puccini, Modred, Dotson, a colic, Irakis, a pin, a we'd, a saga, Oneal, Eccl, Trip, a taler, Obara, Zomba, Tabu, Baun, Emalia, Gta, Danaus, Tamar, a tanager, autos, Aire, NDak, Arbe, Trevar, Rakata, Kissee, Wedgie, Welty, Gomar, a patness, Idalla, KRP, Udella, KBE, Rohn, Ailssa, Romanov, EDT, litanies, Adapa, Hasen, Emile, Sufu, TBS, IUD, Ethan, Ocnus, Massenet, Muir, Tanaron, darya, Riff, Italy, a lex, an ana, Fayth, Gilberte, Marek,

Rabkin, Tisbe, Zante, Narew, Ogren, Epsom, Yahoo, Hayashi, Ewart, Natta, Nabalas, a wey, a topi, Latakia, pagnes, BSNA, Kip, Metaxa, MSCE, Shani, Bisset, a tiki, Natty, Dayna, Maine, Dill, Erotes, a beer-up, a sabra, Ive, Kariba, Jenny, Roche, Jonah, Padua, Baxie, Lyns, a tsar, Dennett, Ube, Naida, Blagg, Lubow, a sabin, Saied, Resee, Raddy, RFD, a loper, a gager, GHA, Jarad, Yssel, ACS, Eras, a suer, a camail, Imena, Partan, Ottillia, Faires, Yakima, Tiu, a maize, Nevis, Surinam, a yarn, Oman, a locative, Savil, O'Kelley, Nadya, Romano, Swamy, Blaire, Pater, an image, Ladue, RFC, Lohse, Kudrun, Iaria, Teheran, Sad, Nematoda, Kit, a baraka, Dacy, Minne, Benia, Gayl, Perak, Caracas, Oonagh, Cave, Lenni, Won, ESP, Metol, Salim, a trade, Kwon, Oradea, Megen, Eradis, a granary, LLD, Nome, Pinkham, a naos, Rockne, Goren, IPY, a tsade, Malaysia, David, Ewen, Rock, Aoede, BSc, MFT, Settera, Caras, Ita, rabatos, Bassano, Medawar, a tafia, Hove, CST, Serbia, Budge, Pirri, Cattan, a sorb, a lah, Oisin, oidia, Klebs, Isis, Panagia, Hadar, Evette, Susy, Evadne, Drogin, a velum, a sis, Arcady, Kegan, Ogawa, NHA, Cami, Loki, Mitanni, MRE, a tar, Renato, Omaha, Dilks, a taboo, Bahamian, Natka, ONF, a waken, a diameter, Clete, Baten, Nagano, Dermott, Obau, a hin, Newgate, Lesli, a n'gana, Utu, Bombay, Kaaba, Loiret, Cabal, Eva Peron, Leonor, Roget, Tebet, Unkelos, a raga, Ingar, an eta, obis, Sejm, a cesser, Olodort, Seaman, Osborne, Tarazi, Horan, Egon, a ledge, IrGael, Ramey, a fame, Estes, Erasure, Llano, O'Malley, Aeneid, a trace, Nazar, Geez, Arber, octopi, Lagasse, NNE, SBIC, remains, Obelia, Kyl, ratios, Assamese, Maison, Idelle, Soraya, Cart, Adda, Jann, Orlene, a kulak, a median, a toro, Cannon, a litre, Viddah, a lagger, Oita, Kant, Sikko, Bale, Zaria, Ugrian, CMTC, Jas, Bomarc, Canada, Panini, Larry, Thira, Bari, Lao, Gaddi, Vitia, Hardner, Iveson, a retem, a torero, Dnieper, CAF, Lugar, Ebonee, Lavena, Ebner, Ivett, Olnee, Romain, Nafl, Rivard, MCi, Major,

Cleves, Alba, BDSA, Mudjar, Amanist, a kirk, an okra, Bisk, a nek, Radu, Emory, Toddie, L-dopa, Gemara, Secor, Ocie, Bikales, Ignaz, Zahavi, Varhol, Lethe, Mull, Apsaras, Miss, Numitor, a teff, Utas, Ainus, Mahmud, Irisa, Rabia, Fano, IFS, Massey, Oballa, Ronny, LGk, Citarella, Bahr, Hoo, babas, a lobule, Ury, Bogart, qasidas, a pye, races, a pariah, Toll, an octane, Maritsa, Nomura, Matteo, Pahang, Addie, Boone, Tarim, Lapotin, Obadias, Apps, an ion, a gallop, Torr, a c-axis, Gaw, Safir, a kit, an awl, Amado, Owena, Ilysa, Jalapa, CSC, a ray, a bevy, LCT, nilgais, somata, Ruffo, Tavey, Atakapas, Sakais, a coot, tatamis, a dop, locos, Caelum, a sere, GOP, Pomos, a fleer, PERT, SAmer, paras, a care, Subak, MWA, noddi, Sax, Ocala, Tarabar, Gass, Okun, Robins, an ips, a sore, Mihe, Eraste, Kramer, Dalila, Khania, Riba, Salema, Hel, Rebeca, Necker, Egede, Media, Ledah, Tenn, a lca, Arie, Daman, Erle, Brewton, Rip, Klan, a balsa, Minya, Pauli, Codi, Teddy, Oriel, varas, Suharto, kosos, Salangi, Sverre, LPS, Ela Weber, Gaul, a yawp, Mial, capos, Eads, an arc, Caenis, Ivo, lochi, Hatty, Hrolf, Rego, RCS, a mannan, a roto, Marron, Kapila, a kip, a dock, Calbert, nevi, spans, Madi, Enone, Dabbs, Olive, Nash, Tamasine, Danite, Raina, Dalia, Kaden, Ipsus, a tepal, UPU, Joensuu, tilaks, Idaea, gladrags, a rotary, Gareth, Cilissa, Kyle, Kalbli, Whall, OHMS, a tee, Sonya, Gae, Ozan, a gorge, epulones, Imogen, Amory, Benue, FOE, Katzir, Batavia, Syria, Daneen, a jellib, Yser, Azal, Com, Alg, Nasser, EGO, Lane, Snashall, amlacra, Ops, Ercilla, Willet, Ramon, Jabe, Pakse, Gerri, Naval, Fara, Mukul, Patti, Lytton, Salomo, smokos, Segal, a vastness, an anoia, Porta, DPC, a hat, Tamma, ILP, Onia, Tammi, Ran, Navada, Biron, Yarmuk, Zoie, Mallon, Kris, Eada, Owain, a raught, a gogo, Tade, Dari, Hank, Emil, a morro, Cape, Evoy, Neale, Iraqi, Farr, low, A. H. Taub, Ezar, an ugli, Arda, Reggi, Jarek, Raphaela, Zadar, a faith, Savill, a tot, Rocker, Agnese, Elia, taros, a moll, Uzzi, Urba, Dales,

Omura, a deva, Darn, OLG, Nanete, Dust, Eliga, Loni, Terai, Mayflower, Eward, naoi, baffies, a mess, Olt, Rene, Diwali, a havoc, a yarak, Kassia, NADH, Sibeal, uvulas, Isaacs, arrobas, orts, Yawata, Faraday, a mut, a table, Essen, Gawen, Isaac, Caball, a noddle, Heimer, Pau, OSlav, T-man, Rebel, Galla, Gratia, Bayle, BBC, Joel, colola, Pacian, Erycina, Issachar, Azana, Losse, Tepic, Giff, Ursi, Paske, Erbes, Lehrer, Obie, Waler, Amena, Nani, Levania, RCMP, Farrah, caci, a marasca, Kultur, Perot, Saxon, Nellir, Tynan, Olimbos, AAgr, a whap, Pammie, Hyps, IRS, Gabe, Ezek, a wavey, Erund, Egham, Dann, Eppes, Bayam, a hammer, Feller, Raffles, a coin, a mast, Uni, Gahan, NAACP, Samale, cargos, Surrey, Damian, Sall, Imray, a save, Gerita, Bim, a min, Rasia, Lebar, a tal, a baseman, a gala, MNE, Boelter, Ragan, Robbi, Japur, Isak, Cida, Reb, Utamaro, Zimmer, Todda, lire, gyros, a vavasor, Patsis, Eran, Utahan, a lateral, Canso, Barre, Katti, Rct, Utah, Cabimas, ITU, Mogadore, Hetty, Faber, a tau, GCR, Okayama, Harv, Agave, Iver, Obellia, Faial, a dau, a caballero, Caine, Volsci, Tema, Sert, Ramsay, a mist, Ostap, Ayina, Baul, a let's, a taata, Ross, a mimetite, PST, Alfredo, Cedar, Foxe, TVA, Canace, Danae, RCP, Onfre, Sally, Dina, Reimer, Pascin, Osaka, Lopes, Rockel, Ibson, Melitene, Vlad, Ragen, a lee, Tamarah, I-beam, Meghann, a ballet, Iglau, Sivaist, a kula, Tacita, Mehala, Ezana, cnidae, Heis, Sirkin, Rett, Naseby, Afra, Regain, a ruin, Norton, Imroz, a stag, Eblis, Nepalese, Orense, Ginni, BMus, Burd, a cod, a zarf, Faunia, Ynes, Rafat, sugis, Sully, Rebecca, Nan, a melena, Caro, Sneed, Norah, Ptain, Nubia, Kolomna, Berber, Gelanor, AAAS, Fen, Alyda, Oveta, Benet, Nepal, Atrahasis, a banana, APA, Nadab, a hallan, Elgar, a lamia, Daktyl, an anaspid, Nemery, Issie, Griz, an ass, Amalea, Cimbura, Agna, Tatius, a summa, WAAC, Mysore, Cicenia, Labe, Oly, Ertha, Kalahari, Kufa, Damas, a matador, Pahari, Dasehra, LCF, Alnico, Tiphani, Dopp, Opelt, Tigr, Elson, Bion, Trela, Naor,

Fars, Stuka, Yila, Devi, Gran, a wormer, Pal, setae, Potash, Tabib, Lasser, PMG, Uzial, Noelyn, Rubbra, Waldo, Jade, Venlo, Rachael, Iila, Anatola, Stoll, a baker, Erda, Burk, Loy, Rooke, Syene, EFTA, makos, Mdlle, Banna, a tog, obli, Ens, Samain, Nena, Iloilo, an areca, Rae, Elkin, Moskow, Kadar, Rabiah, Black, a rape, Havre, Farand, Obed, a generator, Tessie, NYA, Romania, Fleeta, Seine, Ewell, Ivens, Reggis, ACW, Yann, Iredell, Ede, Cid, Kev, Epsilon, Pip, a sika, Knies, a carapa, Airel, a vocat, a bar, cans, Ostia, Gallup, Gelasias, SMM, Ito, Stafani, a psia, Dawson, a colin, a whaup, Goth, ulta, rammi, Rakel, Olson, a ledger, Kinna, Vas, Seroka, Cuyler, Obeng, a gnome, a lapel, Bassett, Eliott, Irgun, Azar, Rumania, Kamila, a blob, a pus, Salk, Otelia, Daye, Tamanaha, Van, IWW, a dale, Vera Sos, Rotorua, Malek, Kioga, boti, Mott, a lake, Lowes, Lais, Umea, SSW, Embla, Mahadeva, Massie, Rafaela, Hake, Berneta, Pazit, Rover, Barra, Tay, Selma, Hargeisa, Borras, Siple, Urfa, Wyo, Lenora, BSLM, a suet, Labana, Sleep, a rasa, Sil, Lawtun, Duhl, Emogene, Locke, Ewa, a trap, Sammer, a manner, Katey, Adur, Enzed, Nemrod, Nanterre, Tades, Bria, Joy, a kalpa, a var, Babe, Garbe, Damon, OSRD, Mocha, Noyon, Egide, Hawk, Haya, Raj, a tare, Podarge, Ranna, Erdda, Pinot, NADP, Paula, Lacagnia, Lanie, Negro, Danelaw, a dry, Brahe, Brig, a job, Terr, a safe, Regazzi, FAO, Dore, Iguac, a lilt, Elbart, Cadal, a says, Napoli, Donni, Nagel, Deragon, Saum, Majlis, Arbela, Derian, Nason, Avron, a zakah, Silesia, Damarra, Homadus, a maim, Reiss, Uller, a ken, a joss, a bellow, Zosi, Kimmel, Sumerian, Obbard, a gro, bagnios, Nolan, Egeria, Kahl, Riga, Nelie, Marja, Valera, Kirkuk, Ariew, a moor, an orca, Dasi, Ultor, Tadeas, Ivis, Sudra, a robe, Damita, CUTS, Krum, Adrell, EDC, Oswal, Sager, Isaak, Nolita, Cuyab, Ilsa, a humus, USLTA, Zambac, Saber, Ajit, an odyl, Lohner, Feliks, Ewe, Fasta, Oleta, Kania, Haledon, Tapaj, Urban, a support, Samira, Hessel, Dinan, wapatoos, a spar, Caniff,

Urana, Elsinore, reguli, Opal, Rubina, Raffo, Barotse, Nevil, Cressie, Hans, Susanne, Gabo, Kajol, Laven, Renate, Grube, pulik, Cajun, Evius, Ayo, titis, Sercq, Oboe, Macc, SDA, Nigeria, Zared, Ramsey, a naughty, Marv, Craner, Oken, Cana, ICs, an atom, Redleg, Nelly, Tubb, Waals, Islay, a glut, a remit, Romaine, Bores, Yvor, Cenaean, Ludlew, Nebo, Cynde, Serg, Nine, Parke, Bubalo, Dragone, Xeres, Semang, Gadite, Olpe, Imo, Hose, Evanne, Honig, Dav, Rame, Bacis, Evan, Ellett, Galan, Odella, Vercelli, Lyn, Reave, Dela, Kapaa, Janeta, pis, Sabellian, a canon, Raenell, Ahaz, tamaraos, a tag, Areta, Colas, aortas, Italic, Ultan, rebatos, a vanilla, Helot, an ape, Dawn, Willi, Jove, Jarash, Sitkan, Amann, Effie, Rayle, entia, WAFS, MSAM, Lapham, UDC, Vada, Garin, NEbn, a siper, Uella, Cadel, Gretta, Nauru, a bene, MSIE, Rogerio, Cece, Oberg, Itin, Ramin, Nalani, Gerrie, Waneta, Cabe, Danene, Emmer, Mauri, Millet, SACEUR, a rascal, Regt, Rebane, Xmas, Labors, Edison, a cal, AUA, Hamann, Olsen, Mahratti, lemures, Amytal, Paul, CNO, Elko, Noby, Lomax, Orlon, Gapin, Nobie, Press, OGO, Kliman, Ammann, a math, crepes, Sarad, Robet, a trp, a loop, Zen, Iola, Mair, Ezaria, LBP, a vodka, Pogany, Urbano, Mori, Nobile, Kdar, Rajput, Elayne, Dalpe, Pole, Puto, edemata, Bogot, a pawer, a mahseer, caca, Teyde, Mhausen, a lagan, a gel, Calla, Encina, Econah, Occam, Roch, Cerf, Alix, a tfr, Ahwaz, a platina, Lyngi, Vedi, Walt, BAU, Mngr, Obe, Vola, EMR, a caser, Callie, Nell, UTWA, Papua, a scot, Sem, Lenape, BPI, Narva, Marie, Brey, a bozo, Draco, Mopsus, Ratha, Vladi, a qat, Farkas, Levon, Lay, Iraki, Lecia, Habiru, Benu, Tare, Materi, Plato, Tallis, a mary, Bibi, lagenae, Katina, Manassas, a lady, Rabbi, Jae, Livenza, Obla, a tsk, Adamina, Zahara, a mete, Renner, Basilan, Nimrud, Ismael, famuli, Falun, Amy, Teruel, Falkner, Behn, Nilson, a peer, Cash, a luff, Luwana, Dallon, Karelian, a sopor, Taylor, a kier, Fair, East, Simeon, Else, Winn, OCDM, Dares, Isacco, Romeo, Rempe,

Elsa, Bron, Arette, Walley, Lenore, cicadas, Sato, Gib, Leelah, a kalema, SAA, Volos, a tiff, Osana, Israel, Marra, Baily, Xenos, Nasho, Cattell, a view, Kremer, Beka, Hassam, Danava, Grew, Oralie, Broca, Muni, Varro, Cremer, Alcor, a frug, Staw, Slav, Kobe, Sass, Elurd, Depew, Olwen, Gayle, Volapuk, Raman, Arblay, a faena, Corie, Vadim, a hobo, Rodd, Nassi, Rilke, seppa, Dagny, Brass, Acamas, Iene, Siwash, Taos, an amasser, Gitana, pajamas, labaara, Wajda, Wade, Japan, a cacao, Limassol, Fast, tipis, Sahara, a gemmed, Aida, Sucy, Mast, Cav, Ives, a cons, an aider, opai, Rodin, Monaco, Danby, Orsini, Soren, a bahut, Nairn, ideta, Gotama, Erdah, Cirri, Fania, Waki, Ruyter, genae, Cross, a brume, Essy, Ellata, MGB, Tilla, Agace, Vivl, Wollis, Naples, Sacken, Erkan, Rellia, Gabaon, a venin, Oby, Sorocaba, a lure, Fagin, Okla, Divali, Valora, Kiss, Ice, BAgr, Ebneter, Gelasia, Culdee, Waco, Ramona, Kolis, Evatt, EDP, Mjico, Fatiha, Drus, a reign, a teller, Olen, Rider, Emmerie, fomites, Iobates, Eryx, Orth, Cannock, Coop, an ess, Amero, Berar, Eddana, Latt, a flenser, Fima, Rasure, Mohamed, a toy, Hag, Al Pacino, valses, Oberon, Aldo, Maffa, Jule, rodeos, Salamis, Ozark, Cuba, OEM, a canikin, a mater, Rabassa, Paur, cace, Spanos, pilea, Waters, Bird, Nalda, Diley, Diehl, Hadas, Yentai, Nuri, a fascine, Rina, Elum, Megan, Al Roker, Eiger, albarelli, Mose, Patten, Sassan, amorini, Mallis, Urdu, Vacuna, Delos, Eiffel, Caren, Iardanus, a snell, AMSW, Alsace, Faur, Biddle, Iyar, aeraria, Hahn, a ramekin, Boor, Dayak, Ott, Suleiman, a hate, Yuji, Nissan, Medeus, a pug, Nahama, Rolph, Ball, Adalia, Lia, Rihana, Ilona, Boice, inedita, Rodmur, Casady, Hase, Nogales, Sikes, Uranie, ZAPU, a jabot, Sallie, Neils, Nial, Reede, Elroy, a marc, Carie, Cretan, Beller, Rattigan, a tort, Simmie, Hanan, Yves, a gravy, Rodge, Karelia, Harappa, nates, a yeo, Jahn, a taxeme, Rafael, Sada, sopranos, an egg, alamos, Wendall, a bason, Nampa, Wasp, Gasser, Cali, Grete, Paver, Trella, Zora, Vlada, a valeta, Ranitta, Pella, Hoye, Bret, Tung,

Nolana, a tabloid, a laird, a sort, Celeste, Doria, Laoag, Roti, Dena, Zane, Khanna, Hum, Obote, Neva, Targett, Enalda, Hoad, a kob, Molli, Kay, Elohim, an enamel, Ferd, NALGO, MSAE, solidudi, Nono, Manaker, a fracas, Eliphaz, Riti, Mokha, Susie, Lipps, Bart, Celka, Etka, Welsh, Paresh, a lodicule, Deane, Vonny, Borodin, Uria, LCM, Debbi, Lyle, Sisto, Megarus, a samara, Gaile, Vonnie, katana, Blake, Zorina, Marji, Helice, Damal, a malt, Sarkis, a wold, Ulda, Ocilla, Trier, Buatti, Wilno, Catt, Everara, Harte, Medan, Billy, Bisayan, a jen, ARCS, Orit, Sell, Art, a post, a nene, Coimbra, Koah, Carbo, Dallan, RAdm, PGA, VIP, Saul, Uzia, Paganini, Lamp, Senate, Lagash, Jan, FAD, Asser, Tella, Gipsy, Tiphane, endia, Caspar, Thallo, Mahan, Odine, Lobell, Erida, Naze, Mogul, opuses, Sauer, a pacer, a vain, Ilbert, Neckar, a naker, a duce, Hatti, Lallage, Rafe, a der, Rajkot, Rabin, a tpi, Naam, Lapsey, L-line, giros, lidias, alae, Samy, Derte, Medit, Eirene, Guin, Osi, Mayer, Ocker, Edessa, Tallie, Wira, hibla, Granados, a coo, Riffle, Nafis, Samalla, WRAF, a saccule, Fabe, Wast, Tifanie, Renee, Palm, a calef, Past, Rapidan, a hamlet, Timmi, Lossa, Damalas, Rutter, Evelina, a jakes, BSPA, Cass, Uriah, Gnossus, Salyut, Ara, Jasmine, Degas, Barty, Lena Olin, a dray, Gamali, Maidy, Levitan, a garg, a tarot, Cudahy, a tew, an amok, Rutan, Erebus, Alger, Pride, Pelaga, Kele, Kalie, Kailua, Trixi, Lenaea, nares, Ozmo, Ennis, settos, Sitka, Hesse, Tver, a pax, Elenor, Renado, Efahan, Izmit, Igenia, Morar, G-man, a dinar, Eve Brent, Rugg, a fade, Bayly, Ware, Sampo, Bucure, WMC, Odom, Niki, Ladoga, a roe, Bme, Ohm, Arcadia, Gudren, Gesell, Eidson, Exile, Nanon, a ramp, Milan, a romaji, Lederer, Fermi, Axel, AAAA, Kado, Klemm, Issiah, Glynis, a mukluk, Oskar, an asb, an asset, PYT, a sera, Nilote, Naxos, a have, Echo, Jemy, Can, a vaccine, Modie, Cacilia, M'sieur, Akel, a mamma, Havel, Cluj, Aimo, Nueces, a song, an axilla, Nitro, CAA, Nerita, Vasti, Nanji, Rora, Zalea, Imalda, Bast, Greta, Hasa, Petula, Sarene,

Dragon, a remittor, Deppy, Galway, a kid, Eleen, Suelo, carri, Baffin, Say, Rajiv, Irv, Tacye, Rubi, Fasano, Malaya, Gale, Veda, Asa, Ynan, Emery, Bazil, Elea, Gibb, a grid, a gaur, Pharm, a hero, Farah, penes, Sept, Marya, Tallula, Tennes, a part, Sau, AEng, a moxa, Nadler, a gene, Sage, Basov, Lau, Hamath, Cerberus, Araxes, Seward, NAA, Mme, a ban, Namur, Dallas, Dahle, Bonnard, Isleen, Kassel, Ruhl, Riis, Sorensen, Audre, pallia, Malone, Naara, Babar, Rew, a diva, Dli, a ware, Trager, Heber, a secretness, Idea, crabs, UMT, Tell, an omasum, a larum, Ikey, Ranite, Lemar, Hekate, Vaduz, Dukas, Lovato, clarts, Ana, Lyman, a suite, Minos, Otte, Pasto, orlos, origamis, sensa, Kulda, Emden, Artois, Orelie, Nisen, a ripeness, Emera, Mbm, a psf, a jeu, Daly, Bisayas, Basle, Goff, Ubangi, Naarah, Cirone, Zif, a sett, Evey, Ler, Radke, Pace, Curcio, Zelos, an erg, Lace, Eolian, Sadler, Amhara, Ozen, Ironside, Vedic, Ilisa, a titi, Vena, Orvil, an one, Wes, palala, Judi, Rees, a wamus, Ranee, Taranis, a hider, FDA, Hijaz, a gar, a tisane, Drago, bds, Placia, Clabo, Calan, a kVAH, Somalian, Bohaty, a pall, Edith, Cilo, Diderot, Teer, a damp, Raynah, creeps, a spat, an esse, Nomi, Pepin, Isidore, Daegal, Rovner, wares, a lambda, Emina, Naomi, Socred, arts, Pol, Casta, Evin, Nanook, Coralye, Welcy, Ceram, Llud, Balf, Nilla, Valer, Peder, BASc, Spar, Pirali, Cecyle, Swen, a dig, Apollo, Daren, Vane, Downes, Dunker, Pudsey, Elyn, Norby, Guarino, Epirus, Sumo, DBI, Hasan, Arcaro, Cels, Ilya, Melone, Bebel, Palici, Trevah, Cub, Nee, Shayna, a bat, Samara, Olin, a luffa, Argo, Gilson, a diagonal, a kif, Eth, Gilolo, Bolan, a krater, Ecua, Bilac, a macaroni, Masry, a nogg, a warm, Ocko, mks, a mason, Lewan, a cow, Kelli, Vashtia, Latea, Amoy, Oys, Solti, Artair, a fado, Castra, Heti, sacra, pudda, Faisal, a dallan, a drain, a latten, a wus, a zoa, CIC, CCP, Saharan, Namtar, a jug, Pine, Galena, Jerba, Frau, Gaon, IMF, Fagaly, Cananea, jatos, a raser, Arcata, Camag, a naut, Etom, Manasseh, traclia, Raseda, Hollie, Tedi, minae, Kolar, Azalea,

Girtin, Iberia, Zillah, Petra, Udo Kier, Baco, Vania, Cavil, Orelee, Hwu, IDP, Makell, Imajin, Nolde, Zagut, a corp, Ayer, a gap, Lucania, Madea, Baraca, Kola, Lodi, Masao, Bratton, a guns, Aggi, Bay, a fane, Lebaron, a leet, Sadye, Istrian, a map, a mac, Sliwa, Sirach, Gorbals, BCerE, Bildad, Gabon, a teacake, Wallace, Rania, Bruce, Basham, Ilesha, Hebe, Lepaya, Watt, Argolis, a hav, Dehnel, Rape, MTO, Pacifica, Prebo, Ranit, Laval, Lauri, Bajaj, Smetana, Titania, Monge, Samia, Hebbe, Job, Olva, Lula, a yoga, Nes, Reace, Sawtelle, Paxon, Eldred, dogs, Ice T, a lipoid, a tops, Ulm, Merta, Iago, Numanus, Eirena, Olsson, Indy, Clim, a hatter, Brie, Kartis, Sissi, Madras, a straw, Spohr, a cause, Jeri, Mellen, Urbana, Greff, Furlani, Utter, Gera, Cotsen, a tole, Tamarra, Mur, Amittai, FAS, Urgel, Lecce, Rayne, Mekka, Sokoto, ICSH, Coke, ICA, Duane, Riss, ILWU, AAP, DLS, Iliad, Rooker, Dreeda, Tamara, Jakob, Manara, halalah, Darelle, Tesla, vaadim, a mall, Ikeda, Janie, BCE, Gamma, Hanway, a papa, a demy, Nagey, Botkin, Dunaj, bonaci, Renell, Opis, Simon, a mart, Sauk, a belle, Bamako, OCTU, Herv, Efram, Lyall, a catalpa, Port, Sabaean, Relly, Whalen, Ravo, Garald, a sully, Harp, a bird, a neep, Aegia, Gan, Reena, ironies, Sabba, Bekah, Gogra, Lomasi, Jahveh, CPI, Mig, a kaon, Egin, Argyres, a malacca, Bard, Eddi, COSPAR, Olympe, Pablo, Clein, a tannage, Edgar, Canossa, Merise, Davon, Loz, Artemis, Sarge, Sorb, Karon, an ayre, vila, Reiner, Grote, Lacey, Alkmaar, Paige, Dearr, Udell, Myo, Fan, Evadnee, Locrus, Sarena, Care, Camala, Maker, Dr. Drew, Lubba, OIcel, an aren't, Tuscan, Gish, Siffre, Kapor, Camel, Cort, Sacks, USNA, Gillett, Lucho, Tegan, Mayan, Romany, Madid, a lath, Gilbart, Celesta, Garaway, a tenor, a ball, a face, Ellie, Megara, Gayla, Dmitri, atlases, a gator, Avo, Resht, Ribal, Luby, botanies, a canula, Batum, Lehi, Bogey, Agon, Razid, Clie, Valry, Bett, Elyot, Sfc, a leud, an iter, Cesaria, Var, Elda, a sem, a keep, a pool, a sago, Groete, Marola, Jago, Mafia, Wan, a vesp,

Macedon, Rocco, Ruder, a ha-ha, Robigo, Seow, Arcadic, an appel, Wels, a lory, Graniah, casus, Sennett, a pace, Poeas, Rubel, Bissell, Offen, USES, a r-color, a tie, Kure, Messiah, TKO, Wawro, NSF, a drawee, Lacy, lares, Algy, Burke, Robena, Sorkin, Ultun, Codd, a jeep, Selle, Damali, Ledda, Nogas, Orff, a catnap, a babe, Ras, Reviere, Mohsen, Gile, Disario, Caresa, Renan, a lentil, Bree, Belgae, Balbo, Danila, Tak, Lee, Pavla, Meer, gamgia, Takao, Carib, USTC, a taw, Wundt, exla, Cadet, Inuit, Reggy, Mahayana, ducs, ADC, Jori, Bodi, Laelaps, an age, Camelot, Saon, Rudy, LCI, Bytom, a steppe, Cale, Varanasi, Llanelli, Medin, Saar, Rubio, DOA, Cambon, Saadi, Lacee, Smiga, ranli, Katt, Emmey, Brock, Alitha, Lesak, Cibis, Odell, YPSCE, PSC, Xerox, Ulita, Colum, Orme, Haletta, ballets, Eagle, Hobart, steels, Akron, an arm, Isiah, Tanah, Gretal, Sari, Bedell, Evalyn, a raid, Epps, a wader, FBA, Hole, putamina, yadim, Machaon, a mime, Koppel, a day, Danelle, Welkom, Adali, Faxan, a resin, Oina, Moor, Canter, GCB, a nasion, Illinois, a vena, Elger, a breva, a red, Laclos, Arapaho, Klaus, a canna, Clea, BSBA, BSAA, Balla, Gassendi, Mita, a crone, Motu, an axel, Faxon, Klenk, Carcas, Neiva, Tirolese, Neison, Urbanna, sordini, Moham, Addams, Blim, Rapp, a canister, a tipi, PaG, Rotman, Ido, Asel, a cam, Hulbard, Nazler, Evva, Tali, Livi, Vally, Bisitun, Evans, a yapp, a kadi, Lal, Wanonah, Swed, a lub, Lassell, a cuj, a carafe, Karen, Hewett, Ellene, Cassy, Lanita, Manresa, Calore, a rennin, an opa, Cecile, Flori, tragi, Caresse, Lena, Xerxes, Sezen, Timor, Pasol, a taber, Azariah, Caty, Ovid, Dambro, Fariss, a cetane, Leiser, Tina Arena, Kora, Tass, a topaz, Tirza, Paki, Ulane, Vaden, Airla, Rolfe, Niles, Reddy, Roi, a gnawer, Deery, Tome, DDS, Jonis, sacela, Tang, a lugsail, Eamon, Alemanni, Reseda, nomas, Olm, Arg, Elery, Lareine, Dario, Mysia, Daffi, Daron, Duse, Enola, Sivas, a snake, MSBC, Faggi, Parette, Falla, Yoruba, Taite, Gilgal, Safire, Saseno, Lock, Gmur, UFC, Sadoc, Mo-tse, Pardo,

Graff, Fugate, Hellen, Oilla, Galen, nugae, Bigner, Weiler, Older, Eveleth, Cuenca, Cayla, Thar, Rumsey, AMEDS, Edsel, a saiga, lepta, Obuda, Emee, Garrik, Sayre, Eph, testae, Basra, Mid, a came, a hask, Danny, Lisan, a hallo, Paolo, Joao, Del, Saruk, Eula, Vaal, Licko, Beera, Eimmart, a draff, IGY, Argyra, Vizza, lappilli, Fates, Punak, culpae, Nuli, Botti, Flower, dreidels, Narbada, Lger, a he-man, a sumo, Matty, Lanny, Wyck, Baal, hamli, Miami, Gorsedd, Etoile, Chard, Estelle, Kanaka, Home, Dareen, Sask, a waratah, Garett, Upsala, Rollo, Kimmy, Galati, Meraree, Lae, T-bevel, Carew, Hand, a serum, Lora, Palla, MSSc, Jenilee, BAE, OPer, Gonave, Ruy, a till, Elf, a dopa, Aney, Hayes, Olds, Eadie, Haller, a mark, Kassa, jaws, DTh, Sayles, Rusell, Iggy, Taub, a barolo, Canon, Nikko, Ruhr, Ulah, Colp, Yeo, Jidda, Garm, Booz, a bania, Iddo, Dedie, Wasson, a reffo, Carr, Episc, Keats, Oct, Sirena, Odette, Bobo, Lopez, Alberoni, Lenee, Romeyn, Nadeen, Katee, Topeka, Elly, Dode, Roley, Trent, Tibetan, Gamal, Hube, Nadaha, Dania, Kala, Brakpan, Samian, Agra, Daniele, Begga, Ganny, Lymann, Aulard, Etti, Jav, Lemmy, Marelda, Laurel, a halm, Isth, Sarnen, Natalina, Mohr, a tract, Sudan, Alfred, Noami, Matti, pairs, a lemma, Hew, Lanna, Haven, a jazz, a tapa, JAG, Rivalee, Kast, a fate, Idonna, Kohima, Tirana, Lyda, Bozen, Noyes, a bagio, Dibb, a tango, Lobito, Leeth, Savoy, Amal, Aeniah, Keen, a rate, Shana, Kler, Hoban, a favor, Petit, a panada, Canarese, Orsino, Pilar, FCC, NSC, Mrs, a vidette, Duax, Elisa, a lore, MVA, Vasos, Taft, Lebanon, Issy, ties, a vakeel, Gayleen, Cmon, Errecart, a wart, Sonora, Cesena, duos, a dey, a milt, a trid, a wow, Ciro, Dex, Alesia, Mir, a remora, Zales, VDM, GCA, Ziv, a roo, ballate, Maegan, a male, Niple, Memory, Tace, Nea, Templa, a kal, a manana, Gennifer, a lutein, Nadabas, a caballo, Casey, Walke, Thanh, Simms, Menell, IAEA, Glee, Fatma, ENE, Rise, Carbone, Kal, Oehsen, Elianora, Hanny, Way, a rocaille, Kenon, a kaif, LaSorella, Backs, a caitiff

Argyle, cicale, Diamox, Ensoll, a back, snips, Aenea, a mam, an obs, Ilkley, a kami, an anatta, Tree, Haff, Ottawa, a jape, Iligan, a zip, Admetus, an aeron, Eleanore, Vig, Ignace, Pallua, Pete, Fakieh, Saleme, Ganiats, a sook, Nathalie, Lady, a meter, a gramme, Domash, turtles, Kayes, Lowrie, Moore, Davene, Gaelic, odds, LST, Paule, Idette, Devan, a mahewu, Dyan, Lotta, bags, Myrta, a race, Nerin, a suslik, Oslo, Botha, Dekeles, Brett, Ortler, Reddin, Assassin, Pike, Calapan, Rech, Colbye, Loftis, Babi, a rappee, Hess, Ore, Dolan, ariki, Garbo, Rolf Harris, a revert, Luk, Melli, a data, Gagnon, Amargo, Farro, Clio, Fayre, Wolff, a basic, AAG, Lover, Old, Lewanna, Melete, Gehenna, Edme, Fax, a salade, Mall, Erevan, a caller, Ribera, Valeda, Waal, Neto, Miksen, Rob Nash, a doodad, Logrono, Dash, Cayenne, Keele, Malia, Jamel, foots, Endo, giblets, a padre, Gay, an ivory, Galer, Rosalia, Samp, Wane, Diels, Alys, a moa, Haag, a jay, Nitin, USP, Margalo, Fareham, a vela, kinos, Sacha, Cyma, Nollie, Malanie, Fnen, Orsay, Alpena, Elison, Elsy, Estella, Salop, Adim, Lavada, Kelis, a vale, Kananur, Agt, Parent, Lawes, Sturt, Salish, Ataliah, Poine, Guest, Lassalle, duds, Esme, Garrot, a rebbe, Wain, a rclame, Leesa, Tiber, Araks, a kgf, Patt, Alpha, Ont, Efron, Aello, Danella, Mitzl, a fps, NBS, Eudo, MWT, D-day, a papaw, Elvira, OED, a toile, Hannus, a sap, Pippo, Marena, Edroi, Vasya, Brott, Ghats, Egidio, Luanne, Vic, Nun, Lotti, Waller, Ritter, Tasia, Lavoie, Camey, Rik, Spillar, Amaras, a kame, Gregor, Ruthann, a vast, Todd, Lamson, a jell, Ezra, Cobb, Udela, Palua, Harrod, a sci, Semela, Roman, Udine, M. Linna, Suslov, Ronsard, a madam, Hallett, Ileana, Hoy, Orne, rms, a gamut, FGSA, Lilla, Barak, Nibbs, Suanne, Ladonna, MNA, Klotz, Temne, dieses, Ilse, Nippon, Kazue, June, GATT, Albee, Sileas, Ilyssa, Jay, Na-Dene, Guenna, Teri, Alcazar, a basti, Weiner, a con, a satire, Vanier, Kevan, Kareem, an aloe, Gaut, CWA, Tiran, a kinase, Gamaliel, an ear, FMB, RSV, Rajab, Lemon, a cayenne, Jael, a passe, Jez, Albania, Merth, Calder, Brunk, an ogle, tis, Litha, Claman, an arista, Mesozoic, Sabelle, Cima, Aires, Siena, Addi, Leod, Neu, Alper, a mutase, a mocha, Ofori, Gader, a jato, Jaal, Neocene, Day, Damek, Rory, Zitella, Gates, Sou, ibises, Iline, Gursel, leptera, Jelle, Basilio, Maxi, a puddle, Mari, Mazel, Diboll, Este, Bactra, Hapte, Hoe, Tampan, a haze, Trocki, lames, Rome, a crape, Kopaz, Treharne, Madox, Etta, YWHA, Laennec, a rasp, Ankara, Ecevit, a grenade, Idden, Egk, Capone, Janina, Yuu, Sans, Sampson, Kas, Igerne, Rollet, a corban, Edward, Romy, a fuddle, Gabor, Bali, a redan, a medulla, Romanes, Nannie, Welles, Ornie, Vastah, Taal, a famille, Udele, Zorn, Ibrahim, Harberd, a capot, Pitaka, a psyllid, a siller, Taegu, a fee, Kabul, Sarette, Barret, Algie, Hyde, Merat, Dothan, Muna, a duro, koku, a drongo, Haemon, an ode, Marci, Macri, Calais, a poort, a kilo, Park, Sibell, oracles, Orsk, Cindee, Macau, Haines, Semmes, Bigg, a henry, Barbi, Lalage, Troy, Ad Rock, Li-sao, Zagazig, Slater, Cedell, Eurotas, a tike, Punic, Castor, Gallus, Niel, a serai, Kimmi, Yassy, Latif, a mood, a lagen, Odeen, Ireton, Cage, Monacan, Gigli, Greville, a cup, a lear, Zamora, Camorra, Callot, Anatol, Canale, Magan, a madame, Mallen, Odelle, Barolet, Seena, Balaam, a jill, Igbo, Ymir, a saliva, Callum, a possy, Haerr, Otti, Bagger, Gde, game laws, a fun, a manille, Taimi, Ardeth, Tillio, Baese, Raven, Noleta, Barents, reges, a calix, Idona, Clova, Nary, Bram, Hapi, Dayan, USMA, a lasagne, Nerissa, Trow, Damales, Sekyere, Benny, Winni, Verdie, Dreda, Laramie, Weixel, palta, Cannes, a max, a magnum, a fool, a rall, Emmy, Colima, Calva, Key, a kennel, Osetian, Adaiha, Lash, Torto, Havant, Ruben, Aulea, Till, Lucan, an oct, Ruyle, Drake, Tivoli, Lela, Bazin, Biela, Illampu, Marve, Nigel, a yip, Pepita, Laredo, Heinie, Haase, Webb, a rcd, Leffen, an ike, Pima, Esta, Pusey, Bligh, Kuban, a rodeo, Reamy, a hame, Smart, tumli, pupae, Carthal, a gasp, pignora, Bax, Oval,

EBCDIC, a repairer, a gyrus, Amato, Kleve, Kan, Reeves, Sung, a mire, Plate, canales, Sisile, Dilan, Natala, Aarau, Quill, Cozza, Geo, Joli, Mic, Coty, Darbee, Baeda, Erik, Kabyle, Leo, Rovit, Sergo, Catto, Cidney, Bottrop, paramos, Narayan, Lozano, Garratt, socks, a lud, Basuto, Laue, Jim, a rake, Dreams, Edette, Romains, a rapture, Emp, Masan, Ethanim, Adala, Espy, Nye, Krute, Frona, Muire, Capt, Kkyra, Gill, a coetaneity, Lily, Culm, Osmo, Daniel, Kenn, a paretic, Ania, Cayes, Pilsner, Olette, Devona, Icarus, a surra, Heine, Guesde, a loci, Neille, Karas, Aimee, Dola, Lugo, Vigo, Yavar, Gall, Eddra, Bohemia, Nord, Lawlor, a mucidness, Orren, Musette, Nels, Wertz, Teressa, Gavra, GPO, Karee, Pri, Mims, a gotra, Zola, Ielene, Siesser, a cassia, BSEE, Tillo, Hett, ennia, Gainor, Eveleen, Davidde, Tanny, Lan, a sorbol, Abba, Danette, nibs, Somali, MacRae, Yael, Shwalb, Danie, Malaccan, a logo, Gallico, Dhar, Otter, a grammar, Trabue, Maretta, Yazd, an axil, ICJ, Lupercus, a tow, Izmir, UPWA, Tovey, Badb, an afar, a dah, Celaya, Vlos, a bish, Pahl, a caracara, Zima, Luth, Tierell, Eulee, Liam, Hebel, Livesay, Norford, nullos, Netti, Maas, Genet, Kenay, Tropaean, Milner, Petua, Pell, lobi, Vulpecula, Igor, Doble, Pamela, Esma, Janella, Yarak, Hebrew, Opp, a camass, an abp, Wear, Bill, Ignatius, Grodno, Mokpo, Oph, Tara Moss, Uri, Mure, Worrell, a fake, Emyle, Cicero, Gatha, Marble, a sapota, BHL, a wolf, a naif, fasces, Beta, Yaya, Cate, Johppa, Skaw, a rash, Tronna, Lymn, Allana, Vlor, a lempira, Allina, Manon, Nairobi, a caramba, Algoma, I-go, Kama, New, gyri, AFA, Karame, Gniezno, BAO, Rommel, Somme, Jen, a layer, Alcoa, Elene, Reste, Batruk, Inn, a hor, eucti, penates, Sumy, Baranov, an odd, Dusa, Spoor, Tarapoto, Kaylil, a stream, Mach, Kassem, Rika, End, Arelia, Madlen, an emery, Byrle, Saiff, a rave, Maise, Tray, Elys, Senlac, a jag, Cerell, Otero, OPCW, Nitti, Karole, Drugi, USIA, Resnais, a ruer, Edrock, Cob, a car, a makuta, Dyane, Tooke, BCL, Rigby, Eden, Limenia, Jaime, an anatto,

MMetE, Tomasina, Thad, Munafo, INH, esopgi, Arch, a cimaise, Kirt, Dur, Troyes, a kelp, Mettah, Kane, Bela, Nessie, Mollet, Sochor, FDIC, a non-Asian, Alroi, Fife, Kylstra, Sydelle, Brom, Ursa, Itagaki, Reeve, a mmf, Smoke, Makkah, Cele, Govt, Pedasus, Orebro, Demeter, EMet, a ragbag, a rex, a wallah, Wendt, Max, a flock, Cilka, Odel, Zapata, a gula, Keller, Odele, Signy, Regine, Halima, Jere, Reyna, Robigus, a sine, Meares, Settle, Fredra, Wit, Kassey, Bik, a saggar, Blas, an anima, Kaia, Minn, Edmee, lassos, Anne, Kyla, Enki, a haiku, Laski, Cukor, a kane, suds, a dimness, Nelsen, Une, a luge, Vogel, Grey, a sawer, Tyre, Marelya, Taif, Gow, a tenon, a tonn, an act, Freddi, Kew, Eolic, Matina, Masorah, Sark, a baetyl, Celt, Tutt, siloing, a basanite, Renita, Lapeer, Tania, Jenna, Elijah, a toom, Steel, Frey, a patter, Rudwik, Boz, Behl, Bibl, Mdm, Rondi, Mallory, a pact, Venita, Kipp, Iletin, a titania, Wagner, IADB, RRC, Nysa, Okie, Kea, Mycenae, Bene, Mahdi, Alastair, a lass, Albany, Giselle, Herr, a bal, a colat, KKK, a jowl, Layman, a zamia, Romanizer, Bonis, a cate, Creta, SSS, BSAE, Roby, Flagg, OFM, Rafaelle, Novara, Cull, a manatee, Maxy, Noemi, Tanagra, Gui, Leeds, Edy, Bradan, Newel, Geanine, Bordy, Hauge, Prog, an adze, Yoko, Karie, Haze, Froma, MOI, Coit, a patella, Maye, Velsen, a sit-up, Getter, Alcott, Alfreda, Zuleika, Oaks, Izard, Nissy, Mewar, a patin, Loseff, a jinn, a malate, Pegg, Elena, Janys, a lagena, Loyde, Mahren, Drape, Ovida, Lutetia, Weinek, camerae, Benito, Eldo, Grover, Talyah, Ste, Mohammad, Stopes, Roneo, Hana, Betsey, Dobro, FRB, an akee, Warta, Newlon, Ronn, a kago, Jasisa, Osber, Kotto, Papst, Tavis, Nissa, Mo-tze, Galaxy, Nic, USMC, BSF, fuci, Moby, Elodea, mucrones, an anna, Hidie, Hailee, Kten, Gardas, a numen, DEd, Nisbet, Toyama, Derksen, Iona, Rycca, Lila, a fut, a tennis, a yob, Malayan, Lovel, Boskop, a yap, a ceramal, a kabob, a call-up, an abo, Rosanne, Dyal, Camp, Sonni, Leveller, Rudd, Nevski, Arce, Avonne, Given, Ixelles, Satan, a gude, Placido,

Dynah, Piper, Eudoca, Jania, Lelah, Wye, Reine, Hydra, Glarum, a frt, Adorl, Erelia, Myer, Ody, a caramel, Hakeem, a kino, Mallet, Steps, Legis, a trad, a kilt, Ypres, Signe, Worl, Homo, Puck, a defeat, Roana, Wiatt, Seppala, Janelle, Kaine, Zeta, Curacao, Engud, a diacid, Emili, Ltd, Nazario, MOIG, an agar, prolia, Tavi, Janaye, Hafiz, Zurbar, a patsy, Shae, Demerol, Leven, a lbf, Lody, Haftarah, Bailar, Tampa, Cameron, Aileen, Wafd, Nippur, Keare, a te-hee, Sra, a hade, Hadria, Lira, Joab, Libava, Jegar, Adria, BSSE, Grubb, Ndebele, Kato, Crabb, Bodoni, Mods, Aiden, a waka, Zina, Rimini, Luigi, Lola, Delft, a pane, Dalt, Nevada, Jabal, Lulu, a lues, a mock, Riki, Kush, Serang, Norway, Elsass, Artamas, Robi, Kivu, Amasa, Gnostic, Recor, a tatter, Everes, Ierna, mottos, nixes, a cig, a mallow, Esten, a jetsam, an ads, BVD, Asben, Amador, BIT, Buck, Cinerama, Doisy, Emily, Nazarene, Zorana, Mrike, Darby, Camenae, Joni, City, Carte, Kilan, Otranto, Brahmsite, Codee, FPC, Broz, Ararat, Stelle, petits, a bast, Temp, Medorra, Vanny, Wylie, Kee, Enrika, Zeba, Joly, Mozza, Rude, Kamerad, Dulles, Urmia, Hilel, Cung, larcenies, Bob Saget, Tobe, Luigino, Elmo, Hagar, BLE, Diesel, trymata, Wong, Rivy, Block, Cuman, a ladanum, Asp, Dolli, Pepe, Limoges, a pcf, an eve, Kirimia, Kin, Alten, Rubin, Alma, Hui, Batia, BLI, a jaw, a caul, Caressa, Paducah, FCA, kronen, Irene Wan, lomta, POW, Moth, a bus, a welfare, Nies, a yodeller, Radie, Sine, Yul, Ulan-Ude, Touber, Ames, Orson, Asia, Phaih, Strega, Lom, Orin, ANG, a manna, a lanolin, Ava, Igorot, Nashe, POA, Ilsedore, Horbal, Ella, Helm, MEA, Lynnelle, Koy, a worst, CEF, FEPC, Smitt, Epirote, Nilus, Rufe, quoits, Laforge, a let, Steve Tate, Neron, Gio, MPE, Edva, Siam, Takeo Kanade, Hazaki, Rafter, Fafnir, Ellon, Karoo, Gerger, Gian, a cake, Luci, McGaw, a lapser, a knife, Solyman, a dols, USS, a panic, Ramanujan, Nelda, Oler, a reflet, a por, Daniyal, Lemmie, Hort, SHA, BSA, Cainite, Kezer, Uel, Osy, Mon, Oceanport, Sakmar, Gawra, Mli,

WRA, luces, Aretus, a volva, Plos, a rig, a tunka, Trst, Lud, a nonanimal, Ceto, Gros, a sprawl, Moho, Campinas, a remitter, Biles, Yehudi, Anya, Jaala, Herta, Warchaw, Otello, cannulas, Sirotek, Cop, a woman, Alameda, Rita Sever, Taddeo, Gladi, Halliwell, Enya, Rea, Luce, FLN, Otha, Roos, Kamasutra, Gurkha, LOOM, a gnash, Colombo, Hanuman, Itonia, Grae, Yezo, Danilova, Ollayos, a rotte, Basutos, Romie, Pia, Tacitus, a rice, glali, atria, Halliday, Liod, a rupee, Waikiki, Glogau, a pagne, Here, Cayugas, Selemas, Sirenum, Minamoto, Taber, Amb, RLD, Arvy, Gannes, an arcana, Yugo, Dercy, Enoch, a laksa, Hiller, Ong, Islaen, Omuta, TTS, a cade, QMC, Stinnes, a drowse, CEA, Fido, Janna, Irene Dunne, Berte, Moli, Kallikak, Conn, a bag, Naylor, Reese, Elma, Galligan, Atoka, Debor, Talys, Setbal, Bayville, Dian, Kaiser, a bra, Benn, Ailsa, Gudea, Lucic, a syllabub, Allis, a sucrose, Bel, a nine, Lehman, a vet, Stets, a terebene, Leclair, USIS, Pini, Meges, Aar, Filip, a note, a noble, Heymann, Izanami, Vallenar, Ammadas, Velella, Bes, a balao, kadis, a qadi, a myriad, an oompah, cannulae, Romina, Lie, Laon, an abt, Maice, a sepal, Lug, a lobe, a dipole, Potts, a sarrazin, Blader, Fini, Weimaraner, Bode, protases, Sambre, Hamadan, Oswald, a cyc, a soil, a renegado, Bear, a pit, Lumen, egos, a ganoid, Luks, a pup, a lubra, Luger, Aretta, Massorah, duomi, Bute, Korah, Cree, Hanukkah, Shah, sarapes, an iman, a snit, a mattock, Coral, Ravel, Baton, a dud, a tine, Bebe, Zoe, Osnabr, a gpad, Nagari, Jehol, Lejeune, Vassily, Elder, a cort, a locale, Siegel, Krems, Sodom, Alan, a soliped, limli, a stirps, a sedile, Pavlish, Poseidon, a mho, Leroi, Freyah, Tit, a namma, an epop, a catfall, a gadid, a wax, a ratan, Ambur, GCF, Flore, Jerome, Gda, MPL, a palate, Peta, Passover, Hehre, Voss, a pate, Petal, a palp, Madge, More, Jerol, FFC, Grubman, Atarax, a wadi, Dagall, AFT, a capo, Pena, Ammanati, Thayer, Fiore, Lohman, Odie, Soph, Silva, Pelides, a spritsail, Milde, Pilos, an alamo, Doss, Merkle, Geisel, a col, a trocar, Edley, Liss, a venue, Jell-O, Hejira, Gand, Apgar, bans, OEO, Zebe, Benita, Dud, a notable, Varl, a rock, Cott, a matins, an aminase, Parashah, Shak, Kun, a heer, Charo, Ketubim, Oudh, a ross, a matter, a regular, Bul, a pupa, Skuld, Ion, a gasogene, multiparae, BOD, a general, Ios, a cycad, Lawson, Adama, Herb, masses, a torpedo, Bren, a ramie, Winifred, Albniz, Arras, Astto, Pelopidae, Bol, a gull, a pes, aecia, MTB, an anoa, Leilani, Morea, Lunna, Chap, Moon, a dairymaid, a qasida, Koal, a baseball, Elevs, a dammar, an ell, a vimana, Zinn, Amye, Helbona, Eton, apili, Fraase, Gemini, psis, Urial, Celene, Beret, a stet, Stevana, MHE, Lenin, a lebes, Orcus, a sillabub, Allys, aciculae, Dugas, Lianne, Barbaresi, a knaidel, Livy, a blab, Tessy, Latrobe, Dakotan, a gill, a gam, Leese, Errol, Yang, a bannock, a kill, a kilometre, Bennu, Dene, Rianna, Jodi, faeces, Word, a sennit, ScM, QED, a cast, Tatum O'Neal, Signorelli, Haskalah, Coney, Credo, Guyana, Cran, a sen, Nagyvrad, LRBM, a rebato, Tom, an immune, Rissa, Melessa, Guy, a cere, Heng, a paua, Golgi, Kiki, a wee, Pur, a doily, a dill, a hairtail, Algeciras, Utica, Taipei, Mors, Otus, a bettor, a soy, Alloa, Volin, a doze, Yeargain, Otina, Mun, a hob, Moloch, Sang, a moolah, Krug, Artus, a maksoorah, Tonl, feculae, Raynelle, Will, a hidalgo, Edda, Treves, a tirade, Malan, a mow, a pocket, Orissa, Lunn, a coll, Etowah, Craw, a trehala, Ajay Naidu, Heyse, libretti, Meras, an ipm, a coho, MLW, a rps, a sorgo, Tecla, Min, a nonadult, Srta, Knut, a girasol, Pavlova, Suter, a secular, Wilmar, Wagram, Kastro, PNA, Economy, Soleure, Zeke, Tinia, Casbah, Stroheim, Mella, Yin, a drop, a telfer, a reload, Lenna, Juna, Marcin, a passus, Lod, an amylose, Fink, a resp, a law, AGC, Miculek, a canaigre, Gregoor, a knoller, Inf, a fret, Farika, Zahedan, a kOe, Katmai, Savdeep, Moigno, Reneta, Tevet, stelae, Grof, a lst, IOU, QEF, Ursuline, Tori, petti, MSCP, effects, Row, a yokel, Lenny, Laemmle, Hallel, a bro, Hero, Des, Liaopeh, Santoro, Giavani, Lon,

Ala, Anna Magnani, Romola, Gert, Shiah, paisanos, Rosemare, Buote, Dun, a lulu, Yenisei, Darrelle, Doy, a seiner, a flew, a subah, Tom Wopat, Moln, a wen, Erine, Nork, a cfh, a cud, a passer, ACLU, a caw, a jailbait, Abiu, Hamlani, Burnet, Lanikai, miri, Keven, a fcp, a sego, Mile, Pepillo, DPS, a mun, a dalan, a muck, Colby, Virg, Nowata, Myrtle, Seidel, Brag, a hom, Leoni, Giule, bottegas, Bobseine, Cralg, nucleli, Haim, Rusel, Ludd, a remake, Durazzo, Mylo, Jabez, a kirn, EEE, Keily, Wyn, Navarro, Demp, Metts, a bastite, Pellet, Star, a razor, BCP, Fee, Docetism, Harbot, Narton, a like, Tracy, Ticino, Jeane, Macy, Brade, Kirman, a rozener, a zany, limeys, Iodama, Renick, cubti, Brod, a mane, BSAdv, BSD, a namaste, Janet, Sewoll, a magic, a sex, INS, Ottoman, Reiser, Everett, a taro, cerci, Tsonga, Samau, Viki, Bors, a matrass, a sley, a wrong, Naresh, Suki, Kirk, comas, Eulau, Lull, a bajada, Vent, Laden, a pat, Fleda, loli, Giulini, Miran, Izak, a wane, Dias, Domino, Dobb, Barcot, a kelebe, DNB, Burgess, Baird, a rage, Java, Bilbao, Jari, Laird, a he'd, a haar, See, hetaerae, Krupp, Ind, Fawne, Elianore, Macap, Matralia, Bharat, Fahy, Dolf, Blane, Vellore, Medeah, Syst, a par, Abruzzi, Fahey, an ajiva, Tailor, Prag, an agio, Moira, Zandt, Lili, Medicaid, a dug, Neo, a carucate, Zenia, Kellen, a jalap, Pest, Taiwan, aortae, Fedak, Cupo, Mohl, Rowen, Gisser, Pytlik, a dart, a sig, Elspet, Stella, Monika, Mee, Kahle, Maracay, Dorey, Mailer, Elrod, a trf, a mural, Gardy, Henie, Rey, Whale, Laina, Jaco, Duer, Epiphany, Dodi, Calpe, Dugan, a tassel, Lexine, Vigen, novae, Craik, Svend, Durrell, Evelinn, OSP, MacLay, Denn, a soroban, a pull, a cabob, a kalam, a recap, a yapok, Soble, Volnay, a lamboy, a sinnet, a tufa, a lilac, Cyrano, Ines, Kreda, Mayotte, BSIndEd, Nemunas, a dragnet, Keelia, Heidi, Hannan, a senor, Cumae, Doley, bomi, cuffs, BCM, suci, Nyx, Alagez, Tomas, SINS, Ivatts, Papotto, Krebs, Oasis, a jog, Akan, Norn, Olwena, Traweek, an abr, For, Body, Esteban, a hoe, Norse, Potsdam,

Mahomet, Shayla, Trevor, God, Leotine, Beare, Mackenie, Waite, tuladi, Voe, Pardner, Hamed, Yolane, Galasyn, a jane, Legge, Pet, Alamanni, Jaffe, Solnit, a para, Wemyss, Indra, Ziska, Oakie, Luzader, Flatto, Clarette, GPU, tisanes, Levey, a mallet, a patio, CIO, Mamor, Fez, a heir, a koko, Yezd, a nagor, Pegu, a hydro, Benin, Aegle, Wenn, a darby, Desdee, Liu, Gargan, a time, Onyx, a meet, an amal, Luca, Ravonelle, a farm, Fogg, Alfy, Boreas, BSSS, a tercet, a casino, Brezin, amoraim, Azan, a myall, Wojak, KKt, a local, a barre, Helle, Sigyn, A. Blass, a lariat, Salaidh, a mene, Beane, cymae, Keiko, a sync, RRB, Dairen, Gawain, a titanite, Lippi, Katine, VTC, a payroll, a mid, Norm, DML, BiblHeb, Zobkiw, Durrett, a payer, Fleet, Smoot, a haji, Leanne, Jain, a tree, Palatine, retinas, a bagnio, List, Tuttle, Clyte, a bakra, Sharos, a manit, a mCi, Loewe, Kidder, FTC, an annot, a nonet, a wog, Fia, Tayler, Amery, Trew, a sayer, Gle, Gove, gulae, Nunes, Lenssen, Midas, Dusen, a karo, Kucik, Saluki, a haik, Nealy, Kenna, SOS, Saleem, Denni, Maia, Kamin, a nasal, Bragg, a saki, byes, Sakti, Warder, Felt, tesserae, Menis, a sugi, Bora, Nyerere, Jamila, Henig, Eryn, Gisele, Dorelle, Kaluga, a tap, Azle, Doak, Lick, Colfax, a mtd, Newhall, a waxer, a gab, Garate, Merete, Medor, Berosus, a dept, Vogele, Chak, Kameko, MSFM, Maeve, Erika, Gatias, Rumor, Belle, Dysart, Slyke, Fifi, Orlanais, a nonacid, Froh, Costello, Meissen, a leben, a khat, Temple, Kasey, Ortrud, Tri, Kesia, Micah, Craig, Posehn, IOF, a numdah, Tanis, a motet, Emmott, an anaemia, Jaine, Milne, Dey, B-girl, CBE, Kootenay, Datuk, a maraca, Bock, Corder, Eurasian, serais, Uigur, Delora, Kitti, NWC, Poore, Toller, ECG, a jacal, Nessy, Ley, Artesia, MeV, a raffia, Selry, byre-men, an eld, a mailer, Adne, a kirmess, Akh, Cammaerts, a lily, a koto, paratroops, a sudd, Donavon, Araby, Musset, an epit, Cuero, Hanni, Kurt, a bet, Serene, Leao, Clarey, a lane, Jem, Moslem, Moro, a bonze, Ingemar, a kaf, Airy, Gwen, a mako, Giamo, Glaab,

Maracaibo, Riannon, a manilla, a rip, Melar, Olvan, Allan, Mylan, North, Sarawak, Sappho, JET, a cay, a yate, BSEc, Saffian, a flow, a lhb, a top, Asael, Bramah, Tagore, Cicely, Meek, a faller, Rowe, Rumi, Russom, a rath, Poop, Komondor, G-suit, Angil, librae, WPB, an assam, a cap, Power, Behka, Ray Allen, a jam, Seale, Mapel, Bodrogi, a luce, Pluvi, Boll, Lepaute, Pren, Limnaea, Porty, an ektene, GSA, a mitten, Soll, UNDRO, Fronya, Seville, Behm, Ailee, Luelle, Reith, Tula, Mizar, a caracal, Haphsiba, Solvay, a lech, a daraf, an abd, a bye, Votaw, Purim, Ziwot, a sucre, Pulj, Cilix, an adz, a yatter, a meu, Bartram, Margaret, Torah, Docilla, Gogol, an acc, Alamein, a dbl, a whsle, a year, Camila, Moss, Binette, Nadabb, a lob, Rosana, Lynna, Teddi, Vadnee, Leveroni, a gain, Nette, Holli, Tees, Baiss, a caress, Eisen, Eleia, Lozar, togas, Mimir, Peer, a kop, Garv, a gasser, Etz, trews, Lenette, Sumner, Rossen, Dicumarol, Waldron, AIME, Hobard, Dell, a grav, a yogi, Vogul, Alodee, Mia Sara, Kellie, Nicola, EdS, Eugenie, Harrus, a sura, Ciano, Vedette, Lorens, Lipsey, a cain, a citer, a panne, Klein, a dom, Som, Lucy, Lily Tien, a teocalli, Gary, KKtP, a cerium, an orfe, Turkey, NYP, Seal, Adaminah, Ten, a samp, Meerut, parasnia, Morette, Desma, Erde, Karami, Jeu, a lotus, Abdul, Ask, Cost, Tarragona, Zolnay, a ransom, a rapport, Toby, Endicott, a cog, Restivo, Roe, Lely, Bakki, Reade, a bee, Brady, Tocci, Milo, Joe, Gazzo, C.L. Liu, Quar, AAAL, a tanna, Lide Li, Sissel, an acetal, Peri, Magnus, Seve, Ern, a kevel, Kota, Masury, Gareri, a peracid, CBEL, a vox, a baron, Gipps, a galah, Trace, a pupil, Muttra, MSEM, a hay, MAeroE, Doran, a bukh, Gilbye, Supat, Seami, Pekin, a nef, Feld, Crabbe, Wesa, a heinie, Hoder, a lati, Peppi, Yale, Ginevra, MUP, Mallia, Leibniz, a bale, Lilo, Vitek, Ardel, Yurt, Conan, a cull, Litae, Luane, Burt, Navaho, Troth, Salahi, a danaite, Solenne, Kaye, Kavla, Camilo, Cym, Mellar, a loof, a munga, Maxama, Senn, a cat-lap, Lexie, Weimar, a lader, Deidre, Vinni, Wynne, Berey, Kessel, a madwort, ASS, Irene Ng, a salaam, Sunay, a dip, Ahmar, Byran, a volcano, Dixil, a case, Gerstner, a bate, Lonne, Varese, a boil, Lith, Ted Raimi, a tellin, a manuf, a swale, MAgEd, Gregg, a bit, Torre, a hyssop, a mull, a cavil, a sari, MYOB, Gilli, Jamaal, a bane, Estel, Orabelle, Donell, a mem, a daman, a gamelan, a clot, an atoll, a carrom, a carom, Azrael, a puca, Elli, Vergil, Gignac, an omega, CNote, Rinee, Donegal, a doom, a fit, a lyssa, Yim, Miki, a resale, Insull, a grot, Sacci, Nupe, Kitasato, Ruelle, Decretals, Giza, Gazo, a silk, Corday, Ortegal, a libra, Byrne, Haggi, BSEM, Messenia, HUAC, a meed, Nicks, Rosel, Carolle, Biskra, Polik, a troop, a sial, a circ, a micra, Medon, a nome, a hog, Nordau, Kokoruda, a numnah, Todt, a remedy, Heigl, a terr, a better, a slub, a keef, Auge, a trellis, a dilly, Spaak, a tiptop, a cadre, Brahmi, Harbin, Rozele, duelli, Mafala, a that's, a vein, Roselle, Wein, Nansen, a moral, Ludeman, a derail, a brob, a geld, Dufay, Mord, Rawden, a brocatel, Loren, Regis, a knosp, Massna, Suu, Yanina, Jeno, Pack, Gen, eddied, an ergative, Cear, a knap, Saracen, Nealah, Wyatt, Exod, Amen-Ra, Hertz, a poke, Parcae, Morse, Malik, Cortez, a hanap, Mateo, HETP, a hart, Cabet, Sello, Bidle, Zamir, a meld, Dupaix, a moil, Isabelle, Jaret, Pelles, Rugen, Ilise, Sibiu, Osset, a gallet, Izy, Rorke, Mady, a dene, coenla, a jota, Jared, a giro, Foah, comae, Satu-Mare, Plauen, Doe, Lidda, a neisseria, a micelle, Bascio, Zosema, Tsiranana, Malcah, Tilsit, Elgon, a knur, Bred, Lach, Tremain, a blaze, Jess, a palea, Jenne, Yacano, Melba, Jarv, SRBM, fraena, Leila, Mages, an ikan, a rita, WCTU, a geol, an ameer, a knave, Krein, a veritas, an oca, Renie, wits, a baraza, Claire, Tann, Eugene, Danya, Jassy, Lisa, Elisee, Blatt, a genu, Jeuz, a knop, Pines, Lise, Seiden, Metz, Tolkan, Manno, Dalenna, USSB, Bink, a rabal, Lilas, GFTU, Magas, Mren, Royo, Hanae, Littell, Ahmad, a madras, Norvol, Susann, Ilmen, Idun, a morale, Mesics, a dorr, a haul, a pale, Dubbo, Car, Zelle, Janos, MALD, Dott, Savannah,

Turro, Gerge, Makasar, Amaral, Lipski, Rye, Maceio, Valais, a tret, Tirrell, a wittol, Nunci, Venn, auloi, Digest, a hgt, Torbay, Savior, Deaner, a mop, Pippas, a sunn, a helio, Tadeo, a riv, Lew, a papaya, DDT, WMO, dues, BNS, Pfalz, Tim Allen, a dol, Leanor, FET, Noah, Platt, a pfg, Kask, a rarebit, a see, Lemal, crania, Webber, a torr, a gems, Esdud, Ellas, salts, Eugenio, Phail, a tahsil, a strut, SSE, Waltner, a ptg, Arun, an akela, Vasilek, Ada, Valmid, a pol, a sallet, Seys, lenos, Ileane, playas, Ronen, Fein, a lame, Illona, Mycah, cassoni, Kaleva, Maher, a fol, a gramps, Unit, Iny, a jaga, a haoma, Sylas, Leiden, a wpm, a sail, a sorrel, a gyro, Vinaya, Gerd, a pastel, Bigod, Nesto, OFlem, a jail, a melee, Kenney, a chs, a donor, Gold, a doodah, Sanborn, Eskimo, tenla, a wade, L'Avare, Birrell, a can, Averell, a medal, a sax, a fem, Deanne, Hege, Telemann, a weld, Lore, Volga, Acis, a baff, Lowery, a foil, Corr, a fogram, a nong, a gata, Dail, Lemkul, Trever, a sirrah, Floro, Bragi, Kiran, a lode, Rosse, Heep, Paraiba, BSIT, Foley, Bloch, Cern, a palace, Kipnis, Sassanid, Derrel, Trotter, BSEIE, Kedah, Tobol, Sokil, Susan, Irene Cara, a try, MSG, a batt, Olnay, Duwe, Haman, a vedette, Dielu, a pts, LSD, Docile, a geneva, Deroo, Meir, Wolsey, Aksel, truths, a modem, Margarete, Mayda, Leilah, Tankoos, a stain, a gemel, a sheik, a fete, Paull, a pecan, Gigi, Verona, Elenore, a nasute, MDAP, Izanagi, Liepaja, a watt, Offa, Heer, Tattan, an aimak, a yelk, Lisbon, a mama, Aeneas, Pinsk, caballos, Nexo, Maidel, a cicely, graffiti, a cask, caballeros, Alfi, a kanone, Kellia, Coray, a wynn, Aharon, Ailene, Sheol, a keno, braces, Irene, AMT, a feel, Gaea, Illene, MSM, Mishnah, Tekla, wyes, a collab, a casaba, Dannie, Tulare, Finnegan, an amalaka, ALP, metae, Nec, a tyro, Memel, Pinel, a manage, a metall, a boor, a viz, a cgm, DVS, Elazaro, Merari, Maisel, Axe, Doric, WOW!, a dirt, Atli, Mayeda, Soudanese, Caron, Ostraw, a tracer, Reno, McNeely, a gleek, a vase, Itys, Sinon, a belt, fatsos, a vav, Merola, a silex, Audette, divas, RMC, SNCC, Fra, Liponis, Roeser, an acad, an apatite, Prov, a fana, Bohr, Elkanah, Set, a ranee, Khai, Neala, Mayo, Vashtee, Loti, Bologna, Tabbi, Doig, a base, Yonne, Zoba, Dylana, Rita, Miho Kanno, Diet, a fats, a keel, a virga, Jap, a tazza, Janeva, Hanna, Lwe, Hammel, a sri, a pitta, Mima, Onder, Flan, a dustcart, a rho, Manila, Tannen, Rasht, Simla, haleru, a ladler, a mym, Melva, Jit, Tedra, Luann, Amy Lynn, a gag, Gebelein, a darg, an aim, a snap, Karbala, Kain, Adaha, Dane, Buhl, a magnate, Bittner, Tye, Loredo, Dyl, Leake, Poteet, a knee, Dannye, Moreen, Elinore, Blaze, Polo, Bobette, Doane, Rist, costae, KCSI, Perr, a coffer, an ossa, Weide, Dodd, Iain, a bazoo, BMR, a gaddi, Joey, Ploch, a lur, Hurok, Kinnon, a color, a babu, a tyg, Gilles, Ursel, Yasht, DSW, a jass, Akkra, Marella, Heida, Esd, Losey, a hyena, a pod, AFL, Ellita, Yurev, an ogre, Poe, a beeline, JCS, Small, a parol, Mures, Adnah, Wera, Cleve, BTE, a leer, a remital, a gym, Mikol, Loral, a sputter, a ghat, Arawaks, a sneer, a demo, Hakan, a kellet, Sedrah, Celio, Tedd, esrogim, Aimil, Mahla, a bkcy, Wynn, a lytta, Momus, a name, Hare, Glad, a bransle, Dierdre, Wolfit, Tobi, Lune, a pluck, an upset, a fillip, palazzi, Vary, Gray, Giffard, a trammie, a reebok, Cilla, a value, Kur, a sled, OAO, Jolo, a poll, a ha-Nasi, Lynn, a dks, a haem, a cadi, Mars, a beat, Seth, Peery, a skirr, a gee, Mead, U-boat, Pelagi, a sales, Desde, Mayes, Murrah, Talya, CAC, Neuchtel, Evered, Lorelie, Wren, Gibe, a gunnel, a gal, Lionel, Lehet, a guff, Fargo, drapes, tomcod, a scf, Uru, MGk, colones, a serif, a slag, Ligeti, a tabu, Royall, a fetter, a pigg, AFC, BSME, Kansas, a visa, Lonee, Sudnor, a diff, a daisy, Moir, a denier, a lyre, Legra, Mlos, a monades, Erinn, a melanoma, Elias, Gulag, Natale, Cassino, JSD, Demo, Tyree, Drew, a ngaio, Rydder, Seline, Floral, Riane, Davena, Luik, A. Paz, Ritz, a potass, a tarok, an era, a nitre, Sielen, a tecassir, a forb, Maddi, Voyt, a chair, a zareba, Talos, a prom, Itnez, Essex,

Rexane, Lesser, a cigar, Tirol, Felice, Capon, an inner, Aerol, a casern, a matin, Alyss, a cen, Ellette, Wehner, a kef, Aracaju, Calles, Salbu, Ladew, Shanon, AWL, a lid, a kappa, Yasna, Venuti, Sibylla, Vivi, Lil, a tav, Verel, Zandra, Bluhm, a calesa, Odin, Amtorg, a pipit, a retsina, Capp, Armil, BSM, Addam, a hominid, Rosanna, Bruno, Sienese, Lorita, Viens, a cracknel, Knox, a flex, an auto, Menorca, a timidness, a gall, a baas, Babs, Bael, Cann, a casual, Koh, a parasol, Caldera, a verb, a regle, an evasion, Illinoisan, ABC, Gretna, Croom, an ioniser, Anax, a fil, Adamok, Lewellen, a dyad, Aleppo, Kemi, Manoah, Cammi, dayanim, a tupelo, Hab, Fred, a wasp, Pedi, Arany, Lavelle, Debir, a slater, Ghana, Thai, Simran, a nork, a sleet, Strabo, Helga, Estell, a battel, a hem, Romulo, Cati, Luxor, Exc, specs, Pylle, Dosi, Bick, a selah, tilak, Corby, Emmett, a kiln, a ragi, MSEE, Calida, a snob, Macao, Doi, Burra, a snide, Millen, Allisan, a ravel, a cep, Petsamo, Tybi, Cly, Durno, a stole, Macogan, a spale, a lido, Biro, JCD, a scud, an ayah, a myg, Gerti, United, a calx, ETD, NUWW, a tact, Subir, a coak, a taig, Magree, Malva, Peel, Katalin, a dobl, a beagle, Beer, BLit, Nelan, an eraser, a coir, a side, lignes, Homere, Ivers, a rebab, a pant, a caff, Ros, a gonad, Delila, Madelle, Spee, Jaddo, Cnut, Lunik, Rosane, Borek, Ruby, Glaser, a lyc, a leeward, AFS, Norw, a wok, Thais, Semeru, Keita, Rolo, crases, UNEF, folles, Sible, bursae, OPEC, a patten, Nessus, a chain, Argyrol, a slew, Lepp, an acid, a craw, oesogi, Borah, a hare, Duroc, Corno, Decamp, Sevan, a waif, a mog, a jalor, a meteor, Gog, a saloop, a peek, a mesa, Adler, a vair, a secretin, a duel, a cfs, Toy, Lette, Byrl, a veil, Cdiz, Arno, Gaye, Gobi, Helmut, a balun, a casein, a toby, Bull, a birth, Serov, a rota, gases, Altair, Tim Daly, a garage, Meill, EEC, a fall, a baronet, a yaw, Aragats, Electra, Blight, a la-di-da, Myna, Mornay, a mnage, Toh, culttelli, Gans, Usk, Castro, Clem, a crop, a kerf, Fish, Signac, Suttner, an alec, Ioab, Bulwer, Dr. Dre, Kamal, a macer, a caner,

Assur, Coleen, Daven, a foy, Mlle, Durr, aedegi, a praam, Klaye, Caletor, Grenier, a livery, an anorak, Brose, Grassi, Metrazol, Nov, a desire, Masson, a crag, Deegan, Nataniel, Colb, a pep, Mylor, a psocid, Dedra, BAcc, a lamasery, Grani, Genoa, Kagi, MIP, Chev, hajis, a molar, Gogh, a kebab, Bassein, Oriane, Erna, Gaige, a peen, a drib, APRA, Hyllus, Adlar, a gov, Arnel, a hwyl, Lernaea, Bastrop, a plat, a call, Aylmar, Fevre, Hut, Cook, Amabelle, Baku, Astra, Mano, Missi, Pollen, Eric, an obj, a nudnik, Tobye, Ganymeda, a pap, a yawn, a ham, MAgEc, Bein, a jade, Killam, Amida, a valse, Teller, a dhal, a lahar, an ambo, Kajar, Amata, Deerdre, Koord, Ailis, Ldp, AAUW, Lissi, Renaud, Acie, Koch, Scioto, Kosak, Kemeny, a rec, Celle, Grus, a fiat, Timaru, Marr, a matelot, an estoc, a regret, Tuinal, Ruff, Fergana, Brunel, Lemire, Jesu, a carhop, Swarts, a sard, a missis, Sitra, Keir, Bretta, Hamil, Cyd, Ninos, Sloane, ries, Unamuno, Gaia, Tremml, USPO, Tadio, Pilate, Cis, Godderd, Lenox, a pellet, Waseca, Erse, Nagoya, a lulav, Lobo, Jeb, Behaim, a segno, Main, a titanate, MSJ, a jabiru, Alla, Valtin, a rober, Pacific, a pot, MEP, Arlen, Hedvah, a silo, Gratt, a way, a pele, Behah, Selimah, Sabec, Urbain, a recall, a weka, Caetano, Bagdad, Liberec, BSL, a brogh, Carisa, Wilscam, a pam, an airt, Siey, Dasteel, an ora, Belen, a fay, a bigg, a snug, an ottar, Boas, Amidol, a lokacara, BAEd, a main, a culpa, Garey, a proc, a tug, a zed, Lonni, Jamille, Kamp, Diu, Wheeler, Oliva, Cain, a vocab, Reiko, Duarte, phalli, Zaire, Bini, trigae, Lazar, Aloke, an imide, Teillo, Hades, a railcar, Thess, an ammo, Tetu, an agama, CAT, a crare, Sarasota, Jaen, an acyl, a gaff, Mino, a guar, Fabre, Janel, a genip, Gujarat, Mannar, a hasp, CCC, ICAO, Zasuwa, Nett, a laniard, an all, a dalasi, a fad, Duparc, a site, Harts, a coda, Fari, a trait, Loss, Yo-Yo Ma, AET, a laith, Saville, KWOC, an awe, Lnos, a mask, Mok, Comr, a waggon, a yrs, a minor, a camaca, Libau, CerE, Tarkan, a lobolo, Light, Efik, Alano, Gaidano, Sligo, Graaf,

Fulani, Loar, a mastaba, Anyah, Seen, Buch, a verticil, a plebe, Beno, LeMay, Lisle, Cor, a cran, a sahib, Dom, Ussuri, Peonir, Augy, Bronny, Leyes, Dupre, Knudsen, Woden, Avner, a dollop, a gid, a news, Ely, Cecil, a riprap, SCS, a brede, prela, Valli, NFL, Abdu, LLM, a recycle, Weyl, a rockoon, anni, Veats, a clop, Strader, Cosimo, an anime, a dBm, a laser, a wren, Vorlage, a dero, Disini, Pepi, Monessen, a taps, a speer, Chany, a rpm, a dare, Ettore, Dido, Licht, Idell, a payt, a hobnail, a moshav, Kanal, a cob, Alcaic, Alps, DBO, Garden, a sitar, a gaz, a jihad, Fredi, Hasin, a rateen, a rsum, a wase, Eridu, Jal, a lapse, Wenona, Liv, Roane, vitita, a silicide, Vedis, Norine, Zoarah, Mareld, a snail, OEEC, Algren, a sole, Zoi, Cruce, Capek, Darrel, Yevette, Safi, Zeno, Richara, an ign, a buffo, Gel, Sabsay, a sibyl, a due, Jaf, Spam, BMarE, Messene, Piranesi, Neile, Rosio, Tran, Edmead, Lukas, Nessim, a girosol, Roots, a petto, Soni, Metius, an amyl, an astr, Alcot, a vols, a kudzu, Daveta, Kehr, a meletin, a rye, Kimura, Lamus, a monal, Lett, MusB, arcae, Dissenter, Cesare, Behre, Garter, a wail, Davida, Werra, Babara, an enol, a maill, a perdu, an esne, Rossi, Irl, Hurless, a kneel, Sidran, Nobel, Hadsall, a drum, Annaba, Emma, Andra, Wessex, a rasure, Brecht, a mahua, Lvos, a beg, a senega, Reld, Anaxo, Mag, Neau, a strap, a sennet, a lull, a tayra, MTP, Essene, Phar, a fore, Hamrah, Pru, Agadir, Gabbi, Gael, Eliz, a byre, Mena, Nyasa, a devel, a gayal, a monas, a fib, Urey, CATV, Rivi, Jary, a sniff, a birr, a coleus, Neel, Edik, a yawl, a gyp, Pedrotti, Merano, Gardener, a salute, Pas, a hater, GTS, a bad, lamiae, Lazaro, Rijn, an it's, a vat, Irena, a cortin, Allix, Anagnos, a sec, Eunomia, Jul, Cleva, Hamm, Amalek, a rue, Ismaili, cacei, Domenic, Cavan, a cyme, Joh, Ceevah, a sox, Aneto, Linares, a typ, Tess, an abs, an arak, Sokul, Kumasi, nylghais, Simmel, Kodak, AAA, Alexa, Imre, Frere, Delija, Moran, a limp, Maranon, an elix, Enos, Dielle, Segner, Dugaid, a cram, Hoem, Beora, a god, a likin, Modoc, Mweru, Cu-bop,

Masera, Wyly, a bed, a fag, Gurtner, Bever, a nidana, MGr, a romaine, gitim, Zinah, a feod, an erron, Elexa, Pare, Vtesse, Hak, Tissot, Tessin, Neom, Zoser, a nae, an elixir, taulia, Keil, a kelek, a gale, PEDir, Pregl, a sub, Erena, Turkoman, a wet, AYH, a ductor, a tagrag, a native, Lydia, Mila, Magyar, Danilo, an elytra, BSAgE, denims, a jar, a tuy, Lassus, Songhai, Russ, a caps, BSE, Kajaani, Leverett, Ursal, Amadas, Solim, Mittel, Mahanadi, parts, Apfel, a camla, Peene, Reina, Fitts, a web, a felucca, Safar, Wall, a massif, an elf, Firooc, a sod, an argal, Bihari, Weill, a tasse, Derek, Corey, a miso, Niu, Gene, Rieti, Demetre, Dymas, Ealasaid, ILS, Origen, Illyes, Palma, a nip, Tani, Bartok, Jarred, AEF, a regal, Lalittah, ECU, Dare, Kanarak, Centre, blini, a varec, a pareu, asses, Upolu, Gomez, a nadir, Elle, Bolen, Idonah, a mollah, traps, a caid, Neenah, Pitys, Pigalle, Tressa, Dafna, JHS, a galet, an esp, Malinin, agapai, Zulu, a spiv, a gpm, Darnall, a dobra, Chao, Karb, Miocene, NATSOPA, Tralles, Tiros, Crane, Janaya, Sibyl, Libna, Demetra, Harar, Evetta, conli, Witt, Aubreir, talli, Coad, Ludlow, a sikra, STL, a malam, a decile, Hijra, Mani, Rozek, Alban, a take-in, Novelia, Garamas, Asur, a gemot, Sisely, Libb, EdM, Clair, UNIDO, Robyn, novenae, Deluc, Idolah, seraphs, Lewak, Teak, Lectra, BSP, pilei, Susah, Komi, Tirzah, piles, a carfare, kanamono, nidudi, Lose, a smog, Landre, Flem, an enami, Holey, a kil, Lombok, Adao, Had, Lanette, Grata, Veneto, Bomu, Hannah, Kenaz, an editor, Gao, a lair, Odets, electros, Adrial, a diol, Bataan, a long, Nutter, Beyo, Halle, Pattin, a ratel, a vaad, Alvaro, Zaller, Trev, a peter, Gil, a cress, a gps, a wap, Mannos, a ballad, Newsom, a laggen, a sonar, posadas, Leaf, a remex, a tanh, a joey, a set, an appar, a hailer, a keg, Dory, Vargas, Evyn, Anaheim, Mistrot, an agit, Tarrel, Lebna, Terceira, CCR, a mayor, Leede, Erl, Ainslie, Neill, a stob, a jaup, a zein, a ruse, Kissel, agones, a hyd, a sacrum, Dorati, Denie, Cioban, Oliana, Hirai, Lail, Adall, a bhp, Loram, a hang-up, a suede, MNAS, Siniju, Yetah, an amie, Lust, Tokay, a droob, Nike, Maranh, a hair, a rear, a yield, Dibru, a fec, a slaw, Smallens, a sun, a drainer, a clef, Fiesole, Danu, CAVU, Drusilla, Mini, Romanas, Sasnett, a peso, Miller, a blare, Gierek, Orlan, a gemmule, an irenics, a fair, Uniat, Neysa, Dahl, Heidy, Elidad, Landri, BSRet, a wae, Lipson, a psec, a cru, a pass, a barret, a manikin, a cameo, a buckra, Zosima, lassoed, Orelu, Jaffa, Modla, Nore, Bose, Slavonic, a plaga, Hyo, Tadema, Homerus, a rami, Fresnel, Fattal, an adder, a rebore, Massena, Poock, Connacht, Roxy, Reseta, Boise, Timofei, Remmer, Edirne, Lorelle, Tangier, a surd, a hit, a foci, JMP, Dett, Aves, Ilokano, Maroc, a weed, Lucais, Alegrete, Nberg, a bec, Issi, Karol, Avila, Vidal, Konig, a ferula, Abaco, Rosy, Bonine, Vano, Abagail, Lerna, Krenek, Cassel, Pansil, Lowl, Viveca, Gaal, LitB, Gmat, alleys, Seem, Urbas, Sorce, an egret, Yurik, a wain, a fir, Rich, a dream, a togated, INRI, ANTU, Habanero, Sinis, Roybn, a doc, an omni, Dori, a pore, Diana Sno, Case, Viv, a cts, Amycus, a diadem, megaara, Hassi, Pitts, a floss, a milo, a cacanapa, Jed, a wad, Jawara, a balsam, a japan, a tigress, a manas, oaths, a wise, Neisa, Macassar, Byng, a dap, Pesek, Liris, Sand, Dorobo, Hamid, Aveiro, Canea, Fayal, Bran, a markup, a lovely, Agnew, Lowe, PedD, Rules, Sasebo, Kval, swats, Gur, Faro, Clare, Mercorr, a vinum, a corbeil, a rower, Gav, an admass, a hake, Bremer, Kwei, Valletta, Coh, Sansone, Xylia, Barram, Lear, Sian, a soffit, a solo, Vaas, a mela, Kahaleel, Bigot, Assad, a cicerone, Lyell, a wetter, an orb, a sleep, Meroe, Mo Rocca, Sisera, DMD, Conni, Wesle, Noe, Mists, Aeria, Frei, Karoly, Atropos, a nailer, a knoll, Adana, Wulf, Fulahs, a creep, a nos, Linnhe, Brenk, Lafleur, etyma, NUL, a filum, a fleam, Sidur, Minna, Lisa Brenner, Etem, Aara, hazanim, a dak, Staal, Boaz, Nevile, a jibba, Rydal, a sass, an amanita, Keane, Galibi, Byram, a sill, a total, Pire, Tamer, a tune, Buri, Bahai, Celik, a riyal, Novels, a kraft, a qaid, Alvah, Tarsus,

Pomo, Cardozo, Bayer, Beira, Mavra, Nip, BEP, an elm, estocs, AAUP, a paw, Tulle, Neilla, Cresa, Carme, a love, Borg, NMU, a btl, a wide, Vigny, Lanital, Paz, a wharf, Taxila, Frech, Cormac, Cohan, Oceanic, Neall, a cleg, an agal, an esu, Ahmed, Yetac, a creesh, a mare, Wapato, Gobat, Amedeo, Tupelo, pepla, Deny, a letup, Jarrad, Keli, Boni, Romona, Bruyn, a gopak, DOVAP, Blair, Azeria, Malo, Inez, Pool, Apr, Tate, Bord, a rasse, Perchta, Mann, Amman, a milko, Gosser, PEI, Bonni, Pagnol, Rox, a moly, Bono, Kleon, CLU, a platy, Maseru, Melitta, Rhamnes, Lonna, Mahau, a lac, a no-side, SRO, Balsam, Xena, Bert, Gerlac, Sara Rue, castelli, Miru, a mrem, Meenen, a deb, a catena, Weir, Regina, Lanni, Marni, Tigre, Boece, Coire, Gore, Ismene, Bauru, a natter, Gleda, Call, Eure, Pisan, Bennir, a gad, AVC, Dumah, Palmas, MSF, a wait, Neely, a reif, Fenn, a manak, Tish, Sarajevo, Jilli, WNW, a dep, Anatole, Halli, Navasota, Bernat, Lucila, Tisa, Troas, a locater, a gat, a soar, a matzah, Allene, Arnon, a canaille, bassi, Paten, a jaap, a kale, Deva, Erny, Lille, crevalle, Donal, a gtt, Ellen, a vesica, BEM, Arvad, Gino, Henn, a vee, Soho, MIE, Ploeti, Daggna, Messere, Xeno, Gardol, Abu-Bekr, a pen, Ingres, Edny, Coben, Weld, ulnae, a necro, Vyse, Robenia, Mortimer, Atul, gayals, Isla, AWB, Butyl, Lengel, Dermot, an asci, an acne, Koren, a rcvr, a myth, guanayes, Marder, a zaire, Gina, DSc, Cameo, BOQ, Cressi, Tito, Yasui, Venu, Jacki, Lupe, Burget, an erne, Vallo, Jakoba, Genna, Sussna, Heisser, Clive, Nestor, a boff, a rani, Burl, a poilu, Gereron, Isleana, Ruffin, a craps, a soot, a pawn, an idlesse, Harim, a strop, Pusan, a bruja, Patnode, Lahaina, Kate, Loats, a few, Eskil, Efren, Holly, Donati, Jareb, a scab, Mazatl, Susumu, Haas, Liba, Yucat, Ilonka, a sire, gas laws, OCD, Ellerd, a murk, Stu, Catima, Debora, Ardussi, visaed, a trot, Luisa, Dacron, a room, a weir, a kukri, Karel, a vajra, Meilen, a girl, Hakai, Regen, Alonso, Ingaborg, a drab, Bonaire, Muslem, Mikiso, Zwolle, Basso, Janek, a rel, Lussier, Mia Masuda, Moharram, a dais, Elisha, Kazan,Orvan, Osanna, Iredale, Brasil, Jammu, a snog, a redleg, an inn, Odilo, Pansy, a salad, a ctr, a blet, Lilac, Augier, Odo, a fizz, a gerefa, Sarre, TBO, Jagir, Behar, Byrd, a wale, Nador, Geneina, Laing, a calalu, a ppd, Antoni, PaD, Dreann, a regr, a doper, a taj, a rayah, Kwa, Hedi, Geno, Yonah, Comdr, Sonoma, Debra, Geb, a brava, Apl, a kayo, Jair, BSEd, a terret, Nandor, Mendez, Neruda, Yeta, Krenn, a maremma, Sparta, a week, Colene, Gomel, Hudnut, Wallis, a sarape, Elsan, a balteus, AMLS, Baron, Eloy, Waf, Ruel, Pissarro, Basie, Graham, Lesya, Tarr, a brev, Ortiz, a paten, Rebekah, a leaf, a reis, Sama-Veda, Hamal, BMEWS, SAE, Musial, Sewole, Kalat, Tomi, Tobago, Ikkela, Mauro, torsos, a revel, a daw, Win, a vahana, Mateya, Daile, Toklas, Sup, a bol, Baalim, a kain, a murra, ZANU, Grit, toilettes, Sable, Palaemon, Gagne, Dorel, Yuca, Koressa, Vanni, Kreg, Delanos, Lole, Karim, Marat, Luht, Ogpu, a hwan, Ilocanos, Wadai, Spain, a fatso, Timms, Sais, a leg-pull, a gait, Sosna, Crab, a taco, Valeria, a paracasein, kakis, a pip, Noli, Spevek, dice, Delle, Derinna, YWCA, Sig, Gers, Neville, weenies, a teel, Faina, Moray, Neisse, Trot, a renegade, Bodnar, a ferv, a hepar, a kcal, Bhai, Barrada, Kwok, Somni, Klee, a racer, an aoli, Olia, Nenni, a mass, Neil, Bogota, Annabell, DMSO, Kamat, Feeney, Seko, Oryol, Kru, Badr, Erek, a ballot, Salot, an aalii, Leah, Carol, Neveda, Jodl, a warb, Burny, Leon Lai, Zug, MPress, Albi, baths, a tope, a tesla, Prem, Rowan, Argive, Dali, Yakut, SSR, Afro, an alert, NoibN, Osler, Gittle, Poppo, Dinah, Pitocin, LaF, Clarhe, Sadirah, a prod, a tamas, a madafu, Kira, Halakah, Trey, Loeb, Alaine, ciceros, YMCA, a wammus, a suit, a tanga, a rub, Micaela, Mass, a nazir, Geiss, Iyre, Mendips, an analyt, Kadai, Malar, a glen, Allahabad, an apa, an anabasis, a hartal, a pentene, Bate, VOA, Dylane, FSA, Aaron, Alegre, Breban, Molokai, Bunni, a tph, a ronde, Ensor, a cane, Leman, an acce, Beryl, Lussi, Gustaf, Arseny, Ainu,

Affra, Zadoc, a drub, Sum, Binni, Gesner, Oesel, a pensil, begats, Azor, Minot, Ronni, Urania, Gerar, Fay, Besant, Terni, Krissie, Head, Incan, a zeal, a hematic, a taluk, a tsi, a visual, Gitel, Labannah, gemmae, Bihar, a mate, Elane, Gardal, Veneti, Lemnos, Bilek, Corse, Polak, a sonics, a premier, an idyll, a serf, NOP, Crean, a decan, a cav, Tex, OFr, a decoder, flats, Petite, Mimas, Sorata, a taste, Lalu, a bani, Yap, a tsotsi, Mayas, Martres, a metic, Slovenia, Corella, Bacau, Adalai, a faille, Bore, Vieva, Gavrah, a maya, Korc, Guat, a reb, a fytte, Herod, a gomuti, Sami, Bach, a tut, Critta, Kerr, a bo's'n, a claret, Alanah, a tun, a resist, a pros, a vavasory, Geri, Ladd, Etrem, Mizoram, a tuber, a dick, a sirup, a jib, Born, a garret, Leoben, Malaga, Names, a balata, Rabelais, Arnim, a mib, a tire, GeV, a say', Armillas, Naima, Dyer, Russo, Grace Lam, ASPCA, Anna, Hagi, nuts, a manioc, a self, Farrell, Efrem, Mahamaya, BSEP, Penn, Admah, ged, Nureyev, a wake, Zeeba, GSR, I-spy, Heim, Mappah, Warga, a sob, Milon, a nytril, Lennox, a store, Prut, Lukacs, Aramaic, a charr, a fpm, Crain, Avelin, an ane, Marela, Wei, Borer, Helse, breeks, Apis, Ruffi, GCI, Petes, Solana, Zarah, Cassiani, Cyrenaic, a palolo, Cleo, JCB, Bely, a bait, Argall, a glebe, RNA, MTV, Alsou, a premie, Held, Donall, a bacca, a sinew, Agnesse, Elba, Tatum, a yad, Arafat, a ways, Tros, a borrasca, a sisal, uvulae, Bish, Danais, Sakkara, Yacov, a hail, a widener, Tiossem, a seif, Fabio, Andr, a werewolf, Yami, a retinol, a gilet, Sudeten, Anglo, NRA, Daveda, ARU, Mosel, a dab, Ruiz, Zullo, Masora, Tai, Leesen, Garek, Cortot, Alli, Vashti, a farad, Azaleah, Parker, a jigger, a drail, Gunar, a zebu, a thaw, OIr, Rafiq, Ariela, Enyo, Vee, Pacorro, Mali, Mekn, Ahira, deda, Togo, Gath, Guarani, a woad, Aesir, Knoll, A Mei, Ozkum, Raynor, Ibada, Vanna, Rimma, Taino, Pliam, Mattah, a cpd, a tropaion, an assent, Saval, a gesso, Komsomol, a snotty, Litt, a plu, Kumar, a flav, an irreg, Esk, a peba, Jno, Martelli, Walli, Crespo, ARC, Almallah, Sansen, a loge, Ress,

Angl, a moc, Lazare, Sybille, Janeen, a dairy, Saiva, Tabriz, Takeo, Feune, Byrom, an ego, Miseno, Lupee, Grogan, a zoea, Gayn, Osee, Tasm, Hollah, Wil, Blakely, Kassi, Lichter, a gyrator, Asgard, algae, a disk, a lituus, Neo-Ju, Pul, a petasus, Pineda, Kaila, Dani, a retina, Denis, a maths, an evil, OSB, Baden, Oneida, MSN, a psi, Ventre, blackcod, a pika, a lip, a knorr, a motor, an ann, a masc, Roger, Flo, rhytta, HIH, Colo, Visine, Accra, NASD, Aesop, a claim, PWA, Yalu, a grebe, Wales, Plerre, V-sign, a lasso, Sokotra, Hussar, a vlei, Royd, deti, Docilu, a paynim, a slab, an alk, Pirnot, Werbel, Rena, Madeira, a clan, Neth, Adelaide, Mede, Gerek, Cenac, Eberle, Hamel, Asabi, Rainah, Kalila, DRE, Market, Saree, Himeros, a spin, Asni, Bornu, Koss, a grab, a ratal, a coxa, Siddon, a wmk, a busera, Casar, a prem, a strep, Reel, Faso, Moppo, Gere, Samul, EACSO, Colpoda, Sim, a tattoo, Casia, Kassapa, Katayev, a toff, Urata, Mossi, a glint, Clyve, Bayar, a csc, a pal, a jasy, Liane, Wood, a malwa, Natika, Rif, a swag, Six, a carrot, Poll, a ganoin, a spp, a said, a bonito, Palmira, Teno, Obeid, Dagnah, a poet, Tamaru, Monastir, a menat, Conal, Lothair, a pase, Carey, Pasadis, a qtr, a goby, Ruelu, bolas, a baboo, HRH, a baller, a tick, Glynn, Oralla, Boyes, Sams, Fiona, Fai, Baras, Iridum, Hamsun, IAS, a tuffet, a roti, Muns, Simsar, a spall, Umeh, Telloh, Raviv, a hazzan, Gisela, Kibei, Coro, Cesar, a megapod, Leid, Doty, Romeu, Darken, a ksi, Bar, Konakri, Katsina, Maraj, Dumas, DBA, Blase, Velcro, Jami, Cmdr, a virl, Fanni, a moreen, Lotte, Viren, Bean, Evaleen, Ober, a gulf, a crepe, Indore, Rotameter, a nose, Virendra, Haiti, Vidda, Goa, Lir, a barih, Tyrr, a linin, a pad, an accra, mobs, a jct, McNair, Guaira, Zela, Bok, Kistna, Kati, Oreg, Galahad, divertila, Nonna, Corot, an aide, Makalu, Kaenel, Ronna, Jadda, Tracay, a roselle, Dino, Siamese, Massasoit, Arly, Kaile, Bosnia, Merc, Ibsen, Ness, a galipot, Core, Brazee, Graz, an ecart, a diene, a yell, a moon, Allerus, a reset, Seema, Faye, Marlea, Grieg, Delano, Genaro, Hizar, a ten, Robson, a maestro, Dolores, SECAM, Jessi, Boaten, a rag, Niagara, Sole, Knute, Bette, Gorrono, Elnore, Pavel, a bacteriol, Aba, Akyab, Mobutu, an agnail, Seleta, Gwenni, Hau, a bottom, Redon, a gannet, a betel, Crete, Maidanek, a waf, Noak, tannaim, a haboob, a task, Lidah, a moot, an errata, Erminna, Timi, Kolima, Cahn, a wagonage, Kyd, a crasis, a mule, Vani, Gorden, Davey, Susette, Verada, Haig, an apsis, Isbel, Kai, Dionisio, Hal, a bros, an att, a cirri, Peg, Dubai, Brest, Scevo, Haifa, Tarawa, Demonassa, BSOT, a barat, Isar, a caret, Test, FMCS, Bede, Oak, Cornew, Ediva, Daisy, a lamed, a stay, Pinero, Genk, Corso, an amah, Knipe, Mond, Llyr, an argasid, a renege, MAEd, Aronow, Kedar, Tamil, a slote, MPS, Eno, Winne, Lev, a chg, an oos, a carack, a reply, a gaine, Benni, Myca, Dakar, a batik, a dot, a mend, a snare, hetairai, Nur, dukes, HOLC, Freud, a leg, a minaret, a peri, Alby, Mawson, a moray, Danyelle, Kolivas, Evita, Colan, Amon-Ra, Yamani, Russi, Venezia, Maui, Tami, Kayseri, a fail, Litton, a trapan, Emilia, Macareus, Asare, Scales, Syd, a rajah, Greg, a gare, Polad, Fryd, Darees, Erdei, a snib, a saw, OBulg, Galba, Diane, Butt, ennedra, Stasny, Leix, a baud, a phano, Jeh, Corynne, Jabir, a keV, Iarbas, a puree, Base, Torelli, Deni, a many, adytta, Nikita, Tessi, Binah, Secs, Maxa, tempi, Kans, BSEng, a paik, a talipot, a yew, a sal, a banat, Tantra, Weihs, a yahoo, Haymo, Spener, Gower, an etna, Zeb, Sitnik, Barker, a metre, Blighty, a fan, an axe, Layla, Tiffi, Ray, Radnor, an atrium, Tenes, Samsun, Conah, Ted, Uis, BTU, Fuseli, Menes, a hap, a dasein, a tilt, Devon, a morass, Lian, Horeb, Kalle, Dupr, Kall, a dissent, a paramo, Gytle, Weig, Dewees, Sikata, Karr, a vertebra, Kadner, Iaso, Tuareg, an atar, a matsu, an adat, Gail, a menu, a bub, a tab, Mozarab, Orel, a tapir, TLC, Celaeno, a gas, a dew, a nipa, Sik, Aric, Ilocano, Stodder, Dominic, Cupavo, Terra, Malka, Danika, Snefru, Babits, a dec, a minim, a loot, a yelp, a tye, Haloa, Rani, Dorren, Tartu, Susanetta, Bass, a pallet, an aparejo, Bab, Berner,

Donna, hyli, a hegari, Madra, Udelle, NSW, muskrats, a buhr, Hatasu, Eliot, a tax, a nuclei, Rayna, Veta, Dallin, a lei, a bail, a dived, a def, Fagan, a tittup, a rennet, Sue, a muesli, Nenney, Amati, Denae, Jadd, a natl, a repair, a rotl, a syr, a beef, a cml, Leonerd, Nisei, vitals, a shp, Lyra, Demy, Ajo, Johann, a vassal, a bleat, Amii, Bent, a jai, Karalee, Latin, a dlr, a pein, Nefen, a typo, Caia, Dnestr, a uni, a ratio, Maely, a kWh, Manu, DAgr, Azral, a massage, Matta, Masai, Sylni, Kress, a nylghai, a macro, Jamil, a puff, a wallet, a sag, a panel, Essam, a tum, Manala, Banks, Arvol, Vapors, Ezri, Hime, FRSS, a casa, Esra, Donau, Pacifa, an amir, Pym, Medrek, Curr, a gush, Shih, Cassell, a doh, Wat, a tabanid, Maleki, Mnemon, a xis, Adlare, Hoi, Hoeg, Rone, Kalk, cerebra, Gerome, Kalil, a pentad, a sasin, a msl, a poky, morays, Sower, Breda, Naraka, Taran, a cwo, Liberace, Dagna, Nady, visas, Rush, Copp, Ankeny, a lira, Bglr, Aetna, Barbe, Zapotec, a wawa, Nikolai, Kym, Matsu, Daphna, Tao, Mahala, CPM, Ian, a burp, Endor, a trek, a yeti, Maleeny, a psid, a revival, Happ, Ngo, togae, Mend, BCh, a nomad, Liszt, Iraq, a rubasse, ATA, Haynor, a mod, Langer, an apr, a cakra, Lynne, Jase, Nimocks, Ieyasu, Zagreb, Matadi, a stir, Bairam, a rank, a smut, Cernuda, a lead, Desai, Raff, Chr, Ozalid, Dehlia, Bohs, a basil, Apoc, Minho, Cruz, Catina, Rocca, Rosati, Lali, Arni, Allare, Samanid, a bog, a danio, Esth, Gittel, a maid, Magocsi, Romelle, Oneill, a hyp, Pansir, Genia, Bida, Kleiman, a kor, Billen, Iceni, Freer, a cat, Dorobos, Siana, Town, a piastre, BGeNEd, Daffie, Lofn, a spot, Stav, Duky, WRAC, a tapas, Spree, Gati, Ron Hale, Sabu, Joliet, Saire, FDR, a llano, Ray J, Blinni, Japn, Quanah, a nay, Amaryl, Landor, Minoru, Roze, Dorset, a renin, Ajani, Monro, Violle, Barb, Adlay, Ganesa, Niabi, a beedi, a snot, Yahweh, Cordi, Sigurd, a strops, a sora, Dinesen, a pajama, Zavala, Reis, a plasm, a restr, a dogedom, a coss, an acre, Mainis, Sachs, a bawd, Adebayo, BMV, Royal, a matte, Nanni, Rex, a syst, a parti, Mcfd, an essive, Tyro,

Visct, Bernie, Wait, Alene, Goer, Rosol, a hiccup, Sevik, OAS, a maco, Hoyt, a gaol, an isnad, a bitser, Cesaro, Moyna, Jeni, Ladin, a track, Rimas, MHR, a soak, Lit, a gossip, USR, Katinka, Ann, Asosan, Orsa, Baraboo, Morez, Zorah, a prof, Larned, a goitre, Blasien, Giana, Broun, a ked, a ccm, Gereld, an alien, a great, Ulu, a barr, a supp, a pepo, Lanier, Aksum, an emeer, Fem, Meyer, bracelets, Eug, a karat, Sabir, a jot, a collet, a copaiba, Remy, Stier, Kore, a nabob, a draw, a lessor, Geneva, Daira, Kazbek, a mana, Lokayata, Aracaj, Danete, a keir, a mere, Porsena, Edd, a talc, a vicar, Tsui, ramta, Ruse, Lux, Mdoc, Senusis, a mitre, Bliss, Garret, a pay, Veno, Trevorr, a pain, Nunu, a fanega, Manolo, Kodiak, Nikki, a prang, Arallu, Kneller, Ceil, Lenka, Bernarr, a blah, a retail, a titre, Purana, Cutlerr, a fleet, Shamo, Hali, Aldas, a flakelet, a wont, a do-all, Acre, Penrod, a signor, Pales, Naha, Teage, Keelin, a peh, Chaim, Arv, a loam, a howe, a mug, a bill, a flu, a purree, Janot, Pelasgi, Pat, amebae, a cinnamon, Div, Aretino, Abagael, a galoot, Samarra, Weser, Sev, a csk, a snood, a giraffe, Janata, Hsu, Hayti, Alas, Lenoir, Brenn, a tail, a tansy, stamnoi, Tomaso, Kokomo, Hasidim, Ayr, Achsah, a scr, an are, Moroni, Leitao, Carin, a voc, a mutagen, Oeno, Neona, Sufi, Dotti, Also, Mensa, Culiac, a noyade, Maiga, Hay, a barony, a galena, Jac, Crewe, Haggar, a lustre, Bronx, Drain, a venom, mammae, Bhil, Libnah, a callus, a yogh, Salas, Sletten, an amt, a tain, a manor, Tamah, kernoi, Blaeu, Hill, Cyna, Mientao, Benoit, an abba, Bev, a homeroom, Heb, a harem, Riedel, Gare, Gaya, Taima, Zink, a zakat, Tallu, a mahaleb, a sinh, Urbannal, an edh, Sakai, Taira, Levi, Jannel, BSIR, a salal, Lagos, FMN, Alleen, Aosta, Maite, Ficino, Iams, Iasus, Guam, Audra, a psoralea, Jabon, an ord, Ike, Floyd, Dennet, Ronal, lacoca, Pavo, Negev, a setula, Zacks, mohalim, a knob, Nims, a yid, Nich, a vino, Tarai, Burg, Goyen, Wolf, a canoe, an abb, Lhasa, a veter, a boar, a pil, ducks, Ursula, Beore, Marcion, a hamal, Lanam, Butsu, Tutto, Raddi,

KNP, a cyl, Kwan, a boot, a kiaat, a knag, a drama, Seed, Eli, a halo, Benedic, Roshan, a vined, Lester, a nitrate, Peti, Nevsa, Komati, Vail, a mosaic, a fam, Armalla, Peh, a veg, UUM, Skirnir, Roee, Yo-Yo, a russet, Nanhai, Hejaz, a galyak, Aligarh, Pasia, Lenno, Vili, a hussar, an abac, cunili, a sima, YHVH, Jeromy, Weiss, a lanai, Satsuma, Noll, a foe, Loire, Bille, Beograd, a rapper, a semi, Ariz, an anil, a diorama, Putnam, Clapp, Anselm, a duo, Dinesh, Cassil, Amadeo, Mays, an occas, PPI, LCVP, Anadyr, a soda, Devol, Nembutsu, a calla, Duleba, Diella, Vega, Kort, a prodd, Dunsmuir, Aviva, Morgagni, Koweit, Tour, Hennig, a sol, a bori, USGA, Dame Edna, a non-Arab, an aught, Argyll, a whse, Minni, Kalli, Penang, a moke, Munro, Kila, Kennan, an ofay, Xipe, Nilometer, an enema, Yate, bullae, Nevai, Paran, McGrath, Sisak, a waiter, Ems, a redrawer, a tom-tom, a nav, Issei, Menedez, a grume, Tyr, a kail, a dit, a barrage, Savona, Vina, an aced, Hull, Isin, a millirem, Jasun, a help, Pushto, manes, Bealle, Oneil, a sori, Adamo, Pratte, Dahna, Thanet, a pair, a vail, a ma'am, a soh, a paranoid, a razer, a divot, a retro, Innes, Meri, BFDC, Baram, Yasu, Nino, Ful, a slog, Lanai, Gracye, Bohi, Nonah, Swatis, a nett, Omarr, a bdl, Abukir, a peg, a sop, Paley, a jetted, a carob, a tiro, Patin, Ivey, a haram, a deg, a baht, a loq, segni, Manama, Yoo, Flin, filla, Buffo, Bell, Eboh, Amarillas, Seta, DEI, BSN, Ewer, a malkin, Zia, FFV, a paal, a sale, venae, pennae, Dannel, Howell, a cpm, Ortensia, Hsia, Vannes, a lai, Damodar, Mikael, Abbotsen, Ree, Sion, a limb, Piero, Mame, an alt, MSBA, Lucite, arbota, Sulu, Read, a jet, Drusus, Sol, a tacnode, Prasad, DEng, Hoenir, a step, a celeb, a tambac, an art, a mustn't, a copita, Tremann, an ipr, a wrap, Saghalien, Bajan, a veld, a tutu, Holle, Lalo, SVR, Ell, a dzo, Ronel, Asat, Kassab, an anadem, an ani, Renoir, a mneme, Patna, Nisse, Senegal, a leek, Suchta, NDAC, a riff, a kilom, ILO, a denim, Resor, a snag, Obeded, RSFSR, a veep, Pohai, Vonni, a rede, Linacre, Maren, a bahadur, Denzil, Caird, a pallor, Olnek, Ibo, Jenn, Eiten, Hako, Telugu, Neoma, LACW, Balak, an amu, Kalb, a taenia, WDC, sgabelli, a calicle, Kuo, stelai, Maidie, Peano, Merced, battels, a hoy, Kotz, Tindal, Ornas, a tissue, a classer, Genesee, Keel, a tangelo, Tromso, delis, a bael, Odra, Leban, a road, an argot, Toomay, a basso, ICC, a no-ball, Univ, Raeann, an alyssum, a str, Adamik, Masaryk, a frailero, Cinna, Melan, a rub-a-dub, BDes, an isle, Scotia, Shaia, Simah, Sergei, Sadira, Gyas, a pref, Leta, Jolyn, Nusku, Adamis, a sib, a nyala, an eyen, a ladle, Hays, a dee, a gnaw, Sarah, Caleb, a rampart, Tara Reid, a ladino, Brace, Kawai, Lech, a rand, Jenei, Bronson, Allsun, a sucrase, a ctg, Staffa, Cassi, Hasek, CIF, a loe, Bontoc, Vinn, an axon, DCS, Demona, Killen, a mix, Orpha, Ratib, a gate, Mei, Dorris, a brad, Rufena, Gayel, Keewatin, a yes, a comb, Herc, USDA, Jasik, LaBaw, a doss, Urbannai, Niter, a holm, a syll, a teind, Elna, Donar, glebae, a repressor, Palila, a baa, CWO, Toru, Kohanim, an eddo, Hasselt, a mail, a rood, Marti, Pen, a desc, TCBM, a coign, a fakir, Lusaka, a kakapo, Redmer, a sign, a buoy, a barege, Roter, a prep, Pisanello, a nomism, a femme, Knitra, Sorcim, a butat, a spook, Trust, a tabi, Galle, Matt, an aviso, Jea, DBib, an eds, Maril, Sidnee, Deloria, Cadillac, a glob, a door, Beadle, MILR, a collun, a tlo, Cattima, Roger Eno, Ossa, Lisk, Sartre, Lycidas, a pinta, Cannae, Eleni, Tamra, Pega, Vasari, Mler, a decal, Ed Gale, Semele, Pope, Buriat, a samaj, an item, Morgan, a milit, Tupi, Nicolle, Mill, a colob, Annam, Hardi, Noelani, a borak, Jamesy, a haet, Neff, Elsene, Liesa, a xat, a wadder, Tabb, a sell, a void, a genit, a salep, a molasses, Maarib, Ardehs, an organ, Akira, Grega, Bubb, a dal, Lean, a misaim, a latah, Tatar, Balarama, a lib, an anim, UNHCR, a smart, a muskrat, Sharra, Tecu, Delp, Pisgah, a kCi, Madaih, Cold, a bosom, a stem, Meiji, Juliet, a yore, Lassa, Lahti, Hindu, Helban, a system, Zea, Benis, a mottle, Kei, vineries, a wag, an ain, a latino, Teh, Cairene, Greek, Lilli, Fineen, a sot, a datto, Kamet, Rabah, a nave, Belg, an ogee, Aaren, PETN, Kenya, Wuhan, an amp, Macnair, Cole, Niall, Hawaii, Ruffina, Rafi, Luhe, Jenica, Adna, MDES, Orem, Herzen, Abixah, haikai, Ramses, a butanol, Adabel, a durra, Pydna, RdAc, Odille, Giesser, Roth, Kislev, a two, Vasta, Marala, Tati, Pali, Sumbawa, Malta, Reid, a marg, Alena, Lloyd, Dorr, Harri, a matlo, CSO, Duero, Hall, Hoey, a cedi, ETO, Hadik, an antre, Bledsoe, a lad, Eade, a gibe, Tulua, Rahm, Bak, ASW, a ylem, Martynne, Dayle, Gelb, a madre, Feriga, Mraz, a bleb, a baler, a nag, Haydn, Omidyar, Corti, a tgn, a peel, a meg, Rebeka, Janik, Fuld, Hiro, Jamal, a ginep, a platan, a konak, a basin, a surat, aquae, martens, a bay, Cath, a mice, Canad, an ergot, Serpasil, Leno, Mikal, Orono, Trumann, a susso, Marten, a mtn, a gen, Ehrsam, a habu, a semih, Hamo, Tanaka, Swor, Rose, a plash, a tpd, Lower, ovoli, Hardden, SWA, Lydda, Warrin, a heb-sed, a won, a denial, Parhe, BAA, Reni, a padnag, Ural, Meg, a tolan, a line, a copra, Cdr, an emf, a lipase, Trapani, Lara, L'Allegro, a noticer, Tim, Menam, Helli, Kuhnau, Baldur, Petr, a carat, a kibe, Derr, a vane, a nereis, a carol, Faydra, Otila, Field, a spit, Rodi, Sims, UPI, rhedas, a lama, Sinai, Madrid, a flan, a weep, Apsu, Genl, Evelyn, a buckram, Sarid, a srac, Martainn, a doll, a parsnip, Alsip, a kore, Billat, Aledo, Col, Lilah, Teryn, Nereid, Deneb, a gump, Pan-Arab, Tore, Mosul, a cocoyam, a tpm, a calibre, Jane, MTI, a sakai, Cadmarr, a humidor, Figge, Meit, a coop, Sean, a dear, Radbun, Saretta, Barimah, Silesian, a laic, Saman, a teg, McKee, Malabo, DCM, Danuta, Grotius, an orig, an aug, an attar, a raw, a sup, Picasso, Farra, Tbi, Boru, a linn, a rfb, a donny, tubae, Deenya, Kape, Maje, Kisor, a pail, a geraniol, an oil, a deceit, Romaic, a canap, Pedro, Waaf, Henry, BSJ, Hein, Eger, a facsim, a grub, Seely, Eiser, an abesse, Juru, Kanara, Manat, Pugh, Teresina, Brunei, Sheya, Syr, AUC, Tove, Desi, a pimola, Synn, an agura, an ozonide, Lalla, Fablan, Anakim, Woll, Lissak, a virtu, Triad, an eme, Capsian, a kelter, a minah, a taffeta, an inf, Strep, Milano, Drava, Blaseio, Jala, Diahann, Ansar, a dame, Kurgan, a toil, Lemass, Uriisa, Kilung, an alg, a rigol, Seda, Graf, Huoh, Cenis, Sennar, Rodl, an ordn, a yod, a nemo, Jet Sol, a pleb, a synod, Goar, a hosel, Doon, a geek, Leanna, Haggada, Toback, Cohanim, a levin, Urbai, Madoc, Seneca, Banff, a pret, Smail, Limann, Adai, Sango, Renata, Meli, Warenne, Fadil, Eminem, Swenson, a clover, Evers, BeShT, Edrei, Elbl, Cleota, Mayag, Almelo, Jaan, Astor, a septuor, Beni, Carnot, Wutsin, a tasset, a ctn, a ripsaw, Aurel, a bai, Bretagne, Struma, a pile, Freya, Braz, a bosun, a jim, Medina, ECOWAS, a labor, a mom, a dead, Akane Oda, Kurusu, Ahouh, Shanks, moths, odea, Maller, Emlen, an eikon, Ukr, Idel, a valor, AKC, a paseo, Gij, Ardra, Ciri, Kashgar, Keg, an arcanum, Doro, jotas, Zel, Eureka, BMT, an allegro, fiestas, a furze, a babassu, a genro, BSIE, Ivette, Sno-Cat, Irina, Sinatra, antennae, leis, Levit, a blight, a dram, Chanel, Adamsun, a moir, a lignin, Nanci, Fuchs, a volatile, Bea, FRGS, Maloy, a fat, a go-moku, a heel, a roset, a yoni, Basel, Bonar, yom tob, a rib, a knot, Lewse, Yetti, Mitre, berets, a taka, Morey, assets, a req, Preble, Lani, Draconid, Alroy, Gerona, a ridotto, Mayor, Andrej, Andes, Supen, Eliseo, Grace Ip, an ulu, Kellene, Reo, Fedin, a lune, Graeae, Akela, Heman, a viol, Cantab, MALS, IATSE, Valenta, Cuyp, NNW, Platto, Cloots, a facet, Naman, a comma, cippi, Hagno, Tyrol, V-Day, an apery, Erbe, Harod, Lamb, Ciel, a drip, a swob, Punan, a golf, a crenel, Esenin, Antep, Murtagh, NWbW, Sair, a kisan, a dkl, a fgn, Okemah, Dart, Romagna, whales, a deil, Hasid, Algar, a heed, Nistru, Freyre, Groh, Trelu, Elblag, a carbanil, a soldo, a roman, a geranial, Ellora, Shilh, a genre, gymsia, mallei, Vere, Carrel, Putnem, Walsall, a wadna, Baer, Tiresias, a mali, Oza, Tasso, Coco, Tarrasa, a razee, Byz, Croesusi, Danai, Shaer, a barba, Sir, Moreno, Laks, Yesima, SNOBOL, a forage, Marfa, Dupuy, Euh, Suisse, Grail, Lona, Friml, a spaniel, Feosol, a bass, Erech, Sawyor, cellae, Perdu, a stover, Peru, Ceb, Maire, Turku, Katya, DMZ, Ormuz, aristae, an arr, Beng, Platte, Burkitt, a batwoman, a tenno, Bates, Arawak, a rail, Lari, Abbasid, Nut, an abalone, Veleda, Siret, Pushtu, Rann, a vinyl, Mehta, Beeb, Sibylle, Kos, thalli, Vassar, Bezae, Borgia, Starr, a zebra, Baxy, Pain, an eyot, an aet, a laura, Toledo, Mael, a kamala, Crag, Ogun, Aegir, a mono, Miass, a jornada, Martina, Dirac, a scleroma, Val, caveae, a pang, Neelon, an asemia, Heli, Gradey, Ashti, Paluas, Sandro, Flight, Irby, Nobell, a weason, Yerxa, FSH, a pizz, Enyedy, Etr, a biennial, a sloop, nebulae, Laryssa, a roan, Roydd, Edla, Witte, Lafitte, Leor, Derrek, an ulna, Swab, a qaf, Heenan, Neri, Sheilah, USN, a kabaka, an upas, Dyak, Conall, Evert, a rumba, Hilaira, Daisi, Rie, korai, Klump, a bks, Nassir, a byssus, Soloma, Hyrup, Margit, Terese, Tessa, Baber, a santir, a guv, Suneya, a tit, NAD, Rolf, Riha, a dam, a dat, Suk, o-os, Oram, a ref, Lief, Liew, navi, Mya, Emmeram, Edora, Marga, a leu, a den, Kolb, Oba, a raj, a lek, a dog, a lota, Liana, Dara, Han, Baroda, Isia, a goy, Asha, Lys, Nivre, Nap, a til, Yan, a kin, Nella, Nola, Avi, Arva, a tom, Cia, Ida, Melas, Ria, Ital, Erina, Dag, a git, Reed, Akim, Attila, May, Aras, neela, a ram, Maya, Rema, Elata, an ait, Ivar, Noel, Truc, Arte, a noma, Aleta, Gona, Taam, a tram, Darb, Pola, Eriha, a dad, Nova, Maida, TUC, Doha, Cora, Dor, NIA, Adar, a ser, Kra, Elana, Ira, Amr, a rab, Mera, Leena, a gleba, Barn, an aba, NAB, Nalor, Irbid, Gab, Ume, Duma, Linus, Sab, Ame, DSS, EEG, Elis, Ravana, Eilat, lots, Utta, Inga, Elora, Geis, Erbil, Arbil, Ipoh, Sava, Levona, a capa, Belak, a lug, Nadaba, Agan, Demb, a mob, a log, Arm, POD, nota, Sewel, Alida, Npt, pala, Dru, Haddad, a need, Rama, Sama, Tama, SSB, Luba, Nuba, Gama, Neve, Remus, Aloha, an ital, a kat, a vac, a yak, Eben, Attah, Nil, Bil, Lim, Dita, Garda, Irak, Elsi, Par, Arak, Una, Aleda, Aidin, Ole, a nim, Sadi, Dame, Web, Einar, a res, Bres, Elon, Mts, EAA, Hannon, a tile, Suh,

Rica, Suez, Idola, Gala, a rap, Bala, Dot, a tic, BOT, Raama, Lot, Nida, Laban, Lead, a mica, a mon, Treva, a gnat, Kam, Regin, Reef, vica, a nod, a leak, Paza, Seton, Samal, Kaz, Barca, PRA, Nouma, a rale, Sta, DVM, Novi, Dray, Eta, Artina, Nier, Sumac, ABS, Ace, WbS, Nedra, BMS, DMS, Nate, Susi, a rule, a garb, Etam, a tin, Seto, Per, Vida, Naoma, Larena, Isai, Map, Gerda, Sam, Halla, Odey, Ednas, a van, Elberta, a nob, a dis, Edom, a del, Agle, Aret, Sardis, Son, Arri, Sina, Tina, Rad, Elah, Narra, Rahel, a dan, Don, Malca, Lina, Rue, Ylla, a may, ACP, a lobo, Hey, Prot, Viva, Klina, Issus, EST, a grey, Sale, Oona, ETV, Romo, a veer, Ami, Oira, Toma, Iwo, a vis, IFF, a marga, Kile, Enid, Atila, MSL, Cuda, Evora, Rima, Sima, a kona, an elem, Den, a rut, a lat, Noh, Raila, Ariana, a nib, Mona, Edra, DHL, Sorel, Nam, an uta, a tad, Wal, a vel, Ham, an alp, Nedi, Dam, EAM, BAM, Cam, AAM, Bal, a dil, an air, Tsan, Dal, MFA, Nata, Mata, Ram, Mal, Ragusa, Nis, a jak, Cyn, Tena, Rota, BIS, Napa, a geb, BFA, Esc, Roca, a crap, Niven, Aili, a nub, SbE, an iron, Nat, Lat, Mat, Bat, a deer, a neb, a mel, a loma, a cola, a dor, Maera, a men, Edie, Vat, a lam, an abaca, Ire, Tila, Abas, BEd, AEd, LAC, Reeba, Wed, a dir, eila, Tara, Artima, Roma, Nila, Irma, PRE, an ihp, an oval, an ala, moca, Roid, a laud, Salta, animala, a sum, Soma, Selig, Avram, grana, ASM, a navel, Marc, a vil, Lorena, Nessa, a far, taws, ASU, a zila, BEF, a rep, Alic, ERA, Mai, Frodin, a mil, CPA, OPA, PABA, Niv, IRO, Spa, Neman, Nadia, Kelsi, API, DJS, Reval, Agana, Reik, ATC, Oni, tega, Toor, POB, a raki, Ced, a mol, APSA, Espana, MSH, Rev, Bac, Reta, a rod, Irbil, Osei, Rebah, Kel, a lav, Lem, Mss, NSA, Bre, Nari, Med, Alec, Alem, Nero, Yen, Rus, Zaid, Alia, Aynat, Gorga, MBA, Ben, Vona, Abbe, Accad, SPCA, Hen, Eba, Praha, Len, Nisa, Ebn, Diana, Amp, Pisa, tsuba, a lev, LCD, Wbn, Tica, Isac, Tsuda, IFC, an ide, Let, PAC, Harden, Sid, Mana, Nana, Der, Sac, Sug, Ger, BID, AID, Nagle, Ave, Gmc, Male, Pana, Aggada, Tana,

AAF, Yuga, a whit, a rev, a sir, Sidra, lees, a gust, RAF, a slut, Erie, a ller, Agnola, Nev, MSD, Aron, silos, Eyla, Lauda, Massa, Mira, an oik, Labanna, Diba, DSO, Tor, vasa, BLL, Aso, an anat, Lael, Mora, Neila, BCS, ATP, Ode, BLA, Ide, Bor', Fla, Ila, Nor, Mor, SMA, Ade, Ola, Lexi, Pax, a diag, a hall, a caracol, a boral, Chane, Grasse, Benil, a pood, an amba, Rem, Erasmo, Kid, litatu, Jana, Luo, Aia, Jose, Zitah, SBLI, Sabah, Crossett, Evang, Keyek, Circe, a supr, a canal, Panama.

回文梅花畫　陳蕃詰

陳蕃詰（一八六七——九三二後）字少鹿，又字畫禪、退盦，别號非心居士，廣西貴縣人。四川總督鹿笙四子，曾官浙江，由牧令洊擢觀察。年十三，即喜繪事，尤工花鳥。歷任北京藝術學院、輔仁大學、華北大學中國畫教授，著有陳少鹿首創回文梅花畫册。張文桓云："梅花回文畫幀，次第回環，或横或直，如七巧益智等圖，天然凑合，無不相宜，共成十數幅，生動秀逸，玅手天成，實先生之創作，獨步古今者也"。按當代國畫家李丁隴，亦有長卷五德回文圖、百駿詩畫回紋圖傳世。

奇文織錦迴環合大道逢源宛轉通能
事一心參造化仙人萬竅本玲瓏觀成衆妙
林和靖悟到前身陸放翁讀畫神遊疏
影裡香來那復辨西東 己巳冬月
少鹿仁兄屬題 青甯劉本霖
庭雪亞花千點絳硯冰
融水一泓春錦盈鏡影
祥徵象錦織文心
妙會神
少鹿仁兄屬題

回文集補遺　目録

回文集補遺

魯近智

近智，孝感人。明嘉靖四十年辛酉舉人，官揚州府清軍同知，著有魯郡伯明吾詩稿（萬曆二十三年刻本）。

春日廻文

雙雙語燕喜療愁，水掠泥銜去復留。芳草岸邊堤柳綠，小溪石外渚沙流。行行草賦書情快，事事隨心趂意幽。長日愛游郊外野，粧新服美更梳頭。魯郡伯明吾詩稿

丁之賢

之賢字德舉，福建綏安人。明崇禎中，農民軍起西北，之賢欲上書，未果。後赴秦中，欲入汀州王將軍幕，適其調他職，又未果。窮絕潦倒以終，邑令檀光熿斂而葬之。著有丁布衣詩鈔一卷（綏安兩布衣詩鈔刻本）。

秋懷廻文

深秋帶雁片雲寒，感萬生心寸剩丹。林下葉鳴山寂寂，琴邊竹影月團團。

其二

叢香錦放菊枝斜，窄徑霜開未盡花。中酒病秋傷遠別，東籬小步散愁賒。

其三

瀟瀟雨色暮烟拖，唧唧蛩吟冷露和。簫玉弄教人靜峭，迢迢漏盡伴愁多。丁布衣詩鈔

張沐

沐（一六二一—一七〇三）字仲誠，號起菴，河南上蔡人。清順治十五年進士，授内黄知縣，重農桑，務教化。再起官四川資縣，一載告歸。與孫夏峰遊，潛心理學，主講游梁書院，晚年築白龜圃，教授四方學者，人稱上蔡夫子。著有前川樓詩集一卷（前川樓全集刻本）。

秋日感懷廻文

懸榻且宜靜，息心嘗廢書。烟標炊野草，水沫老深潴。遄景催黄葉，薄名羞綠蕖。顛連誰似我，孱弱一欷歔。前川樓詩集

王端淑

端淑（約一六二一—？）字玉映，號映然子，又號青蕪子，浙江山陰人。王季重女，錢塘丁聖肇室。幼聰穎，讀書過目成誦。工詩善畫，以花卉見長。清順治間，欲延入禁中教授諸妃，堅辭。年八十餘卒，著有映然子吟紅集三十卷（清刻本）。

秋夜

松枝托影月娟娟，映水秋光碧艸烟。鐘漏夜深寒宋宋，峰前唳雁過霞天。

其二

寄語蟬聲悲古月，色雲留熠小窓西。垂簾伴影桐梧落，敗草寒蛩沾露棲。

洞簫度曲

聲秋唳隺隨雲薄，㒟㒟枝偏殘柳弱。清靄半簾香韵踈，輕吹玉管催花落。

讀良月皆春詠稻花詩

玉珠成粒拈新詩，香散如花夜雨時。東束秋雲緑埜隺，辱君爲此倣微思。

春曉

瘦香含玉起粧初，臺砌春風梅影踈。岫遠嬌分青歷歷，綉窗閒度幾抛書。

兀坐

旋雲聽度幾山空，遠雁驚聲一落楓。椽素伴書殘榻半，憐秋問影映飄紅。（映然子吟紅集卷十四）

菩薩蠻 春怨　倣朱晦翁體

水憐花影新粧擬，擬粧新影花憐水。詞咏爲君思，思君爲咏詞。歸燕傍愁依，依愁傍燕歸。門掩柳黄昏，昏黄柳掩門。

前題 夏怨

曲歌連徑花蕉緑，緑蕉花徑連歌曲。蓮夢怨驚蟬，蟬驚怨夢蓮。斷雲炟吹亂，亂吹炟雲斷。琴弄夜更深，深更夜弄琴。

前題 秋怨

蝶寒追咲含情怯，怯情含咲追寒蝶。秋映月光浮，浮光月映秋。憀雁唳長宵，宵長唳雁憀。癡病識難醫，醫難識病癡。

前題冬怨

撲面寒凄風數數，數數風凄寒面撲。舒凍手翻書，書翻手凍舒。惜枝奇瘦石。石瘦奇枝惜。迷雪墮雲低，低雲墮雪迷。映然子吟紅集卷十六

黄壎

壎字子友，山東即墨人。從兄黄培詩案中，也被牽連受審。清康熙八年，山東提刑按察使司具奏，稱『黄壎詩集中有集會結社字樣，違觸法令，應予嚴懲』。著友晉軒詩鈔一卷、二集一卷、三集一卷（中共山東省委黨校圖書館藏稿本）。

秋興回文

秋雲白滿城，小院竹陰清。愁別生寒夢，漏長憐短檠。幽亭一葉落，晚樹野鴉鳴。樓入青山好，鈎簾傍月明。友晉軒詩三集

俞楷

楷（一六五六—一七〇五後）字陳芳，一作陳方，號正林，江南泰州人。貢生。玄曄南巡，

召試供奉內廷，旋選天長訓導。未幾，以纂修議敘授華亭教諭。晚年究心理學，著有俞子第一書十三卷（清康熙刻本）。

夕苑

□□□□，□□□□□。□□□□□，□□□閒心。

雁

收暈落平川，渚深鳴雁宿。樓低月映弦，陣斷棲斜木。

廢臺

翻花冶廢臺，露草靡幽徑。喧鳥嶺雲棲，躍魚溪月聽。

俞子第一書詩集卷十三

謝丕振

丕振字光宗，號蓮仙、尚友居士、九一居士，山西絳州人。清康熙五十二年恩貢，雍正八年任平遥教諭，以治理學名世。著有青雲洞遺書二刻（乾隆二十一年李養亨刻本）。

汾嵋勝槩廻文

川平綠柳鎖煙濃，絡繹舟行見水淙。連嶺秀圍屏列翠，栢林高起塔重重。

青雲洞遺書

二刻北窓草

方正瑗

正瑗（一六八六—？）字引除，又作引蘧，號方齋，又號連理山人，安徽桐城人。中履子。清康熙五十九年舉人，授内閣中書，擢内閣侍讀。雍正五年轉工部都水司郎中，旋調陝西布政使參議，分守潼商道，創建關西書院，屢辦軍需，運輸糧餉，在任十年，以丁内艱歸。有連理山人詩鈔十七卷（乾隆刻本）。

素心蘭廻文詩

□□映簾鈎月落，寂寥人久坐宵深。琴横愛影當杯酒，習□□□清滿林。

連理山人詩鈔·瀟灑集卷三

尹會一

會一（一六九一—一七四八）字雲孚，號健餘，直隸博野人。尹嘉銓父。清雍正二年進士，授考工司主事。歷襄陽知府、兩淮鹽政、河南巡撫、左副都御史，終吏部侍郎。著有健餘先生詩草三卷（乾隆十四年刻本）。

限字廻文戲成一律

光生錦字寄飛鴻，紫袖垂簾月剪風。香雪夜霏雲洞曲，暖烟春寫画樓中。墻深語燕雙鶯和，院靜移花萬竹籠。長夢小憐新柳笛，黄流醉玉碧桃紅。

廻文絕句 春日和同人

高山一卧龍，近闕雙鳴鳳。桃井露凝香，榻風松入夢。　健餘先生詩草卷三

高繼祖

繼祖字承瞻，號梅溪、懿齋，江蘇如皋人。國子生，曾官天長知縣，有梅溪先生遺集（乾隆四十一年刻本）。

虞美人 廻文　旅愁

鵑啼聽去歸思苦，望遠烟横樹。日斜流水繞隄長，叠叠草茵芳襯落紅香。　春殘又見初明月，漸漸人離别。夢還深夜入新愁，倚枕側眠孤影對高樓。

七娘子 廻文　閨怨

短長亭隔人腸斷，岸柳縈舟繫孤帆遠。亂風吹雨，絲絲如怨，眼波横注愁深淺。燕泥啣入閒空院，倩誰將欲去春留綰。軟紅飛逐，夢魂消黯，斂娥雙樹啼鶯倦。《梅溪先生遺集》

傅涵

涵字聖涯，號新橋，江西臨川人。廩生。清乾隆元年舉博學鴻詞，與試未用。工詩賦，援筆即成，著有《向北堂集》十八卷（乾隆二十三年刻本）。

迴文體四首 李韻

途中感觸頓心凡，意託情深澤國南。珠贈可無攀待柳，璧聯宜不采須藍。烏雲落影青鬟髩，翠水分痕綠袖衫。殊覺此間山色彌，株靈發媚百花巖。

途路有思須不凡，水雲深處畝東南。珠投暗地愁彈鋏，石補遙天悶蔚藍。烏夜夜啼應織錦，鳳朝朝舞自被衫。殊姿駭俗庸何爲，株守如子獨坐巖。

途長短載卸来凡，到得仙鄉此郡南。珠産合池深水碧，璞生彌谷霽雲藍。烏烏罷唱翻新曲，鹿鹿休行拂㪇衫。殊欲自明分際語，株根我結好靈巖。

途次旅懷傷百凡，甚愁今夕向城南。珠珠膩淚沾霜赤，片片柔情染水藍。烏燦兩眸凝繡帕，素融雙腕映羅衫。殊非陋巷門傍樹，株理連生憶古巖。向北堂集卷五

涂錫盛

錫盛（一七〇七—？）字際昌，號勉齋，江西南昌人。清乾隆二十六年官浙江溫州同知，著有夢墨堂稿十六卷續稿一卷（乾隆三十五年刻本）。

立秋日喜雨回文

新秋送雨午成喧，黑霧層空障欝芊。銀疊漲波分遠浦，翠生初稻隔遙天。晨來念我悲雲漢，晚到歡農慶大田。辛味轉涼消伏暑，粼粼石澗淨寒烟。夢墨堂稿卷三

秋閨怨回文

郎同憶昔話衷腸，把袖將盃別遠行。楊柳綠初君馬去，荻花飛處妾心傷。裳裁懶起拈交剪，枕另愁眠冷薄霜。黃葉滿天風漠漠，長途望斷亘斜陽。夢墨堂稿卷四

甘立媃

立媃（一七四三—一八一九）字如玉，江西奉新人。兵部主事甘禾女、博士弟子員徐渭崖室，

早寡。著有詠雪樓詩存五卷（道光二十三年徐心田半偈齋刻本）。

春興迴文

四

萋萋碧草綠陰稠，適興憑琴調景幽。紅日映簾垂小閣，風驚午夢思悠悠。 詠雪樓稿卷

愛新覺羅晉昌

晉昌（一七五九—一八二八）字晉齋，號紅梨主人，滿洲正藍旗人。恭親王常寧五世孫，清乾隆五十三年封鎮國公，歷官宗人府左宗人、烏里雅蘇台將軍、理藩院尚書、兵部尚書、盛京將軍等職。著有且住草堂詩稿（朱絲欄謄稿本）、戎旃遺興草二卷（嘉慶二十五年刻本）。

圍次威遠堡遇雪迴文

飄來曉雪冷風涼，早露零深草色黃。橋外寺通斜路小，嶺頭雲帶遠村長。迢迢夜氣寒生枕，皎皎清光月到床。遥夢去家離恨苦，銷魂暗坐野庭荒。 且住草堂詩稿 戎旃遺興草

卷上

陳廷桂

廷桂（一七五九—一八三二）字子犀，號夢湖，又號花谷，安徽和州人。清乾隆六十年進士，

選庶吉士，改工部屯田司行走，授刑部直隸司郎中。歷任湖北安襄鄖荆兵備道、湖北按察使、太僕寺少卿、奉天府丞兼提督學政等。著有香草堂集十卷續集二卷香草堂詞一卷（嘉慶十六年刻本）。

菩薩鬘迴文

客中樓冷秋宵月，月宵秋冷樓中客。門閉欲黄昏，昏黄欲閉門。　別離驚夢魘，魘夢驚離別。魂斷幾聲猿，猿聲幾斷魂。香草堂詞

史培

培字蘭生，號南坡，一號古籀後人，安徽桐城人。初任鹽運司經歷，因事免職。清嘉慶十四年，集聖教序回文詩二章，右手楷書，左手臨聖教序進呈，蒙賜服佩。十六年，顒琰西巡五臺，復畫竹，集蘭亭序以獻，詔以縣丞用，補蘭溪。有餘事集六卷（嘉慶二十一年紅桂山房刻本）。

仿唐妓薛濤迴文體一首

風含柳色淡拖翠，雨釀桃紅朝染香。空舞燕飛花朵朵，同人共意愛春芳。

寄戴明經采蟬迴文一首

紅榴别憶我鄉思，夢裏花情兩對知。風好送行波渺渺，中天月看客歸期。

夏日迴文一首

冰盤水果雪牙甜，臥榻和風夜捲簾。燈下竹疎清影過，蒸炎溽暑覺涼添。

題畫蘭迴文一首

蘭詠墨香幽滿幅，素心花寫淡和風。歡情客夢春多意，酣興詩工愛畫工。

又五言迴文一首

湘蘭寫意雋，水遠憶江春。香淡染莖素，芳幽入畫神。

已巳十月六日敬取王羲之聖教序帖内字集成五言八韻回文詩二章恭敬

皇上五旬萬壽仰蒙恩賞大緞一疋大荷包一對小荷包四個

皇聖述惟德，粤綜廣化成。揚今復法古，藴實以宏名。湯合文源遠，舜同堯治清。長春共五岳，永日象三正。香苑松含翠，茂林鹿譯聲。藏真契敬簡，濟衆達虚誠。綱紀懷風被，敏貞志律明。翔雲慶會海，智大見敷行。儀典光隆運，嶽高慶陛晨。時清物潤澤，教化體含真。詞慧麗華國，德威顯聖仁。垂雲布立海，積雪讚陽春。黎庶瞻乾象，永懷愛惠民。奇文秘大學，寶善重賢人。知易天心見，識書王道遵。慈恩感世世，御六仰明神。

和高青邱迴文詩韻

鴉啼午夢醒晴窗，綠樹春濃露影雙。紗似碧光烟霽曉，花飛望遠憶空江。　餘事集卷四

愛新覺羅顒琰

寒月迴文體

寒月宵盈輝上堂，素紈疊影鏡生涼。團團印渚星連曉，皎皎懸衢雲逗光。攢馥梅心芳綻蕚，吐華桂鑑朗凝香。欄凭靜玩宜長夜，轉押詩成雙韻藏。　御製詩初集卷八（嘉慶八年武英殿刻本）

案：此詩與味餘書屋全集定本卷十八比對，兩者文字差異頗大，疑詞臣潤飾所致，見本書卷三十九。

陳本直

本直（一七七一—一八四二）字畏三，號古愚，江蘇元和人。貢生，屢試不應，無意仕進，後以廩貢就教職，潛心著述。工詩，有覆瓿詩草六卷（同治十二年刻本）。

納涼回文

芳芬草碧一庭空，唧唧蛩聞靜夜中。涼露墜時敲細竹，暗螢流處動微風。鏘錚遠籟虛窗北，曲彔回欄小院東。牆滿綠苔新雨過，長堤柳影月朧朧。覆瓿詩草卷四

宮卜萬

卜萬（一七七七—一八四七）字壽卿，號香海，山東牟平人。屢試不第，遂事著述，有牟平志書證證錄四十卷、牟平遺香集六十卷、筆正齋草五卷（南開大學藏清稿本）。

山居回文

殘雲秋澹澹，靜景愛山居。寒月松間露，冷泉石山魚。灘空流水淨，木落夜聲踈。彈罷幽琴調，瀾汜遶竹廬。筆正齋詩鈔卷一

張錫謙

錫謙（一七八〇—？）字乙舟、益州，號侍橋，湖北黃安人。清嘉慶十年進士，選庶吉士，散館改戸部主事，官至湖南長沙知府。著有愛樹堂藏稿十二卷（光緒五年粵東邾城張氏刻本）。

七夕 迴文體用長子禮原韻

秋懷寄興遣雲烟，坐映斜暉夕月邊。鈎下晚凉清向夜，扇開輕暑宿回天。休迎穩渡雙星聚，願趁長橋一鵲填。樓望四圍山氣爽，浮光暗滴露涓涓。幽情托月抱雲眠，信遞風番幾度前。牛斗近光榮翰寶，鶴琴隨宦顯樞躔。籌深望爾傳清品，巧鬬嫌人誤少年。鳩拙似余惟耿耿，不來下拜祝軺輧。

題張米邨楓徑聯輿圖 迴文體

愁人寫淚染楓丹，薄命傷懷寄調酸。牛女問誰憑皎皎，室家宜自憾漫漫。遊遨甜處烘霞遠，詠嘯停時落葉殘。幽徑一行偕步促，秋山四望晚妝寒。紅顏映樹曉烟皺，遠睇凝霜冷艷新。鴻案舉觴傾雅量，鹿車聯轡攬清塵。風流想見人無跡，夢幻疑傳畫有神。楓徑繞輿仙境隔，空懸朗月是前身。愛樹堂雜體詩

阿彌爾達

阿彌爾達（一七八一—一八一〇），杭阿坦氏，字福興，號綸溪，别號鶴亭，蒙古鑲黃旗人，世居河北豐寧。陝甘總督全保長子，蔭授兵部主事，轉戶部，遷理藩院員外郎，丁憂去官。釋服奉旨理張家口驛傳事，旋染疾卒。著有漱芳齋吟稿（嘉慶十五年世綸堂刻本）。

東齋夜雨 迴文

涓涓夜雨滴空階，急報秋蛩數韻諧。連巷隔衢通擊拆，近河依水潦鳴蛙。便翻舊帙餘幽興，滿酌新醪遣悶懷。眠去懶聽遥漏碎，烟籠燭影照松齋。漱芳齋吟稿

王瑋慶

瑋慶（一七八八—一八四二）字襲玉，號蒪唐，山東諸城人。清嘉慶十九年甲戌進士，選庶吉士，散館授吏部主事，陞員外郎，轉禮科給事中，歷都察院右副都御史，除戶部右侍郎，終刑部。著有蒪唐詩集十二卷（嘉慶二十五年蕉葉山房刻本）。

送春迴文體

西庭曉雨碧雲低，點點花鶯愁眼迷。齊盡綠陰春别去，啼鶯巧趁柳横堤。蒪唐詩集卷一

盧　謍

謍（一七九二—一八六九後）字品韶，號籟亭，江西瀘溪人。清道光八年舉人，二十九年授萬載縣訓導，咸豐三年以病告歸。同治二年復任，兼掌龍岡書院。著有紅竹山房詩草十卷（同治八年瀘溪盧氏木活字本）。

閨思効迴文體

鈎簾押玉冷凝霜，唳雁驚回夢短長。秋漢碧摇天瀉影，老荷紅顫水含香。樓明皎月朝開鏡，戶入涼風晚卸妝。牛女掛簷閒注目，舟行已久未歸郎。　紅竹山房詩草卷四

張　訥

訥（一七九四—一八六五後）字敏生，山東高苑人。著有滇生詩稿一卷文稿一卷（清同治五年張氏孝友堂刻本）。

紅絲石硯迴文銘

天地鍾靈，秀毓維青。鮮紅色石，聯若緯經。　滇生詩稿

楊豫成

豫成（一七九六—一八六三）字立是，一字立之，號繹堂，山西陵川人。清道光元年舉人，屢赴會試不中，以大挑一等分發江西，署安義縣，改龍南，遷寧都、贛州、南安知府。善詩文，著有享帚集四卷（同治三年臥雲書屋刻本）。

崇安寺回文

留雲素愛最高峰，冷色松含翠蔭濃。樓上客唫風葉落，秋煙晚寺一聲鐘。　享帚集卷三

臥雲草

錢守璞

守璞（約一八〇一—一八六九）字壽芝，一字蓮緣，號蓮因，江蘇常熟人。張騏室。著有繡佛樓詩稿二卷（同治八年自刻本）。

夏閨迴文

陰晴晝出釀梅黃，竹映簾紋簟浸涼。簪墮偏眠初倦繡，草詩閒詠舊盈囊。深深院鎖窗紗碧，裊裊風縈篆縷香。林遍綠痕新雨過，禽鳴繞樹柳絲長。　繡佛樓詩稿卷一

擬春閨怨回文

詩成獨倚小窗幽，淺睡輕寒江上樓。離別憶君尋夢遠，古今同恨爲春留。絲絲雨隔重簾捲，點點花飛着眼愁。時醉殘香孤枕冷，癡情自負本誰求。（繡佛樓詩稿卷二）

陳淑英

淑英（一八〇八—一八七八）號德卿，福建莆田新度鎮壺塘村人。陳捷登女，舉人翁煥文繼室，早寡。工近體詩、善集句，著有竹素園詩鈔二卷竹素園集句二卷（同治間刻本）。

春望迴文

遲遲日晷度窓明，望裡春容霽景清。枝動蝶斜花弄影，樹翻禽響葉聞聲。垂簾映柳烟痕軟，繞徑舖苔雨色晴。時坐小樓高縱目，詩成湧步獨怡情。（竹素園詩鈔卷二）

麟　光

麟光原名徐受麟，字筆春，號石蓮，滿洲鑲藍旗人。清道光十四年授刑部主事，陞工部員外郎，轉遷都察院御史。咸豐七年，補放甘肅平凉府，護理平慶涇道。著有書春堂詩集二卷續集一卷（咸豐七年刻、十一年補刻本）。

梅花四首 迴文

春上枝稍梅放香，玉花千樹對高堂。新亭雪後開英蕚，晚徑霜時吐艷芳。琴曲一歌操夜靜，笛聲三咽醉樓粧。神清發幹氷花冷，頻笑風庭孤月凉。

其二

明窓映影白團團，素艷斜欄一月殘。晴雪苑開花樹樹，晚風枝放蕚攢攢。清香引夢邀詩思，瘦骨浮春吐夜闌。嗚笛玉樓歌寂寂，輕烟薄霧暮林寒。

其三

胎水放艷素枝寒，漠漠霜林一夢殘。來鶴有琴調靜夜，贈人無使對林看。臺移玉影疎橫月，戶入幽香馨滿欄。開到春崖山落雪，杯擎獨笑索簷觀。

其四

空堦印影瘦横斜，幹老生春早放花。風細捲香飛艷冷，雪晴含玉吐英華。東樓醉月殘嗚笛，北塞寒城暮奏笳。宮恨自驚魂斷夢，濛濛薄霧隔窓紗。書春堂詩集卷上

黎學淵

學淵（一八〇九—約一八五九）字仲潛，號靜庵，河南羅山人。以孝廉方正科賜舉人，官內閣中書。三次會試不遇，便絕意仕進，歸隱於淮西先人舊廬。著有鐵琴詩鈔二十五卷（咸豐十年刻本）。

迴文

沙映月中遼隺去，水橫天外塞鴻歸。家山入夢清宵永，舍館生愁暮雨微。鐵琴書室詩鈔卷九

田依渠

依渠（一八一〇—？）字枚邨，河南長葛人。清咸豐六年進士，授山西神池知縣。曾於南陽、許昌兩地書院及嵩陽書院講學，著有茹古山房詩集四卷（同治十一年稷山縣官署刻本）。

秋思迴文

輕風晚到落花香，極妙工歌引興長。明月對人誰倚笛，好詩留客故稱觴。聲敲竹院深林密，色著松窗靜露涼。兄弟各天秋望遠，清光夜坐伴琴囊。

湖西映帶一川斜，渺渺秋時客憶家。烏繞樹邊雲弄影，鶴棲樓下月增華。壺提自酌閒愁解，韻疊長吟妙手乂。奴鴈寄書傳夢好，孤燈夜對半庭花。

秋興迴文四首

秋聲一到語寒蟲，曲徑林園四壁空。幽夢破時黄葉雨，好詩吟處落花風。浮沉客似將歸燕，聚散賓如欲去鴻。酬唱幾家人倚笛，樓高照影月西東。

天涼晚坐小窗西，燭刻長吟自出題。絃管弄宜誰引鳳，雨風聽欲共談雞。穿珠露點花香冷，織錦雲連樹影低。牽思別添心緒亂，煙輕破處幾鴉啼。

魂消客夢是情真，嘯詠閒忘物外身。樽對又添今雨舊，信來長接暮雲春。村楊綠損寒霜肅，嶺葉黄歸落月新。門倚望風秋颯颯，昏晨幾念遠游人。

迢迢水隔洎流清，久已看雲憶弟兄。嬌女愛深原僻性，小兒憐慣亦癡情。朝花記懶鶯簧炙，夜雨聽醒蝶夢驚。寥寂破空長送響，簫吹坐點一燈檠。

茹古山房詩集卷一

李霖

霖（一八一九—一八七六後）字雲嵒，江西南昌人。諸生，咸豐間，入彭宗岱幕，襄理軍務。工詩，著有小桃李園詩鈔二十卷（光緒四年重刻本）。

〔仙源王宅賞菊〕回文六首席次留贈王觀詧

黄堆豔菊傲秋霜、淺淡粧

讀法：黄堆豔菊傲秋霜，菊傲秋霜淺淡粧。粧淡淺霜秋傲菊，霜秋傲菊豔堆黄。餘倣此。

花頭並豔綴窗紗、映晚霞

霜枝滿榻豔秋芳、拂袖香

紅分晚節寓高風、景福隆

窗明月菊豔抽雙、影照缸

年延菊酒綠傾筵、小隱仙　小桃李園詩鈔卷十四

張盛藻

盛藻（一八一九—一八八一後）原名志繡，字春陔，又字君素，湖北枝江人。清道光十七年拔貢，任戶部廣東司主事，陞廣西司員外郎，補都察院江南道監察御史，署禮科給事中。同治六年，掌山東道監察御史。著有笠杖集六卷（光緒七年刻本）。

阻風沙湖成回文一絕

蕭蕭暮雨微寒峭，颯颯秋風晚渡横。遥望四邊天接水，渚江羈客一舟輕。

渡湖再回文一絶

横書雁影雲山遠，靜卧龍門海月孤。平鏡一湖秋入畫，輕霜着色换眉鬚。笠杖集卷二

愛新覺羅奕誌

奕誌（一八二七—一八五〇）號西園主人，清仁宗顒琰之孫，襲封瑞郡王。著有樂循理齋詩稿八卷（同治八年刻本）。

絶句迴文

霞紅映水倒清灘，靄靄雲横暮嶺丹。斜照夕陽殘落葉，遠飛高鳥碧空寒。

夜興迴文

情餘有夢秋風晚，醉興高吟一曲歌。清陰暗凝珠露溼，細聲繁奏玉琴和。觥添酒處稀朋友，月映花時淡綺羅。檠燭有光輝滿室，更深亂響砌蛩多。樂循理齋詩稿卷一

徐賢杰

賢杰原名賢尊，字震卿，安徽潛山人。清同治十二年舉人，授内閣中書。光緒八年，榮禄聘

爲塾師，後外任廣東綏瑶直隸軍民同知。性喜吟咏，著有三山吟草八卷（光緒刻本）。

夏晝回文

樽開晝永樂閑居，雅淡雲如自卷舒。門掩笑聲禽喈喈，枕移驚夢蝶蘧蘧。溫書舊課兒完早，和韻新時雨霽初。痕裊篆輕香爇鴨，喧塵謝客熱删除。

夏夜回文

家家笑語夜眠遲，樂有奚童小扇持。紗薄映牕紅翦燭，榻涼傾酒綠浮卮。花摇月影雲收淨，樹引風聲笛罷吹。斜倚曲欄迴步步，茶煎竹院靜吟詩。三山吟草卷一

潘永芳

永芳字子丹，號世外癡生，又號藏春園主人，安徽廬州人。不仕，延館教書，著有藏春園初集二卷（光緒十二年活字印本）。

廻文詩

光輝影透碧荷塘，雅淡亭亭映曉妝。芳蘂砌鳴蟲唧唧，涼風得趣有清香。藏春園初集卷上

愛新覺羅廷奭

廷奭（一八四四—一八六三後）字棠門，又字季靈，自號紫然居士，別號飯石道人，長白硼屯人，屬滿洲正黄旗，山東巡撫崇恩子。工詩詞，精繪事，著有懶餘吟草一卷（北京師範大學藏清咸豐十一年抄本）、未弱冠集（同治一年嬾雲窩刻本）。

題友人畫册迴文體

紫花樫吐香，綠萼梅含豔。齒齒石欄横，鱗鱗波翠瀲。

懶餘吟草

夏日納涼迴文體

亂烟雲裏梧楸老，幽館軒前荷芰香。斷石橋横谿水綠，殘花草遶砌苔蒼。

未弱冠集卷一

李嘉績

嘉績（一八四四—一九〇七）字雲生，一字冰叔，四川華陽人，祖籍直隸通州。歷知陝西韓城、扶風、臨潼、富平等縣。工書，擅詩古文詞，著有代耕堂中稾二十五卷（光緒二十七年華州刻本）。

月夜回文五首

年華老我愁中酒，短寥驚回幾夜秋。邊月向人勞遠憶，笛聲一聽倚高樓。
歸家有寥涼宵隔，月院深憐景弄花。飛徧百迴聞燕語，曲欄紅傍鬻團茶。
東門國遠心灰寸，北斗星回寥幻奇。中酒落花飛片片，對人愁鬢感絲絲。
深栖酒盡飲如何，遠樣天船海湧波。心事萬重山間水，碪傳月下枕横戈。
參横月落院淒淒，隔水山遥聽鳥嗁。吟苦夜來人見不，琴弦一譜畫堂鹵。

即事回文二首

明月問人何苦吟，寂寥正嚮鹵歸心。名垂空老人間世，觥觥斯集專古今。屋繞花風涼雨過，書城百徧香中坐。熟時時要擷英華，獨守性根天地大。

夜鐙孤榻近窗曙，鳴斷柝聲風繞樹。下上音中林鳥嗁，亞欄迴轉花香度。愁人惹寥鄉關非，咫尺天邊羣雁歸。秋艸野亭長入望，流江空水帶雲飛。

代耕堂中稾卷二十二

范　濂

濂（一八四六—一八九四後）字鏡川，浙江山陰人。游江右，入梅古方幕。多才藝，工詩詞，著有世守拙齋詩存四卷（光緒二十一年洪都寓廬刻本）。

迴文菩薩蠻

急風驚落蕭蕭葉，葉蕭蕭落驚風急。窗上月昏黄，黄昏月上窗。睡餘唯影對，對影唯餘睡。愁夜一鐙秋，秋鐙一夜愁。問人誰有傷心病，病心傷有誰人問。鑪葯冷煙孤，孤煙冷葯鑪。夕寒愁瘦骨，骨瘦愁寒夕。蛩泣似憐儂，儂憐似泣蛩。恨愁縈轉迴腸寸，寸腸迴轉縈愁恨。長歎感空囊，囊空感嘆長。薄情人漠漠，漠漠人情薄。貧賤少交親，親交少賤貧。世守拙齋詩存卷一

愛新覺羅奕詢

奕詢（一八四九—一八七一）號蟫齋，别號惜陰主人。清仁宗顒琰孫，惠端親王綿愉子，封鎮國公，賞戴三眼花翎，内廷行走管理中正殿事務。工吟咏，著有傒月軒詩集十六卷（同治十一年刻本）。

晚晴二首回文

幽香暗裊爐烟碧，晚照斜枝宿鳥鳴。投筆凍吟閒趣好，浮雲薄處遠天晴。

齋心洗慮少時閒，翠擁嵐光山外山。佳景暮烟晴繞樹，階前遞語鳥關關。傒月軒詩集卷九

王陳常

陳常（一八六三—一九二三後）字思文，號慕彬居士，别號澹園，順天宛平人。諸生，嘗考任吏部謄録，後以執教爲生。工詩文，著有賞心山房詩草十一卷（一九三三年石印本）。

冬日自遣迴文

簾垂永夜一鐙明，緩緩唫詩妙語輕。尖筆凍來風卷褭，簷茅愛煖望衣更。

夜思迴文

花名問去想年年，靜夜人看愛景妍。華月賞來茶當酒，斜欄倚處散輕煙。

賞心山房詩草卷五

姚倩

倩，女，清末民初常熟人，有南湘室詩草一卷詩餘一卷（一九一五年日本排印本）。

菩薩蠻 廻文兩首

霧窗寒鎖春山暮，暮山春鎖寒窗霧。明月正風清，清風正月明。徑幽花弄影，影弄花幽徑。長夜怯空房，房空怯夜長。鏡鸞臨瘦影，影瘦臨鸞鏡。花落怨啼鴉，鴉啼怨落花。

曲闌斜倚羞明月，月明羞倚斜闌曲。煙草碧侵簾，簾侵碧草煙。

南湘室詩草

方圖

潘炤

幽芳影瘦橫澹
靚　　　　月
裾　　　　花
霞　　　　踈
髩　　　　暎
暗明袖冷光流

賦得月明林下美人來仿廿珠環體一，十字

迴文詩四十首

幽芳影瘦橫，澹月花踈暎。流光冷袖明。暗髩霞裾靚。

芳影瘦橫澮，月花踈暎流。
影瘦橫澮月，花踈暎流光。
瘦橫澮月花，踈暎流光冷。
橫澮月花踈，暎流光冷袖。
澮月花踈暎，流光冷袖明。
月花踈暎流，光冷袖明暗。
花踈暎流光，冷袖明暗馞。
踈暎流光冷，袖明暗馞霞。
暎流光冷袖，明暗馞霞裾。
流光冷袖明，暗馞霞裾靚。
光冷袖明暗，馞霞裾靚幽。
冷袖明暗馞，霞裾靚幽芳。
袖明暗馞霞，裾靚幽芳影。
明暗馞霞裾，靚幽芳影瘦。
暗馞霞裾靚，幽芳影瘦橫。
馞霞裾靚幽，芳影瘦橫澮。

光冷袖明暗，馞霞裾靚幽。
冷袖明暗馞，霞裾靚幽芳。
袖明暗馞霞，裾靚幽芳影。
明暗馞霞裾，靚幽芳影瘦。
暗馞霞裾靚，幽芳影瘦橫。
馞霞裾靚幽，芳影瘦橫澮。
霞裾靚幽芳，影瘦橫澮月。
裾靚幽芳影，瘦橫澮月花。
靚幽芳影瘦，橫澮月花踈。
幽芳影瘦橫，澮月花踈暎。
芳影瘦橫澮，月花踈暎流。
影瘦橫澮月，花踈暎流光。
瘦橫澮月花，踈暎流光冷。
橫澮月花踈，暎流光冷袖。
澮月花踈暎，流光冷袖明。
月花踈暎流，光冷袖明暗。

霞裾靚幽芳，影瘦橫澹月。花踈暎流光，冷袖明暗馞。

裾靚幽芳影，瘦橫澹月花。踈暎流光冷，袖明暗馞霞。

靚幽芳影瘦，橫澹月花踈。暎流光冷袖，明暗馞霞裾。

靚裾霞馞暗，明袖冷光流。暎踈花月澹，橫瘦影芳幽（讀法如前又得回文二十首）〔從心錄〕

〔墨卿（石爲維揚伊𧨏使作）〕墨卿者隨園老人所謂多才子也，放誕文章拚命酒，無腔曲子斷腸詩，山水寫意無不妙，金石篆刻無不精，廿珠環者其一體也。然人不能和允稱絕唱鄉前輩，歸愚、香樹兩先生皆題此石（雲椒記）

潘炤字鸞坡，號桃源漁者，清乾嘉間江蘇吳江人，著有從心錄一卷（嘉慶十九年小百尺樓刻本）。

奉勅書迴紋詩冊頁後（代）

管世銘奉勅書迴紋詩冊頁後：『自古雅頌之興，皆和其聲以鳴國家之盛。漢唐而降，所稱臚功頌德，與夫早朝應制稱壽紀恩之製，製不一體，體不一家，雖未能盡免鋪張，而氣必喬皇，詞必典則，一代之豐猷駿烈，及當日隆平之氣象，樂易之人心，莫不流露洋溢，使讀者欣躍感奮而不自知，由盛大之氣，足以舉其詞沉摯之思，足以盡其致也。我皇上天文炳蔚，聖壽延洪，凡所以敬天勤民，揆文奮武，雖使淵雲駰固操簡執筆，亦無以罄盛德之形容，顧各就蠡筦之愚，直抒所見，如衢謠華祝，未嘗不可以頌堯。若夫舍正從詭，厭舊取新，縱極鉤心鬭角之能，儷白妃青之巧，使李白杜甫韓愈諸大家見之必呵，爲舍琴瑟而習箏琶，揮芻豢而思螺蛤，況就其體而求之支離牽湊，并未能成聲而入味者哉。是册以七律迴紋十首，倣璿璣圖之式，回互書之，於乾隆五十五年皇上八旬萬壽，隨衆進獻，因其體製似新，得與陳設。一經睿鑒，而佻纖錯沓底藴莫不畢露，譬如爝火燭物終在影似之間，仰旭日而皆貢其形也。蒙皇上幾餘指示，復諭臣等以其有乖正軌之義，著於本冊，葢一夫之紕繆不足言，而風雅之閑不可以不是正也，爰承命而書其後』（韞山堂文集卷四）。世銘（一七三八——一七九八）字緘若，江蘇武進人。清乾隆四十三年進士，授戶部主事，調山東司，充軍機章京，擢雲南司員外郎。六十年，改浙江道監察御史，嘉慶三年轉廣西道。著有韞山堂文集八卷（嘉慶六年讀雪山房刻本）。

題李申耆太史刻管仲姬書璿璣圖詩

李聯琇題李申耆太史刻管仲姬書璿璣圖詩：『長涇張氏藏仇實父蘇若蘭織錦圖與管仲姬書璇璣圖詩卷，可稱合璧。然諦審似實一物而分裂各題，葢賈人圖兩售以增利而爲之也。兩卷皆絹本，管書前列若蘭小像，爲仲姬繪，而與仇卷畫手略同。仇卷款署仇英二字，又與管卷書法相似，管卷迹似文徵仲，乃習徵仲書者託名爲之。徵仲書名一代，若管書先有此面目，則徵仲特依搸葫蘆，何以爲徵仲哉。以是知非文迹，愈非管迹也。題襟館不此之審而摹刻流傳，徒滋後人惑耳。以管書之託知仇畫，亦未必真第妍妙可賞，且係百年前贋物也』（好雲樓二集卷十一）。

閔齊仁

齊仁（一四九三——一五四九）字希仲，號立巖，朝鮮驪州人。累官至大司憲、右贊成等職。著有立巖集六卷（一七四六年刊本）。

秋夜回文

碧天寒瀉露，寥寂正寂心。客久留秋塞，螢孤度暝林。白雲長遠望，清夜獨高吟。脉脉空懷抱，悠悠想古今。立巖集卷二

洪原周

原周（一七九一—？）號幽閑堂，朝鮮人。豐山洪仁謨女，沈宜奭室，著有幽閑集一卷。

次韻回文

樓邊雲上月，滿影垂庭空。悠悠閑興晚，報漏清宵中。幽閑集

趙漢復

漢復號夢覺軒主人，朝鮮林川人。高宗二十七年（一八九〇）登別試丙科，著有彝叙詩話。

回文

寒風感到轉懷鄉，紫葉題詩新墨香。看雲白日幾勞夢，山僻住之難束裝。彝叙詩話·雲儀旅史

秋江曲織簾詞圖

鄭氏　吴氏

(姑) 南湖 碧於筵 峰巒 蘸得 無限恨 腸斷

秋水 兩岸 眉黛鮮 吴儂 幾番 鷓鴣天

(婦) 生憎 入湘川 相思 道是 迢遞甚 孤夢

明月 頃刻 却惘然 關河 一時 到君邊

(婦) 六灣 素如烟 支頤 夜靜 人不見 環珮

演漾 停櫂 惜芰蓮 步虛 且將 少盤旋

(姑) 平鋪 渺無前 滄波 唱罷 歸去晚 瑤瑟

練帶 慣眼 堪可憐 離舟 楚天 碎鸞絃

(姑) 風吹 水荇連 君山 日暮 情更怯 鳴雨

帆棹 湖上 翠欲顛 猿啼 碧花 又纖綿

(婦) 徐回 爲誰牽 嵐村 雁斷 紅樹晚 珠箔

錦纜 映水 寒不眠 平橋 玉欄 掃蠻箋

(婦) 爭隨 弄晴妍 鴛鴦 對岸 橙橘裏 斜倚

芳渚 翡翠 驚復翩 橫塘 白蘭 賭金鈿

(姑) 招呼 笑相褰 雙雙 借問 知遠近 深處

秋江曲織簾詞

南湖秋水碧於筳，兩岸峰巒眉黛鮮。蘸得吳儂無限恨，幾番腸斷鷓鴣天姑

生憎明月入湘川，頃刻相思却惘然。道是關河迢遞甚，一時孤夢到君邊婦

六灣演漾素如烟，停櫂支頤惜芰蓮。夜靜步虚人不見，且將環珮少盤旋婦

平鋪練帶渺無前，慣眼滄波堪可憐。唱罷離舟歸去晚，楚天鳴雨碎鸞絃姑

風吹帆棹水荇連，湖上君山翠欲顛。日暮猿啼情更怯，碧花珠箔又纖綿姑

徐回錦纜爲誰牽，映水嵐村寒不眠。雁斷平橋紅樹晚，玉欄珠箔掃鸞箋婦

爭隨芳渚弄晴妍，翡翠鴛鴦驚復翩。對岸横塘橙橘裏，白蘭斜倚賭金鈿婦

招呼芳渚笑相褰，翡翠雙雙驚復翩。借問横塘知遠近，白蘭深處賭金鈿姑

右八絶，乃秋江曲織簾詩也。一日，姑婦訪劉侍郎夫人郝氏，郝氏出繡軸子示之，乃其曾王姑所製春江曲八絶織簾圖也。其曾王姑嫁於錢塘陸員外，詩名著世。織簾詩尤播於吳中，吳中女娘爭繡賣之。凡詩之體，自頭順理而讀，則雖横側曲折無不成詞。媳婦見此而歸，稱羡不已，自恨才不及古人。姑笑曰：『此不甚難』，乃以『秋江曲』爲題，先唱一絶，命媳婦續之，遂成八絶。

姑婦奇譚

姑婦奇譚一卷，鄭氏、吳氏著。安往居（一八五八—一九二九）敘云：『鶴丁軒吳氏，夫家申，其姑鄭氏也。夫家曾住原州，流入中國。姑婦俱有天才，自遼東轉入江南，今不知所向。在遼東名

其軒曰鶴丁軒，傷感故國，托意於遼東丁零威也。每姑婦唱和，姑先則婦必續，婦先則姑亦續。必以對仗，詞無虛實』。

玉連環

雲香閣

夕陽斜映絳桃花拂綺窗霞散短籬笆外徑三丫處綠楊遮斷一溪沙白浣春紗罷

溪村即事

讀法

絳桃花拂綺窗霞，綺窗霞散短籬笆。短籬笆外徑三丫，徑三丫處綠楊遮。綠楊遮斷一溪沙，一溪沙白浣春紗。浣春紗罷夕陽斜，夕陽斜映絳桃花。郭璨東洋歷代女史詩選卷六朝鮮

或自『綺窗霞散短籬笆』起讀，循環仿此。

後語

時下出書真難，猶如登蜀道，如上青天。回文集在衆位新雨舊知的共同援手、給力之下，終於面世了。

一、苦難的歷程

收集資料，遠非想像中翻翻抄抄那麼便當。甜酸苦辣，不親歷者，怎解其中味。

圖書館，當然是主要渠道。上世紀五十年代，是值得人們懷念的學術氛圍最好的黄金時期。那時的圖書館與讀者水乳交融，門庭若市。可惜好景不長，隨着極左思潮的泛濫，古籍的門檻步步高陞，成爲『參考閲覽』。之後，又強調專業對口，需持單位介紹信才許入室。閲讀對象範圍愈來愈狹，非專家學者難以問津。而回文詩詞，偏多出自古籍（綫裝書），至『文革』前夕，古籍都作爲『封資修』的貨色了，跡同『黄色』、『反動』書刊。收集資料，不僅越加困難，而且擔着挨批挨鬥的風險，一旦事發，在那個特殊的年代裡，要做反面教員的。

書店，亦爲資料來源的重要渠道。曾記得蘇州玄妙觀西首和護龍街文學山房一帶，古舊書店、書攤，林林總總，往往是人們假日的消閒去處，大都開架的，讓人隨意翻閲，比圖書館還方便。而業主也很寬容，從不講什麼閒話。本書中不少資料，是從那裡購來的，抄來的。凡遇出差外埠，總會抽空去逛逛當地古舊書市。八十年代，經上海古舊書店高劍川先生的介紹，北京琉璃廠中國書店，特爲清架清庫，找尋回文專著。遺憾的是，由於刼後，即使偌大的書店，已無其蹤跡了。

回文詩詞，絕大多數都散見於別集、總集、史乘筆記等各種典籍中，哪書有，哪書無，誰也不知道，只好一本一本地去翻，活像大海中撈針一般。

訪求。八十年代，獲悉寧波有萬斯同的回文詩，便專程往抄。從上午抄到人家下班，爲節省時間，忍着饑渴，不飲不食，夜裡則住宿浴室（附近招待所、旅館客滿），天天如此，抄完爲止。前數年，得知南京大學域外漢籍研究所有韓國文集叢刊三百四十冊（尚未出齊），所長張伯偉先生慨然允許我們前去閲覽，這時正值學校暑假，特給開放一周，共抄了五千多字，計花去交通、住宿費用一千五百多元，折算每千字三百元。

朋友們的幫助。旅美華人熊應祚，一九八八年在北京舉辦個人畫展。全國政協專員呂光光撰文熊應祚寄情回文詩，在團結報上介紹其人其事。我們見後致信給呂先生，要求提供詳細情況，他竟慷慨地把自己一本精美畫冊四季迴文詩集寄來，讓該書發揮作用。又如臺灣吳演南先生寄來明人回文詩集複印件，不久，他便謝世。若晚一步，欲想得到這份珍貴資料，就難了。封淑英回文詩集、如心齋迴文詩詞集複印件是香港李知其先生，回文花鳥吟複印件是杭州徐元先生惠贈的，等等。假使沒有如許相識和不相識的朋友們幫忙的話，本書哪會形成現在這樣的規模。

隨着改革、開放的步伐，收集資料的範圍，也面向境外，面向世界。不僅收集漢字回文（包括朝鮮、日本、越南），而且擴大去收集和文、西文回文。從中日文化交流的史料中，知道他們也有不少回文專著。聽說先進國家的圖書館，服務很是周全，抱着試試看的心態，發函向日本國會圖書館詢問和文回文專著情況。不久，回音來了，拆閲之下，喜出望外。他們不僅告知現存回文專著的書名、作者、出版年代，現藏何處（涵蓋全國各地公共圖書館、高校和科研機構圖書館、文庫），一一注明收藏館庫的地址，郵政編碼等等。并説，如需複製、拍攝，可逕向所在單位申請，還附來國會圖書館複製價目表和注意事項。爲讀者服務、辦事如此認真，令我們震撼、折服、汗顔。

由於外匯管制的規定，無法直接郵匯支付，只好託當時在日本自費留學的吳遵民先生幫助。這位熱情、豪爽，講義氣，重信諾的青年同事，幾年間，不憚其煩，以獎學金、打工收入給予墊付。我們以這樣的方式，向相關圖書館複製、拍攝到十多種資料，其中不乏善本、珍本。館方也不拘泥規章制度，往往靈活破例處理。如有一種著作，按照規定不許向外國提供的，館方除告知有關原因，表示歉意外，末後建議可找在日本的親友出面辦理。他們處處爲讀者、學者着想，反顧國內，又怎樣呢？

我們與省、市以上的不少圖書館打過交道，對此，深有感觸。例如二〇〇五年三月，曾致信某圖書館詢問陳僅的繼雅堂璿璣碎錦、繼雅堂回文詩賸。該館回覆說：『有』。說它有，不禁狂喜。既然它也有，就不必向別處求爺爺，告奶奶了。當我們要求複製時，便露了餡，原來承辦人根本沒去查找過，只是隨意敷衍罷了，用上海話來講，給我們吃空心湯糰。

十年浩刧，人身雖未能倖免，但所收集的回文資料（包括大量的非主流詩體的資料），却逃過『破四舊』、抄家的種種關口，未受絲毫損失，實是萬幸。蘇州嚴一清先生便交不到這樣鴻運了，他畢生珍藏的各種板本的回文集子和精心彩繪的回文圖霏，不就是給『造反派』搶得淨光！連命也差點被革掉。

一九八八年十一月，河北日報、光明日報相繼刊出河北人民出版社征訂朱積孝回文詩大觀的廣告，見後甚覺高興，詎料一九八九年三月，編輯李義生先生來信說：『回文詩大觀自八七年列入我社出版計劃，幾番向全國推薦和征訂，訂數竟然不足百册，根本無法開機付印』。物傷其類，等同身受，不啻冷水灌頂，哪敢再存出書的奢望。

正當山重水複疑無路時，真是鬼使神差，竟與文博（法門寺研究專號，一九九三年第四期）不期而遇，原來法門寺在召喚着我們呢！

二、緣結法門寺

説起法門寺，在我國歷史上曾是家喻户曉，婦孺皆知。一千六百多年前，武功的蘇蕙，扶風的竇滔，相傳於此相遇、相識、相戀。他們結褵之後，也居住在寺右的巷中。這裡，是蘇蕙的故里，回文詩的發軔地。法門寺的真身寶塔，埋瘗着釋迦牟尼的指骨舍利。唐代帝王六次迎入内宫供奉，所謂『三十年一開，則歲穀稔而兵戈息』，曾風光一時。嗣後國家的政治統治中心漸次東移，再無朝廷、要員前來禮佛，寺院日趨衰落。明清時期，偶爾有少數過往官吏、文士以及遊歷者，還到此憑弔織錦巷、織錦臺、塔廟遺址。『秋風吹蔓草，野日照荒臺』（李因篤）、『夕陽留古塔，勝代説經場』（劉壬）。

一九八一年夏，關中綿綿霪雨。八月二十四日，真身寶塔在一陣撼天震地的巨響中轟然倒塌，好像地宫中的精靈在吼叫、在呼唤。此時此刻，誰也不曾料到，法門寺揭開中興的序幕，亦將韓金科先生推向歷史的前沿。

也許是佛祖的保佑，歷史機遇終於降臨到韓先生的頭上，他被任命爲縣委宣傳部副部長兼縣人民政府文化局局長。一九八五年七、八、九三個月，韓先生先後二十六次坐班車前往西安，向有關部門陳述扶風縣拆塔重建的請求，最後陝西省人民政府採納寶雞市和扶風縣的方案，被幽閉一千一百一十三年的地宮珍寶重見天日，法門寺迎來了再度輝煌，爲繼秦兵馬俑之後又一重大的考古發現，驚動中國，驚動世界。在省、市、縣的主持下，擴充寺域，重修寶塔，建成法門寺博物館，韓金科先生擔任首任館長。

在韓先生主政的近二十年間，以博物館爲平臺，『利用自己所具有的條件和手段』（石興邦法門寺文化與法門學序），廣交、延攬天下專家學者、佛門高僧大德，多次召開大型的國際學術會議和各種專業會議，雄心勃勃地開展法門寺文化與法門學科建設的探討與研究。

法門寺文化與法門學內涵豐富，博大精深。其中文學藝術部分，包含蘇蕙的織錦故事和璇璣圖詩。一九九二年十月，按照發展規劃，征用寺西蘇蕙舊居非耕田二・二三畝，擬在遺址上籌建織錦回文璇璣館。一九九四年三月，爲法門寺唐代地宮秘色瓷在上海博物館的展出和相應的大型國際學術研討會事，韓先生來上海，特臨舍間會晤，自始結成文字交，參與活動。在韓金科先生的關懷和支持下，開手『舞文弄墨』，使桑榆之年，有所事事。一九九八年，我們寫成前秦女詩人蘇蕙研究，對她的歷史地位和作用，做出比較系統、全面的評述（陝西人民出版社二〇〇三年橫排本、二〇〇五年直排本，列入法門寺文化叢書之二十）。接着，又支持我們整理出歷代的回文作品，編成回文集，以保存祖國的文化遺產。

二〇〇六年，韓先生退休了。中國有句老話，『人在政興，人去政息』，回文集面臨進退兩難。這時，又仗韓金科先生之緣，西安建明印務公司總經理王建明先生和其後任者張軍權先生更是挺身相助，在沒有出版單位許諾、沒有分文經費的情況下，毅然打印排版。三百餘萬字，四千多頁的稿子打印、排版、印刷，在上海和西安間循環往復的校改，整整耗費了五年時間，方有了初步的全書清樣。然而，正式出版還是渺茫未卜。彷徨之際，承蒙不少朋友的關懷，特別是中華書局柴劍虹先生力主申報古籍整理國家重點項目，郭又陵先生慨允由國家圖書館出版社出版，一諾九鼎，才最終圓滿功德，修成正果。

回文集整理出版過程中，無論提供資料，還是排版印刷，都得到韓先生的幫助、支持和操盤運作。我們認爲，如同法門寺一樣，沒有他，就不會有回文集的問世，沒有他，我們手邊的大量資料的未來命運，不過是一堆廢紙罷了。現在哪有深山可藏，哪有高閣好束？

除了前述諸位先生，這裡要鄭重感謝的：北京李蔚先生、唐訶先生、于春媚女士；上海錢仁康先生、陳以鴻先生、劉一萍女士；正定郭開興先生、樊子林先生、劉友恆先生；復旦大學圖書館、上海師範大學圖書館、上海圖書館、國家圖書館出版社；和西安建明印務公司多年參與排編工作的張茜女士、楊涵先生、張娟平女士、張磊先生、張爲女士等，在此永誌不忘。鄭振鐸先生在插圖本中國文學史上，説蘇蕙的璇璣圖詩，『當是許多年代以來才智之士的集合之作』。他的話，講錯了。假如説，回文集乃衆人『集合之作』，對了，這是集體共同完成的碩果。

三、幾點要説的話

熊應祚先生爲振興中華回文文學奔走呼號，不遺餘力。他有四季迴文詩集、如心齋迴文詩詞集存世。曾『深盼我青年學子愛好文藝者人手一篇，共同研究』。而他的兩種著作，在大陸甚爲罕見。所以，我們全文收入，以廣流傳。先後兩次致函徵求意見，均被退回。封淑英女士處，亦請港粵文友就近打聽，同樣沒有着落。馮錦諸先生所作六百餘首七律回文，生前曾有敬禮定文之託，現今已按其願望全部刊出。至於别的作者，鑒於數量較少，或輾轉傳抄，又無具體聯係方式，故未能一一事先徵詢，對此謹致歉意。

從保存祖國文化遺産的宗旨出發，我們整理了上始晉朝，下迄二十世紀二十年代出生的著者作品，編成六十四卷，原本是部專體性的總集。經柴劍虹先生和出版社的努力，此書已入選『十二五』時期國家圖書出版規劃，並正在申報列入國家古籍整理出版重點項目。而裏面有若干卷的作品，乃出諸於近現代人之手，不合古籍整理的範圍。是割愛，還是保留？由於當初好不容易將這些雪泥鴻爪聚積起來，一旦離集，會很快散失湮沒，於心實在不忍。因此，便採取照顧彼此的兩全辦法，以粗綫條把它劃作兩個部分，第一至四十六卷是爲古籍，其餘都成附錄。這樣做，庶幾近乎古籍整理的要求，又保存了近代的作品。

吳遵民先生的熱心幫助，我們幾乎得到日本和文回文的全部專著，然而其中很多是：無論漢字，抑或假名，皆爲草書，說實在的，它比張旭的字還要難以辨識，自慚不敏，所以，未能如數入圍。

我們是門外漢，沒有經過古籍整理的專業訓練，隔行如隔山，頂多只是業餘水平而已。因此，書中疏漏、謬晥之處，一定難免，懇切希望讀者和專家們，予以指正。『人生能有幾回搏』。若天假以年的話，擬再出補編，將回文儘量收全收齊。俗話說得好，獨木不成林，衆人拾柴火焰高，期盼各方新雨舊知繼續援手、給力！

丁勝源　二〇一一年十月一日